福州长乐齐天府（王国平供图）

清末民初福建漳州年画《大闹水晶宫》

毗沙门天王（大英博物馆藏敦煌绢画）

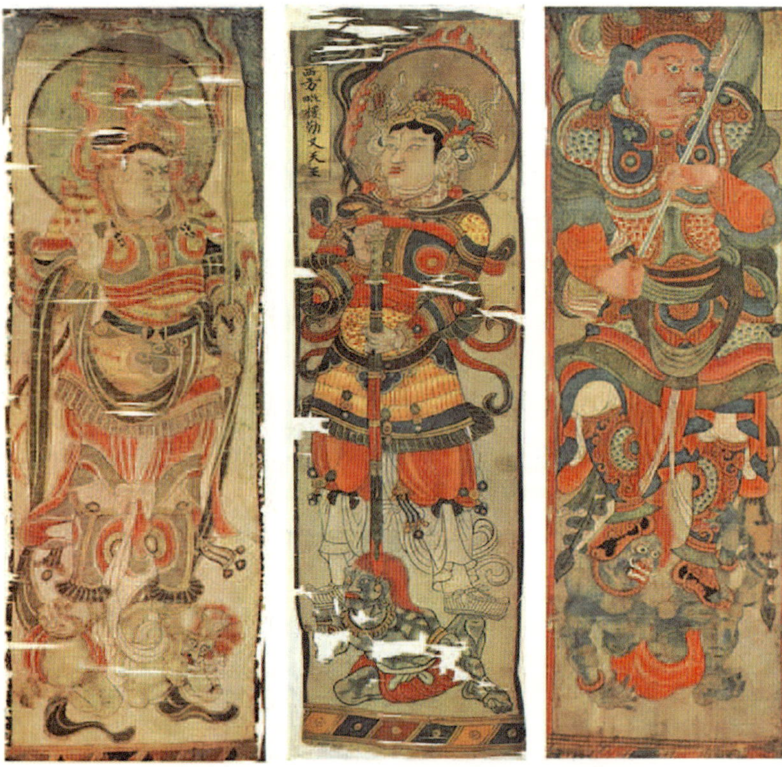

西方广目天王（大英博物馆藏敦煌绢画）

马头金刚唐卡

二郎神（北京故宫藏《搜山图》局部，绘者不详）

神猴哈奴曼（印度《罗摩衍那》壁画）

射猿图（四川渠县东汉沈府君阙局部）

四川渠县东汉沈府君阙整体（王国平供图）

猴老（北京故宫藏《搜山图》局部，绘者不详）

佛祖涅槃（莫高窟第一五八窟，中唐）

六道轮回唐卡（局部）

五道轮回（《佛说阎罗王授记四众预修生七往生净土经》局部，法国国图藏敦煌图卷。《佛说阎罗王授记四众预修生七往生净土经》简称阎罗王授记经佛说十王经。晚唐五代敦煌就流行绘制十王，为生死者皆可祈福。从一七到七七日过秦广王、初江王、宋帝王、五官王、阎罗王、变成王、过泰山王，百日过平正王、一年过都市王、三年过五道转轮王）

大摩里支菩萨（大英博物馆藏敦煌绢画）

《取经图》（局部，瓜州榆林三窟，西夏）

深沙神（《十卷抄》局部，日本仁和寺僧人恵什编集，延庆二年仁和寺真光院本，元禄十五年图绘誊写版）

明代彩绘木雕功曹

《升平宝筏》场景（北京故宫博物院藏畅音阁模型）

民国佛山年画《斗战胜佛》

《受伤的阿玛宗人》（古希腊波利克里托斯雕，罗马首都博物馆藏）

太上老君（出自《水路神全：北京白云观藏历代道教水陆画》）

狮子吼观音

尸陀林怙主唐卡

中国民间灶神版画

僧人像［绢本设色，日本镰仓（1185—1333）后期，绘者不详，东京国立博物馆藏］

行脚胡僧（大英博物馆藏敦煌绢画）

行脚僧（十五世纪西藏壁画）

僧人（一说卖货郎，北京故宫藏《清明上河图》局部，北宋张择端绘）

《西游记》的八十一问

1

李天飞 著

作家出版社

序

天飞兄大著即将再版，嘱我为序，既感且愧。这部五十万字的作品，我读了不下三遍，还不包括之前在他微博（公号）上追文的遍数。说起原因，除了和我的研究方向相关，关键在于——他写的真好看！

之所以说“既感且愧”，说的也是真心话。感动的是，他作为一个拥有超百万粉丝的网络大V、文化学者，人气爆棚，不但没膨胀，反而成了网红中的一股清流，身体力行传播传统文化，出版童书，参与诗词大会命题，默默奉献！惭愧的是，他给我，同时也给我们这些抱残守缺的所谓学院派学者上了生动的一课。怎样使过于专业化、专门化的小众研究真正接地气，让更多的受众喜闻乐见？相信很多和我一样的同行思考过，实践过，但真真是“臣妾做不到啊”！个人觉得他能够成功“出圈”，这部作品能够大获成功，风靡网络内外，一印再印，即时再版，有这样几个原因：

第一，适应新的传播媒介，形式上灵活多变。有话则长，无话则短，不做长篇大论，符合网络阅读习惯。先是网络连载，最后集腋成裘，令人叹为观止。全书充满故事性，精彩迭出，成功抓住了读者心理。记得我看到的第一篇，是不知哪个公号转载的《金箍棒的原型竟是它？》，大意是说金箍棒是探江海深浅的“定子”，文章没署名。我对作者的第一反应“这家伙应该是个理工男”，“还和航海干上了”（后来证明我的直觉超准，他不但是货真价实的理工男，而且是大连海事大学毕业的“海员”）。顺着这篇文章线索，我找到了他的公号，变成了他的“铁粉儿”。相信他的很多“超粉儿”是和我一样被他的文字，被他超高的话语技巧“骗”过去的。

第二，善于“制造”话题。他的每则故事都有“标题党”的嫌疑，但又完全不同于“标题党”，比起来是不折不扣的“双标”。诸如《弼马温到底是多大的官？》《二郎神为啥这么清俊？》《少年孙悟空的奇幻漂流》《虎先锋：你—看—我—的—脸》……仅看这标题就让人觉得作者脑路清奇，不同凡响。没有故作高深的大话、空话、套话，你看到的只是一篇篇能够共情的清新小网文！一些行文用词，像流行歌，像电影名，更像口头禅，套用鲁迅先生一句话，那叫一个“髦得合时”！

第三，会讲故事，能爆料。如果仅仅是“标题党”，那和一般的所谓网红为炮制流量，大讲什么“红孩儿是太上老君的私生子”“孙悟空早被如来消灭在取经途中”之类故作玄虚，实则不通的网文也没有啥本质区别。这书耐看的原因就在于“有料”。而且总是出人意表，让你防不胜防，今天似乎得叫“破防”。

它能告诉你，大圣六兄弟的来龙去脉，二郎神到底是否挥刀自宫，乌巢禅师的《心经》密码，甚至为更多的吃货讲起了《西游记》的吃吃喝喝……野史、正史，钩沉稽核，无所不及，就连明代王磐的《野菜谱》他都能“薅”一把。

第四，以上三点只是表象，是这部书流行的表面原因。这部书之所以老少咸宜，圈内圈外广为人知，最关键一点在于它的学术性。只是它的学术性隐含在信笔挥洒的花样文字之下，看着好玩、新奇、有趣儿，但并不是信口胡柴，几乎所有的故事都是有出处，有来历的。这和天飞兄的学术积淀有关，海事大学理工科的本科出身，使他具备了一般文科生欠缺的理性思辨和逻辑推理能力，北大文献学硕士所受的严格学术训练，使他具备了扎实的文献功底和开阔的学术视野，这是他的底气！学术为底里，风趣为表象，皮骨相合，于是有了这一篇篇奇文。

说到这里，不得不提天飞兄的另一部学术著作——中华书局 2014 年版的《〈西游记〉校注》。这部校注稿是近年《西游记》辑校的一把“尺子”，所下功夫之深，堪称“十年磨一剑”，取得的成就也有目共睹。正是先有了这部令学界同行认可的学术著作，在此精耕细作的基础上，才衍生出这部风靡网络内外的“趣儿”书。这两部书其实是“孪生”，体现了天飞兄为学的一体两面。

佩服天飞兄！这样有底蕴有情怀有操守的“网红”，多少也不嫌多，如果有，再来一打！

辽宁大学文学院教授　胡胜

壬寅春晚于秋省堂

自　序

我跟《西游记》的缘分，算是非常深厚了。我识字比较早，四岁时，无意中得到了一本《西游记》的改写本，约有几万字。虽然内容少，但也基本上把《西游记》的故事梗概体现出来了。当时就很喜欢看，因为这书比起其他连环画来，字算是很多的，可以一看半天。约九岁时，买到了一部《西游记》原著，当然很多都看不太懂，但是翻了许多遍之后，也就慢慢把这部名著装在脑子里了。当时我班上的同学，课间一项消遣，就是听我大段背《西游记》原文。

当然，少年阶段对《西游记》的理解，还是很肤浅的。除了对文本极其熟悉外，和"学术"二字完全搭不上边。后来考入了北京大学中文系，读古典文献专业，才略识学术门径。读研时，为了谋生，接了一份"攒书"的活儿，就是给中学生做一个《西游记》的注释。虽然是市场书，但我的专业是古典文献学，很讲究"辨章学术，考镜源流"，就真刀真枪地做起来。《西游记》的各种研究资料，就是从那时候积累的。

不过因为种种原因，这本书并没有出版。硕士毕业后，我进入了中华书局工作，业余时间重新把这个旧工作拾了起来。又经过四年的整理，2014 年在中华书局出版了《西游记》校注，对明代世德堂本《西游记》做了深入的校勘整理，以及对其中涉及的各种问题尽量做了注释、笺证，算是一个阶段性成果。

又过了两年，正值 2016 年，这一年是猴年。我开始玩微博，并且打算在微博上发一些类似"《西游记》小百科"之类的知识分享。没想到一发不可收，连续更新了一百期，涉及《西游记》的思想、文本、艺术、背景知识诸多领域，后来结集成书，这就是《万万没想到:〈西游记〉可以这样读》。

应该说，这为期一百天的网络分享，以及这部书的出版，标志着我和《西游记》的缘分发生了巨大的改变：此前，我一直生活在所谓"学术"的环境里，使用着一套学术界的语言，来讲述自己的研究，比如论文、学术会议，和我交流的也是相关的学者们。但是从这时起，我发现：在"学术"之外，有着更为广阔的一片天地，这就是大众对《西游记》的需求。

事实上，这个需求一直都在。只说我出生之后的事情：1982 年，中央电视台开拍二十五集连续剧《西游记》，于 1986 年春节首播（俗称"86 版"）。这部连续剧的对人们的影响是深远的。它反复放映了很多年，每到寒假暑假更是必播，创造了电视剧历史上的奇迹，成为无数 70 后、80 后甚至 90 后的童年回忆。

此后，还有《大话西游》《悟空传》，再到后来，就是各种玄幻、仙侠小说，电脑、手机游戏，都从《西游记》里直接吸取营养。有些人借《大话西游》讨论爱情；有些人借《悟空传》讨论自由和成长；有些人从小说和游戏中获得快乐：这些都是《西游记》的大众基础。

比起《西游记》有几个版本来，大家更关心的是孙悟空的武功到底有多高，火眼金睛到底有多厉害，取经故事背后有没有事先安排的阴谋……这些在搞纯学术的学者那里，可能是不屑一顾的，但在大家日常茶余饭后的讨论中，却是热了又热的话题。

这些话题并不是毫无价值的，因为这代表了大众的关注点。而大众的关注点，就是文化娱乐产品的重要抓手。很多剧本会据此编写，这些问题就是推动剧情的力量；很多游戏会据此开发，这些问题会直接成为人物参数设定的参考——老实说，这些问题背后的社会价值和经济价值，也是巨大的。

近二十年来，《西游记》在学术领域的研究，没有取得什么决定性的进展。这倒不能苛求：没有新发现的资料，没有新创立的范式，无非就是一些老问题翻来覆去。学术的进展，往往需要等待合适的时机，并不是匀速前进的。但是，之前学术上积累的这些研究，却长期呈现在论文里、专著里，大多数没有和社会上的需求产生关联，这不是一件很遗憾的事情吗？

“世易时移，变法宜矣。”我辞去了体制内的职务，出来单干。我没有什么拿得出手的学术成果，但是，我觉得我对“讲述”这件事，有天然的热爱。

除了在微博上分享，我还在各种平台开了账号，用音频、视频各种方式来讲我对《西游记》的理解。甚至还上过央视，拍过寻访西游之路的纪录片。讲来讲去，该讲的也差不多了。接下来还干什么呢？我发现了另外一个领域：面向少儿的普及。因为学龄前的孩子要听取经故事，孩子们对《西游记》故事，尤其是对孙悟空，有着近乎本能的喜爱。面向少儿，我写了一些童书，也和一些平台合作，开发了不少讲《西游记》的课程。

在这个过程中，我对这部传承了四百年的名著，又生发出更多的理解。直到今天，我仍然在适应需求，在做各种变化。

中间也发生过许多趣事，例如有一篇探讨性的文章，认为金箍棒很可能和海船上的船锚有联系，这篇文章流传很广。后来竟然被选为高考语文阅读模拟题，遗憾的是，我自己做这题，竟然也做不对。

围绕着《西游记》，我大概做的就是这些事情，只能说有一点点成绩；但更应该说的是，是《西游记》成就了我。比较不守常法、不循旧路。不过我想，这恰恰也是《西游记》的品质，同时也是所有经典名著的品质。

因为只要被称为经典名著，它一定有永恒的魅力，一定适应不同的时代，不同的场景，能够被不同的人群所取用。我经常喜欢引用唐代文学家李德裕的话："譬诸日月，虽终古常见，而光景常新，此所以为灵物也。"我们所做的，无非就是把握住日月运行的固有规律，而不停地追随它们千变万化的光影。

原书的版权到期后，承作家出版社刘潇潇老师不弃，允以整理重出。这本书的文稿，因为当年是在网络连载的，有些语言过于轻佻油滑；有些话题，也不够严谨或过于牵强。经删改修订后，整理为八十一篇，恰好对应《西游记》的八十一难。这就是这本《〈西游记〉的八十一问》。

目 录

本书会经常提到的古籍列表：

1. 世德堂本《西游记》，一般认为刊行于 1592 年，是现存最早的百回本《西游记》，也简称“世本”。

2.《大唐三藏取经诗话》，约成书于宋代，是现存最早的刊刻成书的西游故事。

3.《朴通事谚解》，朝鲜王朝时期朝鲜人学习汉语的教材，其中以对话和注释等方式引用、概述了元代《西游记》中的故事情节。

4.《西游记杂剧》，杨景贤作，流行于元代或明初，保持了当时西游故事在戏曲中的面貌。

5.《西游证道书》，清代黄周星评点，在世本系统上做了部分删除和修改。

6.《西游原旨》，清代道士刘一明作，旨在以修炼角度解读《西游记》。

7.《大唐大慈恩寺三藏法师传》，唐代僧人慧立、彦悰著，记录了玄奘法师的生平事迹。

《西游记》是吴承恩写的？

本篇的目的很简单，主要就是要讲一件事情:《西游记》的作者不一定是吴承恩，肯定有一个最终定稿人，但他也未必创作了多少。

过去的小说往往经历了很长时间，辗转很多人之手，很难说谁是主要作者，越著名越如此，这就像一块大石头，要经一锤子一斧子的雕琢，慢慢才成了雕像，而不是一次冲压成型的。

摆在我们眼前的这部《西游记》是明代中晚期的作品，并未说是吴承恩写的。它原来只署名“华阳洞天主人校”，我们不知道这个“华阳洞天主人”是谁，也不知道他只是校对了一番呢，还是最终的定稿人。这一切都是未知数。

有一个高手做了《西游记》全书的统稿、编排、润色工作，这是毫无疑问的。但他绝不是凭空写出来这一百回的。那时文人和书商合作，或者书商本身就是文人，对书稿一商量，你加一段，我改一段。所以很难说一本书究竟是什么人写的。《西游记》里有许多前后照应不到的漏洞，一般来说就是这样形成的。不必看到什么就说:“吴承恩又错啦！”或者说:“这样写是有深意的啦！”如果不确立以上这个认识，谈什么“深意”恐怕都会跑题。

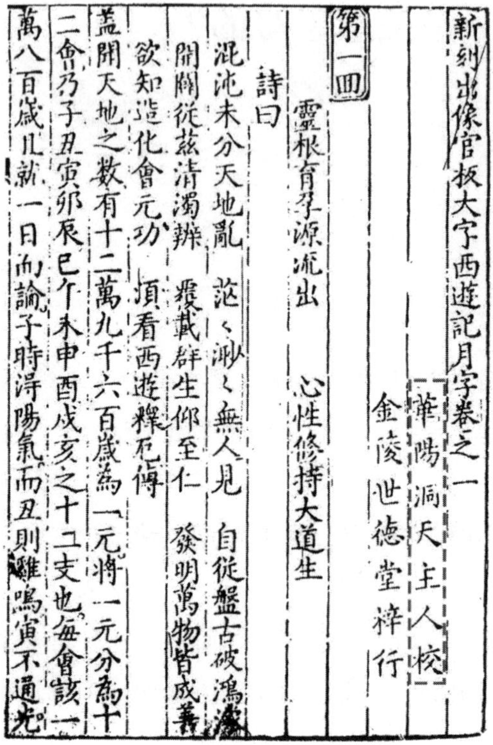

新刻出像官板大字西遊記月字卷之一
華陽洞天主人校
金陵世德堂梓行
第一回
靈根育孕源流出　心性修持大道生
詩曰
混沌未分天地亂　茫茫渺渺無人見　自從盤古破鴻濛
開闢從茲清濁辨　覆載群生仰至仁　發明萬物皆成善
欲知造化會元功　須看西遊釋厄傳
蓋聞天地之數有十二萬九千六百歲為一元將一元分為十
二會乃子丑寅卯辰巳午未申酉戌亥之十二支也每會該一
萬八百歲且就一日而論子時得陽氣而丑則雞鳴寅不通光

世德堂本《西游记》卷首“华阳洞天主人校”

另外，古代的文人，基本都要考秀才、举人，写这种通俗小说，不是多么值得晒的事。他在自己的朋友圈里，一般不怎么会提的。像地方志、史书这样的官方出版物，更是瞧不起通俗小说，不会给版面的。

如今红遍网络的小说就是一个人写的吗？也未必。据我所知，很多小说其实是一个团队写出来的。他们往往一天更新好几万字，您想，这是一个人所能承担的吗？有些人负责搭故事框架，有些人负责故事衔接，有些人负责文笔润色，只是最后用一个 ID 发而已。

《西游记》是名著吗？

有人说，《西游记》是名著啊，是经典啊，伟大啊，怎能和今天的网络小说相比？

其实《西游记》在当时就是消遣用的。

古代朝鲜有本书叫《朴通事谚解》，就是“跟朴翻译学汉语”，里面都是些常用的汉语对话。也有假设的对话人，就像李雷和韩梅梅似的。这本书成于元末明初，其中有一段对话是这样的：

甲：“我们两个买文书去。”

乙：“买什么文书去？”

甲：“买《赵太祖飞龙记》《唐三藏西游记》去。”

乙：“买书买‘四书六经’也好，既读孔孟之书，必达周公之理，要那些平话做什么？”

甲：“《西游记》热闹，闷时节好看。”

我们看，这位朝鲜的“李雷”看《西游记》的目的，和我们今天地铁上刷网络小说是一样一样的。就是“闷”的时候图个好看。如此而已。那四书六经、孔孟之书，一般的人谁拿这些东西解闷？

有趣的是，这本《朴通事谚解》还保留了当时《西游记》的大量片段。其中车迟国一段，和今天百回本《西游记》里车迟国的基本情节就已经差不多了。

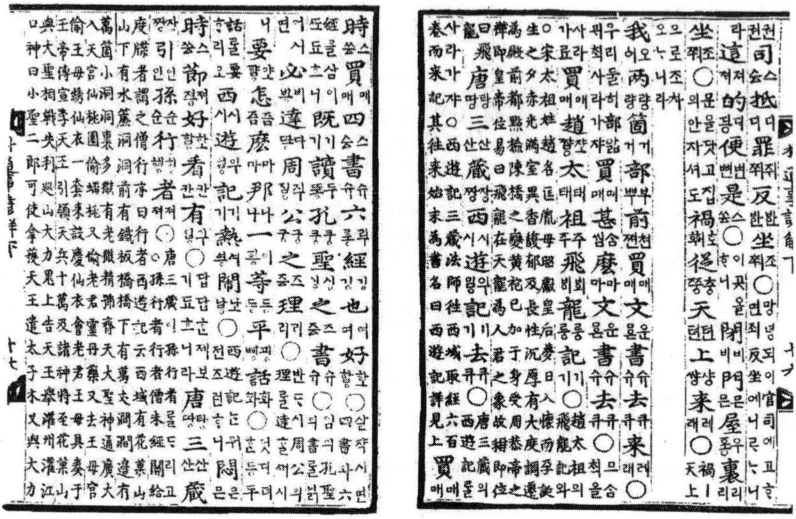

我兩箇部前買文書去來
買甚麼文書
買趙太祖飛龍記
唐三藏西遊記去

時買四書六經也好
既讀孔聖之書
必達周公之理
要怎麼那一等平話
西遊記熱鬧
悶時節好看有

《朴通事谚解》中买《西游记》的内容

丘处机的乱入

百回本《西游记》关于修炼内丹的内容很多，所以这本书一定经过了全真道教徒的加工。甚至有观点认为，《西游记》就是全真七子之一丘处机丘真人写的。事实上，丘处机确实有一本《西游记》，但多了几个字，叫《长春真人西游记》。这个故事，在《射雕英雄传》里也有。丘处机从中原出发，千里迢迢跑到西域去见成吉思汗，“一言止杀”，劝说大汗不要滥杀无辜。这自然是一个颇具传奇色彩的经历，于是，丘真人的弟子李志常，就把这段经历写成了书，叫作《长春真人西游记》。

这本书写成后，似乎在社会上流传不广。但是因为丘处机实在太有名了，人们又模模糊糊地听说他有个什么《西游记》，于是纷纷认为，市面上流传的小说《西游记》就是丘处机写的。

但是，百回本《西游记》肯定不是丘处机写的。因为书里面出现了很多明代才有的东西，比如锦衣卫。这些后代的名词，不是生活在元代的丘处机能知道的。

在这里，我必须要讲一句题外话：虽然今天流传的百回本《西游记》不是丘处机的作品，但《西游记》和全真教以及丘处机是有关系的。在百回本《西游记》里，四大天师是张道龄、葛仙翁、许旌阳、丘弘济，这件事很有意思，按民间的传统说法，四大天师是张、葛、许和萨守坚。这里不知为何，开除了萨守坚，添上了一个莫名其妙的丘弘济。这个丘弘济，正史、传说里都找不着，应是全真教丘处机及其掌教弟子李志常的合称——李志常被元武宗封为“真常妙应显文弘济大真人”（据李时人《〈西游记〉考论》）。所以丘弘济很可能是百回本的写定者加进去的，而他一定和全真教有很大的关系。假如百回本的写定者是儒生吴承恩的话，他搞这个做什么？

吴承恩刷屏时代

丘处机的乱入，一直持续到乾隆末年。直到一位叫钱大昕的大学者，跑到一个蛛网尘封的藏经楼里，把这本《长春真人西游记》给抄出来了，在社会上一传播，人们才知道，哦，此西游非彼西游呀。丘处机是《西游记》作者的谣言被粉碎了。

那《西游记》的作者又该是谁呢？大概乾隆年间，有人在明天启年间的《淮安府志》里发现了这么一条：

吴承恩：《射阳集》四册□（方框里这个字原本就丢了）卷、

《春秋列传序》、《西游记》。

只有这一条证据？对了，就凭这一条，大伙就传开了，看啊看啊，原来《西游记》是吴承恩写的啊！于是，大家纷纷给这个吴承恩找写《西游记》的理由。一直传到民国，鲁迅、胡适等几位大神看了看也认可了，经他们一讲一宣传，吴承恩是百回本《西游记》作者的事，就被大众认可了。20 世纪 20 年代，铅印出版了第一部署名“吴承恩”的《西游记》。换句话说，我们如果想找 1920 年以前出版的署名“吴承恩”的《西游记》，是不会有的！

1949 年以后出版的《西游记》，都遵从胡适和鲁迅认定的结论，一律被吴承恩“刷屏”了。

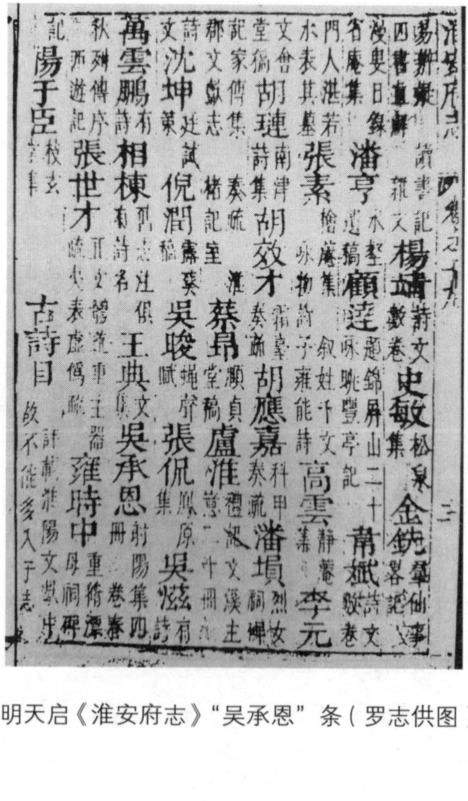

明天启《淮安府志》“吴承恩”条（罗志供图）

很可能就是一本重名书，而且还是户外书

然而这种刷屏行为，从 20 世纪 20 年代开始，到现在才刷了一百多年，就开始被各种吐槽。

不错，吴承恩确实写过一本《西游记》，但这很可能是本重名书。

我们知道，人经常有重名的，光“吴承恩”这个名字，历史上就有很多。书的名字就像人名一样，也经常有重的。一说《变形记》，大家都知道是卡夫卡的小说，其实更早的古罗马诗人奥维德还有本史诗名著《变形记》；一说《忏悔录》，大家都知道是法国大革命时卢梭的作品，其实最早的是古罗马的圣·奥古斯丁的《忏悔录》——这些是外国作品。再看中国，我们在网上搜索一下《醉翁谈录》，就会发现两本书，一本是现代人叶大春的《醉翁谈录》，一本宋朝罗烨的《醉翁谈录》，这是八竿子打不着的两本书。至于搜《中国文学史》《西方哲学史》这些书名，就不知道要出来多少同名的书了。

所以说从古到今，同名的书就不少，凭什么只靠《淮安府志》记录了吴承恩写过《西游记》，就认为一定是今天的百回本《西游记》呢？那上面又没说多少卷多少回，又没说是本什么样的书。

离吴承恩不远的明末清初，有个大藏书家黄虞稷，他家的藏书处叫“千顷堂”，里面的书多到爆。他编了一个目录，就叫《千顷堂书目》。我们翻一下就会发现：咦，吴承恩的《西游记》怎么被他编到“地理类”去了？

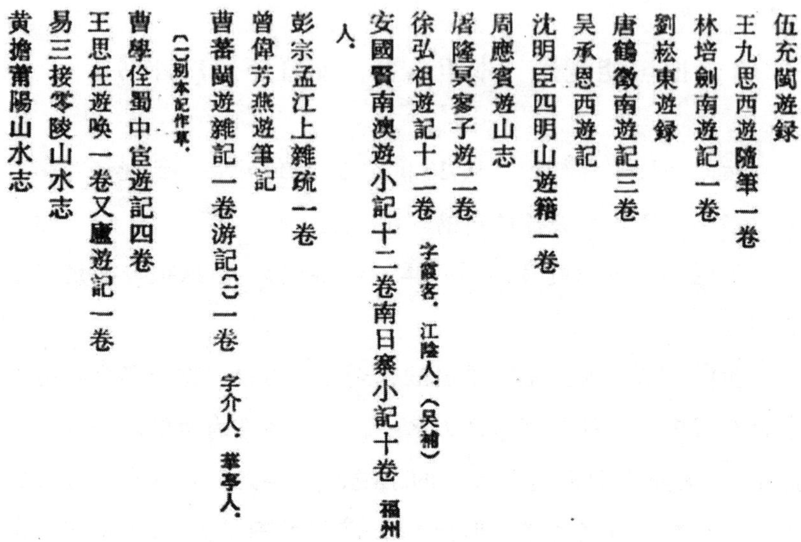
伍充閎遊録
王九思西遊隨筆一卷
林培劍南遊記一卷
劉崧東遊録
唐鶴徵南遊記三卷
吳承恩西遊記
沈明臣四明山遊籍一卷
周應賓遊山志
屠隆冥寥子遊二卷
徐弘祖遊記十二卷 字霞客，江陰人。（吳補）
安國賢南澳遊小記十二卷南日寨小記十卷 福州人。
彭宗孟江上雜疏一卷
曾偉芳燕遊筆記
曹蕃閩遊雜記一卷游記〔一〕一卷 字介人，華亭人。
〔一〕別本記作草。
曹學佺蜀中宦遊記四卷
王思任遊喚一卷又廬遊記一卷
易三接零陵山水志
黃擔蕭陽山水志

《千顷堂书目·地理类》“吴承恩《西游记》”条

黄虞稷比吴承恩不过晚四十来年，他又是大学问家，一般来说不会犯错。在《千顷堂书目》里吴承恩的《西游记》，与别人的《东游录》《南游记》《游山志》放在一起，这些都是旅游的“游记”。尤其是后面还有徐霞客的《徐弘祖游记》。这个“地理类”就是户外板块好不好！所以，吴承恩是写过一本《西游记》，但很可能就是一本旅游书，人家是搞户外的，不是文艺青年！

承恩，你愿意和八戒住隔壁吗

可能有人要说，假如黄虞稷家里藏书多到爆，他看不过来，而是想当然地把小说《西游记》划归地理类呢？假如黄虞稷这里干脆就抄错了呢？假如《淮安府志》就是任性，觉得不著录这部名著实在对不起吴老先生呢？假如吴承恩干脆就是个隐藏得很深的全真教信徒呢？

黄寿成先生，是史学大家黄永年先生的公子，他家学渊源，自然没的说。寿成先生跟随黄永年先生研究《西游记》的时候，发现了一个问题——现在的百回本《西游记》里，“承恩”二字用得非常随意。比如说：“偷桃偷酒游天府，受箓承恩在玉京。”（第七回）“受爵的抱虎而眠，承恩的袖蛇而走。”（第九回）尤其是第二十九回的标题，就写作“脱难江流来国土，承恩八戒转山林”，这个“承恩”和“八戒”连在一起。话说，承恩先生，你就这么喜欢猪八戒吗？非得和他在一起转山林？八戒算不上太光彩的人物不是？这几个地方，换个什么词不行，非得把自己的名字嵌进去吗？

每个人对自己的名字，往往是很在意的。因为这是你用得最多的一个词语，心理上是给它留有特殊位置的。比如以我来讲，听到“烟花烟花满天飞，你为谁流泪”这首歌的时候，总要注意一下。甚至“飞天茅台”都会引起我或我朋友的注意。我想诸位碰到包含自己名字或熟悉人名字的地方，也会注意一下吧。

古人呢，更是如此。明清人对避讳是非常讲究的，不许下属喊长上的名字，这是规矩。我们看《红楼梦》里贾府夜宴，两个弹唱的说书，讲到书中的主人公叫“王熙凤”，立即被指出，说书的忙向在场的王熙凤赔礼，说：“不知是奶奶的讳。”

讲究点的甚至要“自讳其名”。清朝有个大学者叫王士祯，他给属下写信，要写自己的名字时，他就画个圈代替一下。这种情况不在少数。除非吴承恩这位爷实在心大，否则他何至把自己的名字随随便便就写到书里了？这样看，小说《西游记》的作者，既然把“承恩”两个字随意用，更不大会是吴承恩了。

吴承恩能把爸爸写成猪八戒?

我一再说，《西游记》的作者很可能不是吴承恩。上文已经列举了许多证据，这里再加一条。

这是陈大康先生的观点，文章发表在《文汇报》上，个人认为虽然说服力不是太强，但这个角度很有意思，姑且转述一下：

吴承恩的父亲叫吴锐，是一个入赘的女婿。吴承恩自己为他父亲写的墓志铭，就提到这事。吴锐“弱冠，昏于徐氏。徐氏世卖采缕文縠，先君遂袭徐氏业”。吴家穷，但这徐氏特别有钱，是做“采缕文縠”买卖的，也就是卖绫罗绸缎。

吴承恩说他爸爸“昏于徐氏”，自然是入赘的委婉说法。吴锐的爷爷吴铭做过余姚县训导，父亲吴贞做过仁和教谕，书香门第。后来家里穷了，吴锐不得已做了倒插门的女婿，弃儒经商。这在当时的士林是被人看不起的。这个疮疤，吴承恩肯定是不愿揭的。

可是《西游记》里屡屡写招女婿，特别是猪八戒，就是个倒插门的专业户：一开始是倒插门到“卯二姐”家；后来做了高老庄的倒插门；“四圣试禅心”一回又要做菩萨的倒插门；到了女儿国，他还说让女王把他招了……而且每招一次一定丢回人。这事多露脸还是怎么的？吴承恩若真是《西游记》的作者，我们设身处地想一想：他爸爸就是个倒插门，他天天在家里一而再、再而三地写猪八戒倒插门，吊在树上被挖苦？这得多没心没肺？就算这些故事原来就在民间流传，他至少也得删改或美化下吧？他亲戚看到了怎么想？

退一步说，就算吴承恩没心没肺，就是要把他爸爸写成猪八戒。那么他写出这部书，外人能不骂他，当地的方志能收他这部著作？想想这都是不可能的事了！

只能说，目前还无法确定百回本《西游记》作者到底是谁。毕竟，正方提出一个候选人，反方虽然驳来驳去，却拿不出一个新的候选人来。学界尽可争论，而出版社碰上一定要署一个作者在封面的时候，也尽可遵循成例，但最好还是给读者讲清楚这里面的问题。很多朋友愿意接受一个现成的答案，教科书上也乐意写一个现成的答案。但是历史上的悬案多得很，只能等待新材料的发现了。

上文，我们主要讨论了《西游记》的作者不一定是吴承恩，现在有一个更大的问题来了！

流行的百回本《西游记》是一个人写的吗？

这很不好说！

现在的作品，署名意味着宣布著作权：一本书就是一个人写的，顶多几个人合著，例如《红岩》的作者是罗广斌、杨益言两个人。但也一定要写清楚，不然获了诺贝尔文学奖或茅盾文学奖颁发给谁呢？

但是，中国古代的小说可不这样，作者不但不署名，还刻意避免别人知道，比如《金瓶梅》的作者是兰陵笑笑生，到现在也搞不清楚他真名是什么。这有几个原因：一是古代的小说不是多么体面的文学，正儿八经的文人，都要考科举做官的，到了写小说换钱的地步，是很没脸面的，他们不愿署真名。二是宣传的需要，比如一部畅销书署上王小明、张建国、李大庆之类，谁能记得呢？当然不如一个“兰陵笑笑生”宣传作用强了。

现在我列几个人，看大家熟不熟悉？天蚕土豆（代表作《斗破苍穹》）、唐家三少（代表作《狂神》）、萧鼎（代表作《诛仙》）、流潋紫（代表作《甄嬛传》），都是畅销小说的作者，真名分别是李虎、张威、张戬、吴雪岚。

或许有些人也知道，但真名的知名度绝对比“行走江湖”用的笔名差得远。今天人写书这样，古人也一样。

世德堂本《西游记》署名“华阳洞天主人校”。这个意思很含糊，他只是作了一番校对，还是确实是执笔者呢？两种可能都存在。

而且，《西游记》里有许多痕迹，表明这部大书未必是出自一个人之手，例如文殊菩萨的狮子精，在乌鸡国出现了一次，在狮驼岭又出现了一次，如果是一个人写的（或者说这个人是刻意安排的），他至于这么傻吗？我在后文会详细讲。所以这又引出了一个问题。

《西游记》是不是一次写成的？

我们今人写小说，基本都是一次写成。但越是通俗小说，越容易变动，比如要考虑到故事是不是有趣。远的不说，金庸的《射雕英雄传》，连载版和三联版就不一样，三联版里有个叫秦南琴的姑娘被删掉了。而《西游记》是一个流传了很久的故事，今天你加一点，明天我加一点，就这样改了几百年。明世德堂本

《西游记》（现存一共四部），只不过是在这几百年的长河中的一个环节，只是碰巧它运气好，保留下来了。

有了以上这些概念作为前提，我们就可以重新认识一些有趣的讨论，例如说孙悟空为什么闹天宫的时候很厉害，取经的时候却处处挨打等。这些其实都是有原因的，但并不是网上流传的那样，而是都与西游故事成书的过程有关。网上流传的那些牵强附会的说法，都是以“《西游记》是吴承恩独立完成的一部著作”为前提的，默认此书前前后后是一个有机整体，所以才会认为《西游记》里贯穿了作者的各种微言大义的设计。其实这样想问题是不对的。

《西游记》抄袭了谁？

《西游记》第一回："灵根孕育源流出，心性修持大道生"，讲的是孙悟空从石头里蹦出来，然后做了美猴王，求仙访道的故事。

有趣的是，全书的开头并没有直接讲孙悟空的出世，而是莫名其妙地大讲了一段：

> 盖闻天地之数，有十二万九千六百岁为一元。将一元分为十二会，乃子、丑、寅、卯、辰、巳、午、未、申、酉、戌、亥之十二支也。每会该一万八百岁。且就一日而论：……譬于大数，若到戌会之终，则天地昏蒙而万物否矣。再去五千四百岁……邵康节曰："冬至子之半，天心无改移。一阳初动处，万物未生时。"到此天始有根……再五千四百岁，正当寅会，生人，生兽，生禽，正谓天地人，三才定位。故曰人生于寅。

这段，讲的是宋代邵康节的"元会运世"说，这是邵康节发明的一套时间概念，内容就是上一段引文讲的样子。《西游记》的作者真能有这样高深的理解吗？他写这段话的目的又是什么呢？

一查就露馅了：从"譬于大数"开始，后面那些文字，都是抄元代吴澄的《答田副使第三书》。

吴澄，字幼清，是元代杰出的理学家、经学家、教育家。吴澄当然是研究过邵康节的。这封信是他给一个朋友写的，里面的内容，是讨论易、太极、道等哲学概念的，原文很长。

有很多人写论文研究为何《西游记》在这里大讲“元会运世”，说实话，相关资料我搜集得很全，但也没有看到非常靠得住的结论。当然，《西游记》对数字是很迷恋的，比如金箍棒重一万三千五百斤、《大藏经》五千零四十八卷。引用“元会运世”也只能说明，作者对这些数字很在意而已，至于真正的用处，恐怕拿来充场面的成分多。在一部大书的开头，制造一些神秘感和深沉感，仅此而已。

《西游记》这段的作者，先讲的邵雍，后抄的吴澄。但在写书的时候，很可能是倒过来，先抄了吴澄这一段后，觉得不讲讲“元会运世”的基本概念说不过去，于是又在前面加上了一小段。

我们被灌输了“吴承恩是一位伟大的文学家”“《西游记》是一部伟大著作”等思想，所以有不少人认为这部书处处都有寓意，所以就先入为主地以为：“吴承恩”这么大的文学家，他怎么能到处乱抄呢？

其实何必不愿承认呢？实话说吧，《西游记》在过去就是一部通俗小说，在某种意义上，跟现在网络小说是一样的。但是这部通俗小说毕竟要讲一个很大的话题，作者怎么就不能故作深沉呢？

况且，这也是一种本事！现在的网络小说写手，都很能编，到必须装的时候，就看出水平差距来了。不信让文章里的人物吟首诗看看？估计十有八九马上露馅。曹雪芹让《红楼梦》里的每个人物都吟出诗来，吟的诗还符合个人的身份，这就不是装，是厉害。

但是，如果在不厉害的情况下，还想写小说，最好的方法就是抄现成的。是抄还是原创，这是判断是装的还是真厉害的依据之一。

在过去的时代，人们的阅读量毕竟是有限的，所以《西游记》这一段装了几百年，也没有人发现。到了现在有了电子检索，只要搜一下，就装不下去了。

《西游记》这一段的作者，肯定是看过些书的，但他也未必真懂什么"元会运世"，就是从大伙儿不太注意的地方抄来一段文字摆在这里，所以后来也不怎么见他提了，仅此而已。当然，《西游记》的作者也是有特长的，这个特长，更能证明作者不一定是吴承恩——他的特长，偏偏就是吴承恩不擅长的；他露怯的地方，偏偏就是吴承恩所擅长的。吴承恩的水平，自有《射阳先生文集》为证。

再比如，后来美猴王在拜访菩提祖师之前，在山里碰上一个樵夫。美猴王问他："你既然和神仙做邻居，为何不跟他修行？"樵夫说母亲老了，要供养，所以不能修行。后来菩提祖师问猴王："你姓什么？"猴王说："我无性。"这几段，其实也是抄来的。樵夫那段，抄的是《坛经》和《祖堂集》，是禅宗六祖慧能的故事。慧能出家前，以砍柴为生，有人问他为何不去修行，慧能原话是"缘有老母，家乏欠缺。如何抛母，无人供给"。猴王说自己"无性"，作者有意混淆"性"和"姓"，这是抄禅宗五祖弘忍的故事。《传法正宗记》里记载，四祖道信问五祖弘忍："你姓什么？”弘忍时年七岁，回答说：“没有常姓，其性空故。”道信大为惊奇，就收他做了弟子。[①]

然而不得不说，这两段尽管是抄来的，却抄得非常好！这就是会装等于真厉害。因为这猴子在宋元时期的《西游记》故事里，一出来就姓了孙了。从来没有说他这“孙”字怎么来的。到百回本《西游记》里，祖师给出了解释：你是个猢狲（也写作胡孙），叫你姓“胡”呢，胡是古月，古者老也，月者阴也。老阴不能化育。[②]姓“孙”呢，孙是子系，子是婴儿的意思，系是细小的意思（本意是丝线），正合“婴儿之本论”，猴王就姓了孙。

“婴儿之本论”，意思就是“‘婴儿’一词的本意”。《西游记》的一个重要主旨是讲内丹修炼，而内丹理论认为：修炼到一定程度体内就会出现“圣胎”，这个婴儿是你精气神凝结而成的，到一定的时候将他移出体外，原来的肉身就可以抛弃了。从逻辑上讲，猴王在花果山不可能有姓名，祖师一见面给他取个姓名在情理之中，也是必然的事，但如何写这个情节，一般的写手绝对会挠头。假如让菩提祖师随随便便一讲：“你就姓这个吧，你就叫那个吧！”这也未免太窝囊（《后西游记》的主角孙小圣，也算有点名气，他的本名其实叫孙履真，就是这么窝囊巴拉起的，根本没有叫响），实在对不起我们猴哥！这里既要体现作者要宣扬的内丹主旨，又要照顾猴子本来姓孙的历史传统，还要编得符合逻辑，难不难？随便哪一条，都不啻一位武林大家催来的千钧内力。可这位作者只玩了一个文字游戏加上半个抄来的典故，弹指

---

① 陆扬．中国佛教文学中祖师形象的演变——以道安、慧能和孙悟空为中心[J]. 文史，2009，（4）.

② 按：《周易·姤卦》清魏荔彤通解：“老阴……取之不能生育。”

神通轻轻一弹，就一下子把“姓”、“猢狲”、内丹学以及故事发展的逻辑几道雄浑内力打为一片。就像张无忌在布袋和尚的口袋里，几十道真气交攻斗争之际，忽然一下子水火交融，霹雳也似一声大响，将布袋爆为千万碎片。这一爆，实在不亚于石猴出世的石破天惊！你看作者这功力是何等地非凡！就是后世高手曹雪芹，在这一招上也不得不落了下风——他也不过只会折腾两句“真事隐去”“假语村言”“贾宝玉甄宝玉”而已。

而且，猴子以前并不叫“孙悟空”（就算有也没有叫响），而是叫“猴行者”或“孙行者”，孙悟空的大名，绝对是在这位作者手里叫响的，这就是文案策划的能力和品牌的价值。

杨闽斋刊本《西游记》第一回“石猴出世，千里眼顺风耳案看”

真的能长生不老吗？

孙悟空来到了灵台方寸山斜月三星洞，须菩提祖师收他做了徒弟。孙悟空学了长生不老术和各种本领。

本回是全书的一大关键。但是我看到很多《西游记》的导读，这一段总是要跳过去，大概因为它涉及的东西玄而又玄。但我决不回避问题，希望真真切切地讲清楚，而且是用大家可以理解的方式讲清楚：孙悟空的仙术是怎么练就的。

须菩提祖师传给孙悟空的仙术口诀，我将逐字逐句地讲解。从现代人可理解的角度出发，尽量不用宗教术语解释宗教内容。也决不说什么“灵魂就是高能粒子”“内力就是场能”这些没有经过证明的观点。只从实际的、可靠的史料和我所知见的修炼经验来谈这个事。

孙悟空学到的到底是什么

须菩提祖师教给孙悟空的本领，基本上就是所谓的内丹术。

内丹是什么？孙悟空为什么要炼它？祖师还传给孙悟空一首口诀，我们能不能据此口诀修炼？

这里插播一句：我之前说过，《西游记》是最爱东抄西抄的。

唯独第二回他没抄，原创成分极高。包括那首口诀，都是他原创的（至少目前我尚未发现）——换句话说，他并不需要抄，他对这里面的道道门儿清。诸位可以据此想一想，这位神秘的作者到底是个什么身份。

须菩提祖师问了孙悟空各种“旁门”（也作“傍门”），这个你学吗？那个你学吗？孙悟空一口咬定，不能长生就不学！于是祖师暗示他半夜到后房来，传他正宗的道法。在祖师看来，正宗的就是内丹术，目的是长生。

关于内丹，我身边的朋友们差不多分成两拨：知道的，门儿清得很（这不得不感谢众多修仙类小说，做了很好的铺垫）；不知道的，和他讲内丹，也如堕五里雾中，甚至觉得你在宣传迷信。

要知道内丹是什么，首先得知道“外丹”是什么。道教是讲究炼丹的，最开始是拿着铅、汞做试验，希望能炼出长生不老的金丹来——当然是不可能的，这些物质都是重金属，有剧毒，白白吃死了不少人。

到了宋代以后，道士们纷纷对这种实打实的外丹彻底放弃，转而内炼，却借用了外丹的一些术语，他们认为：人体就是一座大丹炉，体内的元神和元气就是药物，通过内炼，将其凝结起来形成婴儿状的“圣胎”，最后“出元神”，肉体就可以抛弃了。

内丹术在宋代，被很多人提倡，如张伯端（就是《西游记》中送给金圣宫娘娘刺猬衣服的那位紫阳真人）、白玉蟾（内丹南宗）成为修炼的主流。金元时期，道教的全真派开始兴盛，创教祖师王重阳、丘处机和马钰他们，也是提倡内丹的（北宗）。到了明代，更是出现了各种宗派。

道教的流派复杂，传授的道法也各不一样。如菩提祖师所说的“动字门”（多是房中术）、“静字门”（如辟谷）、“术字门”（占卜算卦）等，从北方全真道一家独大的立场来看，自然都是旁门了。

内丹术到现在仍然很盛行，甚至有很多自媒体，专门分享各种经验。不必一提到内丹，就和封建迷信画等号。我不用道教界的说法，用我们大俗人的话说，内丹术可算作一种心理训练。我所知见的人，是有炼到很多感应出来的，譬如能看见满屋雷电滚滚，口中出现非常甜美的味道。当然，这些都是他们自述的，但他们不应该、也没有理由骗我。而且据他们说，有了一定的体验之后，行走时体态轻盈，看书精力集中，睡眠质量大大提高。因为我没有实证经验，所以就不多说了（提示：无人指导，切勿乱炼）。

几点注意事项

那么，内丹术到底怎么炼？说实话，一点都不神秘。《西游记》里只记录了须菩提祖师传给孙悟空的一首口诀，没有记录祖师的讲解，这里不妨结合这首口诀，以及文中零零散散的表述，代祖师讲解一下整个操练过程。

讲之前，要注意以下几点：

第一，不相信的话，可以一笑置之；如果感兴趣，也不要自己乱炼。再次严正提示：这会改变自己的心理和生理状态，类似刷机，刷好了升级换代，刷坏了瘫痪歇菜。所有的丹经都说，必须要有老师指导，否则很容易炼出毛病来。否则，别说孙悟空的本事，猪八戒的本事也炼不出来。况且我并不是道士，也只能在知识层面粗浅地谈谈，以做学问的态度研究道教。但科仪与内丹术，话语体系都在学问之外，不经过真修实证，是很难摸到门径的。

第二，这首口诀看上去高大上，其实只是道出了几个基本步骤，最多算是个入门读物，而且为了凑字数和韵脚，还有不少废话，我解读的时候会剔除。

第三，内丹这东西，一个人一种体验。对术语的理解，也见仁见智。诸位朋友若有理解的分歧，还请多多包涵。

基础概念与准备工作

祖师传给孙悟空的口诀一共十六句，其中有一组三字的，算半句：

显密圆通真妙诀，惜修性命无他说。
都来总是精气神，谨固牢藏休漏泄。
休漏泄，体中藏，汝受吾传道自昌。

口诀记来多有益，屏除邪欲得清凉。
得清凉，光皎洁，好向丹台赏明月。
月藏玉兔日藏乌，自有龟蛇相盘结。
相盘结，性命坚，却能火里种金莲。
攒簇五行颠倒用，功完随作佛和仙。

头四句，讲的是基础概念——“性命”和“精气神”。“性命”是道教的重要术语。内丹术中“性”意近“心性”，而非性别，基本上可以对应人的精神、意识层面，“命”基本可以对应肉体、身体机能层面。内丹家认为，很多佛教徒单纯参禅打坐，是“修性不修命”，他们主张性命双修，基本思路是力图用净化后的意识（性）去感应自己的肉体（命），使二者发生交互作用。

内丹术秉承了中国传统医学的理论，认为人体含有精炁神，炁，同“气”。根据近年学者的研究，精炁神可以和某些生命现象大致对应，精炁即所谓命，神即所谓性。精炁神分先天和后天。内丹术所谓后天之精，指精液（就男性而言，女性另有一套练法）和各种激素；先天之精（元精），指性欲、消化、分泌等生命本能。后天之炁指呼吸之气，先天之炁称元气，类似一种生命原始的能量、活力。后天之神指平常的记忆、判断、认知等意识，先天之神（元神），指平常纷乱的意识消退后一种安定、清醒而无思虑的状态，是“本来自我”。内丹术认为，后天的精炁神是容易耗散的衍生物，而先天的精炁神是修成内丹的基础和原料。（据《中国道教大辞典》）

这三样既然是原料，那当然不能“漏泄”了。内丹术认为最适合修炼的人选，是十五六岁左右刚刚性成熟的少年（没遗过精的最好），或十四岁左右的少女。这时的男女，体内的精气神是最全的。据说丘处机自述说，他练内丹也有“泄漏”，几经反复才成。

五六七三句，除了“休漏泄”之外，没有什么有效信息。

从第八句“屏除邪欲得清凉”开始，转入正题，涉及修炼了，但这也不是具体方法，只是一个准备工作。从这一句至少可以读出两个信息。

第一，祖师的功法（当然就是作者头脑中的功法）一上来就要求“屏除邪欲”，似乎更接近王重阳、丘处机一路，也就是北宗而不是南宗。南宗讲究先命后性，北宗讲究先性后命[①]：先除情去欲、摄心守念、明心见性，先把心地清净了再入手修炼。同时，也可以从这一句推测，《西游记》的作者和全真道有莫大的关系，很可能就是个全真道士——这样的内行话，至少我认为，吴承恩就算懂也未必讲得出。况且这是奠定全书基调的重要一回。作者必定是以自己最擅长的知识体系，构架出一套孙悟空的出身故事。吴承恩何必冒露怯的风险？

第二，“屏除邪欲”所指的欲望并非仅仅指淫欲，人的欲望有许许多多，我们常说“七情六欲”，“六欲”就是眼耳鼻舌身意产生的欲望。这句看起来平平，假如您真的想炼，万万不可以寻常视之！大家不妨现在闭上眼，就会发现头脑里并不是一片空白，而是千头万绪，去而复来。我们当然没觉得什么，是因为另有一套心理机制在抑制着。要知道，内丹炼到后来，用句现在的话说，心理活动异常地活跃——它把许多潜意识开发出来了。那时你的大脑是不受你控制的，只要有一点细微的心理活动，立即就会放大千倍万倍。比如你肚子饿了想吃烤串这个印象一旦冒出来，你的眼前也许就会真的出现一把烤串，或者别的什么你想象不到的东西……当然，在别人看来，他什么也看不见，觉得你这就是幻觉；但在你看来，这就是真的！是看得见摸得着的……这就是所谓的魔。这种幻觉变成现实的感受，听说现代心理学实验室已经可以部分模拟。

---

① 按：近年有学者认为内丹的南宗北宗的次序本质上并无差别，如郭健先生的研究，本书还是循用传统说法。

金庸先生为什么写炼《葵花宝典》一定要自宫，他老人家是懂这里的行情的。“欲火如焚，登时走火入魔，僵瘫而死。”这是内行话。所以说，北宗王重阳、丘处机他们，一上来就教弟子屏除邪欲，专门练去除欲望的功夫。

顺便说一句，南宗并不是不讲屏除邪欲，而是顺序不同。这就像我们进入办公室，可以先工作，临下班再收拾桌子；也可以先收拾桌子，再坐下来工作。二者并没有什么对错之分，只是工作效率前后有差异而已。精力集中地去想一件事，其效能是很强大的。就算是我们凡夫俗子，当我们集中精力去想一件事，头脑也会有失控的情况。假如，有五万块钱忽然莫名其妙地从你卡里消失了，你的脑子里会不会整天转着这件事？茶不思饭不想，最后闹出病来都有可能。假如，每天在你耳边反反复复放一首歌，每天放十二个小时，连续放七天，你想想会是什么滋味。可见这颗心包蕴的巨大力量，是多么影响我们的身体。

所以内丹术从头到尾就是修心。这就是祖师隐居的“灵台方寸山，斜月三星洞”的含义。灵台，指心，出自《庄子·庚桑楚》：“不可内于灵台。”心处于胸中一寸见方之处，所以又叫方寸（有时也将脑部“元神”所居之处称为方寸）。斜月，指“心”字的斜钩。三星，指“心”字的三点。道教内丹著作《修真十书杂著指玄篇·偃月炉图》：“三点如星势，横钩似月斜。”今天我们调节心理状态，大都是靠心灵鸡汤式的心理安慰，其实并不解决本质问题。假如能把心修炼得对丢了五万块钱泰然处之，对噪音置若罔闻，这简直就是半个神仙了！

孙悟空是石猴（虽然是公的），对“邪欲”天生具备免疫的锁定技。你看他终其一生，不曾爱过哪个女子或母猴。这个最凶险的门槛，轻而易举地就跨过去了。

其实，准备工作除了屏除邪欲之外，还有一些身体上的准备，如静坐调息，因为调息对于内丹来说太基础了，就像吃饭之前要拿筷子，所以口诀里没有讲。

正式操作

从第九句以后，开始了正式的操作。

屏除邪欲的目的，就是明心见性，使内丹重要的原料“元神”显现出来。所以“得清凉，光皎洁，好向丹台赏明月。月藏玉兔日藏乌，自有龟蛇相盘结”。“丹台”是心的代称，元神自然是在心里待着的。平时这颗心，是被各种欲望、各种愚昧蒙蔽着的，一旦邪欲去除，立即就露出了光明璀璨的本相，就好像有明月照耀一样。

如何使元神显现呢？具体操作，一般是靠静坐、调息、屏除杂念，这样练一至三个月，就会有成效。这功夫，不光道家有，儒家、佛家也讲这个，而且有许多做得非常好的人。这东西并不神秘，不妨看看陈来先生的《儒学传统中的神秘主义问题》，以及专讲这种宗教、神秘体验的文章。

不光古人讲这个，今天的人讲这个，老外也讲这个。我引一段詹姆士的《宗教经验种种》：

> 我们正常的清醒意识，即我们所谓的理性意识，只不过是意识的一个特殊类型；在理性意识的周围，还有完全不同的各种潜在的意识形式，由极薄的帷幔将它们与理

性意识隔开。我们可能活了一生，却从未猜想它们存在；但是，只要给以必要的刺激，它们便因一触而全面呈现。

这“极薄的帷幔”一揭开，与祖师要求孙悟空做到的“好向丹台赏明月”有异曲同工之妙。老实说，这种体验我也有过，只是转瞬即逝，不能持久。我也不曾刻意地去寻觅——毕竟，帷幔的那边，是我们完全不知道的另一个世界！

这种深层意识突然呈现的神秘感觉，基本上任何人都可以有，不限于修炼内丹。试想你有没有在读一首诗，或者唱一首歌的时候，忽然觉得有无限的奥妙在其中。或者忽然感觉这件事情似乎以前做过，这个地方好像以前来过，等等。假如这些你都不曾有过，那可能就是性格或环境暂时不合，总有机缘的。

“月藏玉兔日藏乌，自有龟蛇相盘结”，这是内丹术特有的术语，金乌和蛇，玉兔和龟，分别是元神和元气的代称。为什么一个概念有两个代称？其实何止两个，内丹术里一个概念能有好几十个代称。不同的，侧重的方面不同，例如龟和蛇，是就元神和元气可以“盘结”的这一特征而言。大家如果不深入学习，头脑里大致画个等号就可以了。

刚才说了，“好向丹台赏明月”意思是使元神显现，就像挖出一团泥巴，洗掉泥巴一看，才知道是一块土豆或天麻什么的，这才可以入药。到了这个心理状态后，用意念引导元神，使之和肾中的“元气”逐渐相结合。这里的肾，是一个抽象概念，不是指人体器官，而是侧重于元气的储藏功能。这种“元气”，我们在平时一般是看不见摸不着的，如果是敏感的人，也只能隐隐约约地感觉到它的存在。但经过有经验的内丹家的训练，是可以明确地感受到它就在那里。然后用意念引导(用我们现代人的话说,其实就是用脑子去想象。当然,内丹术不这么叫,他们管这些叫“存想”“存思”“意守”等,说白了都一样),想象自己的元神去和元气,就像龟蛇相交缠一样,充分融合。没错,只是在头脑中想象,但会对身体产生实际的效用。

《西游记》中,孙悟空听了口诀之后,真的回去修炼了。“暗暗维持,子前午后,自己调息。”没错,这就是入门功夫(目测他不用禁欲)。

其实现代流传的内丹术也不是完全禁欲,我听一些丹家说过,有家室的,控制一下夫妻同房的次数就可以了。没有家室,不要胡思乱想就可以了。

我们可以试一试(第一步是无害的,任何人都可以试)。

开始修炼之前,要先调息,孙悟空是这样,我们也是这样。找一个舒服的姿势坐着(盘腿或垂腿均可),闭上眼,舌头抵住上腭,想着下丹田,一定要放松,但也不能打盹。然后,绵长、放松地呼吸。可以数,也可以不数。幻想吸入真气,呼出浊气。这样每天坚持练习,过一个月就会有感觉。不一定像孙悟空“子前午后”,这个有更多仪式感的意味。不过,要是怀着嘲讽、傲慢、证伪的心思去练,那练十年也没感觉。

元神元气“相盘结”后自然“性命坚”。要注意的是,这种结合不像泡速溶咖啡似的,而是慢慢地,一点一滴凝结的。凝结的东西,各家说的也不一样。大致像小气团或者小珠子,积少成多,凝结在丹田(一般指肚脐下三寸,因为是产丹的地方,所以比作田,故称丹田)里。最后结成一个橘子大小的丹(当然是修炼者自己感觉到的)。此后还有许多步骤,由于口诀没有讲,这里就不展开了。

人身本是凡体，既是凡体，便必定会消亡。“火里种金莲”是以火比喻凡体里原有的消亡因素，称为“杀机”，以结丹比喻培植金莲。[①]“借假修真”“香从臭出”等内丹常用语，与此义同。

到了“攒簇五行”以后，就是高级阶段了。内丹家将眼、耳、鼻、舌、身的感觉，精、神、魂、魄、意的功能比附五行。元神和元气充分交会结丹（类似一颗黍米珠），此丹即具备了五行的全部功能。“颠倒用”，指变顺为逆的功法。内丹术认为，五行相生虽是自然之理，但生命也因此自然过程而磨损、耗散、消亡。修内丹就是要“五行逆生”，把此过程颠倒过来，所谓“炼精化气，炼气化神，炼神还虚，炼虚合道”，把后天纷乱、重浊、有形质的身心，炼回到先天有序、清净、空灵的状态，归于虚无，与道同体。

现代人会想：这种小气团、小珠子是个什么呢？光想象有什么用？想象来想象去，就算想象出花来，物质决定意识呀，不还是一场虚幻吗？人到最后不还是一死吗？

这就涉及下一个问题。

真的可以长生不老吗？

从以上的分析可以知道，菩提祖师的长生不老术，可以使人强身健体，精力充沛，我想这一点不用怀疑。并且确实可以使人经历一种神秘的体验来。

---

① 《悟真篇》“不识玄中颠倒颠，争知火里好栽莲”，清董德宁释：“火里不可栽莲，男儿安得成孕？今修炼之道，乃玄中之玄，妙中之妙。还返阴阳，颠倒造化，而使男子结胎以成丹，此犹火中栽莲以结子也。”

这种神秘的体验，如果到了一定的程度，还会给人带来所谓的“世界意识”和因之而来的“不死之感”。我们来看看老外是如何表述“世界意识”的：

> 与世界意识同来的，是一种不死之感（sense of immortality），一种永生之觉。并不是相信他将来会永生，乃是觉得他已经永生。（菲拉德菲亚：《世界的意识——对人心演化的研究》）

至此，我们已经窥探到了长生不老的第一步：觉得自己已经永生，至少是暂时的——这个世界上，已经有人做到过了，时间离我们不算远，而且是老外。换言之，这种感觉本来就不专属于某个宗教或某个时代。只要方法对路，任何地方、任何时代都会出现的。

那么觉得自己永生，又不是真的永生，这件事很重要吗？

很重要！要知道，我们毕竟是靠感觉来感知这个世界的，只要你觉得是啥，那就是个啥。假如一个人坚信今天的美国总统就是华盛顿，无论别人怎么告诉他是拜登，对他来讲，美国总统就是华盛顿！这个道理，一般的朋友都想得通。我们普通人尤其是青壮年人，因为头脑是“正常”的，而且能顺利地接收到外界信息，对自己的认识总有怀疑和修正，所以大多不会这么固执。但如果是很小的孩子，或者已经衰老到一定程度的老人，或者是虔诚的宗教徒，外面的信息进入到他的认知世界相对较难，他们就会对某种认识表现出异常的固执和坚信。

能够坚信某种认识，看似是愚夫愚妇的事，其实是上天给人类的一件大福利。假如一个人进入了一个心理状态：坚信自己永生了。那么，对他来讲，这一时刻他就是永生。

但是，因为训练不纯熟或事出偶然，这种认为自己永生的信念纯度未必很高，兴许会有些乱七八糟的念头来捣乱。更跌眼镜的是，这种感觉不会持久，过个十几分钟（最多不会超过两个小时），仍旧会被“打回原形”，回到凡夫俗子的状态中去，这类似佛教徒说的入定和出定。

为什么还会回来？答案很简单：不管他是和尚还是老道还是普通人，毕竟他还活着，就不得不受生理因素的制约。他的血液、呼吸一如既往地以凡俗的规律运行着，不允许长期保持这种状态。

现在我们要问一个问题，如果他就此不回来呢？假如他现在就要死了，在临终前一刻还保持着这种永生的幻觉呢？

一个人可以很从容地离世。历史上有很多记载，许多高人，比如高僧高道、修为深厚的学者文人，都是“端坐而逝”的，这些事总不能都是假的。不论他们用什么方法训练自己的心理活动，使自己临终的时候进入一种“永恒”的状态，就算是假的，是幻觉，不也比凡夫俗子翻滚呼号、牵肠挂肚、贪生怕死的那种恐怖和痛苦好太多了吗？既然可以这么从容，何不让自己进入一个“永生”的心理体验中而死呢？换我我也干啊。

我们在照顾病危的老人时，也有这种经验：尽量不把家庭其他烦心的事告诉他，尽量说一些善意的谎言，让他在家庭快乐幸福的感觉中死去。虽然说真相并不如此，但从临终者的角度来看，却是快乐幸福的，因为他已经没有机会弄清真相了。对他来讲，他的世界大大缩小了，“客观”失效了，“理性”失效了。

前文提到的甘甜味道产生的快乐，以及家庭幸福产生的快乐，毕竟是简单的快乐，远远不足以和病痛、死亡抗争。宗教家提出的问题就是：一个人是否能把这种永生的感觉，保持到死前一刻，或者说，在死前不论用什么办法，造出这种永生的感觉来，这其实就等于永生了（我们暂且不谈灵魂的本质，不谈什么暗物质磁场电磁波）。

孙悟空为什么会放着猴王不当，出去求仙访道，这在书中已有交代：就是发现自己必有一死，不但自己会死，他的猴子猴孙也都会死。这就是孙悟空所有行为的出发点。

美猴王开始研究如何面对死神。对死亡的直面，不回避，有行动，这也是《西游记》作者高度赞扬了的："顿教跳出轮回网，致使齐天大圣成。"这一句，堪称《西游记》前七回的灵魂。

不过，就算道理上明白了，实际中做不到，也是白扯。要知道，能达到这种心理状态，以人类发展到现在的技术来看，除了经过长期的心理训练之外，似乎没有旁的办法。所以我们看历代的哲人，乐此不疲地研究各种方法，这是伟大的慈悲心，救拔人类终极痛苦的慈悲心，出于自救，终于救人的慈悲心！

有些人不相信这些，在他们眼里，幻觉是虚假的，眼见的才是真实的。但是，老虎还有打盹儿的时候呢，人总不是永远清醒的。病痛的时候，昏沉的时候，临终的时候，是不是能永远保持清醒呢？

有的人临死前看见有人来接他，有的人临死前往空中乱打，还有垂死者会看到阴曹地府、冤亲债主等各种可怕景象。也许在"正常人"看来，这是临终弥留、病态昏沉的幻觉，是他生前的经历、知识、性格等各种因素变现的幻影。甚至"正常人"会说，看！哪里有什么鬼神呢？中国人的阴曹地府，就是封建官府的投影；外国人的上帝，也是一副白种人的样子，这不正好能证明鬼神是人类自己造出来的虚幻景象吗？道理当然没错，但是休要忘了，“正常人”认为的虚幻景象，在垂死者看来，却是真真实实的存在。景象是假的，他切身地受着的苦是真真实实、如假包换的！面对这样一个现实，再鼓吹鬼神的不存在，又有什么实际的意义呢？况且，我们这些“正常人”也终有一死，早晚也得来尝一尝虚幻景象的滋味，到那时，我们还有能力宣称“眼见为实”吗？

所以，古人的伟大之处，在于一直为人类谋求着一种救拔之道，企图在人类有限的技术条件下，在生时避免烦恼的困扰，在临终摆脱死亡的折磨。它在科技不发达的时候，是一种对人的悲悯和拯救。我们当然有权利不接受这一派或那一派的教义，但是，我们至少应该报之以深沉的敬意！

金箍棒的原型竟是它?

孙悟空学艺归来，下到东海龙宫取来了金箍棒，从某种意义上来说，它相当于孙悟空的一个化身和符号。

我们在各种影视里都见过，金箍棒是一根铁棍。《西游记》原著中描述金箍棒是“二丈长短，碗口粗细，两头两个金箍，中间一段乌铁”。

各位，有没有想过，书中这段话有什么问题?

奇怪的金箍

无论是木桶的桶箍，还是女孩子的发箍，箍就是用来防止开裂或分散的，这个用途古往今来都没有任何区别。

但金箍棒中间是“一段乌铁”，是实心的，又不是一根钢管或竹竿，平白无故装两个箍做什么，这不多余吗?

当然，可以解释为装饰物，棍子两头做些装饰是有的，例如古代有一种棍子叫“金吾”（也叫吾杖），是一根长铜棒，两头涂金，但刷点金粉就得了，它实在没有必要装个箍。棍子两头另外加装东西也是有的，例如“殳”或“骨朵头”（狼牙棒），但那是为了增加攻击力的，而且形状和金箍棒完全不同。

我们暂且看看金箍棒的前世，再来回答这个问题。

前面讲了，《西游记》是流传了几百年的复杂故事。现存较早的西游故事，是《大唐三藏取经诗话》。里面的猴行者似乎是不使什么兵刃的——就像张无忌——使的是一双肉掌而已。倒是玄奘法师有一条“金镮锡杖”，不过也不是用来打仗的，而是类似召唤权杖之类的法宝，比如什么时候遇到困难了，举起锡杖大喊一声：“天王救难！”大梵天王就会显灵，帮师徒渡过难关，相当于开外挂。

明王圻《三才图会》中的吾杖

镶在棍棒两端的“骨朵头”

《西游记杂剧》里的孙行者手里使的是“生金棍”，能从耳朵里取出，但是并未说有箍。

到了世德堂本《西游记》，这根棍子保留了能大能小的功能，还添了一个功能：它本来不是当兵器用的，而是大禹治水的时候“定江海浅深的一个定子”，有时候也叫“定海神针”（原文没有，出自清代张书绅《新说西游记总批》：“定海神针，妙不可言。言人心上，原要有针线，又贵如铁石，而外物不能摇动。”）。

定、椗、碇

针是一根极细的铁条，特点是尾巴上能带一根线。金箍棒缩小了当然像针，但是放大了也叫“定海神针”，天下什么东西像此物呢？

我们来看“定江海浅深的定子”这句话，这里面的两个“定”字，意思有些差别。

第一个“定”，是测定的意思。流沙河那一回，孙悟空说这条河有八百多里宽，八戒就问：“哥哥怎的定得个远近之数？”通天河那一回，孙悟空也说：“怎定得宽阔之数？”这几个“定”，都是测量、测定的意思。那么古人用什么来测定水的深浅呢？分两种情况。

第一，浅水的时候，用棍子一戳就知道，这是最直接、最简便的办法。比如第一回美猴王出海求师，“持篙试水，偶得浅水”，这种方法叫“点竿”或“探杆”。明代的《海道经》：“勤戳点竿，寻投长滩一丈八尺，渐渐减至一丈五尺。”顺便说一句，美国作家马克·吐温的笔名就取自船工的口号“mark twain”，意思是“测定为两英寻”。

第二，到了大江大海里，水深动辄几百米甚至千米，没有那么长的棍子，用什么来测“江海之浅深”呢？很简单。将一根绳子拴上重物，扔到水里，然后再拉上来量没入水中绳子的长度。

第二个“定”是定子，这是什么呢？古代的船上有一种叫“碇石”或“碇子”“椗子”的东西，是船锚的前身。拴这种碇子的绳子，叫“碇绳”或“碇丝”。如宋洪迈《夷坚志》测一个叫龙漩窝的深渊的深度：“以绳数十丈矴（同“碇”）坠入穴内。”又如刘弇《独游狼山记》：“今之山踯，……前五十载，海也。其深盖碇丝千寻莫能测。”“定”“碇”“椗”，应该是一个东西。

为什么有的写作石字旁，有的写作木字旁？这是因为有些“碇子”用石头来做，有些“椗子”用木头来做。石头的叫石碇，木头的叫木椗。这就像象棋里的棋子，有的写作“炮”，有的写作“砲”：过去没有发明火药的时候，“砲”其实是投石机，所以是石字旁，后来改用火药，“炮”就变为火字旁了。

1975 年福建泉州出土的宋元时期的碇石，全长 2.32 米，中段宽 0.29 米，正是一根棒子模样，重约 400 斤。如果有人使得动，绝对是一件重兵刃。

可能有人说，《西游记》里金箍棒两丈长，合 6.67 米，这个碇石才两米多，况且是扁的，还是和金箍棒有些差别。那么，我们再看一看木椗。

一个完整的椗长什么样？清徐葆光《中山传信录》说得很清楚，大的长二丈七尺，小的长二丈四尺，宽八寸及七寸，用铁力木制作。这种木材的密度比水重，所以能沉底。椗上系两条棕索，用来收放。

一个完整的椗，由椗杆、椗担（横杆）、椗爪组成。椗杆是一个椗的主体，椗担和椗爪是椗杆的附属部分，很容易脱落，也可以随意更换，所以，现在能看到的古代椗的考古实物，基本上都只剩长达二丈的椗杆，椗担和椗爪都荡然无存了。

我们拿 1983 年出水于福建晋江深沪湾的木椗杆和金箍棒做

一个比较，就知道二者是多么地相似了。[①]

木碇杆

1. 金箍棒"二丈来长"，一丈约 3.33 米[②]，两丈约 6.67 米。深沪湾的木碇杆全长 7.57 米，略长了些。但是，1974 年泉州湾出水的海船中有一根木椗杆，长度正是 6.6 米，与金箍棒"长两丈"完全相合。况且《中山传信录》也记载，椗杆是分大小的。

一只斗的大小

2. 金箍棒未缩小时"斗来粗细"。木椗杆杆首宽 37 厘米，尾宽 32 厘米——这正是古代一只斗的直径。

3. 椗材褐黑色，船工称之为"黑盐桐"，据判断应是铁力木。金箍棒中间是"一段乌铁"，颜色正和椗材的颜色相似。

4. 木椗杆上有宽 7 厘米的铁箍锈迹。铁箍是为了加强整体强度、防止木材断裂而安装的。金箍棒两头"两个金箍"，原来箍是在这里用的！"乌铁"当然不用上箍，"铁力木"再怎么"铁"也是木，又长期泡在水里，当然得箍一下了。

所以说，金箍棒简直就是深沪湾的木椗杆或者泉州湾宋代海

① 郭雍，泉州湾打捞到两具古代大船锚 [J]. 文物，1986，2：86-88

② 明清一丈和今天的一丈差别不大。

船所配木椗的翻版啊！

有趣的是，郭雍先生还提供了一条民间传说，更印证了金箍棒和“碇子”的联系：

当年三宝公（郑和）下西洋，船队经过泉州湾时，适遇台风，一时浪涛激涌。三宝公立即下令将一根“镇海针”投入海中，风浪顿时平息。

这个传说的缘起，是当地浅海处有一具巨大的古代铁锚，锚的一爪部分露出泥面约0.3米，即使潮落时仍在水下，人眼看不见。渔民在此下网打鱼，渔网常遭损坏，所以那一块海域渔民代代相传，几百年来以为禁区。出土后经分析，这具锚不晚于明初，现保存在泉州湾古船陈列馆里。

剥开这个传说的神话外表就会发现，这其实说的是郑和随机应变，下令抛锚。海船遇到台风，靠谱的做法是找个安全地方抛锚。民间把郑和神化了，抛的锚（碇子）也就化身为镇海针了。插在泥里的锚（碇子），不就像是金箍棒插在龙宫海底吗？当然，我不是说和金箍棒有关系的一定是这一具锚（碇子），更不是说金箍棒的原型就是碇子，而是说金箍棒与碇子恐怕是有千丝万缕的联系。

写到这里，我不得不再次佩服编出“定海神针”的这位作者（当然，未必是世德堂本《西游记》这一回的最终写定者），他给金箍棒攀了个阔娘家！因为是棍子，所以能测深度，浅水直接一捅，深水系绳一扔。因为和水有关，所以先归大禹管，后归龙宫管，而龙宫又号称是藏宝的地方。这真是“弹指神通”的精微功夫。碇子和针，虽然大小悬殊，却还真是一类东西，都是一根棍上挂根绳，而且兼顾了“生金棍”能大能小的传统。如果把《西游记》里的武器做个人气排行榜，第一非金箍棒莫属。这么一件大杀器的出场，总得有点不凡的事迹不是？像杂剧那样随随便便编个“生金棍”，就很不体面。

金箍棒的含义是非常丰富的。李卓吾（即李贽，有人认为是明朝叶昼托名所作），评价金箍棒：“也有些猴气。”因为它能大能小，可以看作是“心”的形象化，还有人认为它代表了男性的生殖器。

这些解释当然都很有意思，但是本书只重文本和出土实物，所谓“二重证据”。

至于为什么金箍棒重“一万三千五百斤”，有人认为和内丹修炼有关，依据是人一天的呼吸次数是“一万三千五百息”。但是这个观点没有更多的材料论证，这里就不多讲了。

但是要注意的是，《西游记》里描写金箍棒的时候，龙王先说它是一块“定海神铁”，孙悟空看到的时候，才知道它又叫“如意金箍棒”。定海神铁论“块”，如意金箍棒论“根”，早在《西游记杂剧》里，孙行者的武器就是“生金棍”了。这条生金棍也是能大能小，但并没有提它是定海神铁。可见，管金箍棒叫定海神铁，这是后起的。也就是说，金箍棒的这两个名字，有两个不同的来源。我们研究《西游记》成书过程，不妨注意下，定海神铁这个设定，是谁、又是怎么编进去的。

我觉得，编出定海针的这位作者，恐怕对海洋、水运非常了解。不要说古代，就是现代，海船上的各种工具，普通百姓恐怕也大多不认识。所以我想，只有见过这种东西的人，才编得出。这位作者应该是一位住在东南沿海，至少也是大江大河边上的人。

最后补充两点：

一、据甘肃民族师范学院的王四四先生回忆，甘肃一带的木匠，所用的测长度与深度的一种工具也叫“定子”，正是绳子拴着一根小铁棍。可见无论海上还是陆上，甚至内陆地区都在使用了。

二、水利工程中用标杆来看水位，无论是古代还是今天都这么用，比如都江堰的石人就有这种功能。我所在的北京，自从2012 年闹过大水后，立交桥下面都立有“定海针”了。

弼马温到底是多大的官？

孙悟空在闹了龙宫、地府后，被太白金星招安上天，封作了弼马温。我们就从这个官儿说起。

弼马温的由来

历史上并无“弼马温”一职。弼马温的谐音是“避马瘟”。民间传说，猴子养在马厩中，可以避免马匹患瘟疫。这个传说到底靠不靠谱，不知道，但确实很早。晋干宝《搜神记》就记过。《齐民要术》里说，马厩里养猴，能消百病。《本草纲目》也说了这个事。拴马桩的桩头，往往雕一个猴子，用意与此是一样的（另一说有“马上封侯”求富贵的意思）。更详细的解释[①]，这里就不多展开了。我们着重说的是孙悟空到底当了个什么官儿。

① 参见邢义田先生有关“猴与马”造型的系列研究论文、陈洪．从孙悟空名号看《西游记》成书的“全真化”环节[J]．中国高校社会科学，2013，7(86—94，156）。

弼马温这个官很小吗？

在《西游记》中，弼马温是御马监的“正堂管事”，是给玉帝养马的。按书里说法，是个“未入流”的小官。

现在流行的百回本《西游记》定型于明代，这里的御马监，自然是借用明朝的御马监——明代宫廷里“十二监”之一，这十二监都由太监主管。明朝的御马监，权力大得很。开始大概只管管皇帝的御马，后来就有权力调兵遣将了，例如正德时期的四万禁军，就归御马监管。这是个正经八百的实权部门！

御马监太监（这里的“太监”是这个官的专称，不是阉人的通称）是这个部门的一把手，正四品，下面的副手由从四品到正六品不等。这个官儿大得很，绝不是未入流！要知道，明代的地方知府不过是正四品，国子监祭酒（相当于今天的教育部部长）不过是从四品。孙悟空若真相当于御马监太监，绝不会亲自给马匹端屎端尿。我们查一查明代的史料，就会知道御马监太监每天忙活的是统筹规划，争夺马匹资源，拍皇上马屁，甚至还做钦差大臣，红得不得了。还有，太监一定是阉过的人，孙悟空那个又没有丢……

御马监在明朝，名声很差。万历皇帝的老娘是李太后，李太后发迹后，一家子显贵。老爹李伟封为武清伯，这老家伙又贪又蠢，给戚继光的士兵造了许多假棉袄。李太后的弟弟李文进，万历的亲老舅，因为姐姐进宫，就上赶子自宫了。跟姐姐入宫后，李文进很快就升到御马监太监。我们的猴哥焉能与这些人并列！

“冏卿”和基层的错位

御马监是直接服务皇上的，明代还有一个给国家养马的机构叫“太仆寺”，一把手叫太仆或太仆寺卿。太仆在春秋时期就有了，周穆王有个出名的大臣叫伯冏，做过这个官，所以后世就把太仆叫“冏卿”。明代官制，太仆寺卿是从三品。孙悟空被封为弼马温时，明代李卓吾（李贽）评本《西游记》有一句批语：“老孙该造个冏卿第。”“第”，就是府邸。在熟悉明代官场的李卓吾看来，“弼马温”这个官不小了，孙悟空该造个太仆的府邸来住才对。

“冏”这个字，网络上一度作为“郁闷、悲伤、无奈”的意思在用。因为这个字长得像一张无奈的脸。所以为什么孙悟空就“冏”成这个样子？由从三品变成未入流？李卓吾的这句话，其实透露了消息。要知道，太仆寺作为国家养马机构，养马场遍及全国各地，只要适合养马的县，都设有太仆寺的马场，学名叫“牧监”，比如天长县所设的，就叫“天长牧监”。我算了一下，一个牧监所管马的数量，大致就在一千到几千（再多，一个县的力量就养不起了）[①]，这和孙悟空在天宫清点的天马数量“止有天马千匹”，正好是差不多的。

所以，孙悟空干的这个活，说白了就是县级养马场的场长，在明代叫“牧监监正”[②]，在官场的最底层。洪武二十八年，这个正九品的官职，倒霉催的，居然被革除了，当然就彻底“未

---

① 参见《明太祖实录》洪武十年

② 王文超．从弼马温论明朝的马政[J]．广州大学学报（社会学科版），2002，1（9）

入流”了！

牧监的一把手叫“监正”，二把手叫“监副”，这个监副也出现在了《西游记》里。1986版电视剧《西游记》演这个监副的是沙僧的扮演者闫怀礼老师，大家注意过吗？

冏卿你好，冏卿再见！

明白了以上的道理，我们可以据此看一下孙悟空及其同僚们对待这个官职的心态。

在灵霄宝殿上，武曲星君向玉帝推荐孙悟空说：“天宫里各处都不少官，只有御马监缺个正堂管事。”这个“正堂管事”非常值得玩味。“正堂”，一般是对地方官的称呼，而不是对中央机构官员的称呼。明清的知府、知县叫正堂。一个县设一个牧监，所以也“正堂”起来了。“管事”，就更low了，一般是指称财主家的总管，或者军队里比较低级的头目。《水浒传》里林冲说“拨我去大军草料场管事”，草料场和马场，算是差不多的平级单位。这个正堂管事从武曲星君嘴里说，那潜台词就是嘴角撇着：你以为是个正堂？其实你就是个管事！但从当事人看来，那就是胸脯挺着：虽然我是个“管事”，但我总归算个“正堂”。透着小单位头目心比天高的充大的感觉。

一个县只有一个牧监，看上去似乎是，我当老二谁敢当老大，但其实就是个养马的。漫说省市级领导，估计当地知县，恐怕也正眼都不夹他。从这个官职以及别人对它的称呼“正堂管事”上，我们可以体会孙悟空的那种微妙心态，也可以理解为什么他会反出天宫。

作者想的是一出，写的是另一出

因为要写天宫的事，所以作者起名字肯定是往大里起，实际写，却只能写他见过、懂得的经验。他要写的是宫廷里的御马监，脑子里参考的却是各县的牧监。御马监在深宫内院，他恐怕是没见过的。但地方的牧监，却是他所常见的——现在很多县仍有“马场道”这个地名——因为都有个“监”字，就管不了那么多了。

从这一点来看，这一回的作者，有才当然是有才，但恐怕不是社会上层人物。还有，戏曲小说往往喜欢把官场简单化。就如郭德纲和于谦唱过的“听说那老包要出京，忙坏了东宫与西宫。东宫娘娘烙大饼，西宫娘娘剥大葱”——老百姓要写皇家的事情，只能照他所经过、见过的事来想象，大饼大葱就是他所知道的最好吃的东西了。

天仙也不好当

孙悟空到了天宫之后，初来还觉得好玩，后来就发现满不是那么回事。他“昼夜不睡，滋养马匹。日间舞弄犹可，夜间看管殷勤，但是马睡的，赶起来吃草；走的，捉将来靠槽”。

这一段很写实，下界凡人上了天宫，就像一个年轻毕业生刚考上公务员，虽然不再是个穷学生，但在新的工作单位，开始的时候必然要被使唤来使唤去，他们有个共同的名字叫“新（gàn）同（zá）志（huó）”。

天宫是不是这样？还真是这样。我们翻一翻《太平广记》，就会发现有个仙人叫白石先生。这位白石先生，和古代那位长寿的彭祖是朋友，年纪比彭祖更大，靠修炼交接之道（房中术），活了两千多岁，每天煮白石头当饭吃。他是能升天的，但就是不肯。彭祖问他为什么，他说，天上多的是大仙大神，我去了只能伺候他们，比人间更苦，所以干脆乐得不去。

葛洪《神仙传》说汉代淮南王刘安，因为修炼成仙，飞升上天。他在凡间当王爷当惯了，到了天上还对人颐指气使，天上众神怎么可能惯着他？没多久，就罚他去扫了三年天厕。

齐天大圣和孙行者：我大闹天宫，你却到处被打爆

齐天大圣（李云中　绘）

有一个问题一直困扰着西游迷们，那就是猴哥前后的本领太不一样了：闹天宫的齐天大圣能大战十万天兵；取经的孙行者

反倒动不动就被虐得一塌糊涂，到处请神仙帮忙。在打黄眉怪、狮驼国的时候，甚至急得哭哭啼啼，简直就是猴哥人生的大污点啊！

这个问题，大概是网上最容易引起讨论的话题。我看过许多种解释：

解释一，紧箍咒是一道封印，封住了孙悟空的能力。

解释二，大闹天宫时神仙们保留实力，没有用最强法宝。但是神仙的下属下界后，各种宝物都用了出来。

解释三，孙悟空五百年没有练功了，别的妖怪早就超过他了。

解释四，孙悟空要保护唐僧，瞻前顾后，有本事使不出来。

这些解释当然都很有趣，但都有一个共同默认的前提，就是《西游记》是一个作者写的，情节必须前后照应。

事实果然如此吗？

是什么决定了虐人和被虐？

主角虐别人和被别人虐，取决于什么？装备、法术、武功、天时、地利、人和？

不是的，很简单，故事都是作者写的，作者想让你被虐，你就得被虐。

也就是说，猴哥虐人和被虐，取决于《西游记》的作者喽？

也不全是。要知道，作者写故事是给读者和观众看的。观众、读者如果不答应，写了故事谁愿意看？比如《神雕侠侣》里玷污了小龙女的尹志平，其实在历史上是全真教的高道。道教徒众一致反对金大侠这么写，于是，金大侠不得不把他改名“甄志丙”了。这就是观众会反过来影响作者。

所以说，一个故事里的人物有多厉害，是作者和观众共同决定的。

《西游记》是一部积累了几百年的皇皇大作，不是由一个人花几年时间写成的。这部书包括了几十个故事，更不可能是一个人坐在家里一口气编成的。

西游故事的祖宗长什么样

我先给大家讲两个最老最老的西游故事吧：

> 又忽遇一道野火连天，大生烟焰，行去不得。遂将钵盂一照，叫“天王”一声，当下火灭，七人便过此坳。

> 举步如飞，前遇一溪，洪水茫茫。法师烦恼。猴行者曰：“但请前行，自有方便。”行者大叫“天王”一声，溪水断流，洪浪干绝。师行过了，合掌擎拳。此是宿缘，天宫助力。

这两个故事分别是“火焰山”和“通天河”故事的原型，出自《大唐三藏取经诗话》，一般认为这是宋朝人讲的西游故事。那个钵盂，可不是唐太宗赐的，而是北方毗沙门天王所赐，是一件可以召唤天王的法器。诸位看这两个故事，猴哥都没自己搞定困难。

唐代以来，毗沙门天王信仰十分兴盛。这两个故事，其实是给毗沙门天王当软文用的。这里面出现了两次“天王”，和很多软文里“无意”带出来的客服电话，目的是一样一样的。

为什么会这样？写《大唐三藏取经诗话》的这位老兄有什么目的？这种诗话，一般都是在寺庙里讲给信众听的，是用来宣扬佛法的。这几个故事，宣扬的是天王信仰。就像你在产品宣讲会上收到的传单，上面当然会带客服电话了！

翻拍如何避免狗血

所以说，西游故事从唐宋时出现的时候，就是用来宣传佛教的。这两个故事，因为涉及征服自然的险阻，很是壮伟。人们喜欢，就流传下来了，而且不断被翻拍。

故事的翻拍，一般来说，不能改动它的大框架。强行改，会剧烈掉粉的。所以 2016 年的电影《三打白骨精》，猴哥把唐僧一棍打死。我就心里想：看你怎么收场！果不其然，到最后，编剧还是乖乖地让观音菩萨把唐僧的灵魂送回本体，依然保持了师徒四人取经的格局。假如唐僧没有复活，孙、猪、沙三人去取经，或者散伙了，或者干脆就地开了个店，编剧就等着收刀片吧。

今天如此，古代也一样啊。比如“火焰山”的故事，已经深入人心。后来的作者想翻拍，演绎成孙猴金箍棒一捣，在地下捣了个地道，师徒四人走地下钻过去，这在逻辑上也无不妥，但作者估计能被“老粉”们砸烂脑袋。于是在《西游记杂剧》里，孙行者仍然搞不定铁扇公主，仍然要去搬救兵，虽然不是天王帮忙，而是观音菩萨率领水部诸神把火灭掉了。这自然和观音信仰有关。到了百回本《西游记》里，阵容就更强大了，托塔天王、哪吒、四大金刚，各路神仙同时上场，才把牛魔王缉拿归案。也就是说，这个故事从源头那里，就没打算让主角出力，所以影响着猴哥也弱了。

这种故事是宣扬佛教的，从祖宗辈那里就设定成猴哥要请人，如果“翻拍”故事里不请人，就得罪老观众了。

还有一种故事，一般是道教人士编进去的，我只简单举一个例子：猴哥大战红孩儿，败得很惨，很惨，甚至败到我都不愿看1986版电视剧《西游记》里《大战红孩儿》这一集，因为太有辱我们猴哥的形象了！

为什么会这样？其实这段故事，是经过了有全真道背景的作者的加工，用来宣讲内丹理论的。内丹术特别讲“火候”，如果不慎，很容易危及生命。作者用红孩儿之火比喻内丹修炼时的“邪火”，象征修行者之心的猴哥只是作者操纵的木偶，就是要表演一个“邪火攻心”给大伙看。具体的情节，我们会在红孩儿那一回讲，这里就不多展开了。

齐天大圣的上位

那么，作者为什么不在一开始就限制齐天大圣的技能点？前头写得那么牛，后来又弱，拿观众感情开玩笑吗？

注意，凡是做这种评价的时候，一定要先想一想，这两个故事是一个人写的吗？我反复说了，《西游记》不可能是一个人写成的。闹天宫的齐天大圣和取经的孙行者，本来就是两个猴！两套故事是两拨人写的。

乍一听可能比较费解，但不知大家注意没有，凡涉及花果山时期猴哥的，我一律称齐天大圣，凡涉及取经时期猴哥的，一律称孙行者。因为这本来就是两套故事系统，大概是在元代的时候才硬拧巴到一起去的。

猴子多的地方，比如四川、福建、广东、台湾等地，一般都有猴精的传说，而且越编越离奇：开始就是骚扰一下百姓；后来发展为把良家少女抢到洞里霸占；再发展，就是连天兵都不惧了。当然，这些故事的最后，猴精也受到了镇压，但丝毫不影响当地百姓对大圣的喜爱和敬畏。当地人一般喊这些猴精为“某某大圣”。

其实从宋代开始，流传在福建一带的“瑜伽教”的神灵，就喜欢用“大圣”命名，这个习惯一直延续到今天。例如通天大圣、弥天大圣、雪山大圣、雄威大圣、象鼻大圣、猪头大圣、丹霞大圣、翻江大圣、搅海大圣、驱雷大圣、撒云大圣……只要出一个神仙，老百姓就喜欢叫他“某某大圣”。时间一长，自然满街都是大圣了。

今天的《西游记》里，孙悟空孤零零一个人，但在明代以前的齐天大圣故事里，他不仅有七位平辈的兄弟姐妹：弥天大圣、通天大圣、耍耍三郎（以上公猴），铁色猕猴、巫支祇圣母、龟山水母、泗州圣母（以上母猴，有的是一猴多名）。他甚至还有老婆和女儿！《西游记》里，孙悟空还跟六个兄弟结拜，都自号某某大圣，这正是大圣信仰留下的痕迹。

这位猴哥的各种早期故事，也都综合了各种“大圣”和同类猴精的事迹。比如《西游记杂剧》里保唐僧取经，是通天大圣。《陈巡检梅岭失妻记》是齐天大圣。还有个名叫孙行者的，是耍耍三郎……百回本的《西游记》都给编到一个猴子身上去了，名字也固定下来了，就是今天的“齐天大圣”。我们这里只用“齐天大圣”一个名字代替。大圣身上，流动的是民间信仰的血液。他和山林、和乡土是息息相关的。

行者呢？它是中国北方和西域玄奘取经故事里的。玄奘取经途中有一只神猴保护，它一般叫“某行者”（猴行者、孙行者）。这只神猴的原型是谁呢？有人说是玄奘大师的一个叫“石槃陀”的保镖，有人说是印度一只叫哈奴曼的神猴的化身，现在已经说不清楚了。但这个“行者”具有佛教的血统是没有疑问的。

齐天大圣在南方大山里生活了几百年，福建、广东一带的人把它捧得很高，到处讲它的英雄故事。因为这些地区相对闭塞，所以，大概元代以前，齐天大圣还没有和它地盘以外的故事发生过交流。这就像《飞狐外传》里的南霸天，在胡斐来之前，他从没遇到过对手。所以这套故事里，齐天大圣最多只被虐一回——这还得看作者是乐意看它最后逍遥自在还是被镇压了。

不知道哪位（或许是一群）天才的作家，发现了这位地方上的神灵。从齐天大圣傲岸不羁的故事中，他看到了大圣放射出的无限光芒——这正是追求生命自由的耀眼光芒，许多人因温良懦弱而久已缺失的光芒！他说：“跟我来吧。大圣！我将让你扬名于天下！”

于是，齐天大圣跟着这位（群）作家，走进了北方取经故事的班底，而且这套班子似乎正在衰落，在民间，玄奘法师的故事讲来讲去也不是那么有趣了。这时又正是北方草原民族一统中国的时代，原来的猴行者，由于有西域血统，和本土文化各种不合。

如果说南方的崇山峻岭就是镇压住齐天大圣，让它无法发展的五行山，那么，放出大圣的救星，就是这位（群）天才的作家！

于是，齐天大圣与猴行者合体了，这就是我们今天看到的孙悟空。百回本《西游记》前七回，讲的是齐天大圣的出身；后面九十多回，讲的是孙行者的取经故事。这正是两套故事相结合的特征。孙悟空在取经路上，遇到的各种艰难险阻，往往是佛教和道教人士为了宣扬教义设定的，于是可怜的猴哥一次次被虐，虐得我们憋气又心酸。理解吧，原谅吧，猴哥在这里，担负的任务实在是太重了……

然而这位猴哥，时不时要爆出一些惊人言论，好比他得知金角大王和银角大王的背景，是观音菩萨故意从太上老君那里借来，与师徒四人为难的，他就骂观音：一辈子找不到老公。又如他听到如来佛祖和大鹏精论亲戚，他就说：论起来，佛祖还是妖精的外甥。这些特征，多是从齐天大圣那个系统带来的。原来那个齐天大圣，有些言论实在惊人到尴尬。比如元杂剧里他说："我盗了太上老君炼就金丹，九转炼得铜筋铁骨，火眼金睛，鍮石屁眼，摆锡鸡巴。"登山观风景，就说："好高山，好明月，我且拉一堆屎。"在今天的《西游记》里，已经改好了许多了！

所以孙悟空前后本领不一，完全是不同的作者、不同的观众出于不同的目的，加在他身上的。今天的《西游记》故事，就像一块抹了一层层奶油的蛋糕，它在几百年的流传中，至少叠加了三层：第一层最古老，是一些宣扬佛教的故事；第二层，是后来全真道为了讲内丹加入的；第三层，是另一些和民间信仰有关的人士加入的。其实可能还有第四层，我后文会提到。

一些喜欢道教的朋友可能会说：你错了，《西游记》就是一部讲修炼的书，因天机不可泄露，所以用了许多隐语。这个数字是有含义的，那个形象是有含义的。总之到处都是微言大义。

一些喜欢佛教的朋友也许会说：你错了，《西游记》就是宣扬佛法的，不然去取经干什么。不然孙悟空为什么打得过道教神仙，见了佛祖就老实了？

还是那句话，这些说法都是建立在《西游记》是一位作者一次写成的前提之下的。但只是从文本本身出发，我认为《西游记》这一块抹了很多层奶油的蛋糕，从玄奘大师取经开始，到现在都一千多年了，早已经化成了一摊糊涂。我写这本书的一个目的，就是要把这一层层化掉的奶油，重新分出层来（听起来很逆天），把叠加在《西游记》里的这些层次，一个一个地择出来，还给大家一部清晰透彻的《西游记》。

说说李天王一家子

我们今天看到的哪吒的标准造型，一般是梳两个髽髻，围一个兜肚，荷叶超短裙，光着腿和脚，顶多加一个荷花披肩。好像从夏天到冬天，他都是这样一身好清凉好清凉的打扮。1986 版电视剧《西游记》里哪吒连鞋都没穿，被孙悟空挠脚心，居然还不痒。

但事实上，《西游记》原著里哪吒不是这样的。

哪吒在攻打花果山的时候，书上倒没有细说他穿的什么衣服。但是他帮孙悟空降伏牛魔王的时候，见面第一句话是："大圣！衣甲在身，不能为礼。"说明他是有盔甲的。还有一次，孙悟空的金箍棒被青牛精用金刚琢套去。孙悟空没办法，请来了李天王和哪吒助拳。哪吒的样子：

> 绣带舞风飞彩焰，锦袍映日放金花。环绦灼灼攀心镜，宝甲辉辉衬战靴。身小声洪多壮丽，三天护教恶哪吒。

战袍、腰带、护心镜、护甲、战靴，全身披挂，包裹得严严实实，这身打扮怎么可能被孙悟空挠脚心？真挠的话，大靴子一脚踹脸上！

其他的明朝小说写哪吒，也都是包裹得严严实实，请看这一段：

> 哪吒出阵怎生打扮？但见头戴红花紫金圈，身披八宝绣盔甲，脚穿绿线皂皮靴……

这是明朝另一部小说《南游记》里哪吒的打扮，《西游记》里没说戴盔，他这里也戴了盔。上阵也不是踩着平衡车一样的风火轮，而是骑马的。

更早期的，比如杂剧《二郎神醉射锁魔镜》里面，哪吒戴一顶“铃杵冠”，穿一件蟒衣战袍，还加一件坎肩。也是穿很多衣服的。事实上，元朝人画的哪吒，也是穿着袍子、靴子，一点都不清凉。

《三教源流搜神大全》里的哪吒

扒走哪吒衣服的是《封神演义》

《封神演义》有些内容和《西游记》差不多，但它比《西游记》更喜欢东抄西抄，而且特别喜欢抄《西游记》。我重复一遍，不要以为这些名著格调多高，其实就是民间的消遣读物，或许有点寓意，但求之过深必然徒劳无功！如果拿《封神演义》里的神仙当道教正宗的神仙谱系，就完全不靠谱。

《封神演义》里的哪吒，就是从各种地方抄来的。这位哪吒脚踩风火轮，腰里别着金砖，手拿火尖枪。风火轮是从华光那里“偷”来的，乾坤圈其实就是《南游记》里哪吒的“红花紫金圈”。火尖枪和整个造型是借用《西游记》里红孩儿的“也无甚么盔甲，只是腰间束一条锦绣战裙，赤着脚”，于是《封神演义》后的哪吒全都光腿赤脚了。除了抄红孩儿，《封神演义》也抄善财童子，这位童子的形象也是光腿赤脚居多。有一本《封神真形图》，就是《封神演义》的人物画谱，就干脆标上“善财童子哪吒”了！

《西游记》里的哪吒，虽然有个“火轮儿”，却没说是代步工具，哪吒拿“火轮儿”当平衡车使，似乎也是《封神演义》的发明。

近些年拍的一些电视剧和动画片，比如《宝莲灯前传》，哪吒的衣服又多起来了，不得不说是一种回归。

《封神真形图》里的善财童子哪吒

哪吒他爹是谁？

肯定有人说：那还用问，是陈塘关总兵李靖李天王啊。这其实是后来小说的提法。正宗的道教里并没有什么天王[①]，天王是佛教的神。

在佛经中，哪吒是四大天王中毗沙门天王的三儿子，平时捧

① 当然，我们并不排除有个别道经里提到过，比如“昆仑之山在黄曾天下，太微帝君或居中央，有四天王，各镇四边，各掌一方天下”（《洞玄灵宝诸天世界造化经·昆仑山王四天下品》）。这应该就是从佛经抄来的。因为道教经典的形成复杂得很，各家说法都不一样。

着宝塔，跟在天王左右值班。“毗沙门天”音译自“多闻天”的梵语 Vaisravana，大家都知道四大天王，分别是东方持国天王、南方增长天王、西方广目天王、北方多闻天王。在佛教里，四大天王分别镇守佛国四方的一方。

那么，为什么在《西游记》里成了天宫有四个门，四大天王各看一座呢？

我们一定要有这样一个认识：《西游记》里的天宫，既不是佛教的所谓的“天”，也不是道教的“天”，而是民间自编自创的“天”，这里面加入了很多老百姓的想象、发明。

老百姓可不懂什么梵语，还以为“毗沙门”就是天上的一座什么门。于是在民间，毗沙门天王，就成了镇守“毗沙”门的天王了。大伙儿一想：既然有了北方“毗沙”门，那自然也有东西南三个门。你们四个天王，看四个门去吧。于是就把四位天神彻底转岗成四个门卫了！

毗沙门天王信仰在唐代非常兴盛。李靖，大家都知道，他本是唐代开国元勋，大伙儿很喜欢，不仅香火供奉，而且还不断给他身上编故事。

一个有名的故事，就是李靖代龙王行雨，说他到一个地方借宿，正好这个地方龙王要下雨，缺人手，就请他补个缺。李靖自作主张，多下了二十滴，结果平地水深猛增二十丈。

这个故事本来讲讲就完了，谁知佛经中正好西方广目天王是管龙王的，他的名字叫“毗留博叉”，于是人们就把李靖编到这位“毗留博叉”身上去了。但是“毗留博叉”天王，实在不如“毗沙门”天王有名。两个天王都姓“毗”，老百姓也分不清“毗留博叉”和“毗沙门”的区别，前面一个还绕嘴。得了，就算你李靖是那个托宝塔的毗沙门天王吧！于是在大家的编排下，毗沙门天王和李靖合体了，李靖穿着毗沙门天王的一套装备，走马上任，做他的托塔李天王去了。

杨景贤《西游记杂剧》有这么一段：

天兵百万总归降，金塔高擎镇北方。四海尽知名与姓，毗沙门下李天王。

这里面已经明确地把李天王放在“毗沙门”下面了。

李靖谋得了毗沙门天王的实际名分后，把他的部下也带过来了。四大天王都有一堆属下。毗留博叉天王是管龙王的，毗沙门天王是管夜叉的。所以李天王出征花果山的时候，有“药叉将催兵、鱼肚将掠后”，药叉当然就是夜叉的另一种写法。毗沙门天王还有十六诸天神王做助手，共同守护佛教的北方世界，这神王的首领叫“伊荼”，“鱼肚”就是“伊荼”的讹音。不仅部下，甚至儿子也被带过来了。本来是“毗沙门天王”儿子的哪吒，也变成了李靖的儿子。

曾经叫“毗沙门天王”的多闻天王，也没被忘记，在不太懂佛典的老百姓心中，“毗沙门天王”和“多闻天王”自然是不同的两个人。于是多闻天王成了光杆司令一个，只能穿一身门卫服，二十四小时在“毗沙”门盯着了。名分没了，部下没了，连儿子都没了，名字里的“门”，反倒交给我看着了。天下还有比这憋屈的事嘛！

金吒和木吒

在佛经里，毗沙门天王还有其他儿子，但哪吒的出镜率最高。久而久之，天王的其他儿子，大家都忘记了叫什么，天王身边就永远跟着一位三太子了。

哪吒是“三”太子，那么，大太子和二太子，都叫什么？本来，毗沙门还有别的儿子，比如独健，但提得少，老百姓对他不熟悉，一点也不理会。于是，我们可爱的中国老百姓，就开始给天王编排儿子了。

继哪吒之后，先成为天王儿子的，就是木叉。

木叉本来是唐代高僧僧伽大师的弟子。僧伽大师的两个弟子，一个叫惠岸，一个叫木叉，但是老百姓以为他们是一个人，传来传去，又把“叉”字写成“吒”字，于是得以与哪吒排行，成为托塔李天王的儿子。多说一句，木叉的“木”，也是个音译字，并不是五行里的“木”。

继木叉之后，成为天王儿子的，是君吒。

有人说，你写错字了，他叫金吒。放心，没错，我《西游记》校注的底本，就是明刻世德堂本，就写作“君吒”。另外，有一本书叫《三教源流搜神大全》，写作“军吒”，发音都一样。唐朝信奉的佛教神很多，有“军吒利明王”“军吒利金刚童子”，唐朝有个文学家叫权德舆，他的孙子从小有病，取的小名就叫“君吒”，就是借这位军（君）吒利明王或童子的威名镇一镇。这和李世民的大哥李建成，小名叫毗沙门，目的是一样的。

“君吒”或“军吒”什么时候又变成金吒了呢？这还是民间

搞出来的笑话。原因很简单，因为老二已经叫木吒，按照金木水火土的顺序，木的上面当然是金，读来读去，就变成金吒了！

这样一来，老三哪吒反倒是真正的老大，老大金吒却成了实际上的老三！所以，各种神话故事里，基本上都是哪吒戏份最多，木吒次之，金吒最少。原因正是木吒和金吒都不是亲生的，而金吒最后认的爹！

托塔李天王一家子，表面上看显赫极了，背景却是一连串的误会和笑话。三个儿子，有两个不是亲生的！这正说明，类似《西游记》的各种故事，多半是经口头传播，而不是从书本上传播的。书本上传播，因为毕竟有依据，一般不会造成这种可笑的错误。只有口口相传，才会一错一大串。所以，如果觉得金吒、木吒，这里面有什么五行理论的微言大义，那实在是不靠谱的事！

有些研究得很深入的朋友说，《西游记》就是一部丹经，问我怎么看待《西游记》的寓意。我说，寓意当然是有的，但求之过深就不好了。比如在清代道士悟元子看来，《西游记》里全是微言大义，每一句都有深意。他批注第六回时说："王母为老阴，属《坤》；惠岸为木，属《巽》。"漫说拿《周易》来比附通俗故事是牵强附会，就算用道教的说法，王母本是西华至妙之气所化，属金，配西方，怎么也算少阴而不是老阴，她既不是老太太，也不是玉皇大帝的老婆！而且惠岸的那个"木叉"的木字，就是一个音译字，和五行的木扯不上半点儿关系。

所以，硬说《西游记》有什么微言大义，实在是不靠谱的事。我们看这种论调，就权当它是一种借题发挥的再创作吧！

二郎神为啥这么清俊？

二郎神的故事特别有意思，一点儿不亚于孙悟空，我打算用两讲来介绍，这一讲，我就从《西游记》原著的一首诗讲起。

帽子的秘密

《西游记》里，二郎神一出场，作者就给他配了一首诗，是这样写的：

> 仪容清俊貌堂堂，两耳垂肩目有光。头戴三山飞凤帽，身穿一领淡鹅黄。缕金靴衬盘龙袜，玉带团花八宝妆。腰挎弹弓新月样，手执三尖两刃枪。……

好了，问题来了："仪容清俊"，为什么是清俊而不是威武雄壮或其他呢？

有读者要问了：这句都有问题呀？是的，有问题。

二郎神的形象有个演化过程，他有时候是英俊小生，有时候又是个胡子大叔。早期的二郎神形象，在一幅《斩蛟图》中，据称，这位胡子大叔，就是二郎神的前身。当然，他很有魅力，很威猛，但绝对谈不上“清俊”。这个演化过程将近两千年，我们下一讲详细说。

德国藏唐吴道子《斩蛟图》

其实，这首诗最有意思的地方不是“仪容清俊”，而是三山飞凤帽——这种帽子本是明代太监戴的！

明《三宝太监下西洋》写郑和的穿戴：“头上戴一顶嵌金三山帽，身上穿一领簇锦蟒龙袍。”《金瓶梅词话》第七十回说：“只见一个太监，身穿大红蟒衣，头戴三山帽，脚下粉底皂靴。”

“三山帽”，不是说头上有三座山的帽子。明代太监的帽子，漆纱质的圆顶，帽后一片高出来的环状板，正好围拢三面，空出正面。这个“三山”，应该是“三面山墙”的意思。

现存许多明代太监的雕像和画像，如实地反映了当时的情况。我们对比下北京故宫藏《搜山图》里的二郎神和明代保存下来的两尊太监像。您真的……真的不觉得二郎神那个帽子，与他们的是一个小商品城出来的吗？

如果大家还不相信，请对比明代二郎神铜像和明代太监铜像，要不是二郎神自带三只眼，您能看出哪位是太监、哪位是二郎神吗？

明代二郎神铜像和明代太监铜像

所以，大家不要以为二郎神白白净净，高大帅气，就是大帅哥！我十岁左右看到郑和的像，白白净净的，一直以为他是帅哥。等大一点了，才知道怎么回事。二郎神的内心，也许很苦很苦的……

杨戬纯属躺枪

二郎神长得像太监，和他的名字“杨戬”有莫大的关系（这个名字《西游记》没有，见于《封神演义》）。因为宋代有一个宦官也叫杨戬，他本是个势利小人，结党营私，玩弄权术，在北宋末年的腐败官场，也算得一朵“奇葩”。

那么二郎神杨戬和宦官杨戬是怎么被联系起来的？

原来，《醒世恒言》有一卷叫《勘皮靴单证二郎神》，说宋徽宗宫内有位韩夫人，在宦官杨戬府中养病。韩夫人病好后，到二郎神庙烧香还愿。庙官叫孙神通，会妖法，假扮作二郎神，每晚翻墙到杨戬府里，找韩夫人私通。杨戬找道士破妖法，用棍子击落一只皮靴，经过勘查，终于破案。

但这个故事从宋代就开始流传，基本格局与明朝的差不多。只因为发生在杨戬府上，又和二郎神有关系，传来传去，二郎神的名字居然就变成杨戬了！民间最喜欢七拼八凑地编故事，不按常理出牌，有这种误会和笑话，再正常不过了。这位杨公公，生前当宦官，死后竟然混成了二郎神，不知是该哭还是该笑！

另外，明代宫廷演戏，剧里有戴三山帽的，不管是武将还是神仙，往往就是太监扮的，因为他们的衣饰很华丽，可以不用另穿戏服，武将也有戴三山帽的，比如赵云，但他也戴盔，因为他只是普通的武将，戴什么都可以。[①]二郎神是神话人物，戏剧中又是太监扮演的，自然而然地，就把现实中太监身上的一些元素，带到剧中人物的打扮中了。有些人物形象的服饰，和他的身份发生密切联系之后，就无论如何甩不脱了。

比如关公，史书上从来没说他戴绿头巾。这顶头巾是借用了庙里伽蓝神的形象。在杂剧《关云长大破蚩尤》里有个搞笑的段子，关羽居然还抱怨这顶绿帽子，说他本来不是这个模样，都是

---

① 宋俊华．中国古代戏剧服饰研究[M]．广州：广东高等教育出版社，2003.

老百姓不好，把他的形象塑得糟糕了：“颇恨那愚浊下民，他塑画的我不依本分。……塑的我披着副黄金铠，可戴一顶渗青巾。”但民间认为关羽等同于护教伽蓝，于是这顶绿帽子一戴上就再也摘不掉了。就算他本尊都出面抱怨，老百姓还是不肯给他摘下来。

二郎神头上这顶“三山帽”，也结结实实地戴了几百年，从来就没有摘下过。所有涉及二郎神的文学，都在讲他这顶帽子，似乎不讲就对不起这位爷。比如《狐狸缘全传》：“二郎爷生来圣像多端正，丰满满的容光亮彩似银。三山帽，朱缨衬，金丝累，珍玉润，扣顶门，压两鬓。”专讲他白白的脸盘子，特别的三山帽。如果不是太监“出身”，焉能摘不下这顶有寓意的帽子！

大家再去看《搜山图》里的二郎神，戴三山帽、面白清俊，说他是郑和又有什么不可呢？

三只眼

二郎神有三只眼，基本已经成为常识，比如1986版电视剧《西游记》里就演的是三只眼。但我发现《西游记》原著里，并没有特意地描写这个特点，即便是识破孙悟空变的小庙，他也只是“睁凤目”，而不是用的三只眼，不知道明代的二郎神有没有三只眼，大概在或然之间。《搜山图》里的二郎神没有三只眼，二郎神铜像有三只眼。

《西游记》《封神演义》里借用了非常多的密教元素，比如三头六臂、巨大的法身、蓝面朱发等等。三只眼可能也是从密教借来的（当然还有别的解释，这里只提一种）。如果各位去密教寺庙逛过，就会发现三只眼的神像到处都是。

谁动了二郎神的ID？

我之前已经说过，孙行者和齐天大圣不是同一个猴，就是齐天大圣，也是一个吸收了若干猿猴精故事的综合体。

这一讲我们来看二郎神的出身故事[①]，他和孙悟空不大一样。他这两千多年的特点，就是“二郎”这个“账号”一直没有什么太大变化，跑来抢这个大号的人反倒一拨又一拨。真可谓“千年神庙八百主，铁打的ID流水的神”。

二郎神和哪吒原来是亲兄弟

对的，您没看错！首先注册“二郎神”这个ID的，是哪吒的亲哥哥。

之前说过哪吒一家子，他和金吒、木吒并不是亲兄弟，金吒、木吒都是后来被硬编到托塔李天王名下当儿子的。

在佛典里，哪吒是托塔李天王的原型毗沙门天王的正经儿子，他是三太子。哪吒的亲二哥叫独健。在唐代的传说中，他曾

---

① 二郎神的形成，情况非常复杂，学界也有不同的说法，本书势必不能面面俱到，只能讲一个大致的脉络。

经多次带神兵帮唐朝打退敌人的进攻，因此，在唐代的信仰中，他也获得了相当的地位。

但独健似乎都是单独行动，很少像哪吒一样天天跟着父王。所以，在毗沙门天王的故事里，人们很少提到他，等于是分家另过了。但他并没有被人忘记，而是作为毗沙门天王二儿子的身份，继续接受人们的崇拜。独健这个名字太不好记了，人们就喊他“二郎神”。这应该是二郎神的最早来源。

原来哪吒和二郎神是失散多年的兄弟……所以我们看《封神演义》，感觉哪吒和金吒、木吒两个哥哥从来就不亲，和杨戬倒很亲。这是故事的内在逻辑决定的。金吒、木吒身上没有故事，而是二郎神因为具有一部分独健的血统，从出身、本领都很接近，就很容易和哪吒搭上戏。在游戏里这叫“相性相近”。

成功的营销策略

二郎神的英名流传了一千多年，至今不衰，这在营销策略上是非常成功的。那么，独健的这个 ID 有什么过人之处呢？

首先，这个文案很成功。“二郎”这个名字，第一是通俗好记，不识字的也懂，而且立刻能记住。如果叫“独健神”，那就很麻烦。独健他爸爸毗沙门天王，他因为不肯改这个音译词“毗沙门”，以为叫个外文名字是调调。结果老百姓说：你不是喜欢叫毗沙门吗？那就看大门好了。他找谁说理去？第二，自带吸粉功能！因为古代管青年人叫郎，如周瑜叫周郎、孙策叫孙郎、唐玄宗叫三郎、武松也叫二郎，不管是小帅、猛男还是高富帅，但都能吸引一大批粉丝。

其次，在形象上，这个 ID 的 logo 辨识度非常高：戎装金甲、珠冠锦绣、持弓挟箭。非常帅气！所以独健这个 ID 一推出，马上就火起来了。

最后，品牌形象维护做得好。一个公号如果经常变名字、换 logo，那肯定会损失粉丝的。在此后一千多年里，“二郎神”的形象没怎么变，名字更是没变过，这在宣传策略上是非常高明的。

但是，现在我们也知道，大号是有商业价值的。所以，“二郎神”这个 ID 虽然是由独健注册的，但他没有用多久，就被一群神争抢。先后把 ID“抢到手”的，主要有赵昱、李冰次子、杨戬。还有一些小喽啰如许逊、邓遐，这是偶尔蹭蹭的，暂且不表。

各路神仙抢大号

唐朝末年，天下大乱，四川地区仗着四面环山，相对繁荣稳定了几十年。大批中原人民跑到四川避难，代表佛教的独健信仰在四川地区火了起来。当地道教当然不买账，他们开始开发自己的“二郎神”。于是，他们“聘用”赵昱做“代言人”。

赵昱是隋朝人，据说他任嘉州太守期间，江里有一条老蛟为害。年仅二十六岁的赵昱持刀下水，和老蛟大战，一时之间，江水泛红，轰声如雷，赵昱一手提刀，一手提蛟头，跃出水面。于是在当地道教的“炒作”下，外来户独健被撵出了四川盆地，“二郎神”公号的签名档改成了前嘉州市市长赵昱。

但这些宗教界人士不接地气，一连搞了两件作死的事。

《三教源流搜神大全》里的赵昱

第一件就是改“二郎神”公号的头像。赵昱是朝廷命官，所以道教徒开始还是把他画成一副官老爷的样子。要知道，二郎神最初的形象，在老百姓心中是有品牌认可度的，和老百姓充官架子，这种营销策略简直就是作死的节奏。

但是道教徒很快认识到了这一点，就让赵昱抛弃了官服，穿上了独健的珠冠金甲、绣袍。虽然胡子不刮，也还看得过去。这一下子亲民多了。等于把大众认可的二郎神头像重新改了回来。

赵昱本来是使刀或使剑的，为了用这个 ID，连那张弓都继承下来了——也不管会不会使。于是，不管赵昱是不是行二，反正二郎神就姓了赵。

第二件就是不“拜码头”。一件事情只要火起来，一定会牵动很多利益集团。赵昱成了二郎神之后，惹恼了另一位老牌的清水袍哥，他叫李冰。

我爸是李冰

赵昱虽然号称嘉州太守，斩蛟扬名，但毕竟也是个初闯江湖的二十六岁青皮后生，而四川是大码头！在这里立招牌，不“拜码头”不是自讨苦吃吗？这个大码头的主人，就是秦时蜀郡守、开凿了都江堰的李冰，他相当于今天四川省省长，秦朝一共才三十多个郡，官位比赵昱那个嘉州太守等级高。

老实说，李省长凭着生前修建都江堰的政绩，惠泽四川人民两千余年，在民间也获得了鼎盛的香火，这是他实至名归，无可撼动。而赵昱纯粹是一帮道教人士捧红的。论级别、论威望、论资历、论群众基础，赵昱不“拜码头”无论如何都是不对的。所以，民间对这位赵二郎当然有众多不服气，他们开始借助李冰的赫赫威名制造新的二郎神。

然后就有了传说，李冰有个二儿子，协助老爹在蜀郡修坝、治水。他也斩过蛟，也打过水怪。于是，新的一批庙宇建起来了。里面供奉的是李二郎而不是赵二郎。于是，没有群众基础的赵二郎渐渐退出，二郎神又姓了李。其实李冰有没有儿子，史料上并没有细说，更不要说二儿子了。所谓李冰次子，纯粹是抢到

“二郎神”账号后，现改的用户资料。

不得不说，拥有广泛群众基础的李冰父子的政治谋略，远在道教神赵昱之上。李二郎抢来了赵昱的“二郎神”ID后，一不改头像，二不改ID，而是大力发展奉祀二郎的灌县，这里正是都江堰所在地，是李冰父子的大本营！就连《西游记》里的那个二郎神，尽管姓杨，也必须住在灌江口。这就是“官二代”的厉害之处。不但抢ID，连后台服务器都抢来了！只要二郎庙一天在灌口，只要都江堰一天不毁，李二郎就注定坐享“二郎神”的美名和香火了！所以我们一定不要小看今天全国各地争抢名人故里，古人也是一样的。只要某位名人落户某地，带来的就是真金白银啊！

李二郎凭借“官二代”的身份、李省长的资源，在四川稳稳坐镇了好几百年。到现在，四川人提起“二郎”，多数指李二郎而不是赵二郎。二郎神信仰的大本营——今天灌县的二王庙，在历史上又称“二郎庙”，合祀李冰、李二郎父子。和老爹坐一起，在二郎而言，这就是明着说：“我爸是李冰！”

事情还在起变化

赵二郎、李二郎在四川扬名后，他们的信仰，也逐渐普及全国。但在中原以及江南地区，人们可不管你姓赵还是姓李。他们自会根据自己的需要，编造自己喜欢的故事。

上一讲说了，杨戬就是这样成为二郎神的。

但是，杨二郎并没有全面篡夺李二郎的ID，只是用了他的一身行头（行头也没有全用，例如三山帽就是杨二郎自己的），在中原地区“招摇撞骗”。

于是，我们就会发现一个有趣的分化现象：在四川灌县，所见的二郎神的实际形象，多是李二郎；而在民间流传的小说戏剧中，多是杨二郎。也就是说，李二郎住在庙里，杨二郎活在纸上。这也不稀奇，因为二郎神本来就是从一场误会中产生的，只是个虚拟人物。这真是“政由宁氏，祭则寡人”。杨二郎的地盘在中原地区，对李二郎独霸的川蜀构不成多大的威胁。

但这样一个小号冒充大号“到处生事”，总也不是个办法。鉴于此，势力到不了中原的李冰和李二郎，对这位杨二郎用了统战政策，把他拉到灌县的二郎殿里，成为李二郎的副牌——主神是李二郎，杨二郎作配。这就是统战工作的艺术技巧，不许他一家独大，但作为条件，把虚拟媒体这一块的渠道让给他。这更像是微博大号和小号的关系。那位愣头青赵昱却无影无踪了！

所以“二郎神到底是谁”，本身就是非常复杂的问题。不但不同的朝代不一样，就算同一时代也不止一个二郎神在活动，不能简单地说是谁或者不是谁。二郎神的发展演化过程可以看作一个名叫“二郎神”的公号，头像和名字都是不变的，却不停地更换实际的所有者，所以就不停地换签名档和用户资料。另外，还偷偷申请了一个小号，来干点别的。

最后谈一个有趣的事。《西游记》里孙悟空和二郎神打着打着，忽然脑子抽风似的，跑到灌江口二郎庙去玩了一把 cosplay，还和随后赶到的二郎神说：“郎君不消嚷，庙宇已姓了孙了。”这似乎有对“二郎神”经常换人的调侃。只是我证据不足，不能妄下结论。但《西游记》里的二郎神，明显就是历史上各种“二郎”的混合体了。

孙悟空为什么有尾巴？

二郎神和孙悟空大战，《西游记》是这么描写的：

> 那大圣趁着机会，滚下山崖，伏在那里又变，变一座土地庙儿：大张着口，似个庙门；牙齿变作门扇，舌头变作菩萨，眼睛变作窗棂。只有尾巴不好收拾，竖在后面，变作一根旗竿。

然而，很快就被二郎神识破了。

> （二郎神）笑道："是这猢狲了！他今又在那里哄我。我也曾见庙宇，更不曾见一个旗竿竖在后面的。断是这畜生弄喧！他若哄我进去，他便一口咬住。我怎肯进去？等我掣拳先捣窗棂，后踢门扇！"

诸位有没有发现，这里有一个问题：孙悟空为什么有尾巴？

肯定有读者要说：怎么还有这么弱智的问题！孙悟空是猴子，猴子当然有尾巴了！

然而我又要婆婆嘴了，《西游记》是一部复杂的作品，我们看事情，可不要看得这么简单。

要回答孙悟空凭什么有尾巴，先要回答一个问题：孙悟空到底是什么动物？

有朋友说：当然是猴了，这还用问吗？

答案有问题，至少不全面。且看下文分解。

猿与猴的区别

前面已经提到：齐天大圣故事和猴行者故事，是两个不同的系统。这两个故事里的主角，是两个猴而不是一个猴。齐天大圣和猴行者的不同，除了一个是本土故事、一个是佛教故事外，还有猿、猴的区别。

齐天大圣的“远祖”们都是猿，而不是猴。

汉代《吴越春秋》的，越女剑里的袁公变成一只大白猿而去——金庸先生的《越女剑》就是以这个故事为原型。唐代小说《古岳渎经》里说无支祁：“状有如猿，白首长鬐，雪牙金爪。”《太平广记》收录的唐人所作的《白猿传》，写了一个白猿精强抢民女的故事——这是孙悟空的一个原型。宋元话本《陈巡检梅岭失妻记》明说猿精申阳公“是白猿精，千年成器，变化难测”。就连元代杂剧《二郎神锁齐天大圣》里，齐天大圣自己都说“轻舒猿臂”，似乎也是一只猿精。

此外，在中国传统故事里，带有神性的一般是猿。猿有许多高贵的品质，如性仁，不贪食多，善长啸，善引气（因为臂长），这很容易使人联想到隐居的高士。《三国演义》电视剧里，三顾茅庐后，诸葛亮《卧龙吟》唱的是“清风明月入怀抱，猿鹤听我再抚琴”，这是高士的情怀啊。猿与鹤，都是高级的动物。猴是没有这么高贵的属性的。

一跟猴有关就差些了。比如“轩鹤冠猴”形容的是滥厕禄位、虚有其表的人；再比如“杀鸡儆猴”“沐猴而冠”等。古书上说“猿与猕猴不共山宿”，猿还看不起猴呢！《二郎神锁齐天大圣》里，猕猴精自己都说：“小圣乃花果山水帘洞猕猴大神是也。自太极初分，化生万物，各有异样，可不知怎么又生下我这样尖嘴缩腮，毛手毛脚，这等碜东西来？”

然而佛典里绝大多数都是猴，还特别声称是“猕猴”，也就是说，孙行者的远祖都是猴。例如《大唐三藏取经诗话》里的猴行者，自称“猕猴王”——这其实就表明了他的西域血统，而且一定是一只有尾巴的猴了。还有佛本生故事里的猕猴王，以及被认为是孙悟空西域远祖的神猴哈奴曼等，都是猴。哈奴曼一定是猴而不是猿，他有尾巴，而且是一件厉害兵器：

> 哈奴曼不慌不忙，跳下拱门，抽下一根铁门闩，嗖嗖舞将起来。他的大尾巴摔打在地上，发出炸雷般轰响，群魔吓得魂飞魄散，抱头鼠窜。哈奴曼就势用铁门闩扫地似的将他们一一敲死。
>
> ……
>
> 众魔兵大喜，闹闹嚷嚷把哈奴曼带到十头魔面前。十头魔咬牙切齿，下令点燃哈奴曼的尾巴，游街示众。众魔兵七手八脚地在神猴尾巴上缠上破布棉絮，又浇上油，点着了火，推推搡搡拉他上了街。
>
> ……

……他（哈奴曼）迅速缩小身体，挣脱捆缚，跃上城头。尾巴上的火呼啦啦燃烧，像一道带电的云霞，夜色中划着耀眼的弧线。

神猴从一个房顶跳向另一个房顶，顷刻之间，楞伽城内火光冲天，鬼哭狼嚎。熊熊烈火烧毁了楞伽城，只留下悉多被囚的无忧林。

由此可知，哈奴曼非常善于使用尾巴，既当鞭子又当火把，危急时刻还靠尾巴救了他的命。

不要说哈奴曼，对任何一只猴子来说，尾巴都是非常重要的。猴子灵活地使用尾巴，像我们人类使用双手一样天经地义！可是孙悟空就不是这样了。生为一只猴，又是猴子的首领美猴王，居然不会用尾巴！这简直就是猴界的奇耻大辱！不但不会用，这条尾巴还经常成为他的累赘。天下有这样笨的猴吗？

所以说，孙悟空不会用尾巴，很可能是先天的原因。他本来就是猿，不是猴，你硬给他安一条尾巴，他当然不会用了！

真是石猴吗？

有人说，今天的《西游记》里，孙悟空生来不就是一只“石猴”吗？猴不就是带尾巴的吗？不但带尾巴，尾巴还变过旗竿呢。是的，不过齐天大圣和猴行者合体后，要让他的形象前后统一，总不能前面没有尾巴，后面忽然长出一条来。而且，事情远没有我们想象的那么简单。

世德堂本《西游记》，是现存最早的百回本《西游记》，今天各大出版社，几乎都是（或者号称）根据这个版本整理的。第一回涉及石猴的地方，我们看看都是怎么写的。

孙悟空出世：

因见风，化作一个石猴。

千里眼顺风耳汇报：

见风化一石猴，在那里拜四方。

进水帘洞：

忽见丛杂中跳出一个石猴，应声高叫道："我进去！我进去！"

发现了洞天之后：

石猿喜不自胜，急抽身往外便走。（不错，您没看错，是石猿！不是石猴）

群猴进了洞：

石猿端坐上面道……（不错，也是石猿！）

确立了地位：

石猿高登王位，将“石”字儿隐了，遂称美猴王。

有人说：为什么我看的今人印的《西游记》全是石猴了呢？我要说：那一定不是根据最早的世德堂本印的，或是声称是世德堂本，实际上有所更改。我在中华书局出版的《西游记》校注，是一个字一个字作了校勘的。

如果拿明代的其他版本来比较一下，就更有意思了。

世德堂本《西游记》是石猿、石猴参半的，稍晚一点的杨闽斋本《西游记》里有的“石猿”被改作了“石猴”，这正是杨闽斋本想统一成“石猴”，而没有完全统好的痕迹。我一直强调，世德堂本绝不是一个最早的百回本，但它之前的版本，现在都见不到了。

那是不是就可以猜测：越往前的版本，“石猿”越多；越往后，就越多地被改作“石猴”了？最早想出孙悟空诞生于仙石的作者，他笔下的是“石猿”而不是“石猴”。只是一次一次地翻印、流传，人们可能觉得猿不如猴好玩，就慢慢地改成“石猴”了。但是《西游记》就是个通俗读物，统稿的人不肯花时间改干净，所以就留下了石猿、石猴并存的局面了！

另外多说一句：《西游记》喜欢把孙悟空叫“心猿”，那么更可以推知，仙石里的那个胎儿，更有可能是猿种而不是猴种了。今天的孙悟空，是结合了猿和猴各种特征的混合体。

降伏孙悟空为啥要派二郎神？

这一讲，我们主要来说说二郎神与孙悟空的“爱恨情仇”。两人大战的时候，原著有这样一段描写：

> （二郎神和孙悟空大战之时，他的几个兄弟）康、张、姚、李、郭申、直健，传号令，撒放草头神，向他那水帘洞外，纵着鹰犬，搭弩张弓，一齐掩杀。可怜冲散妖猴四健将，捉拿灵怪二三千。那些猴，抛戈弃甲，撇剑丢枪；跑的跑，喊的喊；上山的上山，归洞的归洞；好似夜猫惊宿鸟，飞洒满天星。众弟兄得胜不题。

把孙悟空捉住后，二郎神又对几个弟兄说：

> 贤弟，汝等未受天箓，不得面见玉帝。教天甲神兵押着，我同天王等上界回旨。你们帅众在此搜山，搜净之后，仍回灌口。待我请了赏，讨了功，回来同乐。

第二十八回，孙悟空打死白骨精后，被赶回花果山，还有一处照应：

> 那山上花草俱无，烟霞尽绝；峰岩倒塌，林树焦枯。你道怎么这等？只因他闹了天宫，拿上界去，此山被显圣二郎神，率领那梅山七弟兄，放火烧坏了。

我反复说过，在南方，比如四川和福建，猴子多的地方，流传着许多猿猴成精的故事。但在这些故事里的猿猴精，总要有人收服的。收服的人，必然是当世英雄。于是，英雄和猿猴精，就结下了千年梁子，玩了一千多年的"猫鼠游戏"。其中一个主题，就是射猿。

千年梁子

射猿的最早故事，可以追溯到楚国的养由基。据说楚王遇到一只白猿，就叫人射它，白猿一边接箭一边笑。楚王又叫养由基来射。养由基刚拿起弓，那猿就吓得抱着树木嚎哭了起来。这个故事，后来一演再演，越演越复杂，越演越好看。

四川渠县东汉沈府君阙上有一幅射猿图：英雄弯弓欲射，猿摇摇欲坠。这幅图和二郎神射孙悟空有什么渊源呢？二郎神本来使剑，三尖两刃刀是后配的，但他千年不变的兵器，不是这把刀，而是弓，从注册"二郎神"这个 ID 的独健太子开始，就已经有这张弓了。

其次，原著里讲，孙悟空变了一只花鸨，"二郎见他变得低贱——花鸨乃鸟中至贱至淫之物，不拘鸾、凤、鹰、鸦都与交群。故此不去拢傍，即现原身，走将去，取过弹弓拽满，一弹子把他打个跳踵”。这个“射猿”的基因也保留在《西游记》里。

除了“射猿”，还有“刺猿”。新津汉代石棺刺猿图中，猿精都是没有尾巴的。越女剑、《白猿传》、申阳公，也不曾有使用尾巴的记录。这更说明，产自中国南方大山的齐天大圣和猿的关系比猴要近一些。

射猿、刺猿的故事，发展到唐宋时期，出现了一种绘画题材，名为《搜山图》。而搜山的主角，也从一些不知名的武将转向二郎神了。

了解了这些背景，也就明白玉帝为什么要派二郎神去征服孙悟空，以及二郎神为什么要命令手下搜山。这个山是一定要搜的，因为二郎神是孙悟空最适合的降伏者、老对头，这个梁子结了一千多年了！

《二郎搜山图歌》与吴承恩

我一再强调，吴承恩不一定是《西游记》的作者。但为什么有那么多人喜欢把著作权判给他呢？这些人坚持的一个证据，就是吴承恩写过一首《二郎搜山图歌》。

这首诗是这样的：

李在唯闻画山水，不谓兼能貌神鬼。
笔端变幻真骇人，意态如生状奇诡。
少年都美清源公，指挥部从扬灵风。
星飞电掣各奉命，搜罗要使山林空。
名鹰搏拿犬腾啮，大剑长刀莹霜雪。

猴老难延欲断魂，狐娘空洒娇啼血。
江翻海搅走六丁，纷纷水怪无留纵。
青锋一下断狂虺，金锁交缠擒毒龙。
神兵猎妖犹猎兽，探穴捣巢无逸寇。
平生气焰安在哉，牙爪虽存敢驰骤。
我闻古圣开鸿蒙，命官绝地天之通。
轩辕铸镜禹铸鼎，四方民物俱昭融。
后来群魔出孔窍，白昼搏人繁聚啸。
终南进士老钟馗，空向宫闱啖虚耗。
民灾翻出衣冠中，不为猿鹤为沙虫。
坐观宋室用五鬼，不见虞廷诛四凶。
野夫有怀多感激，抚事临风三叹息。
胸中磨损斩邪刀，欲起平之恨无力。
救月有矢救日弓，世间岂谓无英雄？
谁能为我致麟凤，长令万年保合清宁功。

有人说，《西游记》里不正有二郎神打败孙悟空后，清剿花果山吗？既然吴承恩写过《二郎搜山图歌》，可见他喜欢这个题材，所以《西游记》也应该是他写的。

其实只要稍微懂一点诗、不抱着生拉硬扯的心态就能看出来，吴承恩这首诗，是非常非常正能量的。他完全站在二郎神一边，他对二郎神对手们的描写，都是泛泛的，并没有特别强调哪一位。况且这里面点了名的妖怪，猴老、狐娘、水怪、狂虺、毒龙，除了猴老和《西游记》沾点边之外，别的一概没有在花果山出现过。这和《西游记》大写特写孙悟空的英雄事迹大相径庭。

还有，如果《搜山图》启发了吴承恩的灵感，那么他应该浓墨重彩地写才对。说实话，《西游记》原著里搜山的情节，还不如这首诗字多。这未免太不合情理了。

而且这首诗里对二郎神的称呼是“清源公”，而《西游记》对二郎神的称呼，是“显圣真君”“昭惠二郎神”等——这么说吧，“清源”两个字，在《西游记》里根本就没有出现过。

还有一点，吴承恩这里大写特写的是“胸中磨损斩邪刀，欲起平之恨无力”，他期盼社会上、朝廷中出现二郎神一样的英雄，驱除当道的奸臣。这一点，稍微懂一些古代儒生思想情怀的读者都能看出来。《西游记》前七回有这种儒生情怀吗？

没有！《西游记》前七回的作者写的是生命的自由，写的是一个不受任何压制的灵魂。当然，他也写出了不受压制的代价，完全体现出一种传统版本的“独立之精神，自由之思想”。盖猴哥之战绩，或有时而不彰；猴哥之法术，或有时不灵光。而此独立之精神，自由之思想，历千万祀而永久，共三光而永光！

谁在为玉帝效劳？

网上流传着一个说法：因为玉皇大帝是道教神，所以天庭是代表道教的。

其实，天宫并不是或者并不全是道教的。这句话乍听起来很奇怪——天宫不是道教的，难道还是佛教的不成？不妨跳出这个思维定式，跟着我往下看。

神仙也有僵尸粉

我们先来看一份神仙名单，这里出现了许多“天帝”。

> 高虚清明天帝、无想无结无爱天帝、太玄上梵紫灵毓元快见天帝、大梵九玄中元炁阿城给道德天帝、极梵洞微九灵炁带阿那天帝、灵梵玄天炁禅天诸惠天帝、太极无厓紫虚洞幽梵迦摩夷天帝、玄梵大行无量无所念惠天帝、无色玄洞微波罗荅悡天帝、玄上录梵灭然天帝、玉清昌阳运机虚皇高元道君、玉清皇老三天丈人道君、玉清无上三天玉童道君、玉清高上三天虚皇道君、玉清上皇玉虚道君、玉清洞虚三元太明皇上道君、玉清皇上

> 玉帝玄君、玉清太素高虚上极紫微道君……

这是宋代的一份神仙名单（选自《无上黄箓大斋立成仪》），还只是其中一小部分。这些神仙，我们会感觉很陌生，不知他们都是从哪里冒出来的。而且，大部分神仙在《西游记》里根本没有出现过，托塔李天王、哪吒三太子等名人，根本就没在这份名单里！而二郎神在这里叫“齐天昭惠灵显清源真君”，不知排到多少名以后去了！

再随机翻一下《续道藏》，又会发现里面有许多“天王”：

> 速送魔宗大天王、斩灭邪根大天王、符命所讨大天王、明列罪原大天王、南山神咒大天王、威伏八方大天王、群妖灭爽大天王、万试摧亡大天王、南河水帝大天王、太伯龙王大天王、神咒流行大天王、普扫不祥大天王、洪水飞灾大天王、上召蛟龙大天王……

如果熟悉《西游记》的人看了这个，一定觉得《西游记》的天宫里只有四五个天王，实在是高效廉政极了！

其实这些只是道教千百万神仙中的一个小角——随便翻，随便找，《道藏》神仙满地跑——不同的道经，各有一大套天神、天仙、天王，名字还都不一样。这实在不稀奇。因为道教发展到《西游记》产生的明代，不知产生了多少教派，这些教派不知编出了多少典籍，典籍里又不知编了多少神仙。要将他们一个个数出来，恐怕会是一个天文数字！这还是有名有姓的，某某神将动辄“领兵吏三十六万骑”，如果也算在内，那就更无法计算了。

这就好像一个社交平台，上面动辄活跃几百万几千万粉丝，其中，有许多是“僵尸粉”“机器粉”，他们并不对应一个固定的大活人，只是一个电脑自动生成的ID，是用来凑数、壮声势的。道经里这些天帝、天王、神仙，绝大多数都是编经书的人士编出来的，可能只在一部经中出现过，用来壮壮声势，在信众心中根本就没有获得过地位。

还有一种情况就是，这个神或许曾经活跃过一段时间，随着历史变迁或教派的消亡，人们对他已经陌生了，不信仰他了，对他也就不再关注了。

这种神虽然不是机器生成的，但也就此沉寂，相当于所谓“死粉”。

如何判断真粉与活跃用户

很简单，看民间信仰的兴盛程度，看庙宇里有没有塑他的像，看民间文学中他出镜的频率。

我们再看一份名单，这是明代记录民间俗神的一部书《三教源流搜神大全》里的：

> 佛祖、老子、孔子、玉皇上帝、后土皇地祇、东华帝君、西王母、梓潼帝君、三元大帝、五岳、四渎、许真君、三茅真君、惠能、宝志禅师、普庵禅师、关公、蚕女、赵公明、钟馗、神荼郁垒、司命灶神、福神、紫姑、南华庄生、观音菩萨、天妃娘娘、盘瓠、太岁殷元帅、慧远禅师、鸠摩罗什禅师、玄奘禅师、一行禅

> 师、金刚智禅师、地藏王菩萨、青衣神、张天师、五雷神、电母、风伯、雨师、门神二将军、天王、哪吒太子、十八罗汉、清源妙道真君、驱邪院主、五通神……

这里面的神仙，是不是看着就顺眼、熟悉多了？

不错，他们就是活跃用户。而这些神仙，正是《西游记》天宫诸神的来源。不信我们去对应一下，十之八九，都在《西游记》的天宫名单里。

所以在民间有人气的，未必在体制内有地位。就像赵忠祥，我妈妈那辈人，都以为他是中央电视台台长，但他实际只是一位主持人而已。托塔李天王、哪吒、二郎神，这几位在民间的香火可谓旺盛极了，但在真正的道教神谱里面却默默无闻。

但是，《三教源流搜神大全》里的神仙都是道教的吗？并不是。比如，五岳、四渎，在道教产生以前，国家祀典里就有记载。蚕女是民间传说故事的女主角。观音、罗汉是佛教来的。《西游记》里天宫诸神也是如此。

那么，问题来了：这些神仙为何会如此庞杂？因为他们很难算是宗教意义上的道教神，他们有一个共同的“名字”——民间信仰！

如果大家还不能区分民间信仰神和宗教意义的神灵，不妨想一想有些知名学者，他们在学术上自有一片研究领域，但因为喜欢参与讨论公众话题，在媒体上也频频出镜。这时民众所见到的，是这个学者的公众形象，而不是学术界形象。当然，他的公众形象和学术地位，肯定是有一定的关系，但并不能等同。如果从公众形象去判断他学术界的地位，岂不是犯糊涂？

《西游记》里有佛教道教的斗争吗?

有许多朋友问我,《西游记》是宣扬佛教或道教的吗?《西游记》是讲佛道之间的斗争吗?甚至还有人问,《西游记》是讲佛教或道教的阴谋吗?观音菩萨是不是佛祖派来搞倒道教的?

要让我讲的话,问这种问题:第一,把我国信仰简单化了;第二,把正式宗教和民间信仰以及两者的神混为一谈了;第三,太不了解这些神仙的来源了。

元明时期,民间崇信的所谓道教也不是纯正的道教,佛教也不是纯正的佛教。佛寺里供奉很多道教神、道观里也供着很多佛教神,甚至连孔子都拉来了。这里面肯定有各大宗教的斗争和融合,但都是建立在民间信仰、群众喜恶的逻辑上的。

佛教、道教的高层人士,信仰或许还是很纯正的。但不要忘了,《西游记》只是一部通俗小说,它的受众是底层大众。这里面出现的人物,自然以老百姓喜闻乐见的民间神居多。

如果因为天宫里有玉帝,就认为他代表了道教,而观音菩萨是要来搞倒道教的话,那我们不妨看看和孙悟空在花果山打过仗的各路神仙都是什么来历。按出场顺序:

几次征讨花果山的总兵元帅——托塔李天王,原型是佛教的毗沙门天王。他统辖的鱼肚将、药叉将,之前说过,都是佛教的神王、鬼卒。

第一次先锋官——巨灵神,上古神话传说中劈开华山的河神。他属于上古的原始信仰,后来列入国家祀典。然而,《道藏》的各种斋醮祀典的神仙名单里,就没有巨灵神这个名字!他只在一些仙人的传记里出现过。

第一次交锋主力——哪吒，毗沙门天王的三太子。

第二次先锋官——九曜凶星，来自印度的《九执历》。

第二次征讨的帮手——四大天王，佛教四天王天的天主。

第三次交锋主力——木叉，僧伽大师的弟子。

最终降伏者——二郎神，最早的原型是毗沙门天王的太子独健，后来被道教化。

另外推荐二郎神的观音菩萨，看上去更是十足的佛教人物。

好家伙，除了巨灵神还算是社会招聘外，这些替玉帝效劳的全都是佛教人物！连玉帝外甥都是毗沙门天王的儿子——这份乱！难道玉帝成了光杆司令？下面一帮佛教人士替他保卫道教政权永不变色？这到底是佛教的胜利还是道教的胜利？如果是佛教的胜利，又何必让观音来“搞倒道教”？这些人手握重兵在天宫内外潜伏了几百年还没搞倒道教？

如果用阴谋论讲《西游记》，我保证讲出N种好玩的解读。比如佛教手腕高明，天庭的兵权已经全面被佛教人士篡夺，他们马上就可以发动政变了。比如玉帝手腕高明，把一堆佛教人士笼络过来替他卖命，而把道教的实力保存了。比如既然二郎神原型是毗沙门天王的儿子，又是玉帝的外甥，那么玉帝派李天王出征，自然是派遣亲家喽。用阴谋论解释《西游记》恐怕怎么说都行吧？当然，我觉得当娱乐是可以的，如果当成真理去读，那肯定是“一认真你就输了”。

这样解读，恐怕是对老百姓的思想，尤其是明代民间的思想太不了解。完全是从人物标签上去认识神仙的：看见观音，就断定他是佛教的；看见玉帝，就断定他是道教的。这和我们“文革”

时看见贫农就说是好人，看见地主就说是坏人又有什么区别呢？所以说，标签理论真的会使人头脑简单化……今天的我们，应该用多元的、融合的眼光看问题。紫微大帝贵为道教四御，又列在观音菩萨二十四诸天之内，难道就是道教派到佛教的卧底？关公既在佛寺里做伽蓝，又在道观里做护法，难道就成了两面派？

很多研读《西游记》的人士，就是这样手里拿一沓事先写好的标签，先给《西游记》里的人物噼里啪啦贴一圈：这个是佛教的，那个是道教的，有些看上去不清不楚的，就闭着眼摸奖似的抽一条，也给他贴一个。然后据此分析里面的佛道斗争——因为这样分析最省脑筋最省力！

他们有个潜台词：反正吴承恩就是这么写的——一般他们都乐意相信《西游记》是吴承恩写的，因为抽去这个前提，就会给他们带来极大的麻烦。只要《西游记》有一个确定的作者，那么一切责任都可以往作者身上推。我忠实原著啊，你看原著啊，吴承恩就这么写的啊，分析错了不怨我啊。这样分析出来的结果，自然就和过去拿阶级出身划立场一样，能有多靠谱？拿我考研时背过的几句马哲的理论来说，这就叫：割裂地、静止地看问题！

与其费尽心思地这样那样解释，还不如跳出这个非黑即白的思路。事实上，在民间信仰里，四大天王、观音、二郎神等，是越来越道教化了。至少说，呈现出的是佛道混合的民间面目。

就拿观音来说，他当然在佛典里是一位重要的菩萨。但是，从早期佛教到明清民间信仰，他名字虽然还叫观音，但职能、任务，包括形象，早就被民间改造过了。用个术语，就是“神格”发生了改变。神格变了，就像人格变了一样，可以不必当作原来那位“观自在菩萨”了。

河北省吴桥县的碧霞祠里，道教的碧霞元君和观音菩萨同排并坐。平时也由道士来管理香火。这个观音菩萨，其实已经是道教化的观音菩萨，或者民间化的观音菩萨了！

再比如，崂山太清宫的救苦殿，里面供奉三位：太一救苦天尊、观音菩萨、吕洞宾。这三位有意思极了，一位是道教天尊、一位是佛教菩萨、一位是由儒家书生转变而成的俗神（吕洞宾入道前是儒生）。太清宫可是正规的道教场所，而且已经贵为“宫”（小的只能叫“观”），还是如此接地气，把天尊、菩萨和俗神放一起供养。反过来，佛寺里又何尝没有开财神殿，供着比干、赵公明的？这就是中国文化的包容性。

我一再强调，《西游记》是一部积累了几百年的作品，并不是一人一时写成的。从《西游记杂剧》开始，就有观音寻找取经人的情节了：“（观音说）老僧为唐僧西游，奏过玉帝，差十方保官，都聚于海外蓬莱三岛。”如果坚持佛道对立的立场，不觉得这件事很违和吗？观音要奏过玉帝，才能请到其他保官：李天王、哪吒、二郎神、九曜星君、华光天王……这些保官，佛道混杂；聚集的地点蓬莱三岛，又是道教地盘。另外，杂剧《火焰山》的故事中，风伯雨师、雷公电母、二十八宿，也是受观音指挥的。这是杂剧！这里面能有什么阴谋呢？又有什么阴谋，能几百年没有变动呢？难道这一代一代的作者都商量好了，一定要把这个阴谋梗流传下去吗？我们只能说这十个保官，无非是民间比较熟的十位神仙而已，他们已经脱离了纯宗教身份，成了民间俗神，所以他们行事的逻辑，就是民间艺人按自己的理解，给他们安上的逻辑。仅此而已。

玉帝是一个人还是许多人？

我们已经知道，《西游记》里的诸神，其实多是以民间信仰的面目出现的，和正式的宗教神祇还有一定的差距。接下来，我们就详细地聊一聊天宫这些神仙。

《西游记》第一回里，玉帝有一个很长的名字，看似很高大上，其实不编还好，一编就把命名者（未必是作者）的底细露出来了：

> （孙悟空从仙石中诞生后）目运两道金光，射冲斗府。惊动高天上圣大慈仁者玉皇大天尊玄穹高上帝，驾座金阙云宫灵霄宝殿……

这个名字有问题吗？当然有。“高天上圣大慈仁者玉皇大天尊玄穹高上帝”，这个名字很容易让我们误以为这是他的官方全名。然而事实并非如此。

玉帝作为道教权力最大的神仙，历代统治者、道教大师经常为他上尊号，比如“昊天金阙无上至尊自然妙有弥罗至真玉皇上帝”“昊天金阙玉皇玄穹高上帝”“玄穹高上玉皇大帝”等等。

而《西游记》里玉帝的全称一共十八个字，并非官方的正式尊号，而是拼凑起来的。“高天上圣，大慈仁者”，是玉帝的“十号”中的两个，出自《高上玉皇本行集经·玉皇功德品》。“玉皇大天尊，玄穹高上帝”，来自《弥罗宝诰》。这区区十八个字的尊号，居然就有“高”“天”“上”“大”四个字重复出现。不是说尊号一定不能有重字，但这样的拼凑明显欠讲究，估计是命名者没想到前八个字和后十个字是两个来源。

这两部道经，是明代玉皇信仰最常见的经典，所以也是最容易被顺手拿来拼凑的。佛有十号：如来、应供、正遍知、明行足、善逝、世间解、无上士、调御丈夫、天人师、世尊。道教喜欢借鉴佛教，于是也给玉皇大帝搞“十号”。这十号是：

> 穹苍真老、妙圆清静、智慧辩才、至道至尊、三界师、混元祖、无能圣主、四生慈父、高天上圣、大慈仁者（《高上玉皇本行集经》）

这十号当然从不同的侧面表述了玉帝的功德，但也只有“高天上圣”和“大慈仁者”可充作比较庄重严肃的全称，顶多再算上“至道至尊”。其他的，要么片面，要么不够肃穆，要么格局太小，要么有歧义，要么音节上不整齐，比如总不能管玉帝叫“真老大帝”“无能天尊”吧。命名者在《西游记》里编出这么一个名字来，又把“昊天金阙”变成“金阙云宫”，挪到后面去，无非有两个可能：一、表示是游戏之作，不是道教经典里的正式称呼；二、作者本来也不懂道教科仪，随便拉出几个好听的词来编排编排。也或许两者都有。

所以，只能说《西游记》里的玉帝有一些道教元素，如果一定认为玉帝就是道教的代表，在《西游记》里道教和佛教属于两个阵营，就失之偏颇了。

玉帝的出现是非常晚的事。中国自古以来就有一个宇宙最高神，叫“上帝”，就连基督教的“上帝”，翻译过来时用的也是这个名字——现在一说“上帝”，很多人就以为是外来的神，这个词的本源大多数人反倒不清楚了。

“上帝”，也单称“帝”，也叫“太一”“昊天上帝”。玉帝呢，在南北朝时期，还只是一个地位不高的神，但随着历代统治者的追捧、文人的描写，他的地位一路飙升。宋朝的时候，玉帝在民间开始与“昊天上帝”合体了。

我们不妨这样理解：“上帝”也好，“昊天上帝”也好，更像是一个职位的名字，而不是一个具体的神的名字，它描述的是一种职能。就像“市长”，既可以指代担任此职的官员，也可以指代这个职务。

唐代段成式《酉阳杂俎》有个故事，说天翁（就是天公）原来姓刘，人间有个叫张坚的人，有一只会说话的白雀，可以给他预报吉凶。刘天翁想方设法要害他，都被他避了过去。刘天翁就亲自下界，张坚故意设宴款待，席间偷了刘天翁的车，乘白龙上了天，夺了宝座。刘天翁赶紧乘剩下的龙追他，到了天宫发现门都关了，只好徘徊下界，到处生灾。张坚就封他为泰山太守，这才息事宁人。这是玉帝为何姓张的传说之一。民间故事中，阎王、城隍都是一个职务，可以不停地换人。玉帝成为“上帝”，只不过顺应了民意而已。

太上老君住在哪里?

玉帝的名字带有一种民间的味道，太上老君也是如此。

太上老君住哪里?

《西游记》里说太上老君住的兜率宫、离恨天，在《道藏》里翻遍了，也不会找到这两个地方。兜率宫倒还靠谱一点，但那是佛经里的：三十三天之上有兜率天，兜率天的宫殿分内外院，其中内院是候补佛所居净土，由弥勒菩萨主持，为修佛者向往之处。《西游记》里的兜率宫恐怕也只能指这里了。

离恨天呢？道教经典一般说太上老君住在“三清境”，从来也没个“离恨天”的说法。在佛教的宇宙观里，世界中心为须弥山，三十三天在须弥山顶：山顶四方各八天城，如善法堂天、山峰天，加上中央帝释所住的善见城（喜见城），共有三十三处，故称三十三天，但也并没有“离恨天”。这件事让钱锺书先生解释起来，也很为难，他在《管锥编·离骚经章句序》中认为，《大智度论·释萨陀波仑品》称众香城有四娱乐园，其二名“离忧”，《大般若波罗蜜多经》称南方经无数世界之后，有最后世界名“离一切忧”。这大概就是“离恨天”的来历。绕了三四个圈，总算是靠上边了。

“离忧”本来是“远离忧愁”，民间却以为“离忧”“离恨”是“离愁别恨”的意思，所以元明戏剧中，常以“离恨”与“相思”并举。如《朝野新声太平乐府》卷八：“最高的离恨天堂，最低的相思地狱。”查应光《靳史》：“费长房缩不就相思地，女娲氏补不完离恨天。”郑德辉杂剧《迷青琐倩女离魂》：“三十三天觑了离恨天最高，四百四病害了相思病怎熬？”这都是离别相思愁苦至极的具象比喻。我们现在不也说“后悔药可没处买”嘛。后悔药不过是一种比喻，哪里真有一种药叫后悔药呢，古代神话里也没有啊！但居然网上就有卖的了，甚至某宝都将它设为敏感词，不让搜了。岂止后悔药，诸如脑残片、绝情丹都有实体的东西了。这就是民间娱乐的思维方式，我们真的不能按常规出牌的思路去理解，否则一认真你就输了。

太上老君和老子

其实太上老君，从某种意义上说，也像是一个“职位”。他是汉代人造的一个至高神。如今一般都说“太上老君”是周朝的思想家、写《道德经》的老子。但据宋代张君房《云笈七签》记载，汉安二年（143）张道陵天师在山中修炼，忽然有五个神仙下降，第一个说：你好，我是汉师张良。第二个说：你好，我是王褒。第三个说：你好，我是太上高皇帝中黄真君。有意思的是后面两个：你好，我是周朝的柱下史——这个自然就是老子了；你好，我是“新出太上老君”。

也就是说，在东汉后期，老子和太上老君还是两个不同的人。太上老君和老子合二为一的过程不是很长，大约在南北朝时期，太上老君已成为老子的称呼了。太上老君和老子，大概因为都有个“老”字，就被拉到一起去了。

太上老君和玉皇大帝谁官大？

那么，太上老君见了玉皇大帝，一个是太上道祖，一个是实权领袖，两位该如何自处呢？

太上老君肯定不能站在文东武西任何一边的，也不可能向玉帝跪拜，于是1986版电视剧《西游记》中老君居中，鞠躬而不跪，其余天庭诸神全部跪拜。这也是无奈的安排了。不然的话，你是让太上老君和玉帝坐一起呢，还是让他骑在玉帝头上呢？孟子说：天下之达尊者，爵、齿（年龄）、德。这里就让一让爵位最高的吧。

那么道教是怎样处理的呢？宋末元初林灵真编的《灵宝领教济度金书》是这样安排的：“设三清，座前留数尺许，通人行。又设七御座。盖玉清为教门之尊，昊天为三界之尊，各居一列，各全其尊。”三清分别是太清太上老君，玉清元始天尊，上清灵宝天尊。也就是说，《灵宝领教济度金书》把“三清”安排到主席台后面去了，直接面向观众的是玉帝。同时，这本道书还把三界之尊（行政领导）、教门之尊（组织领导）作了区分，不得不说这是很有政治智慧的安排。道教这个区分三界之尊和教门之尊的传统，到现在还非常强烈地保持着。

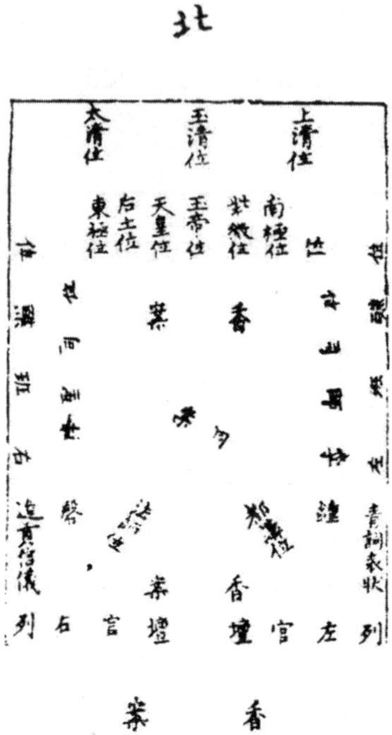

《灵宝领教济度金书》的三界醮坛图

道教就像一个大公司

很多朋友认为道教的神谱，就像今天的政府部门一样整齐有序。其实不是这样的。如果把天宫比作一个开了几百年甚至上千年的大公司，这个公司的董事会和经理，可能永远不变吗？大大小小的中层干部，可能永远处在同一个职位上吗？就算他职位一直不变，他可能永远受领导器重吗？这个公司就永远没有人退休，没有人跳槽，没有新员工加入吗？这个大公司的组织架构，会永远不变吗？

不会，人间的公司不会，天上的神仙组织也是一样的。

我国道教体系非常庞杂。当然，历代都有道教大师试图将这些神仙整理清楚，各自归位，但是架不住道教系统开放，不停地有新生力量加入进来，比如民间土生土长的一些教派、信仰，以及民间的各种俗神，只要闹出一定的动静，有了灵验的事迹，有了广泛的群众基础，一般就会进入道教的神谱，给他一个地位。这就是道教的智慧。

另外，还有一些国家祀典神祇，比如五岳四渎、山川风雨之神，这些往往也交给道教去经营。佛教的菩萨、罗汉，也一样被吸纳到道教中来。总之，道教是个筐，什么神基本都可以往里装。

其实任何宗教，只要进入了我们这片神奇的土地，都会发生很大的变化。比如佛教，二十四诸天里就有道教神紫微大帝，昆明筇竹寺里有一尊“耶稣罗汉”，这是把基督教信仰都给拉进来了！

我认为，我们读古书，如果思维方式和古人不在一个频道上，那无论古人说什么，我们都会觉得奇怪，甚至觉得不可理喻。今天对“宗教”的定义，基本上是从西方传过来的，特别强调宗教之间的分野，非此即彼。但是东方人的心态并非这样。据说有人去越南，看到当地人一烧香就是四炷，分别烧给玉帝、佛祖、上帝和圣女贞德。问他们：这玩意儿能灵吗？答曰：管他呢，总有一个灵的吧！

我们再从孙悟空回答日值功曹的一段话，好好品味一下《西游记》里的神仙。平顶山莲花洞那一回，日值功曹给孙悟空送信。孙悟空很自信地说：我有本事，把妖怪递解发配。那么怎样解配呢？他列了一串名单：

若是天魔，解与玉帝；若是土魔，解与土府。西方的归佛，东方的归圣。北方的解与真武，南方的解与火德。是蛟精解与海主，是鬼祟解与阎王，各有地头方向。我老孙到处里人熟，发一张批文，把他连夜解着飞跑。

佛，当然是佛教的教主；阎王，也源于佛教。玉帝、真武、圣（指东华帝君），都是比较纯正的道教神。土府，就是土地神，和阎王不一样，是从上古的“社”来的，是民间的信仰，比道教神还早得多。海主，有两种可能，若是海神，则属于国家祀典神祇，若是龙王，就是从佛经来的，而民间小河小沟的各种龙王，又是从佛教转行到民间的俗神了。

这一段，只出现了八个神，竟然就有这么多分类，像海主这样的神，根据来源又分三四种小类。可以看出孙悟空脑子里的诸神势力范围，其实就是老百姓心中的诸神势力范围，是何等地庞杂混乱了！

《西游记》的“籍贯”问题

这一讲，我继续讲几个天宫神仙，同时也分享一下我为这些神仙作注的“心路历程”。老实说，有些问题，当年我给《西游记》作注的时候（中华书局《西游记》是我校注的，2014 年出版），翻遍了《道藏》也没有任何结果。后来恍然大悟：不能从正规道教的角度来看这些天宫神仙，一定要从民间信仰的角度对待。于是，我就从戏曲、小说，甚至民间信仰里去找，果然找到了一些材料，这些材料，还通通带有非常强烈的地域色彩。虽然零碎，但也不妨聊一聊，希望能引来玉石。

哪吒为何是三坛海会大神

第一次征讨花果山，玉帝“封托塔天王李靖为降魔大元帅，哪吒三太子为三坛海会大神”。“降魔大元帅”是个通用的名词，但“三坛海会大神”又是怎么回事呢?

假如我们仍然抱着哪吒是道教或者佛教神的思路去《道藏》《大藏经》里找答案，打包票找不着。但是，如果我们到民间去找，尤其是东南沿海去找，就会有些发现了。

线索就在这个“坛”字上。

原来福建、台湾等东南沿海一带，民间祭祀场通常叫“道坛”。“三坛”既可按左中右论，也可按上中下论。而哪吒，正是这种道坛里的活跃人物。他一般被封为“中坛元帅”，又称“太子爷”“罗车太子”，统领五方神兵。

道坛的神桌分上下二桌，上桌也就是“上坛”供奉主神，下桌略矮，又称“中坛”，放置香炉等供品，并供奉护法神哪吒，神桌之下称“下坛”，多供“虎爷公”，又称“下坛将军”。下坛有时候就在地上，甚至是在一个墙洞里，所以“虎爷公”只好在最底层吃土。上坛供奉的神仙各有不同，但哪吒的中坛地位很是稳定。流行于东南沿海一带的道教闾山派，咒语中常有“左坛龙树医王、右坛真武上帝、上坛普庵祖师、中坛哪吒太子、下坛黑虎将军”等内容。《西游记》里玉帝加封的“三坛海会大神”恐怕是“中坛元帅”的“晋升”。“海会”，是一个通用词，指众多神灵聚会。这是个很有意思的事情，为什么这么说呢?

总之，福建、广东、台湾一带，哪吒信仰是十分兴盛的。所以，《西游记》里的东南沿海文化，让我们很难回避。

又要涉及作者问题了

《西游记》故事里，零零散散的有很多痕迹，这里不妨再回顾一下：

一、我介绍过齐天大圣的众多“亲戚”：平天大圣、弥天大圣、通天大圣……如果不是懂得大圣信仰的人，很难编出这些大圣。而大圣信仰在东南沿海的福建一带就比较集中。接触过一些资料后，我发现，福建简直就是盛产猴精的大本营！庙宇里、田野间，遍布着齐天大圣及其兄弟姐妹的神位、雕像。

二、《西游记》第一回讲花果山，有一句话："木火方隅高积土，东海之处耸崇巅。"按古代五行配五方的观念，东方属木，南方属火。花果山的位置又指向了东南沿海一带。

三、《西游记》第三回说金箍棒是"定江海浅深的一个定子"，我推测，金箍棒的原型可能是海船的锚碇。这种东西，内陆肯定见不着。能编出这个造型的，一定是位熟悉海洋的人。而且近几年出土的巨型碇杆，正是在福建泉州一带！当地也流传着三宝太监"镇海针"的传说。

四、第四讲提到从"弼马温"这个职务，可以看出，作者似乎离京城比较远，他顶多见过他们县的养马场。

五、三坛海会大神，"坛""三坛"，都带着浓浓的东南沿海气息。

六、福建泉州开元寺内有座北宋双塔，塔上第四层有一个带着"金箍"的猴形神将的像，被学界公认为猴行者的古老原型，也就是说明朝之前，这个地区就流传着猴行者的形象了。

七、现存明代《西游记》的版本，最早的世德堂本，最后是归了福建建阳熊云滨，是他把这个本子补足的，熊姓是福建大姓。全书前面有一篇陈元之的序，而福建又有"陈林半天下"之说。还有，李卓吾评本（不管真的是李贽还是托名）的作者李贽是地地道道的福建人，而且，是泉州人！又有杨闽斋本，也是福建刊本。日本庆应义塾图书馆有一部闽斋堂本，是杨闽斋的儿子杨居谦刻印的。我们看，明代传播《西游记》的主力部队，通通被福建人把持了。

八、《西游记》和《封神演义》，都提到了哪吒闹海。很难想象，一位山西人或贵州人写闹海的场面。那什么地方与海洋神灵“互动”最多呢？假如我们去厦门，看过祭祀妈祖的盛况，就能了然于心。

以上几条证据，除了第四条有些软弱之外，条条指向东南沿海，尤其是福建。

所以，恐怕可以这样猜测：百回本《西游记》故事的最终写定者——至少前七回的主要参与者，很可能是东南沿海或非常熟悉福建的底层文人！假如循着这个思路去找，一定能从福建找到更多的关于《西游记》证据。

变种的五方五老

最后谈一下“五方五老”，我限于学力，没能搞得太清楚，但仍觉得很有意思。

话说《西游记》第五回孙悟空在蟠桃园里遇到七衣仙女。孙悟空问蟠桃会都请的谁，仙女们回答道：

> 上会自有旧规。请的是西天佛老菩萨、圣僧罗汉，南方南极观音，东方崇恩圣帝，十洲三岛仙翁，北方北极玄灵，中央黄极黄角大仙，这个是五方五老。还有五斗星君，上八洞三清、四帝、太乙天仙等众，中八洞玉皇、九壘、海岳神仙；下八洞幽冥教主、注世地仙。各宫各殿大小尊神，俱一齐赴蟠桃嘉会。

这里面出现了一个名词，五方五老。但是，我读书少，不要骗我，“五方五老”是这么回事吗？我们还是来翻翻道经。

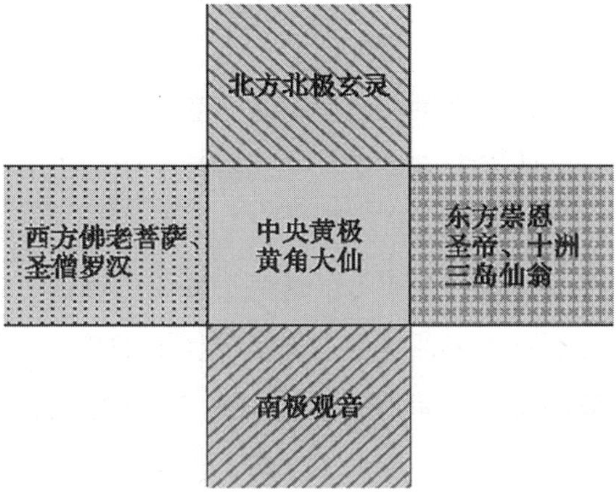

《西游记》的五方五老

据《灵宝领教济度金书》，五方五老分别是：

> 东方青灵始老九炁天君，号青帝，下应泰山；
> 南方丹灵真老三炁天君，号赤帝，下应衡山；
> 中央元灵元老一炁天君，号黄帝，下应嵩山；
> 西方皓灵皇老七炁天君，号白帝，下应华山；
> 北方五灵玄老五炁天君，号黑帝，下应恒山。

五方五老的信仰，早在汉代就有了，是从古代的五方帝的信仰演变来的。古人认为有金木水火土五行，五行有神；五行又配东西南北中五方，五方也有神；五方又配五岳，五岳也有神；五岳又配五帝，五帝又配数字“五”……这用的是打包合并的策略，凡是带“五”的“产品”，都被打包在一起了。这就像我们平时在网店买了一样东西，立即就会带出一串推荐产品。

但是呢，推荐产品太多了，大家也会烦。因为很多东西，谁也不知道是干什么用的。就好比一三五七九，配东西南北中，老百姓根本不懂是什么意思。他们自有一套心目中的神仙，于是他们开始编造自己的五方五老了！《西游记》中的五方五老就是这么来的。

佛祖在西方，观音在南方，这两个算南方和西方的“老”没有问题。东方崇恩圣帝，就是东华圣帝、东华帝君。北极玄灵是谁？清代《梨园集成》里有一出《闹天宫》，蟠桃会一节也列举了五个方位的神仙，是“西天如来佛，南海观世音，东王公、西王母、北极玄天上帝、五百阿罗汉、黄角大仙”。戏剧对小说一般具有传承性，其他四位都能对上号。那么这位北极玄灵，其实应该是玄天上帝，即真武大帝了。明代民间的真武大帝信仰不要太兴盛！

中间的黄极黄角大仙，我才疏学浅，费了老鼻子劲，也没有找到可靠的来历。只查到有些地方有“黄角庙”，但不知供的什么神。按五行和五方色，中央色为黄，而嵩山主神为中岳大帝，姓角，名普生——“黄角大仙”似乎就是指中岳大帝。有朋友说，这位黄角大仙，很可能就是福建一带崇信的“黄大仙”，只是因为名字里有个“黄”字，就被拉作了中央的“老”了。黄大仙在南方一些地区香火极为旺盛，如果他真是黄角大仙，那么这套“五方五老”，又带着东南沿海的气息了。

无论黄角大仙是谁，从“大仙”这个词语看，他具有浓厚的民间信仰色彩，是毋庸置疑的。所以，这里的五方五老，实际上与道教的“五方五老”或“五灵五老”，已经是完全不同的概念，早已充分民间化了！

福建一带的民间信仰，本来就是佛道通吃的，通吃程度，在全国足以数第一！这在宋朝就开始了。例如“左坛龙树医王、右坛真武上帝、上坛普庵祖师、中坛哪吒太子、下坛黑虎将军”又如“保安广泽尊王、湄洲天上圣母娘娘、左高菱右高角二大神将、陈林李三宫夫人妈、观世音佛祖大菩萨”，等等，在这种背景下，产生这样的“五方五老”，当然是再正常不过。

我一直在强调读《西游记》，一定要从民间的角度读。即便是面对里面的佛道二教，也一定要站在民间信仰的立场上看。

我们从小被灌输《西游记》非常高大上，是伟大的名著……而且教科书生怕我们不重视，还列举了一大堆意义。但其实《西游记》在古代，就是流行于民间的通俗文学。通俗文学，必然有一批通俗文学的作者，这些作者如何创作、心态是什么，我们一定要——起码要努力做到——理解之同情，而不是一厢情愿地想象他们是擅长坐在家里查资料编故事的现代写手，是今天意义上的纯文学作家。

大闹天宫（李云中　绘）

孙悟空大闹天宫真的是造反吗？

著名史学大家、陕西师大教授黄永年先生，晚年召集弟子围坐，问：古典小说里，你们都喜欢哪部？男生多说喜欢《三国演义》《水浒传》，女生多说喜欢《红楼梦》。老先生哈哈一笑，众学生齐问："先生喜欢哪部？" 黄先生答曰："《西游记》。孙悟空此公最可爱。"

我和黄先生的想法是一样的，觉得《西游记》的高明之处，就是其他名著写了一大堆人，可这些人都不免带着某些虚伪；唯独这本书写了一个可爱的猴，此公反倒扑面带给我们一片至真，毫无造作。这片至真，从他出生以来，就一直感染着我们，到大闹天宫，已经淋漓尽致了！

第七回"八卦炉中逃大圣　五行山下定心猿"中孙悟空闹天宫时，作者配诗：

> 圆陀陀，光灼灼，亘古常存人怎学？入火不能焚，入水何曾溺？光明一颗摩尼珠，剑戟刀枪伤不着。也能善，也能恶，眼前善恶凭他作。善时成佛与成仙，恶处披毛并带角。无穷变化闹天宫，雷将神兵不可捉。

这是在说什么?说孙悟空吗?是说孙悟空舞起金箍棒来“圆陀陀,光灼灼”?是说他法力高强,“剑戟刀枪伤不着”?从浅层意思上来说当然是的。但是,这里句句都是从古代讲身心修炼的文字中化出来,作者是把孙悟空当作一颗袒露的、毫无遮掩的真心来写的。

“圆陀陀,光灼灼”见于张伯端《青华秘文》:“性之初见,如星大,圆陀陀,光烁烁。”吕洞宾:“圆陀陀、光灿灿,先天一点灵光,撞于母胞,如此而已。”

“入火不能焚,入水何曾溺”出自明代道教经典《性命圭旨》:“入水火而不溺不焚,步日月而无形无影。刀兵不能害,虎兕不能伤。”

“光明一颗摩尼珠”,“摩尼珠”是佛教梵语宝珠的音译,道家称为丹。全真七子的马钰:“老子金丹释氏珠,圆明无欠亦无余。死户生门宗此窍,此窍犹能纳太虚。”

“也能善,也能恶,眼前善恶凭他作。善时成佛与成仙,恶处披毛并带角”这一段就更明显了。《性命圭旨》:“此心灵灵不昧、了了常知……三教大圣教人修道,是修这个;成仙成佛,也是这个;带角披毛,也是这个。”

这一大段,句句说的都是人的本心。这颗心,光明灿烂,外物无法侵入,平时是包裹深藏的,一旦显露出来,将具有无与伦比的巨大力量!

又诗:

一点灵光彻太虚,那条拄杖亦如之。

或长或短随人用,横竖横排任卷舒。

这首诗描写的还是人的心。“灵光”“那条拄杖”，也是屡屡出现在全真七子诗词里的意象。马钰的诗“一点灵光晃太虚”，王重阳有诗“一条拄杖名无著，节节辉辉光灼灼。伟矣虚心直又端，里头都是灵丹药”。所以大闹天宫的这段，作者着重写了这颗真心的无穷威力。

那么，这里是在歌颂孙悟空吗？当然不是。是在指责孙悟空吗？当然也不是。

我们绝不能用世俗的善恶标准来理解。作者已经说了：“眼前善恶凭他作。善时成佛与成仙，恶处披毛并带角。”热烈至极而又冷静至极，慈悲怜悯至极。他写的，只是一颗不受羁绊、不受限制、完全袒露出来的心灵！清代黄周星在这里一反常态，旁批了一个少见的排比句：“此是心之图，心之赞，心之箴铭！”

孙悟空到底是不是一个反抗者

有些解读认为，大闹天宫是孙悟空对以玉帝为代表的天庭压迫的反抗。

这样的观点虽然有道理，但并不完整。

人类的反抗，无论是反抗抽税还是反抗拆迁，反抗征兵还是反抗城管，其根本原因，往往都是为了利益。然而孙悟空不同。他几次反天宫，第一次他把桌子推倒，不干了，是嫌官小。要注意，并不是嫌工资低，也不是嫌工作累，他干得很欢。所以回到花果山，他马上自立为齐天大圣。天庭给他修了齐天大圣府，他就不闹了。第二次闹，是因为蟠桃会没请他，他觉得不爽，就大搞一场恶作剧，实际上也没有造成什么恶劣的影响。偷蟠桃、偷御酒、偷仙丹，对他来讲，就是好吃、好玩。他对天宫的秩序，其实是认同的。第三次推倒丹炉，纵横天宫，也就是为了出气。这是哪门子的被压迫者的反抗？

孙悟空自从学艺回来，第一次剿灭混世魔王，救回小猴，纯属自卫。第二次去傲来国武库里偷兵器，目的也是："我等在此，恐作耍成真，或惊动人王，或有禽王、兽王认此犯头[①]，说我们操兵造反，兴师来相杀，汝等都是竹竿木刀，如何对敌？"以孙悟空的本事，如何夺不得傲来国的王位？可他并不想去夺。他考虑的，其实是如何安安全全地"作耍"下去。

被招上天宫，封为齐天大圣，他就心满意足了："只知日食三餐，夜眠一榻，无事牵萦，自由自在。闲时节会友游宫，交朋结义。"这是"作耍"到天上来了！蟠桃宴骗走赤脚大仙，自己跑到瑶池偷吃东西。难道赤脚大仙是傻子，被放了鸽子不会打听？这更是十足的"作耍"了。孙悟空从瑶池出来，乱走乱撞，跑到兜率宫，还想拜见老君，只是老君正在开会——他真不是蓄意来偷丹的。等跑到丹房发现金丹，这才起意"尝新"，把丹都偷吃了。所以他酒醒后也后悔：这场祸，比天还大，还是下界为王去吧。于是就跑掉了！

等到第二次征讨花果山，九曜星连续挑战，孙悟空既不安排抵抗，也不理睬，只是喝酒作乐。直到九曜星打破洞门，义正词严地谴责他："你这不知死活的弼马温！你犯了十恶之罪，先偷桃，后偷酒，搅乱了蟠桃大会，又窃了老君仙丹，又将御酒偷来此处

① 犯头：冒犯的由头，无意触怒对方而引起对方误会。

享乐。你罪加罪，岂不知之？”可孙悟空的回答是极其直截了当的:“这几桩事，实有！实有！但如今你怎么？”这句话，把九曜星那份正气凛然的劲儿消解得一干二净。甚至在和二郎神生死相搏之际，猴哥居然还有闲心跑到灌江口二郎神庙里，大玩了一回cosplay。所以孙悟空做事，无非是好玩和任性。我们从他的行事中，只看出各种偶然和随性，看不出任何深思熟虑的计划在!

我们今天喜欢讲“任性”“随性”，比如“世界那么大，我想去看看”，比如“一场说走就走的旅行”。其实这些和孙悟空闹天宫的心态没有任何区别。都是“任性”，谈不上善，也谈不上恶，只是把自己的本心释放出来而已，但是也比压抑、伪装甚至言不由衷好太多了!

可爱的“造反”宣言

孙悟空从丹炉里逃出来，大闹天宫，也只是乱打一气。直到如来问他“为何这等暴横”？他才忽然想干点正经事了，宣布要取代玉帝。于是说什么：

> 天地生成灵混仙，花果山中一老猿。
> 水帘洞里为家业，拜友寻师悟太玄。
> 炼就长生多少法，学来变化广无边。
> 因在凡间嫌地窄，立心端要住瑶天。
> 灵霄宝殿非他久，历代人王有分传。
> 强者为尊该让我，英雄只此敢争先。

但是猴哥啊，天下任何造反，总要有一个谋划准备的过程吧？从学艺回来，一直到天兵征剿，猴哥何尝有一丝一毫夺取天宫的想法和准备？等到如来问起，忽然就想起夺天宫，做玉帝了！这和偶尔撞到兜率宫里，临时起意偷丹有何区别？另外，人家的“造反”宣言要么就是“等贵贱均贫富”，要么就是“打土豪分田地”，就算是“王侯将相宁有种乎”，前面还有两句“失期当斩。藉第令毋斩，而戍死者固十六七”呢。这些造反，真真正正是血泪，是悲号，是苦难。或者是“诛晁错，清君侧”，打着光明正大的名义造反，背后是见不得人的政治野心。孙悟空有吗？

所以我觉得，这是天下最可爱的“造反”宣言了！古往今来的造反宣言，可以写得大义凛然、文采飞扬，但凡这种文章，第一段总要宣布敌人的罪状，比如骆宾王的《为徐敬业讨武曌檄》，劈头就是“伪临朝武氏者，性非和顺，地实寒微。昔充太宗下陈，曾以更衣入侍”。或者像陈琳《讨曹操檄》，第一段先宣布自己造反合理性。总之就是生拉硬扯，也得扯出点造反理由来！起码，你孙悟空被屈才做了弼马温，这段惨痛经历，总该大肆渲染一番，以昭示玉帝昏庸、自己不得已才造反的吧？可这段宣言一共才十二句，前六句都在大肆夸耀自己的出身，偏偏把最重要的造反理由故意给略过了！原因很简单，只是因为他觉得不光彩，没面子。所以黄周星慧眼独具，在这里批了一句：“说得燥脾[①]，却不提起弼马温一段。”真是眼毒啊！

最后两句“强者为尊该让我，英雄只此敢争先”，翻译成现代文就是：“我就是要，就是要！”所以说，猴哥，你觉得你这

① 燥脾：即“痛快”。

篇自吹自擂又毫无逻辑的造反宣言，能打动谁？

哪有那么多理由和意义

所以说，孙悟空一直活得很真实，活在自己的世界里，就像小朋友一样可爱。他想要什么，就毫无顾忌地去要或偷——他真的不觉得那样不好；想反对谁，真的抽出棍子就打。这根金箍棒，也正是他一颗真心的象征，所以才“或长或短随人用，横竖横排任卷舒”。然而他无事的时候，和身边的人也非常友好，所谓“见三清，称个‘老’字；逢四帝，道个‘陛下’，无论是普天星相，还是地下妖魔，他都以弟兄相待，彼此称呼”，毫不分生熟贵贱。事实上他虽然反了天宫，后来西天路上他遇到麻烦，去请天上的神仙，都是随叫随到，谁也不曾和他为难。

孙悟空是很真实地、童真地活着，天界诸神反倒喜欢把自己包裹在一层言不由衷的外壳里了。对他回护的，对他有敌意的，都不停地往他身上加各种理由！只要加了一种理由、一种意义，就招抚有道，或者师出有名了。

不信我们可以看看每一次打斗前的对话。比如巨灵神骂他“欺心的猢狲”，九曜星谴责他“犯了十恶之罪”，王灵官说“你莫猖狂”，就是木叉也说“见你这般猖獗，特来擒你”。大家不觉得这里其实有问题吗？这些人其实就是奉旨行事，但必须给孙悟空加一个十恶、欺心、猖狂、猖獗之类的罪名，似乎就可以心安理得地围而诛之了。太白金星也有理由——“念生化之慈恩”“那猴出言不知大小”，于是可以顺理成章地招而抚之了。

我们今天也是这样，要做一件什么事，必先给自己找个理由，而且是很宏大的理由，然而这正是本心被掩盖的第一步——不愿直接面对本心。

孙悟空是不给自己找理由的。如果有，也只是“作耍”。他取经路上，也是这样的。而有些课会教我们：“孙悟空是正义的化身，西天路上降妖伏魔，体现了正义战胜邪恶。”甚至动画片也教小朋友唱：“师徒四个斩妖斗魔同心合力，邪恶打不过正义。”我小时候，顶多唱到“一走就是几万里”，最后这两句，我是不爱唱的，因为又把我喜欢的西游故事搞成教科书了，太不好玩了！按照教科书的思路，高太公请孙悟空降妖，他恐怕应该回答：“为了正义，为了高老庄的安全和谐、繁荣稳定，老孙一定要向邪恶势力宣战，和猪精斗争到底！”当然，这个猪精可以换成各种各样的妖怪。孙悟空自己是如何回答高太公的呢？他说：“因是借宿，顺便拿几个妖怪儿耍耍的。动问府上有多少妖怪？”捉妖精是玩儿！这是哪门子正义打邪恶？

某些人，有一种特别厉害的能力，就是能把一切有趣搞成无趣，能把一切温情搞成煽情，能把一切人性搞成神性，能把一切真诚搞成忠诚。这种法力，比《西游记》任何一种法力都厉害。无论讲什么，都不忘附上一大堆意义，这个是鞭挞丑恶的，那个是体现大无畏精神的……久而久之，很多朋友思考问题，也就喜欢往这些意义上靠拢。于是，他们成熟了，标志就是学会了无趣，学会了煽情，学会了用神和鬼区分旁人——就是不会把旁人当人看。当然，也学会了口头上言不由衷的忠诚。

有一个年轻学生追着我问：“老师，《西游记》的中心思想是什么？”我说：“没有。概括不出来。”他很受伤地问：“真的没有吗？我们小学语文不就概括中心思想吗？这么大一部书怎么就没有？怎么就没有？”我说：“它怎么就必须有？！《西游记》是为你语文老师写的？”

好吧，孩子不怨你，你年纪轻轻，已经被这些重大意义洗脑得太久了。学课文，要有意义；学历史，重大历史事件，都得背一个意义。十年寒窗，已经把你整形成一个长得有意义的人！

如今还有家长给孩子报书法班、钢琴班，各种所谓兴趣班的，有多少真正出于兴趣，出于原始的喜爱？有多少是为了人前的显耀、升学的砝码、家长的谈资，或者仅仅出于不被边缘化的顾虑？孩子的本心呢、兴趣呢、与生俱来的好奇心呢？这些最真实的、最原始的理由，还不足以构成把你孩子塑造成一个可爱的人的动力吗？

我第一次读《西游记》原著，是在七八岁的时候，到现在已经读了二十多年。每次重读，读到这“圆陀陀、光灼灼，亘古常存人怎学？入火不能焚，入水何曾溺？光明一颗摩尼珠，剑戟刀枪伤不着”，无不泫然泪下！以谦卑隐忍、温柔克己著称的国人，能写出各种文采飞扬的文字，或歌颂或鞭挞，应酬各种场合，而这种直面真心的文字太少太少了，更何况它把真心赋予了如此光明的形象，这就是《西游记》的高明之处。生活在现代化的今天，我们觉得比古人进步了是不是？其实连孙悟空的尾巴还摸不到！

哪吒和二郎神是知音

最后我想谈谈哪吒和二郎神两位，他们其实是孙悟空的对手和知音。

别人打孙悟空，都要加一些理由，诸如欺君罔上、十恶不赦之类，唯独哪吒与二郎神没有加宏大的理由。

他们与孙悟空见面，只有直奔主题的一句：“我是哪吒，奉旨捉你！”“我是二郎神，奉旨擒你！”奉旨就是奉旨，需要什么理由？这是何等地直截了当！

哪吒还有两句可爱的话。当他听说孙悟空要当齐天大圣时，就说：“这妖猴能有多大神通，就敢称此名号？不要怕，吃吾一剑！”诸位，这两句话的逻辑也很有意思。就是说，在哪吒心目中，“齐天大圣”并不是不可以称的，反过来说，其实是“只要你神通够，那就可以称”。动手前居然先叫对方“不要怕”，这也是千古奇文。“乖乖不要怕，我可打你了哦”。于是，我们又看到一颗未经污染的可爱心灵了。在其他成年天神的心目中，你孙悟空神通再大，焉能自称“齐天大圣”？这要是换作巨灵神或九曜星，一定会说：“这妖猴这等不知人事，辄敢无状，焉敢欺君罔上，自称甚么齐天大圣！”这也可以看出，为何《西游记》里的哪吒、二郎神，从来就拥有不输于猴哥的绚丽光彩了！

“俺那里把你哄”

如来佛降伏孙悟空的剧情大家都清楚，如来和孙悟空打赌，说：你能跳出我手心，就让玉帝把天宫让你。孙悟空上了当。如来佛用手化作五行山，将他压在山下。然而仍然压不住，贴了一道六字真言，才彻底封印住。

这次我要讲的，就是这六字真言。

六字真言，也叫六字大明咒，又称六字陀罗尼咒、六字真言等。据称，六字大明咒是观世音菩萨心咒，本是梵文，此咒含有诸佛无尽的加持与慈悲，是诸佛慈悲和智慧的音声显现。六字真言的正确读音是：唵（ong）嘛（ma）呢（ni）叭（be）咪（mei）吽（hong）。但是汉字中未必有正好和它读音相符的字，汉字古今读法也不一样，比如第一个字 ong，就找不到对应的字，只好用“唵”或者“嗡”来代替。

这样一来，就给《西游记》留下一个搞怪的机会。我们来看，不同版本《西游记》电视剧里的六字真言，是什么样子。

1986 版电视剧《西游记》的六字真言是“唵嘛呢叭咪吽”。没错，和佛经里的一样。

张纪中版电视剧《西游记》的六字真言：嗡嘛呢叭咪哞。果然，不如 1986 版电视剧《西游记》走心啊！“唵”写成“嗡”，倒没什么问题，但把“吽”字写成了“哞哞叫”的“哞”！道具组扣钱！

不过六个字而已，就有这样的问题。那明代《西游记》里六字真言是什么样的呢？

在这里，我不得不再次提一下《西游记》的版本。诸位从网上买到的《西游记》，无论是中华书局的，还是人民文学出版社的，都是现在人印制的。这个文本，总得有个来源吧？对，这就是底本的概念。

百回本《西游记》，从明代出版到现在，已经过了四百多年，其间不知有多少版本，翻印了多少次。印一次，必然产生一些错误，到现在，里面的错误就不可胜数了。

现存公认的最早版本，就是我经常提到的世德堂本，又简称“世本”，当时肯定印了不少，但存世的只有四本。别的呢？烧的烧了，毁的毁了，丢的丢了，邻居老爷爷撕了包花生米了。

不仅“世德堂本”是这样，整个明代留下来的《西游记》，也不超过十种。实际上共七种：世德堂本、李评本、朱本、杨本、唐僧本、杨闽斋本、闽斋堂本。但是其中有些版本又有不同的版次，如世本有台湾世本和浅野世本；李评本有丙本、甲本和乙本。这一批明代的《西游记》内容是最原始的样子，所以最珍贵。

而我校注《西游记》所依据的底本，即世德堂本，这里写成什么？不是“唵嘛呢叭咪吽”，而是“唵嘛呢叭呢吽”。

是不是这里印错了呢？我们再翻一处。第八回，观音菩萨带着木叉寻找取经人，路过花果山时“师徒俱上山来，观看帖子，乃是‘唵嘛呢叭呢吽’六字真言”。

是不是这里也印错了呢？那我们再翻一处，第十四回，唐僧救孙悟空时，看到的六字真言是："唵嘛呢叭呢吽"。

难道"世德堂本"里的"唵嘛呢叭呢吽"，全都印错了？

再看一下明代杨闽斋刻本第七回，仍然是"唵嘛呢叭呢吽"。

不用怀疑了，我翻遍了自己能见到的明代版本——李卓吾评本、闽斋堂本，以及《唐三藏西游记》《唐三藏西游释厄传》，都是"唵嘛呢叭呢吽"。难道明朝人都印错了不成？

第一次将这句话"改对"的，是清朝的黄周星。他在《西游证道书》写成了"唵嘛呢叭咪吽"。这一点他应该很得意：你看，这么多前辈都错了，我是第一个将它改对的人。

但是事实果然如此吗？

明代黄景昉的《国史唯疑》：永乐初年，有大宝法王来北京，教人念"唵嘛呢叭咪吽"。侍读李继鼎笑道："这不就是'俺那里把你哄'嘛！"这是国内念六字真言的开端，至少黄景昉是这样认为的。

这里透露了两个信息：第一，明代社会上，读音还是正确的，并不是像《西游记》那样，把六字真言读作"唵嘛呢叭呢吽"的；第二，国内人士对六字真言持怀疑、嘲笑的态度。

这个解释因为很好玩，就被好多人转述。比如《青溪暇笔》也记录了这段故事。也被钱锺书先生记在了《管锥编·史记会注考证·封禅书》里，他说："明人尝嘲释氏之六字真言'唵嘛呢叭吽'，谓'乃"俺把你哄"也，人不之悟耳'（《纪录汇编》卷一二八姚福《青溪暇笔》，佟世思《与梅堂遗集》附《耳书》作'盖"俺那里把你哄"也'）。"

也就是说，在明代，"俺那里把你哄"已经成了一个很普遍的笑谈了！

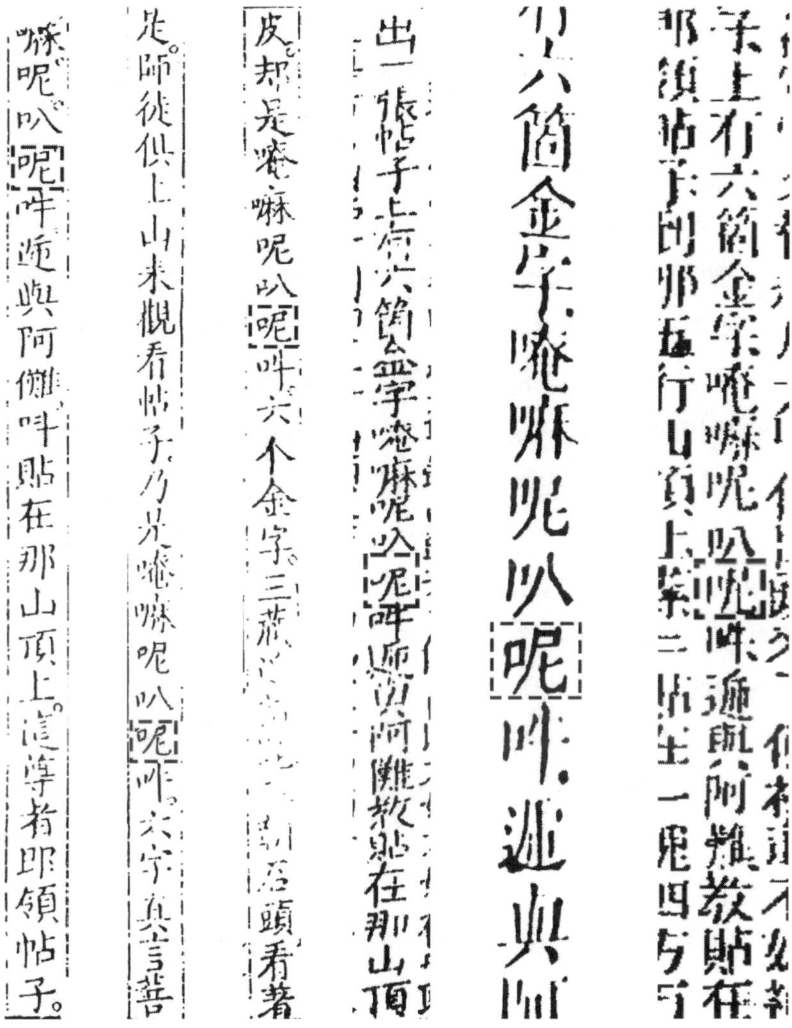

① ② ③ ④ ⑤ ⑥

①世德堂本《西游记》第七回中的“六字真言”
②世德堂本《西游记》第八回中的“六字真言”
③世德堂本《西游记》第十四回中的“六字真言”
④杨闽斋本《西游记》第七回中的“六字真言”
⑤李评本《西游记》中的“六字真言”
⑥日本藏闽斋堂本《西游记》第七回中的“六字真言”（曹炳建供图）

我们再反观明代《西游记》里的“六字真言”，把第五个字“咪”或“哝”“嗻”，改作了毫无根据的“呢”。恕我才疏学浅，我没有在《西游记》之外查到这样的写法，这就是作者的一种故意。

因为在正确的“唵嘛呢叭咪吽”读音里。“咪”读作 me 或 mei。如果把六字真言读作“俺那里把你哄”的话，唯独“咪”和“你（ni）”字发音最不像。其余的几个，如“唵”“嘛”，和上“呢”字，虽然也不太像，但毕竟沾点边。有的声母相同，有的韵母相同。如果一定要使六字真言听起来更像“俺那里把你哄”，第一个要改的恐怕就是“咪”。

《西游记》是一部通俗小说，它以及它的前身，是要经常给普通百姓宣讲的，这从文中保留的很多韵文、唱词就可以知道。也就是说，人们接触这部书，更多情况下是收听而不是阅读。在这种情况下，字音的作用，往往就比字形更重要。民间艺人抄写的唱词、快书，里面的错字多得不可胜数，好比杨戬写成杨剪、鲁智深写成鲁智身，但读音一定是正确的，因为只要读对、唱对就可以了。所以，把六字真言故意写错一个字，听起来就更像“俺那里把你哄”了！

《西游记》里还有些旁证，比如观音菩萨寻找取经人，路过五行山，看望孙悟空时说：“我奉佛旨，上东土寻取经人去，从此经过，特留残步看你。”孙悟空说：“如来哄了我，把我压在此山，五百余年了，不能展挣，万望菩萨方便一二，救我老孙一救！”这里“如来哄了我”，更是对“俺那里把你哄”的一个注脚了！

我们一定要理解明代人！他们真不是我们想象中的只会念四书五经的呆子。那帮人——简直了，脑洞开得不比我们小。他们什么都敢嘲笑，什么都敢解构，而且，各种外来的好玩的东西，他们也轻松愉快地吸收。这比死气沉沉的清朝要绚烂夺目多了。

最后，我还是想谈一谈1986版电视剧《西游记》。这部电视剧真的高度走心！大家记得，孙悟空被压在五行山下，眼看五行山要崩塌，突然阿傩腾云而来，把六字真言贴上。于是孙悟空再也不能挣扎，孙悟空喊出的那句撕心裂肺的话是什么？

玉帝——如来——俺老孙被你们骗了！被你们骗了——

这里安排一句什么台词不行，为什么在六字真言贴好之后，非要让孙悟空接这么一句，这不就是"俺那里把你哄"的注脚吗？（顺便说一句，我并不是1986版电视剧《西游记》的死忠粉，这个剧还是有很多问题的，比如过一会儿，有个小孩来找孙悟空玩，临走的时候哼了半句歌，居然是"团结就是力量"！）后来还有一句："那如来变着法骗了我，把俺老孙压在山下五百年了，菩萨大慈大悲，放我出来吧。"这就更坐实了编剧的意图和对原著的理解了！

特别鸣谢

特别感谢河南大学曹炳建先生，感谢他惠赐图片，有些图是他从日本学者矶部彰的影印件转拍而来，非常珍贵。

找古书和找今天的书，是两个完全不同的概念。今天的书，通过网络、图书馆、书店等渠道基本上总能找到。但古书，如果今天的人没有做过影印，那就只能去图书馆或私人藏书家那里看了。去图书馆看古书，和去图书馆借一本现代书，情况是完全不一样的，需要经过繁杂的手续，碰上藏书机构对这书特别珍视，还不一定给你看——拍照更不可能了。因为这书可能在全国甚至全世界就一部两部。比如我在北京，想查的古书在上海甚至日本、法国，除了自己买机票去看，或者托人去抄录，没有半点办法！所以本篇虽然只是讨论一个字，结论或许仍有待商榷，但这背后积累了无数整理古籍的文献学家们不为人知的贡献，对他们实在应该致以崇高的敬意！

如来佛去哪儿了？

如来佛祖（李云中　绘）

《西游记》第八回“我佛造经传极乐　观音奉旨上长安”：如来佛祖降伏了孙悟空，在玉帝处吃过了答谢晚宴，回到西天后聚集众菩萨，商议寻找取经人。

应该说，这一回承上启下。之前的七回，是孙悟空从出世到大闹天宫；从这一回，开始了新故事——孙悟空告一段落，唐僧的取经故事导源于此。那么，这一回有什么特殊之处呢？

这一回开头，如来回至雷音宝刹，但见：

> 那三千诸佛、五百阿罗、八大金刚、无边菩萨，一个个都执着幢幡宝盖、异宝仙花，摆列在灵山仙境，娑罗双林之下接迎。
>
> 如来驾住祥云，对众道：我以甚深般若，遍观三界。根本性原，毕竟寂灭。同虚空相，一无所有。殄伏乖猴，是事莫识。名生死始，法相如是。
>
> 说罢，放舍利之光，满空有白虹四十二道，南北通连。大众见了，皈身礼拜。

这一段，如果大家随便看过去了，自然没发现疑点。但如果深究一下，这些话，非常非常地奇怪，而且令人吃惊！为什么这么说呢？

这段话原出自《大般涅槃经》后分卷上《憍陈如品》之末，后来被《历代编年释氏通鉴》《佛祖历代通载》等本土化的佛教典籍改造了。原文是这样的：

> （世尊）普告大众。我以甚深般若。遍观三界一切六道。诸山大海。大地含生。如是三界。根本性离。毕竟寂灭。同虚空相。无名无识。永断诸有。本来平等。无

高下想。无见无闻。无觉无知。不可系缚。不可解脱。无众生。无寿命。不生不起。不尽不灭。非世间。非非世间。涅槃生死。皆不可得。二际平等。等诸法故。闲居静住。无所施为。究竟安置。必不可得。从无住法。法性施为。断一切相。一无所有。法相如是。其知是者。名出世人。是事不知。名生死始。汝等大众。应断无明。灭生死始。

凡是和《西游记》相似的，我都画出来了。“娑罗双林”是释迦牟尼寂灭的地方。所以《西游记》里“甚深般若”以下的话，其实是佛祖的圆寂遗言！

按照常理，如来回到灵山，首先得讲一讲这次出差的经历，或者是如何大战孙悟空使他乖乖就范的吧。可是，为何这些都没讲或者放到后面才讲，而要先说一段遗言？

如果说这一个证据不足为信，那么《西游记》里还有句“放舍利之光”——舍利，自然是释迦牟尼圆寂后遗体火化所得之物。还有“白虹四十二道，南北通连”——不熟悉佛典的读者可能不知道，这是释迦牟尼圆寂的异象，见于唐释道宣《广弘明集》卷十一，原文是：“穆王五十三年壬申岁二月十五日，平旦暴风忽起，发损人舍，伤折树木，山川大地皆悉震动。午后，天阴云黑，西方有白虹十二道，南北通过，连夜不灭。”于是穆王问一个大臣：“这是什么意思？”大臣说：“西方有大圣人灭度，衰相现耳。”穆王很高兴地说：“朕很怕这个人，现在已经灭度，朕何忧也！”

如来表演了这一段之后，“少顷间，聚庆云彩雾，登上品莲台，端然坐下”。我们要注意，佛教认为，诸佛菩萨及往生净土者均坐莲花之台。净土宗认为，往生净土者临终时，阿弥陀佛等极乐世界之众持莲台来接引，依生前行愿，分上中下三品，每品又分三级，故共九品。上品往生者乘金刚台、紫金台、金莲华，故称上品莲台。这里似乎又是一处和涅槃有关的暗示。随后，大家才纷纷跑来问："佛祖，那猴子怎么样啦？"这时如来才开口，把这件事的经历讲了一遍。

《西游记》为什么要这样写？我打算从两个角度来讲这个问题。

曾经的开始

第一个，就是从我的本门武功——文献学的角度来看。早期西游故事还是比较遵守史实的，不大喜欢颠倒时空。据《大唐三藏取经诗话》载：

> 猴行者曰："此中佛法，亦是自然。我师至诚，炉爇多香，地铺坐具，面向西竺鸡足山祷祝，求请法教。"师一依所言，虔心求请。福仙僧众尽来观看。法师七人，焚香望鸡足山祷告，齐声动哭。此日感得唐朝皇帝，一国士民，咸思三藏，人人发哀。天地陡黑，人面不分；一时之间，雷声喊喊，万道毫光，只见耳伴钹声而响。良久，渐渐开光，只见坐具上堆一藏经卷。一寺僧徒，尽皆合掌道："此和尚果有德行！"

原来这些经卷，不是取来的，而是哭出来的！佛祖也没有出现。他已经是一个超人间的存在了。

到了被视为西游故事早期形态的《西游记杂剧》，一开场，观音菩萨就上来说，释迦牟尼已经圆寂，现在要找个人前往西天取经：

〔观世音上，云〕"……自佛入涅槃后，我等皆成正果。涅槃者，乃无生无死之地。见今西天竺有《大藏金经》五千四十八卷，欲传东土……"

也就是说，这部杂剧劈头就说了，佛祖已涅槃。此后，佛祖也没有出现在具体情节中。但是到最后，师徒四人还见到了一位佛，但这位佛是什么来历，我佛学知识不够，抑或是民间信仰知识不够，不知就里，姑且放在这里供大家研究。

在这部杂剧里，接待师徒四人的，是给孤独长者，就是黄金铺地的那位。

〔给孤云〕佛无定主，随念即见。若到方丈，我佛必赐茶。但得饮此，必成正果。

你若能尝佛子茶，胜参赵老禅。休猜做金樽美酒斗十千，但得那世尊肯见，恰敢着你即时回转，不须妙法再三言。我佛来也。

金身丈六长，清光七尺圆，芒鞋竹杖打着行缠，逍遥一身得自然。快疾忙把如来参见，向前合掌并擎拳。

〔寒山拾得扮出山佛像上，云〕玄奘，你来也。

也就是说，按故事逻辑，佛祖已经入了涅槃，不是随便想见就见的，必须心诚。至少不像今天的《西游记》那样，佛祖在灵山等着你，只要跑过去就可以见到，甚至孙悟空还多次到灵山去请求佛祖帮助。而且，杂剧里的这位佛，是寒山拾得扮的，“金身丈六长，清光七尺圆，芒鞋竹杖打着行缠”，和我们平时所见的佛像完全不同。

我一直强调，《西游记》是将齐天大圣故事和取经故事拧在一起的，原本是分别独立的两套故事。而《西游记杂剧》是从佛涅槃讲起的，那么我们可以推想，以杂剧为代表的一系列取经故事，很可能都是从涅槃讲起的。也就是说，第八回写如来的种种圆寂之象，应该也是早期西游故事的痕迹，是杂剧开场时叙述“佛入涅槃”的扩充演绎。

知道了这一点，我们再看诸菩萨祝寿的福禄寿诗，就很有意思了：

福诗曰：

福星光耀世尊前，福纳弥深远更绵。福德无疆同地久，福缘有庆与天连。福田广种年年盛，福海洪深岁岁坚。福满乾坤多福荫，福增无量永周全。

禄诗曰：

禄重如山彩凤鸣，禄随时太祝长庚。禄添万斛身康健，禄享千钟世太平。禄俸齐天还永固，禄名似海更澄清。禄恩远继多瞻仰，禄爵无边万国荣。

寿诗曰：

寿星献彩对如来，寿域光华自此开。寿果满盘生瑞霭，寿花新采插莲台。寿诗清雅多奇妙，寿曲调音按美才。寿命延长同日月，寿如山海更悠哉。

不得不说，这三首诗，写得真不怎样！而且文不对题！

我们再看今本《西游记》开头那首诗：

> 混沌未分天地乱，茫茫渺渺无人见。自从盘古破鸿蒙，开辟从兹清浊辨。覆载群生仰至仁，发明万物皆成善。欲知造化会元功，须看《西游释厄传》。

当然，也不工稳，但这位作者至少知道一些典故，知道朱熹释《周易·系辞》:“天地之大德曰生”为“仁者天地生物之心”，《周易·文言》:“元者善之长”为“便是万物资始之端”，这些化用，在这首诗里是看得出来的。

这里何必让福禄寿用三首诗献如来呢？这三首诗和如来有关系吗？以如来的地位，还需要福禄寿来祝愿吗？“福寿”倒也算了，如来要“禄”做什么！所以，这三首诗除了点缀气氛之外，与剧情没有什么关系，似乎是一种“定场诗”，就是说用于祝福、活跃气氛的。晚清民国时期，现代相声祖师爷“穷不怕”等人在街头“画锅撂地”，就是一面唱太平歌词，一面用白沙在地上撒字，以便招揽听众。唱完了，听众也来得差不多了，才开始正式表演。太平词里就不乏祝福祝寿祝禄的吉祥话，例如《发四喜》：

> 福字添来喜冲冲，福缘善庆降玉瓶。福如东海长流水，恨福来迟身穿大红。
>
> 鹿星笑道连中三元，鹿衔灵芝口内含。鹿过高山松

林下，六国封相作高为官。

寿星秉寿万寿无疆，寿桃寿酒摆在中央。寿比南山高万丈，彭祖爷寿活八百永安为康。

比较一下这三首《福禄寿》诗，简直是一个模子刻出来的！换句话说，《西游记》这一回里的这三首诗，甚至这一回本身，很可能原本就处于全书的开场部位。

所以我们有理由猜测：百回本《西游记》的前身，是从如来派观音寻找取经人开始的，前七回讲述石猴出身和大圣大闹天宫的故事，是另一个完整的故事，整理者将其添在了取经故事前面，他要照顾以前留下的如来涅槃的情节，不能让后来还有戏份的如来真的“涅槃”掉，于是加以弥缝，让他“少顷间，聚庆云彩雾，端然坐下”，这才在逻辑上让如来重生。于是就弄成了现在的奇怪文本了。

另外，如来想派人去东土大唐寻找取经人。观音姐姐主动报名，要去东土寻找取经人。她出场时，作者用了一段韵文：

理圆四德，智满金身。璎络垂珠翠，香环结宝明，乌云巧叠盘龙髻，绣带轻飘彩凤翎。碧玉纽，素罗袍，祥光笼罩；锦绒裙，金落索，瑞气遮迎。眉如小月，眼似双星。玉面天生喜，朱唇一点红。净瓶甘露年年盛，斜插垂杨岁岁青。解八难，度群生。大慈悯，故镇太山，居南海，救苦寻声。万称万应，千圣千灵。兰心欣紫竹，蕙性爱香藤。他是落伽山上慈悲主，潮音洞里苦（一作活）观音。

按说观音菩萨早已在前七回出现很多次了，又是派木叉，又是荐二郎，还把净瓶扔下去企图打孙悟空，观众对她已经很熟悉了，何以这里忽然又来一段韵文简介？这一般是人物出场时用的。这似乎也说明：某一段时间，《西游记》是从第八回开始的，而前七回是后加上去的。

如来降伏孙悟空是一个局吗？

我除了用本门武功考证分析之外，更乐意从另外一个角度看待这件事。因为所用非本门武功，所以诸位大可不必纠结其是否靠谱，只当茶余饭后的谈资听听。

《西游记》第七回，佛祖是这样降伏孙悟空的：

> 好大圣，急纵身又要跳出，被佛祖翻掌一扑，把这猴王推出西天门外，将五指化作金、木、水、火、土五座联山，唤名“五行山”，轻轻地把他压住。

那么，佛祖以手化山之后，这手是留在那里了呢，还是又长出了新的呢？我想不仅是我，估计很多读者都有这个疑问。

其实，这个问题早在清朝就有人问过了。黄周星在《西游证道书》总批里说：

> 一迂儒问道人（黄周星的自称）云：“如来虽能五行山下定心猿，然此山却是五指所化，既然将心猿压住，不知此指如何收回？”道人笑曰：“如来慈悲度世，渠既

舍弃一手，降魔救驾，想事定之后，惟有断臂而去耳，不然更有何法？”

难道说如来真的舍弃了一臂，或者他已经拼尽了法力，所以后来才会涅槃？

我们再来看看如来面对孙悟空“造反”行为的态度。

当听到天宫人士报告的消息，他说：汝等在此稳坐法堂，休得乱了禅位，待我炼魔救驾去来。

黄周星批此处：“不曰降妖，而曰炼魔，便妙。”魔和妖是有区别的。魔可以指心魔，人心跑偏了，邪恶了，可以叫魔，但不能叫妖。炼魔炼的还是自己人，降妖则是敌我斗争。你看，这就是天宫诸神不能望佛祖的境界了。天宫诸神一口一个“妖猴”，恨不得斩之除之而后快。而佛祖只轻轻一句“炼魔救驾去来”，没有一丝嗔怒之心！

他劝告孙悟空时也是这样，并不带着一副“对待敌人要像严冬一样冷酷无情”的模样，而是说：“趁早皈依，切莫妄说。但恐遭了毒手，性命顷刻而休，可惜了你的本来面目！”“若不能打出手掌，你还下界为妖，再修几劫，却来争吵。”黄周星又批：“一篇议论，无限慈悲，无限棒喝。非佛祖不能为此言。”“说得温和之极，不动一毫声色。”

所以，如来对孙悟空的态度，其实是慈悲怜悯的，否则用大法力将他打个灰飞烟灭又有何难？

然而他亲舍手掌，化作五行山，最终涅槃了！

因为孙悟空这样的“魔”，不是说灭就灭的。在百回本《西游记》里，孙悟空被某位天才作者隐喻为人心或真心，而且处处都有点破，这是毫无疑问的。上一讲谈到大闹天宫，我承认童心是纯洁可爱的，但从来不觉得童心就是尽善尽美的。比如干坏事，比起成年人的遮遮掩掩，小孩子无所顾忌确实是一片真心，但“真心不等于清净心”。又比如，小朋友要吃什么东西，就大吵大闹，这其实也是真心。这些心态，和孙悟空闹天宫的心态大体是一样的。

明代的作者，对于这个问题，就借如来之口说“也能善、也能恶”。他对真心自然是欣赏的，但也是警惕的。他当然知道，如果不加以控制、引导，真心就会朝着邪魔外道一路发展下去了！

心若在，魔就在。所以面对这样“心”的化身——同时也是尘世千千万万人心的化身，如来该如何度化呢？能做的，只有牺牲自己！或者说，与这些人心同血肉，共命运。这不是舍己救世的大慈悲是什么？所谓“我不入地狱，谁入地狱”！如来舍手化山而后涅槃的举动，转换成语言文字就是：“孩子！不管你是好还是坏，我将永远与你同在！”

父母又何尝不是这样。当父母动手打孩子的时候，他们的心其实比孩子挨的打还要痛。看似他在打孩子，其实也在打他自己！包括那个“俺那里把你哄”的办法不也是这样吗——就像爸爸妈妈哄小孩子一样。试问，换作我们来编这个故事，比如，现在给你把如来请来了，面对这样一个调皮捣蛋、活泼可爱且破坏力惊人的猴子，如何编一个情节，能让他心服口服，收心务正？以我的浅薄学识暂且还想不出来。可以想见，《西游记》的文笔是多么具有穿越时空的伟力了！

这些话并不是什么心灵鸡汤。前几天在知乎上看到一篇文章，讲如何对付不听话的孩子，可以作为如来佛降伏孙悟空故事的参照。篇名为《我们应该严厉教育孩子吗》，作者是叶修，原文很长，此处节略：

> 有一个小朋友在捣乱，讲道理也不听。于是我（指此文作者）说："你不能无缘无故打别人，要罚站三分钟。"
>
> 他完全无视我的存在。这可能是因为，他此前遇到的，家长老师要么是生气、愤怒的控制管教，要么是焦虑、无奈的放纵。于是，我最后通知他："现在，我将开始执行对你的惩罚。"于是，我抓住他，用适度的力气把他抱到墙边上。我知道这是一场非常漫长的战争。
>
> 他开始大叫："放——开——我！"
>
> 面对这种情况，大多数成年人都会抑制不住情绪的激动。但是如果把这种情绪传递给孩子，对他是最有害的。我平静地重复着："你违反规则了，必须保持三分钟不能动。"
>
> 他开始生气，开始反抗，开始骂我"臭狗熊""臭老鼠""大坏蛋""臭屁蛋"。但无论他如何踢打、咆哮，我都任他踢打，任他辱骂，任他咬我，他打了我一百多下，咬了我七八个牙印，但我所做的只是两件：一是保持平静，绝不情绪波动；二是牢牢地抓住他的手，不断重复："违反规则就要罚站三分钟"。这样僵持了四十五分钟，他终于累了，说："我站完了三分钟以后呢？"
>
> 我说："站完了就可以去玩呀。"
>
> 他真的站起来，走到墙角去站好，很快，三分钟过去了。于是，他获得了自由，高兴地出去玩了。

我们看这段故事，岂不和如来降伏孙悟空很像吗？这位老师并没有对孩子一顿暴打，或者一顿臭骂——因为反复的实践证明，粗暴打骂是不好用的，而是要对他反复强调规则。并且最关键的：第一，从头到尾老师一直强调“不要把坏的情绪传递给孩子”，只是用“适度的力气”将孩子控制住。佛祖自始至终，正如黄周星所评的“无限慈悲，无限棒喝，温和之极，不动一毫声色”，岂不也像慈父或恩师一样，丝毫不将自己的坏情绪传给孩子吗？第二，他平静地忍受了孩子的踢打、啃咬、咒骂。就算是来自孩子，这四十五分钟的踢打啃咬也不是一个普通成年人所能承受的！这和佛祖“用手掌化作五座联山，轻轻地把他压住”岂不是正相当！汉语里形容山的词汇很多，何以偏用一个“轻轻地”？这种关爱，诸位难道还读不出吗？这是什么？这就是舍己度世的慈悲心！

卓越的作品里无不弥漫着这种大慈大悲！远的不说，就近的而言，《倚天屠龙记》里的空见大师，以血肉之躯受了金毛狮王谢逊的七伤拳，最终圆寂，目的仅是消解谢逊的怨气。还有《神雕侠侣》里的一灯大师，他度化铁掌水上漂裘千仞为弟子，给他起法名慈恩。但是慈恩仍然有怨毒之心，甚至出手攻师。一灯大师是这样化解的：

> （慈恩）突然间呼的一声，出掌向一灯大师劈去。一灯举手斜立胸口，身子微晃，挡了这一掌。慈恩怒道：“你定是要和我过不去！”左手又是一掌，一灯大师伸手招架，仍不还招。……可是一灯抱着舍身度人的大愿大勇，宁受铁掌擅击之祸，也决不还手，只盼他终于悔

悟。这并非比拼武功内力，却是善念和恶念之争。

杨过和小龙女眼见慈恩的铁掌有如斧钺般一掌掌向一灯劈去，劈到第十四掌时，一灯“哇”的一声，一口鲜血喷了出来。慈恩一怔，喝道：“你还不还手吗？”一灯柔声道：“我何必还手？我打胜你有什么用？你打胜我有什么用？须得胜过自己，克制自己！”慈恩一愣，喃喃地道：“要胜过自己，克制自己！”

一灯大师这几句话，便如雷震一般，轰到了杨过心里，暗想：“要胜过自己的任性，要克制自己的妄念，确比胜过强敌难得多。这位高僧的话真是至理名言。”却见慈恩双掌在空中稍做停留，终于呼的一声又拍了出去。一灯身子摇晃，又是一口鲜血喷出，白髯和僧袍上全染满了。

空见大师以及一灯大师，宁可受内伤、舍却性命，也要化解戾气和怨毒。这岂不就是佛祖境界！

《西游记》演到此节，若是俗手，定然大写一番如来如何施法，屠灭悟空——其实大多数神魔小说不都是这样吗？可是作者写给我们的，竟是一场轻松愉快的儿童游戏的轻喜剧。当我们读到两人打赌、猴头撒尿的好玩之际，作者笔锋一转，又抛出一场惊心动魄的舍身度人的大悲剧！这是多大的胸襟，多大的笔力！正如一灯大师所说：“我打胜你有什么用？你打胜我有什么用？”一场游戏的结果是如来血溅僧袍，奄然物化。呜呼！这是何等的力量，这是何等的慈悲！这正是我们读《西游记》所不该错过的地方。

所以，我们实在不该怀着斗争论、阴谋论的恶趣味去读西游，这样会错过许许多多的精彩。

观音菩萨的长尾

萝卜开会

很多朋友喜欢在网上看“中国神谱大全”之类的东西，据此在头脑中建立了一套神仙体系。但是这种网页文章往往条理不清楚，写文章的人既不管是什么宗教的，也不管是什么朝代的，只要是他知道的神就搬进来，既有来自宗教典籍里的，也有引自戏剧小说里的。至于各宗教都有什么教派，每个教派都有哪些神，就更不管了。这样建立起来的神仙谱系，就像是说萝卜分为以下几种：红萝卜、青萝卜、胡萝卜、大萝卜、小萝卜、嫩萝卜、腌萝卜、水萝卜、干萝卜、野萝卜、秋萝卜、炖萝卜、拌萝卜……这些类别都是彼此交叉的，非常混乱且毫无意义的，如果按照颜色就不能按大小分，依据咸淡就不能又按季节分，否则只能说这不是“群英荟萃”，而是萝卜开会，对研究萝卜一点用都没有。

但是，民间信仰，一直就是这样的萝卜开会。因为民间信仰有一个重要的原则：约定俗成！再过一百来年，一定会有一些神灵，是根据网络神谱或网络小说的神谱创造出来而被膜拜的。

在民间信仰中，我们的观音姐姐，正是经历了从青萝卜到红萝卜，从春萝卜到秋萝卜的过程。

观音菩萨最初是男身，为迎合中国老百姓的需要，唐宋以后逐渐变成女身。这是一个基本常识，这里不谈这个，只结合《西游记》谈一谈观音的民间化和道教化。

《西游记》里观音菩萨经常去天宫串门，真假孙悟空这一回，观音分辨不了真假，首先想到的并不是求助佛教大本营，找如来，而是叫真假悟空去天宫。《西游记杂剧》里观音也是奉玉帝之命行事的，这些都体现了民间信仰中观音的地位。因为老百姓根本不懂佛教“缘起性空”那一套，也不懂“无想天”“无热天”“无量光天”“光音天”，乃至“非想非非想处天”的区别。至于一千个小千世界合一个中千世界，一千个中千世界合一个大千世界，更是匪夷所思的事情。所以神学名词很少出现在通俗文学里，“天上有玉帝，地下有皇帝”是最容易被大众接受的逻辑。老百姓头脑里顶多能装个三次元的空间：天宫、人间、地狱。或者再加两个半空间：洞府、水府。空间再多，老百姓就不喜欢了。这个道理很简单：空间维数再多，就需要专门抽时间胡思乱想，还搬砖不搬了！

观音菩萨和慈航真人?

观音菩萨本是佛教的，大概宋代以后，就开始改变身份。大约成书于元代的《三教源流搜神大全》中说：“（妙）善坐普陀岩，九载功成，割手目以救父病，持壶甘露以生万民。左善才为之普照，右龙女为之广德，感一家骨肉而为之修行，普升天界。玉帝见其福力遍大千，神应通三界，遂从老君妙乐之奏，封为大慈大悲救苦救难南无灵感观世音菩萨。赐宝莲花座，为南海普陀岩之主。”“观世音”是玉帝封的，莲花座也是玉帝赐的。整个被玉帝收编过来了！

《三教源流搜神大全》里的观音菩萨

我们经常听说观音菩萨又叫慈航真人。我仔细检索了一下，包括基本古籍库和佛道二藏，所谓慈航真人、慈航大士、慈航道人的称呼，都是《封神演义》流行之后的事。在此之前——至少在我所能见到的范围之内，没有发现。

百度百科里还有种说法，说观音本来又叫“慈航大士”，据《历代神仙通鉴》卷记载：普陀落伽岩潮音洞中有一女真，相传商王时修道于此，已得神通三昧，发愿欲普度世间男女。尝以丹药及甘露水济人，南海人称之曰慈航大士。

那么这个说法的出处《历代神仙通鉴》是本什么书呢？这本书又叫《三教同源录》《历代神仙演义》。我查了，慈航大士的故事确实在这部书的第五卷第四节。但这部书本来是明末或清朝的，故作玄虚说是明初的，所以这里面说的“慈航大士”很可能就是从《封神演义》的“慈航道人”借过来的。拿这种作品当真正的道教典籍，实在不靠谱。

总之，慈航真人这个名字，是《封神演义》的一大发明，本是个文学领域的词语，反渗透到道教领域去了。我曾见过一个小庙里观音旁边，居然供奉着黑熊怪！这不得不令我感慨，《西游记》《封神演义》两部书，是如何反过来影响到民间信仰了！

其实“慈航”这个词，本来就不是佛教词语，而是我们中土文人先用起来的。“法轮明暗室，慧海度慈航”是南北朝梁昭明太子萧统的诗，形容佛、菩萨以慈悲之心度人，如航船之济众，使之脱离生死苦海。

我检索了《大藏经》，“慈航”一词共有二百多条，有形容佛祖的，有形容阿弥陀佛的，有形容弥勒菩萨的，但没有一处是指观音菩萨的，没有一条！目测形容阿弥陀佛最多。《道藏》也是这种情况。这更可证明，“慈航”成为观音菩萨的名号，十有八九是《封神演义》编出来的了！

不过，查一查道教经书会发现，道教有一部《太上碧落洞天慈航灵感度世宝忏》，这部《宝忏》第一句就是“南海慈航观世音”。难道这部《宝忏》也是假的？

我要说：假虽然不假，可这部书是收在《忏法大观》里的（《藏外道书》第三十册），作者是孟珙，清朝人，北京白云观的《七真道行碑》就是他写的，这已经是1886年的事了！

前几讲，我反复强调，《西游记》里的神仙，呈现出的是民间信仰的面目，而不是正宗佛教或道教的面目。这句话听起来虽然有点空，实际可以这样理解：

首先，老百姓信奉一个神，对深奥的佛理毫无兴趣。他们感兴趣的是，这位菩萨是干什么的？我们拜他会有什么好处？是管送子的？还是能消灾的？我出香火钱，你出神力，公平交易。

正规佛教对塑像有十分严格的标准，比如塑一尊菩萨像，必须符合量度和仪轨：身长、头长、臂长是多少，戴什么首饰，穿什么衣服，拿什么法器。都有严格规定。可民间就是不管你那一套，不但乱塑一气，就连自家的棉被都拿来给菩萨盖上。

不但普度众生，也普度众神

然而这还不是最过分的。明代兴盛起来的“无生老母”，是元明时期一些民间教派的最高神。她既创造了宇宙与人类，又拯救沉沦于苦海中的后代，或派神佛下凡，或亲自下凡度万民。

无生老母本来就是民间杜撰的一个神。她在民间受了百十年的香火，竟然渐渐在信众心里取得了“正神”的地位。她是造物主也是救世主，很像只信仰上帝的一神教。谁知民间觉得这个“一神”都不能满足，继续杜撰出一个“十二老母朝无生”。这十二老母是观音老母、文殊老母、普贤老母、地藏老母、泰山老母、托天老母、劈山老母等十二位（不同的地方名字或许不同）。

这十二位老母也是有亲疏的，就像村里老太太打牌，必然先拉一两个最熟悉的，比如妯娌、婶子、大姨妈，然后再从自己的朋友圈拉人。这里面最有名、最合适先发展的老太太，当然是普度众生的观音菩萨，其次是泰山老母，也就是碧霞元君。她俩先过来凑这个牌局。文殊、普贤、地藏三位，虽然是男的，但不妨男转女身，一起来给无生老母打工。其他什么劈山老母、托天老母，这都是没影儿的事了！

我们不得不佩服老百姓的创造力和想象力！他们会给这些老母配上不同的法器。观音老母手里托净瓶，这是千年不变的装备，且不多说。劈山老母手里拿一把斧子，这也顾名思义嘛。地藏老母呢？她头戴一顶毗卢帽，没错，这是地藏王菩萨的标志，但她手里的法器居然是一只地球（因为“地藏”“地球”都有一个“地”字？）仪！南北极方向还是正确的。大概是连架子端着实在不好看，干脆拆下来了，穿轴的那个洞都在！

观音的长尾理论

各位读者有没有发现，我以上说的这些事，都指向一个方向！那就是观音姐姐的纽带性！

观音从男转女，这就是一个纽带，将众多女信众拉拢过来了。又从佛家转道家，这又是一个纽带，把道教信众拉拢过来了。又从正神转俗神，又把民间的各路信众拉拢过来了。佛教信众的主力当然是男性，可是加上女信众，道教信众，各种民间宗教、地方宗教的信众，总数也不少啊！这些群体的总和，恐怕就是整个信众的“长尾”。有一句非常著名的话，说宋代之后，民间是“家家阿弥陀，户户观世音”。这句话太耐人寻味了，它颇能点出长尾理论的真相——为什么跑到哪里都能看到观音？代表净土信仰的阿弥陀佛，自然占了整条“信仰”曲线的头（body），但是出了净土宗，阿弥陀佛就不好使了。道教徒不会信，民间、地方也很少信。这条信仰曲线的长尾是靠观音菩萨来收拢的。

正宗佛寺有她，阿弥陀佛身边有她，道观里有她，民间的、地方的信仰还有她。她就像空气一样无处不在，就像细流一样无孔不入。这种现象，是值得今天做市场、做营销的人学习经验的。

唐僧一家的背景

唐僧出世的这一回，叫“陈光蕊赴任逢灾　江流僧复仇报本”，是《西游记》里争议最大的一回，而且历来就分分合合，甚至现在各出版社出的《西游记》，都没有把这一回算在百回之内，而是当成“附录”处理。这在小说史上也可算是罕见了。

因为明代的世德堂本《西游记》里并没有这一回。它介绍唐僧，和介绍猪八戒、沙和尚一样，是通过一首诗来介绍的。世德堂本从观音菩萨去长安之后，第九、十、十一回回目是这样的：

第九回　袁守诚妙算无私曲　老龙王拙计犯天条

第十回　二将军宫门镇鬼　唐太宗地府还魂

第十一回　还受生唐王遵善果　度孤魂萧瑀正空门

唐僧出世的完整故事，第一次出现，是在明代一个很拙劣的版本里，学界称为“朱本”。到了清朝，大概是大家觉得这么大一部书，孙悟空的出身都占了七回，唐僧的出身怎么能一点儿都不讲？于是纷纷把它编入了一百回中，但终不能是一百零一回这样一个挂零的数字，于是清朝人又把后面几回作了点儿调整，连合并带后串，直到第十二回才和世德堂本同步了。人民文学出版社 1995 年出版的《西游记》沿用的还是清朝的样子：

九回　陈光蕊赴任逢灾　江流僧复仇报本
十回　老龙王拙计犯天条　魏将军遗书托冥吏
十一回　游地府太宗还魂　进瓜果刘全续配

然而这里是有问题的。比如第九回的开头“话表陕西大唐国”云云，和第十回的开头一模一样。第九回里把小唐僧从水里救起的是法明和尚，到了第十回的回忆里，忽然变成了迁安和尚。第九回贞观十三年（639），陈光蕊才中状元，第十回里贞观十三年，成年的唐僧就已经开法会了！就算《西游记》最后这位改定者再糊涂，也不至于出现这样大的 bug，这实在说不过去，讲陈光蕊这一回，肯定是后插进去的。

于是人民文学出版社 1980 年再版的《西游记》，就把陈光蕊的故事单独拿出来，标为“附录”。这也好理解，既然按世德堂本整理的，那就得依据世德堂本的原貌来。只是可惜我们的御弟哥哥，只能从一篇“附录”里出场了。

唐僧原是男一号

我此前讲过，西游故事大致分南北两系。取经故事流传于北方，故事的男一号是唐僧。比较早的《大唐三藏取经诗话》，是从唐僧告别太宗西行讲起的（这一卷已经缺了，但根据剧情推知是这样的）。又如《西游记杂剧》，第一个故事也是从唐僧出身讲起的。但是，自从人们发现了南方系齐天大圣的价值后，把他慢慢引入取经故事中，唐僧男一号的地位就一降再降，到了百回本《西游记》，忽然就一把推开唐僧，从孙悟空讲起了！连唐僧出身的故事都找不到了，于是孙悟空正式篡夺了唐僧男一号的地位。

男一号一旦被篡夺了地位，与之俱来的一定是剧情被改动。在唐僧做男一的元代《唐僧取经图册》（日本藏）里，好多北方系妖精，如瞿波罗龙、野狐精、魔女国、长爪大仙等，在今天的《西游记》里踪影全无。毋庸讳言，他们都是过气的演员，虽然资质未必很差，但只因跟错了人，当年唐僧在一线的时候他们都没红，经过几百年的淘汰，竟被剧组开除了！

而像哪吒、二郎神是跟着强势的新男一号——齐天大圣进入《西游记》剧组。他们因为和新男一演过对手戏，必须带，形成了一股劲锐的南方势力。朱紫国赛太岁也算，因为那本来是大圣的戏，是让给他演的，而大圣在这一集只是客串。

本来新男一还要带进一些人的，比如什么猕猴王之类，但这些演员，水平比二郎神他们差好多。所以就算新男一面子再大，也罩不住这么多龙套小弟，带不进剧组，是情理之中的事。

而沙和尚虽然弱得很，却是北方系里资格最老的。女儿国女王（《大唐三藏取经诗话》女人国）、老鼠精（毗沙门天王故事）、刘伯钦（宣扬念经超生），也算是北方系唐僧的人。所以可以解释，为何在流沙河一回里猴哥自动退位只当帮手，而几段招亲故事里唐僧逆袭成了主角，因为这是北方系留下的几块领地。

总的来看：南方系演员道家或民间信仰的背景多些；北方系纯正的佛家背景多些，而且带着很浓的西域色彩，但这些故事，往往水土不服，很容易就被剧组咔嚓掉。所以，这场南系北系之融，男一男二之争，道家佛家之交锋，毋宁说是西游故事本土化的过程（与元代的民族、宗教的大融合似乎是基本同步的）。

陈光蕊也不是唐僧他爹

当一个人物被大众喜爱的时候，人们就会把各种故事，即便和他本来不相干的，只要沾点边，也会往他身上编。

历史上唐僧本来没有爹——我的意思是，他爹没有什么出名的故事，但唐僧的远祖倒是留下了一个有名故事。据《大唐大慈恩寺三藏法师传》，玄奘大师是汉代陈寔的后代，如果大家不熟悉陈寔，“梁上君子”这个故事应该听说过，这个小偷的美号就是陈寔给起的。但是说实话，唐朝人特喜欢高攀远祖，这个陈寔是不是真的“远祖”，不好说。

玄奘大师的亲爹不叫陈光蕊，而叫陈慧。书上说他“形长八尺。美眉明目”，看来御弟哥哥的小鲜肉形象是有遗传基因的。但这位陈老太爷并不喜欢做官，更没有什么中状元之事。

那么玄奘大师什么时候换了一个状元爹呢？这个故事还得从唐朝说起。唐朝《原化记》里有一个故事：

唐天宝年间，荥阳有个姓崔的青年（姑且喊他崔生），考上了进士，被任用为吉州大和县县尉。崔生的老娘恋土难迁，于是崔生带着夫人王氏和金银数十万赴任。雇的吉州孙家（姑且喊他孙甲）的船。孙甲见财起意，把崔生推落水中淹死，谋了他的钱财，又逼迫王氏就范。这时王氏已经怀了崔生的孩子，也无法送信回家，不得已忍辱偷生。幸好孩子出生后，孙甲很喜欢，待他不错。王氏也就不敢提起前事。

二十年后，小崔进京赶考，晚上走到一个地方迷了路，忽然看见前面有一团火光，飘飘忽忽地引路。小崔跟着火光走进了一户人家，正是崔生的父母家！老太太还健在，见小崔长得和崔生一模一样，大吃一惊，但她哪里想得到这就是亲孙子，只当是巧合。想起儿子儿媳失联二十年，不由得放声痛哭，就把崔生的一件旧衣服送给小崔，当作留念。

小崔进京之后没考上，回到家里。王氏夫人一见这衣服和下襟上的火烧孔，大吃一惊！忙问这衣服是从哪里来的。小崔如实相告。母子抱头痛哭，两人立即到衙门告状，官府把孙甲缉拿归案，沉冤昭雪。但是依法，王夫人应该早点告官，这么晚告也有罪。小崔苦苦哀告，幸而得以免罪。

原文很长，这只是大概，但陈光蕊故事的基本情节，已经具备了。

另一个故事，出自唐朝温庭筠的《乾䐑子》：

陈彝爽和周茂芳是同学、发小。两人一起赶考，陈彝爽考上了进士，周茂芳却没考上。陈彝爽调任蓬州仪陇县令，于是回家收拾行李，准备带着夫人郭氏、两岁的儿子陈义郎去上任。陈老太太恋土难迁，于是郭氏给婆婆做了一件衣服，不小心剪破了手，衣服上溅了几滴血，郭氏就说："婆婆留做纪念吧。"周茂芳落榜在家，百无聊赖。陈彝爽就约他同去旅游一番。不料周茂芳忽然黑了心，趁人不注意，用铜锤打死了陈彝爽，还把他的尸体推落江中。趁郭夫人六神无主之际，周茂芳就说："不如我顶了他的官名，一起上任。"郭氏没办法，只好从了他。陈义郎年纪还小，根本不懂事。

周茂芳顶替发小到任后十七年，陈义郎已经十九岁了。进京赶考，正好路过老家。碰上一个卖饭的老太太说："我看你长得像我的孙子。"还拿出一件衣服——就是郭氏临走留给婆婆的沾血的那件，送给陈义郎。义郎只当是件趣事。

陈义郎落榜后回到家。谁知母亲郭氏见衣大惊，才对儿子义郎说出前后缘由。陈义郎大怒，趁周茂芳睡觉的时候，一刀砍了他的头。母子到官府自首。官府审理此案，念他们情有可原，判了无罪释放。于是祖孙婆媳一家团圆。郭氏回到老家，在老太太跟前伺候了三年，就去世了。

这个故事和前面那个故事一样。情节和唐僧出身的故事基本是相符的，都是说老爹中了进士（虽然不是状元），带夫人上任，这位夫人要么身怀有孕，要么儿子还小。老爹路上被贼人害死，夫人忍辱偷生。儿子长大成人，偶遇奶奶，通过一些信物，家人才互知音信。大概这位陈义郎的故事，因为手刃仇人，更为有名，就被安到同样姓陈的陈玄奘头上了。

至于陈光蕊这个名字大概产生于宋元的戏曲中。还有学者说，连云港一带，早就流传着陈光蕊是三元大帝的传说。这个我也没有实地考察过，也不清楚是不是反过来受了《西游记》的影响，但总感觉结论有些牵强。

满月抛江和殷夫人自尽

至于"满月抛江"，这是另外一类相似的故事，宋周密《齐东野语》有一条相关记载：

从前有个郡守的佐官，一家三口出门，在江上碰上了强盗，这位郡佐被杀害了。强盗胁迫他的夫人就范，夫人说："我可以从你，但是有个条件。你如果不答应，我反正就是一死。”强盗问什么条件，夫人说：“我就这一个孩子，才几个月。现在我把他扔进江里，顺水漂走，死活任从天命。万一留我丈夫的一点骨血，也是你功德一件。”强盗想了想，一个孩子，漂在江里，怎么可能有命？就答应了。夫人用一个黑漆小盒，盛了婴儿，旁边放了两块银子，顺水流去。夫人就跟随了强盗过活。

十余年后，夫人到一座寺里拜佛，忽然见到长老房里有一个黑漆盒子，正是当年的那只！大吃一惊。长老说：“是我十多年前捡到的，里面还有一个小孩，我将他抚养成人了。”说着就把小和尚叫了进来，果然和他爸爸长得一模一样。长老立即跑去报官，强盗被缉拿归案，沉冤昭雪。

这件事虽然没说小和尚姓甚名谁，却和佛寺发生了联系，这就更容易往玄奘法师身上编了。

和玄奘法师有关系的故事，基本就是这些。《西游记》里的殷夫人，最终的结局竟然是“从容自尽”，实在是反人性。这自然是明清以来的贞节观念起了作用。事实上，大家也不大乐意接受这个结局，例如在福建莆仙戏《陈光蕊》中，给殷夫人设计的情节是装疯躲过了刘洪的玷污，自然也就不必自尽了。但是装疯，也算是对人类社会的另一种诀别！

对殷夫人的苛责，早在故事的原型期就种下了。比如小崔那个故事，站在官府的立场上，王夫人没有及时报官，所以是有罪的！陈义郎那个故事，郭夫人虽然没被判罪，但也给她安排了一个三年而死的下场。这些无疑是让殷夫人“从容自尽”的种子。丈夫还魂转世、儿子光宗耀祖，而她，实在没有存在的必要了！

那么这几位夫人，为何不及时报官呢？她们的理由如出一辙，王夫人对儿子说“此为汝幼小，恐申理不了”，郭夫人对儿子说“吾久欲言，虑汝之幼，吾妇人，谋有不臧，则汝亡父之冤无复雪矣”。也就是说，单凭一个妇女去告，很有可能是告不赢的。由此可见，妇女实在是极苦极苦的，怎么做都是错，至今仍然如此！我每读到此，都要为古今女子发一大哭！

唐僧杀死了亲爹？

有一些朋友，拿着一些网上流传的“解读”来问我，说唐僧杀死的水贼刘洪实际是唐僧的亲爹云云。这种解读列出一二三四诸多证据，直指原文漏洞，比如：殷小姐是丞相的女儿，为什么要用抛绣球这种不靠谱的方式找老公？她结婚八天之后就确认自己怀孕了，古代又没有高效的验孕技术，她怎么知道的？殷小姐为何没有报案或者给陈光蕊复仇？水贼为何敢带着殷小姐上任，一冒充就是十八年？第九十九回，为何观音菩萨给唐僧把“替父报仇”记为“一难”？殷小姐为何从来没有回过娘家？等等。

我觉得，当作娱乐看，没有任何问题，这些解释都很有想象力，但如果以为这就是《西游记》的本意，就不恰当了。

其实大家知道了陈光蕊故事的几个原型之后，这些所谓的“揭秘”也就不攻自破了。几个原型故事都透露：女主角没有及时报案，有一位甚至因此差点儿受到惩罚。她们不报案的原因，自己也说了：孤儿寡母，告不赢！贼人敢带着这几位女主角上任也是如此，女性的活动能力，在古代是极弱的。她们很少识字，也没有什么文化，多年不通音信，也是正常的，更何况，古代通个音信其实很困难，而且，这类故事既然被编出来，设定的前提就是不能通信的！如此设定必然有原因。比如在小崔的那个故事里，孙甲"养为己子，极爱焉"，还是很喜欢小崔的。王氏为了将小崔抚养大，也只能顺从，不能随意报案或通信，否则新丈夫倒了，她远在他乡，带着一个小孩子投奔谁？这是软手段。再比如，陈义郎的故事，不能通信的原因是周茂芳"防虞甚切"，看得死死的，想通信都不能，这是硬手段。不管是"爱如己子"还是"防虞甚切"，都已经杜绝通信的可能了。

我们一定要始终记住一件事：《西游记》是有强烈的民间性的：第一，书成于民间，是几百年间许多不知名的民间作者创作、叠加的，纵使有天才的有学识的作家，起到的作用——至少在整体结构上起到的作用是很少的。

第二，信仰是民间的。之后我们会提到：《西游记》里的玉帝、观音等神仙，都是已经融合了佛道二教的，不能简单地和任何一个宗教画等号，所以表面化地解读成佛道斗争、阴谋肯定是有问题的。

第三，故事也是民间的！《西游记》中很多故事，是从民间故事改编来的。民间故事，和作家坐在家编出来的故事完全不同。

民间故事的显著特点是由集体创作，在情节、主题、人物等方面有显著的类型化倾向。所以，我们在全国各地都能听到斗法故事、坏哥哥好弟弟的故事、智斗财主的故事、青蛙王子的故事……这都是一个个的"故事类型"。人物就像变量，故事类型就像公式，讲故事的时候往里一套就行了。

民间文学中的这种类型化故事一般称为母题，有些母题甚至在全世界流传。比如强盗劫杀而后孝子复仇故事，也是一种母题。为什么会产生母题？因为民间故事的传承，是口头的，是靠模式化传承的。所以主人公的名字、时代、职业都可以变，唯独模式不会变。所以陈光蕊这个故事一演再演，主人公可以姓崔，可以姓陈，可以写进唐朝人的著作，也可以编进明朝人的小说。所以，如果有人用看宫斗剧、潜伏剧的心态去解释《西游记》，只看过原著就断章取义地找一些漏洞，说这些都是佛祖、观音的阴谋，那民间这么多类似的故事，你让他都用阴谋论讲讲看？

当然有人会质疑：既然讲《西游记》，就只该讲《西游记》，为什么要拉扯古往今来那么多故事？这和《西游记》的情节有关系？别的故事逻辑是这样，能证明《西游记》也这样吗？

当然有关系！就像我们认识一个人，只靠和他见个面吃个饭，肯定是不行的。我们要知道他的职业，就去询问他的同事；要知道他的身份，就去询问他的合作者；要知道他的交际圈，就去询问他的朋友；要知道他的家庭，就去询问他的家人。所以，必然要牵扯别的人进来，如此才能对这个人有全面的认识。如果懒得这样做，你怎么知道面前这个人，是好人还是骗子？如果动辄就说“我忠实原著啊”，那和见到一个人，不分好歹就说“我就信这个人了”有什么区别呢？

看啊！唐太宗背后那个人

齐天大圣大闹天宫之后、唐三藏取经之前，还有很长的一段过渡故事。这段故事很有名，也很复杂，分为四个小部分，也就是四个小故事，值得说一说。

第一个故事叫“斩龙”。泾河龙王犯了天条，唐太宗答应救泾河龙王，不想被魏徵一梦斩了。

第二个故事一般叫“入冥”，龙王在阴间告状，一定要“三曹对案”。是唐太宗到了阎王殿上，十殿阎王下殿迎接，说那龙王已经被送去转生了。

第三个故事叫“游地府”，既然原告都走了，对不成案，那不妨在地府玩一玩吧。唐太宗遍历地府和十八层地狱，这才还阳。

第四个故事叫“进瓜”，唐太宗答应给阎王送南瓜做礼物，还阳之后，找了个叫刘全的鳏夫，去地府给阎王送瓜（服毒药自杀就去了）。阎王叫刘全还魂，刘全还带了他早死的妻子李翠莲一起还阳。

唐太宗的亏心事

唐太宗入冥的故事，从唐朝就有了，记录在张鷟《朝野佥载》

中，大概剧情如下：

有一天，太史令李淳风忽然觐见唐太宗，说："陛下今晚要命终。"唐太宗吓了一跳，他知道李淳风能未卜先知，想了想说："死生有命，无所谓啦。"就把李淳风留在宫里住下。到了半夜，太宗梦里看见一个人，说："有请陛下。"太宗问："你是什么人？"那个人说："我是陛下的臣民，但也兼职断点阴间的案子。"唐太宗跟着他进了阴司，原来冥官请他来，是专问"六月四日事"的。问了一回，就把唐太宗放回来了。又是那个干兼职的送太宗出来。这一夜，李淳风守在旁边，不许旁人哭泣，到早晨，太宗就复活了。太宗就叫人找那个干兼职的，封他为蜀地的县丞。谁知一查，发现此前就已经封过这个人这个官了，只是太宗忘记了！

张鷟（约 658—约 730），生于唐高宗显庆年间，死于唐玄宗开元年间。这里值得注意的是"六月四日事"，指的就是武德九年（626）六月四日，唐太宗发动玄武门之变杀兄诛弟的事。

李世民夺得皇位后，本来是亏着心的，于是对李建成、李元吉加了许多污名，以至于我们现在的印象，大唐天下都是李世民打的，李渊、李建成、李元吉要么是窝囊废，要么是坐享其成。其实不是这样的。李渊自然是雄才大略之主，建成、元吉也多有战功。在没有篡改过的《大唐创业起居注》等书中，他们的功勋还保留着。

离玄武门之变才五十来年，张的书里就记载了这个故事。不得不说，唐朝的言论还是相当自由的，民间可以随便编派皇帝。白居易写《长恨歌》，离安史之乱也才五十来年，不但没被封杀，还在大江南北唱红了！当时的妓女如果能"诵得白学士《长恨歌》”，要价都要比别人高。这在舆论受钳制的朝代是不可想象的。

但这里我们谈的不是政治而是故事。在这个故事里，我们发现了一个干兼职的人。而这个人，就是太宗入地府故事的幕后推手！

崔判官的心计

这个故事被民间继续编来编去，已经形成了和今天《西游记》里入冥故事差不多的规模。民间的东西，很难保存下来，所幸的是，敦煌文书里还保留着一份唐朝末年的《唐太宗入冥记》。这份文书中许多模糊的认不出的字，以及生僻的唐代俗语，我都做了疏通，故事很长，这里概括一下：

（原文前缺，大体是太宗的魂被勾来了）太宗进了地府殿上立定，有人高声宣唱：“宣唐天子太宗皇帝李某生魂上殿！”太宗不拜，殿上有人喝道：“大唐天子太宗皇帝，为何不拜？”太宗高声说道：“叫朕拜舞者，是什么人？朕在长安之日，只是受人拜，不惯拜人。朕是大唐天子，阎罗王是鬼头，为何叫朕拜？”

阎王被骂，大没面子，一拍桌子：“判官崔子玉，命你审讯太宗，不得有误！”崔子玉穿戴整齐，出来拜见。太宗一见，就把李乾风给崔子玉的说情信交出来了。崔子玉看了之后，心思一动：“机会来了啊！我在阳间只是个滏阳县尉，平时怎么可能见得着皇上！今天终于落到我手里了。嗯，我得慢慢钓他，一定抓住这个机会要个官做。”于是脸一板，说：“太宗皇帝！你贵为天子，竟敢不知法度，跑到本官面前说情？”

这里需要交代一句，这位崔子玉，和刚才那位干兼职的情况相似。他还是活人，阳间是大唐的滏阳县尉，白天当公务员，晚上就来地府当判官。

唐太宗吓了一跳，连忙低声下气地说："崔爱卿，别管那么多了。信中的事，你能办就办吧。"崔子玉装模作样地说："公事公办。今天叫你来吧，是这么回事……你听见隔壁两个鬼魂哭没，那就是李建成和李元吉……"太宗大吃一惊，镇定一下说："啊？哦，哎呀太好了，要不是你，朕还不知道两位兄弟在哪儿。想念死朕了！"崔子玉冷笑一声说："陛下就别装了。你要是见了他们，就回不去阳间了。这事还得我帮你打点。"太宗被道破心事，低头不语。

崔子玉翻了翻生死簿，发现上面写着"皇帝命禄归尽"，心想："好极了！"就把簿子一合，低声对太宗说："陛下啊，现在臣可以给你改阳寿。我给你添五年……"太宗一听，赶紧说："好！好！你给朕改了，朕回到阳间重重赏你钱物。"崔子玉一听，心想："哈！我刚答应给他添五年，他就要赏我钱物；我要是再多改几年，他一定给我个大官！"就慢条斯理地说："陛下，我的权力吧——其实只能给你五年，但看在李乾风说情的面子上，再给你添到十年！"太宗说："好！好！我还阳后，你来长安见朕，朕再多赏你钱物！"

崔子玉听了，大为失望，心想："这皇上怎么这么吝啬官职！说来说去，只是会多赏我钱物！不吓唬他一番，如何能觅得官做！"主意已定，就脸一沉，不作声了。

太宗等了半天，也不见崔子玉说话，追着问："你到底什么时候放朕回去？"崔子玉嘬着牙花子说："陛下，哎呀，这个按规矩嘛，你得留个案底。我写一条问题给你，陛下写清答辩理由。若答得，即归长安；若答不得，不得再归生路。”太宗一听要留什么案底，“忙怕极甚”，对崔子玉道：“你写你写，朕必不负卿。”崔子玉便递过来一张纸。太宗一看，上面写道：“问大唐天子太宗皇帝武德年间，为甚杀兄弟于前殿，囚慈父于后宫？仰答！”

太宗见了此问，如杵戳心，面如土色，将纸条丢在地上，对子玉道：“这个问题，朕答不得！”崔子玉赶紧跪倒，说：“陛下若答不得，臣代您答。只要陛下大开口。”太宗说：“什么意思？什么你替朕答，又要朕大开口？”崔子玉这才说到关键：“臣叫陛下大开口，只是因为臣在阳间官小，恳请封个大官！”太宗说：“卿要何官职？何不早道！我封你为蒲州刺史兼河北廿四州采访使，官至御史大夫，赐紫金鱼袋，赐滏阳县库钱二万贯。”

这里有个逻辑：原来太宗贵为皇帝，金口玉言，只要在阴间这么一说，到阳间就算他自己忘了，这件事也必定成真。崔子玉连忙跪倒谢恩。提起笔来，在那张纸条后面批了六个大字：“大圣灭族为国”（“为国”两个字是我根据意思猜测的，原本残缺了，不知什么字）。

后来崔子玉让太宗还阳后抄经，故事就结束了。最后是一句：天复六年（唐昭宗年号）丙寅岁闰十二月二十六日。大概是抄写的日期。原文是写在一张破纸上。诸位别以为这是我用现代语言改造过的，我确实剪去了一些枝节，绝没有随意发挥，故事原本就是这样好玩。

这个故事把君臣二人的心计写得淋漓尽致：崔子玉想要官，一而再再而三地刁难、吊胃口、要挟；唐太宗急于还阳，却又亏着心，抖不出皇上威风，却又不肯失了皇上体面。这些情节，在《西游记》里反倒表现得不明显了。不得不说，这段故事，比《西游记》的那一段精彩。

如果没读过原著，恐怕大家都忘记崔子玉这个人了。这位在《西游记》里是这样的：

> （魏）徵云："臣有书一封，进与陛下，捎去到冥司，付酆都判官崔珏。"太宗道："崔珏是谁？"（魏）徵云："崔珏乃是太上先皇帝驾前之臣，先受兹州令，后升礼部侍郎。在日与臣八拜为交，相知甚厚。他如今已死，现在阴司做掌生死文簿的酆都判官。"

崔珏其实就是崔子玉。正是他给太宗皇帝的生死簿上添了两笔，将一十三改为三十三，也是他将太宗领出了地府。所以这位崔珏，才是唐太宗入冥的幕后推手。江湖上常说：下手才是上手。真是一点都不假。

但是《西游记》的设定，是崔珏已死，在冥府做判官。他生前已经当了礼部侍郎，官已不小，现在更没有阳间的切身利益，所以他接到魏徵书信之后，乐得做个人情，放太宗还阳，是买魏徵个面子，图日后和魏徵阴曹地府好相见。

事实上，魏徵真的和崔珏相见了！在民间信仰里，魏徵和崔珏同时做了阴间的三曹官。清《曲海总目提要》卷二十八《钓鱼船》："上帝命三曹会议，天曹官李连，地曹官崔珏，人曹官魏徵"，"魏徵为人曹官之说，本系凿空。然元时刘元塑东岳大帝侍臣像，仿徵塑之，是必徵象怪奇，俨如神明也"。

崔珏和魏徵，籍贯相近，在民间信仰中又都有地位，所以《西游记》乐意让魏徵“取代”李乾（淳）风，把他和崔珏编成朋友。

崔府君成神

这位崔判官又是什么来历呢？一句话：是历史上许许多多姓崔的有作为官员的集合体。比如东汉崔瑗、北齐崔伯谦、唐代诗人崔珏等。大概是取了唐朝崔珏的名，取了东汉崔瑗的字（崔瑗字子玉），又取了其他姓崔的官员的事迹，编排而成的。总之，他是民间信仰中的一位俗神。

我们姑且引用《三教源流搜神大全》中的说法：祁州老崔夫妇，年老无子，到北岳神前祈祷，忽然梦见一个童儿，手拿两块美玉，叫夫妇吞下。崔夫人果然生下了儿子，于是起名叫崔子玉，长大后当官，正直无私，昼断阳间案，夜断阴间案。“珏”的意思就是两块玉，所以他名珏，字子玉。

北岳神，并不在山西浑源的北岳恒山，而是在河北曲阳的北岳庙，离祁州也就是今河北安国市不到一百公里。顺便说一句，魏徵的老家河北巨鹿县，离崔府君老家也就二百公里左右。所以魏徵说崔珏是他老朋友，是有道理的。崔府君的影响力，一直就在河北中部和南部、河南北部、山西东部南部这一带。

我们知道包公昼断阳、夜断阴，其实历史上能昼断阳、夜断阴的还真不止他一人，至少崔珏也是这样的。只是那个“吸星大法”又起了作用。许许多多昼断阳、夜断阴的案例，都跑到包公身上去了。

《三教源流搜神大全》里的崔府君

所以，从“唐太宗入冥”这类故事中，可以看到两点：一是唐太宗杀兄逼父之后，民间对他的口碑极差。这个事在官方的文件、史书中，虽然消灭得一干二净了，但民间是不饶他的，不停地给他编报应故事。二是崔府君信仰的发展。在《朝野佥载》成书的时代，请太宗去地府的还不是崔子玉，等到了晚唐，这个人物就锁定在他身上了。

崔府君一直活在人民心中

现代人对崔府君可能很陌生，但在唐宋之时，他可是一位赫赫有名的神灵。

民间流传的故事中，崔府君经常判断冤案，相关的小说、杂剧非常非常多，但在今天名气都不太大。不过，到了北宋末年靖康之难时，他又“干了”一件著名的大事，这就是“泥马渡康王”。

这个故事讲的是康王赵构被押在金营做人质，侥幸逃脱，幸亏崔府君显灵救命，赵构骑着一匹崔府君庙中的泥马，渡过了大江，重建南宋政权。这个故事首见于南宋的《南渡录》，但《说岳全传》把这个故事讲得更精彩：

> （金兀术追杀从金营逃出的）康王赵构，正在危急，只见树林中走出一个老汉，方巾道服，一手牵着一匹马，一手一条马鞭，叫声：“主公快上马！”康王也不答应，接鞭跳上了马飞跑。兀术在后见了，大怒，拍马追来，骂道：“老南蛮！我转来杀你。”那康王一马跑到夹江，举目一望，但见一带长江，茫茫大水。在后兀术又追来，急得上天无路，入地无门，大叫一声：“天丧我也！”这一声叫喊，忽然那马两蹄一举，背着康王向江中哄的一声响，跳入江中。
>
> ……
>
> 且说那康王的马跳入江中，原是浮在水面上的，兀术为何看他不见？因有神圣护住，遮了兀术的眼，故此

> 不能看见。康王骑在马上，好比雾里一般，那里敢开眼睛；耳朵内但听得呼呼水响。不一个时辰，那马早已过了夹江，跳上岸来。又行了一程，到一茂林之处，那马将康王笋下地来，往林中跑进去了。
>
> ……
>
> （康王走入林中）原来有一座古庙在此。抬头一看，那庙门上有个旧匾额，虽然剥落，上面的字仍看得出，确是五个金字，写着“崔府君神庙”。康王走入庙门，门内站着一匹泥马，颜色却与骑来的一样。又见那马湿淋淋的，浑身是水，暗自想道：“难道渡我过江的，就是此马不成？”想了又想，忽然失声道：“那马乃是泥的，若沾了水，怎么不坏？”言未毕，只听得一声响，那马即化了。康王走上殿，向神举手言道：“我赵构深荷神力保佑！若果然复得宋室江山，那时与你重修庙宇、再塑金身也。”

这件事，使崔府君在南宋的地位大幅度飙升，成了护国神灵。崔府君的信仰，到今天仍然存在。作为一位地方神灵，能青史留名，在《西游记》里留下故事，现代社会留下庙宇，已经算混得很不错了！

小短片串起来的大电影

其实我们细读就会发现，《西游记》唐太宗入地府这一段，和唐代崔府君故事相比，发生了很大的改变。

我此前常说，前七回闹天宫故事和后九十多回取经故事，是两套大故事接在了一起。我上一讲也说，《西游记》的取材许多是民间故事。今天我们又看到，两套大故事之间的几回过渡故事，也是由四个小型民间故事接在一起的。

这四个故事，一是斩龙，二是入冥，三是游地府，四是刘全进瓜。我们不要先入为主地认为，这四个故事本来就是联系在一起的，完全不是。这四个故事，没有一个是《西游记》的原创，原本也都是独立的，互相并没有什么关系或关系很浅，相当于四部独立的小短片。是《西游记》的导演大概换了换人物，通了通剧情，就将它们组织成一部大电影了。其实还有第五个故事：门神传说。但它篇幅太短，不足以与这四个故事并列。

所以这一回里，有很多牵强之处和修改的痕迹。比如入冥这一段，在敦煌《唐太宗入冥记》里唐太宗一会儿趾高气扬，一会儿低三下四，因为他亏着心，以及崔府君那种心机深重的老吏劲儿，都十分出彩。到了《西游记》里，太宗居然和阎王揖让进退，平起平坐，一派和气，草草几句话就结束了。崔珏也成了一个串场性质的人物，他只是接了魏徵的信，就一心要保唐太宗出来。此行最重要的一个目的——审理李建成、李元吉的冤案，也被改成了龙王告状，而建成、元吉被轻轻带了过去。

但是，就算换了目的，这个斩龙的案子也得理清楚吧？首先从常理上讲，太宗许诺救龙，而且也付诸行动了，却不知被魏徵一梦斩了。这罪过比起太宗杀兄逼父的罪过，孰重孰轻？恐怕连过失杀人都算不上！无论如何，也不值当立即要了太宗的命。其次，太宗死也死了，魂魄也给拘到了，那就好好审一番吧。秦广王他们见了太宗居然说："自那龙未生之前，南斗星死簿上已注定该遭杀于人曹之手，我等早已知之。但只是他在此折辩，定要陛下来此三曹对案，是我等将他送入轮藏，转生去了。”秦广王你这是闹哪出呢？一边把被告费了老大劲儿整来，一边把原告悄没声地放走，等于说，这条龙告了半天状，最后连原告都没见到，就被不了了之了！

况且，“三曹对案”指诉讼中的原告、被告、证人三方同时到场。《汉语大词典》中，“曹”字有两个意思：第一个是指诉讼的两方，即原告和被告；第二个是指诉讼的一方。所以，“对”案最起码也得原被告两方在场才能“对”。崔珏和太宗见面时还说：“秦广大王差鬼使催请陛下，要三曹对案。”读者正拭目以待，等着看这场精彩的断案——起码得像敦煌《唐太宗入冥记》那样精彩吧！——可谁知一眨眼到了阎王殿上，被告来了，原告却被送走了，还上哪儿找“三”曹，“对”个什么案！这种阅读的感觉，就像约会被放鸽子，正是文本的硬性牵合导致的。

所以说，前面泾河龙王闹得这么大，结果居然只是一个“不予立案”，这种安排未免草率了点。所以，最可能的原因就是，原来的斩龙故事，结局就是龙王被斩或被处罚，它原本就不是唐太宗入冥的直接原因，是被硬接在入冥故事之前。同理，后面游地府、进瓜也有类似的问题，我们留待下讲。

附录

我把《永乐大典》（约 1388—1408）中收录的《西游记》（千真万确，就叫这个名字）中的一段附录在此，诸位可以对照一下。今天所谓的吴承恩（约 1500—约 1582）《西游记》，早在约二百年前就已经形成了差不多的规模了！

梦斩泾河龙

长安城西南上，有一条河，唤作泾河。贞观十三年，河边有两个渔翁，一个唤张梢，一个唤李定。张梢与李定道："长安西门里，有个卦铺，唤神言山人。我每日与那先生鲤鱼一尾，他便指教下网方位，依随着百下百着。"李定曰："我来日也问先生则个。"这二人正说之间，怎想水里有个巡水夜叉，听得二人所言，"我报与龙王去"。龙王正唤作泾河龙，此时正在水晶宫正面而坐。忽然夜叉来到，言曰："岸边有二人，却是渔翁，说西门里有一卖卦先生，能知河中之事。若依着他算，打尽河中水族。"龙王闻之大怒，扮作白衣秀士，入城中。见一道布额，写道："神翁袁守成于斯讲命。"老龙见之，就对先生坐了，乃作百端磨问，难道先生，问何日下雨。先生曰："来日辰时布云，午时升雷，未时下雨，申时雨足。"老龙问："下多少？"先生曰："下三尺三寸四十八点。"龙笑道："未必都由你说。"先生曰："来日不下雨，到了时甘罚五十两银。"龙道："好，如此来日却得厮见。"辞退，直回到水晶宫。须臾，一个黄巾力士上言曰："玉帝圣旨道：你是八河都总泾河龙，教来日辰时布云，午时升雷，未时下雨，申时雨足。"力士随去。老龙言："不想都应着先生谬说。到了时辰，少下些雨便是，向先生要了罚钱。"次日，申时布云，酉时降雨二尺。第三日，老龙又变为秀士，入长安卦铺，向先生道："你卦不灵，快把五十两银来。"先生曰："我本算术无差，却被你改了天条，错下了雨也。你本非人，自是夜来降雨的龙。瞒得众人，瞒不得我。”老龙当时大怒，对先生变出真相，霎时间：黄河摧两岸，华岳振三峰。威雄惊万里，风雨喷长空。那时走尽众人，唯有袁守成巍然不动。老龙欲向前伤先生，先生曰：“吾不惧死。你违了天条，刻减了甘雨，你命在须臾，剐龙台上难免一刀。”龙乃大惊悔过，复变为秀士，跪下告先生道：“果如此呵！却望先生明说与我因由。”守成曰：“来日你死，乃是当今唐丞相魏徵来日午时断你。”龙曰：“先生救咱。”守成曰：“你若要不死，除非见得唐王，与魏丞相行说劝救时节，或可免灾。”老龙感谢，拜辞先生回也。玉帝差魏徵斩龙。天色已晚，唐王宫中睡思半酣，神魂出殿，步月闲行。只见西南上有一片黑云落地，降下一个老龙，当前跪拜。唐王惊怖曰：“为何？”龙曰：“只因夜来错降芒雨，违了天条，臣该死也。我王是真龙，臣是假龙，真龙必可救假龙。”唐王曰：“吾怎救你？”龙曰：“臣罪正该丞相魏徵来日午时断罪。”唐王曰：“事若干魏徵，须救你无事。”龙拜谢去了。天子觉来，却是一梦。

次日设朝，宣尉迟敬德总管上殿，曰：“夜来朕得一梦，梦见泾河龙来告寡人道：因错行了雨，违了天条，该丞相魏徵断罪。朕许救之。朕欲今日于后宫里宣丞相与朕下棋一日，须直到晚乃出，此龙必可免灾。”敬德曰：“所言是矣。”乃宣魏徵至。帝曰：“召卿无事，朕欲与卿下棋一日。”唐王故迟延下着，将近午，忽然魏相闭目笼睛，寂然不动。至未时却醒。帝曰：“卿为何？”魏徵曰：

“臣暗风疾发，陛下恕臣不敬之罪。”又对帝下棋。

未至三着，听得长安市上百姓喧闹异常。帝问何为，近臣所奏：“千步廊南，十字街头，云端吊下一只龙头来，因此百姓喧闹。”帝问魏徵曰：“怎生来？”魏徵曰：“陛下不问，臣不敢言。泾河龙违天获罪，奉玉帝圣旨，令臣斩之。臣若不从，臣罪与龙无异矣。臣适来合眼一霎，斩了此龙。”正唤作魏徵梦斩泾河龙。唐皇曰：“本欲救之，岂期有此。”遂罢棋。

阎王叫你三更死，长使英雄泪满襟

唐太宗了结了案子之后，立即被安排游览了一次地府。“游地府”不是什么《西游记》原创，让一位阳间人士目睹和宣扬地府的公平、地狱的惨状。这种情节在古代小说中太多太多了。

我们还是从“地府”这个概念说起。

地狱和地府

死后的那个世界，有时候叫地狱，有时候叫地府。其实细想就会发现，地狱和地府完全不同。任何人想象的世界，只能是他熟悉的现实世界的投影。我国自古以来就有非常发达的官僚机构，所以在古人的想象中，阴间的世界，自然也是一副官府模样了。

在六朝以前，阴间，至少某些地区的阴间主宰，是泰山府君。府君，一般来说是对郡守的称呼。下文这个故事就是关于泰山府君的：

有一天，一个叫胡母班的人走在泰山旁边的路上，忽然从一棵树里冒出一个穿红衣服的人。胡母班吓了一跳，那红衣服却对他说：“不要怕，泰山府君召你去。”胡

《三教源流搜神大全》里的东岳

母班眼一闭一睁，发现进入了泰山府君的大宫殿。府君说："麻烦你送封信给我女婿。他是河伯，你到黄河正中间的地方，敲敲船舷，喊'青衣'，就会有人出来取信。"胡母班接了信出来，眼一闭一睁，就回到原来的地方了。

于是胡母班坐船到黄河中流，敲敲船舷，喊"青衣——"，有个女仆就从水里冒出来，叫他眼一闭一睁，发现进入了河伯的宫殿。河伯接到信很高兴，设宴款待，写了回信。吃完饭，叫他眼一闭一睁，又回到船上了！

胡母班回到泰山，敲了敲原来那棵树，那个红衣服又出来了，像原来一样领他进了地府，见了泰山府君，送上河伯的回信。胡母班说："你先看着，我去个洗手间。"

谁知胡母班从洗手间出来，迎面碰上一群干苦力的。里面有个老头，竟然是自己死去的老爹！他大吃一惊，连忙上前相认。老爹说："我死后就来这儿干苦力。你赶紧和府君说说，给我免了吧。"胡母班赶紧回宫去求府君，府君说："行吧，看你面子，让你老爹回你们家乡做个土地爷。不过，出了事我可不管。"胡母班想，能出什么事，就叩头谢恩。

胡母班回到家里，没过几年，他几个小孩全都死了，急得他赶紧又跑去泰山边上敲那棵树。见了府君才知道真相，是他老爹当了土地爷后想孙子孙女，把几个孩子都招去了！

这个故事出自《搜神记》，这是晋朝的书。印度的地狱传说那时还没有在中国兴盛起来，所以这里的"泰山府君"还是一派官员的样子，而且也有人情味。他有女儿，还与河伯通婚。这里河伯当然指黄河河神。泰山府君和他的住处并不恐怖，出入他的宫殿也很简单，就是去泰山旁边找一棵树（当然得找对），敲一敲，出来一个红衣服，跟着他眼一闭一睁，就进出了一回。

而且，普通人死后，去给泰山府君干活，就像给官府服劳役一样。虽然苦了点，但终不像后来的佛教地狱那样，就是想着法子为了折磨人而折磨人。更何况，还有当土地爷的机会。晋朝以前不叫土地爷，而是叫社公，社公是管鬼的。所以，国人的思维，自古以来就是相当现实的。

然而泰山毕竟是山东的，泰山府君在北方的影响最大。就像今天的泰山奶奶，即碧霞元君，在北方尤其是华北最受推崇一样。多说一句：泰山府君是管死鬼的，泰山奶奶一个重要功能是送子（从而分化出一个送子娘娘）。崇山峻岭，永远会牵系着人生最终极的目的：生和死。

南方的武夷君，是武夷山山神，也是福建人心中的土地之神，死后是要向他汇报的。古代民族乌桓，相信死后的魂灵归于赤山，赤山似乎是乌桓族祖先的根据地，因乌桓族的迁徙而位置发生变化。可以看出，不分民族地域，人们对高山的情感都是一样的。

我去过泰山好几次，四面八方、有路的没路的地方都爬上去过。即便是遥遥眺望，心里都有一种莫名的归属感。有一次离开泰安，在火车站附近匆匆找了一座高层建筑，爬到顶层只为默默地看一眼那片横亘半个天空的巨大青影。日本有个老电影，是今村昌平导演的《楢山节考》，看了之后，更深刻地体会到，先民们为何把管理魂灵的任务交给这些伟大的山神了。

天上、人间、地下的三权分立

但是泰山府君管理鬼魂的时间并不长。佛教进入中国后，出现了两个变化：一是地狱和地府合流，建立了一套前殿后狱的严密组织；二是地下本来只有官员，这次就出现了皇帝——阎王。关于这个变化，已经有了很多研究，这里我讲一点不成熟的看法。

汉代以前，人们普遍相信，不管天上人间，最高的统治者就是天帝，或者叫帝、上帝。人间的帝王称为天子，权力也是天帝授的。天帝的权力是最大的。至于地下，只有些普通的官员，比如泰山府君就是一个，还有一些莫名其妙的官，比如地下丞、主冢司令、冢中游击、丘丞墓伯等，但肯定没有一个最高统治者打理这一切，就算有，他还是向天帝负责的。

阎王的出现，当然和佛教的传入有关系。但是佛教里的阎王和国人心目中的阎王，还是有些小差别。比如《长阿含经》里的阎王，竟是这个样子的：

> 早中晚三个时候，会有一口大铁锅自然出现在阎王面前。阎王见了就会跑。这时就有大狱卒捉住阎罗王，把他放在热铁上烙，用铁钩撬开阎王的嘴，往里灌铜汁，从唇舌到肚子，无不焦烂，受过这番罪后，又与宫女一起玩乐。等过几个小时，又得受罪。

阎王爷竟然也要受地狱的苦！这和我们所说的“阎王叫你三更死，谁敢留人到五更”的阎王，实在不能同日而语！佛经讲阎王和地狱，是为了宣扬苦乐；我们讲阎王，关注的多是公平。中国化的阎王，越来越像人间帝王了。

天帝集权的局面好不好呢？也好也不好，民智渐开的时候就不好使了。人间帝王嘴上说敬天，但实际上他们心中已没有太多的敬畏。越到后来，人间帝王，或者说人间行政机器的权力越来越大，天帝集权的局面逐渐被人间帝王的实际集权所打破。晚近有句俗话“天上有玉帝，地下有皇帝”，将二帝相提并论，似乎就已经暗示着天帝地位的下降。天帝所管辖的范围，越来越局限于神界、意识形态领域，对人间政治的干涉能力越来越小——否则就不会改称“玉帝”了。尤其是唐宋以后，人间帝王通过各种世俗的管理办法、发达的行政机器，实际上已经基本把天帝赶走了！也就是说，红尘的事情，天帝越来越罩不住了！

人间帝王地位飙升，老百姓肯定是不爽的。他们当然不会再抬出一个新天帝来对着干，但自有办法：既然你已经不服“玄穹高上帝”管了，那就新找一个“暗黑地下神”来管你！反正天命的那套，皇上（或朝廷）你已经不信了，但你总有一死吧？你死后也得有人管着吧？这就是以信仰的力量和皇权抗衡。

然而，这背后透着多少无奈、多少悲凉、多少失望呢？“世间公道唯白发，贵人头上不曾饶”。老天不公道，法律不公道，道德不公道，唯有阎王和他带来的白发才最公道，多悲哀的句子啊！道尽了多少心酸啊！这样的话，我没有从上古（先秦、两汉）文学中见过，他们顶多抱怨一下“不吊昊天”“昊天不惠”“鬼神实不逞于某某”，至少，他们还没有绝望！

皇帝死后，虽然官方还叫“宾天”了、“登遐”了、“骑龙”了，其实百姓明里暗里早就给他取消了登天的资格，包括皇帝自己，也是准备死后在地下生活的，不然大修陵墓做什么？所以百姓，对于死了的皇帝，嘴上虽然天天说“访药三山远，遗弓万国悲”，其实早就念叨“地下若逢陈后主，岂宜重问后庭花”了。就是早在汉朝，也有“（吕后）欲王吕氏，诸君从欲阿意背约，何面目见高帝地下”了。

所以，死后还有地下生活的共识很好用！天命对你来说不已经是摆设了吗？你不是靠国家机器作威作福吗？别得意，无论你是皇上还是达官贵人，总逃不过地下的审判。所以，那些府君、地下丞、司令游击什么的都不好使了，一个独立于天上、人间之外的合法政权，呼之欲出！正好佛教有阎王信仰传入，这支外来力量立即受到了大众的青睐，被捧上了地下统治者的宝座。

玉帝代表天道，执掌风云雷雨，是管立法的；皇帝代表人间，管理日常事务，是管行政的；阎王代表死后世界，是管司法审判的。阎王虽然名义上还接受玉帝的统治，但他绝大多数的审判，都是终审裁决，玉帝从不过问。这就形成了天上、人间、地下三重机构，似乎正可以对应立法、行政、司法的三权分立制度。有趣的是，这三个机构的意识形态基调，从上到下，还分别被道家（太上老君）、儒家（孔子）和佛家（地藏王菩萨）把持着。立法用道心，治事用儒心，审判用佛心，真是有意思极了！但这种“三权分立”，形成了更大范围的、对天地人三方权力都有相当不错的制衡，至今还普遍存在于民间的思想里。这真是我们中国人智慧之所在！

游冥故事

最后再谈一谈游冥（游地府）的故事。

取经缘起的这段故事，是由斩龙、入冥、游地府和进瓜四段独立的故事构成的。其实游地府这种故事实在太多，远的有《冥祥记》，近的有各种宝卷。比如《王大娘游十殿宝卷》讲锯解地狱：

> 锯解地狱最难过，两人扯锯不留停。头上锯到脚上去，一人锯开两边分。五脏六腑多流出，鲜血放下恶狗吞。

又比如《翠莲宝卷》讲血湖地狱：

> 血湖池边来经过，多是难产女子身。剥衣庭对锯解狱，油锅相对火坑城。刀山地狱心惊怕，十恶忤逆扎舌根。奈何桥上真难过，万丈高来阔三寸。上桥就有毒蛇咬，下桥还有恶狗吞。

这和《西游记》里讲的奈何桥“高有百尺，深却千重。上无扶手栏杆，下有抢人恶怪”的描写就差不多了。

而且，历代游地府故事的主人公虽然各种各样，有唐太宗、王大娘、秦雪梅、黄氏女、马玉、目连僧，等等；但过程都是程式化的。主人公因某些缘由被勾到地府，阎王请他遍游地狱，叫他还阳后广泛宣传：阎王是公平的，地狱是痛苦的，行善是必要的，作恶是没的跑的。这就是这类故事被编出来的目的。比如《喻世明言》里的《游酆都胡母迪吟诗》，说胡母迪见岳飞无辜被杀，痛骂阎王不公。忽然有鬼使请他游地府。他遍历地狱，见秦桧等奸臣被各种刑罚处置，方才醒悟天道无私。回到阳间后吟诗作赋，自愿为地府做宣传。这就是个套路，千年不变！《西游记》里唐太宗游遍地狱后，居然也作了一首诗：

> 善哉真善哉！作善果无灾。善心常切切，善道大开开。莫教兴恶念，是必少刁乖。休言不报应，神鬼有安排。

先不说这首诗实在不合九五之尊的口吻，诸位不觉得这首诗放在这里太违和了吗？他刚被阎王折腾来，一有明面上泾河龙王的小案子，二有李建成、李元吉在旁边就要索命的大案子。两个案子说翻篇就翻篇，从何而来的“休言不报应，神鬼有安排”？他自己做的那些坏事，要么靠私改数据，要么靠金银开路，又哪里受到报应了？估计作者是忘了原本太宗入冥的故事，是以私改生死簿为结局的，本来就没有受报应的预设。这首诗大概就是一首熟词，用于总结游地府故事的，作者也无暇管它合不合逻辑，就一脉相承地带下来了。这里也体现了两个故事被整合的痕迹。

> 阳世熏天冠冕，阴间铺地王侯。阎王殿上一齐勾，苦海不分先后。
>
> 放去铜蛇铁狗，追来马面牛头。扎堆故事凑《西游》，莫作囫囵领受。

这是我填的一首《西江月》，权作这一讲的结尾。

轮回居然是这样的

地府的形成，地狱信仰的本土化以及各种游冥故事，我们已经讲过不少。这篇再讲个好玩的事，就是《西游记》里的六道轮回。

原文是这么写的：

> 却说唐太宗随着崔判官、朱太尉，自脱了冤家债主，前进多时，却来到“六道轮回”之所。又见那腾云的，身披霞帔；受箓的，腰挂金鱼；僧尼道俗，走兽飞禽，魑魅魍魉，滔滔都奔走那轮回之下，各进其道。唐王问曰：“此意何如？”判官道：“陛下明心见性，是必记了，传与阳间人知。这唤作‘六道轮回’：行善的升化仙道，尽忠的超生贵道，行孝的再生福道，公平的还生人道，积德的转生富道，恶毒的沉沦鬼道。”

什么叫“滔滔都奔走那轮回之下”呢？难道轮回是一件东西不成？还有，这里“六道轮回”竟然是仙道、贵道、福道、人道、富道、鬼道，也很不靠谱。

正版的轮回观长什么样

佛经里明确说了，“六道轮回”指的是天道、人道、阿修罗道、畜生道、饿鬼道、地狱道。

天道的“天”，指天神。天道是天神的世界，天道众生是很享福的，但也不是长生不老，也有寿命——虽然很长，但终究会死。天道众生可以预见自己的死亡，比如发现自己的花枯萎啦，腋下流汗啦，他们就知道自己要死了，也知道自己死后要到哪一道去。人道众生，不用说了，就是我们人类。阿修罗，在印度神话中是一种好战的神。据说男的极丑，女的极美，喜欢和天界众生争斗。以上三道，生活得都还算不错，叫作三善道。

畜生道众生，就是我们平时所说的动物，牛马猪狗，飞虫鸟兽。然而畜生道也有一些厉害物种，比如龙、大鹏。

饿鬼道的鬼，和我们平时所说的地狱里的鬼，不太一样。如果一定要区别，就像乞丐和囚徒，虽然都在社会底层，但总不能说他们是一类人。这一道的众生，一直处于饥饿的状态，但是又不能吃东西，食物到了他们嘴边就会变成火焰。我们平常所说的鬼故事里的鬼，野外鬼打墙所谓的鬼，都应该算饿鬼道里的。但这一道并非只有孤魂野鬼，也并不是所有鬼都那么苦，也有鬼王等神通广大的鬼。饿鬼道众生的寿命都很长，从五百岁到一百多万岁不等。

地狱道中的众生是最痛苦的。他们永远处于金刚山中的八大地狱里，或寒或热，或刀剑穿身，或铜汁灌口。他们的寿命很长，就像天道众神一样。天道是享几万劫的福报才“死”，地狱道是受几万劫的罪才“死”。当然，死对于地狱道而言，反倒是一种解脱——哪怕是托生到饿鬼道都行啊！

以上三种叫三恶道。

这些都是佛教的说法，产生于印度，适合印度人的思维，传入我国之后，就发生了很大的变化。因为我们本土的神灵，比如关圣帝君、城隍，佛教吸收了他们，总得给他们一个位置，于是就把他们算在饿鬼道众生里，只是神通比较广大而已。

轮回“缩水”

但这些小修小补仍然无济于事。在我国民间，六道轮回发生了“伤筋动骨”的变化；轮回的道数不停地被削减，就像“山寨”的电子产品一样，原产品的功能不断被减少。

六道减为五道

山寨六道轮回，首先是道教干的。比如《太上老君虚无自然本起经》等经书，都讲“五道轮回”，把阿修罗道取消了。因为国人实在不大清楚阿修罗到底是个什么东西，名字又很奇怪。还有一点，某种意义上讲，佛教是借六道众生比喻人心，阿修罗道众生的特点是骄慢嗔恨，喜欢争斗，而国人多谦恭和睦，有这种品格的人反倒很少，所以这一道取消，也在情理之中。

五道减为四道

饿鬼道和地狱道有合并的趋势。本来这两道区别很大，就像天道和人道不是一码事一样。鬼是鬼，地狱是地狱。佛教里的鬼，虽然过得苦，但还算自由，在哪个树根下面猫着，或在哪个山洞里面藏着，都可以。晚上它们还会出来活动，人不小心会撞上。但地狱道众生绝对不行，他们必须长年累月在地狱里受罪。

我国百姓头脑里，只有天宫、人间、冥界三个层次。天道对应天宫，这个好理解。人类和动物共同生活在人间，这个也好理解。那么剩下一个冥界，只能拨给饿鬼道和地狱道同住了。于是民间人士心中的六道轮回只剩下四道：天、人、畜生、鬼。这个我虽然没有找到具体的书面例子，但看多了《太平广记》以及明清笔记就会知道，三世转生、化牛报恩之类，无外乎上述四道。

四道减为三道

《西游记》中，六道虽然被解释为仙道、贵道、福道、人道、富道、鬼道，但其实只有三道轮回：仙道可以对应天道，富道、贵道、福道、人（平民）道其实都是人，鬼道是合并了饿鬼道和地狱道。这等于把畜生道排除在轮回之外。理论上，畜生死后也是有机会成为天神或鬼的，也是可以下地狱的；但国人对此似乎并不在乎，至少《西游记》这一段中，畜生不在轮回的考虑范围之内。

这样的“三道轮回”其实不只见于《西游记》，明代民间宗教西大乘教的《泰山东岳十王宝卷》：“善多恶少转增禄位，罪多善少转来受穷。有恶无善堕在地狱，有善无恶转上天宫”，看上去讲了四道轮回，其实前两句都是人类的事，所以也只有天、人、鬼三道轮回。

三道减为两道

佛教的六道轮回从三道进而减到两道。山西蒲州东岳庙六道轮回壁画从右向左分别画着贵人、平民、贱人、兽、禽、虫六道。其实等于只有人道和畜生道两道轮回。天、阿修罗、鬼、地狱四道全都取消了，要轮回只能在人间轮回。

山西蒲州东岳庙六道轮回壁画

《玉历宝钞》是清代的一本宣扬因果报应的劝善书。书中的六道轮回图，从左上角起分别是鳏寡孤独、公侯将相、胎生、湿生、化生、卵生六道。它虽然借用了佛教“四生”的概念，却也是一个彻头彻尾的山寨版！

首先，人类当然是胎生的，但这里胎生一道画的都是牛马。其次，佛教所谓湿生，是指湿润的环境下所生的昆虫之类；所谓的化生，指“无所依托，唯借业力而忽然出现者，如诸天与地狱”众生。而这里反倒是湿生的画成鱼虾之类，化生的画成昆虫之类——画者大概觉得水里生的自然是湿生，蚊子飞虫莫名其妙地从草丛里生出来，就算化生了。他也许根本不懂得“借业力”所生的真实意思。所以虽然画了六道，其实还是人、畜两道。这幅六道轮回图，因为出现得最晚，所以附加的山寨内容也最多，可谓山寨里面又套着山寨。

两道减为一道

减到一道的情况，我在古书里没有发现。如今网上流传着轮回人的一些新闻，甚至有“轮回村”，比如凤凰网关于湖南通道侗族自治县坪阳乡的报道，说这一带经常出现“再生人”，他们能清楚地记起种种前世，能够认出他们前世的遗物、朋友。这件事很稀奇，具体是真是假，不敢断定，还是交给科学研究者吧。今天这类现象，令我很好奇：按说人间的国界、省界，只是行政上的划分，为何这些人转世的时候，很少出现从外国甚至外县转来的现象？看来六道轮回也是会缩水的，减来减去，到了今天的社会，就只剩下一道轮回了！

这玩意儿叫轮回？你别骗我

《西游记》是佛教的六道轮回的“土法改造”，也就算了，但“奔走那轮回之下”，怎么说得“轮回”像座大门似的？轮回，不是佛教所谓的生命不停循环往复的过程吗？

而且，十殿阎王见了唐太宗之后说：

但只是他（泾河龙王）在此折辩，定要陛下来此三曹对案，是我等将他送入轮藏，转生去了。

按阎王的说法，“轮藏”就是“六道轮回”之所？我读书少，你别骗我，“轮藏”并不是这个意思吧！

佛寺中类似转轮的实物，称为轮藏，是可以放佛经的旋转书架。大型的轮藏高达数米，需要专门为之建造殿宇，比如河北正定隆兴寺转轮藏阁、杭州高丽寺的转轮藏阁等。这种轮藏，也不是印度传来的，创始于梁代善慧大士傅翕。他为了方便不识字的人亲近佛法，就在大层龛中心，建一根大柱子，开八面，架一切经，设机轮，使可以旋转，这就是轮藏。佛教宣称，旋转轮藏和读佛经的效果是一样的。我们在藏传佛教寺院看到的转经筒和这种轮藏都是意义相同的一类器具。

无论是什么轮藏，都是藏书用的，和轮回没有什么关系。况且，上文说了，傅大士造的时候，本来是八面或者干脆就是个圆柱体，不是六面，民间却把这种轮藏当作六道轮回了！

这还真不是我随便猜测，在明代世德堂本中，有一幅插图，画的就是崔判官带太宗皇帝来到“六道轮回”之下的场景。这个轮回，真的就是一个类似轮藏的大轮子！可见说书人这么编，绘图人也这么画，在他们脑子里，这就是共识。上文《玉历宝钞》中的轮回，也是一个大轮子，意思都是一样的。

世德堂本《西游记》里的“轮回”

张纪中版电视剧《西游记》，你说他尊重原著吧，六字真言把“吽”写成“哞”，你说他不尊重吧，他这里还真有一个“六道轮回”，像模像样的。阎王的台词是：“上仙，你先放了那六道轮回的法轮！”但这又有问题了！“法轮”的意思是，佛所说之法能够碾碎众生的一切烦恼，好像巨轮能够碾碎一切的岩石和沙砾一样，但这又是另一个概念，和轮回、轮藏也没有什么关系。

我讲过二郎神和宦官杨戬，讲过“毗沙门”的“门”、金吒的“金”，用这种思路再来理解“轮藏”的“轮”，就一点都不会觉得奇怪。因为民间的思维是，只要沾点儿边，就能扯在一起！但到底哪里会戳中这个沾边的点，很难找到规律，所以没法预测发展方向。微观上来说，这是一个概率性的事件；宏观上来说，这却是一个必然事件，就像基因发生突变一样。民间文化的发展也是一样，往往不按常理出牌。

受过教育的人，思维容易形成定式，认为凡事都有规律、逻辑。然而民间的事情，往往就是随机的，如果非要找什么规律，在某些范围内乱扯关系就是规律！以包容的心态看待，可能会少许多杠抬。

历史，是由讲理的人和不讲理的人共同创造的。不理解这一点去看历史，我们永远纯洁得像个十二岁小姑娘。

《西游记》里的“四大部洲”

说到“小西天”，就不得不说一说《西游记》里的地理问题。

在这里，我先讲一个前提。《西游记》是一部幻想性的神魔小说，里面的事情自然是编造的。但是，任何幻想故事都不是凭空编造出来的，它总有一个作者所要依托的知识背景。所以有人会质疑：研究一部魔幻小说的地理问题岂不是吃饱了撑的？自然不是。我并非要把《西游记》的地名一个个地对号入座，而是要勾勒当时作者、同时也是当时读者和听众头脑中四大部洲的地理背景。

《红楼梦》也是虚构出来的，理论上讲，小说里的地名可以随意编造，但京城还得叫长安，不能叫铁岭。因为在作者和读者的知识背景中，长安毕竟是多朝古都，作为京城名字，不会有违和感，而铁岭只是个“大城市”而已。

“四大部洲”是什么？

《西游记》开篇就说：

> 感盘古开辟，三皇治世，五帝定伦，世界之间，遂

> 分为四大部洲：曰东胜神洲，曰西牛贺洲，曰南膳部洲，曰北俱芦洲。这部书单表东胜神洲。海外有一国土，名曰傲来国。国近大海，海中有一座山，唤为花果山。

这四大部洲是来自佛教的。但是佛教的四大部洲是这个样吗?

其实劈头这段话就已经透着一股山寨气了。假如有人非得说这段话是饱学鸿儒吴承恩写的，不管您信不信，反正我是不会信的。

因为佛教原典里从来就没有“四大部洲”！只有“四大洲”“四天下”。“四大部洲”明显是受了“南赡部洲”的影响，好像一“洲”就算一“部”似的。其实，南赡部洲就不能读作“南赡 + 部洲”，而是“南 + 赡部 + 洲”。“南”字表示方位，就像韩国俗称南韩一样。但“赡部”两个字是不能拆开的。佛典里提到此地时一定是说“赡部洲四大洲等”，而不会说“赡部洲四大部洲等”。

“赡部”就是 jambu 的梵语音译。如果大家不熟悉“赡部”，我告诉您，它的另一个译法是“阎浮”，这下是不是熟悉多了。就像美国的“圣弗朗西斯科”也译作“三藩”，但您总不能说这就是吴三桂的地盘。

南赡部洲也可以叫“赡部洲”，对梵文不熟悉的国人，一看人类世界对应的是“南赡部洲”，认为四大洲中其他三个也都叫“某某部洲”。说来说去，四大洲就成四大部洲了。

后来四大洲不但说成四大部洲，还说成“四大神州”，这大概又是受了“赤县神州”和“东胜神州”的影响。元杂剧《摩利支飞刀对箭》有一句唱词：“自小从来为军健，四大神州都走遍。”

其实，元朝以后，别的书也说过四大部洲，不是《西游记》独一份。但这四个洲的名字，你横竖也写对呀！按正规的译法，应该是东胜身洲、西牛货洲、南赡部洲和北俱卢（或拘卢）洲。在各种佛典里，这几个译名用字是基本一致的，而《西游记》写作东胜神洲、西牛贺洲、南膳部洲、北俱芦洲。“胜神”是什么鬼？大概是和“赤县神州”混了。所以，这四大洲的名字全都错了！

平心而论，这几个译名辗转误传，《西游记》还真不是始作俑者。受俗写的影响，明清时期别的书里也用神、贺、芦三个字，但是把“南赡部洲”写成“南膳部洲”，除了世德堂本《西游记》之外，别说佛教的各种经典、灯录、清规、语录，就是普通文人的诗集文集，也没有人这么写过。而且四个名称没有一个正版，也算少见了。

那么别的小说里，有没有把“南赡部洲”写作“南膳部洲”呢？我检索了一下，还真有，就是《三宝太监西洋记通俗演义》。这本书和《西游记》有没有关系，我没有研究过，权且放在这里，供大家开脑洞。

吴承恩的《射阳集》，国内西游研究大家蔡铁鹰先生整理为《吴承恩集》，这本书我是仔仔细细看过的，对比一下就知道，吴老先生的学问比起《西游记》的写作水平，不知高出了几个数量级，所以这两本书应该不是一个人写的。我一直说，《西游记》就是一部通俗小说，它的作者群主要来自社会底层，所以在行文中借别的说法一抄，找些同音字代替，是很正常的事情。

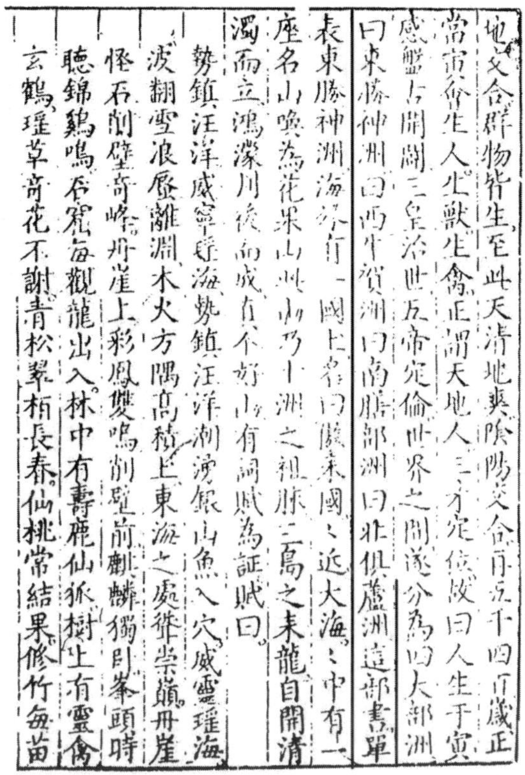

地之交合，群物皆生。至此天清地爽，陰陽交合。再五千四百歲，正當寅會，生人、生獸、生禽，正謂天地人，三才定位。故曰人生於寅。感盤古開闢，三皇治世，五帝定倫，世界之間，遂分為四大部洲，曰東勝神洲，曰西牛賀洲，曰南贍部洲，曰北俱蘆洲。這部書單表東勝神洲。海外有一國土，名曰傲來國。國近大海，海中有一座名山，喚為花果山。此山乃十洲之祖脈，三島之來龍，自開清濁而立，鴻濛判後而成。真個好山！有詞賦為證，賦曰：

勢鎮汪洋，威寧瑤海。勢鎮汪洋，潮湧銀山魚入穴；威寧瑤海，波翻雪浪蜃離淵。木火方隅高積上，東海之處聳崇巔。丹崖怪石，削壁奇峰。丹崖上，彩鳳雙鳴；削壁前，麒麟獨臥。峰頭時聽錦雞鳴，石窟每觀龍出入。林中有壽鹿仙狐，樹上有靈禽玄鶴。瑤草奇花不謝，青松翠柏長春。仙桃常結果，修竹每留

世德堂本《西游记》第一回中的“四大部洲”

比如沙僧的名字，世德堂本，一会儿是“悟净”，一会儿是“悟静”，甚至前一个还是“悟净”，后一个就变成“悟静”了。我们能因此说刻书的人态度不认真吗？还真未必，这个本子因形近而错的字反倒很少。可见这部书很可能是从话本演变而来——话本是说书人的底本，它并不在意字的对错，读音不错就可以了。

正版四大部洲具体指什么

按《阿含经》所说，人间有四个天下，亦即四大洲，一是东胜身洲，二是南赡部洲，三是西牛货洲，四是北俱卢洲。均在须弥山四方的咸海之中。

东胜身洲，在须弥山东，梵语“弗于逮”，意思是“胜身”，因为此洲众生人身殊胜。又译为“初”，意为太阳从这里初升。土地形如满月。纵广九千由旬（一由旬为十几公里）。这里的人类，脸也像满月。人身高八肘，人寿二百五十岁（所以说孙悟空寿命三百多岁也不稀罕，只能算此洲正常的高寿者）。

南赡部洲，在须弥山南，梵语“阎浮提”，“阎浮”是一种树。土地南边窄北边宽，纵广七千由旬，这里的人类，脸也像洲的轮廓。人身长三四肘，人寿百岁。

西牛货洲，在须弥山西，梵语“瞿耶尼”，意思是这里有很多牛，以牛为货物，所以叫牛货。土地形如半月，纵广八千由旬。这里的人类，脸也像半月。人身长十六肘，人寿五百岁。

北俱卢洲，在须弥山北，梵语“郁单越”，意思是好地方。这里的土地比其他三洲都好。其土正方，犹如池沼。纵广一万由旬。人脸也是方的。人身长三十二肘，人寿一千岁，没有短命的。

这就是佛教四大洲的大致说法，当然，还有一些引申的含义，所谓“表法”，这里就不多解释了。

南赡部洲的扩展与崩溃

好玩的是，南赡部洲的概念，从传到中国以来，就在不停地扩大。

有朋友问我：“按说无论大唐国还是我们今天的中国，应该算‘东胜身洲’对吧？”其实不是这样的。

四大洲的设定里，符合人类现实情况的，只有南赡部洲。东胜身洲人寿二百五十岁，西牛货洲人寿五百岁，北俱卢洲人寿一千岁，现实中哪里去找？所以佛教中的人类世界位于“南赡部洲”。因为佛教产生的时候，东西方还没有充分的交流。印度人所能认识的世界，大概也就是东到中国、西到中亚这一块。所以说无论印度、中国，都应该算南赡部洲的地界。而其他三个洲，只存在于想象之中。就算以后欧洲、美洲、大洋洲逐渐进入了东方人的视野，在今天地理意义的“大洲”上生活的人类，其脸蛋也是上面宽下面窄，寿命也不会超过百岁，理论上也只能算南赡部洲。

无论是印度还是中国，对自己处于南赡部洲这一区域是没有争议的。他们争的是谁是南赡部洲的中心，而非整个世界的中心。在印度典籍里，“中国”指的是印度，而不是我们中华，我们在他们眼里是“边鄙之地”。当然，我们说“中国”必然是指我们自己。顺便说一句，日本本州岛西部山阳山阴地区也叫“中国地方”。

我们知道，四大洲只是佛典里的说法，至多可以看作一种宣讲佛法的概念。到了宋代以后，随着佛教深入民间，人们逐渐就把四大（部）洲当回事了。

辽代的《张哥墓志》，第一句话就是“南赡部洲大契丹国……”，也就是说，许多辽人已经认为自己处于佛经里的南赡部洲了。辽国人虽然是从北边来的，但他们从来不说自己是北俱卢洲的。

不但辽国人自认为是南赡部洲，日本人也喜欢称自己为南赡部洲，这就更怪了！按说日本人以“日出处天子”问候我们“日没处天子”，应该自认为是东胜神洲才对呀。可是日本人写的佛教著作里，全都自认为是南赡部洲。比如“南赡部洲大日本国筑州太宰府里横岳山中。有一座清净伽蓝”（《圆通大应国师语录》）。所以说，日本精通佛典的人也懂得，南赡部洲的含义并不是实际地理上的东西南北概念。

所以说，南赡部洲是不断扩大的。从印度到中原，从中原到辽国，从辽国到日本。只要是佛教文化影响下的，对佛教世界观有了解的，都会认同自己是南赡部洲的居民。因为确实都不符合其他三个洲的条件。

随着明清时期和西方的交流，国人渐渐发现，原来世界这么大，且地理上真有这么几大洲。那么，佛教说得兴许没错吧。于是大家纷纷想把佛教四大洲和世界地理对应起来——暂且无视寿命、脸型等问题。谁知越对应越麻烦，因为这和实际的世界地理相去太远了。

清代的魏源曾试图将此状况进行调和。他认为，亚洲、欧洲、非洲是南赡部洲，南北美洲是西牛货洲；墨瓦蜡泥加洲即南极洲，是东胜神洲，这就更奇怪了，北俱卢洲在哪里呢？只好说：“阻于南北冰海，更无从问津矣。西士但知有其地，未遇其人也。”然而这也是有问题的。“南冰海”之外或许还可以说是南极洲，“北冰海”之外又是什么呢？岂不又跑到西牛货洲的最北边去了！

即便如此，魏源还是不敢把日本算作东胜神洲，因为毕竟他懂得佛教的这个概念，大概也知道日本人的自我认同。当整个地球都纳入人类的知识体系之后，南赡部洲再也无法容纳更多的洲了，于是就在清末彻底崩溃了。

但这件事还没完。不懂佛典但有一定世界地理概念的民间人士，反而认为我们中国不在南赡部洲而在东胜神洲。比如侯宝林先生的相声《一贯道》，“今度到东胜神洲亚细亚洲河北省北京市（当时北京属于河北省）相声演员侯宝林”，这句话可真不是侯先生编出来的。这是华北地区一贯道“度人”的一句套话，前面加个“东胜神洲”，表示一贯道的势力范围是遍及天下的。这句话，正是近代民间已具有一定的世界地理知识，但混杂了旧宗教知识的表现。

总而言之，佛教这个分天下为四大洲的世界观，在不同的时代、不同的地域，甚至不同的阶层，人们对它的认知都是不一样的。

有了这个基础，就有条件来看《西游记》里的四大部洲了，不能死板地认定，《西游记》中的四大部洲一定是现实世界中的这里或是那里。

少年孙悟空的奇幻漂流

上文说到“四大部洲”的概念是源于佛教“四大洲”的世界观，这个概念对于不同时代、不同阶层的人，理解也不一样。在这个基础上，我就讲讲《西游记》的两条路线。

唐僧取经当然是一条著名的路线，但是诸位有没有发现，孙悟空从花果山出发，也是历尽千辛万苦才到了西牛贺洲，他对须菩提祖师说：“弟子飘洋过海，登界游方，有十数个年头，方才访到此处。”这场旅途之艰难，不亚于唐僧取经的十四年。所以我们先从孙悟空的路线说起。

孙悟空的奇幻漂流

孙悟空立志求仙访道，在花果山扎了一只木筏：

> 独自登筏，尽力撑开，飘飘荡荡，径向大海波中，趁天风，来渡南赡部洲地界。
>
> 自登木筏之后，连日东南风紧，将他送到西北岸前，乃是南赡部洲地界。持篙试水，偶得浅水，弃了筏子，跳上岸来。只见海边有人捕鱼、打雁、挖蛤、

淘盐。

花果山的地理位置，在作者心目中似乎是很明确的，首先他说“木火方隅高积土，东海之处耸崇巅”，我曾经说过，有些版本将“木火”误作“水火”，我已在自己校注的《西游记》中纠正了。在古人心目中，木属东方，火属南方。既是“木火”，又是“方隅”，那肯定是在大陆的东南角上。所以说，作者心目中的东胜神洲，其实是在中国大陆东南面的海中。清杜臻《粤闽巡视纪略》有“按闽地为中国之东南隅”正说明了这一点。

孙悟空的第一次漂流，是从东胜神洲到南赡部洲，既不需要长期航行，也不需要非常发达的航海设备，只需要一个筏子漂流几天便可到达。而且，从东胜神洲到南赡部洲，是从东南到西北——这个南赡部洲的海岸线竟是斜向的？我国哪里有东南—西北朝向的海岸线呢？看来，这位作者是把中国大陆当作了南赡部洲。那么花果山就是福建东南方大海中的岛屿了，也许对应台湾，但我们不作这样严格的对应。总之，《西游记》与福建有莫大的关系。

再次重申一下，我们勾勒的是当时作者，同时也是当时读者脑中的地理概念，以及一些可能的原型，而不是考证地名，说花果山就是这座山、这个岛。

继续看：

猴王参访仙道，无缘得遇。在于南赡部洲，串长城，游小县，不觉八九年余。忽行至西洋大海，他想着海外必有神仙。独自个依前作筏，又飘过西海，直至西牛贺洲地界。

这里如果不注意会漏过“西洋大海”这个名词，它在明代是有特殊含义的。明陆应阳《广舆记》“浡泥国，在西洋大海中，朝贡自广东达京师”。明末查继佐《罪惟录》：“南浡国……又半程为帽山，山西即西洋大海，名那没黎洋，番船往来，俱望此山为的（目的、地标）”，其实随郑和下西洋的马欢早就在《瀛涯胜览》中提道：“国（南浡里国）之西北海内有一大平顶峻山，半日可到，名帽山。其山之西，亦皆大海，正是西洋也。”

也就是说，在明代，“西洋大海”或“西洋”是一个专有概念。和“西洋大海”对应的是“东洋大海”。《广舆记》：“婆罗，在东洋尽处，西洋起处，其贡道由福建。”婆罗国就是加里曼丹岛北部的文莱，也就是说，文莱是东洋大海和西洋大海的分界。还有“苏禄在东洋大海”，苏禄就是菲律宾群岛上的一个小国。

这里需要说明一下，西洋大海并不是一个一成不变的概念，从上面就可以看出，有些书将文莱作为东西洋的分割点，有些书将苏门答腊岛作为东西洋的分割点，这需要专文讨论，我们只要知道明代西洋大海指的是文莱以西的海域或印度洋海域就可以了。一般来说，郑和下西洋时的西洋大海，指的是印度洋。到了明代中后期，西洋大海的范围有所东移，就确定文莱为分界线了。

现实中的西洋大海和幻想小说里的西洋大海当然不能完全等同，但是必须知道，《西游记》的故事，在逻辑上，还是默认发生在现实的地理空间里。所以，它只能说唐僧去印度取经，而不能说秦始皇去石家庄取经。任何一个名词的使用，都建立在作者和读者的共识之上。正如我上一讲说的，《红楼梦》给京城定的名字，是长安而不是铁岭，这正是受到了上述共识的约束。我们也应该从这种共识入手。陈寅恪先生说，小说“虽无个性的真实，却有通性的真实”，正是这个意思。

继续回到悟空的行程上来。他遇见了菩提祖师，祖师道：

> 你既老实，怎么说东胜神洲？那去处到我这里，隔两重大海，一座南赡部洲，如何就得到此？

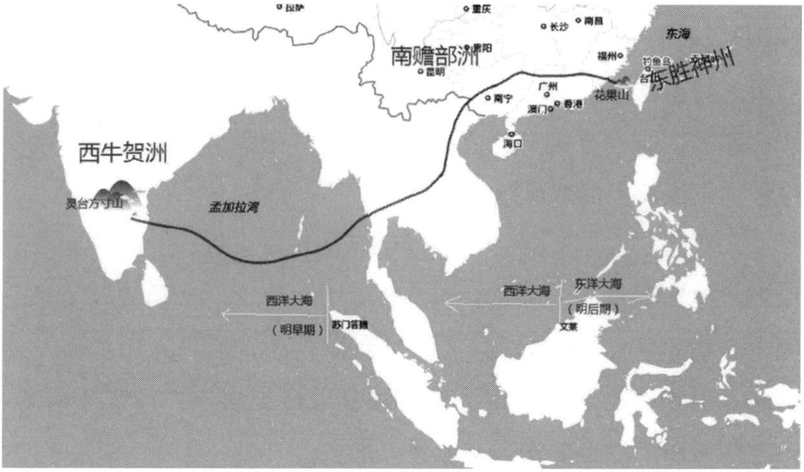

孙悟空拜师行程模拟地图

从地图上看，这个问题就很明确：《西游记》中的东胜神洲，大致相当于中国东海以外的岛屿（因为确实没有这么一片大陆）。所以《西游记》中除了傲来国和花果山，我们再也没看到过此洲别的居民。南赡部洲大致相当于中国大陆以及与此相连的中南半岛这一带。西牛贺洲大致相当于印度半岛。东洋大海大致相当于今天的东海及以南一带海域。西洋大海大致相当于明代早期郑和下西洋时的“西洋”。

也就是说，从福建或东海一带的岛屿去西牛贺洲，正好隔着两重海和一座中国大陆延伸出去的中南半岛。

那么，中国历史上有这样的奇幻漂流路线吗？有，这就是海上丝绸之路。

这条海上丝绸之路从秦汉时期就已经形成了。它从中国东南沿海出发，经过中南半岛和南海诸国，穿过印度洋，进入红海，抵达东非和欧洲，成为中国与外国贸易往来和文化交流的海上大通道。《西游记》只不过是剧情需要，让孙悟空在大陆上停留了一段时间而已。

那么，有没有人沿着这条路去西方拜师学艺呢？有，就是往来于这条海路上的取经僧。

东晋隆安三年（399），高僧法显从长安出发，去天竺国求学取经，他回程没有走陆路，而是选择了海路返国。他先到了狮子国（今斯里兰卡），然后乘船渡过西洋大海，经马六甲海峡，到达现在的南海海域，返回大陆。法显以后至唐末，往来于南海、由海路去印度取经的僧人有数十人之多。

所以说，孙悟空的这条奇幻漂流路线，是有历史渊源的。所谓的“灵台方寸山”，其实暗指佛法大兴之地印度。因为孙悟空的师父叫须菩提祖师，而须菩提正是释迦牟尼号称解空第一的大弟子的名字。

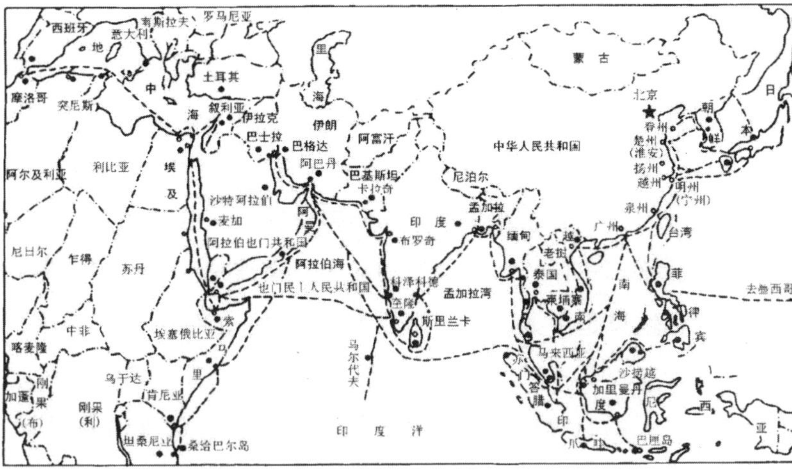

海上丝绸之路示意图（图片来源：《丝路文化・海上卷》）

唐僧的旅行

《西游记》里四大部洲的名称前后还是一致的。唐僧的行程，基本是沿着历史上的陆路丝绸之路走的。但既然是小说，便不可能一个一个地对号入座，这样做就太蠢了。但有几个地方还是可以讲讲的。

一、法门寺

“唐王与多官送出长安关外。一二日马不停蹄，早至法门寺。”法门寺这个地方是实实在在存在的，就在今陕西扶风县，离西安约一百一十八公里。

二、巩州

“师徒们（唐僧和两个侍者）行了数日，到了巩州城。”历史上的巩州有两个：唐高宗时设立的巩州，在今四川珙县；宋代之后的巩州在今甘肃陇西。这里指的是宋代之后的巩州，离法门寺约四百零一公里。

三、河州卫

离开巩州“行了三日”便到“河州卫，此乃是大唐的山河边界”。唐朝还没有“卫”这种行政区划。明洪武三年（1370），明将邓愈攻取河州，并于翌年设立河州卫，在今天甘肃临夏，卫指挥使由汉族将军担任。这也是明朝在西北藏族地区设立卫所制的开端。故称这里是“大唐（实指“大明”）的山河边界”，离巩州约二百一十九公里。

马匹一天的行程约六十公里，那么长安到法门寺需要两天，法门寺到巩州需要七天，巩州到河州卫需要三天。这个数据和书中的记录非常吻合，说明作者这一段路程是按实际来写的，这也是《西游记》里唯一一段符合实际情况的旅程。

出了河州卫，刚走了数十里，到了双叉岭，就遇到了一伙妖怪（再过一会儿就要翻越两界山了）。河州卫在今甘肃临夏，如果我们真的想找双叉岭的所在地，那就到今天临夏市西北数十里去找。而所谓的两界山，一定是指积石山脉的某一座山峰了！

四、高老庄

书中明确地说，猪八戒是乌斯藏高老庄人氏，而明代在青藏地区设乌斯藏卫、朵甘卫，后升为都指挥司。乌斯藏，大致相当于今天的西藏。但是唐僧为何跑到西藏去？因为明代从中原去印度，是从青藏高原翻越喜马拉雅山过去的。这路线和唐代玄奘通过西域去印度不同。《西游记》作者写的时候，不由自主地就把他心目中的赴印路线写了进去。

五、流沙河

在第八回里，是这样写它的地理位置的，“那菩萨停立云步看时，只见：东连沙碛，西抵诸番，南达乌戈，北通鞑靼”。这里出现了个地名“乌戈”（《三国演义》里倒是有个“乌戈国”，但那是在云南），其实这是底本搞错了，不是“乌戈”而是“乌弋”，也就是乌弋山离，它是约公元前 2 世纪至公元 1 世纪，位于亚洲西部伊朗高原东部的一个地区或半独立国家。“乌弋”写成“乌戈”，这个错误从很早的时候就开始犯了。这个地方离中土太远，流沙河的位置仍然可以看作是小说家之言。

六、火焰山

火焰山的原型，一般认为是在今新疆境内。这里不再多说。

七、祭赛国

这个国家，据当地居民说，地理位置是“南月陀国，北高昌国，东西梁国，西本钵国”。高昌国历史上是有的，在今新疆吐鲁番东南。西梁国，就是所谓女儿国，《文献通考》说有个“西女国”，在葱岭之西，说明也是在新疆一带。但也只是小说家之言，姑且定在新疆。这些地方不能硬和今天的地名对应。

唐僧西游途经诸地及两大洲

唐僧什么时候从南赡部洲走到了西牛贺洲？我不清楚，可能作者自己也未必清楚。但至少遇到猪八戒的时候，那里就已经是西牛贺洲的乌斯藏国了。那么，在作者心目中，南赡部洲和西牛贺洲的分界，似乎就是青藏高原的东部边缘。

现在对这两节做一个小结：

第一，四大部洲的概念经常发生变化。越到后来，随着地理知识的增加，人们越喜欢用现实的地理去对应四大部洲，直到彻底讲不通。

第二，《西游记》作者的潜意识中，就是用现实的地理知识，去对应四大部洲：东胜神洲大概对应福建以东的岛屿；南赡部洲大致对应中国大陆和延伸部分；西牛贺洲大致对应印度、中国西部。因为北边再没有大陆了，所以这里没有北俱芦洲什么事。《西游记》并未严谨周密地参照佛典——印度本来是南赡部洲，被《西游记》硬改成西牛贺洲了。

第三，因为西牛贺洲在《西游记》里连着青藏高原和印度半岛，所以往南，它和南赡部洲隔着一道“西洋大海”，也就是孟加拉湾，往北就以青藏高原的东部边缘为界。

第四，孙悟空学艺路线和唐僧取经路线，大致可以对应海上和陆上两条丝绸之路。

图书在版编目（CIP）数据

《西游记》的八十一问 . 1 / 李天飞著 .—北京：作家出版社，2023.5
ISBN 978-7-5212-2173-2

Ⅰ. ①西… Ⅱ. ①李… Ⅲ. ①《西游记》研究 Ⅳ. ① I207.414

中国国家版本馆 CIP 数据核字（2023）第 039222 号

《西游记》的八十一问 1

作　　者： 李天飞
统筹策划： 刘潇潇
责任编辑： 张　平　单文怡
插画支持： 李云中
装帧设计： 孙惟静
出版发行： 作家出版社有限公司
社　　址： 北京农展馆南里 10 号　　**邮　　编：** 100125
电话传真： 86-10-65067186（发行中心及邮购部）
86-10-65004079（总编室）
E-mail:zuojia @ zuojia.net.cn
http://www.zuojiachubanshe.com
印　　刷： 河北鹏润印刷有限公司
成品尺寸： 147×210
字　　数： 152 千
印　　张： 7.125
版　　次： 2023 年 5 月第 1 版
印　　次： 2023 年 5 月第 1 次印刷
ISBN 978-7-5212-2173-2
定　　价： 39.00 元

《西游记》的八十一问 ③

李天飞 著

作家出版社

目 录

火德星君的发家史

取经四人组过了通天河，遇到了青牛精，又叫独角兕大王。青牛精最厉害的法宝是金刚琢。为了降伏青牛精，孙悟空先后请来托塔天王、哪吒、雷公、火德星君、河伯、西天罗汉等众仙。

这里面，火德星君是头一回出场。孙悟空在彤华宫拜见了火德星君，在乌浩宫拜见了水德星君。南火北水，本来无可厚非。但火德星君这次大显了一回本事，带来了火龙、火马、火鸦、火鼠等一应火具。水德星君却没有亲自来，只派了河伯来。虽然都败了，但也体现出：火德星君实力雄厚，亲力亲为；水德星君有些发虚。

独霸一方

火德星君（又叫火德真君，本书不区分）的地位，还体现在平顶山莲花洞那一回。日值功曹变化为樵夫，前来报信，孙悟空说他人情大，能押解妖精，樵夫问他押解往哪里，孙悟空说：

> 西方的归佛，东方的归圣，北方的解与真武，南方的解与火德。是蛟精解与海主，是鬼祟解与阎王。各有地头方向。我老孙到处里人熟，发一张批文，把他连夜

解着飞跑。

这里的火德真君竟然可以独占一方，和西方的佛、东方的东华帝君、北方的真武大帝相提并论，其他金德、水德那几个兄弟呢？

而且，现实中，天下有许多供奉火德真君的火神庙，水神庙、水德真君庙却少之又少。金德真君庙、木德真君庙、土德真君庙就更少或几乎没有了。佛教寺院、道教道观，很多都有火神殿，什么时候见过水神殿、金神殿、木神殿、土神殿？为什么火德真君一家独火，力压其他四行神君？就因为他名字里有个“火”？

当然，发挥五行中“水”的作用的，更多的是龙王庙。发挥“金”的作用的，更多的是作为武神的关帝庙或财神庙。发挥“木”的作用的，更多的是主管山林的山神庙。发挥“土”的作用的，更多的是管一方地面的土地庙，但是，这些庙里的神都只能说和五行的水、金、木、土有关系，并不能成为这四行的代表。比如土地庙虽然有个“土”字，但它管的实际上是乡土、国土，而不是五行的土。五行神中的火神能长期飙红，在民间信仰中大行其道，其他四行还真的没有这个能力！

如果我们看过《封神演义》的话，就会发现那里的水、火正神也有这个不对称问题。火部正神罗宣受封为火德真君，火部堂堂正正列为八部正神之一。水德星只跟在群星后面，根本没列为一部，而且封给了一点法力都不会的鲁雄。如果罗宣算部级干部，鲁雄顶多算个厅级。这老爷子根本不会用水，而且是被冰冻大雪所败，他来管水不知得管出多少娄子！而破了火部正神的龙吉公主居然只做了个小小的红鸾星，和水部没有半点关系！

中国上古是有水火二神的。火神祝融，水神共工。这两个本来是部落的名字，祝融氏和共工氏打了一仗，共工氏败走。这一仗，基本上就确立了几千年水火二神的格局：火神扬扬得意，水神灰头土脸。

我曾经聊过印度的龙王进驻中国各大水域的历史。这当然和佛教的强大宣传能力分不开，但恐怕也和我国历史上的司火、司水二神本来就有的旧梁子分不开。此后火神经常东露一脸、西露一脸，水神反倒销声匿迹了。

但是，从宋代到明代乃至今天，我们谈到火神，更多想到的是火德星君，而不是祝融。为什么火德星君香火最旺？答案是：几家大号联推！这里我介绍一篇文章，是刘海威先生的《也论袄神与火神之融合——以小说〈封神演义〉为例》，刊于《世界宗教研究》2012 年第 3 期。我这一篇其实没什么太多创见，只不过是对刘先生观点的一些概述。

做“火”话题的不止一家

祝融氏绝不是唯一的火神。当五行配五大行星的信仰出现后，人们就认为火星是有神主管的，于是产生了“火德荧惑执法星君”的说法，简称“火德星君”。其实道教主火的神不止一个，只要翻一翻道经就会发现，除了火德星君外，还有火祖燧人帝君、火祖炎帝帝君、火正阏伯真官、火神祝融神君、火神回禄神君、火炁郁攸神君、丙丁位司火大神、巳午位司火大帝、南方赤精帝君、南方赤灵帝君……好多好多，其实他们管的也都差不多，就像推送相似内容的同质化自媒体号。

但是，老百姓记不得那么多的火神，需要简化，需要明确，在他们心中，只要一个就可以了。于是燧人、炎帝、赤精等等号都经营惨淡，或者说，很多都被火德星君收购兼并了！

这里需要解释下，火德星君也并没有把这些小号全部吃掉，民间的火神五花八门。祝融、阏伯等老火神，在河南一带仍然有信奉的。甚至明代以后出现的新火神，如王灵官、殷郊，也在火神庙里待着，但他们的势力，远远比不过火德星君就是了。这从民间火神庙的另一个名字“火星庙”，就可以看出来。注意，这火星庙里供奉的是火德星君，可不是火星人！

官方强推：宋徽宗的大力圈粉

火德星君赶上了一次大的官方推广，纯粹是走了狗屎运。这是在宋徽宗崇宁年间（1102—1106），官媒推荐语是：符合主流意识形态！这次推广，圈粉无数，使火德星君真正“火”了。

原来在中国古代，有一套“五德终始”的说法。每一个朝代，都认为五行中的一行与之相配。比如夏朝是木德；商灭夏，金克木，商是金德；周灭商，火克金，周是火德；秦灭周，水克火，秦是水德。当然，有时候按五行相生的规则，有时候按五行相克的规则。总之宋朝人推来推去，认为自己是“火德”，所以叫“炎宋”，喜欢穿红色衣服，连年号都有“建炎”，就连开国皇帝赵匡胤，也被传说为火德真君下凡（《宣和遗事》）……举国上下一片火的形势下，当然要供奉火德真君啦！

于是宋徽宗下令，全国道观，都要建火德真君殿。一大批火神殿、火神庙修了起来。理由很充分：国家是火的颜色。皇上喜欢火系魔法。

外资：波斯拜火教

但光有官方推还是不行，因为不是所有老百姓都吃主旋律那一套，这就需要引入其他的力量。第二个强推的大号，是国外投资的，叫祆教。这也是火德星君的狗屎运，正好碰上祆教的主营业务是推销火罢了！祆教，是萨珊波斯的国教，也在中亚地区传播。中国称为祆教、火祆教、拜火教。与《倚天屠龙记》里张无忌的明教也很有渊源。这个宗教特别崇拜火神，认为火是无限的光明。所以《倚天屠龙记》里明教教众说："焚我残躯，熊熊圣火。生亦何欢，死亦何苦。为善除恶，唯光明故。……"

祆教传入中国后，极其兴盛，尤其是唐代大量胡人进入汉地，建了许许多多的祆教庙。这些祆教庙都是拜火的，有时甚至没有神像，只是设一座祭坛，中间燃起"熊熊圣火"，信众围绕着火坛载歌载舞。

祆教进入中国之后，逐渐被本土文化同化。尤其是胡人的影响逐渐消失之后，剩下的这些拜火的祆庙，多数和中国传统的火神合流，改为火神庙了。宋代又力推火德真君，这些火神庙的主人，多数就都变成火德真君了。

这"熊熊圣火"中走出过一位乱世枭雄，差点把整个唐朝烧了。这个人，就是唐代大反贼安禄山。

安禄山是胡人，他这个名字，并不是汉语。而且胡人里，名字叫禄山的特别多。比如康禄山、米禄山、石阿禄山、曹禄山（均见于敦煌文书）。康、米、石、曹，都属"昭武九姓"。那么，这些"禄山"或和"禄山"音近的名字，是什么意思呢？

安禄山的母亲是突厥的女巫，据说因向轧荦山神祷告而孕，生下的孩子就是安禄山，小名轧荦山。“轧荦山”“禄山”并不是山的名字，而是源于粟特语 roxšan，意思是“光明”“明亮”。也就是说叫“禄山”的人，都有祆教的背景！

安禄山是信仰祆教的，包括他部下的胡人，也是信仰祆教的。所以，安禄山能造反，不但因为他军事实力雄厚，还因为他自称是“轧荦山神”的感应化身，在胡人中具有世俗和宗教的双重号召力！他死后，史思明给他的谥号是“光烈皇帝”，光是光明，烈是烈火，同样和火神分不开。

《封神演义》“罗宣大焚西岐”（清刊本）

文青号：火德星君罗宣

和祆教联手推送的，就是一部文学作品《封神演义》。

《封神演义》里的罗宣，骑赤烟驹。善于用火，受封为火德星君。书中写道：

> 罗宣见子牙众门人，不分好歹，一拥而上，抵挡不住，忙把三百六十骨节摇动，现出三头六臂，一手执照天印，一手执五龙轮，一手执万鸦壶，一手执万里起云烟，双手使飞烟剑。

这和《西游记》里的火德真君的火龙、火马、火鸦、火鼠、火枪、火刀、火弓、火箭，完全一致。五龙轮就是火龙，赤烟驹就是火马，万鸦壶就是火鸦，飞烟剑就是火刀、火枪，万里起云烟就是火弓、火箭。他三头六臂的形象也和唐代以来的祆教神是一样的。

最好玩的是他这个名字罗宣，恐怕就是安禄山那个“禄山”的变种。因为明代官方的波斯语教科书《回回馆杂字》，就将波斯语的 roxshan 汉语音写为“罗山”。而汉语的“宣”和“山”本来就是发音相似、意义相通的，比如《春秋说题辞》就说“山之为言宣也，含泽布气，调五神也”。另外，西方语言的 sh 既可对应汉语拼音的“sh”，也可对应“x”，比如萧、肖的读音，就可以写成“shiu”，信的读音可以写成“shun”。

今天各地还有管火神庙里面的火神叫罗宣的，还真未必是从

《封神演义》来的，而可能就是祆教留下的痕迹。只是已经渺茫难考了。但是，我们还是把这份功劳，归在文学作品《封神演义》的名下。

所以我们今天看到的这位火德星君，其实是融合了以上各路大号、小号特点的产物。比如西安都城隍庙（都城隍庙，比城隍庙等级高，相当于直辖市级的城隍庙）的火神爷爷住在专门的火神殿里（然而并没有什么土神殿、木神殿），这正是宋代专给火神建殿的老习惯。西安都城隍庙里的火神长了三只眼，这又是从祆教神像继承下来的特征。它的名字叫“洞阳大帝南丹纪寿天尊”，这又是整合了其他小号的特征。门口卖香的老太太记不住这名字，还是管它叫火德真君。另外，像邢台火神庙，民间传说这里的火神名叫罗宣，这又是《封神演义》的影响了！

所以说，五位星君同时来到面前，我们一眼就可以把火德星君认出来：“哇，星君，你好火！”

水德星君、土德星君、木德星君相互望了一眼，说：“老金，你们聊，我们先走了。”

金刚琢到底是什么？

唐僧师徒四人过了通天河，走到金峨山。孙悟空去化斋，临走的时候用金箍棒画了一个圈子，叫师徒三人坐在里面。不料金峨山有一个青牛精，变化了楼台房舍，诱捕了唐僧、八戒、沙僧。孙悟空回来后，与青牛精大战，不料金箍棒被青牛精用一个圈子套去。孙悟空请来托塔天王、哪吒、雷公、火德星君、河伯、西天罗汉，法宝都被圈子套去。最后如来暗示，让孙悟空去太上老君处寻找，才发现是太上老君的坐骑青牛下凡为妖，那个圈子是他的法宝金刚琢。

有朋友问：金刚琢怎么这么厉害，既能套东西，又能砸人，这到底是什么东西？

金刚琢和金刚圈

道教里还真没找到这件法宝，但禅宗里有一个东西，和它很相似，这就是禅师们经常说的“金刚圈”。

金刚圈这个话头，是杨岐方会禅师提出的。杨岐方会禅师（992 —约 1049）拿这句话问弟子：“栗棘蓬你作么生吞，金刚圈你作么生透（或跳）？”后来很多禅师都用这话来问弟子，希望让弟子迅速参悟。比如：

> 面壁成何物。古今多伎俩。祥麟一无措。以拄杖画〇云：
>
> “寻常拈个金刚圈。天下衲僧跳不出。”（《黔南会灯录》）

金刚圈把猴子玩弄于股掌之上，这个禅宗公案有吗？也有的：“金刚圈、栗棘蓬。是甚么弄猢狲家具（耍弄猴子的工具）？”

一般的禅师拿这个来考问弟子，就是用拂尘在空中画一个圈，禅宗叫“圆相”，然后问：“这个金刚圈，你怎么跳？”一般的弟子是答不出来的。答不出来，就像个被耍的猴一样，被套住了。

那么怎么答才对呢？答案是：如果不悟，怎么答都不对。如果悟了，怎么答都对！这个问题就不能用任何一种语言逻辑去思考。只要一用逻辑思考，那就套住了！

禅宗这种问题都是这样的。比如“空手把锄头，步行骑水牛。人从桥上过，桥流水不流”，类似的问题，绝不能用“逻辑思维”去想，这里面没有逻辑上的同一律、排中律什么的，目的就是毁你的三观！

金刚圈不但能套东西，还坚硬无比能砸人。孙悟空就是被太上老君用金刚圈击倒的。禅宗公案里面有用金刚圈打头的描述吗？也有。例如《无明慧性禅师语录》：

> 有时不是心不是佛不是物。生金刚圈撞着头疼。

如果能跳出金刚圈，那就了不得，禅宗高僧说“便与三世诸佛，把手共行”“跳金刚圈，可以敌胜惊群，可以转凡成圣”。但是，该怎样跳出呢？首先要弄清楚一个问题。

金刚圈到底指什么？

其实据我理解，这和禅宗经常拿来打比方的“蚊子上铁牛”“石上栽花”“银山铁壁”“无孔铁锤”等的意思都差不多。比喻某一种东西，用普通人的智慧难以理解、难以参透。

这玩意儿是什么呢？我认为，用现代人的话说，这就是人类智力的边界！换句话说，是阻止人类认识到自己本来面目的障碍！

人类的智力是不断发展的：针对外界，我们有各种创造发明；针对内心，有各种心理测试装置，还有各种逻辑判断、推理归纳、演绎计算等思维方式。但是，折腾了多少年，这些方式让我们至今认清楚心灵的本质了吗？没有。我曾经说过，孙悟空好比人的心智，那么，这些创造发明、测试装置、逻辑判断推理的方法，无疑可以看作孙悟空搬来的各路法宝！

金箍棒无非是棒，哪吒剑无非是剑，佛祖砂无非是砂，就算是自然界的水火，也只有通过两位星君的水具火具的转化，才能用来为人类服务。这些法宝其实都是工具，在正常的规则下，对人类都是有效力的。今天的“法宝”更加发达了，比如望远镜可以大大地拓展视野，飞机汽车可以大大地拓展活动区域，各种推理归纳、演绎计算可以大大拓展思维的深度和广度，它们都可以看作是法宝，但这些法宝，都是人类智力创造出来的，无法突破智力本身！也就是说，人类很难靠自己创造的工具来认识自己。

那么，该怎样破除这种理性的局限、智力的边界呢？其实

《西游记》这部书，以及传统哲学都明明白白地告诉我们了，那就是第五十二回的题目："如来暗示主人公"。找到主人公，找到本来自我，智力的边界就突破了，这和"六贼无踪""好向丹台赏明月"，其实都是一个道理。

这个道理，说起来很玄，其实很简单：人类学会了使用智力，使用理性，使用工具，但是理性和工具也使我们与自然界对立了起来。理性（或法宝）只能对外界应用，而不能应用于自己。就像手电筒不能照亮手电筒自身一样。禅宗所努力做的，就是使用一系列违背逻辑、违背理性的方式，走出这一盲区和陷阱，努力认清自己、照亮自己。

其实聊这个问题的时候，我深感语言文字的无力，尤其是书面文字的无力。比起《西游记》，我们今天的语言差得太远太远！哪位想进一步探索，来找我，我给你画个圆圈！

每一个法宝，都是古人的一个问题

我们今天研制汽车、飞机、计算机，本质上都是被问题驱动的：我们人类能这样做吗？能那样做吗？我们问，能在地上快速移动吗？汽车就出现了。能在天上飞翔吗？飞机就出现了。其实古人也一样，也会提出这些问题。他们虽然没有先进的技术，研制不出解决某些问题的工具，却可以把这些问题转化为神话故事中的法宝。我们不妨把法宝看成是特殊的工具，在神话故事里，为了解决人类的问题，神仙们倾尽全力，研制这些工具，使它们威力越来越大。

铁扇公主问：我们人类能利用风能吗？于是她就开发出一把

扇子工具来。

灵吉菩萨问：我们人类能止住台风吗？于是他就开发出一颗定风丹工具来。

太乙真人问：我们人类能瞬间移动几千里吗？于是他就开发出一对风火轮工具来。

赤精子问：我们人类可以通过光致人死命吗？于是他就开发出一面阴阳镜工具来。

太上老君问：你们天天嚷着利用光能，利用风能，利用这个那个能开发工具，但这些工具能使人类认识自己吗？于是他就开发出一个金刚圈来。

所以，法宝是针对外界设的问，而金刚圈是针对法宝设的问。金刚圈本身并不能喷火喷风，并不能瞬间位移。但一切法宝面对金刚圈，就必须回答金刚圈提出的问题。回答不出，那就被套走。

金刚圈与青牛

但是《西游记》为什么安排一头青牛来玩金刚圈呢？禅宗的金刚圈，难道和牛有关系吗？

的确是有关系的，例如《如净和尚语录》：

> 秉拂。上堂。铁酸馅、金刚圈，塞断咽喉，拽脱鼻孔。天童立地有分，衲僧乞命无门。且道，如何堪与瞿昙作子孙。
>
> 请首座上堂。拔断毒蛇尾巴，穿住黑牛鼻孔。虚空

背上牵来，大地六番震动。

所谓“拽脱鼻孔”，说的肯定是牛，而不是人。如净禅师，生于南宋孝宗隆兴元年（1163）。也就是说，宋代的时候，禅宗就已经兴起这种牛戴金刚圈的比喻了。

牛，在禅宗中是有特殊用意的，禅宗借牛来比喻心性，牧牛如牧心，降伏了牛，就找回了久已迷失的自我本性。青牛逃脱了，“拽脱鼻孔”，其实就是暗喻心性逃脱了。不但逃脱了，还拿着智力的边界来挑战修行人。这时除了寻得“主人公”之外，别无他法！

《西游记》的高明之处，就是它特别善于使用意象。在这个故事里，作者选来选去，选了太上老君的牛作为心性逃脱的象征。

正好老子的这头牛，很喜欢戴圈。陕西佳县白云山白云观明代壁画《老子八十一化图》中，这头牛就戴了一个圈，这就是给牛戴的鼻环。《西游记》原著也说了：“老君将金钢琢吹口仙气，穿了那怪的鼻子，解下勒袍带，系于琢上，牵在手中。至今留下个拴牛鼻的拘儿，又名宾郎。”

这里多扯一句，其实和太上老君有关的梗，还有很多值得开发，例如孙悟空在平顶山的那回，变了老道士，要骗两个小妖，说我这葫芦能装天。结果是请来哪吒太子，用真武皂雕旗遮住了日月，于是天地昏暗，把真的葫芦和净瓶骗到手了。其实在道教故事里，是太上老君干过这事，“太上（老君）于迦夷国，王好杀不信凌犯。太上左手把日，右手把月，藏于头中，天地俱昧，国人恐怖”（龙门洞道院《老子八十一化图》）。

《老子八十一化图》：过函关

金丹砂是什么？

青牛精这一回中，还有一件好玩的法宝，就是金丹砂。这砂的特点是能埋人。《西游记》原著说如来派了十八罗汉，取了十八粒金丹砂来擒拿青牛怪：

> 细细轻飘如麦面，粗粗翻复似芝麻。世界朦胧山顶暗，长空迷没太阳遮。不比嚣尘随骏马，难言轻软衬香车。此砂本是无情物，盖地遮天把怪拿。……那妖魔见飞砂迷目，把头低了一低，足下就有三尺余深；慌得他

将身一纵，跳在浮上一层，未曾立得稳，须臾又有二尺余深。

这种和沙漠一样、能陷没人的金丹砂，佛经里有吗？有，就是金刚沙。《正法念处经》里记载了大焦热大地狱里的“雨沙火”：

有金刚沙遍满其中。柔软如水。能烧之人。犹尚畏没。况重恶业地狱之人。彼地狱人。入中则没。犹如没水。恶业因故。没已复出。彼金刚沙。有三角块。刃火极利。揩罪人身乃至骨尽。尽已复生。生复更揩。揩已复尽。尽已复生。死而复活。无能救者。堕焰沙中唱唤号哭。呼嗟涕泣。以恶业故。

也就是说，地狱中的罪人落入了这种金刚沙，马上就会陷进去，就像没在水里一样。没进去又浮出来，金刚沙有带火的刃，把罪人身上的肉刮净之后，又复重生，这样反反复复地受苦。这让我想起了郭德纲的相声《文武双全》里面的练铁砂掌，用掌在铁砂里磨，一开始的时候当然不行，要用红小豆——捶豆馅！

当然，金丹砂也没有奏效，依然被妖怪套去了。罗汉这才告知如来的嘱咐，要到太上老君那里寻访寻访。

我觉得这里还有一个特别好玩的事，就是如来和太上老君交换了法宝的名字：“金丹”本来是道教的专用语，佛祖的法宝偏偏叫“金丹砂”；“金刚”本来是佛教的专用语，老君的法宝偏偏叫“金刚琢”。所以，作者在这里宣扬的，很可能是佛道同一的观念。

女儿国国王修了世界七大奇迹之一？

有朋友问:《西游记》的女儿国在今天的哪里?

这个真不好说，因为历史上的女儿国，不是太少，而是太多！比如《山海经》的女儿国、《淮南子》的女儿国、《三国志》的女儿国……天南海北哪儿都有。这种女儿国的女性生育，要不就是到水里裸泳一下就怀孕了，要不就是到湖边裸吹一下就怀孕了……

人类当然不能像水螅似的，单体繁殖。这只能说明一个问题：母系氏族部落到处都有，至少，女儿国也保留着母系氏族社会的特征，所以只知道育苗者，不知播种者，才产生了这种“单体繁殖”的现象。

由于历史上记载的女儿国太多了，所以这里只聊一个女儿国，因为《西游记》产生于明代，而这个女儿国正是明代人经常听说的。

亚马孙女儿国

我的朋友马伯庸兄曾说过，在古希腊时代，存在过一个女儿国，叫作亚马孙人（Amazones，也译为阿玛宗人），居住于黑海之滨小亚细亚西岸一带，部落里都是女性战士，异常骁勇。传说她们为了方便投枪射箭，还把自己的乳房烙掉一边。亚马孙人内部不允许男性的存在，卖书也不包邮，繁衍靠和邻近部落的男子交合，生女留下，生男则扔给男方或杀死。

历史上虽然很多女儿国，但这个卖书不包邮的 Amazones，明朝人是最熟悉的。因为明代来华的传教士大讲特讲：

> 迤西旧有女国，曰亚玛作搦，最骁勇善战。尝破一名都曰“厄弗俗”，即其地建一神祠，宏丽奇巧，殆非思议所及。西国称天下有“七奇”，此居其一。国俗惟春月容男子一至其地，生子，男辄杀之。今亦为他国所并，存其名耳。(《职方外纪》)

这段话什么意思呢？其实稍微看一下就知道，这个“亚玛作搦”，就是 Amazones 的另一种译法。这个女儿国里的女人，骁勇善战，攻陷了一座著名的城市（名都），叫“厄弗俗”。厄弗俗是什么呢？就是《圣经》里的“以弗所”（Ephesos）或“以佛索”，也翻译成“爱非斯”。这个女儿国人建造的神祠，“宏丽奇巧，殆非思议所及”，以至于“西国称天下有‘七奇’，此居其一”，这就很明白了：这就是阿尔忒弥斯神庙！世界七大奇迹之一！它竟然是女儿国国王下令修建的！

不要觉得这只是传教士们随便一说。“亚玛作搦”女王的声名，在明朝的读书人中，流传极广，明末四公子之一方以智在他的《物理小识》里就讲过。明末清初人周拱辰（1589—1657）幼年时正赶上世德堂本《西游记》出版，后来他竟然有一篇奇怪的战斗檄文，是模仿骆宾王《讨武曌檄》写的《讨女人国王亚玛作搦檄》！

这是篇要和女儿国国王开战的檄文，长达好几千字，文章大意是说女儿国败乱纲常，必须讨伐。有几句“檀多波弋，是名波弋香妃”“用珊瑚币，即号珊瑚红妇”“乳长七尺”“发乃丈余”，不知是真的这样，还是从古书上抄来的。这位周先生何以写这篇檄文，文末交代得很明白：武则天看了骆宾王的檄文，就说宰相何不用此人；若“亚玛作搦”女王看了这篇檄文，一定会说大明朝有这样的能人，怎么不去当宰相！

这不是真的檄文，是一种游戏文章。和他这篇文章放在一起的，还有什么王母蟠桃会的通知、鱼告螃蟹的状子。这和今天唐僧同志在庆功会上的讲话、孙悟空写给唐僧的信，都是一路东西。

但是，只有热门话题，才会有游戏文章啊。明朝人都能根据这个传说写游戏文章，可见当时这个亚玛作搦国，是何等热门了。另外，旧传亚马孙女国有两位女王，一位负责战事，一位负责政务，《西游记》中女儿国里太师的地位特别尊崇，和这好像也有些关系。

女儿国背后的血腥

其实周拱辰不知道，亚玛作搦是古希腊时代的，早已灭亡，他还以为一直存在呢。这本是一个很原始的部落，女儿国的千娇百媚、莺歌艳舞背后，隐藏的其实是原始的血腥！

亚马孙人悍勇好战。古希腊神话里，赫拉克勒斯杀了亚马孙人的首领希波吕忒。她的妹妹安提俄珀打进希腊为姐姐报仇，结果战死在忒修斯统率的雅典部队手中。

《西游记》里有一个细节：唐僧师徒喝了子母河河水之后，找到一个老婆婆求助，老婆婆就说：

> “我家决不敢复害你。”行者呲的一声道：“汝等女流之辈，敢伤那个？”老婆子笑道：“爷爷呀，还是你们有造化，来到我家！若到第二家，你们也不得囫囵了！……我一家儿四五口，都是有几岁年纪的，把那风月事尽皆休了，故此不肯伤你。若还到第二家，老小众大，那年小之人，那个肯放过你去！就要与你交合。假如不从，就要害你性命，把你们身上肉，都割了去做香袋儿哩。”

虽然我不知道为什么要用人肉做香袋。但是据希罗多德的《历史》记载，亚马孙人确实必须在战斗中杀掉敌军的一个男人，才能完成成年礼。

南宋地理学家赵汝适《诸蕃志》有一段话：

> 又东南有女人国，……昔常有舶舟飘落其国，群女携以归，数日，无不死。有一智者，夜盗船亡命得去，遂传其事。

死了？死了！一船男人，被女儿国的群女带走之后，全都死了。

怎么死的，不知道。总之，不像是死得多么痛快。

细思恐极！从与不从，经过“数日”，都要死！

这里面，其实就透着女儿国原始的血腥味道了。所以唐僧经过女儿国的故事，本质上可不是很文艺很清新！就算眼前这几位老婆婆，也有年轻的时候吧！

爱就大胆喊出来

然而，只有原始才够野蛮，只有原始才够直白。

《西游记》写女儿国国王，是套用了文明社会中的形式。她亲排銮驾，到馆驿迎接唐僧，满朝文武跟随，合城百姓观看。宫殿、百官、太师、馆驿、孔雀屏、凤辇龙车，这些当然都是文明社会的标志，然而女王一见唐僧，立即露了原形：

> （女王）看到那心欢意美之处，不觉淫情汲汲，爱欲恣恣，展放樱桃小口，呼道：“大唐御弟，还不来占凤乘鸾也！”三藏闻言，耳红面赤，羞答答不敢抬头。

要知道，这是什么场合！这是京城的大街上，众目睽睽之中，光天化日之下。羞答答的，居然是唐僧了！

其实后来的电视剧是把这位女王演得更温柔、更含蓄了，这当然是为了符合今天女性的爱情。比如 1986 版电视剧《西游记》演女王想对唐僧表白，从始至终没有吐一个字。最后喊唐僧来深宫里，要他来看一件“传国之宝”。这种拐弯抹角的表白，是符合文明社会女性身份的。所以那首“鸳鸯双栖蝶双飞”，唱了这么多年，经久不衰。

但在《西游记》原著里，这表白，才够畅快！够野性！石破天惊，直截了当。

其实原著这样写这句表白，才接近女儿国国王真实的心理。这才是一个真正女王该有的表现。她握有杀伐决断的大权，她从小到大没有遇到过一个男人，全国也没有一个男人。她上哪儿学那一套羞答答的习惯？她就应该这么说，这才像个女王的样子，吞吞吐吐，反倒是电视剧的改编了。

其实百回本《西游记》还算好的了！再早一点，《西游记杂剧》连当街表白都省了，女王逼婚不成，就亲自动手，“捉翻唐僧”。唐僧叫道：“谁救贫僧也！”

虞姬要给霸王硬上弓了！

不但唐僧被捉翻了，孙、猪、沙三人也被诸女“按倒捉翻”了。以师兄弟三人的神通，竟然顶不住诸女，被“捉翻”，也是奇了，自己摸摸心坎吧。

杂剧这段，同样带出来的是一股野性。这和赵汝适《诸蕃志》的那个女儿国“群女携以归，数日，无不死”岂不正相似？

这里多扯一句，在杂剧里，八戒沙僧在女儿国破了戒。唐僧被救出后，孙悟空这里有一段唱：

> 猪八戒吁吁喘，沙和尚悄悄声。上面的紧紧往前挣，下面的款款将腰肢应。我端详了半晌空傒倖，他两个忙将黑物入火炉（打码），我则索闲骑白马敲金镫。

亚马孙人在明代人的影响，基本就是这些。女儿国故事也正经八百地算了两难，真够实至名归的了！

别上当了，孙悟空根本就没死在取经途中！

“真假孙悟空”这个故事，是《西游记》里的重头戏。

网上流传着一种说法：被打死的那个，是真孙悟空，此后跟着唐僧取经到西天的那个，是六耳猕猴；这些都是如来的阴谋，是为了搞倒他的竞争对手须菩提祖师的。这个说法，不知从什么时候开始的，流传了很久，原来应该只是一个玩笑，谁知越来越多的人信以为真。所以不得不专门澄清一下：只要细看看原著，就不至于有这样的误解。

如果按网上这个说法的逻辑来分析，我可以负责任地说：真假孙悟空去的那个西天雷音寺都是假的！或者说，那个如来都是假的，真的如来已经死了或被软禁了，现在这个如来是须菩提祖师变的！

理由很简单，可以看看原著：

> 他两个在那半空里，扯扯拉拉，抓抓挜挜，且行且斗，直嚷至大西天灵鹫仙山雷音宝刹之外。早见那四大菩萨、八大金刚、五百阿罗、三千揭谛、比丘尼、比丘僧、优婆塞、优婆夷诸大圣众，都到七宝莲台之下，各听如来说法。那如来正讲到这：

“不有中有，不无中无。不色中色，不空中空。非有为有，非无为无。非色为色，非空为空。空即是空，色即是色。色无定色，色即是空。空无定空，空即是色。知空不空，知色不色。名为照了，始达妙音。”

概众稽首皈依。流通诵读之际，如来降天花普散缤纷。

有些朋友看到这里，也就过去了。反正就是讲经呗。但是翻完《西游记》全书，就会发现，整一百回里如来只在这讲了一次具体的有经文的经！所以有没有人研究过，这段经到底是什么经？

如果有人去翻大藏经，我敢保你翻遍了，这段话一点影儿也找不到，因为它根本就不是佛经！

这一段如来说法的文字，出自道教经典《太上洞玄灵宝升玄消灾护命妙经》(下文简称《护命经》)。这部经，是元始天尊亲口说的。

面对“四大菩萨、八大金刚、五百阿罗、三千揭谛、比丘尼、比丘僧、优婆塞、优婆夷”，这么盛大的法会，《西游记》唯一一次具体讲经，佛教教主居然讲起了道教经典？难道是作者抄错了吗？当然不是！因为这段经极其有名。它又简称《护命经》《消灾护命经》，是从唐代起就流传极广的道经，在民间耳熟能详，甚至大书法家柳公权都写过，有图为证：

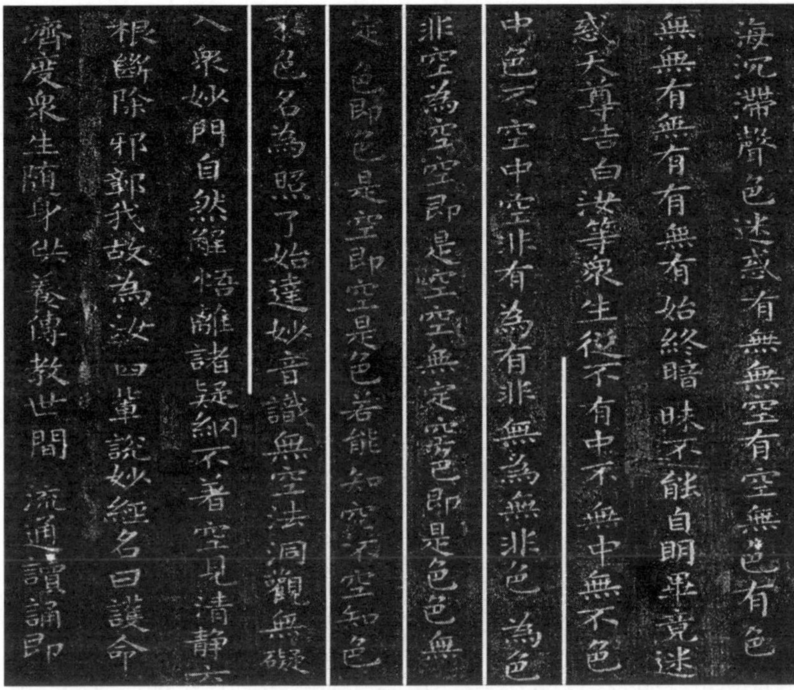

柳公权书《护命经》

按照那些阴谋论的说法，如来处心积虑指鹿为马，让六耳猕猴打死了真孙悟空，是为了搞掉他的竞争对手须菩提祖师。那么这段经又是几个意思？而且，在《西游记》里，哪位既会讲佛家经，又会讲道家经？只有一个人，那就是须菩提祖师！

孙悟空刚去学艺的时候，原著描写须菩提祖师讲经：

> 天花乱坠，地涌金莲。妙演三乘教，精微万法全。慢摇麈尾喷珠玉，响振雷霆动九天。说一会道，讲一会禅，三家配合本如然。开明一字皈诚理，指引无生了性玄。

这里说得明明白白！须菩提祖师既能讲道，又能讲禅，主张三家配合。整部《西游记》里再无第二个！况且从他的名字来看，他也不叫菩提祖师，而是须菩提祖师。须菩提，又音译为苏部底、须扶提、须浮帝、薮浮帝，是释迦牟尼十大弟子之一。那他是佛教人士了？却也不然，他教给孙悟空的功夫，是道教的内丹术。他擅长的动字门、术字门、流字门、静字门，也是三教都有，而以道为多。他正是一个兼通佛道的人物。

如果按照网上那些阴谋论的逻辑来推理，我可以得出结论：两位孙悟空打到西天的时候，那个宝座上的如来，恐怕就是须菩提祖师变的！要不就是雷音寺被元始天尊占领了！而且这个结论是有实实在在文献支持的！

多扯一句，我一直强调，《西游记》并不一定是扬佛抑道的，而且举出了很多好玩的证据。以为《西游记》是扬佛抑道的，其实只看到了表面。今天这个又是一个例子。如果认为《西游记》是扬佛抑道的，那么怎么看待如来的这段讲经？展示如来的博学和包容，还是如来就喜欢反串？

孙悟空后面有独白

刚才这些都是戏说。其实只需要一个证据，就可以说明后面出现的仍然是孙悟空，而不是六耳猕猴。这就是后面孙悟空还有很多回忆和独白，比如在很靠后的陷空山无底洞：

> 一般的有日色，有风声，又有花草果木。行者喜道：

“好去处啊！想老孙出世，天赐与水帘洞，这里也是个洞天福地。”

又比如孙悟空远远看见唐僧祥云罩顶，便高兴地说：

> 若我老孙，方五百年前大闹天宫之时，云游海角，放荡天涯，聚群精，自称齐天大圣，降龙伏虎，消了死籍；头戴着三额金冠，身穿着黄金铠甲，手执着金箍棒，足踏着步云履，手下有四万七千群怪，都称我做大圣爷爷，着实为人。如今脱却天灾，做小伏低，与你做了徒弟。相师父头顶上有祥云瑞霭罩定，径回东土，必定有些好处，老孙也必定得个正果。

这些话可以去翻原著，都是任何人不在场的时候，孙悟空的自言自语，回忆的都是他当年在花果山的事。这些闹天宫、闹地府、天赐水帘洞……六耳猕猴当然没有经历过。假如死的是孙悟空，后面取经的都是六耳猕猴，要这些独白干什么？让六耳猕猴自己骗自己玩？除非说当年那个石猴探水帘洞的时候就淹死了，后来称王、学艺、闹天宫的全都是六耳猕猴，才说得通！

作者分得很清楚

我们细读原著就会知道，这几回从头到尾说得都很明确，从真孙悟空到花果山一见到假猴王的时候，作者的称呼就固定了：管真孙悟空叫“这大圣”（或孙大圣）如何如何，管假孙悟空叫

"那行者"（或那猴）如何如何，唯恐读者分不清楚。比如：

> 这大圣怒发，一撒手，撇了沙和尚，掣铁棒上前骂道……那行者见了，公然不答。

这是真假孙悟空第一次见面，书里明确地写：孙悟空被唐僧赶走，直接就去了普陀山。从普陀山带着沙和尚来的这位孙悟空当然是真的！注意，从现在开始，作者管他叫"大圣"。

两个孙悟空说话的时候，也是真的先说，假的后说。无论在哪里，凡是先说话的，都是"大圣"，后说话的，都是"行者"。尤其是在阎罗殿，先说话的真孙悟空还叫"大圣"，后说话的假孙悟空，作者忽然改称"那怪"，这就更看出作者做了区分了，因为真孙悟空肯定不能叫"那怪"。

到最后如来说破真相，原文也是"孙大圣也要上前""孙大圣忍不住，轮起铁棒，劈头一下打死"。从头到尾，真假猴王谁是谁，清清楚楚，中间从来没有更换过名字，也没有任何更换过的暗示，何以就硬说后来死的这个才是真悟空？

网上一些不靠谱的证据

网上还有一些所谓证据，其实仔细分析起来都是不靠谱的，甚至是故意造谣。这里只从随处可见的网页上摘几段，比如：

> 孙悟空的师父是菩提祖师，菩提祖师何许人？《封神榜》上有个线索，就是混鲲祖师的徒弟，而恰巧，混

> 鲲祖师弟子无数，而让他最得意的两大弟子，便是如来（又名接引道人）和菩提祖师（又名准提道人）。

这就是纯造谣，没有一点根据！《封神榜》是《封神演义》吗？《封神演义》里，就没有一个混鲲祖师！这不知谁硬造的谣，居然还有人信！再说，孙悟空师父的全名也不是菩提祖师啊，而是须菩提祖师。须菩提是佛祖的大弟子，而不是佛祖的师弟。

再比如蒙混过关类的说法：

> 《西游记》里曾经记载，孙悟空在大闹天宫之后，惹了一大堆麻烦，只好跟着唐僧西天取经，遇到困难，回去找他师父菩提祖师的时候，菩提祖师早已不见踪影，只是和孙悟空隔空说话，并不见面。

这就是偷着拿 1986 版电视剧《西游记》蒙大伙了！欺负多数人没看过原著。原著里自从孙悟空学艺回到花果山之后，须菩提祖师就再也没有出现过！所谓的和孙悟空“隔空对话”，那是 1986 版电视剧《西游记》第九集《偷吃人参果》里演的，和原著没有半点关系！

还有混淆视听类的：

> 地藏王菩萨何许人啊，是佛教四大菩萨之首，与观音、文殊、普贤齐名，可见此人厉害。既然有这么厉害的佛门中人在此，难道“谛听”还担心这两泼猴会闹了地府不成？

这就是把实际佛教中的地藏王菩萨和《西游记》里的地藏王菩萨故意搞混了。休要忘了！孙悟空刚学艺回来，就被勾了魂魄去，闹了地府，不仅打了一场，还把自己的名字销了。地藏王菩萨号称“吾观地藏威神力，恒河沙劫说难尽，见闻瞻礼一念间，利益人天无量事”，何以就当了缩头乌龟？除了给玉帝上奏章，请求捉拿外，不是也无可奈何吗？其原因，我在前面反复说了，《西游记》里的佛教道教呈现出的是民间信仰的面目，不能跟实际中的佛道二教画等号。

再举个断章取义的例子：

> 六耳猕猴是“知前后，万物皆明”。很厉害吧，竟然知道过去和未来发生的一切事。这是一个很大的破绽！！！既然六耳猕猴知道他的未来将要被如来制服，被孙悟空一棒打死，他为什么还要和孙悟空到如来处辩真假，那不是自讨苦吃吗？

其实这还是在犯糊涂。首先，所谓“知前后，万物皆明”，只是那么一说而已，表示他比较通灵，至于通灵的程度就不好说了，并不能等同于“竟然知道过去和未来发生的一切事”。倘若真的按字眼抠，六耳猕猴“知前后”就是普会周天之事，“万物皆明”就是广会周天之物，好家伙，这就是佛祖啊！要知道菩萨们还只能普会周天之事，不能广会周天之物呢。真的这么抠，火焰山的土地还说牛魔王“法力无边”呢，既然“无边”，怎么还会被制服？所以这些话绝不能照死去理解，一认真你就输了。

况且，就算六耳猕猴真知道未来发生的一切事，也不妨碍他被打死。说得好像只要知道未来，就可以规避一样，其实动动脑子就知道：实际上正好相反！预见到了未来，那一定不能规避！实际上这些预知未来的智慧，凡人也不是一点没有。就比如我们知道今天太阳一定要落山，难道我可以有办法让太阳不落吗？知道我们几十年后会死，难道就可以想办法不死吗？假如知道自己一定会死，那就想办法规避，假如规避成功了，结果不就成了没死了吗？这就不对了呀：实际发生的和预测到的不一致，这怎么能叫“知前后”呢？这反倒是“不知前后”了嘛。如果说预测到的只是概率，那还是“不知前后”呀（这个问题的讨论，见沈括《梦溪笔谈·神奇》）。所以说，六耳猕猴是真知未来还是假知未来，根本不影响他接下来做的任何事！他就算真知道未来，那也只是明明白白地去死而已。

所以说，网上这个“孙悟空其实已经死在取经途中”的梗，一是编造谣言，二是偷天换日，三是断章取义，连蒙带猜带造谣地骗人。骗的是什么人呢？就是那些既不读《西游记》原著，也不读《封神演义》，只看电视剧的人。当然，我相信，这个说法的本意只是娱乐，可是拿这当真相，那就实在是太轻信了！

从六耳猕猴到十八耳猕猴

真假孙悟空的故事，作者寄寓了很深的含义，所以前文后的提示也是最多的。

六耳猕猴出现之前，作者就点出了这一段故事的缘起：

孙大圣有不睦之心，八戒、沙僧亦有嫉妒之意，师徒都面是背非。

然后，六耳猕猴就出现了。围绕着这个故事，前前后后还有许多提示：

> 心有凶狂丹不熟，神无定位道难成。（第五十六回）
>
> 心乱神昏诸病作，形衰精败道元倾。（第五十七回）
>
> 二心搅乱大乾坤，一体难修真寂灭。（第五十八回回目）
>
> 三藏遵菩萨教旨，收了行者，与八戒、沙僧剪断二心，锁拢猿马，同心勠力，赶奔西天。（第五十九回）

尤其是在第五十七回赶走孙悟空后，有一句诗“只待心猿复进关”，第五十八回回末，孙悟空归来，立即就有一句照应，“神归心舍禅方定”。

这说得很明白：真心散乱，生出心魔。二心就是心魔所化。甚至孙悟空自己也说：

望阴君与我查看生死簿，见“假行者”是何出身，快早追他魂魄，免教二心沌乱。

如来对这件事的评价也是这样的：

如来降天花普散缤纷，即离宝座，对大众道：“汝等俱是一心，且看二心竞斗而来也。”

真假孙悟空打上西天时，有一首七律，头两句是：

人有二心生祸灾，天涯海角致疑猜。

“二心”首先是一个常用词，其次，还是一个佛教术语，指真心与妄心（有时也指定心和散心）：真心，即真实之心；妄心，指妄想分别之心（见《楞严经》卷一）。这些提示、旁白，其实都明明确确地解释了，六耳猕猴其实就是孙悟空妄心变化出来的真实形象。孙悟空和六耳猕猴的争斗，就是一个人内心两种势力的争斗。所以这个六耳猕猴，和孙悟空形象一样、本领一样。孙悟空其实是在和自己内心的阴暗面作战。

唐僧代领导们受难了

孙悟空对唐僧有怨气，这种心理，就化作了六耳猕猴，变作孙悟空的模样出现在唐僧面前，给他送水：

> 行者道："无我你去不得西天也。"三藏道："去得去不得，不干你事。泼猢狲，只管来缠我做甚？"那行者变了脸，发怒生嗔，喝骂长老道："你这个狠心的泼秃，十分贱我！"轮铁棒，丢了磁杯，望长老脊背上砑了一下。那长老昏晕在地，不能言语，被他把两个青毡包袱，提在手中，驾筋斗云，不知去向。

"狠心的泼秃，十分贱我"，其实就是孙悟空内心想骂的。但他本人面对唐僧，出于师徒情分和基本的善恶，是骂不出这句话的。所以，只能借六耳猕猴的嘴来骂。这句话，不但是孙悟空骂过唐僧，恐怕在许多下属内心里，都这样暗暗骂过领导。

不信只要在网上一搜"弄死领导"，保证出来一大堆网页。当然不是真的要把领导弄死，而是宣泄一种情绪。《西游记》的高明之处，是把只能感受的情绪赋予了具体的形象，写成了真实的故事。

公司里、单位里，被领导虐了之后，一般就是下面几种应对策略：

祝你明天全家倒霉。

默念十遍大傻叉。

我用眼神杀死你！

这个“我用眼神杀死你！”如果演出来，和六耳猕猴向唐僧背上打了一棍子，其实是差不多的剧情。所以诸位大大小小的领导们注意了，你们在下属心里，不知道死过多少次了，早该谢过不杀之恩才是。唐僧挨的这一棍子，是代你们受了难了！

据说很多公司设了“宣泄室”，里面放上硅胶人，头像从老板到中层领导一应俱全。员工被批了之后，就到“宣泄室”里把这些“领导”狠揍一番，气消了，就可以安心工作了。这个办法，据说是从日本学来的。这其实也是善意引导员工的心理，让员工把自己心中的那只六耳猕猴释放出来。假如西天路上也有个硅胶人代替唐僧的话，六耳猕猴兴许就不会出现了！

六耳猕猴的悲哀

六耳猕猴的台词看似不少，其实大部分都是在copy孙悟空的话。但唯有一段文字，是六耳猕猴自己的话，就是沙和尚找到水帘洞，六耳猕猴正在那念的关文：

只听得一派喧声，见那山中无数猴精，滔滔乱嚷。沙僧又近前仔细再看，原来是孙行者高坐石台之上，双手扯着一张纸，朗朗地念道：

> “东土大唐王皇帝李，驾前敕命御弟圣僧陈玄奘法师……自别大国以来，经度诸邦，中途收得大徒弟孙悟空行者，二徒弟猪悟能八戒，三徒弟沙悟净和尚。”
>
> 念了从头又念。沙僧听得是通关文牒，止不住近前

> 厉声高叫:“师兄,师父的关文你念他怎的?”那行者闻言,急抬头,不认得是沙僧,叫:“拿来!拿来!”

奇怪了,六耳猕猴干什么不行?非在那念关文?

其实这段描写,可以说是神来之笔!细读之下才发现,这故事很悲凉!

用今天的话来说,六耳猕猴在不停地刷存在感,无助地刷存在感。

关文在《西游记》里是有特殊含义的,它是取经队伍合法性的一个象征。没有它,没有盖上沿途各国的玉玺,就寸步难行。其实,六耳猕猴只要抢到手也就罢了,何必要一遍一遍地念,非得背下来?今天我们出国,难道要把护照上的内容背下来吗?

六耳猕猴这样做,反倒显出了他内心的空虚。他自己是假的,变的其他师徒三人也是假的,只有手里的关文是真的。他抓不到别的,依傍不上别的,只能一遍一遍地摩挲这件真东西,只有重复这关文,才能给他心灵的安慰。

六耳猕猴已经是妄心的化身了,难道还需要安慰?

不错,其实只有真心、善心不需要安慰!一切正面的东西不需要安慰。因为至真至善,所以至刚至强!世界上所有假的、恶的、丑的,反倒需要安慰。

佛教最可怜的人在地狱,人间最可怜的人在监狱。坏人、恶人,反倒更需要慈悲的怜悯和教化。

如果你不给他们安慰呢?放心,他们会自己找安慰!

呜呼,设身处地替这些假恶丑的心灵想一想,这是何等地寂寞,何等地悲哀!

这又好像《天龙八部》里的慕容复。他时刻想恢复大燕国，其实大燕都灭国多少年了，就算恢复了，也不过是“伪朝”。他身上时刻揣一张《大燕皇帝世系谱表》，这谱表，其实相当于六耳猕猴的关文，只有这个，才能证明他的合法性。他挂在口头上的，所谓他是慕容皇族的后裔。与其说合法，还不如说是虚弱。这谱表，与其说是证明，不如说是安慰！

所以慕容复最后发了疯。《天龙八部》的最后，“只见慕容复坐在一座土坟之上，头戴高高的纸冠，神色俨然。七八名乡下小儿跪在坟前，乱七八糟地嚷道：愿吾皇万岁，万岁，万万岁！”

慕容复武功高强，气质高贵，除了心魔，几乎可称完美。但不幸的正是，他丢掉了所有的东西，只剩下了心魔，于是就变成了那个样子。六耳猕猴，也正是孙悟空心魔的化身！

你见过十二耳猕猴吗？

《西游记》写了真假孙悟空，所以好像是多了不起的名著。其实这个写法我们每个人都熟悉，甚至每个人的小学作文里都写过，这就是“两个小人打架”：但凡遇到一件矛盾的事，一个代表光明的小人说，我们这么办吧；另一个代表黑暗的小人说，我们那么办吧。于是经历了激烈的思想斗争，最终，光明战胜了黑暗，于是“我”又意气风发、昂首挺胸了！

这个故事，看似和《西游记》里的真假孙悟空完全一样，其实仔细分析一下，是完全不一样的！

熟悉艺术的朋友都知道木心先生，他不但艺术成就极高，文章也好。他有一篇特别好玩的文章，就叫《两个小人在打架》。

里面写了一个学校语文教研组的故事：

> 也不知何年何月肇始，学生凡作文，叙事说理，都有两种思想在那里起伏搏斗，一是消极的，为私的，另一积极的，为公的，宛如太极图，黑白分明地周旋。例如，傍晚放学回家路上拾到了钱包（那包中的钱，往往多得可观或惊人），如果动用了这笔现钞，母亲的病可以得到治疗，外婆家的漏屋可以迅速修好，弟弟可以添件新的棉大衣，“我”的球鞋早该换了……当此际，一个接一个的英雄烈士模范，恍若天神下凡，光灿灿地绕着“我”打转，使“我”懂得了许许多多刚才似乎是全然不知的道理，那“我”自言自语：这钱包关系着失主全家的幸福，关系着某个工厂某个矿山的建设，关系着国家的兴旺，全世界人民……于是“我”决然历尽艰辛，物归原主，那惶急得正要自杀的失主紧紧攥住“我”的手，眼泪直流，连声问“我”姓甚名什么，“我”无论如何不说，只留下一句：“这是我应该做的。”然后拔腿就跑，也顾不得那双旧鞋子快穿了底。

别人的钱当然不能据为己有，捡了钱包企图据为己有的“小人”，其实就是真孙悟空的妄心六耳猕猴。可是这个想起了无数革命先烈、代表光明前来开战的“小人”，就是真孙悟空吗？错了！这是六耳猕猴的山寨品：十二耳猕猴！

于是，一位新来的语文老师赵世隆，试图改变这种文风，结果发现，就算命题是“秋郊一日游”“我的家庭”这样的作文，学生交来的还是两个小人在打架的内容。赵老师终于发现：学生们是受了一种道德上的愚弄，只会说假话，不会说真话！

我们小时候都写过心里两个小人斗争的作文。袭来的是比六耳猕猴更深的悲哀——在这种无聊透顶的中小学作文里，真心早已消失得一干二净了！

你见过十八耳猕猴吗？

光明小人战胜黑暗小人，这种文章，今天的语文课上越来越少了。

然而，真假孙悟空的交锋，依然没有停止。

大约十年前出现了另一种声音——当媒体上出现了正面的报道，下面无不是一片乱骂的声音：

大学生志愿者英勇献身——作秀作死了！

见义勇为女孩被某高校录取——校长爽了。

基层干警翻车殉职——今晚加个菜。

……

这些没事儿乱喷的言论，和被领导虐了的反感，是完完全全的两回事。与其说这代表了一部分的民意，不如说代表了对那些曾经虚伪的崇高宣传的反感。然而这种反感，并没有把人拉回真诚，反倒在虚伪上又多走了一步，变成了粗鄙、反智和暴戾。

所以，从真孙悟空开始的几百年来，我们姿态优雅、线条流畅地沉沦着，画出了一条平滑的曲线：真诚生出了妄心，妄心生出了虚伪，虚伪生出了粗鄙、暴戾和无所顾忌。网上的各种造谣、各种乱喷，其心理都是一样的：我对主流的虚伪不满，但又无能为力。所以，有头脑的造谣和没头脑的乱喷，无不是建立在当今社会的粗鄙和无所顾忌之上的！这哪是六耳猕猴，这明明是十八耳猕猴！

好吧，这篇文章的原文是六年前写的。如今，我似乎已经看到了二十四耳猕猴的样子。

“六耳”的含义

“六耳”这个词，最早见于《景德传灯录》的一个著名公案。

洪州泐潭法会禅师问马祖：“什么是（达摩）祖师西来的意旨？”马祖说：“低声，近前来，我和你说。”法会禅师便近前。马祖啪地打了法会禅师一个耳光，说：“六耳不同谋，且去，明天再来。”第二天法会禅师独入法堂，说：“请师父说吧。”马祖说：“且去，待老衲上堂时（指禅师上法堂公开说法），你出来问，与汝证明（分证明白，使之参悟）。”师忽有省，遂曰：“谢大众证明。”乃绕法堂一匝，便去。

有人认为这个“六耳不同谋”，指禅机隐秘，不便与外人直说。我认为不是这样。第一，禅宗的话头都是可以公开参悟的。第二，法会禅师已经“低声近前”，并不存在别人偷听的可能。第三，第二天法会禅师独自去见马祖，马祖反倒并没有和他讲法，说：“待老衲上堂时，你出来问，与汝证明。”让他当着大众问，才肯与他说。那这到底是要公开，还是不公开？

所以，公开不公开，并没有关系。这里的“六耳不同谋”，根本不是指有没有实际的外人在场，而是指来求法的人到底有没有妄心！如果有妄心，那虽然是一颗心，也是两颗心，虽然是一个人，也是两个人。如果没有妄心，只是一片真心、定心，那么什么时候传授禅法，都是一样的！

实际上宋代诗人刘子翚已经悟到了这一点。他在一首评论“六耳不同谋”的诗里说：“底用趋风防六耳，须知对影已三人。”意思是，何必防止六耳在场呢？须知加上自己的影子就已经是三个人了。这影子，毋宁说是自己妄心的产物。

通过这个公案，似乎可以看出，《西游记》里的六耳猕猴，确确实实是孙悟空的妄心造出来的产物。

为什么芭蕉扇能扇灭火焰山？

《西游记》流传了这么多年，其中的重要人物如孙悟空、唐僧、猪八戒、沙和尚，都是很多文学形象的混合体，很多故事也有不止一个原型，比如火焰山故事。

火类坳和煤田自燃

火焰山故事的第一个原型，应该是早期西游故事，宋代的《大唐三藏取经诗话》(下文简称《取经诗话》)里的“火类坳”。

《取经诗话》里火类坳的故事很简单：

> 又忽遇一道野火连天，大生烟焰，行去不得。遂将钵盂一照，叫“天王”一声，当下火灭，七人便过此坳。

经过的方式也简单极了，就是拿着钵盂（在《取经诗话》里这个钵盂是大梵天王给的，不是唐太宗送的）一照，大叫一声“天王”，火就灭了。

在现实中，有没有或者类似火类坳、火焰山的地方呢？

早有学者指出过，西游故事里的火焰山，其中一个原型，很可能是煤田的自燃。新疆地下煤层属于侏罗纪含煤地层，埋藏浅、含硫量高、燃点低，所以特别容易自燃。例如新疆鄯善的煤田自燃，已经烧了几百年。

其实《取经诗话》里，这个地方名字叫火类坳，明显是指地面下洼处而不是在地面隆起的山。“坳”正是煤田的特点。新疆硫黄沟煤田自燃了一百多年，2003 年才基本被扑灭。

另外，在今天的新疆真的有一座火焰山。满山又都是红色的石头，太阳一照，热气流上升，远远望去，真的就像着了火一样。而且这里地势低洼，空气干燥，太阳照射的时间长，山上又没有植物，所以热空气聚在一起没法散开。地面温度最高八十九摄氏度，能把鸡蛋烤熟。可以说，这里是中国最热的地方。自古以来，它就叫“火山”，因为位于丝绸之路的要道，非常有名，可以说这也是《西游记》火焰山的另一个来源。

火焰山和芭蕉扇

火焰山的第二个原型，应该来自《山海经》和北魏郦道元的《水经注》。尤其是《山海经》，很有点意思，不妨从远到近看一看。

《西游记》虽然是玄幻题材，但里面很多地名都是有些来历的，例如小鼍龙住的黑水河。

“黑水”这个名字特古老，因为大禹治水就提到了这个名字：“导黑水，至于三危，入于南海。”《山海经》也说黑水在昆仑、沙漠附近。但是具体这条黑水在哪里，学界从汉朝就开始讨论，到现在讨论了两千多年，也没有一个确定的结论，说法竟有十三种之多！

我们来翻一翻《山海经》，就会发现一个特别有趣的现象：

> 《西次四经》之首曰阴山。……阴水出焉，西流注于洛……
>
> 又北百八十里，曰号山。其木多漆、棕……端水出焉，而东流注于河。
>
> 又北二百二十里，曰盂山。其阴多铁，其阳多铜，其兽多白狼、白虎……
>
> 又西二百二十里，曰鸟鼠同穴之山。
>
> 西南三百六十里，曰崦嵫之山。其上多丹木……

《山海经》的山系，大致是以中原地区为中心，按照东西南北排的，但这个范围也太大了，所以它在每个方向，都分出许多“次经”，一条“次经”就是一条山系。这里的“西次四经”，就是《西山经》的第四条山系。从《西次四经》多次出现“河”（在我国古代专指黄河）、“渭”（渭河）、“洛”（洛河）等来看，这条山系的走向（当然是作者心目中的走向，未必是实际走向），正是从陕西到甘肃甚至新疆的。

红孩儿住的“号山”，居然在这里出现了！这就是《西次四经》的第八座！（前七座分别是阴山、劳山、罢父山、申山、鸟山、上申山、诸次山）要知道，号山这个山名，很不常见。顶多有什么“大号山”（在河南林州，淇河源头）、“武号山”（在南宁，今名五象岭），直接叫号山的，除了《西游记》外，貌似只有《山海经》一家。

然而事情还没有完，再往西走一走，就到了“鸟鼠同穴山”，所谓的黑水正好在这附近。汉代人注《尚书》《楚辞》都说：“三危山在鸟鼠之西，黑水出其南。”这条黑水，貌似周穆王也来过，《穆天子传》也留下了很多黑水的记录（详见汤洪《〈天问〉“黑水”歧说探微》）。

再往西走一走，就到了“崦嵫之山”，这是所谓的日落之山。提到日落之山，我们不免想到在火焰山的时候，猪八戒就提过这个日落之国的话题。这个我们先放一放。《水经注》中，有一条更令人吃惊的记载：

> 崦嵫之山在西海郡北，山有石，赤白色，以两石相打，则水润，打之不已，润尽，则火出，山石皆然（即“燃”），炎（即“焰”，火苗）起数丈，经日不灭。有大黑风，自流沙出，奄（掩，掩盖）之乃灭。其石如初。

这崦嵫之山，岂不就是火焰山的原型吗？《西游记》中扑灭大火的，是铁扇公主芭蕉扇扇出的大风。而这芭蕉扇，书里一再说它是“纯阴宝扇”，是“天地产成的一个灵宝，乃太阴之精叶，故能灭火气。假若搧着人，要飘八万四千里，方息阴风”。《水经注》里的“大黑风”，岂不就是“阴风”的原型吗？

铁扇公主为何会有芭蕉扇？

大黑风是典型的佛教词语，例如《佛说观佛三昧海经》中有：

> 尔时心端自然生一黑毛。于其毛端出大黑风。其风四色随心根起。如旋岚风。状如烟焰。其风遍吹一切诸水。

又如：

> 有大黑风起。应知即是风神之难。(《苏悉地羯罗经》)

那么“旋岚风”又是什么东西呢？“旋岚”，是梵语的音译，又译作“随蓝”“毗蓝”“毗蓝婆”，是暴风、猛风的意思。这种暴风起时，可以摧毁世界，也可以使世界重生。

注意，“毗蓝婆”的“婆”，是不能和“毗蓝”两个字分开的！就像湿婆、提婆，并不是两个老太婆。据佛经，她是十罗刹女之一。罗刹，是食人鬼的总名。其中的女性，称为罗刹女。也就是说，罗刹女也不是一个鬼神的名字，而是通名。佛经有守卫《法华经》的十大罗刹女，第二位名为毗蓝婆。

她的形象，据《法华十罗刹法》是：

> 形如龙王，如圆满月也。如向大海。右手把风云。左手把念珠也。衣色碧绿也。面色白，前立镜台也。

这位名叫毗蓝婆的罗刹女是管风的风神，是没有任何问题的。

但奇怪的是，《西游记》只管铁扇公主叫罗刹女，并未说明她是哪个罗刹女。而在黄花观蜈蚣精那一回，又有一个毗蓝婆。但为什么这个毗蓝婆不但不管风，反倒把管风的业务交给了铁扇公主，自己却跑到紫云山千花洞当了昴日星官的母亲？此处非常费解，但现有资料十分匮乏，这个问题很难解释，我只能暂时开一个小脑洞，供各位填补：

据《大楼炭经》记载，大黑风是生成宇宙的动力。宇宙坏灭之后，经过长期的沉寂，就会有大黑风吹起，吹开海水，将沉在海底的太阳托起，放在日道上，从此太阳才会沿着轨道运行。原文是：

> 法当有大黑风起。吹入大海水深三百三十六万里。取日月大城郭。上须弥山边。百六十八万里。着日月城郭道中。用是因缘。天下有日月也。

另一部佛教经典《长阿含经》是这样写的：

> 其后久久，有大黑风暴起，海水深八万四千由旬，吹使两披。取日宫殿置于须弥山半。去地四万二千由旬，安日道中。

这里的“日月城郭”或“日宫殿”，指的就是佛教的“日宫”，即日天子的宫殿。至于前面说三百三十六万里，后面说八万四千由旬，按一由旬折合四十里算，两者恰好相等。佛教认为世界的中心是须弥山，须弥山“出水上高八万四千由旬。入水亦深八万四千由旬”。这一阵大黑风就等于吹到底了。这其实也是《西游记》里芭蕉扇扇人一下，要飘“八万四千里”的文献来源。

所以我们不妨认为，《西游记》里说毗蓝婆是昴日星官的母亲，似乎是取材于佛教创世纪神话中大黑风托起太阳，使之回归轨道，使太阳重生的故事。这点也好理解，因为在我们中国神话中，太阳的母亲是羲和，她的作用，一是给太阳洗澡，二是给太阳驾车。这和大黑风吹开海水，将太阳安置到轨道上的故事岂不相似？羲和的太阳宝宝是十个，而《大楼炭经》等佛教创世神话里，大黑风的太阳宝宝是七个。一个妈咪多个宝宝，这个情节也是很相似的。

至于为何毗蓝婆是母鸡，那当然是跟着儿子昴日鸡来的。二十八宿里其他三个日（房日兔、星日马、虚日鼠）和太阳都没有直接关系，只有鸡叫就日出，昴日鸡和太阳最相关，也最容易编到故事里，所以其他三个日默默无闻。《西游记》根据剧情需要，把“毗蓝婆”拆分成两个形象，第一，毗蓝婆管风的功能给了铁扇公主，但铁扇公主仍然保留了罗刹女的名字。第二，毗蓝婆这个名字，连同和太阳有关的功能，就一起变作了老母鸡。又因为毗蓝婆的“婆”字，看起来特别像老婆婆，那就更坐实了她老太婆的形象、老母鸡的身份！

毗蓝婆一分为二的经历，和毗沙门天王一分为二的经历很相似。毗沙门天是佛国北方的天神，毗沙门天的“门”字本来是梵语的音译，老百姓不知道，以为毗沙门是天宫的北门，于是毗沙门天王就成了天宫北门的天王。谁知毗沙门天王又和李靖相混，发展到最后，一个天王分出两个形象：李靖独立成为“托塔李天王”，但下属和功能是毗沙门天王的；原来那个毗沙门天王，孤零零地镇守天宫的北门。

这里多扯一句，《西游记杂剧》里写“孟婆是我教成，风神是我正果，我和骊山老母是姊妹两个，我通风，他通火”。骊山老母通火没有问题，因为宋代的画家李成有幅画《骊山老姥赐李密火星剑图》，说明至少在五代到宋初的时候，人们就认为骊山老母和火有关了。

另外两把芭蕉扇

《西游记》里还有两把芭蕉扇。这两把都是太上老君的。其中一把，在降伏青牛精的时候出现过，听起来是一件很厉害的法宝，比金刚琢还厉害：

> 老君道："我那金刚琢，乃是我过函关化胡之器，自幼炼成之宝。凭你甚么兵器，水火，俱莫能近他。若偷去我的芭蕉扇儿，连我也不能奈他何矣。"

然后太上老君带着芭蕉扇，和孙悟空下界降妖了。

> 老君念个咒语，将扇子搧了一下。那怪将圈子丢来，被老君一把接住；又一搧，那怪物力软筋麻，现了本相，原来是一只青牛。

太上老君为什么拿扇子？这个问题，我请教过中道协的李诚夏道长。李道长说，道教认为：三清，分别是"道"的三个状态。元始天尊手持的珠，又称"黍米之珠"，代表本初的道。灵宝天尊手持的"三宝玉如意"，代表混沌状态。而太上老君手持的宝扇，代表太极初判阴阳。这把"太极扇"，有时候画着阴阳符号，有时候画着日月。

我发现这三样东西，在道经中都可以找到出处。

一、黍米之珠

元始天尊手拿的这个珠子很有名，《太上洞玄灵宝无量度人

上品妙经》(下文简称《度人经》)里就有:

> 于是元始悬一宝珠,大如黍米,在空玄之中,去地五丈。元始登引天真大神、上圣高尊、妙行真人、十方无极至真大神、无鞅数众,俱入宝珠之中。天人仰看,唯见勃勃从珠口中入。既入珠口,不知所在。国人廓散,地还平正,无复欹陷。元始即于宝珠之内,说经都竟……

也就是说在《度人经》里,这颗黍米之珠有点像一间大教室,众人缕缕地进去,听完课后缕缕出来。

二、三宝玉如意

灵宝天尊手拿的"三宝玉如意",记载倒是很少,只有一部经典《太上洞玄灵宝智慧定志通微经》,讲灵宝天尊无量劫前曾做过一信道居士,名叫乐净信,三代奉道,有个儿子名叫法解。乐净信死后,家中穷困,法解宁可卖儿卖女,也要供养道士。于是感动上天,于梦中赐予法解一柄"真材如意",于是家中充满了金银珠宝。看来这柄如意还具有招财进宝的功能!

三、太极扇

太上老君的这柄扇子也出自《度人经》:

> 太上老君天颜微笑,举五明宝扇,抚红霄金光明之几,重告大众曰:"道出而为神,神化而为气,气者,未有天地阴阳之先……"

另外,元代赵道一的《历世真仙体道通鉴》中的《张天师》

也提到了太上老君喜欢拿扇子：

> 车中一神人，容仪若冰玉。手执五明宝扇，项负八景圆光，身六丈余，神光照人，不可正视。车前一人，敕真人曰："子勿怖，即太上老君也。"

唐末杜光庭《历代崇道记》记载，唐肃宗至德二载（757）立于通化郡云龙岩的老君像：

> 立于山前，自地接天，通身白衣，左手垂下，右手执五明之扇，仪相炳然。

这黍米之珠、三宝玉如意、太极扇，本来都是道经里的，道教赋予了它们神圣的意义。太上老君不离手的就是这把扇子，当然，《西游记》将其写成一件厉害的法器了。

至于金角大王那把，也是来自太上老君的，也叫芭蕉扇，但显然和降伏青牛精的那把不太一样。它的功能只是平地扇出火来。其实这把芭蕉扇还是来源于太上老君的太极扇，只因为金角银角故事，很可能和青牛精故事不是一个人写的（详情参见侯会《"莲花洞"故事之晚起》)，所以法宝的设定就不一样了！

谁是牛魔王的真爱？

牛魔王（李云中　绘）

周星驰《大话西游》里的牛魔王，强抢紫霞，要纳她做妾，一出场就带着霸气。这种霸气，恐怕是大多数人对牛魔王的印象。其实细读《西游记》原著，就会有许多新的认识。

《西游记》原著里的牛魔王，自己有家，有铁扇公主，他又跑到积雷山找了个玉面公主。很多朋友误以为他是“包小三”，贪图玉面狐狸的美色。其实牛魔王是跑去吃软饭的！这在原著里很清楚：

> （火焰山的土地说）“那公主有百万家私，无人掌管；二年前，访着牛魔王神通广大，情愿倒陪家私，招赘为夫。那牛王弃了罗刹，久不回顾。”
>
> 女子道：“我因父母无依，招你护身养命。江湖中说你是条好汉，你原来是个惧内的慵夫！”

玉面公主招牛魔王过去，是为了有个神通广大的男人来掌管“百万家私”，是有意为之的，还特意寻访过！这里跳出了妖界的情景设定，是比照着人类社会写的。家私无非包括山场、田庄、店铺……需要管理佃户、伙计，交赋税，应付官府。这些事在明代，没有男人来经办是不成的！

明清时兴傍富婆

因为可以吃软饭，所以到有钱人家入赘，就成了明清的一种风气。清代有一部神奇的小说，叫《何典》，里面有一个活鬼，老婆叫雌鬼。活鬼死了，遗产甚多，雌鬼坐产招夫，招来了一个刘打鬼入赘。刘打鬼心里一琢磨：

> 晓得活鬼是个财主，去做他替身，便是个现成的财主；正是吃他饭，着他衣，住他房子，触他屄（打码，是韵脚，反切为卑衣切），再没有比这个占便宜的了。

这和牛魔王的想法正好一样。雌鬼对丈夫刘打鬼的要求，和玉面狐狸是一样的，“虽不为吃穿两字招你来，也巴望你挡一片风水”，目的是顶门立户。

四川省通江县有一块明代的碑，正反映了牛魔王的这种情况，这是明万历三十四年（1606）四川巡抚颁布的一条禁令：

> 示谕人等知悉：凡妇人不幸夫亡愿再嫁者，听其自便。不许指以抚子、当差为名，坐业招夫。市棍、乡豪亦不许填房、入赘。

从这条禁令中，可以看出很多好玩的事：

既然有禁令，就说明民间这种事已经形成了风气。但凡形成风气，就不是一厢情愿的事。一方面，从女方说，单身女性有家产，需要人“抚子”“当差”，这和玉面公主说招牛魔王来“护身养命”是一回事。另一方面，从男方说，喜欢填房、入赘的，都是地方的市棍、乡豪，说难听点就是地痞光棍、市井无赖——其实在妖界，就是牛魔王这样的人！所以玉面公主“访着牛魔王神通广大”，听起来高大上，照应到人间社会，其实就是能打架，混得开。牛魔王这样的，身高体壮，武艺高强，是很受单身女妖怪欢迎的！所以我们用今天的思路，以为牛魔王“包养”了玉面狐狸，那是完完全全错了！

为了挣钱，牛魔王也蛮拼的

然而牛魔王又不仅仅是吃软饭！

明清时期，但凡吃软饭的男人，都是家里无依无靠，或者嫌前妻穷丑的。像《儒林外史》里的匡超人，先是在没发达的时候入赘郑家，考中后又偷偷入赘到一个大官家里。这部小说里，我最看不上的就是这位匡超人！而牛魔王不是这样，他是明明白白、坦坦荡荡地去吃软饭。

牛魔王自从跟了玉面狐狸之后，除了不回家之外，对铁扇公主绝不是完全冷落。不但不冷落，似乎还不错。因为孙悟空对玉面狐狸提起铁扇公主，玉面狐狸就生气地说：

> 这贱婢，着实无知！牛王自到我家，未及二载，也不知送了他多少珠翠金银，绫罗缎匹；年供柴，月供米，自自在在受用，还不识羞，又来请他怎的？

但凡婚外恋，都是从正妻手里抠钱贴补小三。牛魔王反倒是从玉面狐狸这里倒腾了不少钱，给了铁扇公主。不但有金银、衣服，还有首饰，甚至柴米油盐都往芭蕉洞搬！不但搬，还是定期的！玉面狐狸当然是心疼这笔钱的，不然她和一个陌生人第一句话何必说这个。若不是牛魔王坚持，玉面狐狸怎可能拿一分一毫的家私给芭蕉洞的那个“贱婢”！

要知道，铁扇公主不是没有工作啊。她仗着芭蕉扇，每年去火焰山摇两下扇子，就可以拿到老百姓的花红酒礼，一笔不菲的年薪。何必让牛魔王费心思接济？其实，这就是牛魔王的底薪！说来说去，玉面狐狸再心疼，这笔用来“买住牛王”的钱，她必须得花！既然花了，“贱婢”再来勾搭老公，那就理直气壮开骂！

所以，玉面公主和牛魔王，说爱情、说色欲，都是次要的！不如说是一笔交易。所以孙悟空喝骂玉面公主，就说：“你这泼贱，将家私买住牛王，诚然是陪钱嫁汉！”

不说“迷住牛王”，而说“买住牛王”，就清清楚楚地揭示了牛魔王和玉面公主的关系。

从某种角度来说，铁扇公主有收入，牛魔王没收入，毕竟是件没面子的事。牛魔王到玉面狐狸这里是来打工的！他出卖的是神通，收获的是按年按月发放的金银绫罗柴米——他居然不存私房，都送到铁扇公主那里去——真是顾家的人啊！当然，玉面狐狸付出的还有“卑衣切”，这是老牛私吞的。这“卑衣切”在当时的社会共识下，铁扇公主看来是不那么在乎的，算作老牛的私房钱了！

除了底薪，老牛收获的当然还有对狐狸家的控股权。孙悟空假变的牛魔王回到芭蕉洞。全家上下都对牛魔王“敬谨”得不得了，若不是按月往家寄东西，何能如此？

> “牛王”道：“夫人久阔。”罗刹道：“大王万福。”又云：“大王宠幸新婚，抛撇奴家，今日是那阵风儿吹你来的？”大圣笑道：“非敢抛撇，只因玉面公主招后，家事繁冗，朋友多顾，是以稽留在外，却也又治得一个家当了。”……“我因图治外产，久别夫人，早晚蒙护守家门，权为酬谢。”

两年后重逢，铁扇公主并没有大吵大闹，只是娇嗔一句而已，足见老牛并不是不顾家。而孙悟空太了解他大哥的心理了，他替牛魔王解释不回家的原因，是“图治外产”“又治得一个家当了”。一听这话，铁扇公主那点怨气，立时又消了一半。她起码明白，这外产、这家当，当然指的是老牛对玉面公主家产的控制力，而老牛真没瞒着她！看在外产、家当的分上，且饶过老牛一回！

牛魔王的婚姻形式到底是什么？

单身汉傍富婆无所谓，但牛魔王可是有家室的，为何还能顺理成章地傍富婆？铁扇公主，名义上是正妻，玉面狐狸名义上是妾，然而妻和妾并不见面。牛魔王在外面经营产业，对家里的原配却又不离不弃。这种情况，还不是一般意义的“重婚”。这其实反映了明代的一种社会现象，还有个专门名词，叫“两头大”。

两头大又叫“两头做大”，在明清的商人（尤其是徽商）中格外流行。原配妻子在家里照应一家老小，支持丈夫在外创业。但商人长年在外，总需要有人陪伴，照顾他的起居，于是往往在创业的城市另娶一房。但如果对方是当地富户之女，没有男孩，招赘一个有本事的外地人，双方都是很合算的。

对于这种两头大，明清小说《欢喜冤家》《郑月娥将错就错》《蒋兴哥重会珍珠衫》里都有这样的故事。“三言”里的《杨八老越国奇逢》，其中的杨八老就是“两头大”。他是陕西人，到福建做买卖，当地的一个老太太看他人不错，就要招他为婿，和他说的这段话，非常能代表当时人的心理：

> 杨官人，你千乡万里，出外为客，若没有切己的亲戚，那个知疼着热？如今我女儿年纪又小，正好相配。官人做个两头大：你归家去，有娘子在家；在漳州来时，有我女儿。两边来往，都不寂寞；做生意，也是方便顺溜的。老身又不费你大钱大钞，只是单生一女，要他嫁个好人，日后生男育女，连老身门户都有依靠。就是你家中娘子知道时，料也不嗔怪。多少做客的，娼楼妓馆，使钱撒漫。这还是本分之事。官人须从长计较，休得推阻。

这种现象，谈不上好，也谈不上不好，当时官方称之为“俗例”。法律上虽然禁止“停妻再娶”，但对于民间俗例，除非闹出不可调和的纠纷来，却也尊重。牛魔王这是碰上了好运气，别的商人得混多少年，才能混一个两头大。玉面狐狸家本来就有钱，不需要老牛再创业。这种两头大，老牛当然是乐意干的！

危急时刻，男人本色

一位丈夫对妻子的态度，往往可以在危急时刻判断出来，因为这是他的第一反应，毫无掩饰、思考的时间。所以，我们通过牛魔王在危急时刻对待两位夫人的态度，就可以判断牛魔王心中谁轻谁重了。

玉面狐狸被孙悟空欺负了，跑去向牛魔王告状。可以读读这一段，特别好玩：

> 牛王满面陪笑道："美人，休得烦恼。有甚话说？"那女子跳天索地，口中骂道："泼魔害杀我也！"牛王笑道："你为甚事骂我？"女子道："我因父母无依，招你护身养命。江湖中说你是条好汉，你原来是个惧内的慵夫！"牛王闻说，将女子抱住道："美人，我有那些不是处，你且慢慢说来，我与你陪礼。"……却与他整容陪礼，温存良久，女子方才息气。魔王却发狠道："美人在上，不敢相瞒。那芭蕉洞虽是僻静，却清幽自在。我山妻自幼修持，也是个得道的女仙……这想是那里来的妖怪，或者假绰名声，至此访我。等我出去看看。"

这一段是什么呢？只要把"美人"两个字换成"亲"，就是淘宝客服和用户在讲话！

【牛魔王】亲，有什么能帮到您的？

【玉面公主】你们害惨我了！

【牛魔王】亲，您详细讲讲好吗？

【玉面公主】我就冲着你售后好，才买的你的服务。你竟然……

【牛魔王】（先发一个可爱表情）亲，实在抱歉，我们有什么不周到，您慢慢讲……（编造理由中）啊，可能是后台发货发错了！

这是夫妻对话吗？这完全是一派交易的口吻好不好！这正是一个出卖劳动，一个购买服务的态度！

但是，同样是被孙悟空欺负了，铁扇公主和牛魔王的对话，却完全不同：

> 牛王高叫:“夫人,孙悟空那厢去了?”……罗刹女扯住牛王,磕头撞脑,口里骂道:“泼老天杀的!怎么这般不谨慎,着那猢狲偷了金睛兽,变作你的模样,到此骗我!”牛王切齿道:“猢狲那厢去了?”罗刹捶着胸膛骂道:“那泼猴赚了我的宝贝,现出原身走了,气杀我也!”牛王道:“夫人保重,勿得心焦。等我赶上猢狲,夺了宝贝,剥了他皮,剉碎他骨,摆出他的心肝,与你出气!”

老牛真没掉链子!值此追赶孙悟空的紧急时刻,牛魔王先叫出的居然还是“夫人保重,勿得心焦”,欲拿住孙悟空与她出气,这就是肯疼媳妇,这才是结发夫妻,这就是铁扇公主满意之处!

直到最后,孙悟空率领众神打上门,小小的芭蕉洞风雨飘摇,就要被踏平之际,夫妻之间竟然还有这样一段对话:

> 罗刹女接扇在手,满眼垂泪道:“大王!把这扇子送与那猢狲,教他退兵去罢。”牛王道:“夫人呵,物虽小而恨则深。你且坐着,等我再和他比并去来!”

铁扇公主有情,宁可不要扇子,也要保住丈夫的性命,这就是疼男人的媳妇;牛魔王有义,宁可单打独斗,也不让夫人亲身犯险,这就是疼媳妇的男人!要知道,铁扇公主能招架孙悟空半天之久,扇子也不会白给的,牛魔王竟然不让她参战,有此一句,可知牛魔王心中,到底重的是结发之情!况且他和孙悟空是在摩云洞前赌变化的，离老家芭蕉洞好几千里。失败后，老牛投的是芭蕉洞，而不是就近回摩云洞。他明知玉面公主危急，却丝毫不回身救护。摩云洞被捣毁后，从始至终，也不见牛魔王问过一个字。对他而言，玉面公主家不过是一家挣钱的公司而已！

而且，铁扇公主对牛魔王的感情，也是可圈可点啊。她不想老牛再出战，便想送出扇子。直到最后，牛魔王力尽被擒，铁扇公主也不是恨他在外纳妾，带着扇子一走了之，而是跑出来，双手将芭蕉扇献上。可谓夫妻连心，至死不渝！反倒是众天神仍然不放老牛，牵牛归佛。

呜呼！为之歌曰：

浩浩倾盆雨后，
蒙蒙火焰山头。
千年恩爱一时休，
独向芭蕉洞口。

不见铜蹄铁角，
空抛皓齿明眸。
纯阴宝扇近来秋，
只扑流萤入袖。

——调寄《西江月》

八十一难竟是这样凑出来的？

荆棘岭的故事很简单：唐僧被松树精摄到木仙庵，与一群妖精讲了一晚上诗词歌赋，谈禅论道。其中杏树精杏仙要向唐僧求婚，唐僧不答应。然后三个徒弟出现，发现这些妖精都是些树精。荆棘岭虽然是个小故事，却涉及整部书的一个大问题，什么问题呢？

《西游记》原来是九十九回？

明朝有个人叫盛于斯，他说过这样一段话：

> 余幼时读《西游记》，至“清风岭唐僧遇怪，木棉庵三藏谈诗”，心识其为后人之伪笔，遂抹杀之。（《休庵影语》）

什么意思呢？就是说，盛于斯小时候，就觉得吟诗的这一段是后添进去的，就拿毛笔把这一回涂掉了。后来他遇到一个叫周如山的朋友，一讨论才知道，原来《西游记》这部书，是从开封的周王府传出来的。原来只有九十九回，最后一回叫“九九数完归大道，三三行满见真如”。出版的时候因为不是整数，所以又加了一回。

这里就有几个好玩的问题了。要知道，盛于斯生于 1598 年，他说他幼时看《西游记》，给他算十二岁，怎么也得到 1610 年之后了。这个时候，今天我们看到的世德堂本《西游记》早就印出来了。但他看到的版本，明显和我们今天的不一样，比如清风岭这个莫名其妙的地名。这说明即便世德堂本《西游记》流行后，市面上的《西游记》还有好多个版本，里面的故事居然还没有统一。那么，问题来了：

第一，为什么这个早期版本是九十九回？盛于斯说，因为《西游记》天天讲“九九归真”。八十一回又太短，所以就干脆写到九十九回。原版的第九十九回，也就是最后一回，叫“九九数完归大道，三三行满见真如”。

第二，今天我们看到的《西游记》是一百回。但这后加的一回在哪里？盛于斯说“木仙庵三藏谈诗”这一回是后加的。很有可能，因为这一回太特殊了。但也未必，因为今天的第九十九回叫“九九数完魔灭尽，三三行满道归根”，按原来的版本，全书到这里就该结束了。但又多出个一百回“径回东土，五圣成真”，这一回，很可能是从原来的第九十九回拆出来的，一回拆作了两回。这一切，只有找到当时《西游记》的另外一些版本才能确定。

第三，盛于斯看到的《西游记》，就连荆棘岭这一回，都和我们今天的不一样。因为他看到的那一回叫“清风岭唐僧遇怪，木棉庵三藏谈诗”。今天我们看到的《西游记》，是木仙庵，不是木棉庵，这还是小事，关键这个清风岭又是从哪儿冒出来的？唐僧遇到的怪是什么怪？就是指这几个树精，还是指另外一个故事？现在都不好说了。

八十一难有问题

唐僧经历的八十一难，都被护法神记录在案，最后拿出来给菩萨看，这里也有很大的问题。

如果大家拿着绝大多数出版社出版的《西游记》看，保证看不出什么问题。因为这些《西游记》虽然号称是根据世德堂本印的，但它们的八十一难难簿，为了和前面的故事统一，已经修改过了。

今天百回世德堂本《西游记》原来八十一难的样子，其实是这样：

> 出城逢虎第五难。折从落坑第六难。双叉岭上第七难。两界山头第八难……
>
> 救女怪卧僧房六十七难。无底洞遭困六十八难。稀柿拜秽六十九难。花豹迷人七十难。棘林吟咏七十一难。黑河沉没七十二难。灭法国难行七十三难。元夜观灯七十四难。

有问题吗？当然有！这个清单和前面的故事根本对不上！出城逢虎、折从落坑、双叉岭上，难道都指遇到寅将军那次吗？后面刘伯钦又打死一个老虎怎么又不算了？稀柿衕故事、荆棘岭故事，甚至黑水河故事，怎么都跑到无底洞故事后面来了？这些都和今天正文的顺序完全不一样。

为了凑难数也蛮拼的

取经全程其实只有四十几个故事，难数名额却有八十一个。为了把这八十一个空填满，作者把一个故事拆成几难——也是蛮拼的。

例如狮驼国故事，就拆成了四难，“路阻狮驼六十难”“怪分三色六十一难”“城里遇灾六十二难”“请佛收魔六十三难”。好玩的是“怪分三色”，就好比说：从前有座山，山上有个洞，洞里有三个妖精，好了，小朋友们，一难讲完了！

金角银角故事，竟然也拆成了四难，“平顶山逢魔二十四难”“山压大圣二十五难”“洞中高悬二十六难”“盗宝更名二十七难”。洞中高悬居然也算一难？那唐僧每次被妖怪抓去，不是捆就是吊，如果每次都算一难，凑得岂不更快？

车迟国故事，也拆成了三难，“搬运车迟三十四难”“大赌输赢三十五难”“祛道兴僧三十六难”。大赌输赢里三个国师死后，孙悟空劝了国王两句，就上路了呀，哪里有祛道兴僧？所以，这里要么是硬拆的，要么就是删了一些原有的故事，只是我们今天已经见不到了。

然而有的地方凑得牵强，有的地方又太浪费了！例如打大蟒精，明明是个很好的故事，为什么八十一难里没有？猪八戒开辟荆棘岭，明明也是好故事，开了八百里，不折不扣的一难，和三藏谈诗完全可以算作两难，为什么只列了棘林吟咏一难？在故事少、难数名额多的情况下，这岂不都是浪费的举动？另外那个“稀柿拜秽”，和正文里的开通稀柿衕，好像也不是一回事，不知道这个拜字指什么。

人都不是傻子，在故事少、难数多的情况下，凑难数名目的这位作者，不可能对明明很好的故事视而不见。所以这恐怕是这么回事:《西游记》是历代积累成书的，本来并没有八十一难这个设定。原来的取经故事，看《大唐三藏取经诗话》、元代的《西游记杂剧》就知道，不过二十来个故事。越发展，插进的故事越多，发展到四十几个故事的时候，就有人突发奇想：哎，能不能凑出八十一难来呢？前后数了数，嗯，貌似可行。就东凑西拼，连挪带拆，搞出了八十一难的清单。

肯定是先有正文故事，然后照着它编八十一难清单；绝不可能是先写一个清单，然后照着编正文故事。八十一难清单虽然写定了，《西游记》却没有就此定型，它还在继续积累新的故事。经过一位作者的手，就增加一些故事或减一些故事。古代没有Office、Word，故事正文动了，清单不会自动跟着动。只能是正文改过后，八十一难清单跟着重编一遍。这活其实不轻松。今天我们在Word里对八十多个条目逐一修改，尚且嫌烦，更何况古人只能靠手抄，还要先打草稿，捋顺了再誊清。用毛笔写的底稿字大，纸又多，全书将近一百万字，这是多大一堆稿子！通查起来并不轻松。假如作者忘记了，或根本懒得重新编一遍，那就会出现八十一难簿和正文对不上以及好故事白白浪费掉的局面了。大蟒精、荆棘岭两个故事，很可能是这个清单编定之后才插入的，或者是从别的系统的西游故事里挪来的。

世德堂本这个八十一难清单，和正文很多情节对不上，只能证明一点：这个清单是从某个老版本抄过来的！这个八十一难，体现的是老版本的正文故事。所以我经常说，世德堂本《西游记》，在西游故事的发展历程中，既不是开始，也不是结束，只不过恰巧保存下来了而已。如果那个带清风岭妖怪故事的《西游记》保存了下来，四大名著的名头兴许就归它了！所以别说从元到清，这几百年中，不知产生了多少《西游记》；就是所谓吴承恩写《西游记》的这几十年中，市面上也流传着不知多少版本的《西游记》；这些《西游记》之间，也不知存在着多少差异。所以，我们不妨把《西游记》看成是许多内容相似的书的称呼，这些书，也许有百分之九十相似，也许只有百分之五十相似，但总不必看成是一本书的称呼。

有人说，《西游记》是伟大的著作啊，吴承恩是伟大的文学家啊，怎么连统一前后都懒得做？这种想法，是太高看这部作品在当时的文学意义了。《西游记》本来就是通俗小说，用来卖钱的，什么伟大啊、价值啊都是慢慢体现出来的。这种书在当时就像起点中文网的网文一样，随编随卖，做这事的编辑，谁有那么多工夫理顺前后？他就是搬砖来的！

四位树精，诗写成这样就别出来混了

在荆棘岭木仙庵，四位树精和唐僧吟诗作赋、谈禅论道，并不想吃唐僧肉，这在整部《西游记》里是从来没有过的。明朝就有人说了，这一回可能是后加的。其实就算不是后加的，也是拿来凑数的。因为这个故事和取经故事半点关系都没有，从头到尾就是个猜灯谜加赛诗会。

有朋友问这几位树精的诗写得怎么样，实话说吧，不怎么样。放今天勉强看得过，放古代，与文人墨客对比那就是两个字：呵呵。不了解旧体诗词的朋友，还真容易被这几位树精的诗蒙住，以为多么好。

树精没大过错，为啥都被刨了？

先扒一下几位树精的来历。唐僧在土地庙遇到了假扮土地的松树精，松树精把唐僧摄到了木仙庵：

> 却说那老者同鬼使，把长老抬到一座烟霞石屋之前，轻轻放下。与他携手相搀道："圣僧休怕，我等不是歹人，乃荆棘岭十八公是也。因风清月霁之宵，特请你来会友

谈诗，消遣情怀故耳。”

“十八公”，合起来是个“松”字。这原本是个三国的故事：三国时有个吴国人叫丁固，梦见肚子上长出一株松树，对人说：“‘松’字可拆为‘十八公’三字。过十八年，我应当被封为公。”他后来果然做了司徒，司徒是古代重臣，三公之一（梦见肚子上长出松树，十八年后就封为公，那要是梦见槐树……）。

然后其他三个树精陆续出场了，自报家门，一个叫孤直公，一个叫凌空子，一个叫拂云叟，十八公自号劲节，这又是几个谜语。

李白《古风》（其十二）：“松柏本孤直，难为桃李颜。”所以柏树精号孤直公。

苏轼《王复秀才所居双桧二首》：“凛然相对敢相欺，直干凌空未要奇。”所以桧树精号凌空子。

杜甫《严郑公宅同咏竹》：“但令无剪伐，会见拂云长。”所以竹精号拂云叟。

南朝梁诗人范云《咏寒松》诗：“凌风知劲节，负雪见贞心。”所以松树精号劲节。

然后他们开始作诗了，各自作诗一首，句句都是关于自己这种树的典故，我们任选一首来看：

> 劲节孤高笑木王，灵椿不似我名扬。山空百丈龙蛇影，泉泌千年琥珀香。解与乾坤生气概，喜因风雨化行藏。衰残自愧无仙骨，惟有苓膏结寿场。

龙蛇是松树的姿态；琥珀是松香的化石；苓膏，即茯苓膏，茯苓是寄生在松树根上的菌类植物。《淮南子·说山训》:“千年之松，下有茯苓。”所以这些东西，都是松树的专属标签。

这首诗里哪两句最好呢？其实都能看出来，“解与乾坤生气概，喜因风雨化行藏”。就因为好，所以一定是抄的！这就是《西游记》的规律。这两句抄的是宋王韶《咏裕老庵前老松》诗:“解与乾坤生气概，几因风雨长精神。”最后几个字为了押韵，改成“化行藏”了。但是“灵椿不似我名扬”，就是作者自己配的，就是一句大白话。

再看一首:

> 霜姿常喜宿禽王，四绝堂前大器扬。露重珠缨蒙翠盖，风轻石齿碎寒香。长廊夜静吟声细，古殿秋阴淡影藏。元日迎春曾献寿，老来寄傲在山场。

这首诗哪几句最好呢？当然是中间四句:“露重珠缨蒙翠盖，风轻石齿碎寒香。长廊夜静吟声细，古殿秋阴淡影藏。”然而正因为好，也一定是抄的。前两句抄的是苏轼《登州孙氏万松堂》:“露重珠璎蒙翠盖，风来石齿碎寒江。”后两句是温庭筠的《晋朝柏树》:“长廊夜静声疑雨，古殿秋深影胜云。”“四绝堂前大器扬”“老来寄傲在山场”，两句一下子又落到说书人的水平了！好吧，四绝堂，还勉强用了个典故，知道你是查过书的。湖南长沙道林寺，建有厅堂，珍藏沈传师、裴休（后改为欧阳询）的书法和宋之问、杜甫的诗歌，称为“四绝堂”，堂前有柏树，相传为晋名将陶侃所植。所以这里柏树精要用这个典故吹嘘，可是后面三个字“大器扬”，好不容易绷住的劲又泄没了！

唐僧的诗呢？那就更差了：

> 杖锡西来拜法王，愿求妙典远传扬。金芝三秀诗坛瑞，宝树千花莲蕊香。百尺竿头须进步，十方世界立行藏。修成玉像庄严体，极乐门前是道场。

这里“百尺竿头须进步”是一句常见禅宗话头，暂且不论。剩下的哪句好呢？当然是“金芝三秀诗坛瑞，宝树千花莲蕊香”，于是，好诗必属抄袭的规律再次显灵。这两句抄的是金元好问《赠答普安师》：“金芝三秀诗坛瑞，宝树千花佛界春。”剩下的什么“愿求妙典远传扬”这种大白话，才是这位作者的真实水平！

唐僧和四老不仅各抄各的，还互相吹捧。

凌空子吹孤直公：“好诗！好诗！真个是月胁天心！”

拂云叟一捧就是三个：“三公之诗，高雅清淡，正是放开锦绣之囊。”

唐僧最会说话，一捧就是四个：“众仙老之诗，真个是吐凤喷珠，游夏莫赞！”

“月胁天心”，说的是唐朝的顾况，他的诗“穿天心，出月胁”；诗歌清雅，意境高绝。“放开锦绣之囊”，说的是李贺，他有个盛诗的口袋（这两个人历史上当然是在玄奘之后）。“游夏莫赞”，说的是孔子，孔子作《春秋》，文字精审，子游、子夏不能添改一个字。这三句吹捧，一句比一句升级，别说我看不下去，连清朝的黄周星都看不下去了，在后面批了一句：

> 四操诗虽不佳，然尚能敷衍成章，不似三藏打油。

意思就是：都不怎么样！

他还批了一句：

> 概以斧斤从事，不弥觉已甚乎？道人笑曰：此无足怪，乃作歪诗之报耳！

意思是说，四位树精也没干什么坏事，为啥通通被砍倒，是不是太过分了？答曰：没什么奇怪，这就是作歪诗的报应！

唯一一首能看的，也就是杏仙写的诗。黄周星给她定的级别是三等。

所以这简直就是《西游记》的规律：一首诗里，总有几句特别好，几句特别不好。只要看哪句诗好，去查一查，一定是抄来的。但作者总不能全抄，总得自己配几句。一般律诗中间两联因为要对仗，比较难写，一头一尾可以凑。所以这位作者一般都是中间两联别处抄，一头一尾自己配，可这一配就露馅了！因为这位作者，水平实在太差，硬配几句都配不来。比如给元好问的“金芝三秀诗坛瑞”前一句配的居然是“愿求妙典远传扬”，太出戏了……这，这，这水平，能是吴承恩？

吴承恩就这水平？

其他的故事呢？也一样啊！有人编过《西游记》诗词鉴赏辞典之类的东西，把其中的诗摇头晃脑品评一番，然后陶陶然地称赞：吴承恩啊，好厉害啊，不愧是大文豪啊。这眼光也是醉了……其实他不知道，这些诗里多半是抄来的。

不信我们可以再举几首诗，这是观音菩萨去五庄观救人参果树，作者给配的诗：

> 玉毫金象世难论，正是慈悲救苦尊。过去劫逢无垢佛，至今成得有为身。几生欲海澄清浪，一片心田绝点尘。甘露久经真妙法，管教宝树永长春。

我听过有人评论，哎呀，这诗好啊，“一片心田绝点尘”，形象地描绘出观音菩萨啊。其实这诗抄的是宋朝惟白的《文殊指南图赞》，原本是形容不动优婆夷的。原诗是：

> 夷夷相好世难伦，正是当年个女人。过去劫逢无垢佛，至今成得有为身。几生欲海澄清浪，一片心田绝点尘。求法既云未休歇，朱颜无须惜青春。

这就是把这首诗改了几个看上去和观音菩萨相关的词放上来而已。其实观音菩萨哪里有什么“劫逢无垢佛”“欲海”，反正抄得大面上看不出就是了。这是吴承恩手底下的活？

类似的诗还有好多好多。所以我说这位作者只会编故事，并不善于写诗，大概就是个私塾先生水平。非要说《西游记》是吴承恩写的，那是不懂诗的人。吴承恩的水平比这个作者高多了，当时人称赞他：

> 《明堂》一赋，铿然金石。至于书记碑叙之文，虽不拟古何人，班孟坚、柳子厚之遗也。诗词虽不拟古何人，李太白、辛幼安之遗也。

意思是说吴承恩诗写得像李白、辛弃疾。上文的几首诗有李白、辛弃疾的水平？别逗了。

我们看看吴承恩真正的诗是什么水平：

> 民灾翻出衣冠中，不为猿鹤为沙虫。坐观宋室用五鬼，不见虞廷诛四凶。野夫有怀多感激，抚事临风三叹息，胸中磨损斩邪刀，欲起平之恨无力！（《〈二郎搜山图歌〉并序》）
>
> 十年尘梦绕中泠，今日携壶试一登。醉把花枝歌水调，戏书蕉叶乞山僧。青天月落江鼋出，绀殿鸡鸣海日升。风过下方闻笑语，自惊身在白云层。(《金山寺》)

对比一下就可以知道，在要表现作者诗才的这种场合，如果不是故意装糊涂，把《西游记》的诗当作吴承恩写的，是断断说不过去的。我们翻翻《红楼梦》里各种诗会，曹雪芹替书中人物代写的诗，是个什么水平，就可以知道。单就写诗来说，吴承恩的水平，并不差于曹雪芹。何以《西游记》里的诗就这么差？所以只能说，吴承恩和《西游记》并没有什么关系。退一万步讲，就算有点关系，他也没有参加主要的创作。因为编故事还可以藏拙，写诗却是半点装不出的，一张嘴就能见你的底。

看看老祖宗的水平

荆棘岭故事，其实是一个传统的梗——谐隐精怪故事。情节都一样：一个人遇到一群妖怪，这些妖怪各自赋诗论文，在诗文里像猜谜一样透露出自己的身份，到最后，揭示谜底。我扒过的双叉岭上特处士和寅将军，原型是《宁茵》（出自《太平广记》）里的牛精和虎精，就是这样的。这类故事中最著名的是《东阳夜怪录》。

一个叫成自虚的，在东阳驿碰上了几个人，安智高、卢倚马、朱中正、敬去文、奚锐金、苗介立等。各自吟诗作赋，天亮之后发现安智高是骆驼精（安 = 鞍），卢倚马是驴精（盧 + 马 = 驢），朱中正是牛精（朱字的中间部分是个牛字），敬去文是狗精（敬 – 文 = 苟），奚锐金是鸡精（斗鸡经常戴金属爪子），苗介立是猫精……且看看这些人作的诗，比这四个树精的诗高了不止一个档次：

> “拥褐藏名无定踪，流沙千里度衰容。传得南宗心地后，此身应便老双峰。”“为有阎浮珍重因，远离西国赴咸秦。自从无力休行道，且作头陀不系身。”（骆驼精）
>
> “舞镜争鸾彩，临场定鹘拳。正思仙仗日，翘首仰楼前。”“养斗形如木，迎春质似泥。信如风雨在，何惮迹卑栖。”（鸡精）

这些可谓中规中矩的经典唐诗，关键是，还没有抄，都是作者为这些动物特意配的。

捧杀经典其实是投机

我天天说《西游记》这里不好那里不好。其实今天很多研究《西游记》的人，对好的地方看不到，把不好的地方当成好。有的人，见不到理性的分析，对经典只能说好，不许说不好。

许多研究《西游记》的人，别说写旧体诗，就是最基本的鉴赏眼光也没有，所以判断不出《西游记》里诗的好坏。他们心里，有这样一个极保险的策略：反正《西游记》已经成为全民性的经典，跟着说好总没错；反正吴承恩已经成为公认的作者，跟着吹捧总没错。有些人是真糊涂，有些人是揣着明白装糊涂。于是这也好，那也好，有人研究《西游记》诗词的高超水平，有人研究吴承恩小说的卓越思想。这其实不是研究学问，而是投机学问。对于大众阅读我国的文学经典、理性弘扬我们的优秀传统文化，没有任何好处。

可能有人要反驳我：就算不会写诗，知道这么多典故，也很厉害啊，为什么你就一直说他不行？你写一个看看！其实这是不了解不会写诗的古人，是怎么写诗的。古人有一种神器，它能让不会写诗的人写出诗来，它的名字叫类书。

类书，顾名思义，就是按类编成的书。比如，可以按天、地、人、事、物来编。要写首松树的诗，那就到“物”下面的“植物”类去找“松”这个条目，古往今来各种关于松树的典故、诗词、文章都有。抄一抄，编一编，一首诗就出来了。今天人是“内事不决问百度，外事不决问谷歌”，古人是“内事不决问黄历，外事不决问类书”。一部类书在手，立马显得有学问多了。

古松也 昆林志曰洪邁紹興間與弟适遵讀書外家沈氏白茅山墳廬是處墓有二松結毬成蓋既而兄弟
舉博學鴻詞亦木之祥也 研莊雜記曰鮮于伯機嘗于廢圃中得怪松一株移置所居齋前呼爲支離叟朝
夕撫玩以爲適
松三
松四
松五
增 詩 古豔歌曰南山石嵬嵬松柏何離離上枝拂青雲中心十數圍洛陽發中梁松樹竊自悲斧鋸截是松松
樹東西摧持作四輪車載至洛陽宮觀者莫不歎問是何山林誰能刻鏤此公輸與魯班被之用丹漆薰用蘇
合香本是南山松今爲宮殿梁 原 魏劉公幹詩曰亭亭山上松瑟瑟谷中風風聲一何盛松枝一何勁風霜
淵鑑類函 木部 松

清代大型类书《渊鉴类函》中的“松”条

荤段子？揭秘黄眉老佛的“三件套”

小西天里的这位妖怪叫黄眉老佛。法宝是人种袋，手里一根短软狼牙棒，还有一件法宝金钹。他为啥要用这“三件套”呢？山东大学杜贵晨先生有一篇《从“钹”之意象看〈西游记〉作者为泰安或久寓泰安之人》，研究结论说《西游记》作者有可能是山东人。虽然我持保留意见，但这个脑洞开得太妙，不妨说一说。

先说收了孙悟空的那个金铙。

> 只听得半空中叮当一声，撇下一副金铙，把行者连头带足，合在金铙之内。……却说行者合在金铙里，黑洞洞的，燥得满身流汗……行者道：“我那师父，不听我劝解，就弄死他也不亏！但只你等怎么快作法将这铙钹掀开，放我出来，再作处治。这里面不通光亮，满身暴燥，却不闷杀我也？”众神真个掀铙，就如长就的一般，莫想揭得分毫。金头揭谛道：“大圣，这铙钹不知是件甚么宝贝，连上带下，合成一块。小神力薄，不能掀动。”……那钹口倒也不象金铸的，好似皮肉长成的……四下里更无一丝拔缝。

铙和钹，都是打击乐器，分两片，唯一的区别就是铙中间隆起的部分小一点，都是一类东西，一般连着说。

黄眉老佛这口铙钹，一是能将人“化为脓血”，二是黑暗燥热，三是“就如长就的一般”“好似皮肉长成的”。

铙钹到底是什么？

我们翻翻《水浒传》，就能发现书里也有钹，但这个钹，肯定不是敲的钹。裴如海和潘巧云通奸，找了一个头陀通风报信。拼命三郎石秀想杀裴如海，就在杨雄家附近巡查，抓住了头陀，一逼问，头陀说：

> 海阇黎和潘公女儿有染，每夜来往。教我只看后门头有香桌儿为号，唤他入钹；五更里却教我来敲木鱼叫佛，唤他出钹。

原来钹是可进可出的！晚上裴如海找潘巧云去了，就叫“入钹”；早晨起来，就叫“出钹”……

一个例子不行还有其他例子，比如《金瓶梅》第五十七回：

> 尼姑生来头皮光，拖了和尚夜夜忙。三个光头好像师父、师兄并师弟，只是铙钹原何在里床？

铙钹是两个薄片，能合在一起，又是“皮肉长成的”，结合起来想一想，就知道是人体的什么东西了！

另外两件法宝

如果说这个金铙是牵强附会的话，黄眉老佛还有两样法宝，一个是短软狼牙棒，一个是人种袋。这又短又软的狼牙棒和人种袋，他不离身地带着，因为这两件东西……都是属于男人的。

人种袋，《西游记》里据弥勒佛说，又叫后天袋。而且，只要被装了，“骨软筋麻，皮肤窊皱”，这也怪了，孙悟空被装进瓶子好几回，并不窊皱，就连被那个金铙装了，也不窊皱，怎么着这些神仙被人种袋装了，就窊皱起来？骨软筋麻，也容易起联想啊……人种袋究竟是什么东西呢？“男女媾精，始有人种”（《夜雨秋灯录》），按内丹术的说法，精，分先天精和后天精。而后天精平时装在哪里呢？

其实，这种对性器官的神化，《西游记》还真不是独一份，而且是国际性的。例如日本高畑勋导演的《平成狸合战》，鹤龟和尚就传授给公狸子们一项变化自己肾囊的法术。鹤龟和尚说这个红色毯子（肾囊），“变大后有八张榻榻米大”，能放下许多狸子，其实和人种袋有异曲同工之妙。狸子们后来学会了变化也是这样：当当当……狸子的睾丸啊，乘着风，随处飘扬……

《西游记》里的荤段子，并不止这一个。北师大的李小龙先生还指出：红孩儿有两个小妖，叫“兴烘掀”和“掀烘兴”。但这是什么意思呢？《蜃楼志》第十七回俗曲：

和尚尼姑睡一床，掀烘六十四干他娘。一个小沙弥走来，揭起帐子忙问道：“男师父、女师父，搭故个小师

> 父，你三家头来哩做啥法事？”和尚说：“我们是水陆兼行做道场。”

《蜃楼志》的作者是广东人，粤语中“掀烘”的意思，其实这也是干那个事儿的意思。“掀烘兴”就是掀烘的兴致。

为什么《西游记》里有这么多荤段子？这也好理解，因为它本来就是一部通俗小说，说书人加点荤段子进去吸引听众，大伙儿就这么一听一乐。不过黄眉怪这三件法宝，设计得可真够巧妙！

小西天在哪里

书里师徒四人走近小西天的时候，有这样一段描述：

> 正行之间，忽见一座高山，远望着与天相接。三藏扬鞭指道：“悟空，那座山也不知有多少高，可便似接着青天，透冲碧汉。”行者道：“古诗不云‘只有天在上，更无山与齐’，岂有接天之理！”八戒道：“若不接天，如何把昆仑山号为‘天柱’？”

《西游记》虽然多处写山很高，多数是虚写，但师徒这样具体地谈论这山如此之高，却少见。还提到了“天柱”，这是很值得注意的一段话。不得不使我们想起，实际的地理中，是有小西天这个称呼的！

小西天，这个地方在西藏附近。和小西天相对的就是大西天，大西天指印度。小西天是哪里呢？

据清代的《时务通考》，小西天是这么一个地方："白木戎……其地，称为小西天，东与朱巴连界，南至大西天盆乌子，西至白布，北至后藏日盖子。"东边的朱巴实际就是竺巴（帕木竹巴），今天的不丹。白布就是廓尔喀国（尼泊尔）。北邻的这个日盖子，当然就是日喀则的另一种译法。南边的盆乌子，又叫乌德，"西藏称为盆乌子，在东印度北境，与尼泊尔为邻，力不敌英，降为属国，都城曰卢各脑，所属通商之地曰非萨巴尔，曰几拉巴，曰巴来支，曰丹达"（《瀛寰志略》），这个卢各脑，其实就是今天印度的勒克瑙。当然勒克瑙更靠西。大体来说，盆乌子指的就是印度东北部和尼泊尔临界的这片地方。这是没有问题的。

那么这片地方是哪里呢？似乎就是今天的锡金，古代叫哲孟雄。《西藏图考》也说："哲孟雄……北境有白木戎。"在明清时期，人们如果从西藏到印度，必须先到小西天，再到孟加拉，再到大西天。这正是喜马拉雅山脉，西边不远，就是世界最高峰珠穆朗玛。师徒三人遇到黄眉怪前，面对高山讨论的昆仑、天柱，似乎不能说没有一点关系。

李蔼菴的一篇游记，也提到了小西天：

> 小西天佛国，屋宇以竹为之，所居面雪山，山长一千六百里，皆雪。四时不消，惟摩尼佛打坐石广数丈，无雪，以石旁草生为春、枯为冬记年。老幼男妇皆名佛，衣皮食肉饮血，晨起诵《心经》毕，向南跪拜，愿生南方极乐世界，予康熙壬寅度此。（明末清初来集之《倘湖樵书》卷八"求生西方"引）

网上有篇文章说锡金附近的大吉岭，“扇形的稻米梯田延伸到了朦胧的天边，竹楼和鲜花密布的森林，令我惊叹”。哪位去过的朋友，求验证。

为什么锡金一带有小西天这个名字？我不是研究地理的，不是很清楚，但推测原因会不会是这样，小西天是中土人的说法，本地人只叫白木戎或拜木戎（当然还有别的称呼，这里只取一个）。经西藏到印度朝圣的人，经过艰苦跋涉，翻过雪山之后，眼前忽然现出一片宽敞沃土，一定觉得离目的地不远了，印度叫大西天，所以就管这个地方叫小西天，但实际上还远得很！这和唐僧他们翻过荆棘岭，眼前忽然出现一片宝阁珍楼，就以为到了西天，心态正好是一样的。

另外多扯一句，国内还有一个著名的小西天，名叫石经山，就在我住的北京房山区，离我家开车不过半小时，我没事就去玩玩。更有趣的是，据明代高僧、文人的记录，石经山上还有一座雷音寺（又称云居上寺）。为什么叫小西天？《大明一统志》说此地“峰峦秀拔，若天竺山，故称曰小西天”，意思是石经山的山势像天竺的山。从隋朝高僧静琬开始，就在这里开山刻经，久而久之，也成了一座庄严的藏经道场了。

大蟒精：一个“三无”妖怪沉默的力量

过了黄眉怪的小西天，就到了一个叫驼罗庄的地方。在这里，孙悟空和猪八戒打死了一条大蟒。

这一回故事简单得很。但是这一回的大蟒精，却给我们留下深刻的印象——这样一个无法宝、无小妖、无背景的“三无”妖怪，为什么能是西天路上独占一关的 boss？

大蟒精最不俗

驼罗庄的故事，其实作者写得很好。大蟒精是整部《西游记》里最敬业、最不俗的妖怪，或者说，它活得像个妖怪，没有被人类异化。

孙悟空碰上别的妖怪，总是明明白白地对面交锋。凶神恶煞也好，牛头马面也好，总之是个人形。不但如此，还费一大段笔墨来细写这妖怪的模样，生怕读者印象不深。比如写银角大王：

> 头戴凤盔欺腊雪，身披战甲幌镔铁。腰间带是蟒龙筋，粉皮靴靿梅花摺。颜如灌口活真君，貌比巨灵无二别。七星宝剑手中擎，怒气冲霄威烈烈。

凶狠吗？当然凶狠，但并不可怕。因为我们实在看不出这段是写银角大王，还是赵云、马超等银甲武将。话说，颜如灌口真君，难道是个小白脸？（所以巨灵神其实没有电视里演得那么丑？）穿人类的衣服，拿人类的兵器，长着人类的样子，以人类的方式走来走去，那我们人类自己玩就行啦，还看你干什么？妖怪嘛，你的任务就是让人类害怕的。不好好当妖怪，总想着向人类看齐，不能给人类带来恐怖，这岂不是不务正业吗？

有人说银角大王是太上老君的童子变的，不恐怖还算说得过去。但黄风怪是貂鼠成精，怎么也 cosplay 二郎神呢：

> 金盔晃日，金甲凝光。盔上缨飘山雉尾，罗袍罩甲淡鹅黄。勒甲绦盘龙耀彩，护心镜绕眼辉煌。鹿皮靴，槐花染色；锦围裙，柳叶绒妆。手持三股钢叉利，不亚当年显圣郎。

所以《西游记》虽然写了大大小小的妖怪，其实并没有把它们真当妖怪写，而是当人写的，所以体现的还是人心世态。孙悟空和这种妖怪开打，其实和普通武将交战没有什么区别。

但是写大蟒精，作者文风忽变，不但不写妖怪的模样，甚至故意模糊。我们从头看到尾，一直看到妖怪现了大蟒原形。既然是现了原形，那就是说，此前不是原形。但此前的妖怪，穿什么，戴什么，长得是什么样子呢？

根据驼罗庄的百姓回忆，此前请过一个道士来和大蟒精相斗：

> 头戴金冠，身穿法衣。令牌敲响，符水施为。驱神使将，拘到妖魑。狂风滚滚，黑雾迷迷。即与道士，两个相持。斗到天晚，怪返云霓。乾坤清朗朗，我等众人齐。出来寻道士，渰死在山溪。捞得上来大家看，却如一个落汤鸡。

这写法高明之处就在于，与旧小说动辄直白地写一场大争斗完全不同。颇似关公温酒斩华雄，咚咚鼓声敲了一通，关公已将华雄人头掷于地上。我们既不知道道士是怎么和大蟒斗的，也不知道道士是怎么死的。狂风滚滚，黑雾迷迷，大幕一拉，再一开，道士已死在山溪！我来了，你死了，怎么死的，不知道！脑补黑雾迷迷里面的惨象？随读者！

老乡们还请了一个和尚来拿妖，具体经过是：

> 那个僧伽，披领袈裟。先谈《孔雀》，后念《法华》。香焚炉内，手把铃拿。正然念处，惊动妖邪。风生云起，径至庄家。僧和怪斗，其实堪夸：一递一拳捣，一递一把抓。和尚还相应，相应没头发。须臾妖怪胜，径直返烟霞。原来晒干疤。我等近前看，光头打的似个烂西瓜。

“相应”，就是占便宜、讨巧。和尚还占了没头发的便宜？一递一，就是一下下交替的动作。看来这妖怪不但会枪法，还会拳法，不然怎能跟和尚又捣又抓？但模糊也在这里，奇妙也在这里：它到底是用大蟒原形与和尚打的，还是现人形和和尚打的？如果是大蟒原形，哪里来的拳头？完全没说，只说老乡们远远地看着，只见到“一递一拳捣，一递一把抓”，两个拳头在挥舞，烟霞云雾之外，什么都不知道！然后，仍然是“十步杀一人，千里不留行”地扬长而去，留了一个“烂西瓜”在那里。

等到孙悟空看到这蟒精的出场，更是与众不同。

> 行者闻风认怪，一霎时，风头过处，只见那半空中隐隐的两盏灯来，即低头叫道：“兄弟们，风过了，起来看！”那呆子扯出嘴来，抖抖灰土，仰着脸，朝天一望，见有两盏灯光，忽失声笑道：“好耍子！好耍子！原来是个有行止的妖精！该和他做朋友！”沙僧道：“这般黑夜，又不曾觌面相逢，怎么就知好歹？”八戒道：“古人云：‘夜行以烛，无烛则止。’你看他打一对灯笼引路，必定是个好的。”沙僧道：“你错看了。那不是一对灯笼，是妖精的两只眼亮。”这呆子就唬矮了三寸，道：“爷爷呀！眼有这般大呵，不知口有多少大哩！”

无烛则止，是《礼记·内则》中的话。意为夜晚出行要点火把，没有火把就不要出行，表示行为光明正大。和上次只看见拳头一样，这次只看得见眼睛，头什么样，脸什么样，是人形还是蛇形，一概不知！

孙悟空飞到半空，和它相斗，同样不说这是个人形妖怪，还是个蛇形妖怪，只说是使两柄枪抵挡。和它斗了半夜，“不觉东方发白……那怪物撺过山去，现了本像，乃是一条红鳞大蟒”，然后就以原形被打死了。等于说，我们永远不会知道这妖怪变形后长什么样子了，回头一想，凉生脊背！

按照通俗小说的习惯，人物出场，总要费一大段笔墨来写这个人物的穿戴长相。作者并不是忘了，因为后来它现了大蟒原身，也是费了一大段笔墨写的。为什么偏偏以前就不写长相？这其实是高明，作者就是故意不让你知道。

可怕的事情之所以可怕，正在于我们在了解和不了解之间、看得见和看不见之间。

我们看恐怖片或怪兽片，最恐怖的时刻，不在怪兽跳出来之后，而在怪兽只露了一点痕迹之时。比如半夜里忽然看见一只黑手搭在窗户上，一个黑影映在墙上，水里的怪物只冒出半个头，鲨鱼只露一片鱼鳍在水面上，等等。等嗷一声跳出来，再狰狞的怪物也就不恐怖了。就像大蟒精，天亮后现出原形，“眼射晓星，鼻喷朝雾。密密牙排钢剑，弯弯爪曲金钩”，说实话这特效放明朝还成，这年头阿凡达都不新鲜了，还看你这大蟒干啥。所以我甚至还怀念，千万千万别现出本相，千万别天亮，就这样在黑暗中，让我们看两只眼睛最好！也许这就是所谓的大象无形。

沉默的力量

大蟒精没有法宝，没有名字，没有小妖，也没什么法力。这样的妖怪，居然还能在整部《西游记》里成为一场戏的主 boss，给我们印象深刻，除了形象模糊之外，还有一个力量，那就是沉默。

整部《西游记》的大妖怪，从头到尾一句话没说过的，只有它（书里替它解释了：未归人道，所以还不会说话）。孙悟空当然喜欢和人斗嘴，取经路上和孙悟空犯贱斗嘴的妖怪，当然也不少，比如狮驼岭的狮象鹏三怪。但只要斗上嘴，没有斗得过孙悟空的。然而这次：

> 好行者，纵身打个唿哨，跳到空中。执铁棒，厉声高叫道：“慢来，慢来，有吾在此！”那怪见了，挺住身躯，将一根长枪乱舞。行者执了棍势，问道：“你是哪方妖怪？何处精灵？”那物更不答应，只是舞枪。行者又问，又不答，只是舞枪。行者暗笑道：“好是耳聋口哑，不要走，看棍！”那怪更不怕，乱舞枪遮拦。

先不说金箍棒能不能打过软柄枪，第一招猴子就没占上风。因为孙悟空的需求落空了——他想知道对手的来历，他预设对方也会回答，然后猴子就会从搭话里讨几句嘴上便宜。然而，人家根本不跟你搭话！就像金大侠常说的一拳打入了汪洋大海，没有任何反响。孙悟空笑它耳聋口哑，猪八戒赞它枪法出众，任凭毁誉交加，人家一概不理，就这样一言不发地打了半夜。反倒是哥俩显得无趣了。

我们人类需要说话，反倒是人性的弱点（有使命的人另当别论）。说话越多的人，内心往往越虚弱，因为他需要表达，需要别人分担他的情绪：表达喜悦，多是希望获得赞誉；表达恐慌，多是希望获得安慰；表达愤怒，多是希望转移责任。《淮南子·主术训》：“天道玄默，无容无则。”只有自然的天道，才是不需要讲话的。社会上发表的言论越多，其实越说明人心在变虚弱。像我这样每天在网上发一大通贫嘴，其实早已落在下乘了。

《西游记》的妖怪，比大蟒精厉害的岂不多了去了。但他们听说了孙悟空的名头，不免带出情绪，这就是妖怪沾染了人类的毛病。比如黄风怪和豹子精：

> 那洞主（黄风怪）惊张，即唤虎先锋道："我教你去巡山，只该拿些山牛、野彘、肥鹿、胡羊，怎么拿那唐僧来！却惹他那徒弟来此闹吵，怎生区处？"
>
> 先锋道："大王不好了，孙行者也寻将来了！"老怪（豹子精）报怨道："都是你定的甚么'分瓣分瓣'，却惹得祸事临门，怎生结果？"

其实，说这些话有什么用？猴子找上门来，打就是了！抱怨、责备，只是表达自己恐慌，希望两位先锋和在场的众小妖分担。我们平时，出了事互相埋怨责备的，岂不都是如此？越抱怨，说明越虚弱。

黄风怪倒霉催的，也倒霉在自己多话：

> 老妖道："怕他怎的，怕那甚么神兵！若还定得我的风势，只除了灵吉菩萨来是，其余何足惧也！"

黄风怪有本领，其实本领也会伴生虚弱，因为他怕失去。但凡有本领、有地位的人，若过于看重本领和地位，都是如此。他这里，其实表达了两层意思：第一，刚刚胜了一场，他要炫耀，要显摆神风无敌，但他自知是有天敌的，这样面对心腹人昧着心说无敌，反倒心里过不去；第二，嘴里说不怕，其实心里是怕，说出来，才能给自己壮胆。其实他这句话有什么用？小妖获得这些信息有什么用？白白让孙悟空听去了！黄风怪这句话，活画出了一个真实的、有能力却也虚弱的社会人！

而沉默的人最不好对付，因为你不知道他背后有什么底细。正因为对手沉默，他才更具有强大的力量，更容易被我们记住。所以，如果选择了沉默，那就沉默到底，只要开口，就会把弱点暴露在光天化日之下。

整回书，大蟒精形象模糊，一句话都没说，其他的特征，也是非常相称的：它没名字，没小妖，连洞府都是一根直肠似的穿堂洞，没有门窗，没有卧室，也不知道装修装修，哪怕像黑熊精那样挂副对联，或像青牛精那样摆张石床也行啊。然而这也是它的本色，却给我们留下了深刻的印象，这就是大音希声，大象无形。假如天永远不亮，它其实永远不会被打倒。由此看来，1986 版电视剧《西游记》的续集，把它演成一个女妖，还有人伺候，反显多事。其实能当一只不受人类社会污染的妖精，蛮好。

观音菩萨为什么骑犼？其实是个驾照问题

观音菩萨（李云中　绘）

唐僧师徒进入了朱紫国。朱紫国有个赛太岁，把国王的金圣宫娘娘抓去了。孙悟空三盗紫金铃，降伏了妖怪，原来它是观音菩萨的坐骑金毛犼。

有很多朋友问我：犼是什么动物？观音菩萨为什么会骑犼？我相信这是民间的创造，因为查一下《大藏经》，就发现观音不但不骑犼，全部《大藏经》里，就没有“犼”这个字！

其实我们把这件事转化为今天的角度就可以明白，菩萨的坐骑，相当于领导的专车。所以，这其实是一个办公室主任考虑的问题：需要给观音配什么车？

观音的专车难题

我们知道佛教的四大菩萨，观音、文殊、普贤、地藏。地藏菩萨忙着度化地狱众生，所以在民间信仰里，他一般不掺和人间的事务。和我们人间有缘的是文殊、普贤、观音三位。其实这三位的组合比较早，地藏菩萨反倒是后入盟的。比如《三教源流搜神大全》，就把文殊、普贤、观音说成是一个妙庄国王的三个女儿。这里面就没有地藏菩萨什么事。

文殊、普贤、观音他们三位，免不了经常在一起出现，就像三位平级的领导一起开会。但观音菩萨和文殊、普贤菩萨一齐出现的时候，需要开什么车来？

文殊菩萨是骑青狮的，普贤菩萨是骑白象的。两位菩萨都开车来，观音菩萨开什么来，就成了问题。同一级别的领导必须都得有车，就算她不爱坐车，也得有一辆，这就是待遇。观音菩萨不能开莲花座来，这是办公椅，不是车。

这对我们老百姓，就是一个无所谓的事情。只要有钱有照，摇得上号，开什么车不行？但对于观音菩萨这样的领导同志，就是大问题，因为不仅她代表公众形象，她的车也代表公众形象，必须符合领导公车标准，必须按规章制度办事。既不能高，也不能低，还不能错。

所以，观音菩萨骑什么成了大问题。这不是说随便给她配一匹马、一头牛（哪怕硬编是天马、神牛）这么简单的事。需要从她的故事、传说、经文里找——没有来历的坐骑，老百姓是不认的。

幸好观音有三十三相，其中和动物有关的有：龙头观音、鱼篮观音、蛤蜊观音。但这几个都不好，因为都是水里的动物。想象下，观音骑着一个扇贝或者一条多宝鱼，跟文殊、普贤菩萨一起出现——这是进了海鲜城吧！

骑龙呢？骑龙也不好。因为龙这种动物，有一个先天不足：车身太长，无论是伸直了还是盘起来，都太占车位。文殊、普贤的座驾，一个是狮，一个是象，都是标准陆地动物体型，各占一个标准车位。如果观音骑龙来，还得给这条龙划一个大型车位，才放得下。

当然，说车位是开玩笑，我的意思是，民间信仰的塑像、绘画、故事里，确实存在这样的问题：三位菩萨在陆地上活动的时候多，比如到谁家显灵去了，绝不能骑着扇贝或多宝鱼跑来跑去，所以观音必须得有一头四条腿的陆地坐骑。龙虽然是四条腿，但它还是水里的动物，而且和文殊、普贤在一起塑像、绘画的时候，龙特别占车位，这会导致三个菩萨的布局不均衡。

例如明代刘侗在《帝京景物略·双林寺》中说："寺殿所供，折法中三大士，西番变相也。相皆裸而跣，有冠，有裳，有金璎珞，犼、象、狮各出其座下。"殿里给三位菩萨留的空间确实是均等的。如果骑龙，明显比狮、象占地方。

即使今天人画龙头观音，也多是画龙的半截身子，因为龙身子太长，全画出来，观音就显得个头小了。

狮子吼 = 狮子犼？

然而我们的民间人士特喜欢操办公室主任的心。他们真的给观音找到了一辆 C 照能开的车，这就是狮子吼观音。

狮子吼观音，也是三十三观音之一，也叫阿摩提观音、无畏观音、宽广观音。这个变相的观音是这样的：

> 三目四臂，乘白狮子座，面向左方，头上载宝冠，以白莲花妆饰，前二手执持凤头之箜篌，另左上之手掌托摩竭鱼，右上之手持白色吉祥鸟，左足弯屈于狮子之顶上，右足垂下，通身发光焰，面貌慈祥。(《阿摩提观音仪轨》)

那么这就好办了。狮子的体型刚好占一个标准车位，是 C 照能开的。

可这又涉及一个问题：观音菩萨单独出现，骑狮子没事。但民间信仰里，文殊、普贤、观音地位是相同的，三个菩萨一起出来的时候，两头狮子、一头大象。这又不均衡了。

然而民间人士有办法：只要给观音的坐骑改个名字就可以了！既然是狮子吼观音，那就从“吼”字上做文章，把这个字改成一个动物名字就可以了。最方便的就是换偏旁，口字旁换成表示兽类的犬字旁，“吼”变成“犼”。本来是一个吼叫的吼，说的是一个动作，结果变成了一种动物的名字。

这种把表示动作的字，换偏旁改成一个名词，汉字里有很多。例如硫黄，原本写作“流黄”，“浸溢于涯岸之间”，所以叫流黄。但“流黄”，不像矿物的名字，改个石字旁，叫硫黄，就像了。流黄这个名词，其实重点在“黄”，而不是“流”。结果后来人们不知道“硫黄”的“硫”是从“流”来的，反倒省去了“黄”字，简称“硫”。流动的动作，反倒成了这种矿物的名字了。

也恰巧，古书上有“犼”这个字，《类篇》:“犼，北方兽名，似犬，食人。”那借用起来就更理直气壮了。不过，我觉得，只能说观音的犼是借用了这个字的字形，并不能把这个犼的意义和观音菩萨的犼画等号。因为我们看明清人画的骑犼观音像，那个犼无一例外是比着狮子画的，而不是比着狗画的！其实我们想一想也知道，观音菩萨的车，起码排量、价格、装饰得和文殊、普贤差不多才行，怎么能用狗当坐骑呢?

当然，既然犼不是一种实际的动物，就给了民间很大的发挥空间：有些犼塑的嘴长一些，可能是吸收了狗的一些特征；有的犼长一个龙头、一条龙尾，这恐怕又是吸收了龙头观音的特征。但无论怎么变，换头也好，换尾巴也好，它狮子的身体是永远不变的。有的犼干脆就是一头狮子。不信大家去看 1986 版电视剧《西游记》，赛太岁现原形变成的犼，明明就是一头要的狮子嘛！

不只今人把犼做得像狮子，明人也这样。现存的明代骑犼观音像，有的犼头有点像龙头；有的犼嘴有点像狗嘴；有的犼头和颐和园门口的铜狮子没啥区别，只是尾巴变成薄片状了；有的干脆连尾巴都没变，和狮子吼观音的狮子没有任何区别。

关于犼的故事，似乎到明清时期才多了起来，这正是骑犼观音的形象深入人心之后才有的现象。比如清东轩主人《述异记》：

东海有兽名叫犼，喜欢吃龙的脑子，能腾空上下，迅猛异常。喜欢和龙相斗。口中喷火，龙打不过它。康熙二十五年（1686），浙江平阳县有三条蛟、两条龙，合斗一只犼。犼咬死了一条龙、两条蛟，然而犼也死了。

清李骕为此还写了一篇《龙犼交斗歌》：

> 东海有兽名曰犼，性嗜龙脑喜龙斗。骁鸷腾空万里驰，精光四射蔽半斗。或云类狮色如银，或云似马身有鳞。上下层霄项垂鬣，乘风凌雨蹑乌云。……龙吐冰雹大于拳，犼喷电火焰弥天。雷霆夹之声震野，龙奔犼逐云相连。……二龙三蛟斗一犼，三昼三夜两负伤。二蛟一龙为犼杀，犼亦横尸三丈强。死后焰光犹闪闪，谁敢直视双眸眩。

这里点明了，犼长得像狮子，或者像马。像马不知哪里的说法，因为传世的骑犼观音塑像、绘画里，很少见到像马的，至少我没有见过。

赛太岁的先锋是谁

说到观音，朱紫国故事中，还有一个人物很有趣。这就是赛太岁的先锋官，他和观音还有点关系。

这个先锋官，1986 版电视剧《西游记》里没有出现。在原著里，朱紫国国王被治好后，设宴款待唐僧师徒。这时先锋官出现了，他是来要宫女的。书中写道：

> 九尺长身多恶狞，一双环眼闪金灯。两轮查耳如撑扇，四个钢牙似插钉。鬓绕红毛眉竖焰，鼻垂糟准孔开明。髭髯几缕朱砂线，颧骨崚嶒满面青。两臂红筋蓝靛手，十条尖爪把枪擎。豹皮裙子腰间系，赤脚蓬头若鬼形。
>
> 行者见了道：“沙僧，你可认得他？”沙僧道：“我又不曾与他相识，那里认得！”又问：“八戒，你可认得他？”八戒道：“我又不曾与他会茶会酒，又不是宾朋邻里，我怎么认得他！”行者道：“他却像东岳天齐手下把门的那个醮面金睛鬼。”

然后，他被孙悟空打跑了，奇怪的是，他再也没有出现过！

这个“醮面金睛鬼”到底是个什么鬼？我也费了一番寻找的功夫。后来发现，这个“醮面金睛鬼”恐怕也和狨一样，名字是被换过偏旁的。它应该就是焦面金睛鬼，又称焦面鬼、焦面大士、面燃大士。写作醮，是受了道教的影响。

佛教认为，焦面大士是观世音菩萨的化身，她为了教化饿鬼道（六道之一），化为面部燃烧着烈火的鬼形；道教认为是太乙救苦天尊，所以焦面鬼在佛道二教都有供奉。今天山西蒲县东岳庙地狱门前，还有明代彩塑焦面大士。环眼金睛，獠牙大耳，鬓绕红须，皮肤青蓝，与这《西游记》里韵文描述的形象正好相似。

而且它因为要教化饿鬼，所以塑在东岳庙地狱门前，为诸鬼首领，正与“东岳天齐手下把门的”相合。这也不是特例，我在吉林农安金刚寺所见面燃大士，就在大雄宝殿门口左侧，也是“把门的”位置。

你说的那个“狮驼岭”，我还真去过

《西游记》中多次出现“狮驼”这个词。唐僧要经过的，就有“八百里狮驼岭，中间有座狮驼洞”，过了狮驼岭，还有个“狮驼国”。另外，和孙悟空结拜的几个弟兄里，也有一位“狮狔王”。这就涉及一个问题：狮驼或狮狔，到底是什么意思？

狮驼国原本叫师陀国

其实我们回到早期的西游故事里，就会发现，“狮驼国”出现得很早。山西现存有宋元时期队戏《迎神赛社四十曲礼节传簿》，演唐僧取经故事，第一站即“师陀国”。我经常提到的元代的《朴通事谚解》，就是那本“跟朴翻译学汉语”，里面也讲唐僧取经路过“师陀国”，既没有“狮驼岭”，也不是“狮驼国”，并没有什么狮子精，碰上的是老虎和毒蛇，“遇猛虎毒蛇之害”。只是今天的《西游记》里，才加了偏旁，多出来一座“狮驼岭”，国名也变成了“狮驼国”。

我们再看明代另一个版本的《西游记》——《四游记》中的《西游记》即所谓的杨志和本或杨本。正好提供了一个从师陀国故事到狮驼岭 + 狮驼国故事的中间状态：

> 师徒又行，倏到狮驼国。原来此国君臣被三个妖魔吃了，占坐此国。他师徒不知，进城改换关文，被魔王一齐绑倒，吩咐小妖蒸熟来吃。行者使一个缩身法子走脱，去西方拜见佛祖，详说师父被难之事。如来闻言，领文殊、普贤同至狮驼国收妖，先令行者引战。行者挺棒进城，那三妖合力杀出，被文殊、普贤念动咒语，收了青狮、白象，各跨坐下。如来收了大鹏金翅鹊。三妖既除，佛归西天。行者救出师父、师弟，四众趱步西行。

这个故事体现出的几个信息都很有意思。

首先这里面没有狮驼岭，过了黄花观就是狮驼国。其次，这个国家也不是所有的人民都被吃了，只是君臣被吃了，平民百姓应该还是原来的。这点也好理解，因为假如街上都是野兽，那唐僧师徒经过的时候岂不发觉？这些野兽难道全都能变化成人形，做卖做买，不露破绽吗？并不是所有的小妖都会变化。我们看《西游记》里老妖挑选小妖，“会变化的”，也是不那么容易的。至少那个豹子精的先锋，就是从狮驼岭逃过去的，他就不会变化。所以这个国还是原来的国，只是中央机构被妖怪占了而已。

另外，“他师徒不知，进城去改换关文”，这句话，也很重要。因为我们在今本《西游记》最后一回，唐僧向唐太宗交还关文的时候，上面有这么一行字：

> 牒文上有宝象国印，乌鸡国印，车迟国印，西梁女国印，祭赛国印，朱紫国印，狮驼国印，比丘国印，灭

法国印。

这一行字，其实问题多多！

关文的漏洞

首先，这里暴露了一个信息：这个狮驼国背后，有问题！今天的《西游记》故事里，狮驼国所有人已经被大鹏精吃掉了，哪来的狮驼国印？唐僧师徒过了狮驼岭后，还没进狮驼国，就被三个妖怪偷袭，把师徒四人都抓起来了，打算送进蒸笼蒸着吃。晚上孙悟空使法术脱身出来，领着唐僧要爬墙头跑出去。结果惊动了妖怪，又把三人抓住。从头到尾，就没有任何给关文盖印的机会。除非大鹏精实在闲得没事了，找出玉玺给关文盖印玩；或者如来收了三个妖怪之后，唐僧临走时强迫症犯了，亲自到皇宫里找出玉玺（前提是那玉玺还在），自己盖上的印。然而这也未免太不靠谱了！

况且今本《西游记》这里，作者并不是忘记了关文，他还提了一句。当师徒四人要爬墙逃走时，孙悟空说："也且莫忙，我们西去还有国王，须要关文，方才去得。不然，将甚执照？等我还去寻行李来。"也就是说，这一回的作者对关文盖印这件事，还是记得的。能不能盖印，他是清楚的。

我们再来看前前后后的国家，只要是经过了一个国家，原著绝不会模糊过去的。例如：

国王见了，取本国玉宝，用了花押。（宝象国）

三藏分毫不受，只是倒换关文。（乌鸡国）

这长老散了宴，那国王换了关文。（车迟国）

却才取出御印，端端正正印了；又画了手字花押，传将下去。（女儿国）

倒换了通关文牒，大排銮驾。（祭赛国）

那国王恳留不得，遂换了关文。（朱紫国）

那国王眼目昏朦，看了又看，方才取宝印用了花押。（比丘国）

君臣合同，拜归于一，即时倒换关文。（灭法国）

最后的关文上，有九个国家的印，其中八个印，今天的《西游记》里都说得清清楚楚是怎么盖上的，一处都没丢。说明这位作者或整理者，对关文上的印是很在意的。为什么这里突然冒出一个本来并不应该盖的狮驼国的印来？

当然可以有各种猜测，但有一种靠谱的是：西游故事是不断发展完善的，故事是不断插入的。所以，在较早的时候，狮驼国（师陀国）只是一个正常的国家。经过这里是有找国王盖印的。所以，最后那份盖印的清单上，就一直有狮驼国的印。但是某一位作者对狮驼国故事做了改写，让大鹏精把国内君臣百姓都吃掉了，还加了狮驼岭故事。剧情导致唐僧师徒没有机会盖到狮驼国的印。但这样一来，最后那个关文上盖印的名册必须同时删掉“狮驼国印”才行，结果，作者把这事给忘了！这就是数据不同步的问题。

所以我们看杨本的《西游记》说“他师徒不知，进城去改换关文，被魔王一齐绑倒，吩咐小妖蒸熟来吃”。如果故事是这么演的，就可以盖印了。魔王盖完印再绑唐僧，没有任何问题。当然也可以不盖，一上来就绑。总之，绑唐僧与换关文是同时发生的。我们正可以从中看到“狮驼国”的演化过程：最开始的“师陀国”，并没有狮子，是一个正常的国家。杨本里的“狮驼国”，已经被青狮、白象、大鹏占据了，但还没有吃百姓，只是吃了君臣。百回本“狮驼国”，大鹏精把君臣百姓都吃掉了。

多扯一句，这个关文的用印名册上，没有天竺国的印，但是在天竺国收玉兔时，书里明明写着：

> 行者称谢，遂教沙僧取出关文递上。国王看了，即用了印，押了花字。（天竺国）

为什么这里盖印的场景写得清清楚楚，后面用印名册上又没有呢？这也只能用故事插入的早晚不同来解释：天竺玉兔精的故事，插入得比名册晚，作者忘记了在名册里同步添上。这和狮驼国的那个印忘记了删掉其实犯了一个毛病。所以数据库的增删改查是很重要的呀！

从刚才的分析可以看出，所谓的“狮驼”这个名字，和狮子关系似乎不是很大。因为它一开始也不叫“狮驼”而是叫“师陀”。杨本的“狮驼国”里冒出来一个青狮，算是和狮子精扯上点关系。然而百回本的《西游记》，狮驼国的国民是被大鹏精吃掉的，这件事和狮子又没有什么关系。青狮、白象本来就不在国里，而是跑到“狮驼岭”占山为王的。而“狮驼岭”这个地名，明显是受“师陀国”的影响，后编出来的。所以，一定是先有的“师陀”，后被民间通过改换偏旁的方式，和具体的动物产生联系，编出来的“狮驼”。

顺便说一句：杨本《西游记》里的观音菩萨的犼，就不写成“犭”旁，而直接写成“吼”；《封神演义》里太清道人骑的是“地吼”；《家谱宝卷》里收元母骑的是“白吼”；此外还有形容骏马的金睛吼（元杂剧《四马投唐》：金睛吼、锦毛熊）、虎刺五花吼（《三宝太监西洋记通俗演义》）。所以说，如果要求不高，“吼”字本身就是可以拿来当动物名字用的。换成“犭”旁，只是让它看起来更像动物而已。所以，我们不必一看“狮驼”就以为和狮子有关系，只有从原先的称呼“师陀”去分析，才能得出靠谱的答案。

师陀的来源

那么这个“师陀”是什么意思呢？其实它很可能就是“尸陀”，“狮驼岭”很可能就是“尸陀林”——印度抛弃死人尸体的地方。岭、林二字，读音接近，尤其是对于不分前后鼻音的人。网上搜一搜就知道，色达五明佛学院的“尸陀林”，许多人都喊它“尸陀岭”。这一点，我们在狮驼岭的狮驼洞中，还能发现一点点痕迹：

> 骷髅若岭，骸骨如林。人头发踹成毡片，人皮肉烂作泥尘。人筋缠在树上，干焦幌亮如银。真个是尸山血海，果然腥臭难闻。东边小妖，将活人拿了剐肉；西下泼魔，把人肉鲜煮鲜烹。

这哪里是狮子精的洞府，这明明更适合做白骨精的洞府嘛！

我们如果细读《西游记》就会发现：妖精的洞府，并不都是这个样子的；而且，大部分不是这个样子的。作者要么不写，要么就写得非常小清新，比如黑熊精的洞府，“松篁交翠，桃李争妍，丛丛花发，簇簇兰香”。写得这么恐怖，狮驼洞还真是第一个，也是唯一的一个！另外那个“骷髅若岭，骸骨如林”也隐隐透露了岭和林的某种关系。

藏传佛教说尸林怙主夫妇居住在髑髅山，那里有四方形的人头骨城，骨城有尸林髑髅宫殿和莲华日轮座，坐垫上拥立着尸林怙主夫妇。各位对比藏传佛教尸陀林的唐卡看一看，就明白：这不就是看图说话嘛！

但是，这么恐怖的名字，为什么还经常用在佛教地名中？原来佛教认为在尸体堆中修行，可以悟到人生无常。我们知道日本的一休哥吧，他就住过丹波国尸陀寺。但是这个尸体的“尸”字实在太骇人了，所以我们国人都改作“师”。古代的师和狮又是相通的，狮子早期就写成师子。从尸陀变到狮驼，又据此编出狮子精的故事，是合情合理的。

现实中有用“狮驼”或“师驼”“师陀”命名的地方有吗？有的。翻一翻《武夷山志》就会发现，福建的武夷山既有一座“师陀峰”，也有一座“师陀岩”。

北京也有“狮驼岭”（尸陀林），这个地方在哪里呢？就在今天的西山八大处，古籍中还可以找到记载：

> 昔有僧名卢，自江南来，寓西山之尸陀林秘魔岩。（《西园闻见录》）
>
> （尸陀林秘魔崖）去都城一舍许，曰西山，层峦叠

> 嶂……中有尸陀林，昔为卢师卓锡之所。
>
> 至卢沟桥，桑干河分两岔处，一岔通尸陀林，舟至于林畔，见石室，曰：“吾居是矣。”（《日下旧闻考》）

这个石室今天还在，那座山还叫卢师山，山腰上有座证果寺，就是古籍中记载的尸陀林。进入山门后顺着右侧一条小路，就可以到秘魔崖。

大概这个尸陀林的“尸”字实在太吓人了，所以同样的人物和地点，很快就写成了“狮驼林”，例如《畿辅通志》：

> 昔有僧名卢，自江南来寓居狮陀林秘磨崖下。

有意思的是，虽然这个“狮”变了，但“陀”还没有变。假如放任发展，变成马字旁是迟早的事。

所以，《西游记》狮驼国的演化过程应该是：

> 尸陀→师陀→狮陀→狮驼和狮子精发生关系→创造出狮这种动物

我们容易通过字形去想问题，其实字音比起字形来，更容易贯通古今，只是需要更多的想象力！

唐僧和比丘国国丈的吵架

比丘国的故事好玩，不在于孙悟空和猪八戒跑到清华洞府去打怪（有没有北大洞府？），因为那就是一个套路，是小说收场的一个必要环节。好玩就好玩在这次唐僧亲自出马与比丘国国丈进行了一场金殿大辩论，里面深层的东西很多。

僧道大辩论

比丘国里，唐僧和比丘国国丈在金殿进行了一场大辩论。这也是唐僧唯一一次亲自出场，代表了佛教和道教短兵相接地辩论。所以这场辩论一定要评点一番，它体现了唐僧的水平。

说实话，唐僧是什么人，“千经万典，无所不通，佛号仙音，无般不会”，假如《西游记》真的崇佛抑道，唐僧和国丈辩论，佛教本门武功那岂不是太多太多，随便选一样施展出来，都可以把国丈打得稀里哗啦吧？随便选几段虐一下眼前这个妖道，岂不是手到擒来的事情，可是唐僧说了一段什么？

为僧者万缘都罢，了性者诸法皆空。大智闲闲，澹泊在不生之内；真机默默，逍遥于寂灭之中。三界空而百端治，六根净而千种穷。若乃坚诚知觉，须当识心、心净则孤明独照，心存则万境皆侵。真容无欠亦无余，生前可见；幻相有形终有坏，分外何求？行功打坐，乃为入定之原；布惠施恩，诚是修行之本。大巧若拙，还知事事无为；善计非筹，必须头头放下。但使一心不动，万行自全；若云采阴补阳，诚为谬语；服饵长寿，实乃虚词。只要尘尘缘总弃，物物色皆空。素素纯纯寡爱欲，自然享寿永无穷。

老实说，假如唐僧是认真地在辩论，那我简直想穿越过去，把唐僧拉出殿外——别丢人现眼了！高手对决，一定要认得武功家数，否则就听凭对手糊弄吧。唐僧说的这段话，是和尚的本门武功吗？完全不是！这是道教全真派的正宗武功！

我们只要翻开一部道教文学总集《鸣鹤余音》，就会发现这一段的出处（尤其注意画线部分）：

世事无穷，观来尽空，既向玄门受教，便于心地下功。大智闲闲，澹泊在不生之内。真机默默，逍遥于寂灭之中。原夫要长灵苗，先持心地，六根净而千种灭，三界空而百端治。见闻知觉是障道之元因，恬淡清虚乃颐真之大义。若乃坚成学道，须当了心。心静则孤明独照，心存则万境皆侵。真容无欠亦无余，生前可见；幻相有形终有坏，分付何求？明知诸法皆空，万缘都罢。行功打坐，乃道之狂；布惠施恩，即德之诈。大巧若拙，还知事事无为；善计非筹，直要头头放下。但使一心不动，

> 万行自全。每畅神而度日，实知命以乐天。任经春夏秋冬，饥餐渴饮；或对风花雪月，稳步安眠。若能对境忘情，逢场作戏。本来了在方寸，何必修于累世，永嘉既悟，强留一宿而归；卢行犹疑，谩等三更而至。是知物物皆空，尘尘总弃，性外更无实相，目前尽是虚泡。长生有物而混成，神鬼莫测；大象无形随处是，天地难包。信乎本要明心，何劳苦志。谅不由他，诚能自已。大辩忘言，真经绝字，赖啼鸟宣杨，落花指示，石女亲传，木人举赐，浅智少识者则曰：不然不然。高明广见者乃云：如是如是。故悟则处处平夷，迷则头头踏刺。大抵欲修天外大成功，莫挂人间些子事。(《鸣鹤余音·心地赋》)

《鸣鹤余音》是什么书呢？它是元代全真道士彭致中搜集前代仙道歌诗编订而成的文学总集，内容包括词、曲、诗、赋，计五百余篇。大部分内容，是全真教道士写的。

这篇文章，就是三于真人的《心地赋》！三于真人又是什么人呢？名字不知道，但似乎是全真七子的亲传弟子。因为他还有一首《满庭芳》，说“钟吕为宗，拜丘刘谭马”，“丘刘谭马”就是丘处机、刘处玄、谭处端和马钰（所以他或许是于善庆即于志道也说不定）。诸位看看，有下划线的地方，就是唐僧抄袭过去的。他抄了多少，不言而喻。

最令人滴汗的是，唐僧居然把这一大段话的主语改了！三于真人在开头就说明了，“既向玄门受教，便于心地下功”，玄门，当然是道士。唐僧居然把这两句故意省了，反倒改成了“为僧者”，这是几个意思？这不就是把同桌的考卷答案抄来，写上自己的名字交上去吗？

更何况唐僧改过的地方，反倒不高明了！例如三于真人说“行功打坐，乃道之狂；布惠施恩，即德之诈”。唐僧改成了“行功打坐，乃为入定之原；布惠施恩，诚是修行之本”，对比一下，哪个高明？哪个拙劣？哪个有骗人钱财的嫌疑？三于真人的原文，当然是老子“无为而无不为”和庄子“圣人出有诈伪”的道理。唐僧说什么“布惠施恩，诚是修行之本”，反倒是落在下乘了。

况且，后面马上接了一句“大巧若拙，还知事事无为；善计非筹，必须头头放下”。唐僧照抄不误。人家三于真人否定了打坐和布施，接这句没问题啊。你唐僧鼓吹完这些，忽然来一句事事无为、头头放下，这不自相矛盾吗？这就好比抄同桌的考卷，匆匆忙忙抄错了解答公式，反倒抄上一个正确答案。幸亏还记得把姓名写成自己的！

再有三于真人说“坚成学道，须当了心”。唐僧当然不敢说“坚成学道”啦，那还不相当于在考卷上写同桌的名字吗？于是就说“坚成知觉，须当识心”。“知觉”的要求，可比“学道”高多了！而“识心”比“了心”，反倒低了。

唐僧还自作聪明，加了几句“若云采阴补阳，诚为谬语；服饵长寿，实乃虚词”“素素纯纯寡爱欲，自然享寿永无穷”，这几句虽然道理上没错，但假如对比三于真人的原文里，高下立判。或者说，根本就没有他唐僧说话的地方，因为人家根本就没追求“享寿永无穷”！

这就好比，少林寺方丈面对张三丰，使着偷来的太极剑和梯云纵，非说这是少林派本门武功。饶是拿来唬人，还使得不怎么样，关键的招数，都用错了！

好吧，面对这样破绽百出的辩论对手，国丈总该大喜过望，觉得捡个大便宜吧？可是他的表现，更令人奇怪。第一，他没有点破，也不知他看出来没有；第二，居然不用本门武功拆解。他使的什么武功？且看：

> 修仙者，骨之坚秀；达道者，神之最灵。携箪瓢而入山访友，采百药而临世济人。摘仙花以砌笠，折香蕙以铺裀。歌之鼓掌，舞罢眠云。阐道法，扬太上之正教；施符水，除人世之妖氛。夺天地之秀气，采日月之华精。运阴阳而丹结，按水火而胎凝。二八阴消兮，若恍若惚；三九阳长兮，如杳如冥。应四时而采取药物，养九转而修炼丹成。跨青鸾，升紫府；骑白鹤，上瑶京。参满天之华采，表妙道之殷勤。比你那静禅释教，寂灭阴神，涅槃遗臭壳，又不脱凡尘。三教之中无上品，古来惟道独称尊。

这一大段写得很漂亮，然而是道士说的吗？恰恰又不是，至少名义上不是！这抄的是宋仁宗的《尊道赋》。宋仁宗可不是道士！这不过是皇上写几句捧场的话，给你道教面子，拿来当挡箭牌了？

当然，这篇赋是不是宋仁宗所作，是有大大的疑问的，兴许就是金元间道士伪托的。但饶是如此，你比丘国国丈用什么来拆解不行，非得拉宋仁宗这张大虎皮吗？

这一场僧道大辩论，看上去高大上，玄奥无比。其实什么都没比出来。有些学者想从这一段辩论评判佛道优劣，那是上了当了！

明代的三教合一

看到这里，相信很多朋友很失望很失望。

是啊，我还想看看到底谁厉害呢。结果，你们都不地道！

其实细想想，我还是那句话，假如《西游记》那么黑白分明，它也成不了名著，它也传不到今天！试想想，金庸先生的小说里，有哪些是那么黑白分明的？

假如一部名著，那么轻而易举地就让你看懂了答案，只能说，它是主流媒体的宣传品。这些年来，谁知道《红楼梦》真正在说啥？《水浒传》真正在说啥？只能说，名著的肌理，都非常非常复杂。不同的人看，会看出不同的答案。

但是有一点是确定无疑的：作者对全真教的肯定，对金丹大道的推崇。例如唐僧代表佛教出战，反倒用的是全真七子嫡传弟子的武功。比丘国国丈反倒不安排他引用全真教的文章。这说明了什么问题？

又如孙悟空说的：

> 师父，你且睡觉，明日等老孙同你进朝，看国丈的好歹。如若是人，只恐他走了傍门，不知正道，徒以采药为真，待老孙将先天之要旨化他皈正；若是妖邪，我把他拿住，与这国王看看，教他宽欲养身，断不教他伤了那些孩童性命。

先天之要旨，就是指修炼元精、元炁、元神（又称先天精、先天炁、先天神）的内丹术理论。内丹术认为烧炼、服食等皆属旁门，不能得道。这些话，与其说是宗教信仰，不如说是技术流，与佛道斗争没有关系。不管是佛是道，只要认同“先天之要旨”，只要认同“宽欲养身”，就都是统战的对象。

今天阅读《西游记》的朋友，头脑里往往有个立场的观念。佛就是佛，道就是道，矛盾是不可调和的，所以一定要斗争斗争再斗争。殊不知在明代的社会，尤其是在底层社会，佛和道并没有那么地界限分明。

我多次提出，《西游记》的成书与福建有很大的渊源。

直到今天，福建很多民间信仰的宗教背景还是模糊不清的。不光福建这样，其他地区的民间宗教同样有这样的倾向。比如罗教基本是佛教的，但也吸收了道教的东西；黄天道是外佛内道。其他的民间宗教，很少有纯之又纯的佛或道，都是大杂烩，这就是明代底层社会的特点。

《西游记》讨厌什么道士

唐僧引用三于真人的《心地赋》来辩论，其实就是全真教一向提倡的内容。全真派道士是不讲炼砂干汞、点石成金的。从王重阳祖师一路下来，就是讲究炼心，炼精气神。所以才叫“全真”。其实《西游记》并不反道教本身，甚至原著唯一的一次安排如来讲经，居然故意让如来讲道教的《护命经》。这是《西游记》一以贯之的作风。《西游记》发生佛道争执的时候，又何尝真见用佛教教义去批判道教教义了？《西游记》通篇真正讲的佛经，不就是一部《心经》吗，这部《心经》不仅不涉及佛道斗争，还恰恰是王重阳钦定的全真教入门教材！

《西游记》讨厌的道士，有这么几位：黄花观蜈蚣精、车迟国三位大仙和比丘国国丈。

其实黄花观故事，我跳过去了没讲，因为暂时没有什么可深扒的东西。如果强行扒的话，势必引出许多牵强附会的说法。但这里不妨说几句，黄花观的门口，挂着一副对联，写着：

> “黄芽白雪神仙府，瑶草琪花羽士家。”行者笑道：“这个是烧茅炼药，弄炉火，提罐子的道士。”三藏捻他一把道：“谨言！谨言！我们不与他相识，又不认亲，左右暂时一会，管他怎的？”说不了，进了二门，只见那正殿谨闭，东廊下坐着一个道士，在那里丸药。
>
> ……
>
> 七个女子齐齐跪倒，叫：“师兄，师兄，听小妹子一言！”道士用手搀起道：“你们早间来时，要与我说甚么话，可可的今日丸药，这枝药忌见阴人，所以不曾答你。如今又有客在外面，有话且慢慢说罢。”

黄芽指铅，白雪指汞，都是道教炼丹药的原料（当然，内丹术也有黄芽白雪的说法，这里当然以孙悟空的理解为准）。烧茅，指炼丹时焚烧茅草。这里点明了这位道士的来历，是作者讨厌的那种了。这种事，内丹家是不屑干的，比如《悟真篇》“七言四韵”之六：“丹熟自然金满屋，何须寻草学烧茅。”人体自有炉鼎丹药，不必外求。

车迟国里三个妖道，也是作者讨厌的，他们“抟砂炼汞，打坐存神，点水为油，点石成金”，还会隔板猜物，“大开剥”等旁门左道的法术。其实这个“大开剥”是从西域传过来的，本来就与道教没有任何关系，例如《酉阳杂俎》和《搜神后记》记载的一个和尚和一个尼姑：

> （梵僧难陀）又尝在饮会，令人断其头，钉耳于柱，无血。身坐席上，酒至，泻入脰疮中，面赤而歌，手复抵节。会罢，自起提首安之，初无痕也。
>
> 有一比丘尼，失其名，来自远方。……尼每浴，必至移时。温疑而窥之；见尼裸身挥刀，破腹出脏，断截身首，支分脔切。

和尚的砍头法与尼姑的开膛破肚才是三位大仙法术的“老祖宗”！这些都是西域的幻术，要说和宗教沾边也是佛教，中国民间原来并没有。

而车迟国的三个妖道会的“五雷法”，反倒是正宗道教求雨的法术，所以即便是妖道，作者对“五雷法”也并没有什么批判，反倒说“那道士五雷法是真的”。况且三位大仙死了不要紧，车迟国以后求雨找谁去？

比丘国国丈也是这样的，《西游记》作者讨厌的是他要拿小儿心肝做药引。这与道教本身没有什么关系。

所以与其说《西游记》崇佛抑道，倒不如说崇“道”抑“术”，或者说崇内（丹）抑外（丹）。尤其是金丹大道，是《西游记》特别崇尚的。

须菩提祖师教孙悟空的就是它，猪八戒、沙和尚当凡人的时候，他们的师父传授的也是它（虽然不知他们的师父叫什么名字），甚至都到了凌云渡，还说“相亲相爱是元神”。这明显把内丹术贯穿始终了。

至于西天路上的和尚，看起来没有道士那么讨厌，但人品不怎么样的同样不少，就像观音院的金池长老、乌鸡国的僧官、镇海寺被老鼠精吃掉的小和尚们，还有佛祖身边索贿的。之所以不觉得他们特别坏，因为他们都不是妖精。在乌鸡国，文殊菩萨派他骑的狮子公报私仇，变个和尚不就得了？非得变作个全真道士。这到底是暗讽佛教还是暗讽道教，还真不好说。

西游故事从产生之日起就是宣扬佛法的，抑道不抑道先不说，剧情决定了必须找佛祖取经，这是无法更改的。否则另编一个去找太上老君取经的故事不就得了？所以只容易编妖精变的道士，不容易编妖精变的和尚，否则师徒四人取经路上打死和尚，这种情节未免也太考验人性了！所以，如果真说有什么斗争，与其说是佛道的斗争，不如说是路线斗争更合适（狭义地理解）——全真教崇尚金丹大道的势力，借着《西游记》来批评崇尚“术”的那部分势力（倒不一定是正一）。我们的佛祖也是倒霉催的，在这里面貌似是被当了枪使了！

老鼠姑娘要出嫁，来了和尚就嫁给他

《西游记》的金鼻白毛老鼠精，是一个极老极老的故事。在各类早期西游故事里，都能找到它。而且地涌夫人这个名字，也是很古老的。不妨挖一下。

老鼠精和天王

老鼠精和唐僧什么时候发生的联系？又为什么是天王的义女，被天王降伏？这几个故事很多人讲过了，但因为太著名，不得不再讲一遍。

玄奘法师在他的《大唐西域记》里讲过：西域于阗国的沙漠里，有一个大土堆，叫“鼠壤坟”，这里面有只特别大的老鼠，金光万道，银彩千条（“金银异色”），是一只老鼠王。只要它出洞，就跟着许多老鼠。曾经有数十万匈奴兵打到于阗国，在土堆边驻扎下来。这时于阗国只有几万人，恐怕打不过，又没处讨救兵。于阗国王早就知道这个土堆里有只鼠王，病急乱投医，就向鼠王焚香祷告，请求援助。晚上，国王梦见鼠王说：“吱，我都安排好了，只要你预备好兵马，明天早晨就打过来，一定能胜！”于阗国王大喜，知道鼠王显灵了，立即整顿兵马，第二天大杀过来。匈奴人急忙迎战，不料发现所有人的缰绳、弓弦、穿甲绦、鞋带、裤腰带、背包带……凡是有绳子有带子的地方，不知什么时候都被老鼠咬断了。来不及迎战，一下子全军覆没。于阗国王感激鼠王的厚恩，建庙祭祀，奉为一国之神。

《大唐西域记》和《大唐大慈恩寺法师传》是《西游记》最早的素材库。所以，在西游故事里安排一只神鼠，简直是必然的事情。

至于老鼠精为什么要被托塔李天王降伏？这个也是有些来历的。我曾经说过，托塔李天王的原型是佛教的毗沙门天王，就是四天王中的北方天主。这位天王在唐代地位格外高。一行法师在《毗沙门仪轨》里说：

天宝元年（742），大石、康国等五国围困了大唐的安西城。安西告急。唐玄宗对一行大师说："敌兵围城，但安西离长安一万两千里，就是现在发兵也得八个月才能到。怎么办？"一行说："没别的办法，只能请毗沙门天王帮忙了。"一行就推荐了胡僧大广智法师。大广智立即作法，忽见有二三百神兵，站在道场前，为首一位天将，神威凛凛。唐玄宗问："这人是谁？"大广智说："他就是毗沙门天王的二儿子独健，领天兵救援安西。"没过几天，安西就送来奏章，说："前几天来了一位天神，金袍金甲。敌营中出现无数金鼠，把弓弦通通咬断了。我们打了大胜仗。"

这个故事这么玄乎，基本上可以断定是一行法师编出来的。显然就是玄奘法师记的那个于阗国传说，改了改时间、地点、人物而已。金鼠咬坏弓弦武器的故事，仍然没有变。唯一多出来的，是给金鼠找了个编制。人家以前是地头蛇（好吧，是地头鼠），在于阗国独享一份香火，不受任何人管的，这回居然听毗沙门天王调遣。这就说明毗沙门天王信仰兴盛后，野生的神鼠信仰敌不过，被毗沙门招安了。这在《西游记》里，就变成了老鼠精认了托塔李天王当义父。

而且《大唐西域记》里说这鼠王“金银异色”，到了《西游记》里变成了“金鼻白毛老鼠精”鼻子上那一点金色，还说明它是西域的血统。

老鼠娶亲

如果再往深处挖一挖，其实这个故事还有更多的好玩背景。

地涌夫人向唐僧求婚，可以看作是“老鼠娶亲”故事的一个变种。老鼠娶亲故事，又称“鼠婚故事”，遍及印度、中国和东南亚。这个故事的儿歌版是这样的，兴许所有读者小时候都听过：

> 哩哩啦，哩哩啦，敲锣鼓，吹喇叭，老鼠家里办喜事，有个女儿要出嫁。女儿嫁给谁？妈妈问爸爸。爸爸是个老糊涂，他说：“谁神气就嫁给他。”爸爸就去找太阳，太阳说：“乌云要遮我，乌云来了我害怕。”

然后老鼠爸爸又去找乌云、大风、围墙，最后围墙说：“老鼠会打洞，老鼠来了我害怕。”爸爸一想：老鼠怕老猫。于是敲锣鼓，吹喇叭，老鼠女儿坐花轿，一抬抬到老猫家。老鼠爸爸和老鼠妈妈第二天来看女儿，咦，女儿不见啦！女儿在哪？女儿在哪？猫咪说：“我怕人家欺负她，啊呜一口就吞下。”

这类故事，既可以是老鼠嫁女，也可以是老鼠招婿，还可以是老鼠娶媳妇。例如《广异记》里就记载了一个老鼠娶媳妇的故事：有户人家，有一个十几岁的女孩，宠爱得很，有一天忽然失踪了。家人急得找了一年多，死活找不到。一天忽然听到地底下传来小孩哭声，挖开一看，一个大洞！再挖，洞越来越深，挖到底，发现女孩坐在里面，手里抱着一个小婴儿。旁边蹲着一只斗大的秃老鼠，两撇小胡子。女孩见了家人，已经不认识了。父母这才知道，女儿是被老鼠精迷住了，就把那只大老鼠一棍子打死，女孩就哭喊起来："你们为什么打死我丈夫！"父母又从女孩手里把婴儿夺过来，摔死了。女孩哭得更凶了，哭着哭着，就断了气。

这里可以看出：老鼠是想和人类结亲的。虽然这是一只公老鼠，《西游记》里是一只母老鼠，但娶妻生子的目的却都一样。而且孙悟空跑到天宫去告状，打滚耍赖，太白金星还提醒过他：你省省吧，天上一日地下一年，你再闹一会儿，你师父和老鼠精都生出小和尚来了！

另外，当时的人，对女孩和妖精生的孩子，并不怜惜，说弄死就弄死。这似乎是一种普遍的心态。即便这小孩并不是一只老鼠，而是人类。即便是这孩子的亲外公外婆，也能下得去手。所以，猪八戒和沙和尚摔死百花羞的孩子，我们今天看当然觉得残忍，但在当时人的立场看，实在算不了什么。但是这女孩对老鼠丈夫被打死，只是伤心；孩子被打死，竟然伤心至死。这正是人性和社会习俗的巨大矛盾。

下面这幅图很有意思，正是《西游记》故事和老鼠娶亲故事的结合。

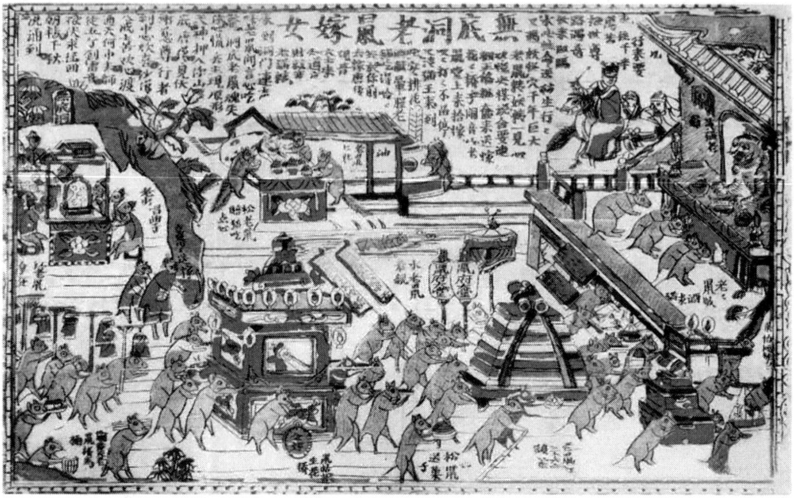

年画：无底洞老鼠嫁女

这幅年画是苏州桃花坞印刷的，画的就是无底洞老鼠嫁女，上面的文字大概意思是：唐僧师徒（右上角）到西天取经，路上经过无底洞，里面有个千年老鼠精。老鼠精要嫁唐僧，就给老猫王送了许多好吃的，请他来安排。老猫王受贿之后，就给唐僧做媒。观音菩萨听说了，就变成了猫精来到洞门，老鼠精吓得现了原形。观音菩萨命天兵天将，将老鼠精压在山底。唐僧得救。

这幅画里的老鼠，有扛牌的、打伞的、吹吹打打的，好玩的是最下一行，有一个“松鼠送果”。好吧，老鼠阵营真够广的！

灭法国国王与佛教杀人狂

灭法国的故事，1986 版电视剧《西游记》里没有单独演，而是合并到玉华州的故事里了。其实在原著里是独立的两个故事。

灭法国的国王，因为被和尚骂了，所以特别讨厌和尚，许愿要杀一万个和尚，已经杀了九千九百九十六个，正好唐僧师徒四人来到。观音菩萨及时报信，孙悟空就进城偷了四身俗人的衣服，师徒们穿戴起来，假装俗人，进城找店投宿，找借口睡在一口大柜子里。不料晚上柜子被强盗当作财物抢去，很快又被官军缴获。孙悟空就半夜作法，变了千百个小猴，钻到灭法国的国王、王后、满朝文武家里剃头，第二天，君臣发现都没了头发，才幡然悔悟。这时捕盗官员将大柜送到。师徒四人钻出，告诫国王要遵信佛法，并把国名改为“钦法国”。

灭法国国王和鸯掘摩罗

这个故事和佛教的鸯掘摩罗的故事有点像。

鸯掘摩罗，也译作央掘摩罗、央仇魔罗、央崛鬘、鸯崛髻。佛陀在世时，他住在舍卫城里，相信杀够一千个人，就可以得涅槃。于是在城里杀害了九百九十九个人，切取各人的手指头，戴在头上作为鬘饰。然而还差一个。这时他的母亲拿着四种美食给儿子送饭。鸯掘摩罗就想：不如把我母亲杀了，让她升到天上。就拔剑上前要动手。这时佛陀到来，向鸯掘摩罗说法。鸯掘摩罗终于忏悔，放弃邪见，皈依佛法。

鸯掘摩罗发愿杀千人，杀了九百九十九个；与灭法国国王发愿杀一万个和尚，杀了九千九百九十六个，岂不是很像。

在灭法国里，孙悟空使了一个神通，使一国君臣都没了头发。原著这一段，写得笔墨开张，十分精彩：

> 现原身，踏起云头，径入皇宫门外。那国王正在睡浓之际。他使个"大分身普会神法"，将左臂上毫毛都拔下来，吹口仙气，叫："变！"都变做小行者。右臂上毛，也都拔下来，吹口仙气，叫："变！"都变做瞌睡虫。念一声"唵"字真言，教当坊土地领众布散皇宫内院、五府六部、各衙门大小官员宅内，但有品职者，都与他一个瞌睡虫，人人稳睡，不许翻身。又将金箍棒取在手中，掂一掂，幌一幌，叫声："宝贝，变！"即变做千百口剃头刀儿。他拿一把，分付小行者各拿一把，都去皇宫内院、五府六部、各衙门里剃头。咦！这才是：法王灭法法无穷，法贯乾坤大道通。万法原因归一体，三乘妙相本来同。钻开玉柜明消息，布散金毫破蔽蒙。管取法王成正果，不生不灭去来空。这半夜剃削成功。念动咒语，喝退土地神祇。将身一抖，两臂上毫毛归伏。将剃头刀总捻成真，依然认了本性，还是一条金箍棒，收来些小之形，藏于耳内。

其实“管取法王成正果，不生不灭去来空”已经透露出这段故事的原始出处了。瞬间让人没有头发，这正是佛祖的大神通！如《增一阿含经》十五：

> 诸佛常法，若称善来比丘，便成沙门。是时世尊告迦叶曰：善来比丘！此法微妙，善修梵行。是时迦叶及五百弟子所着衣囊，尽变作袈裟，头发自落，如似剃发以经七日。

也就是说，只要佛祖向你说一句：“善来比丘！”话音一落，你的头发就“嗖”的一声不见了，而且不像新剃的，而是像剃了七天一样。你的衣服也自动变成袈裟，身受具足戒。无论面对多少人，只需要这一句话！这里佛祖面对迦叶及五百弟子说一声“善来比丘”，五百多人的头发就齐刷刷地落个精光。

“善来比丘”，也说成“善来苾刍”，苾刍是比丘的另一种译法，例如《佛说大乘菩萨藏正法经》，佛给五百长者剃度：

> 尔时佛言：“善来诸苾刍！”即时诸长者须发自落，袈裟着身，成苾刍相。

一句“善来诸苾刍”，就把五百位长者的头发全剃了！让人家当了和尚。

鸯掘摩罗呢？当然是被佛祖用这样的方法剃度啦，佛祖还亲手找刀子吗？例如《佛说鸯崛髻经》，说鸯崛髻（即鸯掘摩罗）

被佛祖点化后，发心皈依，佛祖就向他说了一句“善来比丘”。于是，“时鸯崛鬐须发自堕，身着袈裟在世尊后”，头发和胡子自己掉下来，这和国王一夜之间没了头发很相似。

所以说，孙悟空在整部《西游记》里使了诸多神通，唯独这个神通了不得！它已经接近佛祖的境界了！黄周星虽然没有看出这个神通的出处，但也隐约觉得这一段写得漂亮，就在这里评论说：

> 此一番普会神通，不但全部《西游》所未有，亦六合内外、亘古亘今所未有。奇哉，奇哉！

另外，灭法国这个国名，应该也是根据“灭髮”（为了和“发展”的“发”区别，暂时用一下这个繁体字）的这个典故取的。所以清代的黄周星就说：

> 灭法国竟成灭髮国矣。孰知彼髮不灭，此法不生耶！

今天民间评书里，法官、斗法、法兰西，还经常读成“fà”。

另外，玄奘法师的《大唐西域记》里，提到了鸯掘摩罗的故事，所以，这个故事变一变形式，进入《西游记》里，是完全可能的。

观音报信

唐僧师徒经过灭法国前，还有一段观音菩萨报信，原著是这么写的：

> 正行处，忽见那路傍有两行高柳，柳阴中走出一个老母，右手下搀着一个小孩儿，对唐僧高叫道："和尚，不要走了，快早儿拨马东回，进西去都是死路……那国王前生那世里结下冤仇，今世里无端造罪。二年前许下一个罗天大愿，要杀一万个和尚。这两年陆陆续续，杀够了九千九百九十六个无名和尚，只要等四个有名的和尚，凑成一万，好做圆满哩。你们去，若到城中，都是送命王菩萨。"

这段菩萨报信，其实在南传五部经藏中部的《鸯掘摩罗经》里，就有类似的记载：路人看见世尊走上前往盗贼鸯掘摩罗所在的路上，对世尊说："沙门！不要前往这条路，沙门！这条路上有位名叫鸯掘摩罗的盗贼，是凶暴者、血手者、执意杀害者、对活的生物不同情者，十人、二十人、三十人、四十人、五十人成群前往这条路，他们仍栽在盗贼鸯掘摩罗的手上。"然后释迦牟尼使出神通，鸯掘摩罗怎么追也追不上。鸯掘摩罗于是醒悟，把凶器扔到了山涧里。可见，鸯掘摩罗故事本来就有报信的情节的。

灭法国与明代制度

灭法国故事写的是人类社会，当然是比着当时的明代社会写的。

纪晓岚就注意过灭法国的问题，他在《阅微草堂笔记》卷九

《如是我闻三》里记，吴云岩家扶乩，请来了丘处机降坛。在场的一个人问道："《西游记》是不是您老人家所写用来显示金丹奥义的？"乩笔批道："是。"那人又问："您是元初的人，但书中祭赛国里有锦衣卫，朱紫国有司礼监，灭法国有东城兵马司，唐太宗有大学士、翰林院、中书科，都是明朝的制度。这是为什么呢？"乩笔就不动了。再问，也不回答。原来这位"丘处机"已经逃跑了。

祭赛国不但有"锦衣卫"提审奔波儿灞、灞波儿奔两个小妖，居然还用到了提犯人的"驾帖"，原文说："行者道：待我们奏过了，自有驾帖着人来提他。"真是像模像样！

灭法国这一段也是这样，书中写到官军缴获了大柜，报到朝廷：

> 只见那武班中闪出巡城总兵官，文班中走出东城兵马使。当阶叩头道："臣蒙圣旨巡城，夜来获得贼赃一柜，白马一匹。微臣不敢擅专，请旨定夺。"国王大喜道："连柜取来。"二臣即退至本衙，点起齐整军余将柜抬出。

东城兵马使其实就是五城兵马司指挥使之一的五城兵马司。是东、西、南、北、中城兵马指挥司的合称，负责分区。管理京城捕盗和疏通沟渠、街道等事务（有点像东城、西城、海淀、朝阳的公安局）。但是为什么属于"文班"？可能是因为明代五城兵马司隶属于主管监察、弹劾的都察院，所以才叫"文班"。

这里还涉及一个词"军余"。军余，是指未取得正式军籍的军人。《明史·华敏传》："又有华敏者，南京锦衣卫军余也。"

《西游记》里的明代制度还有很多，例如宫城的后门都叫“后宰门”。不仅乌鸡国的宫城后门叫“后宰门”，连狮驼国宫城的后门也叫“后宰门”。明代北京和南京宫城以南门为正门，均称正阳门，北门为后门，均称后宰门。如吕毖《明朝小史·崇祯纪》记崇祯帝“缢于后宰门煤山之红阁”。这个后宰门，其实就是今天的故宫的神武门。

另外，师徒四人在金殿见假的乌鸡国王，有这么一段：

> 唐僧道：“都进去，莫要撒村，先行了君臣礼，然后再讲。”行者道：“行君臣礼，就要下拜哩。”三藏道：“正是，要行五拜三叩头的大礼。”

五拜三叩头是明代朝见皇帝的礼仪。俯首至手为拜，五次；叩头至地为叩，三次。到了清代，才改为“三跪九叩”，《明世宗实录》嘉靖元年（1522）正月一日，“上御奉天殿，文武百官及四夷朝贡使行五拜三叩头礼”。今天我们说见了皇上要三跪九叩，这是清代制度。有好多小说影视剧，以为从有皇上开始，朝见的礼节就都是三跪九叩，不管唐宋元明，都这么编这么演，这是欠考虑的。

瞌睡虫和豹子精的秘密

唐僧师徒在隐雾山折岳连环洞，遇到了豹子精。这一回，就故事本身而言，没什么讲头。连清朝的黄周星都嫌这位豹子精太没劲了：

> 西方大小诸妖，有神通者，固神通矣。即无神通者，亦尚有意致。若其间绝无意致者，惟黑水河之鼍、青龙山之犀与连环洞之豹耳。天下无事无差等，魔怪之中，亦复有优劣耶？

几百年后，我能体会到这位黄老先生的无奈，他的规矩和我是一样的，整整一百回，每回他都要点评一段。只是我一般都是评三千字左右，他只评一二百字。饶是如此，这一回实在没啥可评的。因为只要这一回里还“有”点什么，他断然不会说“无”什么。沦落到说“无”什么的时候，那就是真的没什么话讲了，怎么办啊怎么办？

豹子精不会什么变化，也没什么法宝，论武艺，也打不过孙猪联手；甚至孙悟空胜得都太轻易了！爬进去放两个瞌睡虫，就连窝端了。

那就聊聊这个瞌睡虫吧。

瞌睡虫其实很可怕

《西游记》多次提到瞌睡虫。但有时候说是和天王猜枚赢的，有时候说是孙悟空自己用毫毛变的（见偷御酒、朱紫国、灭法国、隐雾山故事）。猜枚的天王也不一样，在五庄观说是在东天门和增长天王，在狮驼国则说是在北天门和护国天王。这种差异大概是因为作者统稿没注意造成的，好在于剧情没有妨碍，我们暂时不管它。

这个瞌睡虫到底是不是孙悟空的独家发明？其实也不是，我们在佛典里可以找到它的来源，例如《正法念经》：

> 复以闻慧，或以天眼，见嗜睡虫，其形微细，状如牖尘，住一切脉，流行趣味。住骨髓内，或住肉内，或髑髅内，或在頬内，或齿骨内，或咽骨中，或在耳中，或在眼中，或在鼻中，或在须发。此嗜睡虫，风吹流转。若此虫病，若虫疲极，住于心中。……虫则睡眠，人亦睡眠。

什么意思呢？佛经认为，我们人体内有一种嗜睡虫，像窗户上的尘土那样小，住在人体的血脉、骨髓、颅骨、脸上、牙齿缝里（好么，牙里都有瞌睡虫！）、耳朵、眼睛、鼻子、胡子里。这种虫子特别贪睡，如果它病了、累了，就会爬到心里睡着了。虫子睡着了，人也就睡着了。

说到这里，可能大家还觉得挺好玩。但是接下来就没那么好玩了。因为佛教认为，人体是一个大虫子窝，睡虫只是其中一种：

> 于髑髅内，自有虫行，名曰脑行，游行骨内，生于脑中。或行或住，常食此脑。
>
> 复有诸虫，住髑髅中，若行若食，还食髑髅。
>
> 复有发虫，住于骨外。食于发根。以虫嗔故，令发堕落。
>
> 复有耳虫，住在耳中，食耳中肉。以虫嗔故，令人耳痛，或令耳聋。
>
> 复有鼻虫，住在鼻中。食鼻中肉。以虫嗔故，能令其人饮食不美，脑涎流下。以虫食脑涎，是故令人饮食不美。
>
> 复有脂虫，生在脂中，住于脂中，常食人脂，以虫嗔故，令人头痛。
>
> 复有续虫，生于节间。有名身虫，住在人脉。以虫嗔故，令人脉痛，犹如针刺。
>
> 复有诸虫，名曰食涎，住舌根中。以虫嗔故，令人口燥。
>
> 复有诸虫，名牙根虫，住于牙根。以虫嗔故，令人牙疼……

脑子里有吃脑子的虫（这就是三尸脑神丹的来源之一！另一个来源是道教的三尸神），头发根有吃头发的虫，鼻子里有吃鼻子肉的虫（难道叫鼻涕虫？），脂肪里有吃肥肉的虫（话说这种虫倒还不错，养几只减肥用），牙根里有让人牙疼的虫……想想佛经认为脑袋里、身上，全都住着一窝一窝的虫子，好可怕。

豹子精是个概念妖精

我们查一查《太平广记》《夷坚志》等专记神仙鬼怪的书就会发现，动物成精，也是有物种差异的，一般来说，排名比较靠前的物种：龙第一，狐狸第二，老虎第三（如果龙不参加比赛那就是狐狸第一，老虎第二），还有猿、蛇、鼠等，排名都很靠前。这些动物，除了龙，都是在陆地上活动的。水里的物种，除了龙之外，成精的也少，什么鳄鱼精、虾精、螃蟹精还偶尔一见，花蛤精、海瓜子精、海蛎子精、多宝鱼精就从没听说过。豹子虽然是陆地动物，形体也不小，然而奇怪得很，除了极少数谐隐小说（荆棘岭树精作“猜猜我是谁”诗即是）里提到之外，似乎难以见到其踪影，和“狼虫虎豹”动辄被提起的情况太不相称。

这是为什么呢？因为豹子这种动物，地位很尴尬。

比如老虎，人是肯定打不过它的，当然就能从它吃人的特性出发，编出很多老虎精的故事；狐狸、黄鼠狼、蛇、刺猬、老鼠（所谓胡、黄、白、柳、灰五位大仙），虽然不是力量型选手，但神出鬼没，人们对它们也有敬畏；马、牛、羊、鸡、狗、猪呢，和人类非常熟悉，被编出神异事情的概率就很高。顺便说一句，别看猫狗同属宠物，狗精就比猫精多得多。

豹子这些比较优势都没有：论力量，不如狮子老虎；论隐蔽性，却又不如胡黄白柳灰，人们对它就少了很多敬畏；豹子的强项是速度快，人类远远不是对手，可惜正因为不是对手，反倒用不上。大概在羚羊的世界里，豹子有可能大规模成精。

所以，《西游记》里安排了这样一只豹子精，纯粹是从概念出发来写的。这从豹子精的住处隐雾山就能看出来。为什么叫隐雾山呢？这是《列女传·陶答子妻》的一个典故：

> 妾闻南山有玄豹，雾雨七日而不下食者，何也？欲以泽其毛而成文章也。

南山有一只黑豹，有雾或下雨的时候，连着七天不下山来找食吃，为什么呢？它想在雨雾蒙蒙的环境里养它的皮毛，长出漂亮的花纹。这就是豹子精住隐雾山，号南山大王的出处。

这个典故，后来用来比喻藏身远害、遁迹待时。这一回一上来，就拿雾来大做文章：

> 说不了，又见一阵雾起。那雾真个是：漠漠连天暗，濛濛匝地昏。日色全无影，鸟声无处闻。宛然如混沌，仿佛似飞尘。不见山头树，那逢采药人。三藏一发心惊道："悟空，风还未定，如何又这般雾起？"

雾是起到迷惑的作用的，所以这豹子精抓唐僧的手段，也是所谓"分瓣梅花计"，三个小妖都变得与豹子精一模一样，把孙、猪、沙引走。要说他手下这小妖还真不赖，以孙悟空的火眼金睛，都没看出破绽。可见迷惑人的效果很显著。甚至孙悟空他们打上门来，也上了豹子的当。柳树根砍的假人头倒也罢了，那个真人头，难道相貌是不是唐僧，三个人都不认识？只能猜测孙悟空他们是有受豹子精迷惑的成分在。

最后妖精现了原形，是一只艾叶花皮豹子精。艾叶豹，又称云豹。《本草纲目》卷五十一："其文……如艾叶者，曰艾叶豹。"

豹子精这一回的看点

豹子精这一回，一没神通，二没法宝，三没背景，四没床戏。就连大蟒精，也靠恐怖的形象赢得一点异形动物加分。豹子又不是啥稀罕物种，它是靠什么来撑起这一回的？难道只靠概念？

答案是看文笔，这回很多地方都可圈可点。

其实《西游记》的文笔一贯地好玩，只是大家都注意故事情节去了，反而注意不到文笔有多好。

《西游记》作者不善于写诗，但真的不妨碍他写故事的弹指神通。有时候，一句话就能点睛一篇文字，比如写豹子精手下那个小妖：

> 老怪大惊道："不知是那个寻将来也。"先锋道："莫怕！等我出去看看。"那小妖奔至前门，从那打破的窟窿处，歪着头往外张，见是个长嘴大耳朵，即回头高叫："大王莫怕他！这个是猪八戒，没甚本事，不敢无理。他若无理，开了门，拿他进来凑蒸。怕便只怕那毛脸雷公嘴的和尚。"

"从那打破的窟窿处，歪着头往外张"，十四个字，就能看出水平！如果是俗手写，那就是"小妖往外看了一眼，看见是猪八戒”。然而如何回头高叫呢？如果还高叫：“大王莫怕他！这个是猪八戒。”毛病在哪？毛病就在于重复了。第一个猪八戒，透了底！小妖眼里，确确实实只是个长嘴大耳朵，他关注的也只是对方是不是“毛脸雷公嘴的和尚”。然后回头一叫，才叫出是猪八戒。短短的一句话，竟然有一波三折，一波比一波高。

更何况，这个“歪着头往外张”，也是一句自带萌点的话。《三国演义》里，关公能“歪着头往外张”？司马懿兵临城下，诸葛亮在城楼之上抚琴，能“歪着头往下张”？

要我说，这回故事情节其实很一般。但这位作者特别善于没话找话，凡是能铺排演绎的地方，他永远不会放过去，比如孙悟空去妖精洞的后门，想变化了进去。按说变化就变化呗，按我们普通人的写法，不过是“掐诀念咒，摇身一变”，可这里偏偏也会一波三折：

> 又见涧那边有座门儿，门左边有一个出水的暗沟，沟中流出红水来。他道：“不消讲，那就是后门了。若要是原嘴脸，恐有小妖开门看见认得，等我变作个水蛇儿过去。且住！变水蛇，恐师父的阴灵儿知道，怪我出家人变蛇缠长；变作个小螃蟹儿过去罢，也不好，恐师父怪我出家人脚多。”即做一个水老鼠，飕的一声撺过去。

这段无非是说孙悟空最后变了个水老鼠，用得着前面那么多废话吗？可这样一来，正剧就变成了喜剧，想不到的地方，都透着好玩了。

《西游记》的一个个的故事，最后的情节都是把唐僧救出来。

按说这一回之前，各种打怪斗法，各种精彩都写绝了。这里再写到救唐僧，也就真的没什么可写了。闭着眼想想，不过是进到洞里，把绳子解开，放唐僧出来，就完事了呗，还能有什么新鲜？可这回书解唐僧都演出一段故事：

> 长老道："徒弟，快来解解绳儿，绑坏我了！"行者道："师父不要忙，等我打杀妖精，再来解你。"急抽身跑至中堂。正举棍要打，又滞住手道："不好！等解了师父来打。"复至园中，又思量道："等打了来救。"如此者两三番，却才跳跳舞舞的到园里。长老见了，悲中作喜道："猴儿，想是看见我不曾伤命，所以欢喜得没是处，故这等作跳舞也？"

这一段简直就是"乐得找不着北"的注脚。这一回，虽然很短，故事很简单，但每一个点，作者都不肯轻易放过去，必然要摇曳波折一番，才肯把情节往下推，这其实是驾驭文字的本事！名手和俗笔，往往区别就在这里。因为靠剧情，靠场面，靠稀奇古怪的人物，靠异形法宝道具，是分不出影视剧和文字的区别的。而这里举的这几段，我们从中获得的乐趣，是阅读文字所专有的！电视、电影怎么表现这几段？反倒显得苍白了！所以，文字必须靠质感和波折使我们百读不厌，古人论书法常说"一波常三过折笔"。这种质感，是影视剧改编永远表达不出来的。

《西游记》的可爱小妖们

《西游记》有许多小妖，包括花果山的小猴，他们虽然是龙套，但也被写得各具神采。这一节，我打算致敬他们。

花果山四健将

《西游记》最早出现的小妖，当然要追溯到孙悟空在花果山时期当妖猴的时候，手下有四万七千群妖，其中为首的是四健将。

> 猴王将那四个老猴封为健将，将两个赤尻马猴唤做马流二元帅，两个通背猿猴唤做崩芭二将军。将那安营下寨，赏罚诸事，都付与四健将维持。

这里的健将当然不是游泳健将、跳远健将的健将，而是指英勇善战的将领。这个词最早见于《后汉书·吕布传》："（吕布）与其健将成廉、魏越等数十骑驰突燕阵，一日或至三四，皆斩首而出。"后来在元杂剧里还发展了，例如郑德辉的《虎牢关三战吕布》就编出一个"八健将"，是杨奉、侯成、高顺、李肃、李儒、何蒙、陈廉（就是成廉）、韩先八位。这自然是从《吕布传》里过来的。想来《西游记》里的健将，应该是受了这类“健将”的影响了。

今天有些出版社，标点作“马、流二元帅”，“崩、芭二将军”，这个标点是错误的。“马流”不能拆开。马流也写作“马留”，就是猴子。宋代赵彦卫《云麓漫钞》卷五：“北人谚语，曰胡孙（即猢狲）为马流。”马流当源于北方少数民族语言，如满语至今称猴子为monio。有广东、福建的朋友告诉我，他们那边也管猴子叫“马流”，假如是常用词，那说明还真可能保留了古语。观音菩萨在鹰愁涧见到孙悟空也说：

> 我把你这个大胆的马流，村愚的赤尻！我倒再三尽意，度得个取经人来，叮咛教他救你性命，你怎么不来谢我活命之恩，反来与我嚷闹。

然而这个“崩芭”，却不知道什么意思，可能来自元代以后少数民族语言的拟音，如蒙古语小老虎即谓之bambar，音“班巴尔”。“崩芭”二将军，恐怕意思就是“虎将”。另外，北师大李小龙先生认为崩芭可能是从印度的语言转来，印地语 ēra，意思是猴子。也可以参考。

奔波儿灞和灞波儿奔

有很多朋友都喜欢问“奔波儿灞”和“灞波儿奔”这两个名字的来源，一般我都会向他们推荐北师大李小龙先生的考证。先不管结论如何，我觉得至少考证的思路是很有意思的，不妨再把李小龙先生的观点概括一下：

历史上的玄奘法师，走的是甘肃、新疆，然后折向南，一路经中亚国家进入了印度。而《西游记》很有意思，可能是明代开始取道西藏与印度交通，里面不停地提到玄奘法师并没有经过的“乌斯藏”。例如猪八戒，就写成是乌斯藏高老庄人氏（实在难以想象一个“巴扎黑”的猪八戒）。祭赛国似乎也与西藏有关。

西藏又称为吐蕃，“蕃”（藏语 bod）和西藏原始宗教苯（bon）有关：藏人称藏地的居民为本巴（bod-pa）；而原始宗教苯后经过辛绕米保切的改造，成为苯教（bon-po），音译为“苯波”“本波”甚至“崩薄”“奔布尔”[实际上“蕃”（bod）和“苯”（bon）也是互用的]。苯教的“奔布尔经”也叫“奔波经”。

所以，“奔波儿灞”很可能是“bon-po-pa”的音译，意为“苯教之人”或“吐蕃人”。也就是说，作者让这两个小妖出自吐蕃，便依他对乌斯藏的粗浅了解，用音译的方式给它起了这样的名字。

小妖的牌子

赛太岁的有来有去、狮驼岭的小钻风，都有腰牌。这个腰牌，是古代的通行证或身份证明，例如在朱紫国的那一回，孙悟空打死了有来有去：

> 却去取下他的战书，藏于袖内；将他黄旗、铜锣，藏在路旁草里；因扯着脚要往涧下摔时，只听当的一声，腰间露出一个镶金的牙牌。牌上有字，写道：“心腹小校一名，有来有去。五短身材，扢挞脸，无须。长川悬挂，无牌即假。”

扢挞就是疙瘩，长川就是长期、经常。这正是元代以后的腰牌制度，可与清代王鑫《练勇刍言·腰牌制度》对照着看：

> 宽用一寸五分，长用一寸八分，厚用一分。上横书某营，中直书姓名，右旁注住某县某都，地名某处，及身之长短，须之有无。左旁注年若干岁，某人保，某年月日入营。若平日作何生理，及其父母兄弟妻子，则另注于名册上。

这里说了，一定要写面部特征，主要是有没有胡子！是什么意思呢？这相当于贴了一张相片。因为古代没有照相技术，所以在需要辨明身份的证件上用文字描述证件主人的相貌特征，如“面黄有须”“面黄微须”等。有没有胡子最容易辨认。《儒林外史》第四十五回无为州官府公文：“要犯余持，系五河贡生，身中，面白，微须，年约五十多岁。”也是这样的。

其实腰牌还算是简单的，因为毕竟空间太小，没那么多字可写，就简化为脸色、胡须两项了。宋代有告身制度，明代吕坤《实政录》、余自强《治谱》等执政手册，列出了许多选项，看看，是不是很像有些手机游戏的自定义头像？

基本信息：某人、年若干岁、身长几尺。

身高选项：身长、身中、身短。

体型选项：身肥、身瘦。

胡子选项：无须、微须、多须。

脸型选项：方面、长面、圆面、瓜子面……

颜色选项：白色、黑色、紫棠色、黄色、赭色……

皮肤质感：面光、面麻、有疤。

眼睛选项：大眼、小眼。

脸蛋伤痕：一道、两道、三道……N 道（同时要注明位置，在腮下、额头上……）。

附件：几个痦子、几个痣、几个瘤子……

清朝紫禁城也实行腰牌制度，没有这个牌子，擅入皇城及宫殿门、午门、东华门、西华门、神武门及禁苑者，各杖一百，擅入宫殿门杖六十、坐一年牢；擅入御膳房和皇上住的地方，绞刑。有牌不带，打八十杖。

其实上面那些选项如果真的写清楚，那和照片也就差不多了，甚至有时候比照片还强。因为这些定义都是些逻辑条件，可以一条条去比对。有意思的是，清政府好像到后来越来越没钱，早期发铜、木牌子，到了晚清就是纸牌子了。但也有一项大改进：摄影技术传入中国后，牌子上开始贴太监的相片。这就和我们平时开会时脖子上挂的吊牌是一回事了。

有来有去的腰牌上，还有一句话“长川悬挂，无牌即假”，这句话也是从腰牌制度上套用来的。例如嘉峪关出土过一块腰牌，上写“凡守卫官军悬带此牌，无牌者依律论罪。借者及借与者罪同”，也是这个意思。

小妖很像小朋友

《西游记》写了形形色色的小妖，但这些小妖，包括花果山的小猴，都不觉得可恶，反而很可爱。比如花果山小猴“都是一窝风，一个个跳天搠地”；精细鬼、伶俐虫和孙悟空换葫芦，哪吒太子把天遮了，孙悟空就骗他们说是在东海边上。小妖大惊道：“罢！罢！罢！放了天罢。我们晓得是这样装了。若弄一会子，落下海去，不得归家！”孙悟空把天“放”出来后，小妖便笑道：“妙阿！妙阿！这样好宝贝，若不换呵，诚为不是养家的儿子！”前一会儿惊，后一会儿笑，也只有小朋友会有这样的感情变化。惊的时候就怕“回不了家”，笑的时候就说“不换不是养家的儿子”，这其实也是小孩子的心态。

其实孙悟空也一样，他在狮驼岭变“总钻风”，非得变得比小钻风高三五寸，这就是小孩子比身高的心态。小钻风见了孙悟空，一连说：“我家没你呀”“面生，认不得！认不得！”“你刚才是个尖嘴，怎么揉一揉就不尖了？疑惑人子！大不好认！不是我一家的！少会，少会！可疑，可疑！”成年人讲话，肯定不会这么重复啰唆，只说一句“我不认得你”也就完了。只有小朋友才会说“上街街”“坐车车”……一大串话。比如我在街上走，旁边一个人和我打个招呼：“哟，你就是写大话西游的那个什么李天飞吧。”我一脸萌状，嘴里碎碎念：“我不认识你呀。面生，面生，不认得，不认得，可疑，可疑，我走啦，我走啦。”估计这位得嘀咕一句“神经病”。

又比如黄风怪的一个小妖：

又见那洞前有一个小妖，把个令字旗磨一磨，撞上厅来报道：“大王，小的巡山，才出门，见一个长嘴大耳朵的和尚坐在林里；若不是我跑得快些，几乎被他捉住。”

这句话细读就很有意思，整句的口吻，就像个小朋友说:“爸爸爸爸，刚才树林里，有一只特别大特别大的狗，它看见我就要咬我。”成年人和小朋友讲话的重点是不一样的，只有小朋友才非常诚实地具体地说话。如果是成年人来说这句话，肯定是:“大王，外面有个和尚，可能对我们不利，他长得有点奇怪……”一般等对方追问“到底什么样”，他才会说“长嘴大耳朵”。因为小朋友对事物的表面现象更感兴趣，比如长嘴大耳朵啦，多大的猫猫狗狗啦，所以更偏好具体的描述;而成年人更偏好利害的判断和事情的概括。假如一个成年人像小朋友这样说话，别人就会认为是废话了。

“把个令字旗磨一磨，撞上厅来报道”，这句话也很有意思。磨旗，就是摇旗。其实这句话就是写了两个事，一是摇旗，二是撞上厅来。这两件事，同时发生也未尝不可，但分开写就有童趣。有点像迪士尼动画片里的人逃跑，不是一上来就跑，而是两只脚先在原地做旋风状，然后蹿出去。另外“撞上厅来”也很有意思，成年人是“走上厅来”或“跑上厅来”，用个“撞”字，儿童的冒失尽显。

《西游记》本身，童话色彩很重。有了这个前提，就可以理解一种现象:作者写这些小妖，往往笔调是很轻松的;谁知一转眼就安排孙悟空把他们打死。

如果站在成年人的角度来看，这未免残忍了点儿，然后据此讨论是善是恶、是对是错。但如果站在小朋友的视角，把这件事理解为一场游戏，恐怕就不觉得那么残忍了。首先，按剧情小妖就是被打死的。其次，这就像小朋友做游戏，本来就没分什么善恶对错，往往就是向对方比画一枪，“啊，你死了”，对方就得闭上眼睛躺下，这有啥残忍可言？

只可惜我们在成年人的世界生活惯了，看什么问题都要带上利害的判断。把许多单纯有趣纯好玩的事，当成有目的有预谋的事去理解，就容易想偏，给这些很童真的内容，罩上一层成年人的色彩，这不能不说是一种遗憾！今天翻拍《西游记》的很多，有时候总觉得缺了点什么，可能就是太重视所谓的“意义”。有些人看到正义，有些人看到阴谋，有些人看到修炼，有些人看到慈悲，殊不知其中看似毫无任何意义的童心童趣，本来就是最宝贵的！

如何计算玉帝的降水量?

唐僧师徒路过凤仙郡，发现当地大旱，就为当地求来了一场大雨。

这段故事，其实写的是明代很现实的两件事：干旱和求雨。

地方官的求雨

车迟国那回已经写了一段求雨。这容易给我们一个错觉：求雨的一定是道士。其实并不一定。连车迟国的一个道士也说："因当年求雨之时：僧人在一边拜佛，道士在一边告斗，都请朝廷的粮饷；谁知那和尚不中用，空念空经，不能济事。后来我师父一到，唤雨呼风，拔济了万民涂炭。"这里更可以看出，和尚，甚至政府官员自身，都是可以组织求雨的。所以唐僧一进凤仙郡，就看到：

> 又到市口之间，见许多穿青衣者左右摆列，有几个冠带者立于房檐之下。

这一段，其实就写明了是政府组织求雨。古代求雨者常穿青衣，在汉代就已经是这样了。《春秋繁露》卷七十四有汉董仲舒求雨的方法：求雨的人都穿青衣，在城东门外筑一座八尺见方的坛。八个小孩，穿青衣，舞龙。旁边管地方农事的小官，也穿青衣，站在旁边。

这个风俗，一直延续到唐宋以后。唐宋求雨的办法，是人们用大瓮盛水，插上柳枝，抓一些蜥蜴来，放在水里。小男孩们穿上青衣，环绕大瓮唱："蜥蜴蜥蜴，兴云吐雾。降雨滂沱，放汝归去。"但是蜥蜴这东西，也不是那么好抓。宋朝有一年京城大旱，开封府着急求雨，急需许多蜥蜴，老百姓抓不到，只好找了许多壁虎（又叫蝎虎）代替。但壁虎这东西不像蜥蜴，扔到水里就淹死了。小朋友就改了唱词："冤苦冤苦，我是蝎虎。似恁昏沉，怎得甘雨？"

至于为什么管这个地方叫"凤仙郡"这么香艳的名字？似乎是和凤仙花能预报晴雨有关。清赵学敏《凤仙谱》："凤仙能知雨，凡天阴叶上仰者，其日必雨；不仰则无雨。"连凤仙郡都不知晴雨了，可见干旱太严重了。

接玉皇习俗

据玉帝说，他惩罚凤仙郡的原因是：

> 那厮三年前十二月二十五日，朕出行监观万天，浮游三界，驾至他方，见那上官正不仁，将斋天素供，推倒喂狗，口出秽言，造有冒犯之罪。

十二月二十五日，玉帝下凡，巡查人间善恶，这是一个很普遍的民俗，叫“接玉皇”。例如明刘侗《帝京景物略》卷二：

> （十二月）廿五日，五更焚香楮（烧纸），接玉皇，曰玉皇下查人间也。竟此日，无妇妪詈声。三十日，五更又焚香楮送迎，送玉皇上界矣，迎新灶君下界矣。

这天家里从大到小，是不能有斗嘴的，否则就是对玉皇不恭。然而这还有个好玩的问题：

此前两天，即腊月二十三，民间习俗是“祭灶”，送灶王爷上天，家家供奉糖瓜糖果，据说是为了粘住灶王爷的嘴，不让他说坏话，“天上言好事，回宫降吉祥”。然而奇怪的是，既然嘴粘住了，坏话固然说不得，好话岂不是也说不得了？于是又有一说，认为给灶王爷吃甜食，只是为了让他高兴，上天才能多说好话，并非粘住嘴的意思。然而无论如何，下情是不能上达了。

灶王上天汇报这件事，不如说是道教司命神的一种延续。每个人都有司命神，也有说叫三台北斗神君的，他手里有许多小棍，一根代表一百天。只要干了一件好事，司命神就给他的寿命添上几根棍；干一件坏事，就减几根棍。比如斋戒一日，增寿一百天；但奉道弟子对老师不恭敬，就减寿二十四年。灶王也是这样，据说有的地方画灶神，背后还画两个小罐。一个是善罐，记好事，一个是恶罐，记坏事。恶罐（贯）满盈了，这家人就没救了（当然“恶贯满盈”是从《尚书》来的，民间根据“贯”字编出来两个罐子）。

然而，按说灶王上天之后，用善恶罐子也好，口头汇报也好，已经秉公执法，把这家的善恶报给玉皇了。玉皇何苦两天后还要亲自下界，巡查人间善恶，直到腊月三十才回去？我想，灶王回天上去的这七天，相当于放假。而人间又需要神明的监察，以防这七天放纵得过了头（其实从“过了二十三就是年”这句俗语中，可以体会出人们意图放纵的心态）。这就很像一个政府机关，年假时，职工们都放假回家了，几位大领导反倒要安排轮流值班，防止出事。

另外，早期的司命神是无法和他讨价还价的——居然还想用糖封他的嘴？这是不可能的事。谁知灶王变成民间俗神之后，开始和民间有了权力寻租，收受贿赂（哪怕只是小小的一块糖）。然而收受贿赂之余，人们又觉得虽然免祸的愿望满足了，公平的愿望反而缺失了，于是叠床架屋地多出一个更高等级的玉皇来下察人间。这等于说，神界的监察制度，也被我们人类越搞越复杂了！这个微妙的矛盾心态与有些人一方面希望法律公平，一方面又想钻法律的空子是一样的。

玉帝的降水量是怎么算出来的？

凤仙郡的降雨，玉帝是这么说的：

> 玉帝闻言大喜，即传旨：“着风部、云部、雨部各遵号令，去下方，按凤仙郡界，即于今日今时，声雷布云，降雨三尺零四十二点。”

其实这种命令方式，在梦斩泾河龙那一回也提到了：

> 龙曰：“明日甚时下雨？雨有多少尺寸？”先生道：“明日辰时布云，巳时发雷，午时下雨，未时雨足，共得水三尺三寸零四十八点。”
>
> 他挨到那巳时方布云，午时发雷，未时落雨，申时雨止，却只得三尺零四十点，改了他一个时辰，克了他三寸八点。

这里为什么要写明什么时候布云、什么时候发雷、什么时候下雨，以及这么精确的降雨量呢？

其实《西游记》里描写降雨，经常标明时辰、尺寸。这其实是因为秦汉就有的降雨量报告制度，叫“雨泽奏报”。这个制度发展到唐宋时，更加格式化、尺度化。地方呈报时需写明某时下雨、某时雨止、得水尺寸等，例如宋真宗咸平四年（1001）和宋哲宗元祐四年（1089）的规定：

> 诸州降雨雪，并须本县具时辰、尺寸上州，州司覆验无虚妄，即备录申奏，令诸官吏迭相纠察以闻。
>
> 诸州旬具有无雨雪申户部，开坐县分所降尺寸及月日时，本部逐旬缴进奏。

也就是说，宋代雨泽奏报有两方面内容：一是降水时间，具体精确到时辰；二是降水量，要说明具体尺寸。这个规定，明清一直在沿用。例如朱元璋规定：

> 某衙门某官臣姓某谨奏为雨泽事。据某人状呈，洪武几年几月几日某时几刻下雨，至某时几刻止，入土几分。谨具奏闻。以上为雨泽事起，至入土几分止，计字若干个纸几张。

这连时刻甚至字数都规定好了（但实际上，下面遵守得并不严格）。

有朋友问：为什么《西游记》里动辄就说三尺三寸？这都一米多深了，有那么大的雨吗？这当然是小说家言，不能当真。但是这还真涉及另外一个问题，地方官是如何测降雨量的？

地方政府均有测量降雨量的容器，称为天池盆。测天池盆中水深尺寸，即可知降雨量。但天池盆口大底小，测得其深度后，需要换算，才能得出平地水深。如宋秦九昭《数书九章》还有一道题：

> 今州郡多有天池盆，以测雨水。……假令盆口径二尺八寸，底径一尺二寸，深一尺八寸，接雨水深九寸。欲求平地雨降几何？答曰：平地雨降三寸。

可见天池盆所接雨水深，往往是平地雨水深的好几倍。测得降雨量后，须向上级汇报，但官员经常把这种虚数报上去。司马光曾说："诸州县奏雨，往往止欲解陛下之焦劳，一寸则云三寸，三寸则云一尺，多不以其实。"（《续资治通鉴长编》卷二五二）由此可以理解《西游记》中为何动辄降雨三尺以上，除了小说家言外，实际上未必是实际水深，虚报的是原来降雨量的三四倍。

真实的雨泽报告，只精确到几寸几分，无法再精确了。然而《西游记》竟然精确到四十八个雨点或四十二个雨点，就有点匪夷所思了。清代的黄周星就觉得多余了，他批道："定要余几十几点何也？岂无零不成数耶！"龙王下雨难道数着雨点下吗？

然而精确到这个程度，还真是空穴来风。因为古代官府的计量单位，有令人极其惊讶的分度值，比如乾隆时期的《潮州府志》《苏州府志》等方志都列举了当地征税的税额：

> 农桑地每亩征银二分六厘九毫四丝三忽四微八佥九沙八尘六埃六渺七漠一末九逡。
>
> 塘山每亩征银一分九厘五毫二丝四忽七微八佥九沙三尘八埃三渺一末零一逡一巡。
>
> 征米一升一合七勺五抄九撮二圭九粟四粒八截六糊三糠。

分下面是厘，厘下面是毫，毫下面是丝，俗语"分厘毫丝都不差"，这倒没啥。然而丝下面居然还有忽、微、佥、沙、尘、埃、渺、漠、末、逡、巡至少十二个单位！（巡下面还有须）

这个精确度也未免太高了吧？我们暂且按重量单位换算一下：

1 分 =500 克（1 斤）÷16（旧制十六两为一斤）÷10（十钱为一两）÷10（十分为一钱）=0.3125 克≈ 0.3 克。

1 厘 =0.03 克。1 毫 =0.003 克。1 丝 =0.0003 克。1 忽 =0.00003 克。1 微 =0.000003 克。……

依次类推，1 巡 =0.000000000000003 克。数量级是 10^{-15}。须还是巡的十分之一。

现实中什么物体的重量能达到这个数量级呢？网上找的资料：一个普通细胞，大概是 10^{-12} 克，一个病毒，大概是 10^{-15} 克！

也就是说，在明清时代，每亩地征的银子竟然可以精确到一个病毒的重量？

这当然是不可能的。这是任何戥子、杆秤也称不出来的一个数。就是今天的超微量电子天平，大概也只能称到 10^{-6} 克，就是上面 1 微的重量。所以这恐怕只是账面上的数字，比如用总税额除总面积，得出一个单位面积的纳税额，这个数一般不会是整的。

所以不妨拿玉帝开个玩笑，我们可以这样戏说一下：玉帝每年有一个降水量的总额，有一个需要降水的总面积，两者一除，是单位面积上需要下的雨，这个数字一般肯定是挂零的。而每道旨意上的降雨量，都是以单位面积降雨量为基准算出来的，所以每次都出现这种吊脚挂零的数字。由此看来，玉帝降雨的精确度比我们人类官府收税的精确度差远了！

九灵元圣的九个头是怎么安在脖子上的？

九灵元圣（李云中　绘）

唐僧师徒来到玉华州，孙悟空师兄弟三人又收了三个小王子做徒弟。不想惹来了黄狮精以及它的祖爷爷九灵元圣。

九灵元圣是这个故事里最大的boss，是一只九头狮子。它是太乙救苦天尊的坐骑。书上说得明明白白，它长着九个脑袋：

> 原来他九个头就有九张口。一口噙着唐僧，一口噙着八戒，一口噙着老王，一口噙着大王子，一口噙着二王子，一口噙着三王子，六口噙着六人，还空了三张口。

但这里问题来了。

九头狮子的头是怎么长上去的？

蛇、龙这样的动物，九个头是很容易安排的，因为它们脖子都很细，大不了把脖子画长点就解决了。九头鸟就是这样。但是很少听说神话故事里有九头虎、九头熊、九头河马、九头大象的。因为这些动物，脖子都太短了！九个头怎么安上去呢？

《西游记》随便一写当然没事，可这个就给后世拍影视剧带来了大难题。因为很难表现一只狮子长九个头。像《山海经》里的开明兽，长得虎身九头而人面。就是这么一副样子。

虽然可以这么画，但最高处那几个头，到底长在脖子的哪里呢？还是交代得不清楚，就像下面用棍子戳着似的。事实上1986版电视剧《西游记》，就没有办法解决这个问题，拍不出九头狮子精的原形，只是让九头狮子精作了一通法，就把唐僧、国王等人摄来了。

《山海经》里的开明兽（明万历刊本）

有一个办法，就是保留一个大头，其他的八个头变小。这样就容易安上了。1986 版电视剧《西游记》里九头狮子精的人形就是这样的。传世的太乙救苦天尊像的坐骑也是这样画的，狮身上一个大头，八个小头像项链似的，长在大头上。张纪中版的《西游记》，基本上也是这么设计的。把八个头个个缩小，安在大头的周围。否则九个头一样大，那肯定是安不到狮子这样的短脖子上了！

九头狮子还是九只狮子？

在后世的影视家们蛮拼地去给九头狮子安头的时候，我们不妨翻翻早期的道教文献，看看这个九头狮子是怎么来的？一翻就出了问题。

唐末的杜光庭《道教灵验记》里是这样说的：

> （救苦天尊）坐五色莲花之座，垂足二小莲花中，其下有五色狮子九头，共捧其座，口吐火焰，绕天尊之身。于火焰中别有九色神光周身及顶，光焰锋芒外射，如千万枪剑之形，覆七宝之盖。

这里明明说的是“五色狮子九头，共捧其座，绕天尊之身”，那就是九只狮子了！

然而到了《太乙救苦护身妙经》里，这件事就变得不明不白起来。这部经说的是元始天尊和太上老君在一起聊天，元始天尊说：我和你讲一位神，他叫救苦天尊，这时众神中走出一位童子，他就是天尊的化身。元始天尊说，你们诸位只要吟唱救苦天尊的名号，他就会变身。于是：

> 众仙观见童子化一天尊，足蹑莲花，圆光照耀，手执柳枝净水，九头狮子左右从随，乘空而去。又见天尊化一帝君，足蹑莲花，手执如意，圆光照耀，九头狮子左右从随，乘空而去。又见帝君化一真人，足蹑莲花，手放神光，上通九天，下通九地，九头狮子左右从随，乘空而去。又见真人化一女子，身着火锦衬衣，披发跣足，蹑于莲花，手执金剑，圆光照耀，九头狮子，口吐火焰，绕于身形，乘空而去。

救苦天尊这些化身嗖嗖嗖地一个个都乘空而去了，每个化身都有“九头狮子”。然而毛病又出在头字上了，到底这里说的是九只狮子，还是说的是长着九个头的狮子？但从“九头狮子左右从随”“九头狮子，口吐火焰，绕于身形”来看，似乎说的不是一只而是一群。因为“左右从随”“绕于身形”很明显是和《道教灵验记》一脉相承下来的。如果只是一只的话，如何能有“左右从随”“绕于身形”呢？

《玄门日诵晚坛功课经》里有这么一段：

> 救苦天尊妙难求，身批霞衣屡劫修。五色祥云生足下，九头狮子导前游。盂中甘露时常洒，手中杨柳不计秋。千处寻师千处降，爱河常作渡人舟。

这段是经常在道观里唱诵的，也是广为人知的。从这个名字看来，就很难分清是九只狮子还是一只九头狮子了。所以《西游记》里把“九头狮子”当作“长了九个头的狮子”，恐怕是被民间的一些误传影响了。

幸好，我的朋友李诚夏道长，探讨这个问题的时候，曾经提供过一张照片，福州于山九仙观，仍然有一尊九个狮子环绕救苦天尊的塑像，约造于明代。可见即使是当时，九头狮子也未必是“长着九个头的狮子”。

九头狮子，在玉华州故事里，貌似厉害得不得了，随便一张嘴就把孙悟空这样的高手叼去了。他又叫“九灵元圣”，这当然只是《西游记》给它起的名字。其实这是盗用了他主人的标签。这也来自《太乙救苦护身妙经》，因为天尊“是九阳之精，甚灵甚灵”。“元元之祖气，妙化九阳精”，这说的是救苦天尊而不是狮子。

《西游记》里救苦天尊还说：

> 我那元圣儿也是一个久修得道的真灵。他喊一声，上通三圣，下彻九泉，等闲也便不伤生。孙大圣，你去他门首索战，引他出来，我好收之。

这句话把九头狮子说得这么厉害，其实“上通三圣，下彻九泉”这也是救苦天尊自己的神通，出于《太乙救苦护身妙经》：“又见帝君化一真人，足蹑莲花，手放神光，上通九天，下通九地，九头狮子左右从随，乘空而去。”所以，如果非得问九头狮子为什么这么厉害，那么只能说它的很多功能，是从救苦天尊那里“盗”来的。另外，《西游记》里狮奴喝了“轮回琼液”才昏迷不醒，狮子精住在“万灵竹节山”，应该也是来自《太乙救苦护身妙经》里的“恭敬生琼液，奉之免渴饥。万灵当信礼，八苦不能随”。

九头狮子的孙子们

这个九头狮子还有几个孙子，《西游记》写道：

> 当时老妖点猱狮、雪狮、狻猊、白泽、伏狸、抟象诸孙，各执锋利器械，黄狮引领，各纵狂风，径至豹头山界。

这里基本上就是古代笔记、类书里记载的各类狮子开大会。除了黄狮是一个比较普通的名字外，另外六个，我一个个地聊。

猱狮，元陶宗仪《辍耕录》记宫廷朝会："虎豹熊象之属一一列置讫，然后狮子至，身材短小，绝类人家所畜金毛猱狗，诸兽见之，畏惧俯伏，不敢仰视。"这大概是一种体形小的狮子。查了一下，历史上体形较小的狮子是分布在中亚的昆仑狮，也是经常进贡给中国皇帝的狮种。但是是否有动物学上的证据，需要请教专业人士。

"雪狮"，古人确实喜欢用雪堆狮子，比如明冯梦龙《金声巧联·雪消月满》："时大雪缤纷，路积尺许。里中好事者，戏作雪狮子，伏于道左。"但这似乎不是本意，因为用雪堆的狮子也太不堪一击了。如果我们视野放宽一点，就可以在藏传佛教里找到它的踪影：雪狮（Seng-ge-dkar-mo），是藏族神话传说中的一种出没于雪山间的狮子，鬃毛是绿松石色，身体白色，常绘于佛教唐卡或徽章上（参见［英］罗伯特·比尔著，向红笳译《藏传佛教象征符号与器物图解》）。那么在这里，我们又看到藏传佛教对

《西游记》的影响了！

狻猊，一种神兽，据《尔雅》注，就是狮子的别称。

《三才图会》中的狻猊

白泽，这是一种传说中的神兽，像狮子，能作人言。《云笈七签》卷一百黄帝："得白泽神兽，能言，达于万物之情。"这神兽其实相当于活的百科词典。黄帝碰上不认识的东西就问它。

伏狸，这个名字，是根据《博物志》卷三所记神兽造出来的，说是魏武帝曹操伐冒顿，经过白狼山，遇到一只狮子。就叫人去抓，结果狮子咬死了好几个人。曹操大怒，带着亲兵去打狮子。狮子大吼一声，朝曹操扑了上来。这时候，"王忽见一物从林中出，如狸，起上王车轭，师子将至，此兽便跳起在师子头上，即伏不敢起。于是遂杀之，得师子一。还，来至洛阳，三十里鸡犬皆伏，无鸣吠”。也就是说，“伏狸”的意思，并不是说狮子“降伏了狸”，反倒是狮子“降服于狸”。

《三才图会》中的白泽

抟象，这是一种能攻击大象的狮子，见于《初学记》卷二十九引宗炳《狮子击象图序》：有一个和尚，在天竺（印度）到大秦（古代中国对东罗马帝国的称呼）去的路上，忽然听到几十里外有野兽大声吼叫，震天动地，接着就看到许多动物拼命逃走。最后跑来四头大象，用鼻子卷泥，涂在身上，一边涂，一边喷鼻子（是伪装还是给皮增加厚度？）。过了一会儿，“有师（狮）子三头搏象，血若滥（这里的“滥”读 jiàn，不读 làn。泉水涌出的样子）泉，巨树草偃”。

三头狮子制服了四头大象，大象皮都被抓破了，流的血像泉水一样，大树草木都倒了。这件事发生在印度去罗马的路上，这种狮子难道是分布在印度、中亚的“波斯狮”？抟的繁体字是摶，和“搏”很像，这里很可能是《西游记》写错了。但“狮子搏象”已经成了一个常用的典故。

好为人师和钉耙宴

作者为什么在这里要搞出一窝狮子精来。其实原著早有交代，孙悟空去请救苦天尊，遇到广目天王：

> 天王道：“西天路不走，却又东天来做甚？”行者道：“西天路到玉华州，蒙州王相款，遣三子拜我等弟兄为师，习学武艺，不期被怪。今访得妙岩宫太乙救苦天尊乃怪之主人公也，欲请他为我降怪救师。”天王道：“那厢因你欲为人师，所以惹出这一窝狮子来也。”行者笑道：“正为此！正为此！”

这里其实已经把这一回的目的写明了。这一窝狮子精，也是概念性的妖怪。作者的出发点，就是要批判一下“好为人师”的这种毛病，才捏出一窝狮子精来与唐僧师徒为敌。师和狮，本来是同音字，甚至可以说是一个字，因为狮子原本就写作“师子”，后来才加了“犭”旁。雕塑绘画里，画大狮子、小狮子，也是借古代的官名“太师”“少师”，取个吉利的意思。例如清冯询《子良诗存》：

> 戏题狮图（画大小狮各一，俗好悬挂此图，取太师少师吉语也）。

孟子就批评过“人之患在好为人师”。一想为人师，就会傲慢自大，止步不前了。所以黄周星评这一回说：

> 以为师而召狮，又以召狮而兴师，师与师相寻而不已……向使弢锋敛彩，善刀而藏，安得有此？

这是很能点出这一回的用意的。

另外，玉华州的三个王子，就算是喜欢武艺，使刀枪剑戟才符合他们的身份。老大使齐眉棍，老三使乌油杆棒，或许还说得过去，哪里见过谁家金枝玉叶的王子喜欢使钉耙的！只是因为猪八戒使了一路钉耙，这里为了让猪八戒收个徒弟，也就不好让这位徒弟使别的了。因为如果他使了别的，猪八戒就没法教了，但也不能因为这里要照顾二王子的身份，就把猪八戒整部书的兵器都换掉，这也得不偿失。只好照顾剧情，不免违和一下了。

至于黄狮精弄去了三件兵器，金箍棒、降妖杖和九齿钉耙，为什么不设金箍棒宴，反而设钉耙宴？其实想想也知道：首先，这三件兵器，神异程度也差不了多少，都有“老君亲手炉中锻”这样的高大上的来历，也都能大能小。其次，金箍棒和降妖杖，本来长得也是相似的。今天沙和尚的武器，是个月牙铲或者叫方便铲（类似黄狮精使的“四明铲”），其实是后代戏曲的改良。他原本使的叫“降妖宝杖”，就是一根棍子！从外表上看和金箍棒没什么区别。玉华州大王子的齐眉棍和三王子的乌油杆棒，其实也是差不多的东西。钉耙在两根棍子里当然显得突出。所以原著说：

> 只见正中间桌上，高高的供养着一柄九齿钉钯，真个是光彩映目；东山头靠着一条金箍棒，西山头靠着一条降妖杖。

各位读者知道降妖杖就是一根棍子之后，就会发现，也只有这样摆，三件兵器才显得对称好看。

最后，钉耙宴本身就带有一种喜感，这种喜感是《西游记》时时具有的。黄狮精又不是什么高贵人物，所以黄周星批了一句：

> 钉耙会名色甚丑，不及黑熊怪之佛衣会多矣！

使钉耙的猪八戒本来就是一个喜剧角色，“钉耙嘉会”就具有了好玩逗乐的感觉。其实《西游记》本来就是一部通俗小说，不用从“钉耙会”里探究什么特别的含意。至于据此又生出一套阴谋论来，那就更是一种发挥了。

玉华州里的明代经济史

有些朋友对《西游记》有个误解——既然《西游记》说的是唐僧取经，反映的一定是唐朝的事。其实恰恰相反。因为写书的人，并不是历史学家；听众和读者，也不是学者，没有必要去考证唐代是个什么样子，反倒融进当前的市井人情是最合适的。所以《西游记》看似写的是唐朝故事，实际反映了明朝政治、经济、文化、社会生活史。诸如锦衣卫、驾帖、五城兵马司等，都带有典型的时代特征。今天不妨从玉华州聊聊《西游记》里的物价（包括灭法国、凤仙郡附近地区），实际上也带有很强的中晚明特征。

玉华州的物价

玉华州是作者写的一个很不错的地方。唐僧一进玉华州，就觉得不凡：

> 三藏心中暗喜道："人言西域诸番，更不曾到此。细观此景，与我大唐何异！所谓极乐世界，诚此之谓也。"又听得人说，白米四钱一石，麻油八厘一斤，真是五谷丰登之处。

这里说“白米四钱一石，麻油八厘一斤”，唐僧就觉得很便宜。为什么觉得便宜？可以比较一下百回本《西游记》成书时期的明代物价。这里有两部书可以参考，一部是沈榜的《宛署杂记》，另一部是何士晋的《工部厂库须知》。万历五年（1577）白米每石八钱，万历二十年（1592）粳米每石一两四钱，平均在一两银子左右。就是赶上丰收年，最便宜的是《明实录》里记载的：“自今年为始，如遇年丰价贱，大约每米一石，定价五钱。”也比玉华州四钱一石贵。可见玉华州的米价是极低的了。明代的一石米，根据米品种不同，当在一百五十斤到一百八十斤之间。明代一两银子，综合一些研究，约合今天三百元。则当时一斤米合1—2.3 元之间。与今天的大米价格差不多。

麻油也就是香油，一斤香油，在万历年间在三分到六分之间变动（折合 9—18 元）。玉华州的香油价格低到八厘一斤，合 2 元 4 角，实在是便宜。

玉华州也有贵的东西，比中土地区贵的，是猪和羊（难道是接近佛国，肉类产量小吗？）。孙悟空、猪八戒和沙和尚分别变成小妖和赶羊人，混入黄狮精的洞里，孙悟空说：

> 买了八口猪，七腔羊，共十五个生口。猪银该一十六两，羊银该九两。前者领银二十两，仍欠五两。这个就是客人，跟来找银子的。

按这个价格算，一口猪二两银子（600 元），一头羊一两三钱银子（390 元）。根据《宛署杂记》所载明代万历时物价，一口猪约值一两二钱银子（450 元），一头羊约值五钱四分银子（150 元）。

这里多说一句，今天的猪肉便宜，羊肉、牛肉贵。明代正好反过来。猪肉贵，牛羊肉便宜。然而无论猪牛羊肉或是别的商品，今天的价格比明代似乎涨了好多。《宝日堂杂钞》的“宫膳底账”，万历二十年（1592）一斤猪肉二分银子（6 元），一斤羊肉和牛肉都是一分五厘(4.5 元)，就是熏猪肉，也才六分一斤(18 元，据《万历会计录》)。今天的猪肉十二三元一斤，牛羊肉都得三四十元一斤。

但是到了荒年，物价就会大幅上涨。例如在凤仙郡，上官郡侯挂出的榜文，有这么一段：

> 富民聊以全生，穷军难以活命。斗粟百金之价，束薪五两之资。十岁女易米三升，五岁男随人带去。

这里当然有些夸张虚写。斗粟百金，不可能是一斗粟值一百两银子（3 万元），但是也能看出灾荒时物价腾贵的特点。例如明郑廉《豫变纪略》卷二记明崇祯十三年（1640）时河南旱灾：“米麦斗值钱三千，禾二千七百。人相食，有父食子，妻食夫者。”一斗米或一斗麦子，值三千文（相当于一两多银子）。清《临潼县志》记明泰昌元年大灾：“十岁儿易一斗粟。”粟比米便宜一半左右，这倒和三升米差不多了。

棉衣和马匹

妖精过冬，也是要穿棉衣的，比如黄狮精手下两个小妖，奉命要去玉华州的乾方集上买猪羊。两人路上合计：

> 如今到了乾方集上，先吃几壶酒儿。把东西开个花帐儿，落他二三两银子。买件绵衣过寒，却不是好！

这些小妖，既然在黄狮精手下，按原著的描述，无非是狼虫虎豹，居然过冬怕冷，无论是虎皮、狼皮、狐狸皮，这都是过冬的大利器呀，原来的皮哪里去了？而且大王居然不发棉衣，逼得小妖想着办法抠银子，去人类社会买。而且也确实可以随随便便去人类市场上喝酒买东西，街上的人也不觉得奇怪。所以，这种妖精和占山为王的人类强盗没有什么区别。可以理解为作者写的时候，就写的是市井风情，没把他们当作妖怪来写。

这里的“花帐”是以无作有，以少报多的假账。落，就是捞、赚的意思。《笑林广记》卷三“裁缝”：

> 太守命法官祈雨，雨不至，太守怒，欲治之。法官禀云：“小道本事平常，不如某裁缝最好。”太守曰：“何以见得？”答曰：“他要落几尺就是几尺。”

两个小妖，两件棉衣，花二三两银子。这个我没有找到明代棉衣的物价，倒是清代阿桂《军需则例》：“每名给安家银五两，棉衣银一两。”看来一件棉衣也就是一两银子，合三百元。

另外值得一提的是马。马和猪羊不一样，不是用来吃肉的，而是军事物资。孙悟空在灭法国的柜子里与猪八戒故意算账：

> 行者捣鬼道："我们原来的本身是五千两，前者马卖了三千两，如今两搭联里见有四千两，这一群马还卖他三千两，也有一本一利。够了！够了！"

本身，就是本钱。一匹马大概多少钱呢？明代的马价，也是有变化的。总的来说，天下太平的时候，马就便宜。永乐时期，互市马匹的官方定价，一匹上等马才卖四两三文五分银子（1200元），价格相当于一辆入门级的山地自行车。后来越来越贵，可能是和边疆打仗有关。嘉靖时期，一匹马要卖十三至十七两银子（3900—5400元）。《明世宗实录》卷四九二载，嘉靖四十年（1561）正月，巡按直隶御史建议平抑马价，"请以江南江北马匹尽准改折每匹马征银二十四两"。二十四两白银就是七千二百元了，可以买辆摩托车。

万历二十年（1592）至万历二十八年（1600）发生"万历三大征"后，马价曾达二十两一匹的高价。《西游记》最终成书是在明代的中晚期。所以孙悟空说他们有"百十匹"马，可"卖三千两"白银，折每匹三十两左右，这和嘉靖中二十四两的马价是基本相当的。

宴席和嫖妓

还有一次在灭法国，孙悟空他们住店，店老板说了饭菜的价格：

> 赵寡妇道："我这里是上、中、下三样。上样者：五

果五菜的筵席。狮仙斗糖桌面，二位一张，请小娘儿来陪唱陪歇。每位该银五钱，连房钱在内。”行者笑道：“相应（合适，便宜）阿！我那里五钱银子还不够请小娘儿哩。”寡妇又道：“中样者：合盘桌儿，只是水果，热酒筛来，凭自家猜枚行令，不用小娘儿，每位只该二钱银子。”行者道：“一发相应！下样儿怎么？”妇人道：“不敢在尊客面前说。”行者道：“也说说无妨。我们好拣相应的干。”妇人道：“下样者：没人伏侍，锅里有方便的饭，凭他怎么吃，吃饱了，拿个草儿，打个地铺，方便处睡觉，天光时，凭赐几文饭钱，决不争竞。”

这个价格，真算便宜的了。据《金瓶梅》第十六回，西门庆、谢希大、祝实念、孙天化等十个朋友，做生日宴，用银五两，合每人五钱。还请两位“小优儿”（男优）弹唱助兴，每人二钱。这还没有房钱呢。所以孙悟空自然说便宜。

灭法国还涉及妓女的出台服务：

寡妇道：“我小庄上几个客子送租米来晚了……因客官到，没人使用，教他们抬轿子去院中请小娘儿陪你们。想是轿杠撞得楼板响。”行者道：“早是说哩。快不要去请。一则斋戒日期，二则兄弟们未到。索性明日进来，一家请个表子，在府上耍耍时，待卖了马起身。”寡妇道：“好人！好人！又不失了和气，又养了精神。”

这里的“去院中”，当然是指妓院。又如《水浒传》第六十九回:“(史进)与院子里一个娼妓有交。”这里可以看出,酒店服务是非常周到的,不用客人关照,只要说一句“将上样的安排来”,那办酒席、请歌妓都是一条龙的!如果不是孙悟空拦着,一会儿四个歌妓就抬来了!

孙悟空还说:“我那里五钱银子(约150元)还不够请小娘儿哩。”这其实说的也是明代的物价。例如《金瓶梅》里与妓女歇宿一夜,为一至二两,合今天的三百元到六百元。如果是包月套餐,就便宜些,二十两可以办理,折合一天也得二百元。但要是哪天不去,这天的二百元就白扔了。

但这是相对好一点的,低级的地方,例如明陈大声《嘲北妓》:

> 门前一阵骡车过,灰扬。那里有踏花归去马蹄香?……行云行雨在何方?土坑。那里有鸳鸯夜宿芙蓉帐。五钱一两戥头昂,便忘。那里有嫁得刘郎胜阮郎。

可见五钱到一两的价格(150—300元),只是到土炕上过过夜,就是所谓的“窑子”。自然比“院中”差远了。

为什么四木禽星打得过三只犀牛，孙悟空反倒不行？

金平府玄英洞，有三只犀牛精，第一没有像金刚琢那样的厉害法宝，第二没有像红孩儿那样的超强技能，可是，孙悟空居然打不过：

> 孙行者一条棒与那三个妖魔斗经百五十合，天色将晚，胜负未分。只见那辟尘大王把扢挞藤闪一闪，跳过阵前，将旗摇了一摇，那伙牛头怪簇拥上前，把行者围在垓心，各轮兵器，乱打将来。行者见事不谐，唿喇的纵起筋斗云，败阵而走。

这败得也太没品了！孙悟空和三个大王打到晚上都胜负未分，加上些小妖就败了？

此后孙悟空又把两个师弟叫来，按说两个师弟对付小妖，孙悟空对付三个boss，总可以取胜了吧，可还是不行：

> 三僧三怪赌斗多时，不见输赢。那辟寒大王喊一声，叫："小的们上来！"众精各执兵刃齐来，早把个八戒绊

> 倒在地，被几个水牛精，揪揪扯扯，拖入洞里捆了。沙僧见没了八戒，又见那群牛发喊嘫声。即掣宝杖，望辟尘大王虚丢了架子要走。又被群精一拥而来，拉了个跳踵，急挣不起，也被捉去捆了。行者觉道难为，纵筋斗云脱身而去。

这就更奇怪了：孙悟空战三个大王尚且能打平，何以加上猪八戒、沙和尚仍然是打平？加上小妖还是打不过？等于猪、沙二人没起任何作用！虽然说古代小说不大像今天的小说那么注意战斗力的平衡，但像玄英洞这一回双方战斗力设定得不合理还真少见。所以，从这里可以看出一个问题：作者就没把精力放在写打戏上，所以连基本的平衡也没有注意维护。

然而更怪的是孙悟空上天去搬救兵，见到太白金星。金星说："若要拿他，只是四木禽星见面就伏。"四木禽星是二十八宿里的井木犴、角木蛟、斗木獬、奎木狼。这二十八宿曾是孙悟空的手下败将，奎木狼还和孙悟空单独交过手，还是被虐。为什么孙、猪、沙三兄弟都打不过的犀牛精，这四木禽星一来，忽然就完爆了？

四木禽星的逻辑

这个问题，其实还是应该从原文中找答案，原来，这个故事逻辑是根据古代的一种术数"演禽术"而设计的（今天看当然是一种迷信）。

演禽术，是用阴阳五行及二十八种动物，与天上的二十八宿配生出二十八个名字。动物可以统称"禽"。天上二十八宿分为东西南北四方，每一方七个，这七个和金木水火土日月七曜以及七种动物相配。例如：

井木犴：井是南方朱鸟七宿的第一个，木是七曜之一，犴是一种动物。

昴日鸡：昴是西方白虎七宿的第四个，日是七曜之一，鸡是一种动物。

亢金龙：亢是东方苍龙七宿的第二个，金是七曜之一，龙是一种动物。

室火猪：室是北方玄武七宿的第六个，火是七曜之一，猪是一种动物。

将这二十八宿通过一定的规则来配年月日时，又可以预示着不同的吉凶。出生于不同的年月日时，可以配不同的星宿。而每年每月每日每时都有不同的星宿当值，通过分析它们的生克关系，就可以推断出吉凶。

这里还要介绍两本书，一本叫《演禽通纂》，不知作者，相传出于黄帝，其实是宋代以后的算命书，收在《道藏》里，里面讲二十八宿算命，还有十二星座，可见是受了西方的影响的。另一本叫《禽星易见》，是明代的池本理写的，喜欢讲各种禽星的性情、“吞啖”（相当于相克）。

二十八宿里有牛宿，是北方“斗牛女虚危室壁”中的第二位。《西游记》就是用三个犀牛比作牛宿（这里当然不是二十八宿里的牛金牛）。而井宿、角宿、奎宿、斗宿也有演禽术给配的名字——井木犴、角木蛟、奎木狼和斗木獬。其中，奎木狼与牛宿不合。《演禽通纂》载：“牛角合宫，宗亲丧魄”“牛见狼惊”。牛、角两宿是不合的。牛见了狼是害怕的。明人池本理的《禽星易见·禽星吞啖》也称："角亢吞危并食牛。"换句话说，角、亢二宿克制危、牛二宿。《禽星易见·高禽》又说："井木犴伏一切山水禽""角木蛟、亢金龙伏一切水禽并飞禽""奎木狼伏一切山禽"。犀牛属山禽，又能行水。所以受四木禽星降伏。

孙悟空和四木禽星对话的时候，有这么一段：

> 斗木獬、奎木狼、角木蛟道："若果是犀牛成精，不须我们，只消井宿去罢。他能上山吃虎，下海擒犀。"

这句话的句式，就直接化用的《禽星易见》："井禽在天号天威星，其状如虎，二十八宿之主，禽星之王也。上山吞虎豹，下水食蛟龙。"也就是说，井木犴是最厉害的。

今天，我们对这些理论已经不熟悉了，但明代人是熟悉的。作者根据这一套理论，设计出三个犀牛和四木禽星来，一方面是对演禽术知识的一种普及，另一方面也增加了作品的深度。这种把各路知识化到小说里的做法，和荆棘岭作诗、隐雾山豹子精、套用典故的狮子精，其实都是一个路数。但是说实话，我个人认为，这种做法虽然有了些质感，但却忽视了故事本身精不精彩，缺少了一个"高手点化"的环节。玄英洞故事一直是不著名的，就说明这个故事出现得比较晚，虽然在反映明代社会现实上做得不错，但是就故事本身而言，还没有提升到非常精彩的程度。

三个大王

至于这三只犀牛的名字辟寒大王、辟暑大王、辟尘大王，这也是非常有文化的。这和之前讲到的狮子精一样，都是根据各种类书、笔记关于犀牛的典故编出来的。

辟寒大王，原型是唐玄宗时交趾国进贡的辟寒犀。五代王仁裕《开元天宝遗事》卷上：

> 开元二年冬至，交趾国进犀一株，色黄如金；使者请以金盘置于殿中，温温然有暖气袭人。上问其故，使者对曰："此辟寒犀也。顷自隋文帝时，本国曾进一株，直至今日。"上甚悦，厚赐之。

也就是说，这支犀牛角有自动加热功能，冬天放在殿里，暖气袭人。今天看来已经不新鲜了，这不就是个暖宝宝嘛。

辟暑大王，原型是唐文宗赐臣子李训的辟暑犀。根据唐苏鹗《杜阳杂编》卷中，唐文宗召李训讲《周易》，"时方盛夏，遂命取水玉腰带及辟暑犀如意以赐训"。这和暖宝宝的功能正好相反，是降温用的。

辟尘大王，原型是岭南出产辟尘犀的传说。唐刘恂《岭表录异》卷中："又有骇鸡犀、辟尘犀、辟水犀、光明犀。此数犀，但闻其说，不可得而见之。""辟尘犀"下原注："为妇人簪梳，尘不著也。"也就是说，这种犀牛角做成的梳子，是不会沾灰尘的。

犀牛生态学

太白金星还说了一段普及犀牛知识的话，这段也很有意思：

金星道："那是三个犀牛之精。他因有天文之象，累年修悟成真，亦能飞云步雾。其怪极爱干净，常嫌自己影身，每欲下水洗浴。他的名色也多：有兕犀，有雄犀，有牯犀，有斑犀，又有胡冒犀、堕罗犀、通天花文犀。都是一孔三毛二角，行于江海之中，能开水道。似那辟寒、辟暑、辟尘都是角有贵气，故以此为名而称大王也。

这些犀牛的名目，见于《岭表录异》卷中：

岭表所产犀牛，大约似牛而猪头，脚似象蹄，有三甲。首有二角：一在额上为兕犀，一在鼻上较小为胡帽犀。鼻上者，皆窘束而花点少，多有奇文。牯犀亦有二角，皆为毛犀……又有堕罗犀，犀中最大，一株有重七八斤者。

为什么说犀牛有"天文之象"？这个天文之象，其实就是星象。传闻犀牛角中有白星，是天上的星星进入角里。《埤雅》卷三："世云犀望星而入角，即此也，可以破水。"也就是说，如果一只犀牛每天仰头看星星，时间长了，一颗星星就会从天上下来，进入它的角里（好浪漫），于是它的角就可以破水。

另外，宋唐慎微《证类本草》引唐人李询的《海药本草》是另一种说法：

通天犀乃胎时见天上物过，形于角上，故曰通天。但于月下以水盆映之则知。

假如一只犀牛妈妈怀了宝宝，天上飞过一颗流星，被犀牛妈妈看见了。肚子里的犀牛宝宝的角上，就可以留下这颗流星的印记（如果是看见流星雨呢？那就是麻子了？）。

如果成了通天犀牛，就有了洁癖，喜欢干净，甚至讨厌自己的影子，经常下水洗澡。据说一般的犀牛没有这种习惯。

至于犀牛角能开水道，是怎么个开法？《西游记》里有说：

> 原来这怪头上角极能分水，只闻得花花花，冲开明路。这后边二星官并孙大圣并力追之。

活的犀牛如此，割下来的犀牛角也同样有效，根据《白氏六帖》卷二十九：

> 得通天（犀角）一尺，刻作鱼，衔入水，水开三尺。

只要用一尺长的通天犀角（看过星星许过愿的），刻成一条鱼的形状，衔着它跳进水里，水就能开出三尺宽的通道了。

玄奘法师一定要背个大登山包？*

电影《大唐玄奘》中，玄奘法师标志造型，就是背着一个类似今天登山包的东西，高过头顶，上面插一把伞，前面挂一盏灯，典型一副驴友模样。从玄奘法师离开长安这大包就背在身上，休息的时候就戳在地上，在印度游学的时候就横在大象上，回到长安仍然带着。

这个东西，虽然长得像登山包，但它真正名字叫“经箧”或“经笈”。然而现在第一个问题来了：历史上的玄奘法师真的穷得连匹脚力都没有，必须背着这个大家伙徒步吗？

玄奘法师是去取经的，又不是去传经送宝的。俗话说远路无轻担，几万里路，就算空的也不轻啊。据玄奘法师的扮演者黄晓明说，这玩意儿有四五十斤重！拍电影的时候，顾问星海法师尝试要背这个“背篓”，一个不当心就被坠得后仰在地。再说，回来的时候，已经有车马队伍了啊，他取回的经，一共六百五十七部，一个人怎么可能背得了！

其实，我们都小看了历史上的玄奘法师了。第一，他路上艰险是艰险，但肯定不会自己折磨自己。第二，他实际上很有钱。

---

* 特别鸣谢复旦大学孙英刚兄为本篇提供指导

《大唐玄奘》电影里，演的是他一直没有马，直到瓜州，一位美女才送了他一匹马。其实玄奘法师没那么苦兮兮的，他一路上一直是有马骑的！

玄奘刚出长安时怎么样，史书上没说。但他走到凉州时，这边凉州总督李大亮不许他走，那边玄奘还在举办大法会。这法会是赚了不少钱的，根据玄奘弟子彦悰《大唐大慈恩寺三藏法师传》："散会之日珍施丰厚"，金银无数。玄奘法师拿了一半用来"燃灯"，剩下一半，施给凉州的寺院了。"燃灯"，其实就相当于给香火钱。这笔钱，成了玄奘法师的重要路费，既然"金银无数"，起码一匹马总是买得起的！我们大可放心，玄奘法师聪明得很！绝对不会缺钱花的。没这两把刷子，敢上西天取经？

根据《法师传》，到了瓜州，他"所乘之马又死"，正说明他此前是骑马的。这马死了后，他又连着买了两匹马，一匹自己骑，一匹给新收的徒弟石槃陀骑，连整套行李都买了，出手阔绰得很！

黄教主在电影里那么一身打扮，当然不能说错，实际上是电影艺术的需要，看上去很有视觉效果。那么，第二个问题又来了：这个大登山包样子的"经箧"或者"背篓"，是根据什么设计出来的呢？

这个问题好回答：背一个大经箧去取经，正是我们大多数人熟悉的玄奘形象。很多玄奘画像，就是这样的。下面这幅图，我们从小学就能见到，它被画在新中国成立以来的各种教科书里，以及和玄奘有关的书籍封面上。这些书无一例外告诉我们，他就是玄奘法师，玄奘法师就是得备这么一身行头的。

然而刚才我们分析过，玄奘法师去印度取经的时候是一直骑马的，回来的时候又是有运经队伍的。那么第三个问题又来了：谁告诉我们，这幅图画的这位和尚，就一定是玄奘呢？

有人说，所有的教材、书本都这么写的啊，这还能有问题吗？

兴教寺石刻《玄奘法师像》

问题大得很！左边这幅图，来自陕西兴教寺的一方石刻，旁边的标题确实是《玄奘法师像》，看样子是没有什么问题的。但是石刻旁边的小字暴露了问题，“民国二十二年冬月长安李枝生摹绘郭希安刻”，也就是说，这幅图是从别的地方摹过来的！并不是一幅原创的画。

那么，这幅图的底本又在哪里呢？

这幅图的底本现藏于日本东京国立博物馆，这幅图很著名，2005年还到中国来展览过，构图和兴教寺的这幅一模一样！只是经箧上面的雨伞不知为何被石刻搞没了。

这幅绢本设色的僧人像，是日本镰仓（1185—1333）后期绘制的，当然比兴教寺的早七八百年。但它也是有底本的，是从中国传过去的。只是它的底本今天已经找不到了。起初很多人（包括我）也以为，这幅画画的是玄奘，但后来经过一些学者辨析才发现：这幅画只是画了一位僧人而已，他的穿戴、打扮，其实是日本式的，无论是图上还是别的文献，都没有任何证据说明这位僧人的身份。说他是玄奘，是我们后人脑补出来的（基本上可以确定是日本人脑补的，日本这样同样的画不止一张，有题为《玄奘负笈图》的，是比较晚出的）！

其实想一想就知道，这么一身行头，任何人都可以背。比如《倩女幽魂》里张国荣演的宁采臣，一出场还背这么一个盛账本的竹篓呢。这又不是玄奘法师专用的。

日本镰仓时期，相当于中国的宋代到元代。假如它有中国传过去的底本的话，肯定要更早。于是我们继续追踪，就又会发现，在敦煌绘画中（约相当于唐代），还可以找到这类背这么一身行头的僧人。比如大英博物馆藏的一幅敦煌的行脚胡僧像，除了画工和日本那幅不一样外，也是背着经箧，戴着斗笠，拿着拂尘，只是长了一副中亚人的面孔而已。

甚至在西藏的绘画中，我们都发现了这样背“登山包”，戴个斗笠或雨伞的和尚。比如十五世纪西藏的一幅行脚僧像，也是背着高过头的经箧，戴着斗笠，只不过是一副藏人的模样。莫非他也是玄奘不成？

有朋友说，也有可能啊，玄奘大师这么有名，这么受爱戴，当然各族人民都会画他的像，不同民族的画家，当然会把他画成本族人的样子。但是宋代张择端的《清明上河图》里的一个人物，身上也背着一个类似经箧的竹篓，上头有类似小灯的东西，零零碎碎挂了不止一盏，他难道也是玄奘？想想也能明白：《清明上河图》是宋代张择端按照汴京城的实景绘制的。唐代的玄奘法师怎么可能穿越到宋代来呢？他只是一位普通的行脚僧（也有人说他是卖货的），绝不可能是玄奘。

甚至宋代的雕塑也来凑热闹：

这是国家博物馆藏北宋的一块塔砖。同样是一个和尚，背着“登山包”，撑着雨伞。

到这里估计很多朋友就明白了：这恐怕就是一种绘画题材，画（雕像）里的和尚，都背着这么一身行头。不是说摆这个 pose 的，就一定是玄奘！

而且这样的僧人，身边一般都有一只老虎。例如西藏山南桑耶寺二楼壁画，有位背“登山包”的僧人，身份很明确，是十八罗汉之一，达摩多罗尊者。这位尊者一般的画法，就是右手持禅杖，左手持拂子，身背经箧，头罩华盖，奔走途中，身旁猛虎相随。

事实上，这类绘画（全世界有二三十种），最早见于敦煌藏经洞，最晚见于元明时期。在这几百年中，全国各地，甚至西亚东亚，都出现了类似这样造型的僧人图。这是一种绘画的类别，为了稳妥起见，学界一般称为“行脚僧人图”，或者“伴虎行脚僧图”。这类行脚僧，或因为没钱，或因为专一苦行，或走的路本来也不太远，是不骑马的，所以才会背这个大包。另外，一般情况下，这僧人身边会画一只老虎，是为了表现这位僧人的神通。只是因为玄奘法师是历史上最著名的一位行脚僧，所以大众凡是看到这样的像，就以为他一定是玄奘了！

最后多说一句：佛藏里公认的玄奘形象，其实是下图这样的。大概是年纪大了，眼角有了皱纹，下巴也有点陷进去了。但这幅图收在《大正藏》图像部，旁边标明了“玄奘”“三藏”的字样，这恐怕才算得上玄奘法师的标准像呢。

推荐阅读

孙英刚《三藏法师像初探——一件珍贵的图像文献》

陆宗润《玄奘法师像非玄奘》

李翎《玄奘画像解读——特别关注其密教图像元素》

天竺收玉兔是多么地毁三观

天竺收玉兔这个故事广为人知，其实是沾了1986版电视剧《西游记》的光。如果没有李玲玉老师的一段唱词，“天竺收玉兔”在原著中，其实是一个很稀松平常的故事。不但平常，甚至很多地方都和《西游记》其他文字的整体风格不协调。

《西游记》里的女性，其实都是可圈可点的。比如铁扇公主之母性、玉面狐狸之骄纵、女儿国王之原始（指在原著中）、蜘蛛精之娇憨、老鼠精之温柔；甚至琵琶精放在现实生活中，也不失为一位好荡妇，以征服禁欲系男生为人生成功之大满足，征服不成功，毋宁死耳，斯古今荡妇所同殉之精义，夫岂庸鄙之敢望！

而玉兔精呢？我们一提起来只会想到李玲玉，而对她在原著中的形象印象模糊。这说明原著并没有把她写好，反倒是李玲玉的《天竺少女》为它提了气。总而言之，原著里这个故事从头到尾，不停地毁我们的三观。

这个故事是拼凑的？

首先，这个故事的逻辑是有问题的。玉兔下凡，是为了报素娥的一掌之仇。怎么突然招起唐僧来？其实细想一下就会发现：

这里的抛绣球选婿，我们在唐僧父亲陈光蕊那一回见过了；下凡了结恩怨，在碗子山波月洞见过了；以一国之力招亲，在女儿国见过了；神仙下凡收妖，在前面许多故事都见过了。如果说一个情节重复还好，好多情节同时和前面重复，恐怕这就不能用“不是师兄偷古句，古人诗句犯师兄”来解释了。这一回基本上没有什么原创的情节，都是东抓一把、西抓一把凑过来的。

这个故事，清朝评点《西游证道书》的黄周星也有点看不过，他说：

> 天竺亦未尝不乐，但不应有玉兔抛球一事耳。据太阴君之言，则玉兔因素娥一掌之仇而来，与素娥固仇矣，与唐僧则何亲耶？

当然，民间编故事，充满各种借鉴倒不足为奇。关键是如果能把故事编好也可以，但通篇文字，不仅不好，而且拖沓臃肿，比如“四僧宴乐御花园，一怪空怀情欲喜”一回诗词、韵文之多，竟然超过了专门谈诗的荆棘岭。

戏不够，诗来凑？

1986 版电视剧《西游记》，还拍了一些续集，远不如原来二十五集正集火。续集有个毛病：每到剧情有了转折的时候，就莫名其妙地插一首歌。比如《真假美猴王》一集，唐僧赶走孙悟空后的《就这样走》，比如《如来收大鹏》一集莫名其妙地插入了一个孔雀公主，又莫名其妙地插入了几首歌。按说往情节里插歌，并不是不允许，但插得太生硬太暴力，那就是欺负观众了。

其实这也不是今天电视剧的毛病。古代通俗小说，写不出什么故事来，一样会插东西，凑字数。当然不是歌曲，而是拿诗词来凑。可是拿诗来凑也可以啊，就像荆棘岭那一回，是专门为写诗开的一回，还算自然。四个树精的诗，虽然不怎么样，但毕竟还是吟咏出了本色——至少，我们还记得住他们。

而玉兔精这一回，不知怎么搞的，连篇累牍地插诗词，甚至比荆棘岭那一回还要多！这就太过分了。我们不妨看一看。

> 一行君王几位，观之良久。早有仪制司官邀请行者三人入留春亭，国王携唐僧上华夷阁，各自饮宴。……此时长老见那国王敬重，无计可奈，只得勉强随喜，诚是外喜而内忧也。坐间见壁上挂着四面金屏，屏上画着春夏秋冬四景，皆有题咏，皆是翰林名士之诗。
>
> 《春景诗》曰：周天一气转洪钧，大地熙熙万象新。桃李争妍花烂熳，燕来画栋叠香尘。
>
> 《夏景诗》曰：薰风拂拂思迟迟，宫院榴葵映日辉。玉笛音调惊午梦，芰荷香散到庭帏。
>
> 《秋景诗》曰：金井梧桐一叶黄，珠帘不卷夜来霜。燕知社日辞巢去，雁折芦花过别乡。
>
> 《冬景诗》曰：天雨飞云暗淡寒，朔风吹雪积千山。深宫自有红炉暖，报道梅开玉满栏。

那国王见唐僧恣意看诗，便道：“驸马喜玩诗中之味，必定善于吟哦。如不吝珠玉，请依韵各和一首如何？”于是唐僧竟然要来文房四宝，写起诗来：

> 和《春景诗》曰：日暖冰消大地钧，御园花卉又更新。和风膏雨民沾泽，海晏河清绝俗尘。
>
> 和《夏景诗》曰：斗指南方白昼迟，槐云榴火斗光辉。黄莺紫燕啼宫柳，巧转双声入绛帏。
>
> 和《秋景诗》曰：香飘橘绿与橙黄，松柏青青喜降霜。篱菊半开攒锦绣，笙歌韵彻水云乡。
>
> 和《冬景诗》曰：瑞雪初晴气味寒，奇峰巧石玉团山。炉烧兽炭煨酥酪，袖手高歌倚翠栏。

好了，再写估计大家都不耐烦了。觉得我是在凑字数。可是，原著确确实实就是这样让人不耐烦啊！这前前后后八首诗和情节有什么关系呢？而且刚才明明说了“此时长老见那国王敬重，无计可奈，只得勉强随喜，诚是外喜而内忧也”。怎么一转眼又诗兴大发，“袖手高歌”起来了，唐长老这心也忒大了！

况且，这几首诗也不像他的风格啊。又是“海晏河清”，又是“黄莺紫燕”，最后一句，居然“袖手高歌倚翠栏”这样的话都说出来了，还真不如荆棘岭那一句“禅心似月迥无尘”呢！

然而，对读者的折磨还没有完！作诗刚结束，唱曲又开始了！国王请唐僧吃饭，宴席还没开始，忽然娘娘有请。我们本以为国王说几句家常话，就赶紧出来招待客人吧。结果忽然来了一句“有《喜会佳姻》新词四首为证”，不管我们乐不乐意，四首歌词就抛过来了：

> 《喜词》云：喜！喜！喜！忻然乐矣！结婚姻，恩爱美。巧样宫妆，嫦娥怎比。龙钗与凤镮，艳艳飞金缕。樱唇皓齿朱颜，袅娜如花轻体。锦重重，五彩丛中；香拂佛，千金队里。

《会词》《佳词》《姻词》我就不引了，再引就真的引起民愤了。《会词》就是“会！会！会！……”《佳词》就是“佳！佳！佳！……”《姻词》就是“姻！姻！姻！……”

所以清黄周星《西游证道书》里，也是实在看不下去了，就把这几首无聊透顶的《喜词》《会词》《佳词》《姻词》统统删掉，一概不留。所以《西游证道书》的文本和世德堂《西游记》的文本，这一段是大大不同的。

不但如此，黄周星还开启了毒舌模式，吐槽说：

> 如此宠遇，何异太白之沉香亭？但诗不堪与《清平调》作仆，奈何！

意思很直白：给李太白提鞋都不配！

另外，这一回开始的时候孙、猪、沙三人见了国王，忽然一改风格，一个个地上来介绍自己的身世。孙悟空讲完了猪八戒讲，猪八戒讲完了沙和尚讲，每段都二百来字。这也有凑字数的嫌疑。因为剧情都到九十多回了，观众谁还不知道这三位爷的来历？

月里嫦娥有许多位?

这一回更可怪异的事情，是八戒的老情人忽然大变画风：

> 行者回头看时，原来是太阴星君，后带些姮娥仙子，……孙大圣厉声高叫道："天竺陛下，请出你那皇后嫔妃看者。这宝幢下乃月宫太阴星君，两边的仙妹乃月里嫦娥。这个玉兔儿却是你家的假公主，今现真相也。"……猪八戒动了欲心，忍不住跳在空中，把霓裳仙子抱住道："姐姐，我与你是旧相识，我和你耍子儿去也。"行者上前，揪着八戒，打了两掌骂道："你这个村泼呆子！此是甚么去处，敢动淫心！"八戒道："拉闲散闷耍子而已。"那太阴君令转仙幢，与众嫦娥收回玉兔，径上月宫而去。

这里屡屡说"众嫦娥"，带些"姮娥仙子""两边的仙妹（按：当作姝）乃月里嫦娥"，明明说的是嫦娥有许多人！搞得嫦娥像月宫里的宫女一样。而八戒抱住的这位又叫"霓裳仙子"，显然是"嫦娥们"中的一位了！

嫦娥从古到今就是一位，从来没有许多位。她的故事较早见于《淮南子·览冥训》，很多朋友从小就知道：后羿去找西王母，要来了不死药，还没吃，结果他的妻子姮娥偷吃了，飞到月亮上去了。姮娥，又写作恒娥，因为汉文帝刘恒的名字里有个恒字，避讳改称"常娥"，也写作"嫦娥"。就算汉语里没有单复数，后羿也就这一个老婆，她在人间就叫姮娥或嫦娥，到了月亮上名字都没改过。难道怀了后羿的娃，到上面生出许多小嫦娥来？这是不可能的。

后世的嫦娥神话，包括明清小说，从《女仙外史》到《镜花缘》《聊斋志异》，嫦娥也都是一位。明月里只有一位嫦娥是共识。《西游记》前面说猪八戒“只因带酒戏弄嫦娥”“全无上下失尊卑，扯住嫦娥要陪歇”等等，看文义也应该是一位而不是许多位中的一位，因为并没有特意说明，更没有另有一个霓裳仙子。何以这里猪八戒的老情人突然变成了“众嫦娥”中的“霓裳仙子”？只能说这篇故事是后添出来的。

唐代传说，道士叶法善引唐玄宗登上了月宫，听了天上的仙乐，回到人间就谱成了《霓裳羽衣曲》。这个故事在唐五代很流行。“霓裳仙子”的名号应该就是据此造出来的。然而《西游记》里的嫦娥从一位变成许多位，却是这个传说的一股支流甚至可以说是误会。月宫里除了嫦娥之外，还有许多仙女，逻辑上当然说得通。根据《太平广记·罗公远》，唐明皇上月宫后：

> 见仙女数百，皆素练宽衣。

这本来说的是许多仙女，穿着白衣服而已，并没有说她们都是“嫦娥”。同时敦煌的《叶净能诗》：

> 又见数个美人，身着三殊（铢）之衣，手中皆擎水精之盘，盘中有器。

这也只不过是说数个美人而已，也没有说她们都是“嫦娥”。但到了《龙城录·明皇梦游广寒宫》，居然变成：

见有素娥十余人，皆皓衣，乘白鸾，往来舞笑于广陵大桂树之下。

麻烦就出在这里，因为素娥又是嫦娥的代称。《文选·月赋》李周翰注：

常娥窃药奔月，因以为名。月色白，故云素娥。

《月赋》比《龙城录》早得多。《龙城录》是盗用了“素娥”这个名词，而且意思很含混，并没有明确说素娥就是嫦娥，可能就是指一群穿白衣服的仙女而已。但到了《西游记》里，居然把两个概念混同了，然后还不嫌乱，在嫦娥之外，又单独编出一个“素娥”，作为天竺公主的前世。然后又在这些“嫦娥”（素娥）上面，搞出一个太阴星君来。这就把这个传说彻底搞乱了。

然而这部《龙城录》，却是一部彻头彻尾的伪书。这部书据传是柳宗元写的，其实是假托的，很可能就是宋代人编的。这一点，我的朋友罗宁兄已经专门写文章辨明过。

五代和宋代人为什么伪造这种典故？说到底反映了一种不好的风气。因为当时人写诗写文章，必须用大量的典故，诗文才显得有学问。没有典故怎么办？那就伪托古人的名字编典故书。这就好比今天网络上好多“知识”，什么光绪皇帝的讲话、各路神仙的来历，其实也多是编造出来的，故意不说出处，有些大咖还信以为真了！

谁告诉你月中玉兔一定是母的？

我们人类看待不同的小动物，总有一些特定的印象。比如童话里写到小熊、小狗、小马，基本是照着男孩子写的；小鸟、小鹿、小猫，基本上是照着女孩子写的。孙幼军先生有篇童话《小狗的小房子》，就把小猫拟人成女孩，小狗拟人成男孩，小男孩要照顾保护小女孩。

其实什么动物都有雌有雄，只是这些动物，从外表上不易分辨雌雄，人类印象深刻的只是它们的性格。所以凡是有力量的、活跃的，就容易写成男孩；凡是温顺的、灵巧的，就容易写成女孩了。

兔子是比较温顺的动物，所以容易被编成女孩。苏联动画片《兔子等着瞧》里，兔子的配音演员是克拉拉·鲁米扬诺娃，这也是一只母兔子了。

古人也不例外，在传统的说法中，他们也把所有的兔子看作母的，唯独有一个例外，偏偏就是月里的这只兔子是公的！例如：

> 天下之兔皆雌，惟顾兔（即月中玉兔，阴精所积）为雄，故皆望之以禀气。（《尔雅翼》）
>
> 世兔皆雌，惟月兔雄尔，故望月而孕。（《后山谈丛》）

甚至还有人写诗：

> 雄兔在月中，雌兔长相望。月中不顾侬，孕子何由两。(《翁山诗外》)

也就是说，在我国传说中，人间所有的兔子都是母的，它们要生小兔子，就要晚上拜月亮。望着月中玉兔一拜，就怀孕了。然而生的小兔子还是母的。天上这只玉兔，是人间一代一代所有兔子的爸爸！

当然，劳动人民都知道兔子是有公有母的；就是读书人，在脱离了神话传说的语境下，当然也知道人间兔子是有公母的，否则就不会有“雄兔脚扑朔，雌兔眼迷离”这样的诗了。但月中的这只玉兔，本来就是一个神话传说，在神话的逻辑里面，它就是公的了！

这还真不是我们今天牵强附会。因为明代《西游记》面世后，就有人吐槽了，这个人，就是大名鼎鼎的李贽（也有人说是叶昼伪托的，总之不会晚于明末）。他评这一回说：

> 向说天下兔儿俱雌，只有月宫玉兔为雄，故兔向月宫一拜，便能受孕生育。今亦变公主，抛绣球，招驸马，想是南风大作耳。今竟以玉兔为弄童之名，甚雅致。书罢一笑。

南风，就是男色。清褚人获《坚瓠五集》卷三：

> 美男破老，男色所从来远矣……闽、广两越尤甚。京师所聚小唱最多，官府每宴，辄夺其尤者侍酒，以为

盛事，俗呼为南风。

所以金大侠《笑傲江湖》一开头就有这么一段：

> 那姓余的年轻汉子笑道："贾老二，人家在骂街哪，你猜这兔儿爷是在骂谁？"林平之相貌像他母亲，眉清目秀，甚是俊美，平日只消有哪个男人向他挤眉弄眼的瞧一眼，势必一个耳光打了过去，此刻听这汉子叫他"兔儿爷"，哪里还忍耐得住？

林平之也正是闽、广一带的人。用兔子、兔儿爷称呼小白脸的，至少有几百年的历史了。从李贽的评点中我们又可知道弄童也可叫"玉兔"。

所以如果不是另有深意的话，只能说这位作者没考虑到玉兔是公兔子的这个典故，或者根本不知道。

以上吐槽了这么多，并无意否认《西游记》总体的价值。我一直强调，阅读名著，要以平等的心态去看待它。好的地方自然说好，不好的地方自然说不好。这才是真正的"取其精华，去其糟粕"。否则见到名著的大名头，就不敢说一句否定的话，这是不合适的。《西游记》是一部长期积累、杂凑而成的书，并不是某个人一次写成的。这一点我反复说过。它的作者是一个人（例如吴承恩）的可能性很小。这一回就暴露了这一点，很可能是某个作者后编造出来，用来充难数、凑回数的，因为它的写作风格和此前的很多故事太不相似了。

一个吃货眼中的《西游记》

西游的美食，是值得聊一聊的。只是这个话题讲起来太散乱，都是一个点一个点的。大致归纳一下，可以分素斋、面食甜点、野菜、饮品四个方面。

素斋的食材

唐僧师徒是僧人，整部《西游记》注定和肉食无缘。其实吧，我觉得，素菜并不代表不好吃。素食自有美味，是肉食比不了的。

素食里，我最喜欢吃土豆。唐僧师徒如果吃素，按今天来讲，最方便、解饿、好吃的东西也莫过于土豆。土豆炖豆角、薯片、薯条、土豆泥……哪样不好吃？然而，整部《西游记》却从来没有提到过吃土豆。究其原因，是土豆传入中国的时间非常晚。学界一说顺治年间，一说康熙年间，最早的说法，也不过是明万历年间。即便传入了，也没有广泛种植，所以成书于明嘉靖、万历之间的《西游记》当然不会有土豆了。

但唯独有一处可疑，这就是镇元大仙的菜园子。里面种的菜是：

布种四时蔬菜，菠芹莙荙姜苔。笋簟瓜瓠茭白，葱蒜芫荽韭薤。窝蕖童蒿苦藚，葫芦茄子须栽。蔓菁萝卜羊（按：当作芋）头埋，红苋青菘紫芥。

这里还真提到了“薯”。但是未必是“马铃薯”，因为明代以前提到吃的“薯”，多数指薯蓣，即山药，和今天所说的“番薯”“地瓜”也是两种东西。

另外镇元大仙的这一堆蔬菜都是什么呢？莙荙，就是“莙荙菜”，又称莙菜、甜菜。苦藚，今天叫苦荬菜。菘，就是白菜。其他的大家基本都知道，就不一一解释了。从这首诗看，作者根本不管出家的道士是不是忌“五辛”，因为葱、蒜、韭都种。

《西游记》里常吃的素菜，莫过于下面这样的：

令弟已是死了，不必这等扛丧，快些儿刷净锅灶，办些香蕈、蘑菰、茶芽、竹笋、豆腐、面筋、木耳、蔬菜，请我师徒们下来，与你令弟念卷《受生经》。（第三十五回）

那八戒那管好歹，放开肚子，只情吃起。也不管甚么玉屑米饭、蒸饼、糖糕、蘑菇、香蕈、笋芽、木耳、黄花菜、石花菜、紫菜、蔓菁、芋头、萝菔、山药、黄精，一骨辣噇了个罄尽。（第五十四回）

荤有猪羊鸡鹅鱼鸭般般肉，素有蔬肴笋芽木耳并蘑菰。（第六十九回）

说不尽蘑菰木耳、嫩笋黄精，十香素菜，百味珍馐。（第七十九回）

最常见的就是菇类、竹笋、木耳、豆腐、面筋这几样。而且，吃笋特意要“闽笋”，在灭法国：

> 那妇人越发欢喜，跑下去教：“莫宰！莫宰！取些木耳、闽笋、豆腐、面筋，园里拔些青菜，做粉汤，发面蒸卷子，再煮白米饭，烧香茶。”

闽笋到今天也是非常有名的，产于武夷山区。但是卖到外地的，一般都是笋干。挖出鲜笋后，经木榨、炭烤、蒸煮、压片、烘干等工艺，前后历时四十五天。上等的闽笋呈金黄色半透明，肉厚而脆嫩，能炒能拌能煲汤。李时珍《本草纲目·菜二·竹笋》：“南人淡干者为玉版笋、明笋、火笋，盐曝者为盐笋，并可为蔬食也。”

明清时，福建做闽笋生意的商人甚至成立了商会，这就是笋帮公栈。凡收购笋干、签订合同、商讨价格、入股聚资均在此进行。可见其生意规模之大。

《西游记》作为民间读物，想象大唐的御膳房做出来的素菜又是什么呢？其实也不过如此：

> 烂煮蔓菁，糖浇香芋。蘑菰甜美，海菜清奇。几次添来姜辣笋，数番办上蜜调葵。面筋椿树叶，木耳豆腐皮。石花仙菜，蕨粉干薇。花椒煮莱菔，芥末拌瓜丝。几盘素品还犹可，数种奇稀果夺魁。核桃柿饼，龙眼荔枝。宣州茧栗山东枣，江南银杏兔头梨。榛松莲肉葡萄

大，榧子瓜仁菱米齐。橄榄林檎，蘋婆沙果。慈菇嫩藕，脆李杨梅。

其实也不过是觉见的蔬菜果品而已。蔓菁（或芜菁、大头菜）这种东西，曾经是古人的主要蔬菜，甚至进入主食的领域，荒年也指着它度过。今天我们各种营养的食品太多了，所以芜菁吃得少了，不过有时候当咸菜吃。有些地方还吃芜菁饭，和烂煮蔓菁是一种做法。在大唐御膳房的宴席上竟然是第一道菜，这说明《西游记》还是一套民间思维。

值得注意的是，唐太宗御膳房里，还有一道“蕨粉”，其实就是蕨根粉。把野生蕨菜的根洗涤、捣碎，过滤出淀粉，晒干后制成粉丝。今天饭店里也都能吃到。今天当然是当小菜吃了，过去可是救荒的东西。清朝贵州人龙绍讷甚至有一篇《蕨粉赋》，专门讲饥民是怎么靠蕨根粉度过灾荒的。这些东西能上《西游记》御宴的席面，足见其作者不脱底层社会的气息了。

面食和甜食

除了蔬菜，《西游记》也写了不少主食和甜点，比如：

琼膏酥酪，锦缕肥红。宝妆花彩艳，果品味香浓。斗糖龙缠列狮仙，饼锭拖炉摆凤侣。（朱紫国）

蒸酥蜜煎更奇哉，油札糖烧真美矣。（玉华州）

那呆子还变做老君。三人坐下，尽情受用，先吃了大馒头，后吃簇盘、衬饭、点心、拖炉、饼锭、油煠、

蒸酥，那里管甚么冷热，任情吃起。（车迟国）

这里的拖炉就是“拖炉饼”，一种小酥饼，用两只炉子上下放置烤制。据说张家港一带今天仍然盛行。饼锭就是圆形小饼。油札、油煠都是油炸的意思。

“斗糖龙缠列狮仙”是什么意思？斗糖龙缠，即斗糖斗缠。其实是一种带造型的甜点。例如明代海瑞《备忘集》卷五的在南直隶巡抚任上的《督抚条约》，就禁止过这种东西，如：

忠靖凌云巾、宛红撒金纸、斗糖斗缠、大定胜饼桌席物……凡属侈靡，法当严禁。

海瑞是明代的大清官，看不惯的事很多。像这种《督抚条约》，本意是很好的。比如“官吏不得出郭迎送”“各属官俱用本地服色见”“本院到处不用鼓乐”“所在县驿俱不许铺毡结彩”。然而有些地方也未免太过苛细：“各官参见手本”用价廉草纸，前后不许用纸壳，不许留空白；经济发达地方招待，不许超过三钱银，不发达地方不许超过二钱银；等等。制度细到这种程度，执行起来到底怎么监督、怎么实施，恐怕就是个麻烦事。难道还得天天盯着手本用没用纸壳？最后一页有没有空白？别的工作还做不做了？

明代中期，经济发达，自然民间想方设法开发许多新产品出来。像“撒金纸”（也叫“洒金纸”），写字作画时很常用的。那种带硬纸壳的手本，也都是在“香蜡店”买现成做好的——今天书画店也卖这种空白册页。这类东西当然一生产就是一大批，假如都像海瑞规定的那样“府县官即当责令制卖之家不复制卖”，岂不又是巨大浪费？这简直就是砸商铺的饭碗，让人家喝西北风。

《西游记》里的这种“斗糖狮仙”，就是海瑞看不惯的一种。然而这也不是帝王家的专利。在灭法国，每人五钱银子（约合150元人民币）的宴席，标配就是“五果五菜的筵席。狮仙斗糖桌面”，外加房钱和“小娘儿”陪唱陪歇。说实话根本不贵，今天在味多美买一个大蛋糕也得三百多元！大概是缠糖做起来比较麻烦，《格致镜原》卷二十三引《事物绀珠》：

> 缠糖或以茶、芝麻、砂仁、胡桃、杏仁、薄荷各为体缠之。

明宋诩《竹屿山房杂部·养生部》里的糖缠制法：

> 凡白砂糖一斤，入铜铁铫中，加水少许，置炼火上镕化，投以果物和匀，速宜离火，俟其糖性少凝，则每颗碎析之，纸间火焙干。

狮仙，也叫兽糖，是用模具浇成的狮子、八仙形状的糖果，现在称糖人、糖狮子。明宋应星《天工开物·造白糖附造兽糖》：

> 凡造兽糖者，每巨釜一口，受糖五十斤……下用自风慢火温之，看定火色，然后入模。凡狮象糖模，两合如瓦为之，杓泻糖入，随手覆转倾下。

把模子去掉，就露出造型了。宴席时摆在桌子上，既可观赏，也可食用。除了走兽外还有“鸳鸯锭”，就是做成鸳鸯形状的糖。其实明朝人和我们今人的心态很相似，既追求好吃也追求好看。都按海大人的要求，今天的味多美、好利来、金凤成祥就都不用开了！

野　菜

《西游记》里最奇特的，就是唐僧师徒在隐雾山救了一个樵夫，樵夫为他们上了一桌野菜席：

> 嫩焯黄花菜，酸虀白鼓丁。浮蔷马齿苋，江荠雁肠英。燕子不来香且嫩，芽儿拳小脆还青。烂煮马蓝头，白熝狗脚迹。猫耳朵，野落荜，灰条熟烂能中吃；剪刀股，牛塘利，倒灌窝螺操帚荠。碎米荠，莴菜荠，几品青香又滑腻。油炒乌英花，菱科甚可夸；蒲根菜并茭儿菜，四般近水实清华。看麦娘，娇且佳；破破纳，不穿他；苦麻台下藩篱架。雀儿绵单，猢孙脚迹，油灼灼煎来只好吃。斜蒿青蒿抱娘蒿，灯蛾儿飞上板荞荞。羊耳秃，枸杞头，加上乌蓝不用油。几般野菜一餐饭，樵子虔心为谢酬。

当然不可能一顿就上这么多野菜，这只能说是作者在故意炫耀（或普及）野菜的知识。其实这里提到的当时常见野菜，均见于明王磐《野菜谱》。这里仅就《野菜谱》的记载举几个例子：

白鼓丁，即蒲公英。马齿苋，常见野菜，又称长命菜、五方草等。雁肠英，即繁缕，又称鹅肠菜、雁肠子，“二月生如豆芽菜，熟食之；生亦可食”。燕子不来香，“可熟食。燕来时，则腥臭不堪食，故名”。芽儿拳，“正二月采，熟食”，又“芽儿拳，生树边，白如雪，软似绵”。马蓝头，又称马拦头、马兰头、马菜，“二三月丛生。熟食。又可作齑”，《随园食单》：“摘取嫩者，醋合笋拌食。油腻后食之可以醒脾。”狗脚迹，一茎五叶，味淡涩，“霜降时采之，熟食。叶如狗印，故名”。破破纳，即婆婆纳，“腊月便生，正二月采，熟食。三月老，不堪食”。枸杞头，即枸杞的嫩芽，“村人呼为甜菜头。春夏采嫩头，熟食。秋采实，即枸杞子。冬采根，即地骨皮”。

马齿苋、婆婆纳，在今天仍然是常见的野菜，其他野菜的名字在某些地区依然这么叫。

然而为什么要编《野菜谱》？这其实是为救灾荒准备的工具书。编纂目的和《救荒本草》等书是一样的，有图有文，备荒年救饥时参考。

饮　品

最后简单说一下《西游记》中的酒。

《西游记》中经常涉及两个概念，荤酒和素酒。比如老鼠精给唐僧喝酒，唐僧默念道：

> 此酒果是素酒，弟子勉强吃了，还得见佛成功；若是荤酒，破了弟子之戒，永堕轮回之苦！

食物分荤素，酒为什么也分荤素呢？难道荤酒是肉酿的？这里的荤和素的标准，并不涉及原材料，而指喝下去的效果。据周岩壁先生《〈西游记〉和〈水浒传〉中的素酒与荤酒》：

> 从效果上说，素酒就是不会使饮者沉醉乱性的酒；从品性上说，就是酒精度较低、没有辛辣的过强刺激性味道。具有这样品性的酒，往往是甜酒。比如米酒或葡萄酒……从滋味上讲，葡萄酒和糯米酒都属素酒。

我认为这个说法是靠谱的。因为第八十二回有一句，“他（孙悟空）知师父平日好吃葡萄做的素酒，教吃他一钟”，可见唐僧也是不忌酒的。葡萄酒度数低，喝了不至于醉。佛教五戒指戒杀、盗、淫、妄、酒。佛教认为前四条是根本戒，酒戒是“遮戒”。理论上说，只喝酒并不是什么罪过，但酒可以使人乱性，所以也算在“五戒”之内了。

另外，历史上的玄奘法师，路上经常喝“蒲桃浆”。例如在突厥叶护可汗那里：

> 可汗共诸臣使人饮，别索蒲桃浆奉法师，于是恣相酬劝。（《大唐大慈恩寺三藏法师传》）

可见玄奘法师喝的是葡萄汁，也在酒场上“恣相酬劝”起来了。又如《大唐西域记》：

> 沙门、婆罗门饮蒲萄、甘蔗浆，非酒醴之谓也。

蒲桃就是葡萄。蒲桃浆就是葡萄汁，而葡萄汁正是葡萄酒的原料。葡萄是很容易发酵的，尤其是可汗临时找来的那种“蒲桃浆”，带点酒精是免不了的。

《西游记》里是怎样办案的？

《西游记》第九十六、九十七两回，写的是寇员外招待唐僧师徒四人，临行时鼓乐欢送，结果露富招来了强盗。强盗把寇员外打死，劫走了家财。寇家反倒诬告唐僧师徒，说他们是强盗。孙悟空显法力，辨别冤屈，并从阴曹地府带回了寇员外的灵魂，使他死而复生。这一回完全没有妖魔鬼怪，倒是写了很多明代的司法制度，当成一篇社会风俗史来看是很有意思的。

原告起诉

比如写寇洪被强盗打死后，寇家商量着要告状，第一步，先得写状子，寇家兄弟说：

> 母亲既然看得明白，必定是了。他四人在我家住了半月，将我家门户墙垣、窗棂巷道，俱看熟了。财动人心，所以乘此雨夜复到我家，既劫去财物，又害了父亲，此情何毒！待天明到府里递失状坐名告他。

所谓的“失状”，就是指告发偷盗、抢劫案件的状纸，还得附上财物清单。明代有位大臣佘自强，曾任陕西巡抚，对司法这一套很熟，他有一部《治谱》，就是专门记载怎么办案的，可以和《西游记》比照着读一读。例如“盗后立案”：

> 凡一村之内，有一家被盗，保正人等，星夜报官。失主即补失状。

有的失主不敢告，怕强盗报复，这时就需要地方保正出面，督促失主写失状上报。失状的内容包括：入门出门形状，即描述强盗进门后一直到出门都干了什么；劫去赃物的清单；金银首饰，需要说明式样；衣服器皿，需要说明颜色、新旧；银子，要说明大锭还是散碎银两；要说明是打劫的还是偷盗的。

所以这里寇家的失状写道：“唐僧点着火，八戒叫杀人。沙和尚劫出金银去，孙行者打死我父亲。”正是失状要求的“入门出门形状”。

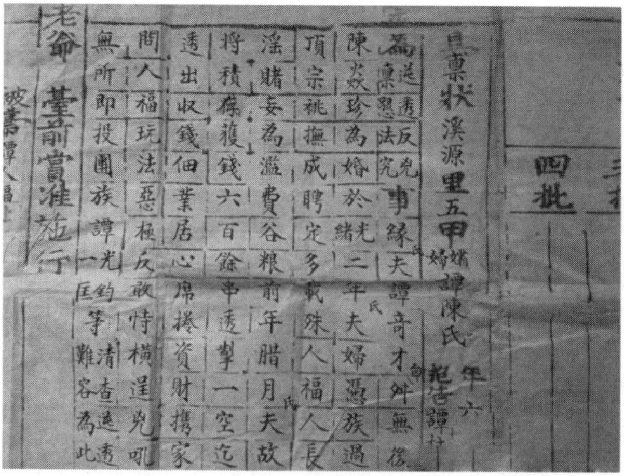

清代的状子

也有编造失状的，《治谱》里就记过，有个人和别人斗殴，不小心把对方杀了，就写了一张失状，说死的这个是强盗，因为抢钱才把他打死的。这里的寇家失状，也是编造的。所以，失状虽然是一手的资料，但地方官要格外注意分辨。

公堂告状

《西游记》里写刺史姜坤三坐堂问案：

> 当时坐了堂，发放了一应事务，即令抬出放告牌。这寇兄弟抱牌而入，跪倒高叫道："爷爷，小的们是告强盗得财杀伤人命重情事！"

这里的"放告牌"，就是官府用于接受民众告状的牌子。元明杂剧老爷坐堂，经常有"抬出放告牌去"这样的话。牌置于衙门外，告状者抱牌而进，方可受理。佘自强《治谱》卷二"置放告牌"："凡告衙门人首衙门弊者，抱此牌进，余仿此。"

据明弘治年间的《常熟县志》记载，县衙里的这种放告牌只有一面，只有抱着牌子上公堂，老爷才会问案。有人抱进去了，后面再来的人就不能再抱，只能等着这一起审完，放出来，放告牌才能重新使用。有点像今天立案大厅取号机。

老爷抓人

《西游记》里的姜老爷，接到状子就马上下令抓人，抓来就一通打。其实根据《治谱》，凡告失状后，还有一个查看现场的环节。要么审理案件的官员自己去，要么委派捕盗官去被盗地方，先审街坊四邻。问清楚是明火执仗，还是暗进暗出。邻居们知不知道，是偷抢了一家还是多家。这些都得和原告的诉状对得上才行。否则怎么判断是不是编造的？当然《西游记》不是侦探小说，可以不在乎这一点，一些刑侦环节省略过去也无伤大雅。

在明代久经官场的人都了解，真正知道强盗底细的，其实是衙门里的捕头。所谓“捕役，盗之窟穴也”。每个资深的捕头，除了那点工资之外，每月都有一笔“月钱”，这钱是哪里来的？当然是惯盗们孝敬的。这种惯盗，捕头们都是门儿清门儿清的，养着就是用来收孝敬的。所以《治谱》说了这样一段话：

> 凡属真正惯盗。此辈（指捕头）岂惟不拿，且从而庇护之。养为赚钱之资。甚至有泄机于彼，而使远逃潜踪于城而落于捕家者。地方大盗生发，失财果多，待失主递失状后，有司宜差着实人乘夜呼唤积年老捕。老捕家如有踪迹可疑之人，一便擒来审问，天网奇幸，甚至有随身之赃一时并获者。

遭了盗抢，第一时间竟是去资深“公安干警”家里抓人，还往往一抓一个准儿。说实话，我看到这，不得不赞一下这位陕西巡抚，这就是工作经验！

警匪一家，只要监管不力，古今中外其实都差不多。有意思的是，这些话是堂堂陕西巡抚写在自己的公开出版物里的。

但是，如果在这种老捕头家抓不到人，就每三天一催。只要人赃俱获，就拿赃款一半赏捕头，这就是所谓：

> 每三日一比（催逼），如拿获真盗，起获真赃，即将失主获赃分半给赏，吩咐谆切，着实力行。

这笔奖金是不用动国家财政的……所以《西游记》里“那刺史端坐堂上，赏了民快，检看了贼赃，当叫寇家领去”，这打赏怕是用的寇家的钱了。

强盗收监

老爷审了案，不管有没有结案，嫌犯要收监。《西游记》这段写得极真实：

> 可怜把四众捉将进去，一个个都推入辖床，扣拽了滚肚、敌脑、攀胸。禁子们又来乱打。三藏苦痛难禁，只叫：“悟空！怎的好？怎的好？”行者道：“他打是要钱哩。常言道：‘好处安身，苦处用钱。’如今与他些钱便罢了。”三藏道：“我的钱自何来？”行者道：“若没钱，衣物也是，把那袈裟与了他罢。”三藏听说，就如刀刺其心。一时间见他打不过，又要得紧，无奈只得开言道：“悟空，随你罢。”

这里的辖床、滚肚、敌脑、攀胸，都是古代束缚囚犯的刑具。辖床，又名柙床、押床、匣床，是床形刑具，将囚犯全身固定于内，不能移动。头顶头发系在环里，脖子有锁，胸前有拦胸铁索，肚子上有压腹木梁，两手、腿脚，都牢牢锁住。然后盖上盖子。这片盖子叫“号天板”，上面密密麻麻全是朝下的钉子。盖上后，钉子尖离人不到二寸。值班的狱卒就在这“号天板”上睡觉。（明吕坤《新吾吕先生实政录》）

这号天板上，也未必上那么多钉子，有时候只是两根，然而这两根正好在眼睛前面。只要头一抬，眼睛就瞎了。（清李修行《梦中缘》）

知法懂法读《西游记》

《西游记》里还有很多涉及法律的情节。因为这是一部明代的小说，其中说的当然是明法而不是唐法。很多内容，都能在《大明律》里找到原型。比如我们常说的“不知者不怪”，就来自古代法律的常用语“不知者不坐”。在平顶山，银角大王念遣山的咒语，把几座大山搬来压孙悟空。山神担心孙悟空报复，揭谛就安慰他说：“你且休怕，律上有云‘不知者不坐’。”《大明律》规定，在很多情况下，不知情而犯了法，是不追究的。

唐僧师徒里，以猪八戒最为精通法律，他几次引《大明律》，都头头是道。比如孙悟空带猪八戒进入乌鸡国御花园，孙悟空叫嚷起来，猪八戒急忙制止道：

> 哥呀，害杀我也！那见做贼的乱嚷，似这般吆喝！惊醒了人，把我们拿住，送入官司，就不该死罪，也要

解回原籍充军。

《大明律》卷十八《刑律·贼盗》“盗内府财物”条及其后《条例》，凡盗内府（即皇室的仓库）财物，除车马衣服要判死罪外，银六十两以上者，发往边疆永远充军。这里猪八戒把两种可能都说到了，足见八戒是个知法懂法的人。

猪八戒甚至很知道援引法律保护自己。

> （猪八戒）只得拖着钯，抖搜精神，跑将出去，厉声骂道：“你这个弼马温，着实惫懒！与你有甚相干，你把我大门打破？你且去看看律条，打进大门而入，该个杂犯死罪哩！”行者笑道：“这个呆子！我就打了大门，还有个辩处。像你强占人家女子，又没个三媒六证，又无些茶红酒礼，该问个真犯斩罪哩！”

“杂犯死罪”“真犯斩罪”，也是当时的法律术语。通俗理解，“杂犯死罪”是犯了被当时认为影响不太严重的死罪，不用立刻执行死刑，还可以减刑、缓刑、用钱赎。“真犯死罪”是影响比较严重的死罪，是不能赦免的。明代弘治之后，有真犯死罪决不待时斩罪三十七条、真犯死罪秋后处决斩一百条，这应该就是孙悟空所说的“真犯死罪”中的“斩罪”。

另外《大明律》中没有“打入大门而入”这样细的条款，但是卷十八《刑律·贼盗》有一条，“夜无故入人家”，若被主家杀死者勿论。《大明律》卷六《户律·婚姻》“强占良家妻女”条规定：凡豪势之人强夺良家妻女，奸占为妻妾者，判绞刑。所以孙悟空打破猪八戒大门闯进去，猪八戒完全可以格杀勿论的，当然是在打得过的前提下。

其实这个“夜无故入人家”，放在哪个国家、哪个时代，都是一个重大的话题，因为这涉及对私有财产保护和隐私权的不容侵犯。很多朋友一说外国人“风能进，雨能进，国王不能进”就津津乐道，以为人家就是先进。其实我国历史上的相关法律规定一点都不逊色，比如：

> 无故入人室宅庐舍……其时格杀之，无罪。（汉律，《周礼》郑众注）
>
> 诸夜无故入人家者，笞四十。主人登时杀者，勿论；若知非侵犯而杀伤者，减斗杀伤二等；其已就拘执而杀伤者，各以斗杀伤论，至死者，加役流。（《唐律疏议》，宋律同唐律）
>
> 诸夤夜潜入人家，被殴伤而死者，勿论。（《元史·刑法志》）
>
> 凡夜无故入人家内者，杖八十。主家登时杀死者，勿论；其已就拘执而擅杀伤者，减斗杀伤罪二等；至死者，杖一百，徒三年。（《大明律》，清律沿用此条）

从汉代到清代，对夜里“无故”进入人家的人，不管是偷抢奸淫，主家都可以当场格杀勿论。因为这种行为对主家构成了极大的威胁。就算是“知非侵犯而杀伤”，罪过也比普通杀伤人的轻。民间还有这样的俗语“深夜入宅，非奸即盗”。

说实话，今天又怎么样！经常听说有小偷入室盗窃，被主家打死，主家反倒判刑的事，司法解释说必须是小偷对主家正在实施行凶、杀人、抢劫、强奸、绑架及其他严重危及人身安全的暴力犯罪，主家把他打死才算正当防卫（出自新闻转述）。这种判决其实在一定程度上助长了歹徒的气焰，对保护私有财产没有什么好处。

灵山上都有什么？

灵山在哪里

灵山这个地方，是印度真实存在的地名。玄奘法师也去参访过，当时叫“姞栗陀罗矩吒”，旧译耆阇崛山，一个是巴利语，一个是梵语。又称灵鹫山或灵山。《西游记》里也称“大西天灵鹫仙山雷音宝刹”。山名“灵鹫”一个说法是山上多鹫鸟，另一个说法是山顶石头像鹫鸟。

这座山之所以有名，是因为佛祖曾在这里讲过许多经，尤其是大乘经典，例如《法华经》《大般若经》，净土宗的《无量寿经》《观无量寿经》等禅宗故事，佛祖拈花和迦叶微笑，也是在这里发生的。

灵鹫山海拔不过几百米，其实就是个小山包。据参访过的人说，“步行十几分钟就下山了”。作为佛教圣地竟然如此不“高大上”？

其实想一想就知道，佛祖当年也不可能跑到特别深、特别高的山上去说法。因为听法的人动辄“五百众”“千众”，甚至《法华经》里的“万二千众”，就算除去夸张成分，这么多人吃喝拉撒、交通住宿都是问题。就近有可依托的城市才是合理的。下图是印度王舍城、那烂陀寺和灵鹫山的实际地图。可以根据比例尺看一下，不过两三公里，佛祖讲完经，完全可以跑到王舍城溜达一圈再回去。

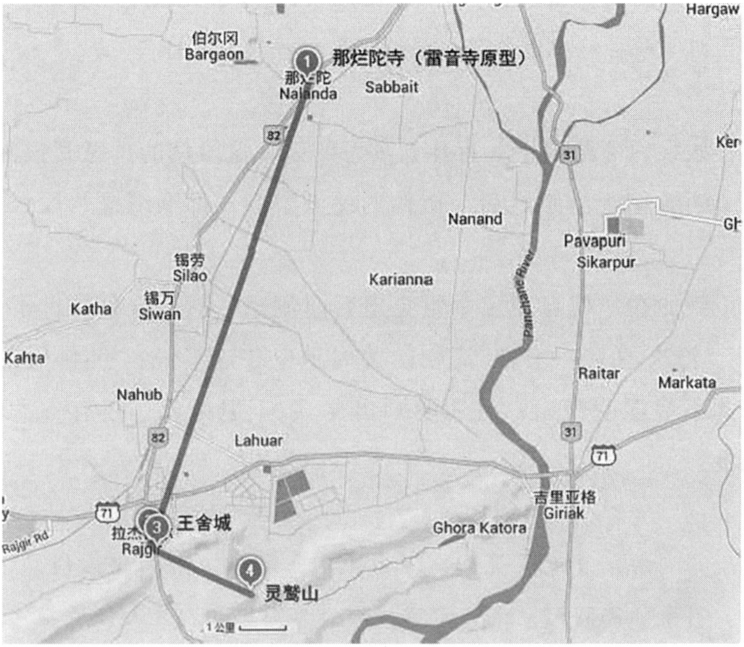

王舍城周边地图

玉真观

《西游记》里的灵山脚下，有一座玉真观。为什么要在灵山脚下放一座道观？原文其实也说了：

> 大仙道：“且住，等我送你。”行者道：“不必你送，老孙认得路。”大仙道：“你认得的是云路。圣僧还未登云路，当从本路而行。”行者道：“这个讲得是。老孙虽

> 走了几遭，只是云来云去，实不曾踏着此地。既有本路，还烦你送送。我师父拜佛心重，幸勿迟疑。”那大仙笑吟吟，携着唐僧手，接引旃檀上法门。原来这条路不出山门，就自观宇中堂穿出后门便是。

如果说《西游记》有什么寓意的话，这段话的寓意就很深。从《西游记》出版之后，历代的评点家们，都围绕这一段大加赞赏：

例如在“就自观宇中堂穿出后门便是”后，李卓吾批了一句：“禅玄原是一家。”清朝的黄周星也在这里说：“仙佛同源，到此不但明明说出，且明明画出矣。”不但如此，还有一大段总批：

> 由玉真观至灵山，不出山门，即从中堂而出后门，明乎仙佛同门，道为堂宇，而禅为阃奥也。且大仙所指者，不在平地而在高峰，又明乎仙佛同归，道为入门升堂，而禅为登峰造极也。两家会合之妙，明白显易，无过于此。不然，《西游》一成佛之书也，何以前有三星洞之神仙，后有玉真观之大仙耶？

清刘一明注此二句：

> 前面有为之道过去，即是后边无为之道，不必另寻门户，“只此一乘法，余二皆非真也”。

这几段话什么意思呢？其实灵山是佛教圣地，本来不应该有道观。“玉真观”正是道教人士改造《西游记》的明显痕迹。从道观后门上灵山，正是认为修得金丹大道与成佛本来无二。“道为堂宇，而禅（或佛）为阃奥”的意思，就是说道是厅堂，而佛禅是内室，修道是通向成佛的门径和必经之路。

我之前说过了,《西游记》本来就是一部找佛祖取经的书，不可能改成找太上老君取经。既然剧情改不了，那就给灵山大门口修一座玉真观，要进灵山，必须从我这里买票！这有点像今天的旅游局或开发公司，投资了一个庙宇，把和尚们圈在里面，门票收入都归了旅游开发公司了。“云来云去”的管不着，只要是“踏着此地，本路而行”的，一律要从玉真观通过。试问这哪里是崇佛贬道？到底是修改佛教还是致敬佛教，就看抱着什么心态去理解了。

凌云渡

凌云渡也是这样，首先从功能上来讲，它是一条大河，拦住了凡间到雷音寺的路。像这样的功能性的大河大水，历史上有很多，例如昆仑山周围，就是有弱水环绕的。蓬莱山周围，也是有大海环绕的，船开近了，就有神风把船吹跑。又如明洪楩辑《清平山堂话本·张子房慕道记》说，张良辅佐汉高祖取得天下后，即出家修道，汉高祖思念不已，访至山中。

> 张良引驾，正行之间，前面一个仙童，指化一条大涧，横担独木高桥一根，请高祖先行。高祖恐怕木滚，不敢行过。张良拂抽而过此桥。

清代《镜花缘》里，唐敖成仙之后，女儿唐闺臣去小蓬莱寻访，快到山顶时，也是遇到一座宽数十丈的瀑布，无法通过。这样从逻辑上就避免了凡间人随随便便地到仙境溜达。所以玉真观还是凡间，代表了凡人“踏着此地”，依“本路”的修行。过了凌云渡，就脱胎换骨了。

至于那条“无底船”，也是禅宗经常提起的话头，比喻能使人解脱而不可思议、无法用语言表述的佛法。宋《大慧普觉禅师语录》卷二十九书信《答杨教授》：“欲来年春夏间，棹无底船，吹无孔笛，施无尽供，说无生话。”元普度禅师圆寂时作偈：“八十二年，驾无底船。踏翻归去，明月一天。”看上去“无底”，只要勇于朝上一跳，就超登彼岸了。

唐僧过凌云渡的时候，发现自己的肉身顺水漂去：

> 只见上溜头泱下一个死尸。长老见了大惊，行者笑道：“师父莫怕。那个原来是你。”八戒也道：“是你，是你！”沙僧拍着手，也道：“是你，是你！”那撑船的打着号子，也说：“那是你！可贺，可贺！”

这也正是内丹家经常说的“出元神”，所谓“真个佛法便是道，一个孩儿两个抱”（《性命圭旨》引刘海蟾语）。内丹术的最高成就是“出阳神”，就是将元神、元炁凝炼成脱离于躯壳、永恒存在的生命体，名为阳神。时机成熟即可移出体外，原来的躯壳就可以抛弃了。而佛教中也有视肉身为皮囊，舍弃肉身成佛的说法。这里明显把成仙成佛合二为一了。

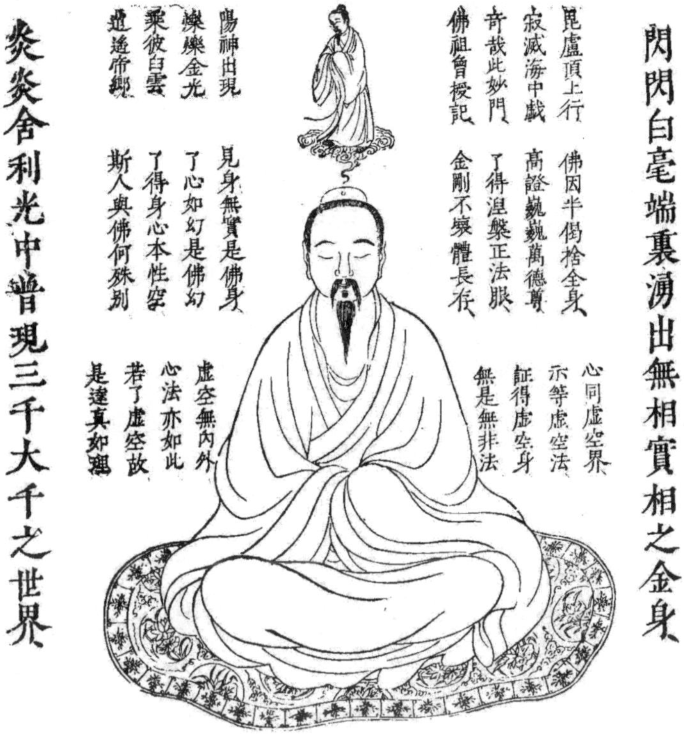

《性命圭旨》中的“本体虚空超出三界图”（明万历刊本）

明代的三教合一

我们看《西游记》，如果抱着斗争的成见去看，肯定处处是斗争。但是如果抱着平等、合作的眼光去看，反倒更多能看出佛道的融合。因为这种仙佛同源、佛道合一的思想，正是明代人所特别崇尚的。

明代民间并没有我们想象的那么激烈的佛道斗争，反倒是大家都认为：修仙和修佛其实是一回事。这种思想，凡是通达的人物都能意识到。全真教从创教之始，就是主张三教合一的，例子都不要太多。例如：

> 释道从来是一家，两般形貌理无差。（王重阳）
>
> 道毁僧，僧毁道。奉劝僧道，各休返倒。出家儿、本合何如，了性命事早。好参同，搜秘奥。炼气精神，结为三宝。真如上、兜率天宫，灵明赴蓬岛。（马钰）
>
> 一念无生即自由，心头无物即仙佛。（丘处机）

《性命圭旨》中的“三圣图”（明万历刊本）

据山东友人说，全真七子之一的孙不二也在道教圣地昆嵛山上留下了“愿成正等正觉”的手迹。佛道儒三教本来都应该怀着包容去看待对方。

高僧们怎么样呢？明代四大高僧之一的憨山德清，也一样说：

> 为学有三要：所谓不知《春秋》，不能涉世；不精《老庄》，不能忘世；不参禅，不能出世。

明代民间宗教，也都喜欢讲“三教合一”，例如福建的林朝恩创的“三一教”，至今还在福建、台湾、广东流行。它的教义，正是以儒为“立本”、以道为“入门”、以佛为“极则”的。

世界各国各民族的宗教，都是产生于自己的文化土壤之上的，首先都是适合自己的民族特点的。从这个角度来说，你叫上帝，我叫道炁，他叫佛祖，初衷并无什么本质区别，本来都是去解决终极关怀的问题的。从这一点看，《西游记》所持的态度实在是非常高明。

唐僧到底取到了什么“真经”？

唐僧师徒来到西天大雷音寺，拜见如来佛祖，佛祖说了这么一段话，很有意思：

> “我今有经三藏，可以超脱苦恼，解释灾愆。三藏：有《法》一藏，谈天；有《论》一藏，说地；有《经》一藏，度鬼。共计三十五部，该一万五千一百四十四卷。真是修真之径，正善之门。凡天下四大部洲之天文、地理、人物、鸟兽、花木、器用、人事，无般不载。汝等远来，待要全付与汝取去，但那方之人，愚蠢村强，毁谤真言，不识我沙门之奥旨。”叫：“阿傩、伽叶，你两个引他四众到珍楼之下，先将斋食待他。斋罢，开了宝阁，将我那三藏经中，三十五部之内，各检几卷与他，教他传留东土，永注洪恩。”

这一大段话里，凡是画出来的，都很有意思，值得一读再读。

读真经，吃真饭，喝真水

首先，“三藏”，是佛教经典的总称，分经、律、论三部分（通晓“三藏”的僧人，被称为三藏法师，如玄奘称“三藏法师”，其实历史上有许多“三藏法师”）。这就奇怪了！《西游记》里如来把经、律、论改成了法、论、经，总称为“三藏真经”（第八回），难道是冒牌的？而且“真经”这个词，简直就成了唐僧化斋的口头禅，一部《西游记》从头说到尾，他最常说的一句话是：

> 贫僧是从东土大唐而来，去西天拜佛求取真经的。

然而，只要检索一下《大藏经》就知道，佛教并不会把自己的经典称为“真经”，尤其是经书的名字，也从来没有什么“三藏真经”或者“楞严真经”“金刚真经”“阿含真经”“地藏真经”（这些经典在佛教界和文献意义上的真伪，不在本书讨论范围内）……“真经”这个词，在佛典里出现的是很少的。反倒是道教喜欢管自己的经典叫“真经”。比如:《道德真经》(《老子》)、《南华真经》(《庄子》)、《通玄真经》(《文子》)、《冲虚真经》(《列子》)、《太上玄灵北斗本命延生真经》、《元始天尊说灵应药王救八十一难真经》、《混元八景真经》、《上清明鉴真经》、《元始天尊济度血湖真经》等等。此外还有《灵宝真经》《八素真经》《大洞真经》《洞神真经》……去《道藏》里一抓一大把。真经，本来是道教的专属标签，佛教基本是不会来抢的。

经就是经，何必非得加一个“真”字？这就好比今天网上各种假冒盛行，所以购物网站才强调“官网”，媒体才强调“官媒”，微博有“官微”，微信号有“官号”……

历代皇帝都喜欢修实录，也是这个原因。录就是录，何必“实录”？这一点启功先生讲得很清楚：

> 人每日饮食，未闻言吃真饭，喝真水，以其无待申明，而人所共知其非伪者。史书自名“实录”，盖已先恐人疑其不实矣。又“实录”开卷之始，首书帝王之徽号，昏庸者亦曰“神圣”，童骙（呆蠢）者亦曰“文武”，是自第一行即已示人以不实矣！

强调自己的经为“真经”，正说明了一种敏感的心态：一是“假经”比真经多，二是真经本身也未必真！怕别人看出来是假的，先抓一个“真”字充场面。诸位千万要相信啊，我叫真李天飞，性别是个真男人，长着两只真眼，伸着一双真手，敲着真键盘，讲解真《西游记》……

佛教的经典完全是公开的，当然，伪经也不少，但很容易拿出来辨证。实在没有必要再加个“真”字。而道教的经书讲究密授，“非其人不传”，无从验证，所以也说不清真的假的，反正谁都说是真经，千真万确实实在在毫无虚假万分真实。例如葛洪《抱朴子》：

> 或有颇闻金丹，而不谓今世复有得之者，皆言：“唯上古已度仙人乃当晓之。”或有得方外说，不得其真经；

或得杂碎丹方，便谓丹法尽于此也。

唐天宝元年（742），唐玄宗把老子、庄子、文子、列子四位封为真人，《老子》《庄子》《文子》《列子》四部书封为“真经”。“真经”从此就牢牢地跟定了道教！看来皇上们既喜欢封“真经”，又喜欢修“实录”，倒不违和！

道教和民间信仰，又是分不清扯不开的，于是又搞出许多“真经”来。尤其是佛经原本没有“真”字，被民间信仰改造了之后，反倒喜欢加“真”字，如冒牌《地藏经》的《地藏菩萨度人真经》、冒牌《法华经》的《佛说大乘通玄法华真经》，还有疑似冒牌《五道受生经》的《五斗金章受生真经》……就像很多冒牌货反倒在包装上标“正品”、盗版书喜欢在封面上标“正版”一样，谁说你不是正品了，什么时候见过中华书局的书封面上自称“正版”了，这么心虚干吗？

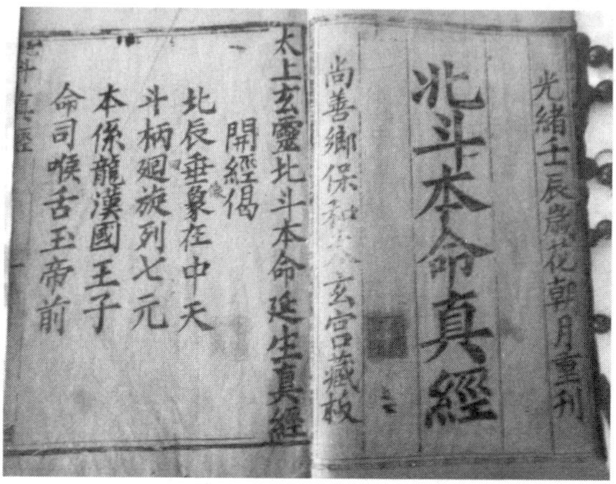

道教的真经

冒牌的“三藏”

而且，正版的经、律、论“三藏”中，经是总说根本教义的，律是记述戒律威仪的，论是阐明经义的。而《西游记》里如来偏偏说《法》藏谈天,《论》藏说地,《经》藏度鬼，这也是冒牌的！总的内容竟然是“凡天下四大部洲之天文、地理、人物、鸟兽、花木、器用、人事，无般不载”，如来什么时候不讲佛法，改说百度百科了？

佛教正版的“三藏”指经、律、论，这属于基本常识——就像学过英语的人都知道字母表里有 ABC——稍微熟悉点佛教的人就了解。这么重大的问题都会写错，原因只能理解为与六耳猕猴那回——如来佛在整部《西游记》唯一出场一次讲的经，反倒是道教的《护命经》—— 一样，这就是作者故意的！

况且如来还说这“三藏”“真是修真之径，正善之门”。“正善”固然一股佛教味，但“修真”一般指的是道教的修炼。不要说古人，就是今天的“修真小说”，也都是讲内丹真气这一套的！

这“修真之径，正善之门”，如来在第八回也说过一遍，这次是第二次重复。如果我们再翻回到乌巢禅师授《心经》那一回，可以看到类似的话：

> 此时唐朝法师本有根源，耳闻一遍《多心经》，即能记忆，至今传世。此乃修真之总经，作佛之会门也。

《西游记》里认为《心经》是所有佛经的根本，如果“作佛之会门”可以对应“正善之门”，那“修真之总经”对应什么呢？“作佛”与“修真”岂不正是佛道对应的一对概念？

所以说，如来的这“三藏真经”，仍然体现了佛道合一、仙佛同源的概念：“三藏”是佛家的，“真经”是道家的；“正善”是佛家的，“修真”是道家的。而《法》藏谈天、《论》藏说地、《经》藏度鬼的内容，也正是彻底地把佛教给窜改了！因为我国本土所崇奉的神灵，正是分为天神、地祇、人鬼三个系统！这套体系肯定不是印度传来的！而且，这还真不是道教的专利，因为早在《尚书·舜典》里就有，大舜帝说：

> 咨四岳，有能典朕三礼？

意思就是说：“众位爱卿，有谁能主管朕的‘三礼’呢？”这里的“三礼”，就是祭祀“天神、地祇、人鬼之礼”（汉马融说），这是我国传承了几千年的祭祀“三件套”。漫说皇上家南有天坛、北有地坛，中间有太庙，就算一个小县城，都有“风云雷雨坛”、“城隍庙”、“邑厉坛”（祭祀厉鬼的），正好隐隐分出天神、地祇、人鬼三个体系。不管其中有佛教、道教、民间信仰的多少成分掺和在一起，这天、地、鬼的大框架基本是不变的。

道教源于上古的方术，同时也承担了一部分国家祀典的功能。道教崇拜的神，也正分为天神、地祇、人鬼三个大类。另外，“三藏真经”里“凡天下四大部洲之天文、地理、人物、鸟兽、花木、器用、人事，无般不载”，这个功能是什么呢？这是古代的百科全书，它的名字叫“类书”！《西游记》里“三藏真经”的这套编纂体系和古代类书“天地人事物”的顺序是一样的，这是儒家思想的反映，绝不是源自佛教或道教的思想。

所以说，如来这里短短的一段话，其实已经暴露了《西游记》中唐僧千辛万苦要取的“真经”的真相：它根本不是纯粹宣扬佛教的，也不是纯粹宣扬道教的。它只是借取经这个故事，要讲三教合一的道理。先是大摇大摆地把道教拉进来，然后再暗搓搓地把儒家拉进来。老君、孔子，三个搅在一起，看不出谁是谁了！

至于为什么把经、律、论三部分变成法、论、经？恐怕也是在不做大手术的情况下，尽量冲淡其佛教色彩。因为“律”字面意思太明显，只能理解为“戒律”，是必须改掉的，所以不妨用一个“法”字来代替。按字面意思，“法”的涵盖面最广，相当于“道”（道乃法之体，法乃道之用），可以配天；“经”是用来念的，念经超度鬼魂没有问题；剩下一个“论”，就凑合着让它“说地”得了！

无字真经和索贿

阿傩、迦叶二尊者带着唐僧师徒去藏经阁取经，到了地方却又索要“人事”。没有“人事”，就给了一堆白纸本子。这一点，经常被理解为对佛教的讽刺。然而，真的是这样吗？

其实，真理本来就应该是无字的！《道德经》劈头一句话：“道可道，非常道。名可名，非常名。”语言这东西，只是一个思维的外壳而已，并不是思维本身。思维，也只是意识的外壳而已，并不是意识本身。意识，也只是……而已、而已、而已。好了，不多说了！

所以语言文字，只能作为一种求得真理的辅助手段，绝不是求得真理的康庄大道。要求得真理，关键还是在于内修心性、外行实务。光靠看书，是有很大局限性的。

别看我天天讲《西游记》，其实我最佩服的人，是颜元和李塨二位先生。所谓：“人之岁月精神有限，诵说中度一日，便习行中错一日；纸墨上多一分，便身世上少一分。”可为终日钻在纸堆里，既脱离实际又蔽塞真心的人物，作一大狮子吼！

语言文字之无力，表现在很多方面。例如“解释”这个词，我们用语言来给它下个定义：《汉语大词典》的词条“解释”就是“分析说明”；什么是“说明”呢？词条“说明”就是“解说明白”；什么是“解说”呢？词条“解说”就是“解释说明”。咦，转了一圈，又转回来了！成了死循环，獐旁边就是鹿，鹿旁边就是獐，等于什么都没说。

所以《西游记》里反复说“千经万典，只是修心”。当然还得走十万八千里，经过八十一难。就是金顶大仙说的：

> 你认得的是云路。圣僧还未登云路，当从本路而行。

云路是修心，本路是实行。西天胜境，一念可到；可是还得一步一步、一难一难地走过去。试想，一部《西游记》，很多故事，不都是从孙悟空和唐僧讨论《心经》开始，到孙悟空打败妖怪救出唐僧结束的吗？此二者外，其实更不必宣讲什么佛理了。说实话，佛经里精义多了去了。不读《楞严经》，不知迷悟之关键；不读《法华经》，不知如来之苦心；不读《华严经》，不知佛家之富贵……然而这些，无妨交给钻研佛理的专业人士去做，比起心性和实务二者来，这又是次一等的内容了。

所以理论上说，文字是没有用的。所以，虽然我写到这一讲了，前前后后五六十万字，还是等于一个字没有写。

所以，历来的禅宗高僧也好，全真高道也好，都喜欢讲“无字经”，“不立文字，直指人心”是高明的智慧。然而虽然真经无字，却不是所有人都能理解得了的。对于普通人，还是得用适合普通人的办法。

这里讲一个有意思的故事。关于玄奘法师的第一手史料《大唐大慈恩寺三藏法师传》和《大唐西域记》，都有这样一段记载：印度的醯罗城有如来的骷髅骨和一片顶骨。用香末和泥印一下顶骨，观察泥巴上的纹路可以知道吉凶。还有一颗如来的眼睛，像李子那么大个，“光明清彻皦映中外”。还有一件如来的袈裟、一柄锡杖。这五件展品，来参观的人络绎不绝。看守的和尚本来不想开放，但要求参观的人太多。于是“以为财用人之所重。权立科条以止喧杂”，开始设卡卖票：参观如来顶骨，交一个金币。用泥印一下，交五个金币。参观眼睛、袈裟、锡杖再交金币。玄奘法师来参观了一次，“施金钱五十，银钱一千，绮幡四口，锦两端，法服二具”，立马成了 VIP 会员！

这和今天各个寺庙里的事简直一模一样！虽然看顶骨、眼珠，如见如来本尊。即便这样，也是要向和尚交钱的！因为没办法啊。其实修佛就老实修佛得了，一块破骨头、一个眼珠子（弄不好还是假的，真的怎么保存一千多年？）有啥值得看的？可是老百姓就是在意这种看得见摸得着的东西。这和读书人在意书本上写的东西有什么区别？所以，看守的和尚卖票是很正常的，他需要雇人维护展品安全、管理参观秩序。要不你印一下，我摸一下，佛骨早就碎了。

况且，观音菩萨当年在长安的时候，只说真经“在大西天天竺国大雷音寺我佛如来处，能解百冤之结，能消无妄之灾”，充其量只是个广告，从头到尾，就没说白给呀。凭什么我们就认为一定要白给，唐僧去了就能拿到？人家要“人事”还不爽，这是什么心态？你千辛万苦来了就有理了？有本事拿白纸走啊。历史上的玄奘法师，看了一眼佛头骨还给了五十个金币、一千个银币呢，绝不说“我大老远来的，你给免票吧”。这就是差别和境界！

所以阿傩、迦叶向唐僧要“人事”，其实也是很正常很现实的事情。只要落到实处的东西，就一定得消耗人力物力，需要交换才能得到。有字的佛经，不需要纸张吗？不需要印刷或抄写吗？不需要装订吗？这样算下来，一个印张的成本起码得三四毛钱！要是精装，还有人工装订费；布面精装还有布钱；锁线订比胶订还要贵，装成唐代的卷轴更贵了；雷音寺的管理成本还得摊进几成吧；涉及图像还得手绘吧……这还是佛祖不要稿酬的情况下。五千零四十八卷经就是按今天批量印刷的情况算下来，光成本也得上万，印数少或只是抄写的话，成本还会数倍乃至数十倍地翻。根据敦煌文书，唐代抄经一卷约一千文（据某些论文的折算，未细考），五千四十八卷大致合五千多两银子。菩萨当年跑到长安狮子大开口，一领袈裟也不过五千两。用一个紫金钵盂换，值大发了！

《西游记》里佛经的卷数有什么特别的含义吗？

《西游记》里，这个“一藏之数”实际上是唐玄宗时期，智升的《开元释教录》中汉文《大藏经》的卷数。《大藏经》是佛教典籍的总称，这里指唐玄宗时期中土的汉文佛经，包括大乘、小乘及各种文集、传记，共一千零七十六部，合五千零四十八卷。

唐代以后，汉文佛教经典亡佚了不少，但也有新经典不停地加进来。所以《大藏经》的卷数不停地增长。五千零四十八本来就是个普通数字，没有什么隐含意义，但因为出现得比较早，后世一直沿用，当成了一个成数。北宋的《开宝藏》就依据这个数，印了五千零四十八卷，尽管后世佛教经典已经远远超过了这个卷数，只要不是研究佛教文献的，民间仍然愿意说一部《大藏经》是五千零四十八卷，这就是习惯的力量。例如：

> 三藏顶礼，点检经文，五千四十八卷，各各俱足；只无《多心经》本。(《大唐三藏取经诗话》)
>
> 久闻大德。精隐西林。经已看五千四十八卷月下工夫。卦未卜三百八十四爻身中门路。(孤本元明杂剧《太平仙记》)

而且，在禅宗的影响下，这个“五千四十八卷”，渐渐用于一种表示佛教经典有千言万语、多得不得了的场合，且一定会用一种极为简单的思路和五千零四十八卷对比，例如：

> 佛菩萨语流布人间，凡五千四十八卷，而一祖西来，直指心源，不立文字。(《栟榈集》)
>
> 故八万四千偈，不离于当处，而五千四十八卷，皆作戏于逢场。(李之仪《姑溪居士集》)

这些都是宋代以后人的话，而且还是有名的文人。他们既没有时间也没有必要去核查当时的汉文佛经是多少卷。例如李之仪是北宋末年人，这时《开宝藏》又增入了一千五百八十卷。他写文章的时候，总不会真的去核查一下，做 5048+1580=6628 这样的算术题了。

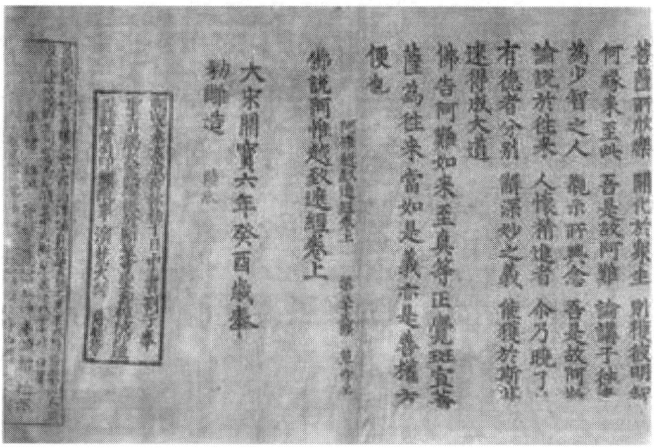

《开宝藏》

在玉华州，猪八戒、沙和尚说自己兵器的重量，都是“一藏之数”，五千零四十八斤，这也是对这个数字的神秘化。有朋友问这个重量有什么深意，答曰，恐怕没有什么深意，就是故意选一个神秘数字，使兵器看起来有来历而已。

这种神秘数字，比《西游记》再早的古人一样玩，例如嘉靖《常德府志》记载，元朝的一位和尚名叫大德（他就叫“大德”，不是高僧大德的通称），沅陵人，有一次登安阳山修道，正好走了五千零四十八步，于是就在山顶飞升了。凡是他插过锡杖的地方，都成了泉眼（看来想成仙成佛，必须买一个计步器）。

又比如明代南京祭功臣庙，都要用五千零四十八个馒头。从江宁、上元两个县征二十担面，祭完了就拿到工部，给工人们分着吃了。这可是政府行为，可见社会各界，都是喜欢凑这种“一藏之数”的。

神秘数字的迷恋

中国人喜欢凑神秘数字。我在上本科的时候，有一次学生会组织活动，一位老师讲古琴，用一种非常神秘的腔调说，“古琴是传统文化的精髓，上面圆，下面平，象征天圆地方；琴长三尺六寸五分，象征一年三百六十五天；古琴的十三个徽，代表十二个月和一个闰月”……此公说到声情并茂的时候，我举手发言说：“老师，那也不对呀，阳历碰上闰年就是三百六十六天了，农历一年有三百五十四天的，有三百五十五天的。闰年还有三百八十四天的。”此公说：“是平均数，一年平均三百六十五天。”我说：“那也不对呀，为啥徽位只因有十三个就算上闰月，一年的天数就算平均值，月数为啥不算？这不是故意凑的吗？”于是这位彻底不爱理我了。

三百六十五天和五千零四十八卷，其实都是一种神秘数字。这种对神秘数字的依恋，今天也有，但凡结婚，都要十点五十八分开始。其实提前一小时婚礼，十二点整吃饭是合理的，但为什么非得选十点五十八，也只是求吉利。我结婚的时候，正赶上 11 月 3 日，一查农历是个十月初一，立即有朋友劝说：“啊呀不得了啊，十月初一是给阴间送寒衣的日子，怎么能结婚？”可除了那天之外，酒店都订满了呀！我查了一下皇历，这一年的十月初一还真是“宜婚娶”！那听谁的呢？于是我说：“皇历说了，宜婚娶没问题。另外每月初一好啊，阴历的初一正是日月合朔，太阳和月亮会合的日子，一个月就这么一天。象征阴阳和合，美满幸福……”于是皆大欢喜。所以很多事情，没有对错，解决办法就是四个字：心安理得。

其实全世界都差不多，牛顿用三棱镜将白光分解了，说是七色光。但后来看网上有文章说，其实就是一个连续光谱而已，分多少色都行。牛顿管它叫七色光，只是对“七”这个数字比较迷信。这里多扯一句，今天大家公认的比较完善的汉文藏经《大正藏》，计正藏、续藏、图像和总目录共三千四百九十三部，一万三千五百二十卷。这个数正好又接近孙悟空金箍棒的重量！这仍然是个巧合。以后若有新的西游同人故事，这又是一个潜藏的设定了。

潜藏的丹道知识

然而，在明代人心目中，五千零四十八还有特别的含义。

明代人讲采补的，把女孩的初潮看得很神秘，认为这是采补的大药。而如果按一年三百六十天算（其实是三百六十五天，这里只是为了让一年的天数也神秘化），刚满十四岁的少女正好活了五千零四十天，这和“一藏之数”又很接近。所以，干脆给它凑上那个神秘数。例如：

> （红铅）亦名先天梅子五钱，此室女初次经血，扣算女子年岁，凡五千四十八日，即女子天癸将至之日，须

> 预备锡铅候取，以茯苓末收渗晒干。或以丝绵渗取，用乌梅煎汤。

在明朝人看来，这种东西又叫“白虎首经”，是可以吃的珍贵补品，其实，怎么可能所有少女都是五千零四十八天来初潮？这只是一种迷信。

内丹家借用了这个“白虎首经”概念，来比喻体内一种铅汞相交的状态。例如张伯端“白虎首经至宝，华池神水真金”，托名吕洞宾的《真经歌》：

> 说真经，笑盈盈，西川涧底产黄金。
> 五千四十归黄道，正合一部大藏文。

明代孙绪的《沙溪集》有这么一段话，也可以参考：

> 藏经至于五千四十八卷，喻五千四十八日金经发见之时也。《度人经》注“度人须用真经度，若问真经癸是铅”是也。释氏相传：唐僧不空取经西天，西天者，金方也，兑地，金经所自出也。经来白马寺，意马也。其曰孙行者，心猿也。这回打个翻筋斗者，邪心外驰也。用咒拘之者，用慧剑止之，所谓万里诛妖一电光也。诸魔女障碍阻敌，临期取经采药魔情纷起也，皆凭行者驱敌，悉由心所制也。白马驮经，行者敌魔，炼丹采药全由心意也。

至于为什么这样作比，因为这事太隐晦，我翻了许多资料，也看不出原因。

总之，内丹家认为，经过五千零四十八天的修炼，可以“金经发见”“天心复现”，获得“华池神水”。至于具体是什么，没有炼过，不能从字面上乱猜。但有一点是可以注意的，就是内丹术里说的年月日时，和我们平时说的年月日时是不一样的。它所说的五千零四十八天，只是概念上的天数，未必是实际上的天数。我们只要理解为内丹家喜欢的一种神秘数字，就可以了！

怎样让大家读到一部靠谱的《西游记》？

《西游记》是一把开启传统文化的钥匙，任何名著，只要熟读了，都是一把钥匙。但关键是，熟读的前提是什么？

就是要有一个可靠的文本！这次专门讲这个话题。

我们知道，《西游记》是明代的书，可是我们今天买到的书，都是现代的印刷品，明代的书肯定不长这样的。出版社面临的问题，是如何把这部明代的书变成大家都能阅读的现代出版物。

有人说，这还不容易吗，把原书找来照着敲进电脑就行了，然后排版印刷啊。那好，第一个问题来了。

照哪本书录入？

对《西游记》了解一些的朋友会说，世德堂本啊，最早的版本啊。所有出版社也都标榜自己出版的《西游记》是“根据世德堂本整理出版的”。可是，这本实实在在的书又在哪里呢？

全世界的世德堂本，只有四部！

一部在二十世纪二十年代发现于日本村口书店，现存中国台湾“故宫博物院”。

一部在日本日光山轮王寺慈眼堂。

一部在日本天理图书馆。

一部在日本浅野图书馆（这部只有后五十回）。

这四部，全是在日本找到的。再早的时候不敢说（比如道光或乾隆以前），但在二十世纪二十年代以前，想在国内看所谓的“世德堂本”，是没处抓挠的！

好吧，诸位到日本看书去吧！人家都精得很哩，这都是他们的大宝贝，能随便给人看？慈眼堂的就根本不给人看。天理图书馆的光复印就得好几万！还得承诺：只能研究，不能出版。不服气呀，谁让我们当年自己不争气，好东西都跑到外国去了！话说回来，要不是日本还有这三部半书，《西游记》的原貌就没的看了！

况且，世德堂本的封面上也没有写“我是现存最早的《西游记》版本”啊！光得出这个结论，版本学家们就做了大量工作。这个涉及版本学的问题，就不多说了。

这四部书虽然都叫“世德堂本”，但互相还是不大一样，因为明代《西游记》太畅销了，这部书的底版印了一次又一次，也经人补了一次又一次。这四部印次、底版都不相同，甚至很多字都不一样。把这四部书一个字一个字校一遍？这是专门研究《西游记》版本学的学者做的事，这件枯燥的事一做就得几年甚至十几年。

我既没有时间，也没有钱，花几年时间跑到中国台湾或日本校这个玩，这个和媳妇两地分居就受不了。更何况人家也未必让看。缩微胶卷倒是有，但也很麻烦。好在这四部里，以台湾这部最完整，质量最好，所以台湾天一出版社和上海古籍出版社根据它影印了出来，分别收在《明清善本小说丛刊》和《中国古代小说集成》里。如果不研究装帧、纸张，只看文字的话，看影印版相当于看照片，这也足够了。这才为我们整理这部“世德堂本”准备了所需的第一个步骤。

怎么录到电脑里？

有朋友想：有了底本之后，就可以录入啦，这事还不容易？花点钱找个录入公司都能干。一千字给个十块八块的，怎么叫你一说就这么难？

那好，我们随便翻一页，看看是不是那么简单：

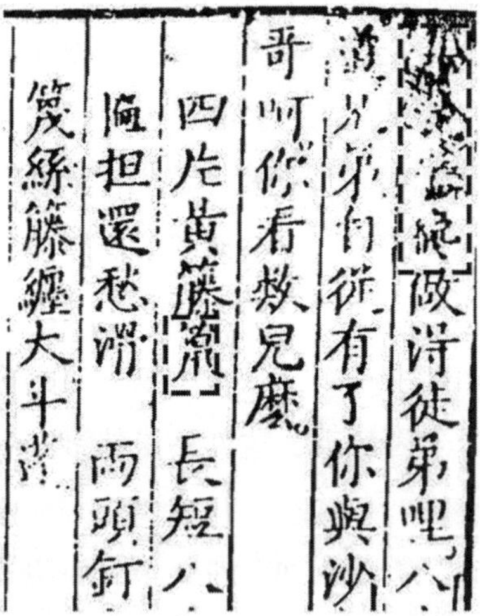

世德堂本《西游记》第二十三回

以为这件事情很容易的朋友，请来告诉我：

首先，右上角虚线圈出来的那几个字是什么？敲进电脑的时候应该敲什么字？

其次，左数第三行第五个画出来的字念什么？敲进电脑里应该敲什么字？

第一个问题，可能是原来的版刻这里就印糊了，或者木版印多了之后就磨损了。有朋友说，那也没办法，这里打几个“□”就得了。

然而，整本书不是这一页的角上磨损了，是许多页的角上都磨损了。有时候还不是个别地方磨损了，是整篇整篇地缺。要是成百上千的全都打方框，就变马赛克了，不明白的人还以为是什么不宜呢！找谁说理去呢？没处说理！只能说，这个版本时间太久了，很多字都看不清了！但是出版的时候，不能满篇都是方框啊！

比磨损（一般叫剥泐）更麻烦的是缺页。比如原本狮驼岭小钻风那一回，就有几页整个缺了。哪儿去了？几百年过去了，谁知道哪去了？不知道上哪找？那就缺着呗。

缺的、看不清的只好补。假如给我几年时间什么事都不用干，当然，可以跑到日本去求爷爷告奶奶，借看这几部世本，一个字一个字地补，前提还得是这几部也不能磨损不能缺。这事谁提前也不知道，只能跑去现看。要是都缺了呢？那就只好找别的版本的《西游记》来补了！虽然是等而下之的办法，但也算个办法，这就涉及另一个问题。

备胎是谁？

《西游记》是明代的书，当然明代的备胎最合适。清代以及后来的版本，都是从明代的这些版本翻印来的。这个道理，想一想就明白。但有些朋友还真不明白，我还见到过有人拿二十世纪五十年代人民文学出版社的那一版去挑明代世德堂本的毛病的，理由是这一版更权威……这个逻辑就相当于说爷爷必须长得像孙子，不像就是爷爷错了。

明代留下来的通称为《西游记》的书，一共七种：世德堂本、李卓吾评本、杨闽斋本、闽斋堂本、朱本、杨本、唐僧本（其中有些版本又有不同的版次，如世本有中国台湾世本和日本浅野世本，李评本有甲乙丙本三个系统十一部，这个就不展开了）。

对《西游记》的整理出版来说，世德堂本通常作为底本，其他六个都是“备胎”。虽然通称“西游记”，但它们实际的名字也各不一样，例如杨本叫《西游记传》、朱本叫《西游释厄传》、唐僧本叫《唐僧西游记》……这是明代不同书坊（现在叫出版公司）出的《西游记》。

这里面，只有李卓吾评本和世德堂本基本一样，剩下的都有问题！

有问题到什么程度呢？比如杨本写大蟒精和稀柿衕故事，世德堂本一万多字，杨本竟然只有这么几个字：

> 话表四众过了小雷音，来至一岭，有三百里无路。乃是一条污秽坑土，名稀屎洞。忽遇大蟒拦路，被行者掣棒打死。八戒变出猪形，把嘴掉开秽物，引师父三众过了稀屎洞。

这就完了？对，这不是内容提要，正文就是这样的！这个本子前半部都和世德堂本差不多，越到后来越简陋，把很多故事都删成了这样的内容提要！就是这样不厚道。

文笔上，这些“备胎”也不行。比如在平顶山装天那一回，杨本竟然有这样一首诗：

> 三藏八戒与沙僧，被妖捉获实堪怜。行者压在三山下，土神开山得脱生。小妖拿宝来收伏，换得行者毛一根。三藏果是金蝉子，感动哪吒闭了天。

简直了……又没辙又没韵，我经常说世德堂本《西游记》的诗烂，其实没有最烂，只有更烂。

而且连人物、地点都不一样！比如无底洞那一回，杨本是这样的：

> 不多日，投宿禅林寺。忽有一女怪，把三藏摄去。行者挺棒蹑赶，赶至一洞，名曰陷空洞。那女怪忽跌下一个腰牌，被行者拾起，见上写“李达天王幼女”。行者得了此牌，径上宝德关见李达天王，责他闺门不紧，纵放幼女为妖。

世德堂本《西游记》，肯定是和这些简略的本子有关系的。但是，这七个版本谁先谁后，到底是世德堂本把这些简单的故事扩写了呢？还是一些书商把世德堂本大删大改了呢？还是有更加复杂的原因呢？这些备胎之间又有什么先后关系呢？这些问题又有一大堆争议，各有各的证据，目前还没有一个权威的答案。

然而现在还管不到这些，现在急的是，底本缺了残了错了，怎么弥补、纠正啊？

刚才说了，李评本和世本最为接近。所以世本缺漏错误的时候，大多数是用李评本修订的。所以，第一个该翻的，应该是李评本的牌子。李评本如果缺、残、错误、有疑问，再挨个翻其他版本。

另外多扯一句，“《西游记》在明代是禁书”，这句话，是一句彻头彻尾的谣言。明代的出版机构，什么世德堂、荣寿堂、闽斋堂、大业堂、朱苍岭、蔡敬吾、杨闽斋（与闽斋堂不一样）……一抓一把，全都印过《西游记》。甚至鲁王府、周王府、荆王府都有可能印过，而且都号称“官版”。

不但明代不是禁书，《西游记》明清两代，就从来没有成为过禁书！即使清代搞文字狱，也没有牵连到《西游记》。这种禁书的谣言，是建立在大多数人对古籍不了解的情况上的，实在是太欺负人了。皇上没那么敏感，看见个“皇帝轮流做，明年到我家”就受不了了？这也太玻璃心了。那《史记》里还有“王侯将相宁有种乎”“彼可取而代也”呢，怎么不把《史记》也禁了？

这些字念什么？

我在前文留了一个问题，那个画出来的，上面竹字头、底下带三个爪子的字念什么？

也许有朋友说：这个字还不认识？我百度过了，这个字是

“篾”，是竹篾的篾。因为所有电子版的《西游记》都是“篾”。然而，“篾”字什么时候能写成下面三道了？另外，篾是劈成一条一条的长竹条的意思，可以论“条”“根”而不能论“片”，猪八戒挑四条竹篾做什么用？况且也谈不上多累呀。

还有看过纸质书的朋友也说：我看过所有的纸质《西游记》也都是篾。那么再追问一句，这些纸质书的文本，又是从哪里来的呢？只要这么一问，很多我们想当然的不成问题的问题，立即就成了问题。

恰好，隔两行就有一个“篾”字：“篾丝籐缠大斗篷”，这和刚才那个带三个爪子的不是一个字呀！

又有朋友说：“查字典啊！”但是您能说清这个字几笔是怎么写的吗？不是图片糊，是原本就印得这么糊。况且，就算不糊，字典也查不出来，因为它写得根本就不守规矩！

又有朋友说，管他念什么，随便敲一个就得了！那也不行啊。要是遇到不认识的字就随便敲一个，整部书就没法看了！

对校一下另外的几个本子，就会发现，李卓吾评本在这里，写的是“篃”。这又是个啥字呢？大熊猫吃的竹鼠？

其实，这个字是“籣”（liè）。《说文》有此字，意思是“编竹也”，就是竹条编成的席子。后来不管是不是竹子编的都可以称“籣”，又叫“笭”。可以做棚顶，可以做隔席，可以做垫片。明方以智《通雅》卷四九：“《类篇》曰：舟车篷也，粗箔也。……今韵书无此字，而江湖船上时时称之。或单称船仓中踏足隔货者曰，或作笭。”

所以，“黄藤籣”是师徒四人睡觉的席子，所以才有四片。天天挑着四片藤席走路，猪八戒当然嫌沉了。

这在明代是人人知道的东西，就像今天人说“屁屁踢”一样，再过几百年，后人看到我们的文字，可能会以为“屁屁踢”是一种武功招式了。就是明代，一般的书里还没这个字，只有民间口语里有。

《西游记》里这个“鬣”左下方之所以可以撇出去，不是向右的一钩，是因为带偏旁“巤”的字，俗写都可以写作“鼡”，如“獵”（猎）可以写成“猟”或“獦”。

而世德堂本《西游记》，凡是遇到这个偏旁都会写成类似“鼡”的样子，例如：

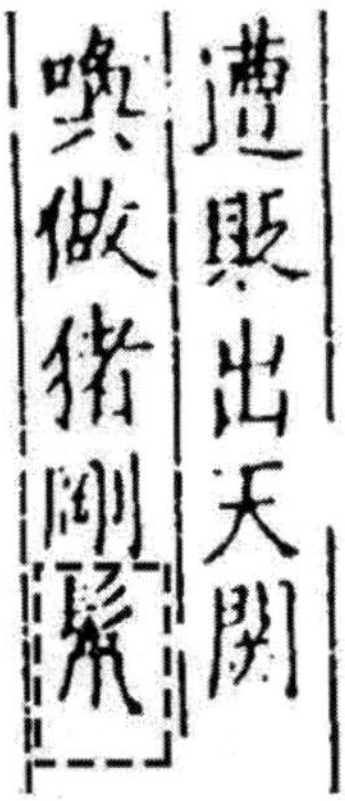

世德堂本《西游记》第十九回

这样，通过底本书的本证，别的版本书的旁证，文理上的吻合，当时社会的情景，四个角度一综合，就可以确定这是一个“鬣”字而不是“篾”字了。

又比如下面这个字：

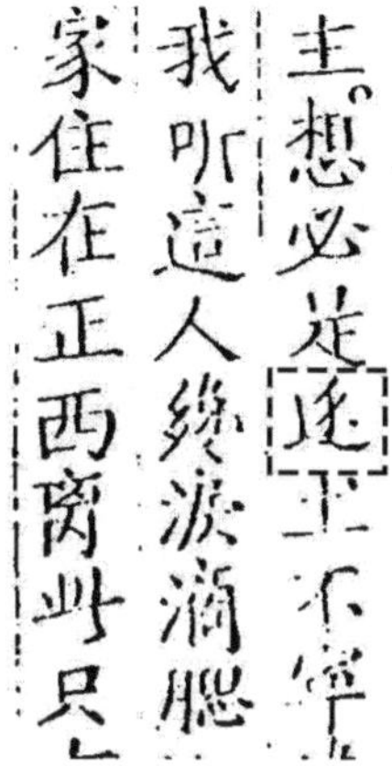

世德堂本《西游记》第三十七回

这又是个啥字呢？翻翻各大出版社的《西游记》，这里写成“想必是国土不宁”。然而这个字长得也不像“国”字啊！

看多了明代小说的朋友可能会认识，这个字其实是“边”字，繁体字是“邊”，民间写草了就成了这模样了。其实我们今天的简体字“边”，上面那个莫名其妙的“力”，就是这么变过来的。谁知后来一些《西游记》的整理者反倒不认得这位老祖宗了，就改成了“国”字。

其余的例子还有许许多多，但限于篇幅，不多讲了。

相信大家都明白了，《西游记》的底本，不是那么好敲到电脑里的。第一，它有很多字丢了、模糊了，甚至整篇缺了、错乱了。第二，它有很多字，虽然是汉字，却是当时的俗体、当时人熟悉的事物，甚至只在口语里才有。它认得你，你不认得它。第三，《西游记》是一部通俗读物，所以有很多错字和不统一的地方，例如“孙悟空”转眼就写成“孙悮空”。假如都给它“改对”了吧，却又容易误伤那些本来没错而今天不熟悉的俗体、口语用字。这个工作叫“校勘”。有朋友说，校勘不就是校对嘛，有什么新鲜？其实听我这么一念叨，恐怕就觉得差别大了。

我第一次读《西游记》原著，是岳麓书社的一个本子，那年只有八岁，当时只觉得好玩。整理这部《西游记》，从 2008 年到 2014 年，前后做了六年。光“把字敲对”这件看似简单的事情，就做了至少两年。很多字都是这样，一个字一个字地研究出来的，有时候简直就是猜谜语！虽然还没有条件把所有的版本都校一遍，但起码能保证：每一个字敲到电脑里的时候，一定是有根据的。不论谁问我：为什么要用这个字？为什么要补这一段？为什么要改？我都能说出道理来。这样，才使一部破破烂烂、缺须短尾、错字难字连篇的古书，变成一部文从字顺、完整准确、可以供普通人阅读的现代书。不能因为自己不懂得、不认识，就不负责任地乱改乱说一气。这是既骗读者，又骗自己的行为。

然而，这才完成了不到一半的工作！

有了可靠的底本之后，还得注释啊。每一条难懂的词，每一个有深层意义的点，都需要一条条扒出来。这个工作比起校勘来，一点都不轻松。因为作者就是那么一写，我们得反复查书、验证。这个工作，又做了将近四年。

我做的这种工作，叫作“古籍整理”，这是一门专门的学问和专门的职业。因为古书太复杂了，不是我们拿一本书，就能照着敲进电脑，拿到印刷厂就印了。天下哪有这样简单的事！把古代的书变成现代的书，不能电脑处理，不能批量生产，不能流水作业，只能靠一个人凭自己的学识和精力一个字一个字地慢慢抠，真真是既费力又不讨好。这工作，没法上电视演，没法编歌曲唱，甚至和行外人讲都是一头雾水。

然而，如果没有专门从事古籍整理的人，今人如何看到《论语》、《史记》、唐诗宋词以及四大名著？难道要跑到博物馆去看竹简，或者跑到收藏单位看人脸色？没有这个工作，所有对传统文化的阅读、理解、分析、演讲、翻拍甚至阴谋论都无从谈起。所以，我要向所有从事古籍整理的朋友们致敬！成如容易却艰辛，没有他们幕后默默地做这些最基础的工作，传统文化的地基就塌了！

《西游记》的八十一问

②

李天飞 ㊟

作家出版社

目 录

十万八千里和唐僧的行头

十万八千里

从东土大唐到西天雷音寺，路程是“十万八千里”。孙悟空一个筋斗云，也是十万八千里。

首先，中国（长安）到天竺的实际距离，并不是十万八千里。历史上的玄奘西行求法，行程约五万里。但毕竟中国离印度太远了，远到两者之间的里程谁也说不清楚，于是大概在唐代，出现了两种说法。

说法一：中国离印度有十万八千里。这个说法什么时候出现的，没法考证。就我所见，记载了此种说法的较早文献，是唐李华《东都圣禅寺无畏三藏碑》。

碑文记载那烂陀寺高僧法护有大神通，在中国白马寺受了斋供，顷刻返回天竺。有人就惊叹：中国去此十万八千里，怎会如此神速！所以说，至少在唐朝就已经有这个说法了。

说法二：大约在同时，出现了另外一种说法，即我们这个世界到极乐世界的距离，是十万八千里。这是慧能大师说的。

《坛经·决疑品》刺史韦璩问慧能大师：

弟子常见僧俗念阿弥陀佛，愿生西方。请和尚说，得生彼否？愿为破疑。

慧能说：

世尊在舍卫城中，说西方引化，经文分明，去此不远。若论相说里数，有十万八千，即身中十恶八邪，便是说远。

慧能大师的意思，是我们离西方极乐世界并不遥远，只要发心想去，就一定能往生。但是表面上看（论相说），里数有十万八千，就好像我们凡人都有十恶八邪，假如被这些十恶八邪束缚住了，那极乐世界就离我们很远很远了。

佛教的十恶指：杀、盗、淫、妄语、绮语、恶口、两舌、悭贪、嗔恚、痴愚。

八邪，是对应“八正见”说的，分别是：邪见、邪思惟、邪语、邪业、邪命、邪精进（一作邪方便）、邪念、邪定。

也就是说，慧能大师这里是“当机说法”。用“十万八千”这个数字来比喻“十恶八邪”。大概在慧能大师看来，“恶”到底是比“邪”要更坏一些，所以给它们分配了不同的数字单位，说“先除十恶，即行十万。后除八邪，乃过八千。念念见性，常行平直，到如弹指，便睹弥陀”。

极乐世界是净土宗信仰的阿弥陀佛的佛国土。在《阿弥陀经》等经文里，是这么表述的：

从是西方，过十万亿佛土，有世界名曰极乐，其土

有佛，号阿弥陀，今现在说法。

可见，从我们这个世界（也未必是中国）到极乐世界的距离，是“十万亿佛土”，就算一个佛国土是一个地球这么大，中间也得有十万亿个地球。这就是一个不可想象、不可估量的数字。假如和“十万八千里”产生关联，充其量只有个“十万”相同而已。

《坛经》流传相当广泛。而《西游记》也借了《坛经》说事，这在陆扬先生的《中国佛教文学中祖师形象的演变——以道安、慧能和孙悟空为中心》里讲得非常明白。就连须菩提祖师打了孙悟空三下，都由慧能大师的事迹而来。

所以须菩提祖师传授给孙悟空筋斗云，一个筋斗就是十万八千里，正是对慧能大师这句话的注脚——只要心念一到，瞬间就可以行过十万八千里的路程。而唐僧取经，还得千山万水地走过去，中间要降妖除怪，正是凡人克服“十恶八邪”的象征。

其实极乐世界是极乐世界，印度是印度。佛祖之所以出家修行，也是看到了人间的各种痛苦。印度也是一片“五浊恶世”，根本不是极乐世界。然而慧能大师之后，人们开始混淆印度和极乐世界。至少《西游记》里就明确说，佛祖住在“西方极乐之乡”，甚至如来见到孙悟空时还自称“南无阿弥陀佛”，这是把两个佛祖都混淆了！

慧能大师比李华要早。所以，到底是先有了中国到印度十万八千里的说法，慧能大师才混淆了呢，还是后人误解了慧能大师的讲法呢？因为缺少逻辑推理链条，此处无法给出确切结论。

但是明代莲池袾宏大师《阿弥陀经疏钞》就说，是慧能大师搞错了。“《坛经》又言西方去此十万八千里。是错以五天竺等为

极乐也。”因为他觉得慧能大师没读过《大藏经》，把印度误作极乐世界了。

《西游记》有没有借鉴慧能大师“十恶八邪”的说法呢？答案是有的，至少有那么一点痕迹，这在百回本的《西游记》里没记载，但在早期的西游故事里可以见到。

今天《西游记》里说的“八十一难”，在有些民间故事里叫“九妖十八洞”。比如黄天教《太阳开天立极亿化诸佛归一宝卷》称：“灵山十万八千程，暗藏九妖十八洞众。”这里明确地将“十万八千”和“九妖十八洞”牵扯在了一起。弘阳教宝卷《弘阳后续天华宝卷》“行过九妖十八洞，降伏魔王众妖精”。“十八洞”是不是以“十恶八邪”为原型编出来的？十恶是十洞，八邪又是八洞？这些都不可考，仅供大家继续研究。

唐僧的行头

古代小说里，但凡不平凡的人物，总要有不平凡的行头。要获得这种神奇行头，一是靠送，二是靠梦，三是靠碰，四是靠弄，简直就是一个通例。薛丁山征西，王禅老祖一下子就送他“十宝”，什么方天戟、昆仑剑之类，不费吹灰之力尽入囊中。然而这种一夜暴富的土豪，往往也容易被本主收回财富，所以王禅老祖不满薛丁山时，就把他的十宝收回了。广成子的番天印，赤精子的阴阳镜，都曾送给两个徒弟，但也都默默收回。这就是“送”，获得行头的方式里最直接、最轻易的一种。

宋江被公差追赶，跑到九天玄女庙躲避，梦中得了三卷天书。其实也是变相的送，但毕竟不那么直接，这就是“梦”。

《封神榜》里杨戬追赶妖精，那妖精就变作三尖两刃刀，杨戬本是使长枪的，原无换兵器的意愿，这就是“碰”。《白兔记》里刘知远斗瓜精，得了兵书和宝剑。《说岳全传》里岳飞自去取水，发现一条大蟒，那蟒就化作一条长枪，这都是“碰”。碰的技术含量，比送和梦都要高。

而孙悟空一不靠碰，二不靠送，三不靠梦，而靠自己弄，所以《西游记》的不平凡之处，正是孙悟空自己下了东洋大海，弄到了金箍铁棒和盔甲穿戴。除了这个，他拜师学艺，强勾死籍，哪一处不透露着为自己设计命运的精神？这在古典小说里实在不多见！

许多国人，莫说争取真实的权利和利益，就算是凭空想象这种不上税的宝物行头，也不敢轻易“望天讨价”，只敢编个“送”或“碰”。这足见《西游记》于吾国吾民，具有多么可贵的价值了。

唐僧作为《西游记》的二号人物，自然也该有一套不平凡的行头。这套行头虽然也是观音菩萨和太宗送的，却送得不傻。这套行头是：袈裟、锡杖、钵盂、通关文牒。还有一匹白马和两个随从，此处暂不细表。

锡杖、钵盂、袈裟这三样东西都有来历。《西游记》里，袈裟、锡杖是如来给菩萨的。菩萨原本要价袈裟五千两、锡杖两千两，见太宗诚心想买，便一分钱不要。正所谓“心到神知”。

在《大唐三藏取经诗话》里，三藏法师遇到猴行者，猴行者作法，带他去了毗沙门天王的宫殿。法师讲了一遍《法华经》。天王就送他隐形帽一顶、金镮锡杖一条、钵盂一只，说：“有难之处，遥指天宫大叫‘天王’一声，当有救用。”

此后，钵盂用过一次。过火类坳的时候，“忽遇一道野火连

天，大生烟焰，行去不得，遂将钵盂一照，叫‘天王’一声，当下火灭，七人便过此坳”。可见钵盂具有智能手机语音拨号的功能，只要一说“天王”，就自动拨号到毗沙门天王的宫殿，天王立即前来相助。

在《大唐三藏取经诗话》里，锡杖倒是用过很多次，而且这锡杖是法师和猴行者公用的。比如“前去遇一大坑，四门陡黑，雷声喊喊，进步不得。法师当把金镮杖遥指天宫，大叫：‘天王救难！’忽然杖上起五里毫光，射破长坑，须臾便过”。

除了和钵盂一样具有手机的功能外，锡杖还有变化的功能。在白虎岭，“被猴行者将金镮杖变作一个夜叉，头点天，脚踏地，手把降魔杵，身如蓝靛青，发似朱砂，口吐百丈火光”，降了白虎精。

隐形帽用过一次，过九龙池的时候，九首龙大声哮吼，火焰毫光，喊动前来，被猴行者隐形帽化作遮天阵，钵盂盛却万里之水，金镮锡杖化作一条铁龙，无日无夜，二边相斗。猴行者骑上怪龙，抽了它一条背脊筋，给法师做了腰带。所以《封神演义》里哪吒抽了龙王三太子的筋，要给李靖做腰带，也不是原创。

但是，锡杖从来没有真正当兵器用过。它也不适合作为兵器，所以，高老庄高太公还说了一句：“二位只是那根锡杖，锡杖怎么打得妖精？”

《大唐三藏取经诗话》是在寺庙里宣讲，是为宣扬佛法用的，所以猴行者和法师一路上很省事，只要拿起锡杖、钵盂，呼唤一声，天王就来救难了。即便只靠自己的力量，锡杖也是可以随心所欲地变出各种合用的东西。这种开外挂式的故事，到后来就难以见得到了。

综合来看，唐僧的这几件宝物，后来都没有起到什么作用。菩萨说这袈裟："但坐处有万神朝礼，凡举动有七佛随身。""不遭恶毒之难，不遇虎狼之灾。"吹得这么玄乎，我们等着看这两件东西到底能有多神，谁知都成了累赘！袈裟还丢了一回。锡杖更是半点儿作用没有起过——就是玉华州有收藏癖的黄狮精把孙、猪、沙三人的兵器偷走，也不曾打过锡杖的主意。像《大唐三藏取经诗话》里法师亲自拿着锡杖作法的情节，是完全看不到了。

紫金钵盂在早期西游故事里是毗沙门天王给的，是一件极为厉害的法器。但是唐太宗给的这个钵盂，一路上只有"捧着金饭碗讨饭"的份儿，唯一起到作用的事，就是当作"人事"，送给了索贿的阿傩、迦叶。

在《西游记杂剧》里，袈裟、锡杖是唐太宗赐的。唐僧自己说："至京祈雨，感天神相助，大雨三日。天子大喜，赐金襕袈裟、九环锡杖，封三藏法师，着往西天取经。"这几件东西既然是皇帝赐的凡间之物，所以也没起到什么作用，只是几件身份的标志。

所以，这些东西，尽管都大有来头，也在百回本《西游记》故事里继承下来了，但似乎都没有大写特写，只是作为推动情节的道具：袈裟、锡杖，是如来让菩萨考验太宗的心是否真诚的，钵盂是唐僧当"人事"送如来的——其实相当于太宗考验如来的经是否如法。如来送出袈裟、锡杖，手下的二尊者不动声色地收下了钵盂；太宗送出了钵盂，手下的玄奘不动声色地收下了袈裟、锡杖，相当于如来和太宗交换了一次礼物！双方会心一笑，各自掂量出了对方的分量。

袈裟、钵盂、锡杖都是老物件，百回本《西游记》继承下来

了，但继承归继承，百回本怎么写好，实在挠头。唐僧行头里最有意义的，其实还是通关文牒。

历史上的玄奘法师，是偷渡出大唐的，当然不可能携带什么通关文牒。他回程的时候，还给太宗皇帝写了一封信，表明了自己的心迹。但是后来的取经故事，为了让这件事变得更合法，就全都编成奉旨取经了。

实际上通关文牒的原型，不是唐太宗送的，而是高昌国国王麹文泰送的。玄奘法师到了高昌国后，受到了麹文泰的热情招待。麹文泰希望玄奘能留下来，但玄奘坚持不肯，甚至绝食。麹文泰无奈之下，只好派出一支队伍，护送玄奘继续前行，还给沿途的各国国王写了二十四封信，请求他们放行。这二十四封信，其实就是通关文牒的原型。

麹文泰还与玄奘法师拜为兄弟，这大概也是“御弟哥哥”的来历。所以说，“御弟”未必是唐朝皇帝的御弟，反倒是高昌国王的御弟了。

初出长安第一难

唐僧出长安的时候，身边并没有三个神通广大的徒弟，只有两个随从。后来到了两界山，才把孙悟空救出来。但这短短的一段旅程，却很值得说一说，因为里面有太多隐藏的文本。

小乘教法与大乘教法

开始唐僧的西游行程之前，有一个问题：唐僧为什么要取经？当然，原因很多，但这里只讨论一个问题。观音菩萨曾问唐僧："你讲的是小乘教法，可会讲大乘教法吗？"这样看来，唐僧取经好像是取佛教的大乘经典。

其实并不是那么回事。

这就涉及一个问题：什么是小乘教法？什么是大乘教法？

这个问题，懂佛学的朋友分得很清楚，但说清楚有点费劲，姑且用几句话来概括：

释迦牟尼涅槃之后，佛教内部发生了分化。一些人发挥了释迦牟尼的教义，主张众生平等、慈航普度、自觉觉他的教义。另外一些人，对释迦牟尼的原始教义比较固守，主张自我解脱。所以前者自称大乘，贬称后者为小乘，现在这种褒贬的含义已经消

失了。小乘有点像初级课程，大乘有点像高级课程。但是小乘教法里，反倒有许多是释迦牟尼的亲口讲说，所以现在人也称其为原始佛教或根本佛教。小乘经典有《长阿含经》《中阿含经》《增一阿含经》《杂阿含经》等。大乘经典有《大般涅槃经》《般若经》《无量寿经》《解深密经》等。

唐僧在那次御前大法会上讲经的情形是："那法师在台上，念一会《受生度亡经》，谈一会《安邦天宝篆》，又宣一会《劝修功卷》。"然后菩萨就喊起来了："那和尚，你只会谈小乘教法，可会谈大乘教法么？"

但是不对呀，唐僧这里讲的，哪一部是小乘经典呢？我们先仔细分析一下，唐僧讲的都是什么经。

《受生度亡经》《安邦天宝篆》《劝修功卷》，其实都不是正宗的佛经。先说《受生度亡经》，佛典中有一种托为"唐三藏法师"传授的《受生经》(或《寿生经》)，说人投胎时，要在冥司借一定量的"寿生钱"，才能投胎为人，渐渐冥司钱库已空。所以人应趁生时及时烧还这些钱，存入冥司库中，不可拖欠。这和佛教的根本教义是相违背的！道教倒是有《五斗金章受生真经》《城隍度亡真经》等，其内容与《寿生经》相似。这些经典，其实都是民间信仰或者道教编出来的。

至于《安邦天宝篆》和《劝修功卷》，就更不是佛典了，而是民间劝善修行之类的宝卷。现存宝卷中有《安天宝卷》、《劝修宝卷》(又称《王花宝卷》)、《劝修行》(又称《猫猊劝修宝卷》)。道教符书常用篆书写成，称"宝篆""丹篆"，所以民间宝卷也有以"篆"为名者，以示神秘。如有个民间宗教叫"黄天教"，他们就有《印记文篆》《白花玉篆》，都叫某某"篆"。

另外唐僧讲经，经常用两个字，“宣”和“谈”。这两个字都有特殊的含义。按着宝卷来讲唱，叫宣卷。谈，即“谈经”。不是唐僧对听法的人说，你们过来，我们来谈谈。“宣”和“谈”，带有一种表演的性质。宋代说书人“谈经”，就是用浅近平易的方式讲说经典，包括宣讲故事、唱念韵文等。

什么场合这样讲经呢？在没有文化的老百姓家里，或没有文化的妇女中，比如《金瓶梅》里面，潘金莲她们经常叫尼姑来讲经，盘腿在炕上一坐，就唱起来了，讲的有《五祖黄梅宝卷》（三十九回）、《金刚科仪》（五十一回）、《五戒禅师宝卷》（七十三回）、《黄氏女宝卷》（七十四回）。这些宝卷，和唐僧在御前法事上“宣”“谈”的所谓经典是一码事。

“太宗即排驾，率文武多官，后妃国戚，早赴寺里。那一城人，无论大小尊卑，俱诣寺听讲”，不可想象，在这么大排场的御前法事上，“千经万典，无所不通；佛号仙音，无般不会”的玄奘法师，就讲这么几篇潘金莲听的经？

对这个细节，我们现代人无感，但对于熟悉这些宝卷名目、了解其就里的明代听众看来，一定会大笑一场的。

事实上，菩萨正是听了这场法事，才上前问道：“那和尚，你只会谈小乘教法，可会谈大乘教法么？”也就是说，作者心目中的小乘教法和大乘教法，并不是佛学概念里的小乘教法和大乘教法——到了这一讲，大家对《西游记》这位或这批作者的佛学水平是个什么样子，还没有体会吗？

按说，唐僧既然讲小乘教法，何不讲代表性的《阿含经》？讲“巴利三藏”也行啊。其实这位作者应该不懂大小乘的真正区别，他把《受生度亡经》《安邦天宝篆》《劝修功卷》算作小乘教

法了，所以菩萨马上说："你这小乘教法，度不得亡者超升，只可浑俗和光而已。""浑俗和光"原指同于尘俗、不露光芒，这里自然是说这些宝卷、善书只能在俗人中讲讲，上不得台面。

这就涉及明代的僧人制度了。明太祖时期，为了管理僧人，将僧人分为"禅"、"讲"、"教"（瑜伽）三类。大概意思就是禅僧是修禅的，讲僧是阐明教义的，教僧（瑜伽）是做法事的。

普通老百姓，既不修禅定，也不懂教义，所以对禅、讲两个专业的和尚并不感冒。倒是民间的各种超度、庆典、娱乐、祭祀，总要请教僧来念经，做法事，所以对于他们是最熟悉的。久而久之，老百姓心目中的和尚，就只懂念经、宣卷、做法事这一套了。

这些和尚念经、宣卷，自然要收费，其实和世俗的商业服务没有什么区别。他们通达世情，又有袈裟在身，所以我们在旧小说里能看到那么多非常不堪的僧道，比如裴如海以及火烧宝莲寺的那些和尚，都是借着宗教掩护干坏事的。尼姑也不怎么样，三姑六婆的"三姑"，就指尼姑、道姑和卦姑，这是正经人家不屑与之交往的。僧道形象大幅度下滑，这是明代以后的一个特征。

随着僧人分类制度而来的，就是这些教僧对经典的陌生，甚至民间人士也混入其中，明陈大声《滑稽余韵·道人》：

> 称呼烂面，倚称佛教，那有师传。沿门打听还经愿，整夜无眠。长布衫当袈裟施展，旧家堂作圣像高悬。宣罢了《金刚卷》，斋食儿未免，单顾嘴不图钱。

这里的"道人"并非指道士，而是指一些民间人士和一些半真半假的和尚，他们不懂经典，甚至连字都认不全。到了明代，

很难分清道教和佛教的界限，真真假假的宗教人士乱讲一气，老百姓也便乱听一通。这样的局面，在百姓看来习以为常，在有一定修养的人士看来当然是不能容忍的。

所以，这里作者为了引菩萨出来讲大乘教法，特意为唐僧安排了几个这样的宝卷名，是有其用意在内的。这里所谓的小乘教法，指的其实是民间的宝卷、善书；大乘教法指的是真正的佛教经典。此处的小乘和大乘，与正宗佛教的小乘、大乘没有半点关系！用一句话来概括唐僧的取经行为，就是“向经典致敬”！

多说一句，唐王送唐僧出关，和他拜为兄弟，临走的时候，在酒杯里放了一捻土，还说：“日久年深，山遥路远，御弟可进此酒。宁恋本乡一捻土，莫爱他乡万两金。”这两句也未必是今天《西游记》的原创，而是一句民间俗语。很多讲西游故事的宝卷都有这个情节，说法也不一样，比如自己作土的：“令座（宁作）本乡一块土，莫恋他乡万两金。”（《佛门取经道场·科书卷》）还有吃土的：“宁吃本乡一块土，莫受他乡万两金。”（《佛门西游慈悲宝卷道场》）甚至还有：“愿恋东土一撮土，莫恋佛国万卷经。”（江淮一带的西游“神书”）

这就更有意思了！唐僧本来就是去取经的，何以告诫他“莫恋佛国万卷经”？由此说明，西游故事从唐僧的主动出关，到奉旨取经，已经发生很大变化了。而且从这些文字，更可以看出《西游记》和民间说唱之间有着非比寻常的关系。

唐朝的妖怪

唐僧离开河州卫数十里，初出长安第一难降临了——几位妖

怪出场了。这也是大唐境内唯一的一伙妖怪。而且，是唯一一伙没有受到惩罚或交代下场的妖怪。

这三个妖怪，虎精叫寅将军，牛精叫特处士，熊精叫熊山君。熊山君，我读书少，不知来历。但另两位则出自《太平广记》，这是一个唐朝的故事：

话说唐朝大中年间，有一个秀才叫宁茵，晚上他正在院子里吟诗，忽听有人敲门，来人自称“桃林斑特处士”，两人就谈论起学问来。宁茵一听，这人学问虽然很大，但不知怎的，句句离不开牛。这时又有人敲门，一看，这人相貌威严，身形刚猛，自称“南山斑寅将军”，又开始大谈学问，这人学问也很大，可是句句离不开老虎。三人下了一会儿棋，喝了一会儿酒，宁茵拿出一盘鹿肉请大家吃。寅将军大嚼特嚼，特处士在边上看着。宁茵问：“你怎么不吃？”特处士说：“我牙齿不好，嚼不动肉。”

三个人喝着喝着就多了。等到早晨，宁茵一看，特处士和寅将军都不见了，门外只有一堆牛蹄印和虎爪印。他大吃一惊，在附近一找，发现一座废园里有一头老牛趴着，还带着酒气，老虎早就钻进山林了。宁茵立即卷铺盖搬走，再也没有回来。

这两个妖怪，还是相当有品的。特处士连一口鹿肉都不吃，更不要说吃人了。就是寅将军，也只是吟诗作赋，谈天说地，对宁茵这堆人肉毫不在意，哪知道到了《西游记》里就生吃起人肉来，连特处士都开了荤。

但《西游记》中这几位妖怪，还是保留着唐朝高士妖怪的血统。寅将军问两人：“二公连日如何？”熊山君说：“惟守素耳。”特处士说：“惟随时耳。”守素，意思是保持平生的素志。这文绉绉的问答，正显出它们是从古书上抄来的妖怪了。

太白金星

在这场考验的最后，太白金星搭救了唐僧，但并没有降伏这几个妖怪。

太白金星和唐僧为何会产生关系呢？有一位朋友，北京大学中文系博士左怡兵兄告诉我，有一个西游故事宝卷是这样讲的：在我佛会上，天仙地仙千万大众听佛说法，有一位金禅长老打了个盹，就被如来发配至“东土土魔之国”，太白金星奉佛敕令，送金禅长老转生。

这段民间故事，把唐僧为何被贬的缘由写出来了。不叫“金蝉”，而是“金禅”。当然这种民间宝卷容易写错别字。假如字没有写错，不由得让人想到，明代的秘密宗教，正有“金禅”“悟空”两个教派。而金禅的影响力有时可以与“白莲教”相抗衡，所以官方动辄就是“白莲金禅之教”。

这个问题暂且搁置，那么太白金星在这里出手搭救，还说：“只因你本性元明，所以吃不得你。”好像是对唐僧很熟悉的样子。在孙悟空相助前，一直是太白金星护送唐僧，如果太白金星是送唐僧投胎的人（至少在明代的民间故事里），他这样做是合乎逻辑的。

紧箍咒戴还是不戴，这是个问题

唐僧刚出长安不久，就遇到了猎户刘伯钦。刘伯钦送唐僧来到两界山。唐僧说：麻烦你再送我一程吧。刘伯钦说：长老，这山名叫两界山，东边是大唐所管，西边是鞑靼的地界。我不能过界，你去吧。两人正难舍难分之际，只听得山脚下叫喊如雷："我师父来也！我师父来也！"

看到此处，谁不拍案大呼快哉！清黄周星在此批道："人人踊跃欢喜，如出暗室而睹青天，如泛苦海而登彼岸。无数重负一朝顿释矣。乐极！乐极！"

后面的故事，大家就都知道了。唐僧把"六字真言"揭了下来，只听得一声巨响，地裂山崩，虚空粉碎，五百年前大闹天宫的齐天大圣孙悟空就此重生！好比花果山顶石卵此时方才迸裂，从前种种不必重提。

插入的"六贼无踪"

孙悟空出了五行山后，有一段打死强盗的故事，原著的大致情节是这样的：

> 师徒们正走多时，忽见路旁唿哨一声，闯出六个人来，各执长枪短剑，利刃强弓。……行者对那六个人施礼道："列位有甚么缘故，阻我贫僧的去路？"……那六人道："我们唤作眼看喜、耳听怒、鼻嗅爱、舌尝思、意见欲、身本忧。"悟空笑道："原来是六个毛贼！你不认得我这出家人是你的主人公，反倒来挡路。把那打劫的珍宝拿出来，我与你作七分儿均分，饶了你罢！"那贼闻言，喜的喜，怒的怒，爱的爱，欲的欲，思的思，忧的忧。一齐上前乱嚷道："这和尚无礼！你的东西全然没有，转来和我等分东西！"他们轮枪舞剑，一拥前来，照行者劈头乱砍，乒乒乓乓，砍有七八十下。悟空停立中间，只当不知。……行者伸手去耳朵里拔出一根绣花针儿，迎风一晃，却是一条铁棒，吓得这六个贼四散逃走，被他拽开步，团团赶上，一个个尽皆打死。

唐僧嫌孙悟空不分好歹打死了强盗，孙悟空一气之下，驾云去了东海龙宫。老龙王借张良三进履的故事劝告孙悟空，孙悟空醒悟，又在海面上碰到了观音菩萨，这才回来继续保护唐僧。

打杀六贼，悟空气走，这在后来的难簿上绝对算得上一难。因为最后九九八十一难的难簿上有“不识人参十八难”“朱紫国行医五十五难、拯救疲癃五十六难”，朱紫国行医都算一难，甚至不认得人参果都算一难，这里打杀六贼，又怎么能不算一难？

唐僧九月十二日离开长安，到两界山不过十几日，“正是秋深时节”。孙悟空出来后，下山遇到老者借宿，然后“夜宿晓行，不觉又值初冬时候”，说明已走了许久，至少离开两界山已经有

一段距离。所以难簿上说“两界山头第八难”，应该是指救孙悟空出来，而不是打杀六贼。如果指这件事，为什么不说“剪除六贼第八难”呢？

另外，难簿上是“出城逢虎第五难、折从落坑第六难、双叉岭上第七难、两界山头第八难”。这又怪了啊——今天《西游记》里双叉岭的这件小事，居然被拆成了三难！虽然双岭上碰到的寅将军是个虎精，但“出城逢虎”这一难放在刘伯钦打死的那只虎上比较合适。就算这只虎指寅将军，那也应该是“折从落坑”在前，“出城逢虎”在后才对。所以今天的双叉岭、两界山故事，很可能和原来的版本是完全不一样的。

我经常说《西游记》是由不同时代、不同作者创造出的层累性作品，这在九九八十一难的难簿上也能看出来。世德堂本的难簿（大家可以参看我的校注本，别的版本基本都根据清刻本“改对”了），六十九至七十四难分别是：稀柿拜秽六十九难、花豹迷人七十难、棘林吟咏七十一难、黑河沉没七十二难、灭法国难行七十三难、元夜观灯七十四难。先不管“稀柿拜秽”是什么意思，大家翻看目录就知道，这六难顺序和正文处处对不上！由此说明，难簿抄自一个老版本，百回本的正文是一个新版本。因为只有照抄老版本的难簿而忘记正文顺序已改过或懒得去改难簿的道理，断没有先写好正文再去编难簿而且还编错的道理。

况且这几个毛贼的名字，与后面的妖怪相比，未免显得太有文化了：“一个唤作眼看喜，一个唤作耳听怒，一个唤作鼻嗅爱，一个唤作舌尝思，一个唤作意见欲，一个唤作身本忧。”后面的许多妖怪，是狮子就叫黄狮精，是蜘蛛就叫蜘蛛精，是豹子就叫

豹子精，名字真是朴实到家了。而这六个毛贼，不加注释，恐怕很多朋友不知道是什么意思。所以，这六个毛贼无疑是出自一位高人之笔，至少在八十一难成形之后才添补到书中的。

为什么要打杀六贼

佛教认为：色声香味触法，以眼耳鼻舌身意六根为媒，自劫家宝，故喻之为贼。有道之士，眼不视色，耳不听声，鼻不嗅香，舌不味味，身离细滑，意不妄念，以避六贼。道教也有六贼的概念，当然是从佛教借过来的。元杂剧《马丹阳三度仁风子》里，就有了“六贼”的人物形象，这正是道教的六贼影响了文艺作品。

我们来到这个世界上，有哪一个时刻是消停的？眼睛要不停地看事物，耳朵要不停地听声音，鼻子要不停闻气息，舌头要不停尝滋味，身体要不停地寻找快感，就算这些都没有了，脑子里还不断地胡思乱想。

它们都是“贼”，至少，它们干扰了我们的注意力，消耗了我们的专注度，盗取了我们的宝贵时间：

其实我本来是要读一会儿书的，结果打开微信刷一刷就过去了。

其实我本来是要看一会儿稿的，结果打开网站泡一泡就过去了。

其实我本来是要练一会儿字的，结果打开视频躺一躺就过去了。

其实我本来是要更一篇文的，结果叫份烤串撸一撸就过去了。

于是，忽然发现，太阳又偏西了，于是感叹，于是一事无成……

我刷了之后，泡了之后，躺了之后，撸了之后，虽然时间这样过去了，但总感觉空虚，铺天盖地的空虚。这就是盗贼们把我们的专注、时间盗走了，只剩下空空的过去和茫然的未来。

现在的图片、短视频，越来越酷炫；现在的音乐，越来越震撼；现在的美食，想方设法地刺激我们的嗅觉和味蕾；现在的各种服务，你怎么舒服，就可以怎么来。他们就是眼贼、耳贼、鼻贼、舌贼、身贼。

各种微信、微博的文章——包括我写的这篇，它们虽然不刺激你的眼睛、嗅觉、味蕾，却刺激你的思维。假如我们的脑子，不断地跟着这些文章转，而失去了自己的判断力，那就是意贼。

于是，这些盗贼，盗走了审美，盗走了敏锐，盗走了思考的能力。更有一些高级的盗贼，他们打着爱的名义、善的名义、正义的名义，把喜、怒、爱、忧等偷走了，使我们的心逐渐麻木起来。

当然，这不是说我们不需要图片，不需要网站，不需要音乐，不需要烤串……这更加愚蠢。所以，请看六个毛贼自报家门后，孙悟空立即接的话，这几句，句句有深意，没一句废话：

> 原来是六个毛贼！你不认得我这出家人是你的主人公，反倒来挡路。把那打劫的珍宝拿出来，我与你作七分儿均分，饶了你罢！

这里的关键字，一是“主人公”，二是“均分”，三是“饶了

你罢”。

孙悟空并没有即刻从耳朵里掏出棍子就开打，而是先作了如下声明：只要你认同我这主人公，财宝可以均分，没有任何问题！概括起来就是：

一、我不否认你们的存在。

二、我在心中给你们留一个地位。不但留地位，而且平起平坐。我分到的也不需要比你们多，但也不能比你们少。

三、你们得好好伺候老子！

判断一个人是不是贼，自然要看他的行为。如果好好伺候主人公，打劫到的财宝乖乖上交，那就是忠仆、义仆，就不是贼了！但是眼耳鼻舌身意不识相，反倒“轮枪舞剑，一拥前来，照行者劈头乱砍”，这就是欺负到主人公头上来了。所以，孙悟空抡开棍子，一概打死。

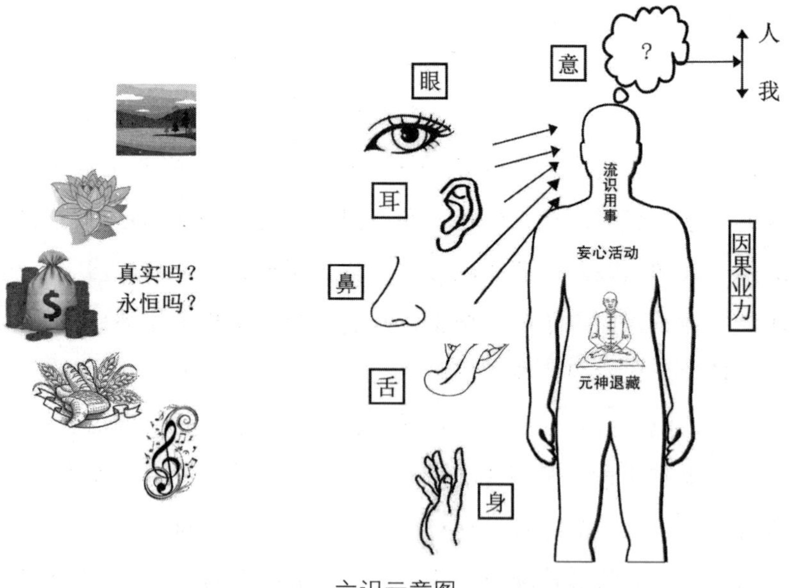

六识示意图

我的日常生活，就经常会这样：先是有个紧急的稿子催发稿；忽然又来一个快递；忽然又有人来送稿子……一时之间，阵脚大乱。转念一想，哑然失笑：这有什么呢？只是自己的心乱而已。于是冲了一杯咖啡，一切就井然有序了。

这里顺便说一句：眼看喜、耳听怒、鼻嗅爱、舌尝思、意见欲、身本忧，并不是说眼睛只能对应喜，耳朵只能对应怒……其实身体每个器官带来的，都有可能是喜、怒、爱、思、欲、忧中的任何一个，只不过作者起名字各自对应了一个，这是互文。就像“当窗理云鬓，对镜贴花黄”一样，笼统说的是当着窗、对着镜，理鬓贴黄。所以，我们只要笼统地理解，六根对应六情，就好。

龙王和观音的说话艺术

打杀了六贼，唐僧过意不去了，开始教训孙悟空。这还真不是唐僧在这里烂忠厚、傻慈悲。如果为了断除六贼，我们就把眼睛抠瞎、耳朵扎聋、舌头割掉……最快的方法，当然是自杀了，麻绳一吊，高楼一跳，农药一倒，河水一泡……然而这可行吗？这是主人和六贼同归于尽的方式！相当于放火烧了自家房子，然而烧了房子算完事了吗？毕竟，我们还要在世界上生活，真正的高明是学会和他们共处。

所以说，打死六贼，是错误的，六贼只能降伏，就像唐僧说的“你纵有手段，只可退他去便了”，这句话是关键。他当然不能再说一通唯识的道理，那《西游记》就真变成佛经了。顺便说一句，玄奘法师可是唯识宗的大宗师，要讲人的“六识”“八识”，

他要说自己是第二，那没人敢说自己是第一了。

所以我不得不佩服《西游记》的文笔。要表现“同归于尽”寓意，作者的安排，是让孙悟空断然离去，离开了取经队伍，于是这颗心，就游离于身体之外了。后面孙悟空回心转意，回到唐僧身边的情节，是极讲究、极有分寸的。

他先是安排了一场龙王的劝说。不愧是东海龙王，堪称做思想工作的高手。作为一位长者，一位过来人，同时也是取经队伍的旁观者，龙王先是讲了张良的故事，然后只说了三句话：“大圣，你若不保唐僧，不尽勤劳，不受教诲，到底是个妖仙，休想得成正果。”“大圣自当裁处，不可图自在，误了前程。”“请大圣早发慈悲，不要疏久了你师父。”

这是几句极有分寸、有身份、有力量的话，方方面面都讲全了。第一，“到底是个妖仙，休想得成正果”，这是摆明利益。第二，“自当裁处”，你们取经队伍如何，与我并无关系，我首先尊重你的选择，你回花果山我也不管。第三，“不可图自在”，从你内心来说，我见你只图自在，为你担心。第四，“请大圣早发慈悲”，从你外部责任说，你不是一个单独的人了，你已经有了社会责任。但这样说责任，绝对会激起孙悟空的反感，所以一定要反着说：你要发慈悲，你师父需要你的保护。

寥寥五十几个字，讲出了四个方面，句句戳中要害，而且不显山不露水，这就是作者练达的文字功夫。试问这份质感，今天的一般写手有几个能达到？这就是名著的细节。

然而，最精彩的还在后面。

孙悟空出海面之后，遇到了菩萨，简单问答之后，菩萨劝他回去。好话歹话其实都让龙王说尽了，这时菩萨说任何一句，都

不免和前面相犯。如果我们来写，菩萨应该说句什么话，既符合她的身份，又能让孙悟空决然反转？

我们必然说："你这泼猴，还不快去！""你对得起我吗？""你对得起你师父吗？""你这个烂泥扶不上墙的东西，你就不该离开。""你怎么不顾全大局？你的集体主义精神呢？""取到真经才能成佛啊。""你师父那么辛苦你知道吗！""我为你付出了多少你懂吗？""菩萨理解你，但取经要紧。""乖乖，菩萨抱抱……回去找你师父吧。""（用大法力把猴子往西天路上一推）去你娘的！"

你看，很多家长不就这样教训孩子的吗？人身攻击、道德绑架、利益引诱、粗暴压制……然而这些有什么用？

这些话，龙王可以说，因为他是外人。外人劝说一个人，大可以讲道义、讲责任、讲利益。因为他的身份就代表着社会上的关系，道义、责任、利益等等，说来说去，都代表着社会上的交换、合作的规则。如果家长对孩子开始讲道义、讲责任、讲利益，就已经落入下乘了。因为，你一谈这些，就已经在和你的孩子谈交换、谈合作了！那就别怪孩子和你谈交换、谈合作！一切亲情的变异，都是从谈交换开始！

然而你看菩萨的话，一般境界的人绝对写不出来。这和文才无关，只和境界有关。她只淡淡地说了一句九个字的话，看起来和孙悟空是否要回去毫不相关，但细品之下，这句话足以摆落一切用不着的，而且一个字都不能省：

> 赶早去，莫错过了念头。

诸位，这就是菩萨！诸佛不能转定业之身，菩萨不能救无缘之人，父母不能留叛逆之子。决定一切的，是自己的心和自己造的业。其实，任何人都不是傻子。他在社会上历练一番之后，总有选择、判断，总有念头对的时候，如果亲人要帮他，也只能在这个时候，帮一把，推一把。然而，如何能捕捉到这个正确的念头，在菩萨就是法力，她应该知道，什么时候该驾云飞到孙悟空面前；在父母就是观察力，他们应该知道，什么时候应该对孩子说这句话。

紧箍咒还是定心真言

菩萨这句话，把孙悟空此时的心理活动揭得一干二净。因为孙悟空这颗心，一时半会儿是降伏不住的。他一回来，唐僧就给他戴了一个紧箍儿。准确地说，孙悟空戴的是紧箍儿而不能叫紧箍咒，但大家已经习以为常，也就随俗了。

这个也好理解。我上本科的时候，就有过这体验。听别人讲理想、谈人生，听得激情澎湃，觉得自此就会脱胎换骨变一个人了，结果散场没几个小时，就又现了原形。该刷手机还刷手机，该上网还上网，该看片还看片，该挂科还挂科——有时候，心里都不愿回想那一次次激情澎湃、立志自新的时刻！

这是怎么回事呢？为什么有了理想，有了目标，还是做不到呢？

理由简单至极：菩萨早就说了，莫错过了念头。人心是会变的，虽然一时受了激励、匡正，但总要摇摆不定，反复无常，这没什么可指责、可懊恼的。所以《西游记》管孙悟空叫“心猿”

就是这个道理。菩萨早就知道，对于普通人，好的念头，是可以或者必然会错过的。

治疗方法也简单至极：就是上个紧箍咒！

紧箍咒并非今本《西游记》的独创，早在《西游记杂剧》里就有了。但为何《西游记》是四大名著，而《西游记杂剧》不是名著？因为在这两部作品里，对紧箍咒的写法完全不一样。

《西游记杂剧》是这样唱的：

> 玄奘，你近前来。这畜生凡心不退，但欲伤你，你念紧箍儿咒，他头上便紧。若不告饶，须臾之间，便刺死这厮。
>
> 为足下常有杀人机，因此上与师父留下这防身计，劣心肠再不可生奸意。

差别在哪儿呢？差别就在对待孙悟空的态度上。

杂剧是把孙悟空当作妖怪防的。先判定你是劣的、奸的，然后用紧箍咒防你——这也是绝大多数人对别人的态度。说白了，无非就像套在犯人身上的枷锁，使之不得反抗。所以一再说，这是“防身计”“但欲伤你”，便念紧箍咒。对孙悟空而言，紧箍咒就是一再强调：你是罪犯！你是罪犯！你是罪犯！你要赎罪！你要赎罪！你要赎罪！

所以早年间有些学者喜欢讲，《西游记》的紧箍咒代表了什么封建礼教对孙悟空的束缚，甚至代表了统治阶级的压迫。还有些学者讲，孙悟空等人取经之路，是一次赎罪之旅。只能说，这些说法对各种西游故事都适用，都可以这么说，但恐怕并没有抓

住百回本《西游记》的特点。因为他们对这里的六贼，对里面谈论心性的内容，都没看见，或假装没看见。

所以我们又看到今本《西游记》弹指神通的精妙了：紧箍咒是前辈留下来的剧情，必须编进去，不编进去，观众不答应；但是作者手指一弹，就把惩罚猴精“奸劣”的问题，轻轻转化为如何处理心性上不羁的问题了。这就是高手，这就是对人性的尊重！

所以它继承了紧箍咒的老名字，又起了一个新名字叫定心真言。观音变的老母是这样告诉唐僧的：

> 东边不远，就是我家，想必往我家去了。我那里还有一篇咒儿，唤作“定心真言”，又名作“紧箍儿咒”。你可暗暗的念熟，牢记心头，再莫泄漏一人知道。我去赶上他，教他还来跟你，你却将此衣帽与他穿戴。他若不服你使唤，你就默念此咒，他再不敢行凶，也再不敢去了。

也就是说，紧箍咒又叫定心真言。心是谁，当然是心猿孙悟空，这是最明白不过的暗示了。和杂剧不一样，今本《西游记》不把孙悟空当坏人看待，而是把他当一个正常的人来看待，尤其是把他当成一颗真实的心来看待、来尊重。

孙悟空代表真心。“真”是前提，虽然这真心并不代表有理由无所不为，但前提是一定要“真”，如果是假的，是掩藏的，整部《西游记》就没有意义了。

观音的话里，“行凶”这个词也大有意趣。

《西游记杂剧》里当然指孙悟空对唐僧行凶，孙悟空被放出五行山第一句话就说："好个胖和尚，到前面吃得我一顿饱，依旧回花果山。"到了今本《西游记》里，作者把行凶的对象不露声色地改掉了，接上面打杀强盗的剧情，这里菩萨说的行凶，当然指的是对外人行凶。

所以《西游记》之可贵，就是把孙悟空当作人来看待，就是虽然写神仙妖魔，却是处处直面人，处处写这颗人心。今天有些剧里只有一堆圣贤尧舜，有些剧里只有一堆丛林动物，有些剧里只有一堆杀人机器。明明演的是"人"，偏偏"人"最少。因为这些故事，把最关键的真心，隐藏起来了。

一定有许多朋友，想知道定心真言的内容是什么。《西游记》里当然没有写，到底是"般若波罗蜜"呢，还是"唵嘛呢叭咪吽"呢，还是别的梵文？然而清朝评点《西游证道书》的黄周星透露了天机，原文很浅显，我不评论，不解释，只觉得精彩！

> 《紧箍儿咒》，一名《定心真言》，然则此箍非头间之箍，乃心上之箍耳。或问此咒至今传否？道人曰："《易经》《论语》俱有之，曰：'君子思不出其位。'"

附录

宗教意义的"六贼"

主人公，指真如本性或元神。六贼，就是由眼、耳、鼻、舌、身、意产生的喜、怒、爱、思、欲、忧的形象化比喻，是烦恼的根源。修行的人首先一定要断除这六贼。佛教唯识宗一般把

心分为八个层次，表层的是眼识、耳识、鼻识、舌识、身识这五种简单的“识”，这仅相当于摄影、录制、直接感觉外在世界的感性认识。五识的感觉传送到第六识意识，靠意识的分辨、判断、推理，创造出一个外在世界的投影，大致相当于理性认识。第七识末那识，负责把所有的信息传送到第八识阿赖耶识，同时第七识也是认为有“我”的存在，这就是产生烦恼的根源。第八识储藏了宇宙万有的所有信息，其中含有“真如本性”。它先天而生，靠人类普通的思维无法认识。玄奘法师有《八识规矩颂》，称阿赖耶识“去后来先作主公”。此外，尚有第九识，即庵摩罗识，又称白净识、清净识，指阿赖耶识去除了垢染，达到光明澄澈的境界。道教内丹术借用唯识宗的理论，提出“八识归元”，认为阿赖耶识即内丹术百般修炼寻觅，务要显现出的“元神”，故称元神为“主翁”“主人公”。此处孙悟空自称主人公，剿灭六贼，即“明心见性”，现出元神阿赖耶识的意思。

护驾的小神仙

六丁六甲到底是男是女?

唐僧在鹰愁涧收了白龙马。同时，又有一大批神仙加入了取经队伍。他们虽然没有直接现身，但时时刻刻保护着唐僧的安全，同时也暗中记录着唐僧的言行。他们就是六丁六甲、五方揭谛、四值功曹和十八位护教伽蓝。

六丁六甲本来是百分百的道教神，是六位丁神和六位甲神的合称。六丁六甲的信仰，大概南北朝时期就存在了，在旧历的甲日和丁日念诵他们的名号，有很多好处。六位甲神都是男的，又称六甲将军。六位丁神原本都是女的，又叫六丁玉女，她们和很多道教神仙一样，在不同时候、不同的教派，有很大的变化，特别是南北朝之后的几百年间，六丁玉女渐渐变成了六位男性将军了。

据宋代灵宝派科仪《灵宝领教济度金书》，六甲将军为甲子合形大将军凌飞、甲寅变形大将军蒋真等六位，六丁将军为丁丑大光大将军黄洞、丁卯元光大将军徐元哲等六位。宋洪迈《夷坚丁志·兴国道人》载，赣州兴国刘子昂不信道教，把道书烧掉，于是就引来了几位神将，“如世所绘六丁力士者”，对他说：我们

本来是保护你的，现在你不信我们，我们要走了。可知当时将“六丁六甲”视为保护神的信仰颇为流行，而且六丁神也成了六位猛男。另外，北宋灭亡时，金兵围攻汴梁城，有个装神弄鬼的郭京，说他能召唤“六丁力士”，虽说是人扮的，想来也不可能找小姑娘演。

本来是“玉女”的六丁神，为何变成了六位将军，甚至出现了“六丁力士”的说法？问题就出在这个“丁”字上。

首先，丁，既是十天干的第四位，同时又是男子的意思，所以一个家族生了男孩，就说是“添丁”，征兵也说“拉壮丁”，男孩成年叫“成丁”，这当然大大影响了六丁的女性形象。

其次，历史上另有一个“五丁力士”的故事，也很有名。秦王想灭蜀国，就想了一个办法。他叫人做了五头石牛，每天在石牛屁股后面摆上一堆金子，谎称石牛是金牛，每天能拉一堆金子。蜀王听说后，就派人向秦王索求。秦王就把石牛送给蜀王，外加五个美女。但是石牛很重，如何搬来呢？当时蜀国有五个大力士，力大无比，叫五丁力士。蜀王就叫他们去凿山开路，把金牛拉回来。于是五丁力士在大山间开出了一条大路，把石牛和美女带回来。经过一处，遇到一条大蛇。五丁力士想把蛇从洞里拉出来，结果把山拉塌，五丁力士和五个美女都被压死了。秦国就顺着这条大路打进来，把蜀国灭掉了。

所以，我怀疑，民间可能把“六丁神”和“五丁力士”搞混了。金庸先生《笑傲江湖》里黄钟公有一招叫“六丁开山”，其实也是“五丁”“六丁”搞混了。“六丁”从来没有开过山。

而戴敦邦先生画的《道教人物集》里的六丁神，就特别有意思。戴先生当然知道六丁本来指的是六丁玉女，他大概也知道，

六丁神充当保护神的作用，甚至还有六丁力士的说法，为了调和这个矛盾，让更多的人接受，他就把这六位女神画成了六位女汉子！

五方揭谛

揭谛，本来是“去”“去经历”“去体验”的意思，读作 gati，最常见的就是《心经》的最后一段：“能除一切苦，真实不虚，故说般若波罗蜜多咒，即说咒曰：揭谛，揭谛，波罗揭谛，波罗僧揭谛，菩提萨婆诃。”可以说家喻户晓。

《西游记》似乎在不停地刷新神仙来源的下限：历史人物可以成神，比如李靖；编造的人物可以成神，比如二郎；山里的动物也可以成神，比如齐天大圣。这次继续刷新，什么历史人物，什么故事人物，什么动物，都统统弱爆了，揭谛，只靠一个译音，就可以成神！

揭谛为啥成了神呢？应该和揭谛咒有关。常建有一首诗《题破山寺后禅院》：“清晨入古寺，初日照高林。竹径通幽处，禅房花木深。”这寺在常熟。但是为啥叫“破山寺”呢，据宋代《中吴纪闻》的记载，故事是这样的：有个老头天天来听寺里高僧讲法。有一天，这高僧问他：“你从哪里来？”这老头说：“我不是人，是龙。”立即现出原形，高僧吓了一跳，赶紧诵揭谛咒，于是召唤来揭谛神，与龙大战。这龙败走，将山冲开一条口子。这山从此就改名为“破山”，山上的寺庙也就改叫破山寺了。

由此也可以知道，最晚到宋代，揭谛咒就是召唤揭谛神的咒语了。

那么揭谛咒的内容又是什么呢？其实就是《心经》的最后这一段："揭谛、揭谛，波罗揭谛，波罗僧揭谛，菩提萨婆诃。"揭谛咒除了能召唤揭谛神，还有个用处，就是给人使坏，也可以说是避免人杀生。比如见到撒网捕鱼的，只要向他倒着念揭谛咒（诃婆萨提菩……谛揭），七遍就可以使他这一天一条鱼都逮不着。这跟今天"猪是的念来过倒"的把戏其实是一样的。

揭谛咒里不停地出现"揭谛"两个字，那人们自然就会编出一个揭谛神来。这是非常正常且合理的事情。宋代流行于南方的瑜伽教，是混合了佛教密宗和道教的一个民间宗教，就堂而皇之地供着揭谛神。

那《西游记》里"五方揭谛"又是什么呢？他们都叫什么名字？

我发现，《西游记》中常活动的有一个"金头揭谛"。市面上《西游记》很多版本里，还有个"银头揭谛"。这个银头揭谛，出现在和黄眉怪的战斗里：

> ……娄金狗、胃土彘、昴日鸡、毕月乌、觜火猴、参水猿、井木犴、鬼金羊、柳土獐、星日马、张月鹿、翼火蛇、轸水蚓，领着金头揭谛、银头揭谛、六甲、六丁等神、护教伽蓝，同八戒、沙僧，不领唐三藏，丢了白龙马，各执兵器，一拥而上。

这就会使人误解，以为金头揭谛有个兄弟是银头揭谛，这其实是后来的版本乱改的，世德堂原本明明白白写的是"水头揭谛"！

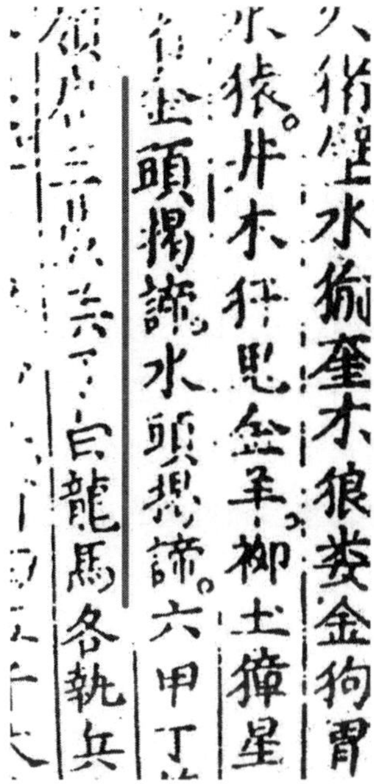
壁水貐奎木狼婁金狗胃
水猿。井木犴鬼金羊柳土獐星
金頭揭諦水頭揭諦。六甲丁
白龍馬各執兵

世德堂本《西游记》的金头揭谛、水头揭谛

有了“金头揭谛”和“水头揭谛”，就好理解了。按照国人五方配五行的习惯，剩下那三个，很有可能就是火头、木头、土头揭谛。假如是金头揭谛、银头揭谛排列的话，难道后面还有铜头揭谛、铁头揭谛、锡头揭谛吗？可见，如果深入研究一部古籍，从头到尾花工夫通校一遍，可以发现许多隐藏的问题。

另一部稍晚的小说，《三宝太监西洋记》里似乎沿用了金头、银头揭谛的说法，还给剩下的三个编了名头：摩诃揭谛、波罗揭谛、波罗僧揭谛。波罗僧揭谛是“七长八大的一个天神”“手拿一个金刚钻”。然而，这几个名字，无论如何是不合五方揭谛特点的。而且《三宝太监西洋记》似乎刻意回避这一点，凡是提到

五方揭谛，一定含糊这几个名字；凡是说了这几个名字的，一定含糊他们代表哪一方。可见《三宝太监西洋记》的作者，心里也是犯二乎的，后面那三个，可能是根据揭谛咒硬凑的。

十八位护教伽蓝

伽蓝，指佛寺，也指佛寺的护法神。伽蓝有十八位，分别是美音、梵音、天鼓、叹妙、叹美、摩妙、雷音、师子、妙叹、梵响、人音、佛奴、颂德、广目、妙眼、彻听、彻视、遍视。

伽蓝本来是印度的神，到了中国大陆之后，总有点水土不服，老百姓既不知道叹妙、叹美是什么意思，也不知道他们长什么样。所以《西游记》里，十八位伽蓝经常一起活动，很少单独出现。唯一一次单独活动，是在黄风山上，护法伽蓝变成了一户人家，给孙悟空治眼睛，但也没说具体是哪位。这正说明，这十八位，其实在老百姓心里是没有什么地位的。

伽蓝是护法神的通称，所以，中国老百姓在这十八伽蓝之外，编造自己的伽蓝神，当然是合情合理的。

第一位赫赫有名的伽蓝神，就是关羽，在北京雍和宫等庙宇都可以看到。关羽在大殿的侧面，有一个位置，有时候叫伽蓝殿，有时候叫护法殿，相当于寺庙的保安室，而关羽就是保安大队长。

关羽为何会成为伽蓝？这是他死后，佛教对他的拉拢。

关羽生前，战功赫赫，结果死不得其所。这样的人物，是最容易被建庙祭祀的。一方面是向他乞灵，另一方面也是怕他厉鬼作祟。一来二去，佛教看中了这个“人才”，就说他死后灵魂皈依佛法。然而这样一位武功高强的将军，他在佛教能干些什么

呢？当然是去当保安队长最合适啦！

关羽在佛教干保安队长，这个历史很长。致使明清以后，人们提到伽蓝神，就以为专指关羽，反倒把那十八位忘记了！

伽蓝这个职务，也有统一招聘和单位自主招聘一说。十八伽蓝，就属于原班底，但大家都知道，标配的往往不好用。关羽伽蓝，就属于中土人士自聘的，渐渐也成为标配了。

中国宗教是最宽容的，不但接纳标配，也容许自主招聘，不同的寺，都可以招聘自己的伽蓝。假如这位伽蓝混出了名声，还可能会被别的寺聘用。

南朝梁昭明太子萧统，编过《昭明文选》，他曾支持过密印寺，所以密印寺奉他为伽蓝，塑像供奉。有此待遇的，还有他的老师沈约。

天台山的寺院，伽蓝神是王子乔。他本是一位道教神，五代时，被封为玄弼真君。不知为何被弄到佛寺里来当伽蓝。

苏东坡当过杭州高丽寺的伽蓝。据说苏东坡在修建西湖苏堤的时候，需要拆除高丽寺的一部分建筑。于是他就在佛前发愿：死后要做这座寺的护法。他死后，人们就把他的像在寺里供奉起来，据说相当灵验。明代有些人觉得苏东坡这样一位大名人，当保安实在屈才了，就把他搬出了伽蓝殿，另外供养。谁知立马就不灵了！1996年，杭州高丽寺遗址出土了一尊石像，据考证，这就是当年的伽蓝神苏东坡！

宋代大书法家米芾也当过伽蓝。镇江有一座鹤林寺，米芾曾说："我死后，要到你们寺来护法。"他死的那一天，鹤林寺的一尊伽蓝神忽然倒在了地上。于是大家都认为是米芾代替这位伽蓝来护法了，就把他的像塑在寺里，当作伽蓝神来供奉。

离我们时代较近的一位著名的伽蓝，是明朝的祝枝山。《新搜神记·神考》记载:“……今为寺中伽蓝神，奉香火之荐焉。似此则伽蓝乃祝枝山也。”袁宏道《纪梦为心光书册》:“壬寅秋，余梦入一庵，有釜十五，白粲如丘积。问之，曰:‘王路庵也。’一碑上载祝枝山为此庵伽蓝，梦中了了识其文，醒不记也。”

此外，还有许许多多的伽蓝神。比如紧那罗、灵显夫人，甚至当地的某个普通小姑娘，因有些敬重佛法的事迹，死后也被搬到伽蓝殿。总之，中央大殿供三世佛，这个一直是不变的，但侧面伽蓝殿，执行的是统战政策——不管是印度的神还是中国民间的神、道教的神，甚至中国历史上的文人武将，都可以收纳进来。这样算一算，伽蓝绝对不止十八个!

四值功曹

最后谈一谈四值功曹。

四值功曹，本来是道教所信奉的值年、值月、值日、值时的四个神。功曹一直是一个小官，汉代郡守有功曹史，简称功曹，除掌人事外，也参与一郡的政务。北齐后称功曹参军。唐时，在府的称为功曹参军，在州的称为司功。道教人士喜欢借用人间官职来造神，所以也给神界配了这样一个官职。

向玉帝报告人间发生的事情，是神界功曹的本职工作。所以，明代民间的彩绘木雕功曹，一般手里都拿着文书。

其实我们每个人都做过“日值功曹”，就是学校里的“值日生”，虽然只是打扫打扫卫生，但和“日值功曹”一样，都是每天做固定的事情。当然，我们还做过“值周生”，但周（即星期）

的概念是西方传进来的，所以道教没有“值周功曹”。

总的来说，十八位伽蓝是佛教神，六丁六甲和四值功曹是道教神，揭谛只能说是民间信仰中的神，而且既受观音差遣，也归玉帝管辖，这和民间信仰中观音与玉帝的关系正相似。所以《西游记》的民间特性，从给唐僧护驾的这三十几个小神仙来看也暴露无遗了！

黑熊怪，孙悟空的影子内阁？

黑风大王（李云中　绘）

《西游记》第十六回，金池长老贪图唐僧的袈裟，想烧死唐僧师徒，不料玩火自焚，所有僧房都着了火，只有唐僧睡的禅

堂，由于悟空用了天庭的辟火罩而安然无恙。但袈裟被黑熊怪偷走了。

火烧观音院的故事，似乎出现得比较晚，因为早期西游故事中并没有记载，它的原型，也渺茫难寻，只能从史料里慢慢扒，但还真能扒出一些好玩的东西来。

佛衣会本是孙悟空的老案子

黑熊怪趁乱偷去了袈裟，偷就偷呗，还要广而告之，做什么“佛衣会”，怕人不知道？这可就怪得很了。这个佛衣会，大概是从早期西游故事里的“仙衣会”借来的。

朝鲜人学汉语的教科书《朴通事谚解》中，提到了元代的《西游记》（不是我们今天看到的《西游记》），对孙悟空的介绍是这样的：

> 西域有花果山，山下有水帘洞，洞前有铁板桥，桥下有万丈涧，涧边有万个小洞，洞里多猴。有老猴精，号齐天大圣，神通广大，入天宫仙桃园偷蟠桃，又偷老君灵丹药，又去王母宫偷王母绣仙衣一套来，设庆仙衣会。老君王母具奏于玉帝，传宣李天王引领天兵十万及诸神将，至花果山与大圣相战，失利。巡山大力鬼上告天王，举灌州灌江口神曰小圣二郎，可使拿获。天王遣太子木叉与大力鬼，往请二郎神领神兵围花果山。众猴出战皆败，大圣被执，当死。观音上请于玉帝，免死，令巨灵神押大圣，前往下方去，乃于花果山石缝内纳身

下截，画如来押字封着。

这里孙悟空大闹天宫的情节，基本都全了。与今天相同的有：花果山、水帘洞、铁板桥的名字；征讨孙悟空的几路天兵，即天王、木叉、二郎还有巨灵神；如来也有一个“押帖”。不同的是，压住孙悟空的不是五行山，而是花果山。还有一个情节，齐天大圣偷了王母的仙衣，要做仙衣会。

做仙衣会这个情节，不仅元代的《西游记》里有，元代或明初《西游记杂剧》里也有。杂剧里齐天大圣还有个老婆，是抢来的金鼎国的公主：

> （孙行者）我偷得王母仙桃百颗，仙衣一套，与夫人穿着。今日作庆仙衣会也。（下）
>
> （李天王上）小圣乃李天王是也，奉玉帝敕令，西池王母失去仙衣一套，银丝长春帽一顶，仙桃一百颗。不知被何妖怪盗去，着令某追寻跟捕，点起天兵往下方。

然后孙行者就对公主说：

> 我天宫内盗得仙衣、仙帽、仙桃、仙酒，夫人快活受用。
>
> （金女唱）【油葫芦】王母仙衣无分着，金灿烂光闪烁，多管是天孙巧织紫霞绡。（行者云）银丝帽子，丑的带了便可喜。（金女云）大圣，你且先戴一戴。你去玉皇宫偷得银丝帽，抵多少琼林宴颁赐金花诰。

也就是说，孙悟空去偷王母仙衣，是为了哄老婆开心。这本来是他的专利，可谁知到了今天的《西游记》里，居然被转手了。贼头变成了黑熊怪，孙悟空反倒成了理直气壮上门讨要的主人了。事实上，各种大圣故事里的猴精，也干过不少坏事，他们都是孙悟空的原型，只是今天《西游记》为了美化孙悟空的形象，把这些坏事都转嫁了。

黑熊怪文笔绝佳

这位黑熊怪，也保留了一些不俗的特征。例如他并不吃人，而且住的地方相当清雅：

> 行者进了前门，但见那天井中松篁交翠，桃李争妍，丛丛花发，簇簇兰香，却也是个洞天之处。又见那二门上有一联对子，写着："静隐深山无俗虑，幽居仙洞乐天真。"行者暗道："这厮也是个脱垢离尘，知命的怪物。"入门里，往前又进，到于三层门里，都是些画栋雕梁，明窗彩户。只见那黑汉子，穿的是黑绿纻丝袢袄，罩一领鸦青花绫披风，戴一顶乌角软巾，穿一双麂皮皂靴……

孙悟空一见这洞府，就说"这厮也是个脱垢离尘，知命的怪物"。纻丝，就是染色的丝织成的缎子。吴自牧《梦粱录·物产》："纻丝，染丝所织诸颜色者，有织金、闪褐、间道等类。"乌角

软巾，更了不得，是一种古代葛制有折角的头巾，常为隐士所戴。杜甫的《南邻》诗："锦里先生乌角巾，园收芋栗未全贫。"这就是一副名士的做派。

况且这黑熊的文笔，也不是盖的。他给金池长老写的那封信，绝对四平八稳，不带一点妖精气：

> 侍生熊罴顿首拜，启上大阐金池老上人丹房：屡承佳惠，感激渊深。夜观回禄之难，有失救护，谅仙机必无他害。生偶得佛衣一件，欲作雅会，谨具花酌，奉扳清赏。至期千乞仙从过临一叙。是荷。先二日具。

侍生，是明清时书信里后辈对前辈的谦称。回禄就是火灾。这信居然是狗熊写的！所以清人有句批："既与东土相隔万里，定然书不同文，何况怪物乎？此帖却宛然唐风。大奇！大奇！"

所以作者对黑熊怪是很有好感的，他一不吃人，二不害人，交接的朋友，如苍狼怪、白花蛇怪，在一起谈论的是"立鼎安炉，抟砂炼汞，白雪黄芽"，看上去也不是什么吃人的角色。所以观音菩萨对孙悟空说："那怪物有许多神通，却也不亚于你。"以至于把他收为守山大神了。

黑熊怪是孙悟空的替代品

我们知道，观音把紧箍咒给了孙悟空，把禁箍咒给了黑熊怪。黑熊怪为何获得和孙悟空差不多的待遇呢？

这方面资料很少，我只能提出自己的推测。

在《西游记杂剧》以及《朴通事谚解》提到的《西游记》里，花果山都不在东胜神洲，而是在唐僧必经的西天路上。而且，这两个版本的西游故事，男主角都是唐僧，所以故事都是从唐僧从长安出发讲起的。

但今天的《西游记》更换了男一号，从唐僧变成了孙悟空，就把孙悟空出生的故事放到了最前面。这时，再把花果山放在“西域”的唐僧取经路上，就非常不合适了，所以，把花果山整个移走，移到一个和取经路线无关的位置，才能凸显孙悟空的独立性。况且，这个位置，也就是东胜神洲，本来也是齐天大圣信仰的发生之地，回到东胜神洲，也算实至名归。

但是，花果山从西天路上搬走之后，势必会留下一些痕迹，比如“仙衣会”。为什么不把“仙衣会”情节一起带去花果山呢？今天的孙悟空不也偷了蟠桃御酒仙丹了吗，多偷一件王母仙衣，又有什么关系呢？这个也好理解，他偷仙衣没有用！这是孙悟空形象提纯造成的。在早期故事如杂剧里，孙悟空偷仙衣，是为了宠他老婆的。但今天《西游记》里，作者刻意删掉了这些东西，于是，孙悟空偷蟠桃、御酒、仙丹都可以理解，但他本来就有一身盔甲，也没有老婆，还偷王母仙衣做什么？

然而，作者觉得“仙衣会”是个好玩的情节，不写可惜了，正好唐僧身上也有一件著名的袈裟，干脆借坡下驴，编一个黑熊怪盗袈裟的故事。这也造成了今天的佛衣会故事诸多不合理之处。比如，早期的猴精偷了仙衣，招呼左邻右舍的妖精来吃饭，合情合理，因为离天宫毕竟太远了。饶是如此，还有小神仙跑到天宫告了密。今天的黑熊怪，离观音院区区二十里路，还要招左

邻右舍的朋友来吃饭，岂不是不打自招？

可以看出，黑熊怪是原始西游故事里孙悟空的一个替代品、一个分身，是替孙悟空留守在此，完成仙衣会任务的。所以书里对黑熊怪的描写，第一，是菩萨说的："有许多神通，却也不亚于你（孙悟空）。"第二，他的做派，和其他妖怪大大不同，仙风道骨，超凡脱俗。第三，他的住处黑风山，名字好像一般，但作者处处点染，"万壑争流，千崖竞秀""却赛蓬莱山下景""却也是个洞天之处"，一句差评都没有，待遇和花果山一样。这和后来的妖山妖洞，动辄"屹嶝嶝怪石，说不尽千丈万丈挟魂崖"，是完全不同的。尤其是"洞天"，作者很少用这个词形容妖精住所，这反倒和花果山相似了！

而且，这座黑风山，在《西游记杂剧》里是猪八戒的山头。也就是说，黑熊怪故事把老西游故事里猪八戒的某些元素，也借用来了。

需要注意的是，收服孙悟空和收服黑熊怪的地点是紧挨着的，这两个故事在书里也是紧挨着的。早期西游故事里，孙悟空偷仙衣，也是在这个逻辑上的位置发生的！

知道了这些，我们大概也可以理解，菩萨给黑熊怪一个箍儿的原因了。那就是，黑熊怪继承了旧故事里孙悟空的成分，兼吸收了一点猪八戒的成分，他的地位和孙悟空是有的一拼的。

火烧观音院的原型

先说西北师范大学郝润华先生的一个推测：火烧观音院的前半段，似乎与日本真人元开的《唐大和上东征传》有关。《唐大

和上东征传》不是讲西游的，反倒是讲“东游”的鉴真大师应日本朝廷的邀请赴日弘法的经历。

这本书中记载了这样一件事：日本于宝龟八年（777）派遣唐使到中国报告鉴真大师逝世的消息，在扬州龙兴寺举行大法会纪念。这座龙兴寺曾经失过火，所有的房子都被烧毁了，唯独鉴真大师住过的房子没有被烧。

这场大火，貌似还很有名。日本僧圆仁有一部《入唐求法巡礼行记》也记录了，而且更加详细。说这座寺曾经起过一场大火，房子都烧着了，渐渐烧到法华院，有一位高僧灵祐，在法华院的禅堂里诵《法华经》，忽然院里刮起一阵大风，吹回了火，保全了禅堂，所以这座禅堂又称“回风之堂”。

这两段故事，和今天《西游记》里火烧观音禅院的故事有相似之处。此外，旧小说里也经常有类似故事，比如《太平广记》记载僧人法智，出门在外，走到一片荒草连天的漫洼野地里，忽然一阵大火，四周野草呼呼地烧了起来。法智急忙默诵观世音菩萨圣号，结果这片草地全都烧尽了，唯独法智容身的地方一点事没有。

晋朝有个叫竺长舒的，天天念《观世音经》，后来在吴中，城里失火，眼看着民宅一栋接一栋地烧了过来。竺长舒家正在下风头，他赶紧一心一意念《观世音经》，结果火头快要烧到他家时，一阵大风一下子把火头吹回，火就灭掉了。城里有几个小混混，听说竺长舒这么灵，很不忿，说：“哪天咱们去点他家房子，看他是不是真不怕烧。”过几天晚上，这几个混混趁大风正紧，带着干柴火把去烧竺长舒家。结果堆好柴后，这几个混混围着房子转着圈点火，怎么点也点不着。折腾了一宿，也没点成。天亮

竺长舒出来了，几个混混吓得赶紧磕头求饶。竺长舒说：“我也没什么神通，只不过念《观世音经》，凡事就逢凶化吉。”

这几个故事，都有两个相同的特点：一是大火一起，别的地方都化为灰烬，有高僧坐镇的房子或地方烧不着；二是都有观音菩萨保护。灵祐和尚那个故事，虽然没有提到观世音，只说念的《法华经》，但我们只要知道赫赫有名的《观世音普门品》正出自《法华经》，就会觉得这事和观音姐姐也不是没有一点关系。尤其是竺长舒这个故事：住房独存、坏人纵火、坏人求饶，以及《观世音经》，这几个都全了。

其实《观世音普门品》里就有：“若有持是观世音菩萨名者，设入大火，火不能烧。”当然，并不是说《西游记》就是从这几个故事里取材的——何况这火也不是念观音圣号才灭的，观音自己还保护不了她的“留云下院”，只是说，观音信仰历来和火灾中的奇迹有关而已。

一些小问题

火烧观音院的故事里，还有几个有意思的小问题。

1986 版电视剧《西游记》，孙悟空见到黑熊怪，有这样一句台词：“你这妖怪，是烧窑的，还是卖炭的，真个是黑得俊俏。”其实原著中是这样的：

> 行者暗笑道：“这厮真个如烧窑的一般，筑煤的无二，想必是在此处刷炭为生，怎么这等一身乌黑？”

这里涉及一个名词，筑煤。光看表面意思，好像就是挖煤，其实这是个误解。筑煤是捣墨的意思。古代制墨，不是今天的墨汁，而是墨锭，这种墨锭是用松枝烧烟，烧出的灰称为煤。制成墨锭之前，要用杵捣细，称为“筑煤”或“捣煤”。墨上经常写“五万杵”“十万杵”，这就是用杵捣墨的次数。清沈钦韩《宁国县志物产风俗序》：“柏子榨油，松明筑煤。”明程嘉燧《古松煤墨记》：“余博访烧松捣煤之法。”这都说的是制墨，而不是挖煤矿里的煤。

刷炭也与制墨有关。古代制墨，将松枝放在竹棚内燃烧，烧尽后，煤烟会附着在棚顶，刷取棚顶炭灰作为制墨锭的原料，故称“刷炭”。一般来说，古代的煤反倒多指这种煤灰，指今天的煤块是比较晚的事。

《天工开物》制墨中的“刷炭”（明崇祯刊本）

另外就是观音院的组织。我们看到，金池长老在观音院内部

还是很有声望的，而且徒子徒孙众多。这座观音院，很可能就是所谓“子孙庙”。一般来说，禅宗寺院，分十方丛林与子孙丛林。十方丛林可以公开传戒，聘请高僧担任住持，寺产由僧团共管。子孙丛林不能公开传戒，但住持必由本寺僧人担任，即可以世袭，寺产为师徒私有，僧人可以自行收徒，徒又收徒，于是形成师祖、师父、徒弟、徒孙类似家族的支系，一个支系称为一个房头。所以《西游记》后文说此寺有“七八十个房头，大小有二百余众”，就是一个很大的“子孙丛林”。

猪八戒本来不是二师兄

第三号重要人物猪八戒，终于出场了！

今天的《西游记》里，猪八戒是二师兄，孙悟空是老大，沙和尚老三，但早先的排行，并不是这样的。

沙和尚本来是二师兄

朝鲜有一本汉语教科书《朴通事谚解》，记录了元代的一部《西游记》，里面讲到唐僧师徒四人，是这样的：

> 唐太宗敕玄奘法师往西天取经，路经此山，见此猴精压在石缝，去其佛押，出之，以为徒弟，赐法名悟空，改号为孙行者，与沙和尚及黑猪精朱八戒偕往。在路降妖去怪，救师脱难，皆是孙行者神通之力也。

这当然只是对原著情节的概述。但有意思的是，三个徒弟的顺序是孙悟空、沙和尚、朱八戒，和今天的不一样。

是不是作者随便那么一写呢？不是的，《西游记杂剧》里也是先收孙悟空，再收沙和尚，最后收猪八戒。

《西游记》里，孙悟空负责降妖除怪，伺候人跑腿的事断乎是不肯干的。沙和尚是唐僧的贴身侍卫，只有当唐僧身边只剩他一人的时候，妖魔袭击，他才出手。唯独猪八戒，工作内容很不固定：平时他得挑行李；孙悟空打妖怪需要帮手，他也得上；伺候唐僧的起居，也是他的活。这正是打杂“临时工”的角色。所以猪八戒在盘丝洞那一回，有这么一句话：“三人出外，小的儿苦。”按说他这时已是“二师兄”，无论怎么算也不能说“小”。这句话既表明了他的“苦”，也正好透露了他本来排行的一点痕迹。

这里需要说的一点：我们印象中是沙和尚挑担子，这其实是1986版电视剧《西游记》给我们带来的印象。实际上在原著里，这个担子大多数时间是猪八戒挑的，最后他也是因为“挑担有功”，被如来封了个净坛使者。

降妖、牵马、挑担三者，孰贵孰贱？肯定是降妖 > 牵马 > 挑担。降妖就是领导的办公室主任，牵马就是领导的司机，挑担只能算作临时工。挑担这个活，在旅行中是最累人的，一般都由队伍中等级最低的人来干。所以在乌鸡国救活了国王，孙悟空就对猪八戒说：

> “八戒，你行李有多重？”八戒道：“哥哥，这行李日逐挑着，倒也不知有多重。”行者道：“你把那一担儿分为两担，将一担儿你挑着，将一担儿与这皇帝挑。我们赶早进城干事。”八戒欢喜道：“造化！造化！当时驮他来，不知费了多少力。如今医活了，原来是个替身。”那呆子就弄玄虚，将行李分开，就问寺中取条扁担，轻些的自己挑了，重些的教那皇帝挑着。

这里又临时收了一个国王当徒弟，孙悟空安排给他的活，不是去替沙和尚牵马，而是去替猪八戒挑担。

大概在明代以后的西游故事里，猪八戒就变成二师兄了。他为什么被“升职”了呢？

猪八戒的资本

猪八戒在师徒中的排名，本来是最后的。从西游故事的演化来看，猪八戒也是最后加入的。在较早的《大唐三藏取经诗话》里，就已经有了猴行者和深沙神——虽然这位深沙神还没有加入取经队伍，但已经是很有名的人物了——这时还没有半点猪八戒的影子。直到《西游记杂剧》时期，八戒才跑进了剧情里，而且很有意思，他是带着一个完整故事来的。

话说裴太公有个女儿，自幼许给朱太公的儿子朱公子为妻。不料朱太公家道中落，裴太公想悔婚。裴姑娘夜夜祷告苍天，要和朱公子在一起。不料引来了黑风山的黑猪精。他变化成人形，假冒朱公子，把裴姑娘骗到山里。这时唐僧师徒赶到。孙行者就把裴姑娘救出，自己变作裴姑娘，引猪精上当。孙行者把猪精打跑，不料猪精把唐僧摄走。孙行者无奈，想起猪精说过：“别的都不怕，只怕二郎神细犬。”就请了二郎神来，放出哮天犬，把猪精捉获。最后裴姑娘和朱公子幸福地生活在了一起。

这种男女双方指腹为婚，男方家道中落，女方家长想悔婚，女孩子执意不肯而生出事来的情节，在元杂剧、明清小说里太多了！诸如《钱大尹智勘绯衣梦》《苏县尹断指腹负盟》等等。猪

八戒变作了朱公子引诱裴姑娘，最终遭到降伏，裴姑娘和原男友喜结连理。这就是一个完全独立的故事，只要把降伏猪精的人换个名字，就可以拉到《西游记》里来了。

所以猪八戒和孙悟空差不多，他也是带着强大的演艺资本与取经剧组来谈判的。他虽然不像孙悟空那样有一堆龙套小弟，却带来了一个好剧本，这就是指腹为婚—悔婚—遭变—解决问题—情人团圆的经典剧情。这种剧情，放到哪里演都很叫座，完全可以独当一面。

而深沙神与孙悟空、猪八戒相比，就差远了，他的故事基本依托于佛教故事而存在，本土化的空间，既不如孙悟空，也不如猪八戒。所以猪八戒一来，他的地位必然下降。这个下降趋势，一千年以来一直存在，一直下降到1986版电视剧《西游记》，沙和尚去挑了担子，可谓降到极点了！

不妨这样看，孙悟空和猪八戒，因为各自都有原公司的班底，都参与了取经故事的控股。孙悟空不但控股，而且后来居上，控了一半以上，包括了原来的大股东唐僧让出的三成股份；猪八戒因为是带着一个小演艺公司进来的，也有一成股；剩下的一成，才勉强分给沙僧、白龙马，他们都是来打工的！所以取经路上，孙悟空戏份最多，其次是唐僧，再次是猪八戒，最后才是沙和尚和白龙马。作为对新股东的照顾，将猪八戒升为二师兄，是合情合理的事情。

猪八戒升为二师兄，还有一个原因，就是他天生的喜感。他和孙悟空正好是极端的一对：一个极瘦，一个极胖；一个灵活，一个笨拙。所以，孙悟空天天干的事，就是吃饭、睡觉、戏弄八戒。如果还把猪八戒派作老三，中间夹个不解风情的沙和尚，孙

悟空就很难和猪八戒搭上戏，因为猪八戒需要看两位师兄的脸色行事，孙悟空也不好事事越级，直接拉猪八戒做事，那样置“二师兄”沙和尚于何地！沙和尚面对这位天天被戏弄的师弟，是罩着好呢？还是无视好呢？

夜读高太公

百回本《西游记》高老庄的故事里，仍然有裴姑娘和朱公子的影子在。只不过，小帅朱公子和猪精本来是两个人，在高老庄故事里，被作者捏为了一个人。“初来时，是一条黑胖汉，后来就变作一个长嘴大耳朵的呆子。”他变成了猪模样而遭高太公退婚，这和“家道中落”而遭裴太公退婚没有什么本质区别。有趣的是，《西游记》这段，把高太公的心理写得极出彩，可谓入木三分：

> 行者道：“这个何难？老儿你管放心，今夜管情与你拿住，教他写个退亲文书，还你女儿如何？”高老大喜道：“我为招了他不打紧，坏了我多少清名，疏了我多少亲眷；但得拿住他，要甚么文书？就烦与我除了根罢。”

呜呼，这最后一句话，寒夜间可以让后脊发凉！猪八戒对高太公有什么不好？对高小姐有什么不好？又何至犯下了死罪？猪八戒变脸之后，品格、能力又何尝发生了变化？这是变成猪脸了，尚有借口，假如他本是壮汉，忽然不幸病残了呢？高太公怎就如此下得狠心，就要除根？理由呢，并不是他女儿不幸福，竟

是“坏了我多少清名，疏了我多少亲眷”。在高太公看来，这些竟比他女儿的幸福还要重要。世态人心，本来如此，哀哉！

所以后面作者借孙悟空之口，将他小小地申斥了一番：

> 那老高上前跪下道：“长老，没及奈何，你虽赶得去了，他等你去后复来，却怎区处？索性累你与我拿住，除了根，才无后患。我老夫不敢怠慢，自有重谢。将这家财田地，凭众亲友写立文书，与长老平分。只是要剪草除根，莫教坏了我高门清德。”行者笑道：“你这老儿不知分限。那怪也曾对我说，他虽是食肠大，吃了你家些茶饭，他与你干了许多好事。这几年挣了许多家赀，皆是他之力量。他不曾白吃了你东西，问你祛他怎的。据他说，他是一个天神下界，替你巴家做活，又未曾害了你家女儿。想这等一个女婿，也门当户对，不怎么坏了家声，辱了行止。当真的留他也罢。”老高道：“长老，虽是不伤风化，但名声不甚好听。动不动着人就说：‘高家招了一个妖怪女婿。’这句话儿教人怎当？”三藏道：“悟空，你既是与他做了一场，一发与他做个竭绝，才见始终。”行者道：“我才试他一试耍子，此去一定拿来与你们看，且莫忧愁。”

孙悟空都看不惯了，说了高太公几句，而这高太公竟然还是不依不饶，只要斩草除根，全然不念旧日恩情、儿女幸福，还在那里口口声声“名声不甚好听”“坏了高门清德”，所以孙悟空说：“我才试他一试耍子。”其实高太公未能过关。

然而高太公的抉择，也是可以理解的，在明清社会，居住在乡村的一个家庭，并不能完全独立于乡村社会之外，名声、口碑依然影响着整个家族的形象。假如众人视你为异类，那就一步都行不通。“清名”尚且抽象，“疏了我多少亲眷”才是具体的着眼处。所以明清文学里那么多婚变的故事，往往都是家长和小情侣之间的价值判断有了分歧。

别说是古代，今天的小县城不仍然如此吗？在一个小县城里，很多时候，年轻人并不是为了自己而活，是为了亲戚、为了家长、为了熟人而活的。他们牺牲了很多东西，只是为了和“大家”一致，也就是那点儿所谓的“清名”。“清名”自然不同于“盛名”“高名”。“清”，就是不要被人议论，就是不要被看作异类。这种无形的压力岂不够深够重？岂不知“异类”和“妖怪”，在某些语境下是同义词么！

另外，把朱公子和猪精写成一个人，正是会写故事的人的处理方法。因为百回本《西游记》里高老庄这一节，实在不宜节外生枝，再多出一个“朱公子”和“裴姑娘”的爱情故事来。这就和原著的风格不搭了。

这里多扯一句，孙悟空变作高翠兰，引诱猪八戒上当，这一桥段，古代小说也是到处用的。《水浒传》有一出“小霸王醉入销金帐”，写小霸王周通要娶刘太公之女，不料鲁智深藏在绣房帐中，将周通痛打一顿。乃是并无调情，一上来就开打。《说岳全传》里写牛通假冒赵王之女，藏在帐里，打死了强娶亲的镇南关总兵黑虎。两者都是这一路写法，但都不如《西游记》写得一张一弛，委婉多情，如闺中枕畔问答，1986 版电视剧《西游记》基本照实演了。

猪八戒的前妻

猪八戒其实是有前妻的，这个人，今天市面上的版本基本都写成“卵二姐”：

> 菩萨道：“此山叫作甚么山？”怪物道：“叫作福陵山。山中有一洞，叫作云栈洞。洞里原有个卵二姐。他见我有些武艺，招我做了家长，又唤做倒踏门。不上一年，他死了，将一洞的家当尽归我受用……”

“卵二姐”死了之后，猪八戒才去高老庄入赘，高翠兰是他下一任妻子了。

“卵二姐”该怎么理解呢？没有人讲得清楚。实际上这是清代以后版本犯的错误。这个字，无论在最早的世德堂《西游记》，还是《西游证道书》，还是《西游原旨》，清一色写的都是“卯二姐”。唯独到了一个很晚的本子《新说西游记》里，不知为何改成了“卵二姐”。今天市面上都沿用了这个错误，实在是不应该的。

世德堂本写的是“夘二姐”，“夘”是“卯”的异体字，并不是“卵”字，就像“柳”也写成“柳”一样。

这就涉及《西游记》一个隐藏的逻辑了，也就是这位作者或这一时期的作者，特别喜欢讲术数，讲五行配合。因为星命术认为，十二地支互有冲犯和合，故分为四组：申子辰合水，寅午戌合火，巳酉丑合金，亥卯未合木。而《西游记》以猪八戒属亥，配五行之木，如果用干支来给他配对，那只能配“卯二姐”或“未

二姐”。这正是取亥卯属木、能相互和合之义。

但是，为何不是“未二姐”而是“卯二姐”？干支里卯属兔，未属羊。这里我很同意北师大李小龙先生的说法。嫦娥最有名的卖萌设备，不就是那只成天抱着的兔宝宝嘛，而猪八戒就是因为戏弄嫦娥才被贬下凡的。给他配个兔老婆，大概是天蓬元帅的嫦娥之梦在人间的降级以求。嫦娥抓挠不上，每天抱个兔老婆睡觉，也算是差强人意了！

八戒你山寨了！

《西游记》里有许许多多看似中规中矩、实则禁不住细想的事，比如猪八戒的“八戒”这个名字。

“八戒”是个什么鬼

猪精被孙悟空降伏之后带回了高老庄。唐僧一见面，就给他起了个名字，叫“八戒”，理由是：

> 悟能道：“师父，我受了菩萨戒行，断了五荤三厌，在我丈人家持斋把素，更不曾动荤。今日见了师父，我开了斋罢。”三藏道：“不可！不可！你既是不吃五荤三厌，我再与你起个别名，唤为八戒。”那呆子欢欢喜喜道：“谨遵师命。”因此又叫作猪八戒。

现在问题来了：五荤三厌（也叫五辛三厌、五腥三厌）是什么？

五荤又称“五辛”，是佛教的饮食禁忌，一般指大蒜、小蒜、洋葱、葱、薤五种有刺激性气味的食物。当然，具体是哪五种，不同的典籍有不同的说法。道教也借用了这个词，如《洞玄灵宝

道学科仪》，就明确说明“五荤”是不能吃的。

但“三厌”是道教自有的说法。道教认为，天上的雁有夫妇伦常，地上的狗有保卫家的用处，水里的乌鱼有忠敬之心，不准食用这三种食物，叫“三厌”。当然也有不同的版本。有些道教流派也是不戒肉的。佛教戒杀生，凡是肉就吃不得，何况是雁、鱼、狗？所谓“八戒”就是戒“五荤三厌”，假如不是故意这样解释的，就是这位作者完全不熟悉佛教戒律。

佛教里类似“八戒”的说法，倒也不是没有，那就是“八关斋戒”，又叫“八戒斋”，包括：不杀生、不偷盗、不非梵行、不妄语、不饮酒、不非时食、不化妆歌舞、不坐卧大床。

历史上，也确实有位叫“八戒”的和尚。他是李商隐的朋友，李商隐给他写过一首诗：

> 五色琉璃白昼寒，当年佛脚印旃檀。
> 藕丝织出三衣妙，贝叶经传一偈难。
> 夜看圣灯红菡萏，晓惊飞石碧琅玕。
> 更无鹦鹉因缘塔，八十山僧试说看。

这位八戒，住在四川金堂县的三学山。然而这是佛教的八关斋戒的“八戒”，而不是戒五荤三厌冒牌的“八戒”了。

那么猪八戒的“八戒”就是道教抄袭佛教？这也高估他了。真正的道教徒也讲“八戒”，他们所谓的八戒有两种。第一种是皈依三宝和五戒的合称：皈依道、经、师，加上五戒，即戒杀、盗、淫、妄语、酒（这一点也是从佛教抄的）。第二种是五戒，再加高广大床、歌舞、化妆，见于陆修静《受持八戒斋文》，这

才是真正的道教“八戒”。

而管“五荤三厌”叫八戒，佛道二藏根本没有！

为什么呢？因为无论佛教、道教，一位真正的宗教徒所守的戒律，要涉及各种生活行为，比如戒杀、盗、淫、妄语、酒。这里的每一个，都是生活中的大题目！前面四个是根本戒，看上去简单，其实细想想，平常人谁守得住？你能不打个苍蝇，看看荤段子，说哪怕一句谎？所以，这五戒在佛、道二教，才是最根本的东西。猪八戒这“八戒”，看似有八条，说来说去，全是在嘴上找辙，无非是不吃韭菜，不吃蒜，不吃飞禽锅、狗肉煲、黑鱼汤，意思意思也就得了，这实在是极轻极轻的约束。

翻翻古书就会发现，天天念叨五荤三厌的，既不是佛教，也不是道教——人家的戒比这个重得多——而是民间人士！比如和《西游记》同时代的《涌幢小品》，就明说“五荤三厌”是“俗说”。民间端午插个艾蒿啦，搞个祭祀啦，就想起戒五荤三厌了。因为老百姓既戒不了杀生，也戒不了说谎，充其量只能在嘴上意思一下而已。所以猪八戒的“八戒”，是道教先借用了佛教内容，民间又借用了道教的称呼，真是个层层套娃的结构。

天蓬元帅和天河水军

猪八戒下凡前是天蓬元帅，同时又总管天河八万水兵。他为啥有这样一个官职，又为啥会去调戏嫦娥？这两点，学界的认识倒是很一致：第一，猪是主水的；第二，猪是好色的。

猪对应水的传统是相当早的。《周易》里就说“坎者，水也”，又说“坎为豕”，豕就是猪。同时，《史记》中“天豕”也是主管

沟渠的。大禹治水，也有一头神猪来给他当向导。另外，十二地支的亥，属相为猪，也是配在北方水位的。

天蓬元帅作为真武信仰里的北极四圣之一（其他三位是天猷副元帅、真武将军和黑煞将军），也是北方之神，北方按五行属水，所以天蓬元帅也可以说是司水之神。道教有许多咒语，就是向天蓬元帅求雨的。

在古代的小说和志怪里，猪又很淫。比如牛僧孺的《玄怪录》就说，有一个猪精名叫乌将军，每年要给他进贡女子，否则就要降下风雨雷雹。

关于猪八戒的原型，大家讨论得倒是很多。比如《西游记杂剧》中，猪八戒自称摩利支天部下御车将军，而御车将军是摩利支菩萨的坐骑金色猪，来自印度佛经故事。敦煌的《大摩利支菩萨图》，就有一只猪头人身的神像，两手张开做奔走状。还有说猪八戒是本土猪精，比如上文乌将军。大概到了元代，这些形象就混合成猪八戒了。

关于猪八戒的选择题

假如我们给猪八戒定个性，下面哪个选项，最符合《西游记》原著作者的设定呢：

A. 好色　B. 贪婪　C. 懒惰　D. 愚拙

猪八戒最明显的特点，似乎就是好色。然而原著并没有这样说，面对女色的诱惑，原著永远只是说猪八戒“动心”：见了白骨精变的美女，“呆子就动了凡心”；见了嫦娥来收玉兔精，就“动了欲心”；见了女儿国的美女，“那呆子看到好处，忍不住口嘴流

涎，心头撞鹿”；见了真真、爱爱、怜怜这种大考验，写的纵然是“淫心紊乱”，也只是紊乱了而已。突出的是一种当下性、被动性，是在一定的外部条件下产生的心理状态，而不是贴标签似的给猪八戒定性。

那么，《西游记》说猪八戒贪心吗？也不曾。懒惰呢？也没有。比如黄袍怪那一回，小白龙请求猪八戒去请孙悟空，也只是说：“师兄呵，你千万休生懒惰。”着眼点还是“生不生懒惰”，而非你“是不是懒惰”。

其实这就看出《西游记》的高明之处了。我前面说过，今天这部《西游记》，对人心的见识，可谓透彻极了。那种理解之同情，也是温和极了。它既不成天吼着坚持什么，也不慷慨激昂地鞭挞什么。我们天天说的那些撑着劲的话，它都没有，它只是平静地、真诚地去面对人心多变这样一个事实。

我们经常这样评价别人：某某某可贪了。某某某可好色了。某某某可懒了。还免不了人前面后大加讨伐一番。从此，我们对某某某就存有厌恶之心了，原来的好感，慢慢被失望取代，渐渐与之形同路人了。

我们不但给别人贴标签，也会这样责备自己：为什么这么懒惰？为什么这么贪吃？为什么这么……对自己也生起厌恶之心了。

我们厌恶别人，厌恶自己，这种厌恶，慢慢笼罩在所有人的头上。于是，我们觉得世界无非是这些贪婪、好色、懒惰的集合。身边的人不好，自己不好，连整个世界都不好了。

其实，给别人和自己贴标签，是没有半点意义的，因为并没有抓住问题的本质——贪婪、好色、懒惰，都是在特定的条件下生出来的“心”，而不能说是本来固有的“性”。所以猪八戒见

了菩萨变的美女，“色胆纵横”是真的；被惩罚后，他“羞耻难当”“更加惭愧”，对唐僧说：“从今后再也不敢妄为。就是累折骨头，也只是磨肩压担，随师父西域去也。”这话也是真的。美色在前，就生起淫心；严师在前，就生起惭心。很快，见到白骨精变的美女，他又“好色”了。我们决不可因此就说猪八戒心口不一，原著对他的评价只是“动了凡心”！这是多么宽容、厚道的笔墨！了解了这些，也就了解了我们自己，了解了我们身边的人，并非那样的不堪，很可能只是一时动了贪心、动了欲心、动了惰心。

我觉得传统文学的高明之处，就是总有一种同情的底色。《西游记》里的猪八戒，写尽了人的弱点甚至丑恶之处，可我们丝毫不觉得他有多么可厌：一方面，我们自己也有类似的弱点；另一方面，原著的笔墨，总是有一种温和、同情与友好。

原著的判词

然而《西游记》也绝不是和事佬，不但不会放任这些现象存在，而且追得更深。作者给八戒经常作的判词是什么呢？

> 八戒生得笨（第三十八回）、八戒生来粗鲁（第四十七回）、八戒无知（第五十五回）、呆子粗鲁（第五十五回）、八戒是个嘑头性子（第七十五回）、猪八戒村愚（第八十七回）、那八戒一生是个鲁笨的人（第八十九回）、八戒村野（第九十六回）。

这样的评语，其实是非常善意而具有佛心的，这比说八戒贪心、好色、懒惰高明多了！要知道，贪婪、懒惰、好色，都是基于社会关系上的。这几个标签抛出去，无疑是给人加了恶名。可粗鲁、笨拙则不然，它不涉及社会关系，只涉及人本身。任何文学或生活里，决不会因一个人笨，就把他一棍子打死。

况且，这评语是抓住了本质的！也不是贬低。因为原著在一定意义上，是把取经队伍当作一个修行的人来写的：孙悟空是人心智的代称，相当于我们用来思考的“思维脑”。猪八戒实际上就是本能的代称了——他很像我们大脑中的爬行动物脑和哺乳动物脑，它们通常是无意识和自发的。它们产生的是本能上的各种冲动。所以猪八戒所有的贪心、好色、懒惰，都是从这个无意识上生出来的。就像男人天生就自带看见美色就兴奋的能力，这不归他心智管的。关于师徒的这些分工和象征，后文还会提到。

所以猪八戒一直就是西游队伍里最有人气的人物，我们乐呵呵地看他，他也乐呵呵地对待我们，互相都不觉得讨厌。尽管我们知道，他身上有各种各样的不足。

然而，人类的本能就好色、就贪婪、就懒惰吗？也许一部分人这样认为，然后施之以批判之名，这就是对人性的“有罪推定”。当然，在西方基督教大文化圈的影响下，是可以这样讲的，我也不拒绝理解这种思路。但我一直说：我们东方的佛、道、儒三教，都是极温和且极宽厚的，讲的是：随缘而起、自然而生、从心而动，从来不要死要活地批判谁，或批判自己的心智抑或本能。当我们向同胞或向自己横眉立目地拔刀亮剑，致使双方都伤痕累累的时候，别忘了这伤口流出的，依然是东方人温和而宁静的血液！

乌巢禅师的《心经》密码

在高老庄收了猪八戒之后，唐僧师徒马上经过了一个奇怪的地方：乌巢禅师的浮屠山。

乌巢、鸟窠、乌窠、鸟巢

网上流传着一些说法，说猪八戒隐藏得很深，乌巢禅师也不是一般人，是如来或观音，甚至太上老君的化身云云，是他教给了猪八戒本事云云。其实吧，只要我们一看标题为“大揭秘”“惊天秘密”之类的解读西游的文章，里面十有八九是这种阴谋论论调。当然可以娱乐一下，关键是个别朋友当真的听，这就不好了。

这位“乌巢禅师”的名字，有人解释成乌就是黑，巢就是窝，所以乌巢禅师就是黑窝老大等等。这就是太不了解这位禅师的来历了，因为他本来也不叫“乌巢禅师”，而是叫“鸟窠禅师”。

这个故事出自《五灯会元》，故事是这样的：

杭州有位禅师，见秦望山有一棵很老的松树，这位禅师就在松树上边搭了个窝，因为像个鸟窝，所以人称“鸟窠禅师”，又称“鹊巢和尚”。白居易任杭州太守时曾去拜访他，说：“禅师住处甚危险。”禅师说：“太守更危险。”白居易不解，禅师说：“薪

火相交，识性不停。”白居易又问：“什么是佛法本意？”禅师说：“诸恶莫作，众善奉行。”白居易笑了，说：“这话三岁小孩都会说。”禅师说：“虽然三岁小孩都会说，可就是到了八十老翁都未必做得到！”白居易大悟。

为什么《西游记》变成了“乌巢禅师”呢，这也很简单，就是“乌巢”和“鸟窠”两个字太像了，而且他本来也叫“鹊巢禅师”。辗转传写的时候发生了错误，所以，古书里提到这位禅师，什么“鸟巢禅师”（《陵阳集》）、“乌窠禅师”（《梦粱录》）、“乌巢禅师”（《杭州府志》），各种说法都有。其实都指同一个人。何以看见《西游记》里“乌巢”两个字就想到“黑窝”？这也太阴暗点儿了不是？咱们读名著，心里得越读越透亮，总不能越读越阴暗。

《心经》的传授

《心经》的地位，从翻译过来之后，就一路飙升。现在无论车挂饰、钥匙链、开光符都有它。据说现在文艺青年的三大做派，就是香道、茶道、抄《心经》。

很多朋友不知道佛教术语“色即是空”的意思，这里解释下：这个“色”指的不是女色，而是一个佛教术语，专指可以感知的形质。所以《心经》英译本直接翻译成 matter，就是物质的意思。“空”翻译为 voidness，是无效、空无的意思。如果大家觉得“色不异空，空不异色。色即是空，空即是色”不好理解的话，看它的英译本，这句话汉语直译过来是“物质和无效（空无）是没有区别的，无效（空无）和物质也是没有区别的。物质就是无效（空

无），无效（空无）就是物质”——有没有一种量子力学的既视感！

这里需要解释一下：《西游记》一直管《心经》叫《多心经》，其实就是《摩诃般若波罗蜜多心经》的省称，但是规范的简称是《心经》或者《般若心经》。因为“波罗蜜多”是梵语音译，拆解成“波罗蜜”和“多心经”是不规范的，《多心经》是把“多”“心”两个字连读了，但也不能说错了。因为唐朝的怀仁和尚，把王羲之的字收集起来，排成了一篇唐太宗的《圣教序》，最后就附上了玄奘法师翻译的《心经》，怀仁也管这篇经叫《般若多心经》。这事离玄奘大师去世不过短短八年时间，可见这个叫法早就有了。所以启功先生笑话怀仁，说他身为和尚，在佛学上反倒没学问。

其实敦煌出土的唐代文书就有“某人某人出钱抄《多心经》一卷”。唐代的郑预，清代的石成金等学者都曾注《多心经》，可见这个名字早就叫习惯了。这部经，属于《大品般若经》的一节，讲授了大乘佛教最基本的修行原理，所以《西游记》说“此乃修真之总经，作佛之会门也”。

《心经》并不是由玄奘大师第一个传到中国，南北朝时期的鸠摩罗什就已经翻译过《心经》了。但玄奘的译本出来之后，立即风行天下，鸠摩罗什翻译的就渐渐退出大众视野了。《西游记》中记载的就是玄奘法师的译文。

玄奘大师从天竺取回的经典都很重要，但是民间对这些经都不熟悉，所以只能把所有的神奇故事编到一部经身上。既然这部只有二百多字的《心经》在大众中流传这么广泛，玄奘大师又是这篇经的亲笔译者，民间很早就流传着关于这篇经的神奇故事，当然是最好的编故事对象。

经典也会被编故事

这里多扯一句：我国民间，对经典有一种特别神秘的情感。比如《孝经》，按说这是一部儒家经典，没什么可编的故事，谁知汉代以后这部书竟被编出了故事。

话说孔子写完《孝经》之后，抬手将笔轻轻簪于发际，慢慢步出庭院之外。七十二弟子不知何事，纷纷跟随。孔子渊渟岳峙，当门一站。七十二弟子便雁别翅排开。中间走出一人，正是曾子，左手《河图》、右手《洛书》，高叫一声："时辰已到，师父请了！"只见孔子一袭红衣飘飘，面向北极星拱手而立，长揖到地，一连三拜，只听得一声巨响，平地白雾四塞，满天星斗湮没无光。众弟子正在惊骇之际，便听得半空中传来一阵阵利刃破空之声，又好似龙吟虎啸，一条赤虹自天而降，垂到孔子面前。众弟子慌忙跪倒，只见孔子袍袖轻轻一挥，那赤虹便倏尔不见，地上只有一方三尺长的黄玉。

这是《孝经援神契》里的一段故事。和《心经》一样，《孝经》是儒家《十三经》里最短的经典。要知道越短的经典，越言简意赅，越容易被奉为一家学说的总纲，也就越容易被编故事。《左传》《礼记》这样大部头的书，虽然也被编了故事，但远不如《孝经》的故事这么神。

道经的祖宗，同时也是最短的经典《道德经》，也是被编出了故事，这个故事更有名。

关尹喜自幼习得道术，他管辖函谷关时，登上关城一望，见东方有紫气一道，直冲天空。尹喜大吃一惊，道："紫气东来，必

有圣人出现，不可错过。”掐指一算，原来如此，便下城招来第二天守关的兵卒说：“如果明天有一个老者，驾青牛，乘薄板车而来，切勿放他过去。”次日听得关下喧哗，果然见守关兵丁拦下青牛板车一辆，上坐一老者，白袍白须，九十岁开外。尹喜撩袍跪倒，口称：“李先生，小徒接驾来迟！”将老者扶上城楼。老者笑道：“我本欲西行流沙，再不返回中土，见你志诚，就留些文字与你罢！”尹喜连忙呈上笔墨。只见这老者刷刷点点，在两张素帛上一挥而就。一名《德经》，一名《道经》，洋洋洒洒，五千余字，掷下笔墨，大笑而去。尹喜按经书修炼，终成正果。

《孝经》《道德经》都有这么好听的故事，汉译最短的佛家经典《心经》焉能没有？《大唐大慈恩寺三藏法师传》就说，玄奘法师在四川的时候，曾遇到一位肮脏病人，玄奘对他多加照顾，此人就传授法师《心经》一卷。后来在取经的路上，过大沙漠时，无数恶鬼围绕，就是念观音圣号，也不能全部驱除，但只要一念《心经》，恶鬼就全都退散。

等到了宋朝的《太平广记》里，这个故事就发生在取经路上了，情节差不多：

话说玄奘法师往西域取经，正来到罽宾国地界。前方窜出无数虎豹，拦住去路。玄奘法师连忙躲入一间破房。忽然面前现出一位恶臭老僧，口授《多心经》一卷。玄奘连声诵读，一霎时门外万籁俱静，虎豹潜形，这才安心上路，到天竺取得真经而回。

所以，《心经》一直是玄奘法师的护身法宝。他一定要亲笔翻译（此前有别人的译本），甚至将这《心经》用金字写了，装在木盒子里，毕恭毕敬地呈给唐高宗。可见这部经在玄奘法师心中的地位了。

这三部被神化的经典，正是儒、道、释三教的简短经典，也正是三教的核心教义所在。所以，金元之际的全真教祖师王重阳，认为“儒门释户道相通，三教从来一祖风”，用三部经典教授弟子，指的正是《道德经》《心经》《孝经》。

在早期西游故事里，“传授《心经》”也是一个必选剧情，但把故事安排在了取到真经之后。《大唐三藏取经诗话》说师徒取到真经，一查发现唯独没有《心经》。返程时云中现出一位僧人，自称是定光佛，以《多心经》授给法师，说：“授汝《心经》归朝，切须护惜。此经上达天宫，下管地府，阴阳莫测，慎勿轻传；薄福众生，故难承受。”

这一切都是围绕《心经》编的故事。这么重要的故事，明代的《西游记》岂能不演？

《心经》在《西游记》中的寓意

但是，问题来了：为何《西游记》把乌巢禅师授《心经》放在当不当正不正的这个位置？

我当然已不知作者用意为何，但可以这样推测：《心经》的神奇作用第一次出现，就是在《大唐大慈恩寺三藏法师传》（后简称《法师传》）中，第一次发生作用，也正是玄奘法师离开大唐国土，进入沙漠之时。《法师传》提到《心经》，也正是在玄奘法师进入沙漠之前。注意，原文是“至沙河间，逢诸恶鬼，奇状异类，绕人前后。虽念观音，不得全去。即诵此经，发声皆散”。我们看今天的《西游记》，也正是如此：从这时起，唐僧师徒马上要过的黄风山、流沙河，何尝不是沙漠的文学化呈现！所以把

《心经》放在这个位置传授，合乎《法师传》玄奘的本来路线，是合情合理的。

《西游记》里唐僧问乌巢禅师，“定要问个西去的路程端的”，于是禅师给他说了一段韵文，作为取经前途的预言。虽然这预言并没有完全涵盖未来的劫难，但总可看出，授《心经》是一个节点，真正的妖魔鬼怪，就要从这里开始了！

其实此前，唐僧并没有真正碰到过妖怪。出城在双叉岭上遇到的妖怪，太特殊了，几乎不能算。第一，我在前面考证过，这帮妖怪很可能是最晚添进去的，风格怪异，连八十一难难簿都没顾得上改通顺。甚至那个难簿上“双叉岭上第七难”，原来是不是指这件事都不好说！第二，这帮妖怪既没有把唐僧怎么样，也没有受到惩罚，这事又发生在大唐境内，所以不必算在内，此后收孙悟空，收白龙马，收黑熊精，收猪八戒，都不能算是遇到妖怪。黑熊精，他本来就是孙悟空的“善后办公室主任”，是完成“佛（仙）衣会”这个任务的，所以他也分到一个“禁箍咒”，当了守山大神了。我后面要讲的黄风山、黄风怪，是真正意义上西天妖魔的头阵。在踏入西方妖魔地域前，先学一篇《心经》是很有必要的！

乌巢禅师说“多年老石猴，那里怀嗔怒。你问那相识，他知西去路”。这句话，含义也是很深刻的。

第一，作为孙悟空原型之一的猴行者，他在早期西游故事里，更多的是向导而不是护法，从《大唐三藏取经诗话》就可以看出来。法师每到一处，猴行者都要讲解一番这里的情况。但并不是每个地方都有妖怪。

第二，百回本的《西游记》，有用取经队伍来比拟一个人的

修炼的含义。孙悟空代表的是心智，猪八戒代表的是本能，唐僧代表的是修炼的人（姑且这样说，我后续还会讨论）。所以孙悟空一个筋斗十万八千里，一瞬间就能到灵山，但他不能背着唐僧飞过去。这暗示着我们要做什么事情，虽然心能到，但身体不能到，想得到和做得到是完完全全的两回事！所以我们也可以推测，为什么《西游记》要选乌巢（鸟窠）禅师来讲《心经》，因为正是这位鸟窠禅师道出了修行的本义："三岁孩儿道得，八十老翁行不得！"

所以这一路上，孙悟空不断提醒唐僧：

> 唐僧道："徒弟们仔细，前遇山高，恐有虎狼阻挡。"行者道："师父，出家人莫说在家话。你记得那乌巢和尚的《心经》云'心无挂碍；无挂碍，方无恐怖，远离颠倒梦想'之言？……你莫生忧虑，但有老孙，就是塌下天来，可保无事。怕甚么虎狼！"
>
> 忽听得水声振耳，三藏大惊道："徒弟呀，又是那里水声？"行者笑道："你这老师父，忒也多疑，……你把那《多心经》又忘了也？"唐僧道："我……至今常念，你知我忘了那句儿？"行者道："老师父，你忘了'无眼耳鼻舌身意'。"
>
> ……

这样的对话，我们只要翻一翻原著，就会发现一路上有很多。这暗示非常明显：当我们遇到困难的时候，该选择和自己身体中的谁去对话。

要是和本能对话，肯定就是："师父咱不走了""师父咱歇歇吧""师父咱散伙吧"。所以，肯定是和心智去对话，正是心智在不断地提醒自己："不要害怕！不要忧愁！不要退缩！你一定能到的，一定能坚持的！要相信心念的力量！"心智时不时还踩本能几脚："别瞎捣乱！"修行的人，正是在这样的不断提醒、鼓励下，才终于修成正果。

所以这就是百回本《西游记》又一处弹指神通般的精妙武功！原始史料《大唐大慈恩寺三藏法师传》里，有这么一个上佳的《心经》故事材料，但怎么用好，这就看各家讲故事的本事了！

刚才我说了，《大唐三藏取经诗话》里说，《心经》是去了西天，没取到，回来路上被定光佛传授了。然而就这么轻飘飘地一传授，根本没显示出它的地位。

《西游记杂剧》里，《心经》是放在各种经里一起传授的：

> 教弟子每般经装在龙马身上。〔行者云〕领法旨，我递，猪八戒、沙和尚接。《金刚经》《心经》《莲花经》《楞伽经》《馒头粉汤经》。

这里就插科打诨地把这个好资源浪费掉了。而在今天的《西游记》里，《心经》作为一个象征，一个师徒之间对话的话题，一个修行人和心智对话的共识，不断地提起。它把猴行者对唐僧实际路程上的向导，精微内力轻轻一弹，就变成了心智对修行者的向导。

虎先锋：你——看——我——的——脸

虎先锋（李云中　绘）

《西游记》的剧情，在四大名著里可以说是最程式化的了。唐僧取经一路上遇到的妖魔鬼怪，不计其数，看剧情无非是“刚

擒住了几个妖，又遇见了几个魔”，不停地重复，就像陷入了一个循环程序：

```
Do Until 到达西天
    打怪
Loop
    取经
```

唐僧每到一座妖山前面，都要执行一下这样一个逻辑判断：悟空，你看前方高山，可是到了灵山大雷音寺吗？孙悟空总是说：早呢早呢。于是判断条件为假，进入循环，碰到一伙妖怪，继续执行打怪的指令。

但如此程式化的剧情，《西游记》居然写出了不枯燥的感觉，甚至每次我们都盼着看，下一场打怪是什么样子的。这就是高明！大到每座山大 boss 的设计，小到一众小妖，都有可圈可点之处。而今天某些不高明的写手，虽然一部长篇写了几十几百个故事，可看上去好像一回事。我想起唐代李德裕将文章比同日月，“虽终古常见，而光景常新，此所以为灵物也”。意思就是文章同太阳月亮一样，虽然天天见到，一点变化都没有，可是它们投下的光影却千变万化，这就是灵物和死物的区别。

这一讲的虎先锋，就是“光景常新”中的一位。

老虎精的变身术

如果不解释，可能大家都忘记有这样一位妖怪了。他是黄风

山黄风怪手下的小妖，在原著里是黄风怪的先锋，也是他把唐僧摄到洞里去的。

首先声明的是，这座黄风山的归属权，从来就不确定。在《西游记杂剧》里，黄风山的主人是“银额将军”，虽然并没有说他是什么成精，但根据这个名字以及他上场时的唱词：

> 银额金睛锦毛遮，黑雾黄云罩涧斜。为我英雄多勇猛，太山深洞号三绝。某乃银额将军。这座山号曰黄风山。山高、洞深、路险，号曰三绝。山前山后，山左山右，无一人敢近我者。

不难判断，银额将军就是一只老虎精。可见他在早期故事——至少某些早期故事里，本来是黄风山的首领（《朴通事谚解》里的黄风怪，没说是什么成精），但百回本《西游记》的鼠精黄风怪一来，它就降为先锋了。可见造化不仅弄人，也弄妖，虎先锋是倒霉催的了。

这位虎先锋最大的特点，是法术很原始，我们看书里写他第一次出场：

> 说不了，只见那山坡下，剪尾跑蹄，跳出一只斑斓猛虎，慌得那三藏坐不稳雕鞍，翻跟头跌下白马，斜倚在路旁，真个是魂飞魄散。八戒丢了行李，掣铁钯，不让行者走上前，大喝一声道：“业畜！那里走！”赶将去，劈头就筑。

然后他是怎样还击的呢？

> 那只虎直挺挺站将起来，把那前左爪抡起，抠住自家的眼膛，往下一抓，滑刺的一声，把个皮剥将下来，站立道旁。

他战败之后逃走，孙、猪二人“赶着那虎，定要除根。那怪见他赶得至近，却又抠着眼膛，剥下皮来，苫盖在那卧虎石上，脱真身，化一阵狂风，径回路口”。

这里说明一下，现在流行的版本，“眼膛”都改成“胸膛”了，这和我之前说过的“水头揭谛”一样，也是没有校世德堂底本，而是根据后代的本子印的。“眼膛”比“胸膛”效果好太多了，而且只有抠住“眼膛”才能“往下一抓”，抠住胸膛怎么“往下一抓”？只能往“两边一分”了！

早期西游故事《大唐三藏取经诗话》里，猴行者与玄奘法师遇到了白虎精，白虎精变作妇人，被猴行者识破，于是妇人“张口大叫一声，忽然面皮裂皱，露爪张牙，摆尾摇头，身长丈五”。这个变形，是从脸部开始的。

《太平广记》里有一个故事《易拔》，说晋朝的豫章郡有个小官叫易拔，趁轮岗间隙回了家，谁知他这一回就一直在家待着，死活不回来上班了，上司急了，说：“怎么这年头人人不想上班？”就派了个人到他家去催，一看，易拔和平时也没什么不一样，还给客人摆饭款待。来人说：“你赶紧上班去，上司都等急了。”易拔半天没言语，忽然把脸伸过来，幽幽地说：“你～看～我～的～脸～啊（汝看我面）。”这人抬头一看，只见易拔眼角

渐渐裂开，一道道裂纹逐渐在他脸上蔓延，而且泛出可怕的黄斑色！这人大叫一声，吓昏在地，易拔就化作了一只三足大虎，从此蹿入山林，再也没有出来。

所以，这里的“你～看～我～的～脸～啊”，明显就是今天鬼故事类似情节的远祖。今天很多鬼故事比如“不要看我的脸”“没有脸”，同书还有个故事《王用》，也是这样的：王用背对他老婆不停砍柴，怎么喊他也不回头，突然一转脸，已经变成了老虎。其实都是通过脸部的变异表现恐怖的。

再比如高畑勋《平成狸合战》就有这个情节：一个倒霉蛋碰上了狸子变的无脸女人，进入超市躲避，谁知超市里这些人也都是狸子变的……“你看到一个没有脸的女人，是不是像我们这样啊……”

当然，举例的几个故事是人变虎，虎先锋故事是虎变人，但效果都是一样的。这虎精用前爪抠着眼眶一撕，这种恐怖的既视感，比起脱衣服似的抠着胸膛来，谁强谁弱？当然是前者好了。这里虎先锋抠眼眶，其实就相当于告诉读者：“你～看～我～的～脸～啊。”这就是《西游记》做的视觉特效！

原文还说：虎先锋把虎皮剥下来，露出“血津津的赤剥身躯”，这使我想起《盗墓笔记》里第一章出现的那个血尸：“老三仔细一看，顿觉得头皮发麻，胃里一阵翻腾，那分明是一个被剥了皮的人！浑身上下血淋淋的，好像是自己整个儿从人皮里挤了出来一样。”所以从抠着眼眶，撕下虎皮，到露出血津津的身躯，这都是一脉相承的。

老虎精的进化论

我们还发现，这位虎先锋是不会“掐诀念咒，摇身一变”的，这更说明了它的低级妖怪属性。

要知道，妖怪世界，也是符合进化论的。判断一个妖怪是在进化的低级阶段还是高级阶段，第一是看他会不会变化人形，第二是看他变化人形的时间，第三是看他会不会念咒。

《西游记》里的妖怪，大部分是妖怪进化的高级阶段。但我国上古时代的“妖怪”不是这样的，“妖怪”最早的意义，是指反常的现象。比如说“宫中数有妖怪”，说的是王宫里经常闹些奇怪现象。在遇到虎先锋之前，唐僧师徒三人还到一个农户家借过宿，借宿的时候，老农害怕孙悟空的长相，孙悟空说：倘若府上有什么丢砖打瓦，锅叫门开，老孙便能安镇。

这种就是最原始的“妖怪”。他们顶多是刚进化成“动物”，会动的物，连形象都还没有。大批妖怪学会念咒，是宋代以后的事，这就是妖怪的进化。这位虎先锋的变身，穿上皮就变老虎，抠下来就变人形。他只能这样抠来抠去，而不是掐诀念咒，用一句话形容就是“衣冠简朴古风存”。而且这种靠动物皮来变身的情节，正是宋代以前动物精怪故事的特征。这样的故事太多。比如有一个《乌君山》的故事，里面就讲了一群乌鸦精，他们就靠穿上乌鸦皮变身，平时不用的时候，一家子的乌鸦皮就像晾衣服似的，一件件挂在衣撑上。

关于妖怪的进化学和分类学，是一篇大文章，可以专门来讲。总之，江山代有妖怪出，各领风骚数百年，《西游记》里的

虎先锋，其实已经被时代抛弃了。

老虎精的尊严感

这位虎先锋，大概因为是古老的妖怪，似乎跟不上形势，他不知道孙悟空的名头，见了孙悟空，竟然说：

> 你师父是我拿了，要与我大王做顿下饭。你识起倒，回去罢！不然，拿住你，一齐凑吃，却不是“买一个又饶一个”？

这好像是西天路上，唯一一个身为小妖而敢向齐天大圣呛声的！在西天路上的小妖里也算是一朵奇葩了！

究其原因，当然是我上文讲的：他的前身银额将军，本来就是黄风山的老大，虽然在今天的《西游记》里被黄风怪压了一头，终究还有那份大王的派头。我们看一些机关单位里有点年纪的人物，就是这样一副样子。他们向新人吹牛，向外人呛声，但他们的回忆，无非是旧日的辉煌。但可惜，一个人，哪怕是一个妖怪，长期不接受新信息、学习新知识，就只能生活在自己的世界里。

所以孙悟空打上门来，虎先锋居然不知道他的名头，还一个劲儿地要出战，黄风怪和他说的话也很耐人寻味：

> 那洞主惊张，即唤虎先锋道：“我教你去巡山，只该拿些山牛、野彘、肥鹿、胡羊，怎么拿那唐僧来！却惹他那徒弟来此闹吵，怎生区处？”先锋道：“大王放心稳

> 便，高枕勿忧。小将不才，愿带领五十个小妖校出去，把那甚么孙行者拿来凑吃。”洞主道：“我这里除了大小头目，还有五七百名小校，凭你选择，领多少去。只要拿住那行者，我们才自自在在吃那和尚一块肉，情愿与你拜为兄弟；但恐拿他不得，反伤了你，那时休得埋怨我也。”

从这段对话，也可以看出，这位虎先锋和黄风怪关系很奇特。这正是新老大和旧老大之间该有的态度！其实黄风怪也是老妖怪。在《朴通事谚解》里他就出场了，和银额将军所在的《西游记杂剧》是两个故事系统。但是，今天的《西游记》，黄风山只能写一个老大，结果是黄风怪压过了虎先锋。黄风怪为何能压过他，第一，虎先锋的法术太陈旧。当妖怪界引入佛教、道教等各种掐诀念咒的技术之后，虎先锋居然仍然死抱着那身虎皮抠来抠去不放，这都是几百年前的技术了！第二，黄风怪的法术确实过硬。黄风怪的技术我们下文详细讲，黄周星这里有一句评语：“鼠大王倒有虎先锋。从来只闻狐假虎威，不闻虎奉鼠命。”

因为黄风山领导层是经过竞聘上岗的，所以我们看黄风怪和虎先锋并不和睦。黄风怪居然说：你胜了，我们拜为兄弟；你败了，伤了命，不要埋怨我。

拜为兄弟，对普通小妖而言，当然算很高的奖赏。通天河那一回，有个斑衣鳜婆因为给鲤鱼精出主意，鲤鱼精捉了唐僧后就和她拜为兄妹，但斑衣鳜婆自普通小妖而骤升义妹，当然得其所赏。虎先锋已是先锋，拜为兄弟有何殊荣可加？岂不是震主之威，不赏之功吗？而败了呢？黄风怪居然明言，我不罩你。呜呼，黄风怪其居心可知！倘若虎先锋有一点头脑，他就该觉察

到，这一战，是多么地悲壮！

然而虎先锋对自己的处境竟茫然无知，他道：“放心，放心！等我去来。”带了五十个精壮小妖，腾出门来。当然是打不过猴哥的，几下就败了！但是原著却给他赋予了一份别的小妖都没有的尊严！别的小妖败了就败了，逃回去叫嚷“大王，祸事了”“大王救命”而已。他出阵之前，已说了大话，所以败阵之后竟然不肯回洞，而是落荒而走，“径往山坡上逃生”。这就是妖怪也有尊严，为自己行为负责到底——当然也可以理解为对老大的绝望。结果：

> 八戒忽听见呼呼声喊，回头观看，乃是行者赶败的虎怪，就丢了马，举起钯，刺斜着头一筑。可怜那先锋，脱身要跳黄丝网，岂知又遇罩鱼人，却被八戒一钯，筑得九个窟窿鲜血冒，一头脑髓尽流干。

呜呼！过气的老将军死在战场，过气的老妖怪死在本山，可谓死得其所矣！我若是在当年的黄风山上，当为这虎先锋亲酹一杯酒！他法术落后，身份老旧，前有实力悬绝之强敌，后有忌刻冷酷之新主，面对日新月异的妖怪界，他无心也无能力去改变自己了。我想起了电影《老炮儿》。虎先锋和我们身边很多人真的很像，他担荷了所有被淘汰的老妖怪的悲凉！

老虎精的解剖学

老虎精，能在虎与人之间变化，那么到底是人形披虎皮呢，

还是虎形披人皮呢？翻翻古代笔记里收的各种故事，似乎可以发现：老虎修炼成人，是外面穿一层虎皮，脱了就变成人。人变的老虎，反倒是外面一层人皮，脱了就变成老虎（这个是我读书的感觉，未经严格考证）。用这个规律去看《大唐三藏取经诗话》里的白虎精变的妇人，恐怕她原来是人，后来变成老虎了。

所以古人寓意实在太深刻了！人堕落为禽兽，关键在内心变化，而不是外形变化。可见平时所见某些道貌岸然的人物，要么窃据高位，要么贵为要员，要么把持清要，而行禽兽之行，其内心正不知去于禽兽几许！而禽兽修炼为人，也正是内心一念之仁。孟子说："人之异于禽兽者几希。"真是精辟极了！

“技术流”妖精黄风怪

灵吉菩萨（李云中　绘）

我说虎先锋曾经做过黄风山的老大，但是，为何最后黄风怪占领了山头呢？当然，这很可能是不同西游故事系统的合流，而

黄风山只有一座。作者为何没有给虎先锋另安排一座山，而是只让他当了黄风怪的小妖；原因有两个：第一，虎先锋太老，法术都是过时的，就只会抠来抠去；第二，黄风怪的法术高精尖，他虽然也是元末《朴通事谚解》里就有的老妖怪，但凭着过硬的法术，占了黄风山的老大，还让孙悟空吃了大亏。

黄风怪的法术叫三昧神风。原著借伽蓝变化的老者，对孙悟空说：

> 长者道："……他叫作'三昧神风'。"行者道："怎见得？"老者道："那风，能吹天地怪，善刮鬼神愁。裂石崩崖恶，吹人命即休。你们若遇着他那风吹了呵，还想得活哩！只除是神仙，方可得无事。"

有学者说，黄风怪是沙漠上黄风的形象化，这一回体现了唐僧师徒战天斗地、征服自然的意志。当然，我也说过，按玄奘法师当年取经的路线，这里临近"沙河"，也就是该进入沙漠了。在沙漠附近出现黄风怪当然是可以的。但是否为了体现征服自然的意志就很难说，因为原著里明说黄风怪的法术是"三昧神风"。

什么是三昧神风

熟悉三昧神风的人不多，知道"三昧真火"的人估计很多。这里多扯一句，有人说太上老君的私生子（或外孙）是红孩儿，理由是他俩都会"三昧真火"。这就是明着欺负人了！欺负个别朋友只看过电视，没看过原著。原著根本没说太上老君会三昧真

火！只有1986版电视剧《西游记》演到孙悟空快出炉的时候，太上老君来了一句："徒儿，待我用三昧真火炼他！"然后太上老君升座，作了一通法。这在原著里根本没有！原文是"与老道领去，在八卦炉中，以文武火煅炼"，"文武火"是纯粹的道教术语，而"三昧火"的版权堂堂正正属于佛教，道教盗版了，顶多喜欢加个"真"字。就像"金庸著"和"金庸新著"一样，其实《西游记》也混用。这个我在讲红孩儿的时候会提到，道教是如何把这个版权偷来的。

这里还要声明一句，我所说的，也只是推论，绝不会说"给你揭开惊天秘密"这样的话。因为作者长已矣，我们只能从文中的蛛丝马迹来推测。但有一点是肯定的：了解的佛教、道教背景知识越多，推测就越合理。只是单看《西游记》一本书，那就只能推出私生子、阴谋论了。这些讲法，口口声声说尊重原著，如果真的尊重，能讲出个一二三，也叫人佩服，但只要碰上讲不通的地方，就偷偷拿1986版电视剧《西游记》来冒充，或故意引导大家往连续剧上想——反正原著一百来万字，多数人也不会认真去查对，熟悉电视剧的人倒不少。这就叫不讲江湖规矩。

这个"三昧神风"，我推测，是从佛教禅定的"风三昧"演化过来的。

无论是佛教的禅定还是道教的内丹修炼，都是用特定的方法，进入一种非同寻常的心理状态。然而这种训练，就像手机刷机一样，刷得好升级换代，刷不好死机歇菜。道教内丹术描绘过一些图景，假如修炼到一定的程度，眼前就会出现白光、闪电，耳中出现鹭鸣，口中会感觉到甘甜的滋味……这些对于修炼者而言，都是真实的感受，假如大家还不能理解或接受，就姑且将其理解为一种幻觉好了。佛教的禅定也是这样的，这种修炼，会引

导人进入“三昧”的状态。

三昧是梵语samadhi的音译，又译作“三摩地”，意思是“定”。“三”是sa加一个m的闭口的译音，并不是数字三。我们本土人士不懂这一点，煞有介事地说什么心为君火为上昧，肾为臣火为中昧，膀胱为民火为下昧。这种笑话，就像《朝野佥载》里说的“东告东方朔，西告西方朔，南告南方朔，北告北方朔，上告上方朔，下告下方朔”一样。网上有人还说“三味真火”，那估计就是孜然味、香辣味、奥尔良味三味了！

关于“风三昧”，很多佛经都讲到，说法也各个不一。这里只讲一个比较贴近《西游记》含义的，即《治禅病秘要法》中的说法。这里有些名词是佛教专有的，我只是用浅显的话来讲，请大家忽略其中的细微差别。

修行禅定的人，很可能因为几种原因发狂，一是乱声，二是恶名，三是利养，四是外风，五是内风。这些外因，都可以导致修行者进入各种幻境，其中就有地、水、火、风四种“三昧”，会见到身陷山绕、身化水流、身被火烧、身遭风吹等幻境。这些幻境都需要用专门的方法治疗。

修习禅定的人，如果进入了“风三昧”，情景是这样的：他会看见自己变作了一条九头龙，每一个龙头，都有九百个耳朵，无数张嘴。这九头龙身上的毛孔、耳朵、嘴巴，都像巨大的山谷一样，能吹出剧烈的猛风。碰上这种情况，应该赶紧救治。

救治内风的办法，是修行者要想象自己的身体，化作一尊金刚座，金刚座的四面生出四只金刚轮，金刚轮把这猛风托住。每只金刚轮上，又生出七朵金刚莲花，每朵莲花现出一尊佛像，手拿水瓶浇灌自己。浇灌的时候，金刚座上便现出一条六头龙，摇

头摆尾，将猛风一一吸尽。于是四面八方的风，恬静不动。此时，就见到七佛和四大声闻弟子前来说法。

这种就可以理解了，黄风怪所吹的“三昧神风”，其实就是禅定中所谓“内风”和“风三昧”的文学化呈现。所以黄周星在这一回的总评里说:“鼠妖之风，冠之以神，又冠之以三昧，一吹而散吾身外之身，再吹而伤吾身中之眼。虽以心猿之神通，亦束手无可奈何。必待此妖之漏言自供，而后乞灵于正南之灵吉以定之。风之为害，一至此乎！”

既然禅定中有风魔作怪，那么自然就有定风的办法。所以刚才这段，就是用想象金刚座、六头龙以及佛、声闻弟子说法来救治的。这条六头龙，毋宁说就是灵吉菩萨飞龙杖的原型。

百回本《西游记》的一个主题或部分主题，是借取经故事来讲一个人的修炼的，并不是或很少是为了体现唐僧师徒征服自然的意志的！就是历史上的玄奘法师，他也未必想过征服自然，而是想赶紧走过这些倒霉地方，取到学到佛典。“征服自然”这种提法，“战天斗地”这种激情，是二十世纪才大行其道的。这回的回目已经说了“须弥灵吉定风魔”，以魔比风，正是佛道二教修炼的经典提法。

清代汪学金有一首诗，就是讲修炼的感受的：

> 默诵黄庭是秘传，内功渐次弗唐捐。轮生月魄初三体，珠定风魔第四禅。

《治禅病秘要法》里说，降伏风魔的办法，是先想象自己化为金刚座，而金刚座另一个名字正是“须弥座”。更重要的是，

禅宗本来就有“如须弥山八风吹不动，千古镇常安”的熟语，这就是对著名的“云门须弥”公案（见元行秀《从容庵录》）的演绎。

“如须弥山八风吹不动，千古镇常安”是我们中土的表述方法，那它的本源又出自哪里呢？这就是《大智度论》讲菩萨行的六波罗蜜著名的一段：“譬如须弥山，四方风吹所不能动。如是种种相，是名精进波罗蜜。”总之，佛教里的须弥山都是不被“业风”吹动的稳固的象征。大家就能明白，为何灵吉菩萨住的地方叫“小须弥山”了！但是，这位菩萨是谁？我找了很久，也没有在佛经里找到这位菩萨的身影。

但是前面已经分析了“须弥山”和“定风”的关系，不妨向这两个目标去找：一是禅宗公案，二是讲菩萨行的佛典。等我找到了一定写出来，哪位朋友找到了也敬请告诉我！

三花九子膏

黄风怪用“三昧神风”吹伤了孙悟空的眼睛，幸好护教伽蓝变成了一位老人，用药治好了悟空的眼病。伽蓝说：我这敝处，却无卖眼药的。老汉也有些迎风冷泪，曾遇异人，传了一方，名唤“三花九子膏”，能治一切风眼。

这个“三花九子膏”是什么？清朝的刘一明又是一通硬解，说三花就是金木土三家，九子就是九转，“此灵明之眼药，系真人口传心授，三家合一，九转还原之妙方”，其实这种讲法也是有点牵强。因为三和九对应的数字太多了。何以一看到三、九就往丹道上想？

陈鹤先生的一篇文章，讲得很详细：中药里虽然没有“三花

九子膏"，但是有"三花五子丸"。

这个方子，出自元代无名氏撰写的眼科专著《明目至宝》，他在多个地方提到"三花五子丸"，并认为是治疗眼病的验方。其中"三花"为密蒙花、旋覆花、菊花，"五子"为决明子、枸杞子、牛蒡子、菟丝子、地肤子。后世医书也多记载"三花五子丸"，而五子的配伍则众说纷纭，这里就不多介绍了。"三花五子丸"非常有名，见于《古今医统大全》《扶寿精方》等多种医书。

至于这一方剂的疗效，晚明文人张大复在《梅花草堂笔谈》中曾说，他眼睛失明过，有人教他吃"三花五子丸"，只是见效太慢。他又听说有个和尚吃的"三花五子丸"，是按古书上的方子配的，这方子的配比只要稍微错一点，疗效就有很大的差异。这说明，最迟在晚明，这种"三花五子丸"已经步入了传说的行列。

除了"三花五子丸"之外，还有"九子丸"，这是宋代《圣济总录》记载的药方。"九子"的配伍是蔓荆子、五味子、枸杞子、地肤子、青葙子、决明子、楮实子、茺蔚子、菟丝子，其功效是"治久患风毒眼赤，日夜昏暗"。可见，《西游记》里的"三花九子膏"，就是捏合了"三花五子丸"和"九子丸"而来，并没有什么丹道上的深刻含义。

太白金星引路

在黄风怪的故事里，太白金星变作了一位老人，给孙悟空送来了一首诗，说："上覆齐天大圣听，老人乃是李长庚。须弥山有飞龙杖，灵吉当年受佛兵。"孙悟空正是据此找到了灵吉菩萨

的道场。

我之前讲过，太白金星一直就是取经队伍的助手。比如双叉岭那回，他把唐僧带出了妖洞。在民间宝卷里，是太白金星亲手送唐僧去东土托生的。还可以看到这样的话："太白星，指引路，救了唐僧。若不是，众徒弟，神通广大。谁敢往，佛国里，去取真经。"（《佛门取经道场》）说明他无论在《西游记》里，还是民间宝卷里，都是公认的取经路上的指路明星了。

至于金星为什么成为指路人，这个没有什么文献记载，我还是自己做一番推测。原来金星是离太阳很近的明亮天体（其实最近的是水星，但水星太近了，以至于经常被太阳的光芒掩盖，所以无法用来观测定位），所以太阳初升前，它一定在东方，过一会儿就被阳光淹没了。太阳落山时，它一定在西方，过一会儿也就落下去了。它永远不会跑到更高的高度上去。所以，拿金星当辨认方向的路标，尤其是辨认东西方向的路标，是非常有用的。

舟山渔民用金星辨识方向的方法，正好可以当作参照。

渔民对金星是相当熟悉的，古人的航海，需要靠辨认恒星来完成航行的。但满天星斗，如果不经过专门的训练，还是不易掌握，而其中金星最亮，极易辨认，所以不经过太过复杂航线的渔民，就不需要学习牵星术等航海专业知识，只需要认识金星，就可以辨认东西方向了。

唐僧师徒正是朝西走的，自然常常看见这颗星挂在西方的天空上，那当然就是"西天"的方向了，所以太白金星总会为孙悟空指明方向。

石槃陀，你在寻思什么？

在《西游记》里，唐僧经过五行山，把山上的六字真言揭了下来，孙悟空就得救了，跟了唐僧做了徒弟。

在这里，其实隐藏了一个重要的历史人物，这就是孙悟空很重要的原型之一——石槃陀。

半途而废的英雄

历史上玄奘法师的取经之路，开始的时候就只有他一个人。他出境的经历，不妨根据《大唐大慈恩寺三藏法师传》回顾一下：

玄奘法师从长安出发，先到了凉州（今甘肃武威），结果遇到了麻烦——边境守将禁止民众出境。凉州有位慧威法师，很敬重玄奘，就派了两个小徒弟，一个叫慧琳，一个叫道整，陪伴玄奘出境。三个人不敢白天走，昼伏夜出。到了瓜州附近，凉州那边的通缉令就发过来了，严查玄奘行踪。玄奘怕出事，就让慧琳和道整两个小和尚先后回去，自己一人前行。

你记不记得《西游记》里，唐僧出长安的时候，带了两个随从？后来在双叉岭上，被寅将军等妖怪吃掉了。慧琳和道整两个小和尚，就是《西游记》里从长安带来的两个随从的原型，连名

字都没有留下。其实人家也没说要送玄奘到印度，而且俩人好好地回去了，根本没出什么事，结果在《西游记》里被安排了一个好惨的下场！

玄奘法师打听到：北面有条瓠芦河，河上还设置了玉门关，是西去的必经之路。出了玉门关往西北走，又有五座关卡，都有兵丁守卫。没人带路，不敢出发。这时来了一个叫石槃陀的胡人，想拜玄奘为师。玄奘就收了他。石槃陀高兴地走了，一会儿又跑来给玄奘送吃的。玄奘看他又健壮又恭敬，就告诉他偷渡的计划。石槃陀许诺，一定把法师送过瓠芦河和五个关卡。玄奘就给他买了行李和一匹马。

到了约好的出发时间，石槃陀和一个胡人老头，骑着一匹老瘦红马来了。玄奘有点不高兴。石槃陀说："这段路，这老头走了三十多遍了，带他来商量下。"那老头就说："西方路太险，'沙河阻远'（注意这句），还有鬼魅热风，大队人马都会迷路，您还是别去了。"玄奘坚持要去，老头说："您要是非得去，就骑我这匹马，这匹马走过十五遍了，它认路。"

玄奘法师就换了他的马，和石槃陀同行。到了瓠芦河，果然水深难渡。石槃陀从旁边的树林里砍了树，架起桥，填上草和沙，玄奘才过去。走到半夜休息。谁知那石槃陀忽然拔刀起来，朝玄奘走了几步，玄奘大惊，连忙默念观音圣号。谁知他又返回了，不知什么意思。又走了几里，石槃陀说："师父，我不想去了。这一路上都是关卡，只要被发现，就是死罪。我还有家有业的，您如果被抓了，千万别供出我来。"于是玄奘发誓：千刀万剐也不供你。师徒分手，剩了玄奘一个人独自朝沙漠走去。

石槃陀虽然走了，但玄奘法师真没吃亏。石槃陀至少帮玄

奘渡过了第一个难关：瓠芦河。另外，那匹老瘦马真的发挥了作用！过“沙河”的时候，已经走得人困马乏，仅有的一皮袋水还失手打翻了，四天五夜，人马都是一滴水没进，玄奘法师只有念观世音圣号，正在绝望之际，那马忽然狂奔起来，勒都勒不住，一口气跑到了一片水草丰美的地方，于是人马都得救了！当然我不觉得这是神仙显灵，必是这匹识途的老马认得水源而已。

玄奘在瓜州的经历，是他取经途中故事性较强的一段，当地也流传着玄奘法师的各种取经故事。西夏时期的瓜州榆林窟第三窟取经图，画的正是玄奘法师和这位曾经的弟子。只是石槃陀的胡人相貌，已经演变为猴相了。

这一带的壁画，都一定要画玄奘、猴行者、一匹马、断崖、河水、树林、月亮或水月观音。这体现的正是石槃陀此行立的最大功劳——晚上帮玄奘法师渡过了瓠芦河这一天险。凭着这一功劳，石槃陀足以成为孙悟空的原型之一了！

石槃陀为什么变成了猴子？

至于胡人石槃陀如何变为“猴行者”，这也是有理路可循的。高鼻深目的胡人，人称“愁胡”，意思是焦虑凝神的猢狲，确实和猴子有几分相似。猴子为何又叫“猢狲”或“胡孙”？唐代颜师古注《汉书·西域传》说乌孙国：“于西域诸戎，其形最异，今之胡人青眼赤须，状类猕猴者，本其种也。”

杜甫曾经得到过一只小猴子，就写诗咏道：“预哂愁胡面，初调见马鞭。”又如宋代的《尔雅翼》里说：猴状似愁胡，而手足如人。可见，猴子长得很像胡人，最晚在唐朝就已经是人们的一

种共识了。

就连“猢狲”这个名字，也是从猴子长得像胡人来的。《本草纲目》就说：猴，形似胡人，故曰胡孙。只因为“胡孙”太不像动物的名字，就写成了“猢狲”，这和“师子”写成“狮子”、“青廷”写成“蜻蜓”是一个道理。

另外，出土的陶俑也可以看作是猴子长得像胡人的证据之一。例如在新疆和田约特干地区，出土了许多唐代及以前的陶俑，这些俑都骑着骆驼或马，弹着琴，吹着笛。但有时候也实在分不清，是猴子骑骆驼，还是胡人骑骆驼。我们知道唐代胡人是喜欢音乐的。

今天的《西游记》里唐僧收服孙悟空后，立即要过的就是鹰愁涧，在观音的帮助下，鹰愁涧的水神撑了筏子，唐僧才渡过去。《西游记》里过的大江大河多了去了，何以一条小涧非得写上一段？恐怕这涧是瓠芦河天险的一个影子。

另外，石槃陀态度的游移不定，似乎在《西游记》里孙悟空身上也能找到痕迹。例如他被戴上紧箍，想打唐僧。唐僧曾赶他走。孙悟空在鹰愁涧见到菩萨，居然打起了退堂鼓：“保着这个凡僧，几时得到？老孙的性命也难全。”他本来天不怕地不怕的，何尝有这样的恐惧？这更像是石槃陀的心理活动！起码说明，石槃陀或猴行者，从一开始就不是一个忠肝赤胆，类似关羽、张飞的保驾人物。孙悟空和唐僧不睦的种子，在玄奘法师与石槃陀起矛盾时就种下了！

沙和尚的演化史

沙悟净（李云中　绘）

今天《西游记》里的沙和尚，好像谁都能欺负他似的，其实在佛教史上，以及取经故事的演变史上，他的地位是非常显赫的。

流沙河在哪里？

历史上的玄奘法师，是从瓜州（今敦煌）偷渡出去的。他经过了几个关卡，独自一人闯入了茫茫戈壁。这一片戈壁，就在今天新疆哈密市东南与甘肃的交界处，今天叫哈顺戈壁，在唐代叫莫贺延碛。

莫贺延碛还有个名字，叫“沙河”，一看这个名字，大家就知道，谁该出场了。

《大唐大慈恩寺三藏法师传》说这个地方：“西路险恶，沙河阻远。鬼魅热风，遇无免者”“莫贺延碛长八百余里，古曰沙河。上无飞鸟，下无走兽，复无水草”。

玄奘法师在沙河犯了一个错误，他拿出皮袋来喝水，不小心把袋子打翻了。他出长安的时候发下誓愿：若不到天竺，终不后退一步。于是他也不回原路取水，就骑着马硬往前走。五天四夜，滴水未进。忽然梦到一个大神对他说：“别睡觉，快走！快走！”玄奘法师惊起，走了几步，忽然那匹与胡人老头换的老马发疯似的往前跑，跑到一个水草丰美的地方，人马都得救了！

关于这位大神，玄奘法师并没有说叫什么名字，然而到了中晚唐之后，各种故事都说他是“深沙神”。这样一说，似乎深沙神就得住在沙漠！其实根本不是。

深沙神到底长什么样？

深沙神在佛经里出现得较早。东晋竺昙无兰译的《佛说摩尼罗亶经》里说：有两个恶鬼，一个叫深沙，一个叫浮丘。这两

个鬼，跑得很快，善于找人麻烦。假如有头痛、目眩、寒热、伤心，就是这两个鬼在作祟，这时就应该念《摩尼罗亶经》，所有恶鬼无不破碎。

这个深沙神或深沙鬼，来头不小：一个说法是他是毗沙门天王的夜叉之首，理论上他与托塔天王手下的“药叉将”是一个人；另一个说法他是佛的弟子央掘摩罗，受邪师的诱惑大肆杀人，受佛力感化才改邪归正。

也就是说，深沙神或深沙鬼，本来和沙漠一点关系都没有，他原是致使人头疼、目眩等病的鬼。唐高僧不空译有《深沙大将仪轨》，也是说头疼了怎么办，眼疼了怎么办，肿了怎么办……这种驱鬼治病的业务，从古到今，从中国到海外，几乎处处都有。我村里就有，只是驱的鬼不叫深沙鬼而已。

深沙神是密教的神，他本来就戴骷髅。说他吃了取经人才有的骷髅，是后来人编给他的。他长得什么样？根据佛典，深沙神在密教中，一呈神王形，左手执青蛇，右手屈臂，扬掌置于右胸前，另一种为二手合而捧钵，钵盛白饭。还有一个说法，说深沙大将乃毗沙门天王手下的大将，为七千药叉之上首，其形象，头为火炎，口若血河，以骷髅为颈璎珞，以兽皮为衣，以象皮面为裤膝，以小儿为腹脐，足踏莲花。《大正藏》图像部里的深沙神正是这种形象。

今天的《西游记》是这样写沙和尚的：

> 青不青，黑不黑，晦气色脸；长不长，短不短，赤脚筋躯。眼光闪烁，好似灶底双灯。口角丫叉，就如屠家火钵。獠牙撑剑刃，红发乱蓬松。一声叱咤如雷吼，两脚奔波似滚风。

第二次出场是这么一副样子：

> 一头红焰发蓬松，两只圆睛亮似灯。不黑不青蓝靛脸，如雷如鼓老龙声。身披一领鹅黄氅，腰束双攒露白藤。项下骷髅悬九个，手持宝杖甚峥嵘。

对比一下就会发现，沙和尚除了头发颜色有点不同之外，眼光闪烁、口如血河、骷髅璎珞、赤脚筋躯等，都与“深沙大将”是相合的。尤其头部秃一块、周围是一圈头发，这个造型，直到今天还保持着！

不但中国人信深沙神，日本人也信。日本平安时代晚期或镰仓时代早期（与中国的南宋相当）的木雕深沙神，就是一个肌肉男！

是神还是魔

深沙神为什么会变成沙漠之神呢？有三点原因：

第一，他的名字里有个沙字；第二，玄奘法师确实碰上了一个大神；第三，唐代流行深沙神信仰。

中晚唐时期玄奘法师渐渐火起来、各种取经故事传开之后，他经过的各种险山恶水，就开始“招标”了——人们一定要给各种地方都安一个大 boss，可以是正面人物，也可以是反面人物。深沙神凭着三个先天优势，自然而然地中了沙漠的标，无人和他竞争。

但是，中了标之后，是去做神呢，还是去做魔呢？我们知道，一旦在某个领域或某个地区，一家独大，无人和他竞争，他

就可以在这个领域“作威作福”，既可以成为神，也可以成为魔——实际上他自己都控制不了！这种事，无论古今中外还是政治商业，都一样。这是个普遍规律，民间故事，也不例外。像江南的五通神，北方的狐仙，在特定的村庄里，无人和他们竞争，所以他们既能为人降福，也能作祟。

于是我们能看到，民间故事里有时把深沙神写成神，有时把他讲成魔，这就是深沙神的两面。玄奘法师取经的时候，路过沙漠，每到吃饭的时候，就会发现路边有一口新开的井水，甘甜可口，旁边放着饭。玄奘法师很奇怪，就向天发问：“这里荒无人烟，饮食从哪里来？”空中就有人说：“我是您的护法神，专为您布置饮食的。”玄奘法师吃完后，井水就消失了，只见流沙浩渺，荒无人烟，于是人们管这位护法叫深沙神。

这一故事出自《大正藏》的《阿娑缚抄·深沙大将》引《唐三藏记》。可见中晚唐之后，深沙神就入驻沙漠（很可能就是流沙河）地区了！所以，因为这位护法在沙漠帮过玄奘法师，就取名深沙神，显然是后人编的。

他成为魔的故事又是这样的：

> 深沙云：“项下是和尚两度被我吃你，袋得枯骨在此。”

这是宋代《大唐三藏取经诗话》里的。很可惜，这一段前面缺了，总之，玄奘法师的前世也曾前往天竺取经，经过沙漠的时候被深沙神吃掉了。

这个故事，在今天的《西游记》里还有痕迹，就是沙和尚说：

> 菩萨，我在此间吃人无数，向来有几次取经人来，都被我吃了。凡吃的人头，抛落流沙，竟沉水底，这个水，鹅毛也不能浮，惟有九个取经人的骷髅，浮在水面，再不能沉。我以为异物，将索儿穿在一处，闲时拿来顽耍。

这当然是对来自密宗深沙神戴骷髅的一种解释，同时也反映出沙漠的凶险，经过的人九死一生。

深沙神自从入驻流沙河之后，一直到宋代，都不曾遇到竞争对手，他一直是这条路上的大 boss。在民间故事里，他既可以选择为唐僧护法，也可以选择吃掉他，因为这附近确实没有什么有竞争力的妖怪。

打破了深沙神垄断地位的，其实就是猴行者的出现。

我曾经说过，猴行者的原型之一，是陪玄奘法师走了一段的石槃陀。历史上真正的石槃陀，以及他的朋友——那个胡人老头，都是大漠的征服者。当取经故事还贴近历史、石槃陀还没有陪玄奘法师走到底的时候，他和沙漠本来没有冲突。一旦民间想让他陪到底了，势必要出现一场斗争，要决出谁是老大！

在《大唐三藏取经诗话》里，这个斗争还不太明显。当深沙神说“我曾两度吃过你”的时候，故事是这样发展的：

> 和尚曰：“你最无知。此回若不改过，教你一门灭绝！”深沙合掌谢恩，伏蒙慈照。深沙当时哮吼，教和尚莫惊。只见红尘隐隐，白云纷纷。良久，一时三五道火裂，深沙衮衮，雷声喊喊，遥望一道金桥，两边银线，尽是深沙神，身长三丈，将两手托定；师行七人，便从金

桥上过。过了，深沙神合掌相送。法师曰："谢汝心力。我回东土，奉答前恩。从今去更莫作罪。"两岸骨肉，合掌顶礼，唱喏连声。

很遗憾，如何降伏深沙神的那一段恰好缺了。但根据前后情节，应该是猴行者起了作用，否则玄奘法师不能忽然来一句"教你一门灭绝"深沙神就归顺了。

然而这里深沙神还不曾彻底栽面儿。他只是闪开一条大道，让师徒过去了而已，但这正是处在被征服的边缘。等到了《西游记杂剧》里，这位深沙神就彻底被征服了，乖乖地做了二师兄（这时猪八戒是三师弟）。

沙和尚变成水怪

深沙神被征服的同时，取经故事也逐渐在中原流传开来。如果说猴行者的出现打破了深沙神的垄断，那么这个流传过程彻底拔掉了深沙神的据点。

因为流沙河本来是沙漠的另一个名字。但是中原人民没有见过沙漠，"沙河"或"流沙河"传来传去，就变成了一条河。这是自然而然的事情。

日本也没有沙漠，所以在日本人拍的《西游记》里，沙僧脑袋最中央是雪亮的小光头，在日本动画片里，沙僧的样子变成了河童。了解日本文化的朋友都知道，日本传说中，河童是住在江河里的一种奇怪动物，它头上有一个圆盘子，只要里面有水，它就有无穷的力量。

世德堂本《西游记》形象类似河童的沙僧

然而诸位绝想不到，最早的百回本《西游记》，就是世德堂本《西游记》，它在插图中画的当妖怪的沙僧，竟然也像个河童！我的三观彻底被颠覆了……原来以为河童只有日本故事里才有，谁知类似形象竟然出现在中国《西游记》最权威的版本中了！二者有什么关系，目前还没有定论。但是深沙神从沙漠跑到水里倒是有迹可循的。《唐三藏记》里有这样一则故事：

大和元年（827），有一个女商人在长江上做买卖，平时画深沙神的像，在船里供奉。有一天，她要到江陵去，忽然遇到一阵大风，船眼看要沉了，她赶紧念诵深沙神的名号，祈求帮助。只

见水中深沙神忽然现身，用手托着船底，将她送到了彼岸。于是她在江陵开觉寺塑像供养。

这个故事，沙和尚其实已经具备了成为水怪的两个要素：第一，深沙神从沙漠跑到了水里；第二，今天的《西游记》里，木叉行者用一个葫芦，把沙僧挂的骷髅系在上面，然后渡师徒过河，这个情节在这里已经有了影子。

现在可以总结一下了：沙和尚的原型可能是佛教的深沙神，他本来是一位神通很大的恶鬼，因为玄奘取经经过沙漠，所以民间故事就把深沙神和沙漠捏合到了一起。长期以来，他的身份是亦神亦魔的，当孙悟空出现之后，他逐渐被征服，逐渐变为二师兄。当猪八戒异军突起的时候，他就不得不再次降级，变为三师弟了。所以，西游故事的发展史，就是沙和尚的过气史。

唐僧师徒与五行

今本《西游记》中充斥着大量的符号对应，比如心猿意马、五行观念等等。如果只看电视剧，就完全不会遇到这个问题。而我解读《西游记》是以原著为基础的，所以这个话题没法绕过去，我们一个个地讲。

心猿意马

《西游记》里常出现的一对概念，是“心猿”和“意马”，这两个词，现在也经常连着说，大概就是指心神的跳动不安。这里的“心”和“意”，都是人心的活动，两者到底有何区别呢？

心猿和意马，都来自佛经。比如：

> 调习意马（《大宝积经》）；世尊说心如猿猴者，即是以心喻心，猿猴腾跃轻躁皆心所为故（《阿毗达摩大毗婆沙论》）。

古人不但说“心猿意马”，也说“意猿心马”。比如：

> 岂可放纵心马，不加辔勒（《法苑珠林》）；霎时间意猿心马（《续江东白苎》）。

除了“心”“意”“猿”“马”可以随意搭配外，还有“情猴”“欲马”“情猿”“识马”……甚至还有“心象”，因为印度人本来也骑大象。这些词，放在佛经里细分析，除了情、欲一系和心、意、识一系有些区别外，实在看不出另有什么区别。

所以“心猿”“意马”，在佛经里难以强行分辨。而且据统计，《大藏经》里“心猿”有二十五处，“心马”有三十三处。“心马”反倒比“心猿”多！

这种比喻，创始于佛教，后被道教借用了。一般“拴心猿”“锁意马”，通常用于传道的诗词中，而且是连着说，不加分辨。例如：

> 守心猿易灭，防意马难狂（全真七子马钰《白观音》）；
> 牢擒意马锁心猿，慢着工夫炼汞铅（元陈冲素《规中指南》）。

而《西游记》里，“锁心猿”倒是讲了很多，比如被压五行山、戴紧箍咒，而白龙马一来就乖乖变了匹马，老实本分，确实谈不上有什么“意马”的表现，还如何“拴意马”呢？假如说收服它的时候算拴，那也只能算是“拴意龙”。所以不妨认为，“心猿”和“意马”本来就是一回事。“意马”就是为了凑“心猿”而硬拉来的，“看上去很美”而已。

五行匹配

五行生克，是中国传统哲学的重要概念，基本关系如图。

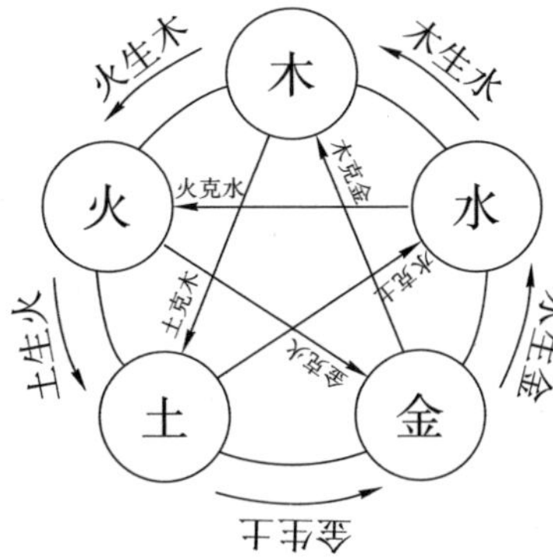

五行生克图

百回本《西游记》喜欢拿五行去配取经队伍，翻一翻目录就会发现，原著的回目里到处都是这些，比如：

第三十八回　婴儿问母知邪正　金木参玄见假真

第四十一回　心猿遭火败　木母被魔擒

第八十六回　木母助威征怪物　金公施法灭妖邪

第九十回　黄狮精虚设钉钯宴　金木土计闹豹头山

……

就算不懂这是什么意思，对应着情节也能明白：金或金公，指孙悟空；木或木母，指猪八戒；土指沙和尚。

在收得沙僧之后，原著有一首诗：

五行匹配合天真，认得从前旧主人。

炼己立基为妙用，辨明邪正见原因。

金来归性还同类，木去求情共复沦。

二土全功成寂寞，调和水火没纤尘。

第一句似乎就是讲：取经队伍凑齐了，五行匹配齐全了。然而问题来了，取经队伍算上龙马，一共五个人，孙猪沙对应了金木土，那唐僧和龙马又对应什么呢？难道是一个火、一个水吗？然而书里从来就没说唐僧是火、龙马是水，也没说龙马是水、唐僧是火。白龙马或许还有个“意马”来对应，但唐僧真的找不到什么特别固定的符号来对应。

这个问题，不但今天我们讲不清楚，就是从明朝以来所有对《西游记》的解读，都讲不清楚。比如世德堂本，陈元之序中是这样讲的：

> 旧有叙，余读一过……其叙以为孙，狲也，以为心之神。马，马也，以为意之驰。八戒，其所戒八也，以为肝气之木。沙，流沙，以为肾气之水。三藏，藏神、藏声、藏气之三藏，以为郛郭之主。魔，魔以为口耳鼻舌身意恐怖颠倒幻想之障。故魔以心生，亦心以摄。

这段话的意思是说，孙悟空是心或心智，白龙马是意，猪八戒是木对应肝，沙和尚是水对应肾，三藏是身体，魔是因妄想产生的幻境。后面两句，倒没错，可是原著里明明说沙和尚是土，这里何以变成了水呢？原著明明把孙悟空配成了金，这里为何又跳出这个设定，把孙悟空配成“心之神”，何以执行两套重叠的标准？

世德堂本《西游记》序的配合法

孙悟空	唐僧	猪八戒	沙和尚	白龙马
心	身体	木（肝）	水（肾）	意

然而到了清朝的黄周星那里，他又是一套讲法，整个的大颠倒：

> 取经以三藏为主，则三藏为中意之土无疑矣。土非火不生，故出门即首收心猿，是为南神之火。火无水不能既济，故次收意马，是为北精之水。水旺则生木，故次收八戒，是为东魂之木。木旺必须金制，故次又收沙僧，是为西魄之金。

这问题又来了啊！回目明明是孙猪沙配金木土，这里怎么拿三藏配土，孙猴配火，沙僧配金？另外，何以先收龙马，再收八戒？就因为是水生木？先收八戒，再收沙僧，就意味着木要被金克制？简单的生克关系，为何到了孙悟空和龙马的关系，就变成了水火既济的平衡关系了？另外，魂魄神精意，配东西南北中，心猿算神问题不大，但意马何以算精？这一套逻辑，既不符合原著，自身也混乱，所以很难说服人。其实黄周星自己最后也配不过来了，只好说反正《西游记》就是编的，你们就别较真啦！

黄周星配合法

孙悟空	唐僧	猪八戒	沙和尚	白龙马
火	土	木	金	水

其实我们真的、真的不用较真。只要翻一翻明代各种说唱文学，找一找各种谈《西游记》的话题，就会发现，配合方式各种

各样。比如《普明如来无为了义宝卷》，就说“朱八戒，按南方，九转神丹”。又比如《清源妙道显圣真君一了真人护国佑民忠孝二郎宝卷》：

> 老唐僧，为譬语，不离身体。孙行者，他就是，七孔之心。猪八戒，精气神，养住不动。白龙马，意不走，锁住无能。沙僧譬，血脉转，浑身运动。人人有，五个人，遍体通行。

所以说，我们所要讨论的，绝不是西游故事里师徒五人与五行的真正配合——这种配合也许根本就没有，就算有，也不存在唯一的解释！我们要讨论的，是世德堂本《西游记》里，所体现出来的师徒五人与五行的配合方式。这是作者头脑中的一套配合方式。

听听“专业人士”意见吧

原著里多次提到，“金木土”配“孙猪沙”的排列，这是板上钉钉的，而唐僧和龙马不能算在五行之内，因为原著真的没说唐僧和龙马配哪一行。黄周星是一看有五个人，就硬把他们拉进五行。

为什么这么说？我推荐大家读一读悟元子刘一明的《西游原旨》，他在讲《西游记》的五行匹配上，是最靠谱的！

我在前文批评他，喜欢把《西游记》字字都讲出寓意。比如他认为“木叉”五行属木，殊不知“木叉”是个音译词，如何能与五行之木扯上关系？但刘一明绝不是一无是处。《西游记》中

的这些道教概念，本来就是道士们添进去的，当然由道士解读最为可靠，陈元之、黄周星，都不是道士，但刘一明是。当然，《西游记》作为一部复杂的著作，里面还有文献、历史、民俗等，这不一定是刘一明擅长的，但只要一涉及道教领域，就得尊重他作为专业人士的说法。

他的《西游原旨读法》，有几段话，说得很有意思：

> 《西游》，三藏喻太极之体，三徒喻五行之气。三藏收三徒，太极而统五行也；三徒归三藏，五行而成太极也。知此者，方可读《西游》。

> 《西游》有最难解而极易解者。如三徒已到长生不老之地，何以悟空又被五行山压住，悟能又有错投胎，悟净又贬流沙河，必须皈依佛教，方得正果乎？盖三徒皈依佛教，是就三徒了命不了性者言；五行山、云栈洞、流沙河，是就唐僧了性未了命者言。一笔双写，示修性者不可不修命，修命者不可不修性之义。知此者，方可读《西游》。

> 《西游》言唐僧师徒处，名讳有二，不可一概而论。如玄奘、悟空、悟能、悟净，言道之体也；三藏、行者、八戒、和尚，言道之用也。体不离用，用不离体，所以一人有二名。知此者，方可读《西游》。

据刘一明《西游原旨》的说法，取经队伍的配合是这样的：三藏可以比作修行者本人；孙悟空属金（水），猪八戒属木（火），

沙和尚属土；白龙马是脚力，不算五行之内（刘一明批：有误认小龙为肾气者，都该被老孙打他一顿棒）。

不得不说，这才是专业的配合法。

但为何孙悟空和猪八戒，每人都分到五行中的两个，而沙僧只分到一个？这是因为内丹家的一个重要概念——“三五合一”。

内丹家把五行简化为三家，例如《翠虚篇》：“金水合处，木火为侣，与中央戊己土，合而为三也。”李道纯《中和集》“三五指南图局说”也说东木、南火一家；北水、西金一家；土居中，无偶，自是一家。三家里的金木，都不是简单的金木。金是“水中金”，代表人体内的元气或“真阳”；木是“火中木”，代表人体内的元神或“真阴”。土代表“真意”，阴阳发生矛盾的时候，就需要“意土”来调和。所以虽然是三家配合，实际上是五行和合。

猪八戒：木（火）

沙僧：土

孙悟空：金（水）

刘一明配合法

所以书里管沙僧叫“土”“黄婆”“二土”（圭的拆字），都是三家中的“土”。沙僧在故事中起到的作用，正是调和孙猪二人矛盾的，比如“大师兄，二师兄说得对”“二师兄，大师兄说得对”。我们比较一下《大唐三藏取经诗话》里的深沙神、《西游记杂剧》里的沙僧和今天《西游记》的沙僧，就很容易感觉到这一点的强化。

反了吗？

孙悟空配金（水）、猪八戒配木（火）、沙和尚配土，似乎已臻完美，其实这个说法还是有一个大 bug。因为《西游记》原著作者明明把孙悟空当作“心猿”，刘一明却把孙悟空配成金（水），

而内丹术的普遍认识是：水是“肾”中“元气”的代称，火才是“心”中“元神”的代称！这样一讲，岂不是正好弄反了？

这表面上的大颠倒，使几百年来研究《西游记》的人都头疼不已。有些学者，例如张平仁《西游记五行思想评析》，就直接声称：这就是《西游记》的矛盾，没什么可讲的。但是这么一部大书，矛盾就这样一直贯穿始终，于理似乎也不通。

这个问题其实涉及三个层次的问题。请允许我用内丹术的逻辑一层层地分析。

首先，在讲“心猿”之前，需要谈孙悟空另外一个代号——“心君”。“心君”出现得少，如：

> 心君正直行中道，木母痴顽躧外趑。（第四十回）
>
> 推倒傍门宗正教，心君得意笑容还。（第五十三回）

任何人都有心（现在当然指大脑），心为君，这是古人经常的比喻。但是考虑到《西游记》和张伯端的关系，更容易想到张伯端《青华秘文》中的“心为君论”“神为主论”。心是一切修炼的前提和主宰。这个“心”当然是中性的，所以张伯端说：“秦皇临之，天下疮痍；尧舜临之，天下安宁。”这正是第七回说孙悟空“也能善，也能恶，眼前善恶凭他作”的意思。“心君”在《西游记》里虽然出现得少，却是孙悟空这一形象的最本质的代号。这个“心君”，只要是大活人，不管炼不炼丹，全都有！它是范围最大的一个代号。

另外，我用现代的语言说孙悟空代表心智，猪八戒代表本能，沙僧代表调和，也基本可以对应这个层面。

再谈谈孙悟空第二个代号——“心猿”。

《西游记》虽然经常管孙悟空叫“心猿”，但是其他人物，除了龙马被硬凑了个“意马”外，并没有其他类似的对应称呼。管孙悟空叫“心猿”，侧重的是他躁动、奔驰、不安。也就是说，“心猿”指代的范围，小于“心君”。

我们再看全真教的权威著作里，是在什么情况下讲“心猿”的：

> 几度空搔首，溺志在诗酒。浑不念道业，心猿无所守。(《修真十书·学道自勉文》)
>
> 修行不在意慌忙，常把心猿意马降。世事不贪常守分，外牵不动内安阳。(《崂山志》元黄石洞石刻)
>
> 牢擒意马锁心猿，慢着工夫炼汞铅。(《规中指南》)

明确说了，“心猿”专指准备进入丹道之门的凡人的普通状态（或丹家的普通状态）。不管炼什么丹，第一步就是“拴意马，锁心猿”：别玩诗酒啦，别贪世事啦，锁了心猿是金丹大道的第一步。这时候谈什么真阴真阳、真铅真汞，还早着呢！换句话说，一个人已经进入修炼状态，在“心肾相交”“捉坎填离”的时候，难道还会“心猿意马”、胡思乱想？这是难以想象的！

然而“锁心猿”的要求，即便是对熟练的丹家来说，也是意义重大的。因为这种修炼状态，或者说入定、入静、练功态，总不能持久。他总要吃饭睡觉，处理杂事。所以，无论是普通人还是丹家，都得认真对待“心猿”。这对普通人而言，是入门第一步；对丹家而言，是保持道行的日常行为规范。

最后谈谈孙悟空第三个代号——金公。

什么时候提到“金公”？“金公”对应的是“木母”，其实应该是“姹女”，但《西游记》里“姹女”另有所指。这就是到了真正修炼的状态了。“心君”“心猿”，是凡人平时就能感觉到的状态。而“金公”“木母”，如果没进入修炼状态，是感觉不到的。

《西游记》里管孙悟空叫“心君”“心猿”“金公”，唯独管猪八戒叫“木母”（还有一处是“木龙”，但这是为了凑七律的平仄的）。说明猪八戒“木母”的地位是无可撼动的。而且，无论孙悟空以什么形式出现，猪八戒只是一个“木母”的称号和他配合，如：

> 未炼婴儿邪火胜，心猿木母共扶持。（心猿 + 木母）
>
> 木母金公原自合，黄婆赤子本无差。（金公 + 木母）
>
> 心君正直行中道，木母痴顽躧外趑。（心君 + 木母）

这种现象正说明，作者在起代号的时候，“木母”是先想到的，而孙悟空的“金公”代号反倒是从属而派生的，因而游移不定。因为《青华秘文》在《神为主论》里说了：

> 夫神者，有元神焉，有欲神焉。元神者，乃先天以来一点灵光也。欲神者，气质之性也。元神者，先天之性也……然元性微而质性彰，如人君之不明，而小人用事以蠹国也。且父母媾形，而气质具于我矣。将生之际，而元性始入。父母以情而育我体，故气质之性每逾物而生情焉。

这段话因为涉及很多术语，我就不翻译了。《西游记》正是取了猪八戒这个“欲神”的特点——每每“逾物生情”，这个“气

质之性”，宋代思想家们也讨论过，比如张载就说口腹之欲、香臭之爱都属于“气质之性”。从“气质之性”返回“先天之性”，是猪八戒修炼的任务。或者说，“木母”这个代号，毋宁说是猪八戒所代表的本能的一个修炼目标。

如果作者一定要借这个五行理论说事，猪八戒既然在这一层占了“木母”，而沙和尚是调和作用的“黄婆”或“真土”，那么孙悟空只能去占那个“金公”了。从字面上，金是克木的。从内丹理论上来讲，“金公”即“元气”，也是要和“元神”相配合的。这些都合乎孙悟空和猪八戒的关系，唯独把孙悟空派到“元气”有点不搭。因为一般来说“元气”出于肾，和他本来的“心”的位置不太和谐。这是历代讲《西游记》五行配合的最头疼的事。

下图就是《西游记》中五行匹配示意草图。虚线所圈的范围，就是孙悟空这个形象所指代的全部范围。斜线方块为“心君”，黑点区域为“木母”，“心君”除“木母”之外范围为“心猿”。这样一来，似乎孙悟空的“心君”包括了猪八戒的“木母”，但“心君”和“木母”不是两回事吗？

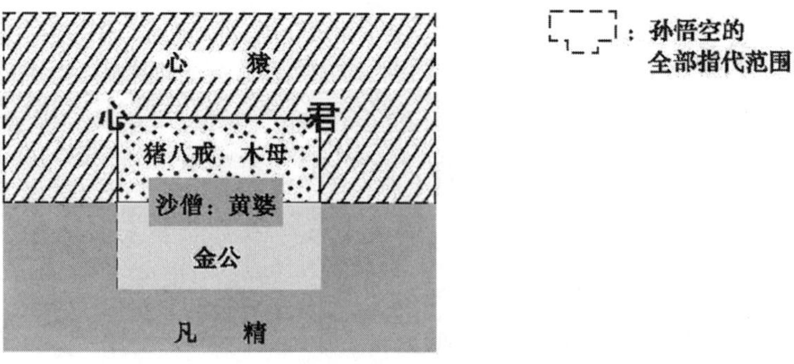

今本《西游记》的五行配合全图

这个不搭并不奇怪，通过前面这么多讲的分析，就知道《西游记》这师兄弟三人并不是一次性被创造出来的，而是不断积累而成的。他们也并不是为宣传道教教义而被设计的，所以，想把这三人改造成符合全真教教义的形式，道士们做到目前这样已是极其不容易了！他们已经尽最大的可能，做得非常巧妙了！

而且这种巧妙，岂不正与西游故事的发展相合吗？历史上取经的只有玄奘法师一个人。猴行者出现了，他的活动，不妨看作玄奘法师心的活动。但只有一个人物，玄奘法师内心的活动，还是不能写得很细；接着沙和尚、猪八戒加入了，于是通过取经故事讲心性、讲修炼，就有继续细化的条件了。从这个故事中看出心性修炼并且着手加以改造的人，实在是了不起的天才！只是英雄既要借势而起，也不免受时势的限制。但当时全真教盛行，有广泛的群众基础，所以这位或这群天才，才借这个条件，将《西游记》改造为宣传全真教教义的形式。

我不禁感叹：假如这位或这群天才生在今天，而大众都有一定的心理学常识，他（他们）一定能把这个取经故事写成心理学读物！

附录

全真教的“心”和“意”

前面说“心猿”“意马”没有什么分别，不等于说全真教理上，“心”和“意”两个概念没有区别。例如：“思虑念意根心也，因事物而有。”“情也，因意而有。”也就是说，意（包括思、虑、念）都是从心产生出来的，情是从意产生出来的。但李道纯还

说:“欲全其气，先要心清静”“欲全其神，先要意诚”。

心要“静”，意要“诚”。这是二者的区别。大致说来，“心”偏向于思维记忆，“意”偏向于价值判断。

所以也不妨这样考虑:《西游记》里，一说“心”就是“心猿”，而白龙马的“意”体现得并不明显，因为“心”和“意”在这里不是平等的，“心”是本源的，“意”是派生的。

姹女和木母

木母，道教指汞，又称木龙，即元神。金公，道教称铅为金公，内丹术指元气。因为铅也写作鈆，可拆为“金”“公”两字。题名五代陈抟《阴真君还丹歌注》有“金父木母真铅汞也”，以金父与木母对称，即以真铅为父，真汞为母，结成内丹。但明代以前，道教基本没有以木母指称元神的说法，而以常配婴儿的姹女与金公搭配。金公本是拆字而得，公字没有意义，但容易理解为“金”性之“公”，故为金公配出一个“木”性之“母”。一些托名唐道士吕洞宾所作的诗词经书，常金公、木母对称，是晚出之作，如《三品仙经》:“木曰仁也，谓之木母；金曰义也，而为之金公。”《西游记》中，女性妖精天然适合“姹女”这个代号，而把肥头大耳的猪八戒称为“姹女”显然不合适，所以只能退而用“木母”来称呼他了。

《五行匹配》诗的含义

收得沙僧后原著有一首诗:

五行匹配合天真，认得从前旧主人。

炼己立基为妙用，辨明邪正见原因。
金来归性还同类，木去求情共复沦。
二土全功成寂寞，调和水火没纤尘。

这首诗很多讲五行的学者讲过，但全都没有讲到点子上。因为他们都是按字面意思大讲一通，并不曾推究这些词汇是从哪里来的。这首诗实际上基本袭用了元陈致虚《周易参同契分章注》的章节名:《炼己立基》《明辨邪正》《金返归性》《二土全功》《水火情性》。金来归性、木去求情，指金（元气）、木（元神）互相亲密配合。二土全功，二土指沙僧。寂寞，指空虚无为的境界。水火，可以指代元神、元气，同时也是一个抽象概念，以人体内上升的、运动的、活跃的因素为火，以下沉的、静止的、消极的因素为水。而土居其间，起到调和的作用。

起底镇元大仙

有了上一讲五行匹配知识的铺垫，这一讲才好讲镇元大仙和五庄观。

五庄观也是《西游记》里的一个大故事，首先遇到的一个问题，就是“镇元大仙”“五庄观”这几个名字的来源。

镇元大仙的身份太特殊了，书里说他是“地仙之祖”，那份从容自信潇洒出尘，极有魅力。但是这样一位大仙，在道教神谱里却找不到他的名字！我又到民间信仰里找，很遗憾，查遍了，也没有。

那这位镇元大仙是何来头？不排除一个可能——是作者编的，或者说，他是作者原创的神仙。而且，“五庄观”，看上去也未免太不像道教宫观的名字了！历史上记载的，有“五仙观”（广州）、“五岳观”（北京）、“五云观”（郴州）、“五圣宫”（宝鸡），五仙就是五位仙人，五岳就是五座名山，五云就是五色祥云，五圣指五通神，这些名字，都和道教有紧密的关系。“五庄”又是什么呢？难道是五个村庄吗？况且五庄观是一个大地名，并非出现在一处。如果只出现一处，还可以说是笔误，但处处都是五庄观，就需要考虑这里面有没有特殊的原因了。

《西游记》大量宣讲内丹术的理论，是确凿无疑的，所以不

妨顺着这个思路，去寻找镇元大仙的来历。

地仙是怎么炼成的？

首先，《西游记》里说镇元大仙是地仙之祖，内丹术里谈没谈到“地仙”这个概念呢？答案是有的，而且就在内丹术的“祖宗”《钟吕传道集》里！

《钟吕传道集》是五代时由施肩吾整理，以钟离权与吕洞宾师徒问答的形式，系统完整地论述了内丹学，建立了钟吕派内丹体系，可谓内丹史和道教宗派史上祖宗辈的著作，对后世影响非常大。

《钟吕传道集》是这样给神仙分类的：

吕洞宾问：“法有三成，而仙有五等者，何也？”

钟离权答：“法有三成者，小成、中成、大成之不同也。仙有五等者，鬼仙、人仙、地仙、神仙、天仙之不等，皆是仙也。鬼仙不离于鬼，人仙不离于人，地仙不离于地，神仙不离于神，天仙不离于天。”

在《西游记》第五十八回，孙悟空和六耳猕猴打到如来处的时候，如来佛正是给菩萨们普及了这种分类法：

> 菩萨又请示周天种类。如来才道：“周天之内有五仙：乃天、地、神、人、鬼（这里地仙与神仙的排序与《钟吕传道集》小异）。有五虫：乃蠃、鳞、毛、羽、昆。这厮非天、非地、非神、非人、非鬼；亦非蠃、非鳞、非毛、非羽、非昆。

这里需要强调一句：神仙的分类，从来就没有一个固定的说法。例如《庄子》分为真人、至人、神人等，《太平经》分为神人、真人、仙人、道人等，《抱朴子》分为天仙、地仙、尸解仙等，《道教三洞宗元》分为上仙、高仙、太仙、玄仙等，王重阳《重阳真人全关玉锁决》分为天仙、神仙、地仙、剑仙、鬼仙。

道教喜欢给神仙分类，因为道教历经了这么多年的发展，中间又有这么多的宗派，所以各家、各著作的分类，肯定都不一样。网上有些帖子介绍神仙的分类，其实那只是一个教派、一部著作、一个时代的个别说法，不能拿着这种个别的说法，当道教的普遍情况，网上有很多无谓的争论和误解，都是这么来的。

而《西游记》里如来佛“天地神人鬼”的分类，是《钟吕传道集》首创。在我的阅读和检索范围内，没有发现这种分类出现在比《钟吕传道集》更早的道经里。《中华道教大辞典》中“仙有差等”条，也认为这是钟吕的首创。可见，《西游记》受《钟吕传道集》或钟吕派的影响很深！

那么《钟吕传道集》是如何讲地仙的呢？

吕洞宾问：“所谓地仙者，何也？”

钟离权答：“地仙者，天地之半，神仙之才。不悟大道，止于中成之法。不可见功，唯长生住世，而不死于人间者也。”

“地仙”是“天地之半”。而《西游记》偷吃人参果这一回，正好有这样的话：

> 那仙童推开格子，请唐僧入殿处，只见那壁中间挂着五彩妆成的“天地”二大字，设一张朱红雕漆的香几，几上有一副黄金炉瓶，炉边有方便整香。唐僧上前，以左手捻香注炉，三匝礼拜。拜毕，回头道：“仙童，你五庄观真是西方仙界，何不供养三清、四帝、罗天诸宰，只将‘天地’二字侍奉香火？”童子笑道：“不瞒老师说。这两个字，上头的，礼上还当；下边的，还受不得我们的香火……”

这句“上头的，礼上还当；下边的，还受不得我们的香火”，岂不正是“地仙者，天地之半”的注脚？诸位继续看《钟吕传道集》：

吕洞宾问：“地仙如何下手？”

钟离权答：“始也，法天地升降之理，取日月生成之数。身中用年月，日中用时刻。先要识龙虎，次要配坎离。辨水源清浊，分气候早晚。收真一，察二仪，列三才，分四象，别五运，定六气，聚七宝，序八卦，行九洲。五行颠倒，气传子母，而液行夫妇也。三田反复，烧成丹药，永镇下田，炼形住世，而得长生不死，以作陆地神仙，故曰地仙。”

钟离权又说：“三百日圣胞坚，三百日胎仙完。形若弹丸，色同朱橘，名曰丹药，永镇下田。留形住世，浩劫长生，所谓陆地神仙。”

这里出现了“三田”，后面又说“永镇下田”。“三田”是什么呢？钟离权自己解释了：“丹乃丹田也。丹田有三：上田神会、中田气府、下田精区。”

丹田，是内丹术的一个重要概念，指人体内可以结丹的地方，一般认为，上丹田在两眉之间，中丹田在心下，下丹田就是下田，在肚脐附近（不同的丹经说法不一）。但是下丹田还有其他的名字，如“下元”“关元”“丹元”。钟离权说：“小还丹者，本自下元。下元者，五脏之主，三田之本。”所以，“镇压下田”，相当于说“镇压下元”或“镇压丹元”，这就是“镇元子”一词的真正来历！不得不说，这个名字设计得相当巧妙。“镇”字，还可以拆为真＋金，丘处机《大丹直指·五气朝元太阳炼形诀义》：“金液还丹变为金，其中纯阳气生，是为气中有气，已是陆地神仙，可与天地同其寿算。”小还丹往上炼，可以炼出大还丹，直至炼成“金液还丹”，就可以成为地仙，“与天地同其寿算”。这正是镇元大仙另一个名字“与世同君”的注脚。

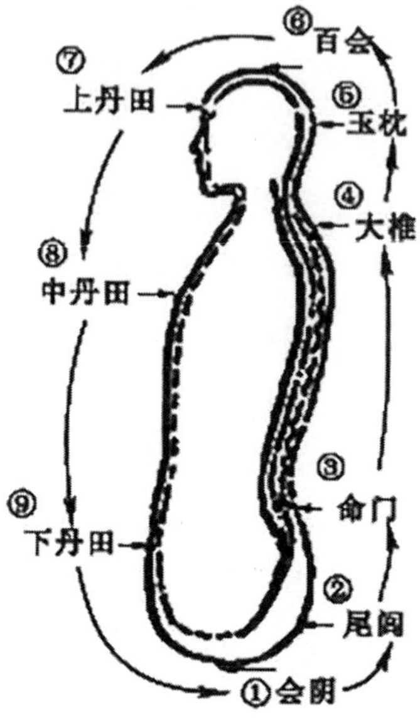

三丹田

同时，镇元大仙的这座山叫“万寿山”，门上有一副对联：“长生不老神仙府，与天同寿道人家”，处处提醒：长生不老、与天同寿，是观主的特征。所以孙悟空看了之后说：“这道士说大话唬人。我老孙五百年前大闹天宫时，在那太上老君门首，也不曾见有此话说。”

如果理解五庄观观主是地仙之首，已经炼成金液还丹，可与天地同寿，这一切就都可以理解了。

五庄观相当于"五脏庙"吗

上文提到,"五庄"不见于任何道教经典,但只要明白内丹术的原理就可以知道,"五庄"其实就是"五脏"的改写。

《钟吕传道集》里有这么一句话:"小还丹者,本自下元。下元者,五脏之主,三田之本。"既然"下元"是五脏之主,《钟吕传道集》又说地仙已经"镇压下田",那么这位地仙之祖当然更是五脏之主了!给他设计一座"五脏观"是合理的。

但是"五脏观"这个名字实在太难听了,民间"五脏庙"是对贪吃的人肚子的讽刺,《金瓶梅》就说:"正是珍馐百味片时休,果然都送入五脏庙。"还有人写过一篇《募修五脏庙疏》,是说要大吃大喝,满足五脏的需求。那么,怎样改造一下,既能表现"五脏"的意义,还能不和"五脏庙"这样的俗名相混呢?很简单,变变写法就行了。

怀素《自叙帖》中"藏"的写法

"五脏",又写作"五藏"。《管子》:五藏为脾、肺、肾、肝、心。我们现在不熟悉"五藏",但明朝人是熟悉的。"五藏观"的写法还是太直白了,干脆再变一变。"藏"的一个写法是"匨",或"壮"字上面加一横,匨和"庄"或"莊"就非常相似了。

而且世德堂本《西游记》,"藏"和"莊(庄)"经常混用。例如,第十九回:"行过了乌斯庄界。"第五十四回:"八戒是西牛贺洲乌斯庄人氏。""乌斯庄"其实都应该是"乌斯藏"。不管世德堂本是故意的,还是无

意的（例如它所据的原版本就是“庄”“藏”不分的），“庄”“藏”本来就有混用的现象，却是确凿无疑的。

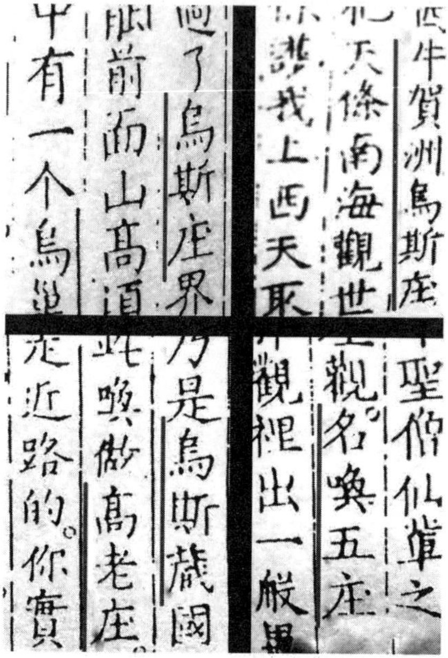

世德堂本《西游记》中“乌斯藏”“乌斯庄”“五庄观”

另一个版本的发现

“镇元大仙”和“五庄观”，是某位作者特意设计的，还有一条证据，那就是明末周清原《西湖二集》。这本书屡次引用《西游记》，如：

> 我曾看《西游记》那猪八戒道得好：世上谁见男儿丑。只要阴沟不通，通一通，地不扫，扫一扫。

> 连那《西游记》内的奔波儿灞、灞波儿奔身上都烧起燎浆大泡。
>
> 却是一个白面老狐，遂扑死在地，可不是《西游记》中金角怪和银角怪的压龙洞中老奶奶么？

这些引用，都和今天的《西游记》毫无二致，说明作者对《西游记》相当熟悉，他是明末人，他看到的版本和我们今天看到的差不多。

唯独有一个地方，很奇怪，这就是卷四《愚郡守玉殿生春》：

> 就把远志、石菖蒲等样买了数百斤，煎成一大锅，就像《西游记》中五圣观混元大仙要用滚油煎孙行者的一般。

周清原引用的金角、银角、奔波儿灞、灞波儿奔，甚至猪八戒说过的俗语都和今天的《西游记》无异，连小妖的名字他都记得住，为什么“五庄观”和“镇元大仙”，突然变成“五圣观”和“混元大仙”？这么有名的人物和地名，为何和今天的不一样了呢？

最合理的解释是，他看到的版本在这个地方和今天不一样！也就是说，历史上曾经有过一个《西游记》的版本，写的是“五圣观”和“混元大仙”！

“五圣观”和“混元大仙”，是常见的宫观名和神仙名。前文提到，陕西就有个“五圣宫”，“混元仙”也经常在书里遇见。作为一部通俗小说，采用这两个名字是非常合理的，采用名不见经

传的“五庄观”和“镇元大仙”，就不那么自然了。

所以，这一切都指向了编出“五庄观”和“镇元大仙”情节的这位作者，大概是有意宣扬某些东西。结合《西游记》和《钟吕传道集》的关系，我们有理由相信，这两个名字，包括只拜“天地”的一半，包括“与世同君”、万寿山的名字、门口的对联，都指向了《钟吕传道集》中的地仙修炼理论。

人参果和蟠桃

上一讲，我说，“镇元大仙”“五庄观”，是一位有道教背景的作者根据《钟吕传道集》的地仙修炼理论编出来的神仙和地名。这一讲，我们聊一聊人参果，也聊一聊镇元大仙的原型。先说人参果，它可不是被编出来的，它的历史，远比镇元大仙久远。诸位不妨先看两个故事。

古老的故事

《西游记》里是这样讲人参果的：

> 那观里出一般异宝，乃是混沌初分，鸿濛始判，天地未开之际，产成这颗灵根。盖天下四大部洲，惟西牛贺洲五庄观出此，一名“草还丹”，又名“人参果”。三千年一开花，三千年一结果，再三千年才得熟，短头一万年方得吃。似这万年，只结得三十个果子。

大家看，这人参果的特征和什么类似？对了，就是王母娘娘的蟠桃。所以黄周星在这里有一句批：“好果子，正可与天上蟠桃

争奇！”黄周星说对了，其实《西游记》里的人参果故事，正是从蟠桃故事演化而来的！蟠桃故事，《大唐三藏取经诗话》里有一个好玩的，说唐僧师徒来到了西王母池，猴行者说：“我八百岁的时候，在这里偷过桃子吃。到现在二万七千岁，也没再来了。”唐僧说：“真的？我们也去偷几个吧。”猴行者摆摆手道：“算啦！我那年偷的时候就被王母捉住啦，打了好几千铁棒，发配在花果山紫云洞，现在肋下还隐隐地痛，要偷你去偷，我可不敢了。”说着说着，一行人就走到池边的桃树下了。猴行者说：“轻轻的，别高声！”唐僧急得说：“偷吧偷吧。”猴行者说：“这桃树有地神看守，没法偷。”唐僧说：“你神通广大，一定成的。”

两人正说着，忽听扑通几声，树上三颗熟透的桃子掉池里了。唐僧说：“快捞快捞呀！”猴行者没办法，就用锡杖在石头上敲了三下，忽然池水中冒出来一个小孩，行者问：“你今年几岁？”小孩说：“三千岁。”行者说：“不用你。”又敲几下，又一个小孩出来，说：“我五千岁。”行者说：“也不用。”再敲几下，又出来一个，说：“我七千岁啦。”行者放下锡杖，把小孩捏在手里，递给唐僧，说：“师父，你吃不吃？”唐僧吓了一跳，转身就跑。那个小孩忽然被孙悟空变成了一颗枣，给唐僧囫囵吞了下去。直到取经回来时经过四川，才把核吐出来，于是至今这里还出产人参。

虽然这里吃的是蟠桃，但情节上有几点值得注意：

一、桃子掉了下来，不是漂在水上，而是沉下去找不到，需要特别的法术才能使它出来。

二、桃子的形象是小孩子。

三、这三个小孩年龄分别是三千岁、五千岁、七千岁。

四、猴行者把小孩抓在手里，给唐僧吃，唐僧不敢吃。

五、桃核变成了人参。

六、金环锡杖起到召唤小孩出来的作用。

这几个特征，都和今天《西游记》里的人参果相似：

一、人参果正是“遇土而入”，掉在地上就钻进去，不用法术是冒不出来的。

二、人参果长得像小孩子。

三、人参果也分三个阶段，三千年开花、三千年结果、三千年成熟；而《诗话》中蟠桃“千年始生，三千年方见一花，万年结一子，子万年始熟”。

四、唐僧也因为人参果长得像小孩子，不敢吃。

五、人参果就是以“人参”命名的。

六、人参果需要金击子敲下来，金击子“二尺长的赤金，有一个蒜头儿”，与敲石头的金环锡杖很相似。

所以，人参果在早期西游故事里，就已经有了原型了。其实可以这样说，五庄观故事，就是比着西王母池故事写出来的，只是主人换作了镇元大仙而已。

其实如果再往上推，人参果故事还有更古老的原型。例如南北朝时期的《述异记》：

> 大食王国（即古波斯）在西海中有一方石，石上多树，赤干叶青，总生小儿，长六七寸，见人皆笑，动其手足，头着树枝，使摘一枝，小儿便死。

这和《西游记》中的描写岂不正相似：

> 只见那正中间有根大树，真个是青枝馥郁，绿叶阴森，那叶儿却似芭蕉模样，直上去有千尺余高，根下有七八丈围圆。那行者倚在树下，往上一看，只见向南的枝上，露出一个人参果，真个像孩儿一般。原来尾间上是个扢蒂，看他丁在枝头，手脚乱动，点头幌脑，风过处似乎有声。

连手脚乱动、点头晃脑的特征，都一脉继承下来了。

从故事发展的角度看，人参果故事或其原型是早就有的，只是它的主人不停地在换，到了今天的《西游记》就换成镇元大仙了。

袖褪乾坤

镇元大仙最厉害的法术，是“袖褪乾坤”。有朋友说，不是“袖褪乾坤”，而是“袖里乾坤”。但是，世德堂本原文就是“褪”：

> 那行者没高没低的，棍子乱打。大仙把玉麈左遮右挡，奈了他两三回合，使一个“袖褪乾坤”的手段，在云端里，把袍袖迎风轻轻的一展，刷地前来，把四僧连马一袖子笼住。

“袖褪乾坤”改为“袖里乾坤”，这也是后来的版本改的。其实“褪”（tùn），是隐藏在袖内的意思，如元高文秀《襄阳会》第三折：“怀揣日月，袖褪乾坤。”也写作“吞”，在民间故事里

很常见，如鼓词《沉香救母雌雄剑》："袖吞乾坤多玄妙，七圣神兵用袖装。"

这个法术，诸葛亮也会，见《三国演义·诸葛亮五出祁山》：

> 司马懿在后赶来，传令曰："孔明善会八门遁甲，能驱六丁六甲之神，亦能呼风唤雨，袖褪乾坤。此乃六甲天书内缩地之法也。"

但不知为何诸葛亮面对司马懿的千军万马，不能使一个"袖褪乾坤"，把曹兵都笼起来？难道同样的法术，也有威力的高低？

三岛求方

《钟吕传道集》有这样一段话：

> 地仙厌居尘世，用功不已，而得超脱，乃曰神仙。神仙厌居三岛而传道人间，道上有功，而人间有行，功行满足，受天书以返洞天，是曰天仙。既为天仙，若厌居洞天，效职以为仙官：下曰水官，中曰地官，上曰天官。于天地有大功，于今古有大行。官官升迁，历任三十六洞天，而返八十一阳天，历任八十一阳天，而返三清虚无自然之界。

也就是说，神仙的境界，比地仙高一层。地仙如果不愿在尘世待着，可以超脱为神仙。神仙常待的地方是三岛，但他们如果

不愿意在三岛待着，而愿意造福人类，就可以到人间行道，道行满足，就可以升为天仙。天仙可以在洞天待着，也可以到天宫当个公务员。只有在公务员系统不断升迁，在各个洞天都挂职轮岗锻炼过一遍，才能“返三清虚无自然之界”。“三清”就是道教的“三清境”，是神仙的最高位置。

孙悟空推倒了“地仙”的人参果树，要救活，只能上升一个级别，到“神仙”的领域去求助。所以在三岛的蓬莱岛上，孙悟空向福禄寿三星求助。三星说：

> 你这猴儿，全不识人。那镇元子乃地仙之祖，我等乃神仙之宗；你虽得了天仙，还是太乙散数，未入真流。你怎么脱得他手？

这段话里“地仙”可能会引起我们注意，但“神仙”“天仙”两个词，是很容易错过去的，可这里面其实有特别的含义。

三星的意思是说，镇元子是地仙（第三级），三星是神仙（第二级），孙悟空反倒等级最高，是天仙（第一级），但孙悟空还是“散数”，不算有天仙正式的编制。事实上也是如此，孙悟空第一次当了弼马温，是“未入流”，第二次的齐天大圣，是“有官无禄”，都不能算正式的天仙，顶多在“水帘洞洞天”投闲置散而已。

莫非镇元大仙有他的影子？

关于人参果和仙人的分别，大概就是这些，但这里面还有些不太明白的地方，我不妨说一个大胆的推测，开一个大脑洞。注

意，只是脑洞而已。

第一，按说镇元大仙是“地仙之祖”，海上三星自称是“神仙之宗”，地位也已经不低，为何反倒说“我们的道，不及他的多矣”，而且三星说起镇元子，口口声声是“上辈”，见面也是以晚辈之礼相见的。

第二，何以最终解决问题的是佛教的菩萨，而不是再上一个等级，去找真正的“天仙”求助？

身份是地仙，神通还不小，居然被神仙等级的人尊重，口口声声说是“上辈”，性格潇洒自信，这人和谁比较像？当然，镇元大仙就是镇元大仙，是《西游记》的一个人物。但是我们可以猜测，作者是比着谁为原型写的？或者说，借用或部分借用了谁的特征？

装束方面。《西游记》镇元大仙出场时，化成一位道士，他的装束是：

> 穿一领百衲袍，系一条吕公绦。手摇麈尾，渔鼓轻敲。三耳草鞋登脚下，九阳巾子把头包。飘飘风满袖，口唱《月儿高》。

俨然一派世俗道士的模样。而明代《西湖二集》是这样描绘吕洞宾的：

> 身上穿一领百衲道袍，腰系一条黄绵丝绦，脚下踹一双多耳麻鞋，头上包一顶九华仙巾。飘飘须髯，是唐朝未及第的进士。洒洒仪容，系朝游北海暮苍梧、三醉

岳阳楼的神仙。

对比一下《西游记》的描写，这简直就是镇元大仙的翻版啊！

在法术方面。上文提到，镇元大仙最厉害的法术，是“袖褪乾坤”，那么，吕洞宾喜欢用的法术是什么？且看一个关于吕洞宾的故事。

绍兴十六年（1146），武陵人杜昌言在家中园子里设宴，忽然来了一个背着斗笠的青衣道士，说：“我能和你们喝一杯吗？”杜昌言就请他入席。道士喝酒吃肉，毫不客气。说：“我也不白喝你们的。”忽然从袖子里取出一个两升多的锡酒壶，对席间一个人说：“我看只有你有神仙之分，只是世事未除，来喝我的酒！”说着举壶就斟，大家不知喝了多少酒。壶里居然还没倒空。杜昌言笑着说：“道长您莫非是吕祖吧？”道士说：“你又没见过吕洞宾，你怎么知道——你们想见吗？请看！”说着道士纵身一跳，将背上斗笠掷向空中，跨鹤而去。

袖子里取出一个两升多的酒壶，不是“袖褪乾坤”是什么？吕洞宾自己还写有一首诗：“星辰往往壶中见，日月时时袖里藏。”也与“袖褪乾坤”相关。

此外，《吕祖志》等关于吕洞宾的书，也经常提他的袖子。最著名的是：“朝游北海暮苍梧，袖里青蛇胆气粗。三醉岳阳人不识，朗吟飞过洞庭湖。”还有诗句专门提到他袖子大：“纯阳袖大惹春风，归去来兮甚有功。留下玄机无价宝，玉蟾解和亦谈空。”吕洞宾的《题黄鹤楼石照》：“黄鹤楼前吹笛时，白蘋红蓼满江湄。衷情欲诉谁能会，惟有清风明月知。”最后一句的意思是只有清风明月如朋友般了解他，而《西游记》中镇元大仙的两个道童，

正是叫清风、明月！这恐怕不是偶然吧。

多说一句，吕洞宾的原型是唐代的吕岩，神化之后，后人多有附会，所以这里举的诗，未必是历史上的吕岩写的。但既然人们公认是神仙吕洞宾写的，那也就无所谓了。这首《题黄鹤楼石照》因为写在黄鹤楼上，所以特别有名。宋诗、元曲中都曾提到它，不是一首犄角旮旯的诗。

地位方面，《西游记》是这么说镇元大仙的：

孙悟空说，在太上老君的门口，也不曾见这个对联；只拜天地，地还不值得一提；虽是地仙，神仙之宗福禄寿三星都自愧不如，恭恭敬敬执晚辈之礼，称之为“上辈”（《西游记》还把神仙与地仙位置调了一下，使地仙升了一级）；号称地仙之祖；观音菩萨都让他三分。

而吕洞宾的地位，在全真教也极为尊崇。他被奉为北五祖之一，是一位和光同尘、混迹世间、与世同其沉浮的人物，虽有大神通、大修行，却喜欢驻世。就算不谈那些内丹理论，结合吕洞宾的圣号“孚佑帝君”，号“与世同君”和“地仙之祖”，说镇元大仙是照吕洞宾的形象写的，也完全说得过去。

顺便说一句，全真道士喜欢自认为仙，比如他们管年轻弟子称为“小仙”。全真七子的马钰，就有《满庭芳·赠张小仙》，这个张小仙，就是他姓张的弟子辈人物。对“小仙”这个词的爱好，是全真教的独创。而五庄观里的年轻弟子，作者正是称他们为“小仙”，比如“教二十个小仙，扛将（孙悟空）起来”，又如“领众小仙出离兜率，径下瑶天”，比比皆是。《西游记》里的“地仙”“小仙”，毋宁说是有道教背景的作者（们）对本派全真徒众自高身份的称呼！

《西游记》里的镇元大仙，还特有性格。被推倒了果树，不依不饶，还特别护犊子，而且说到做到，坦坦荡荡，既不是虎力大仙式的妖道，也不是心淡如水的隐修神仙，反倒靠一派人间烟火气赢得了无数读者的喜爱，这在《西游记》中是特例。

而在民间信仰中，吕洞宾是道教中人气最旺的。吕洞宾和观音菩萨的关系，也非同一般。漫说打开算命网站，就并排出现观音灵签、吕祖灵签，各地都有吕洞宾和观音菩萨合祀的庙宇（例如我前面讲过的崂山救苦殿），民间传说中也有许多吕洞宾和观音互动的故事，比如《吕洞宾戏观音》等。

我们知道，《西游记》经历过一个被全真教改造的过程。从原著中，能感觉到作者对镇元大仙的尊崇。这一回，从人名、地名到情节设定，完全是借用了《钟吕传道集》许多理论，作者借此向吕洞宾祖师致敬，也是完全可能的！所以，假如真的给镇元大仙找一个原型的话，恐怕非吕祖吕洞宾莫属了。

白骨精的罗生门

白骨夫人（李云中　绘）

三打白骨精的故事，应该是大家最熟悉的。我们从小被教育，不要像唐僧一样，人妖不分，敌我不分，要相信孙悟空的火

眼金睛，要擦亮眼睛，认清真相……

如果大家细读原著，就会发现，在三打白骨精这个故事中，不是这样，而且完全不是这样！

按惯例，还是要概括一下剧情：

白骨精变成了美女、老太太、老头一家三口，来迷惑唐僧。孙悟空火眼金睛，认得出来。不料白骨精会解尸法，前两次都没有打死，留下了假尸体。唐僧误以为孙悟空无故行凶。最后一次，孙悟空把白骨精打出了原形，但唐僧仍然信了八戒的谗言，将孙悟空赶走。

这个故事很简单，意思却很深，但现代的影视、戏曲，都有些曲解原著的意思，这一讲不妨按原著澄清一下，尤其是作为掌握着决策权的唐僧的表现。

一打白骨精

我们且看一打白骨精前，唐僧，是不是像我们平时说的那样，人妖不分，是非颠倒。

孙悟空去摘桃，白骨精变化了一个少女走近，是唐僧先发现的：

> 三藏见了，叫："八戒，沙僧，悟空才说这里旷野无人，你看那里不走出一个人来了？"

够警觉吧？八戒、沙僧都没察觉，唐僧先发现了。

八戒就跑去看，问了那女孩，女孩说：我提的是香米饭，炒

面筋，要还愿斋僧。于是八戒回禀道：这是一个斋僧的女子。然后唐僧说什么？

> 唐僧不信道："你这个夯货胡缠！我们走了这向，好人也不曾遇着一个，斋僧的从何而来！"

然后唐僧询问女子，女子编造身世说：正西是我家，有父母在堂，看经好善，招了一个女婿。这时唐僧说什么？

> 三藏闻言道："女菩萨，你语言差了。圣经云'父母在，不远游，游必有方'。你既有父母在堂，又与你招了女婿，有愿心，教你男子还，便也罢，怎么自家在山行走？又没个侍儿随从。这个是不遵妇道了。"

我们看，到这里，唐僧对谁都不信。他第一句话："悟空才说这里旷野无人，你看那里不走出一个人来了？"见到个人，说句"那里来了个人"不就得了，何苦把悟空捎在里面？这其实体现了唐僧对孙悟空不信任。

但是他也并不相信八戒，八戒回禀女子的情况，唐僧却说他胡缠，他必须得亲自询问一番女子的身世。即便如此，村姑的这段故事并没有使唐僧相信。唐僧指责她"怎么自家在山行走""这个是不遵妇道了"，这真的是指责她不遵妇道吗？当然不是！这是唐僧在想法质问、套话。萍水相逢，唐僧一个和尚家，何苦管人家女子遵不遵妇道？他正是借"不遵妇道"来套村姑多开口说话！只要村姑辩解的话一多，唐僧又不是傻子，总能看出漏洞的。

> 那女子笑吟吟，忙陪俏语道：“师父，我丈夫在山北凹里，带几个客子锄田。这是奴奴煮的午饭，送与那些人吃的。只为五黄六月，无人使唤，父母又年老，所以亲身来送。忽遇三位远来，却思父母好善，故将此饭斋僧，如不嫌弃，愿表芹献。”
>
> 三藏道：“善哉！善哉！我有徒弟摘果子去了，就来，我不敢吃。假如我和尚吃了你饭，你丈夫晓得，骂你，却不坐罪贫僧也？”
>
> 那女子见唐僧不肯吃，却又满面春生道：“师父呵，我父母斋僧，还是小可；我丈夫更是个善人，一生好的是修桥补路，爱老怜贫。但听见说这饭送与师父吃了，他与我夫妻情上，比寻常更是不同。”
>
> 三藏也只是不吃……八戒……不容分说，一嘴把个罐子拱倒，就要动口。

这一来一往几个回合。唐僧把所有的漏洞都挑出来了，白骨精把所有的可能都说圆了：一是自己为何一妇道人家孤身行走；二是为何明明给丈夫送饭，又忽然要把饭转送给唐僧。这几个回合，逻辑上，没有火眼金睛的唐僧，是无法再怀疑什么了，然而唐僧最后的决策，还是不肯吃。说明他本来就是有戒心的。哪里能看出他人妖不分、颠倒是非了？真正人妖不分的，是猪八戒！

但是唐僧不吃，就等于说，他认为眼前这女子是妖怪吗？当然不是！天下只有好人和妖怪两种情况吗？西天取经路上情况多得很！有好人，也有强盗，有妖怪，也有误会（比如寇员外那

回）。荒僻山坳里忽然走出一个村姑，只能说情况可疑。不搭理、不轻信，但也不要得罪人家，才是最好的选择，唐僧推说孙悟空摘桃去了，不肯吃她的饭，何错之有？

所以孙悟空驾云回来，举棒就打，唐僧赶紧拉住："悟空，你走将来打谁？""这女菩萨有此善心，你怎么说他是妖精？"这两句话也没有问题。假如唐僧说："悟空，这荒郊野岭的，我们不明就里，这女子虽说是斋僧，但也未必就是好人。我们走吧。"万一人家真的是斋僧的怎么办？作为僧人，你可以拒绝斋供，但当面怀疑人家动机，恐怕就有违僧人的职业道德了！

然而孙悟空犯了一个错误，他怎么说的？

> 师父，我知道你了，你见他那等容貌，必然动了凡心……就在这里搭个窝铺，你与他圆房成事……取甚经去！

老实说，这就不是讨论问题的态度！

孙悟空说"我火眼金睛，认得这是妖怪"了吗？说"我看出这妖怪本相，是个什么成精"了吗？为什么不讲清楚自己观察的结果，反倒用这"动凡心"的话来抢白唐僧，唐僧还有什么解释的必要？

所以，在"一打白骨精"整个故事中，唐僧从头到尾都在怀疑，他尽凡人最大的努力及时发现蹊跷、抓住漏洞、积极质疑，而且他还做到了在没有也无法判断对方是人是妖时，及时阻住了孙悟空的第一棍，以免误伤无辜。这应该说没有半点可以质疑的吧。

谁主张，谁举证。唐僧主张村姑不是妖，且凭他凡人的最大能力调查并举证了：她是来斋僧的。孙悟空具有判别是非的能力，主张是妖，理论上，他应该举出更多的证据才有助于团队的合作。可孙悟空举出的证据在哪里呢？

其实这就看出孙悟空傲岸不羁的一面，他不屑于和一个凡人辩论：你爱信就信，不信就不信，老子懒得和你多讲。所以，他只凭一句毫无道理的抢白话，直接终止了辩论。这对于解决问题，毋宁说是最高效的办法，但却是最破坏团结的办法。

二打白骨精

白骨精的第二次变化是这样的：

> 好妖精，按落阴云，在那前山坡下，摇身一变，变作个老妇人，年满八旬，手拄着一根弯头竹杖，一步一声的哭着走来。八戒见了，大惊道："师父！不好了！那妈妈儿来寻人了！"唐僧道："寻甚人？"八戒道："师兄打杀的，定是他女儿。这个定是他娘寻将来了。"行者道："兄弟莫要胡说！那女子十八岁，这老妇有八十岁，怎么六十多岁还生产？断乎是个假的，等老孙去看来。"……行者认得他是妖精，更不理论，举棒照头便打。那怪见棍子起时，依然抖擞，又出化了元神，脱真儿去了；把个假尸首又打死在山路之下。

有人说孙悟空机智，能一下子想到"那女子十八岁，这老妇

八十岁，怎么六十多岁还生产”。这个逻辑，唐僧又不傻，何尝想不到？所以他这里，从头到尾只说了一句话：“寻甚人？”其余的对话，都是孙悟空和猪八戒在 PK。

其实原著根本没有说老太太哭的谁。老太太根本没有自认她和那小姑娘有什么关系。一切混乱的起源是猪八戒胡猜乱道（先不管他是故意的还是真蠢）。孙悟空一照面就打，白骨精连说话的机会都没有，就被打倒了。

所以第二场，唐僧一点有效信息都没有得到。他没有听到老太太的任何话，孙悟空也没有给妖精任何露破绽的机会，而且孙悟空处理得实在急躁了些，说得严重一点，倒像是尽早杀人灭口了！这哪里看得出唐僧人妖不分、是非颠倒？

1986 版电视剧《西游记》里，这老太太哭着找女儿来了，还问唐僧女儿的下落，发现女儿尸体又哭了一场，前前后后，说了好多话。这其实是个大 bug。唐僧见到那个村姑，都知道盘问半天，现在见到一个八十多岁的老太太自认是十八岁小姑娘的妈，如何不起疑心？这就把唐僧演得太蠢了！

三打白骨精

白骨精第三次变化了一个老公公，这一场是这样的：

> 唐僧在马上见了（老公公），心中欢喜……八戒道：“师父……那个是祸的根哩。”唐僧道：“怎么是祸根？”八戒道：“行者打杀他的女儿，又打杀他的婆子，这个正是他的老儿寻将来了……那行者使个遁法走了，却不苦

了我们三个顶缸？”

行者听见道：“这个呆根，这等胡说，可不唬了师父？等老孙再去看看。”他把棍藏在身边，走上前迎着怪物，叫声：“老官儿，往那里去？怎么又走路，又念经？”那妖精错认了定盘星，把孙大圣也当作个等闲的，遂答道：“长老阿，我老汉祖居此地……止生得一个小女，招了个女婿，今早送饭下田，想是遭逢虎口。老妻先来找寻，也不见回……”行者笑道：“……你瞒了诸人，瞒不过我，我认得你是个妖精！”那妖精唬得顿口无言。行者掣出棒来，自忖道：“若要不打他，显得他倒弄个风儿；若要打他，又怕师父念那话儿咒语。”又思量道：“不打杀他，他一时间抄空儿把师父捞了去，却不又费心劳力去救他？还打的是。就一棍子打杀他，师父念起那咒，常言道‘虎毒不吃儿’。凭着我巧言花语，嘴伶舌便，哄他一哄，好道也罢了。”

好大圣，念动咒语叫当坊土地、本处山神道：“这妖精三番来戏弄我师父，这一番却要打杀他。你与我在半空中作证，不许走了。”众神听令，谁敢不从？都在云端里照应。那大圣棍起处，打倒妖魔，才断绝了灵光。

这一场，孙悟空和妖精虽然有对话，但是这对话发生在远处，是孙悟空迎上前去，和白骨精说的话，唐僧根本就没有听见。否则孙悟空又是念咒，又是安排的，唐僧难道一点都不知道？也就是说，第三次打白骨精时，唐僧一点信息都没得到，他还没有任何动作，白骨精就被孙悟空打死了，这哪里又看得出唐

僧人妖不分、是非颠倒？他连了解的机会都没有！

况且唐僧在赶孙悟空走时，也一直说“你一连打死三人”，他眼里只看见孙悟空“把平人打死一个，又打死一个”，如此而已！

怎样对待证据

白骨精最厉害的本事，莫过于解尸法，这是留下假尸体当作证据的办法，不管它留下的尸体是借的真人的（1986 版电视剧《西游记》)，还是只能撑一会儿的幻术，总之短时间内是看不出来的。但是最后一次，孙悟空把白骨精打出了原形，唐僧为何还是不信呢？

> 那唐僧在马上，又唬得战战兢兢，口不能言。八戒在傍边又笑道：“好行者，风发了！只行了半日路，倒打死三个人！”唐僧正要念咒，行者急到马前，叫道：“师父，莫念！莫念！你且来看看他的模样。”却是一堆粉骷髅在那里。唐僧大惊道：“悟空，这个人才死了，怎么就化作一堆骷髅？”行者道：“他是个潜灵作怪的僵尸，在此迷人败本；被我打杀，他就现了本相。他那脊梁上有一行字，叫作‘白骨夫人’。”
>
> 唐僧闻说，倒也信了，怎禁那八戒傍边唆嘴道：“师父，他的手重棍凶，把人打死，只怕你念那话儿，故意变化这个模样，掩你的眼目哩！”唐僧果然耳软，又信了他……

这里有物证：一个人死了，不可能立即化为白骨。所以唐僧第一选择是信悟空。但是八戒又提供了一个可能：这是孙悟空的障眼法。

从这里，能看出原著的逻辑其实是很严密的！这其实是一个罗生门事件。白骨精会解尸法，能留假证据；以孙悟空的神通，又何尝不会使障眼法，消灭真证据？站在唐僧的角度来看，他真的是难以判断，到底是孙悟空在行凶，还是妖怪幻化？

还有，第一次村姑留下的饭菜变成了蛆和蛤蟆，原著是这样描写的：

> 行者道："师父莫怪，你且来看看这罐子里是甚东西。"沙僧搀着长老，近前看时，那里是甚香米饭，却是一罐子拖尾巴的长蛆；也不是面筋，却是几个青蛙、癞虾蟆，满地乱跳。

从沙僧和唐僧离饭菜较远来看，逻辑上来说，孙悟空有足够的时间把真米饭变成蛆和蛤蟆。

第二次老婆婆没有留下物证，第三次，老公公有一句口供，就是他轻敌了之后（错认了定盘星），随口编的一个有破绽的话，说老太太是他妻子，小姑娘是他女儿，这就真犯了那个"六十多岁还生产"的 bug。但是，孙悟空何不把这句话向唐僧转述一番，以指出其中的破绽呢？这很简单，眼前摆着一堆白骨，猪八戒犹且指为孙悟空的障眼法，由孙悟空单方面转述的和老公公的对话，又如何能取信于唐僧？

况且，第三次这堆白骨出现时，孙悟空有时间跑回去请师

父来看骷髅，为何不能在跑回去之前，先把老公公的尸体变成骷髅？据原著，唐僧并没有见到老公公在眼前化为骷髅，足见他离现场有一段距离。

所以只有细读原著，才能发现这些问题。各种戏曲和影视，几乎都把白骨精提供的信息，处理成公开的，让师徒四众都同时听到、看见。唐僧在知道了这些信息之后，还执意把孙悟空赶走。这就是有意把唐僧往人妖不分、愚不可及上面拉扯！其实这是对原著的误解。

我一直在讲《西游记》是平静温和地面对人性的，所以，三打白骨精这一段，我们也不要理解为批判唐僧。面对现有的信息，他只能这样做。最近有些影视，开始往这个本意上回归了。

概率与经验

肯定有人要说，孙悟空不是火眼金睛吗，难道唐僧还不信？在遇到白骨精之前，孙悟空展示过大约六次火眼金睛，两次辨识神仙成功，三次不详，一次失败，成功率非常低，这要唐僧如何相信孙悟空的能力？所以，在没有外界有效信息可以佐助判断的时候，唐僧只能听从两个声音，一个是经验，一个是概率。关于火眼金睛的准确率问题，本书还会详细统计。

经验是对以往的总结：孙悟空在唐僧面前曾经打死过六个毛贼。概率是对未来的预估：碰上一个妖怪假变的人，概率就算二分之一，一连碰上三个，概率就是八分之一了！真相虽然是一个会解尸法的妖怪变了三次，但这是小概率事件，谁也想不到。假如每碰上一件蹊跷的事，就都怀疑人家是妖怪，那也就寸步难

行了。

当然我们不能赞扬唐僧如何如何，起码，不能这样丑化他。

唐僧何尝不是用这种概率性的思维想问题呢？他见老太太被打死，立即指责孙悟空说：“你把平人打死一个，又打死一个，此是何说？”孙悟空说她是妖精，唐僧就说：“这个猴子胡说！就有这许多妖怪？”

从这两个前提出发，孙悟空被冤枉是必然的！

白骨精是人是妖很重要吗？

唐僧变虎之后，猪八戒去请孙悟空回来降妖。最后师徒相见，孙悟空把唐僧变回原形，原文是这样的：

> 长老现了原身，定性睁睛，才认得是行者。一把搀住道：“悟空！你从那里来也？”沙僧侍立左右，把那请行者降妖精，救公主，解虎气，并回朝上项事，备陈了一遍。三藏谢之不尽，道：“贤徒，亏了你也！亏了你也！这一去，早诣西方，径回东土，奏唐王，你的功劳第一。”行者笑道：“莫说！莫说！但不念那话儿，足感爱厚之情也。”唐僧复得了孙行者，师徒们一心同体，共诣西方。

这里从头到尾，其实并没有对孙悟空三打白骨精的行为，给出任何洗白。师徒只是互相感谢，说一些场面上的话，竟然绝口不提白骨精的事。

此前呢？也没有。唐僧赶走孙悟空后，很快就被黄袍怪抓了。1986 版电视剧《西游记》安排了一个黑狐精，给唐僧讲明真相，其实在原著里是没有这个情节的！唐僧被放出来后呢？也没有任何人和他提白骨精的事，这件事，就这样过去了！

所以可以看出：孙悟空火眼金睛能够识别妖怪这一点，并不是原著最想强调的！我们今天的相关文艺作品，喜欢强调这一点，实际上是失去本意了。况且我也说过，火眼金睛辨识率并不是很高，就算能辨识妖怪，似乎孙悟空也不善于或不愿意描述。

那么，作者想强调的是什么呢？其实有三个地方点了题。

第一是孙悟空走后：却说唐僧听信狡性，纵放心猿。

第二是“唐僧复得了孙行者，师徒们一心同体，共诣西方”。这就是取得了唐僧的理解。

第三是孙悟空离开花果山的时候，突然有这样一个奇怪的举动：

> 那大圣才和八戒携手驾云，离了洞，过了东洋大海，至西岸，住云光，叫道：“兄弟，你且在此慢行，等我下海去净净身子。”八戒道：“忙忙的走路，且净甚么身子？”行者道：“你那里知道。我自从回来，这几日弄得身上有些妖精气了。师父是个爱干净的，恐怕嫌我。”八戒于此始识得行者是片真心，更无他意。

这就是取得了八戒的理解。取经队伍是五个人，沙僧不发表意见（原著如此），白龙马基本不会说话，孙悟空以一对二。他的两个反对者，至此都理解孙悟空了。

如果说原著对孙悟空有洗白，也就是这么几处而已。如果把取经队伍看作一个团队，原著实际强调的是队伍的团结。如果看作一个人，实际强调的是身心的和谐。孙悟空打的是人是妖，并不重要！

老实说，孙悟空拥有取经队伍里的最强武力和最高判断力，他的判断是足够可靠的，但是他的问题，前面也说过了，就是他不愿意解释，不愿意分辩，唐僧摆出了怀疑态度，他还抢白。他采取的是效率最高的解决办法，同时也是最破坏团结的解决办法。他的判断力没出问题，反倒是大家对他的接受程度出了问题。

比如第一次面对那个少女，如我所说，唐僧还尽最大能力进行了辨析，可是孙悟空通过抢白让师父闭嘴，然后就是“发起性来，掣铁棒，望妖精劈脸一下”。第二次打老婆婆，唐僧就懒得辨析了，白骨精还没讲话，孙悟空就是劈头一棒。第三次唐僧更是一句话没说，却写了孙悟空的内心独白：

> “不打杀他，他一时间抄空儿把师父捞去，却不又费心劳力去救他？还打的是。就一棍子打杀他，师父念起那咒，常言道，‘虎毒不吃儿’。凭着我巧言花语，嘴伶舌便，哄他一哄，好道也罢了。”

问题就在这里啊：他宁愿高姿态，去费心劳力救；甚至低姿态，巧言花语哄，只是不肯和唐僧平等地交流，就愿意一棍子了事。为什么？

其实每个单位或每个团队里都有这种强硬势力，他可以对能力低的人决断杀伐，也可以花言巧语，其实本质上，还是对这些

不如他的人看不起，高高在上。费心劳力救，固然是一种施舍；巧言花语哄，何尝又不是一种施舍？能力？有。只是态度傲慢，不屑和你讨论问题，还堵你的嘴。你窝囊，就只好受着。这大概也是许多团队里闹矛盾的一个原因吧。

火眼金睛辨识率还没及格？

众所周知，孙悟空会火眼金睛，能够认出妖怪的本相。

尤其是三打白骨精这一回，在1986版电视剧《西游记》里，从孙悟空的眼里看来，白骨精的骷髅头是叠加到了老公公的脸上。敢情火眼金睛像X光一样，无论什么妖怪在孙悟空面前一晃，他都能认清妖怪的本来面目。

但是原著里是这样的吗？

完全不是！这是电视剧给孙悟空这项能力的强化！甚至可以说，是质的变化！

所以，不妨把《西游记》原著中所有关于火眼金睛的情节都扒出来，看一看这到底是什么法术。

火眼金睛第一个作用：遥感

首先说说孙悟空的火眼金睛的来历。看过原著的读者就知道，它是在老君炉里炼出来的：

> 他即将身钻在巽宫位下。巽乃风也，有风则无火。只是风搅得烟来，把一双眼熵红了，弄做个老害病眼，

故唤作“火眼金睛”。

这句话可以当幽默听，也可以当真事听。孙悟空第一次展示“火眼金睛”，是出了五行山后：

> 他打个唿哨，跳在空中。火眼金睛，用手搭凉篷，四下里观看，更不见马的踪迹……行者道：“你也不知我的本事。我这双眼，白日里常看一千里路的吉凶。像那千里之内，蜻蜓儿展翅，我也看见。何期那匹大马，我就不见？”

注意，火眼金睛更像是一种望远镜，不仅带有遥感功能，在估算距离方面更是从来没有出过差错，例如在流沙河、通天河、荆棘岭等地，都是基本准确地估算出“八百里”或者“千里之遥”。这个功能从来没有失效过。

拥有这样遥感能力的神仙，也不是没有，而且好像更专业。比如孙悟空刚出世的时候，千里眼和顺风耳就已经远远观察过他了。千里眼和顺风耳，并不是《西游记》的独创。“千里眼”在《魏书》里就出现了，说的是一位叫杨逸的官员，特别恨当地的豪强，设了很多耳目监察他们，所以人称杨逸有“千里眼”。这个词成了惯用语之后，民间故事里也就有了“千里眼”神了。如另一部较早的小说《三遂平妖传》里面就有“千里眼”。

火眼金睛的辨识原理

在原著里，孙悟空辨识对方是妖是神，并不是透过对方的外

表看到本相，而是完全靠围绕着对方的云雾判断。这在原理上，有点像红外热像仪，而不是X光透视。这在书中有大量的例子。

比较详细地描写孙悟空展示火眼金睛，是在“四圣试禅心”那一回：

> 行者闻言，急抬头举目而看，果见那半空中庆云笼罩，瑞霭遮盈，情知定是佛仙点化，他却不敢泄漏天机，只道：“好！好！好！我们借宿去来。”

但是他见了几个美女之后，也看不出来是什么菩萨点化。以至于次日师徒发现自己身处林中，高楼大厦不见踪影，孙悟空说：

> 昨日这家子娘女们，不知是那里菩萨，在此显化我等，想是半夜里去了，只苦了猪八戒受罪。

通过这些描写，我们大概能知道孙悟空的火眼金睛是个什么水平了：他似乎是能通过“望气”的方式，而且必须提高注意力，才能看出对方的基本来路，但是并不能看穿本相。

再如小西天那一回：

> 行者看罢，回复道：“师父，那去处是便是座寺院，却不知祥光瑞霭之中，又有些凶气何也。观此景象，也似雷音，却又路道差池。我们到那厢，决不可擅入，恐遭毒手。”

这也说明孙悟空并不能看出具体的本相，只是摸个大概。还有琵琶洞蝎子精这一回：

> 行者急睁睛看，只见头直上有祥云盖顶，左右有香雾笼身。行者认得，即叫："兄弟们，还不来叩头！那妈妈是菩萨来也。"

又如孙悟空和莲花洞两个小妖赌装天，孙悟空叫来了哪吒太子之后："行者仰面观之，只见祥云缭绕，果然有神。"又如孙悟空在乌鸡国，见乌鸡国里"怪雾愁云漠漠，妖风怨气纷纷"，于是就判断"只因妖怪侵龙位，腾腾黑气锁金门"。同理他看灭法国也是这样的，通过看到祥光喜气断定不是妖怪当了国王，灭法只是国王脑袋抽风。

又如在老鼠精变化了女子骗唐僧时：

> 却说大圣纵筋斗，到了半空，伫定云光，回头观看，只见松林中祥云缥缈，瑞霭氤氲……他（唐僧）是金蝉长老转世，十世修行的好人，所以有此祥瑞罩头……忽然见林南下有一股子黑气，骨都都的冒将上来。行者大惊道："那黑气里必定有邪了。我那八戒、沙僧却不会放甚黑气。"那大圣在半空中，详察不定。

又如辨识玉兔精：

> 头直上露出一点妖氛，也不凶恶。

所以，结合以上所有例子来看，火眼金睛其实是一种望气之术。必须在有祥云、瑞霭或者妖气的时候，孙悟空才能看出对方是神还是妖。反之，妖气被盖住，他连遥感功能都没有了，更看不出本相。典型的例子，比如黄袍怪那一回，奎木狼被孙悟空打败后逃跑：

> 你道他在那里躲避？他原来是孙大圣大闹天宫时打怕了的神将，闪在那山涧里潜灾，被水气隐住妖云，所以不曾看见他。

所以，只要云气被掩盖了，火眼金睛的功能就全都失效了。这更加证实了火眼金睛的功能是通过感应对方周围的气场、云雾甚至温度来成像的，而并不是直接透视本相！

这种望气的本领，不光孙悟空有，别的妖怪也有，可能只是强弱不同，例如银角大王就可能有：

> 正走处，只见祥云缥缈，瑞气盘旋。二魔道："唐僧来了。"众妖道："唐僧在那里？"二魔道："好人头上祥云照顶，恶人头上黑气冲天。那唐僧原是金蝉长老临凡，十世修行的好人，所以有这祥云缥缈。"

这种对祥云、黑云的感知，只要是有灵性的妖怪，多少都具有一点。

甚至唐僧都有一点这种本领！例如在隐雾山，豹子精喷风，唐僧就说"这风来得甚急，决然不是天风"。孙悟空反倒大意了，

后来发现了是豹子精弄风，孙悟空才说："我师父也有些儿先兆，他说不是天风，果然不是，却是个妖精在这里弄喧哩。"这就是对妖怪的直觉。所以，对火眼金睛实在不必刻意拔高。

辨识需要集中精力

荆棘岭上，树妖变化了土地神来迎接唐僧，原著是这么说的：

> 不知行者端详已久，喝一声："且住，这厮不是好人，休得无礼！你是甚么土地，来诳老孙。"

可见，"端详已久"是辨识成功的重要条件，而且端详已久之后，还是不能看出什么妖，只是判断对方不是好人。辨识老鼠精那一回，也特别说了"详察不定"，也是需要仔细观察的意思，而且"详察"了都未必能定。结合前面的各种条件看，这已经能得知火眼金睛能力的上限和下限了。

这就像高手鉴定文物，原则上说，他们的眼力是很厉害的，但也需要拿个放大镜慢慢看，甚至还得查资料，反复验证。如果只是拿一个文物在他眼前晃一下，除非假得离谱，否则谁也鉴定不出来。况且，再高的高手，也有走眼的时候。所以我们不必为孙悟空鉴定失败感到遗憾或诧异，这就是真实。

另外，孙悟空在黄风山、狮驼岭遇到了太白金星，都没有看出来。在平顶山日值功曹变作了樵夫来报信，孙悟空和他说了好大一会儿话，也没有发觉，直到樵夫腾云走了，才在云端里发现是日值功曹。这应该还是没有刻意地去辨识对方的缘故。

孙悟空的三次辨识失败

孙悟空在整部书中，对妖精有 3+1 次辨认的大失败。之所以说是 3+1，是因为前面三次与另外一次不一样。

第一次是乌鸡国的国王变化成了唐僧，按说孙悟空有火眼金睛，却不知为何认不出。原著中，孙悟空召来护法神，说："老孙至此降妖，妖魔变作我师父，气体相同，实难辨认。汝等暗中知会者，请师父上殿，让我擒魔。"孙悟空自己把难以辨认的原因讲出来了，那就是"气体相同"。

第二次是黑水河，鼍龙变了一个艄公来摆渡。孙悟空并没有看出他的原形，而是让八戒、唐僧上船走了，谁知半途就翻了船。孙悟空说："不是翻船。若翻船，八戒会水，他必然保师父负水而出。我才见那个棹船的有些不正气，想必就是这厮弄风，把师父拖下水去了。"但早看出不正气又有什么用呢？师父已经被弄了去了。

第三次是牛魔王，这个大家也都知道。牛魔王为了骗回扇子，变化了猪八戒的形象来套近乎。孙悟空不察觉，就把扇子给了牛魔王。引起后来一系列麻烦。否则早就成功了！

这里"气体"，不是氢气氧气那个气体，而是指人的气质或某些特性，只要妖怪有能力变得和唐僧"气体相同"，那孙悟空的火眼金睛就失效了！辨识鼍龙失败也是这样的，他并不能看出艄公的本相，只是感觉到有些"不正气"。鼍龙本来也不是纯粹的妖怪，只是个惯坏了的龙子，带出些"不正气"是很正常的，终不能说他就是十恶不赦的人。

至于为何没有辨识出牛魔王，这个也可以理解。猪八戒和牛魔王，一个是猪成精，一个是牛成精，猪和牛，本来就是“气体”相同或相似的。老母猪鼻子插葱都能装象，何尝不能装牛？如果不集中注意力，是很难辨认的。这就好比有些奸商喜欢把猪肉处理一下，当牛肉卖，就算是天天吃肉的人，如果不细细咀嚼，也很难分辨出来，只是牛魔王明明是牛，非得冒充猪，一斤得少卖十多块啦！

所以火眼金睛不是一个必然的、无差错率的法术，它不是像电脑游戏一样，只要按一下鼠标就一定发大招，而是和普通人的视力一样，也有出错的时候。又像文物专家鉴宝，得仔细看，结合经验用心看，各种细节都看到，否则也有走眼的可能。

三打白骨精时，孙悟空其实也看不出妖怪的本相，只能看出对方身上有妖气而已，不过那也比唐僧强些。但有时候他也拿不准，比如在小西天，他就疑惑“却不知祥光瑞霭之中，又有些凶气何也”，玉兔公主“头直上微露一点妖氛”，这样的情况，他也不好说到底是不是妖怪。但是火眼金睛经过影视的渲染拔高，我们就以为孙悟空一看一个准儿，成功率百分之百，而唐僧还赶他，可不都替孙悟空觉得憋气！

另外，所谓的那个 +1，是黄风怪那一回：

> 却说那行者、八戒，赶那虎下山坡，只见那虎跑倒了，塌伏在崖前。行者举棒，尽力一打，转振得自己手疼。八戒复筑了一钯，亦将钯齿迸起。原来是一张虎皮，苫着一块卧虎石。行者大惊道：“不好了！不好了！中了他计也！”

这段有两个问题需要注意：

第一，虎先锋只是一张虎皮盖住了石头，孙悟空火眼金睛居然看不穿，还在那打，以至于延误了战机，被虎先锋脱了真身，把唐僧摄走了。

第二，孙悟空的金箍棒（包括猪八戒的钉耙），在“尽力一打”的情况下，居然打不碎一块石头？要知道孙悟空在五庄观自己说这棍子打石头如粉碎，撞生铁也有痕。他在乌鸡国的宝林禅寺示威，把一个石狮子一下打得粉碎。在观音院给僧人们示威，也是一棍打碎砖墙，就算那墙是烧的，还震倒了七八层墙。为何这次金箍棒就像一根普通棍子一般了？

这一点正可以解释为黄风怪故事比较早（见于《朴通事谚解》），而五庄观、乌鸡国、观音院故事插入得比较晚，金箍棒的威力、孙悟空的眼力没有调整统一，就出现了这种情况。

火眼金睛的成功率

综合全书来看，火眼金睛的辨识成功率似乎有这样几个特征：忽高忽低，对神佛成功率高，对妖怪低。最高的一次，是一眼辨识出了接引佛祖；最低的一次，是和牛魔王变的猪八戒说了很久的话都察觉不到。

我大概估算了一下孙悟空的辨识成功率，整部书中，他使用火眼金睛辨识对方（包括人物和宅院）大概有三十一次，剔除一些有争议的，成功十八次，失败十一次，成功率约百分之五十八，还没有及格！

在这种不及格或接近及格的情况下，唐僧如何死心塌地地相

信孙悟空的眼力？如何真正能和他同心同德？

慧眼和天眼

《西游记》里真正比火眼金睛还高级的，是佛教的“慧眼”。

慧眼具有遥感功能。例如如来和孙悟空赌赛，“佛祖慧眼观看，见那猴王风车子一般相似不住，只管前进”。

慧眼才具有看穿本相的功能。例如在小西天那一回，弥勒佛让孙悟空变个瓜，引诱黄眉怪来吃，孙悟空担心弥勒佛不认识自己变的瓜。弥勒笑道：“我为治世之尊，慧眼高明，岂不认得你！凭你变作甚物，我皆知之。但恐那怪不肯跟来耳。”

这样看，《西游记》中的慧眼，才是真正意义的、我们今天理解的火眼金睛。

慧眼属于佛教“五眼”之一，这五眼分别是：肉眼，为肉身所具之眼；天眼，为色界天人因修禅定所得之眼，此眼远近、前后、内外、昼夜、上下皆悉能见；慧眼，为二乘人之眼，能识出真空无相，亦能轻易洞察一切现象皆为空相、定相；法眼，即菩萨为救度一切众生、能照见一切法门之眼；佛眼，具足前述之四种眼作用，此眼无不见知，乃至无事不知、不闻，闻见互用，无所思惟，一切皆见。

孙悟空的“火眼金睛”，能力低于慧眼，高于唐僧的肉眼，那自然属于天眼这个档次了。但是他在天眼这个档次中，肯定不是最上乘的，可能只比肉眼高一些，因为他经常这样说：

> 急收云头，按落河边道：“师父，宽哩！宽哩！去不

> 得！老孙火眼金睛，白日里常看千里，凶吉晓得是。夜里也还看三五百里。如今通看不见边岸，怎定得宽阔之数？”

他确实能见昼又见夜，能看千里之遥，还能看见细节，但夜间的水平不如白天，且远近、前后虽然能见，内外却不能见；所以他在车迟国隔板猜物的时候，在柜子外面并不能见到里面有什么东西，必须变成虫子飞进去才能知道。

辨识妖怪变化人形，比起隔着柜子看东西，难度当然又高了一层，所以孙悟空更不能看穿妖怪本相，只能根据外围吉凶云气推测了。他能比较容易辨认出菩萨、佛祖，恐怕只是因为神佛显露的云气特别明显或者各有特色而已。

慧眼的能力是能识出真空无相，亦能轻易洞察一切现象皆为空相、定相，所以慧眼才能真正识别法术的变身。法术变身，能把整个身子都变成另外一个样子，这当然不是物理上的内外、前后等概念所能涵盖的。这个原理，其实黑熊怪那一集就透露给我们了：

> （菩萨变作了黑熊怪的朋友凌虚子之后）行者看道：“妙阿！妙阿！还是妖精菩萨，还是菩萨妖精？”菩萨笑道：“悟空，菩萨、妖精，总是一念；若论本来，皆属无有。”

也就是说，看穿变化的本相，必须得“悟空”，即明白了万物皆空的道理之后，再去观察万物的变化，才能抓住它的本质。这正是慧眼的功能，也是取经路上的孙悟空所不能企及的。换句话说，他这个“悟空”的名字，正是教他变化的须菩提祖师对他

的期待！

这一讲的题目其实有标题党的嫌疑，因为我经常说今天《西游记》很可能不是出于一人之手，就这部积累而成的大书来说，是不能这样计算成功率的，不同作者来写火眼金睛，必然就不一样。火眼金睛在前七回是一种眼病，后九十多回忽然就变成一个厉害的法术。有些作者可能觉得它厉害些，例如最后一次，孙悟空一下子认出了接引佛祖；有些作者可能觉得不厉害，例如黄风山那回，一次被虎皮盖的石头迷惑，一次不认得太白金星。这恐怕是孙悟空火眼金睛成功率忽高忽低的一个重要原因。但无论是成于众手，还是有人来统稿，《西游记》的这些作者应该是有这样一个共识：火眼金睛的水平，到不了弥勒佛所声称的佛教慧眼的程度，基本上徘徊在望气这个层面上。

附录

孙悟空辨识记录

辨别对象	辨别结果	备注
鹰愁涧水神	成功	
落伽山土地	可不计	
虎先锋脱的皮	可不计	
太白金星指路	失败	
四圣显化	成功	只能定性，未看出哪几个菩萨
镇元子变化的全真	不详	因为不是妖
白骨精	成功	
白骨精	成功	
白骨精	成功	

续表

辨别对象	辨别结果	备注
平顶山日值功曹	失败	
银角大王变身	成功	
假唐僧	失败	
红孩儿变的小孩	成功	
黑水河	失败	
青牛精变化的庄园	成功	
观音化身指示琵琶精出处	成功	
六耳猕猴	失败	或者可不计
牛魔王变猪八戒	失败	
荆棘岭树妖变土地	成功	
辨识小西天	成功	
蜘蛛精变的庄园	失败	
蜈蚣精的黄花观	失败	以上两个都是未看出妖气，及时劝阻，所以算猴子失败。假如这两个可以不算，那四圣、青牛精、小西天几个成功的也可以不算
狮驼岭太白金星报信	失败	
比丘国宝殿辨识国丈	成功	
老鼠精变的女子	成功	
灭法国菩萨化身报信	成功	
隐雾山小妖第一次化身	失败	
隐雾山小妖第二次化身	失败	
玄英洞三犀牛变佛祖	成功	
辨识玉兔	成功	微露一点妖氛
凌云渡辨识接引佛祖	成功	

如何正确地使用法宝

《西游记》里妖怪们的本领，无非是四种：硬打（例如黑熊怪）、法术（例如黄风怪）、幻化（例如白骨精），以及各种强力法宝。这篇我们就说一说各种法宝。

紫金葫芦和羊脂玉净瓶

拥有法宝最多的，应该是平顶山（不是河南那个）莲花洞里住着的金角大王和银角大王，他们有五件法宝：紫金红葫芦、羊脂玉净瓶、幌金绳、七星剑、芭蕉扇。其中紫金红葫芦出场最多。用法很简单："底朝天，口朝地，叫人一声名字，答应了就嗖的一声装进去。"

这种法宝，反映的其实是遍布全人类的巫术思维："姓名禁忌"。

几乎所有地方的原始人，都有这样一种认识：人的名字一旦取了之后，就和他的灵魂关联到了一起。如果名字受到了干扰，灵魂也会同时受到影响。一种法术作用到他的名字上，就相当于作用到了他身上。弗雷泽的《金枝》说，印第安人部落，只有内部互相知道成员的名字，而绝不泄露给外人，因为害怕外边的巫师利用名字施魔法，伤害自己。

名字就像数据库里的指针，指向你的灵魂。哪怕是临时取的如“者行孙”，也和你的灵魂发生了联系。答应了，法宝就会生效。

《封神演义》里，陆压用“钉头七箭书”害赵公明，也是一样的道理：

> 营内筑一台。扎一草人；人身上书“赵公明”三字，头上一盏灯，足下一盏灯。自步罡斗，书符结印焚化，一日三次拜礼。

等到二十一天之后，陆压拿来了一副小弓箭，向草人左眼一箭，右眼一箭，当心一箭。于是赵公明在商营里先是双目失明，最后气绝身亡，也是一样的道理。

学过鲁迅先生的《从百草园到三味书屋》，都知道里面有条美女蛇。能喊人的名字，如果答应了，半夜里就会来吃他的肉。这也是一样的道理：你的名字连着你的灵魂，你答应了，就等于把灵魂的线索交给了蛇妖。

很多人小时候有个小名，长大了再取“学名”。其实这也有“姓名禁忌”的痕迹。因为小孩子灵魂还很弱小，小名如果不外传，外人不知道，也就无法伤害到他了。女孩的名字也不能轻易问，大概也是因为过去人认为女孩的灵魂比较娇弱，只有提亲的时候才能问，这就形成了古代婚礼的一个重要环节“问名”。

直到现代，法院出告示枪决死刑犯时，犯人的名字往往用大红笔打个叉，就表示把他消灭掉了，这其实都是巫术心态的体现。

中国人还有给起贱名的习俗，比如狗蛋、粪球、茅厕。这其实是对姓名巫术的反制：你不是知道我的名字了吗？但我的名字太贱，

所以能破你的法术。这和屎尿、猪狗血破法术的道理是一样的。

姓名禁忌巫术还造成了一个文化现象，就是“避讳”。过去的老百姓，对皇帝、大官的名字都要避讳，例如唐太宗名叫李世民，所以唐代人凡是写到“民”字，都写成“人”。《捕蛇者说》里“以俟夫观人风者得焉”里，“人风”其实就是“民风”。实在避不过去，就缺一笔，表示尊重。

这种习俗，到今天还有若隐若现的痕迹。有些地方，上级领导到下级视察、开会，如果级别差太多，下级布置会场的时候，领导的姓名牌有时候会直接写“首长”，而不是写领导的名字，这其实也是一种避讳。

法宝得和主人搭

要说法宝，《封神演义》里的法宝比《西游记》多得多，但是《封神演义》里的法宝，太杂太乱，相互关系又不明显，就知名度来说，实在不如《西游记》的法宝给我们的印象深刻。

比如说，猴子喜欢玩树枝、玩棍子，就给他配个金箍棒；猪八戒蠢蠢的，就给他配个钉耙；青牛精是太上老君的坐骑，使金刚圈当然再合适不过。赛太岁本来是犼精，正好脖子下面有金铃铛；通天河的鱼精从观音那逃走的时候，顺走了根花骨朵，变成了大锤。这就叫涉笔成趣，是《西游记》的高明之处，比毫没来由的牵扯强得多。如果改一改，猪八戒使剑，孙悟空使双锤，那就不搭了。

所以配法宝和我们买东西一样，是门学问。就像我要给自己的 iPad 配个保护套，超市小姑娘拿了一堆花花绿绿的，最后我

还是挑了一个纯黑皮面的。

法宝不能随意继承

法宝换主人的另外一种情况，就是被后任主人继承。这很常见，比如关公可以继承吕布的赤兔马，电脑游戏打倒 boss 也可以捡宝，但没有继承没有归宿也不合适。比如《封神演义》里的杨任，他的法宝是飞电枪、神火扇、云霞兽，但他被袁洪打死之后，这几件法宝都哪里去了？书里都没说。

所以孙悟空灭了金角银角，独得五件法宝，就一定要安排太上老君出来，讲讲这些法宝的来源，还噼里啪啦说一通道理，什么“这是菩萨考验你们诚心啊”。毋宁说这都是作者编出来的一个理由。作者为什么要这么做呢？

我们且看第三十五回的最后一场战斗，当听到狐阿七大王来报复的时候：

> 行者笑道：“放心！放心！把他这宝贝都拿来与我。”大圣将葫芦、净瓶系在腰间，金绳笼于袖内，芭蕉扇插在肩后，双手轮着铁棒，教沙僧保守师父，稳坐洞中；着八戒执钉钯，同出洞外迎敌。

这真是开外挂的既视感啊！缴获的道具，除了七星剑，全都装备上了！从第一句话看，孙悟空也在意这些宝贝的。如果猴子把这几样宝贝一路带到西天，作者得设计多少节外生枝的剧情，得考虑到多少克制这些法宝的因素，才能让猴子不至于这样开外

挂，碰到危机又不至于忘了用？

有文章据此推测菩萨或天宫的用意，那未免求之过深了。因为太上老君所谓的考验诚心，只是借口，他出来的真实目的就是使孙悟空无法把法宝据为己有。作者不编，太上老君岂能自己冒出来？而且此前此后，再也没有类似的情节与之照应。

法宝是神魔小说必备的梗，不写能好看吗？但《西游记》比其他小说高明的地方，就在于它都基本妥善地处理了这些法宝的来源和归宿。基本上，有法宝的妖精，一般都有后台。后台来了，自然就会把妖精连同法宝收走。在火焰山，没有后台的罗刹女又是怎么得回法宝的？

> 行者道："那罗刹，你不走路，还立在此等甚？"罗刹跪道："万望大圣垂慈，将扇子还了我罢。"八戒喝道："泼贱人，不知高低！饶了你的性命，就够了，还要讨甚么扇子，我们拿过山去，不会卖钱买点心吃？费了这许多精神力气，又肯与你？雨蒙蒙的，还不回去哩！"罗刹再拜道："大圣原说扇熄了火还我。今此一场，诚悔之晚矣。只因不倜傥，致令劳师动众。我等也修成人道，只是未归正果。今见真身现象归西，我再不敢妄作。愿赐本扇，从立自新，修身养命去也。"土地道："大圣！趁此女深知熄火之法，断绝火根，还他扇子。小神居此苟安，拯救这方生民，求些血食，诚为恩便。"（然后行者问清楚永断火根之法，望山头连扇四十九扇，才还扇子。）那罗刹接了扇子，念个咒语，捏做个杏叶儿，噙在口里，拜谢了众圣，隐姓修行。后来也得了正果，经藏

中万古流名。

这是原著的一个特例。罗刹女没有后台，但还是安排了强力法宝芭蕉扇的下落，这就可以见到作者心思之周密了。假如孙悟空带着这扇子去西天，路上碰到妖怪就来一扇子，岂不又是开外挂？这就是高明。

同样是写扇子，《封神演义》里杨任的五火扇一扇就冒火，看起来很好用的样子，但是在杨任死后就没了着落。是丢失了，还是周军捡回去了，还是主人一死它就消失了？这就是活糙和活细的区别。

法宝功能要明确

法宝的功能一定要明确，否则就比较麻烦。比如葫芦和净瓶，有限定：第一，只能装一千个人；第二，叫你一声你得答应。有了这两个限定，其实就相当于给法宝划分了等级，定了位，玩起来才有趣味。孙悟空就算改名者行孙，也一样被装进去。这就是没理解游戏规则而失败的好玩之处。

这里不妨和《封神演义》比较读一读。

《封神演义》里，也写过几个吸人的瓶子，比如慈航道人的清净琉璃瓶，是用来破风吼阵的，其实和紫金红葫芦、羊脂玉净瓶功能一样，但是少了个限定，给人的印象就不深。

慈航将清净琉璃瓶祭于空中，命黄巾力士将瓶底朝天，瓶口朝地。只见瓶中一道黑气，一声响，将董全吸

> 在瓶中去了。慈航命力士将瓶口转上，带出风吼阵来。闻太师坐在罡麒麟上，专听阵中消息，只见慈航道人出来对闻太师曰："风吼阵已被我破矣！"命黄巾力士将瓶倾下来，只见：丝绦道服麻鞋在，全身皮肉化成脓。

理论上来说，这清净琉璃瓶除了用起来有些麻烦外，功能上比金角大王的瓶子厉害多了，不需要人答应一声就吸人，但是为什么给人留下的印象不深呢？就是因为少了限定，需要读者去脑补它有效的条件。什么情况下可以吸人，如果什么人都能吸，那么下文敌人马上出现一个吸力同样强大的混元金斗，两边对抗起来谁能赢？这会导致这个也厉害，那个也厉害，就像一首曲子全都是强音，结果所有的音符都淹没在一片嘈杂中。《封神演义》文笔不精，这就是毛病之一。

作为备胎的羊脂玉净瓶

金角银角拥有五件法宝，在整部《西游记》里可算是法宝最多的妖怪。

大家有没有感到奇怪：七星剑虽然号称是一件法宝，除了当兵器用，似乎从来没见产生什么额外的效果；而且哥俩占了平顶山这么久，居然得轮着使一件兵器，天下有这么穷的妖怪吗？作者这样写，当然是故意的！这注定了金角银角哥俩不能一起上阵。银角大王第一次出战，带了七星剑和葫芦；第二次特意没带七星剑，只拿了一个葫芦（当然他以为是真的）。作者的目的就是要把七星剑留给金角用。如果带了七星剑，势必会被猴子收

去，金角再出场就没那一段武打戏了。而且金角大王的装扮，并不是穿一身金色衣服，而是比着芭蕉扇给他设计的："红旗招展，跳出门来。却怎么打扮：头上盔缨光焰焰，腰间带束彩霞鲜。身穿铠甲龙鳞砌，上罩红袍烈火然。圆眼睛开光掣电，钢须飘起乱飞烟。"这就注定他一出来必要用火属性的芭蕉扇。

所以这五件宝，按真正体现主人的特色来细分，金角是芭蕉扇，银角是葫芦，九尾狐是捆仙绳。其实还是一对一的关系。

那为什么有了紫金红葫芦，又出来一个羊脂玉净瓶？功能一模一样，天生备胎吗？我们一定要明确一点，任何法宝，都是作者编出来的，他编这样一个宝贝，一定有他的目的。所以，且看这净瓶从头到尾起过什么作用，就能知道原因了。平顶山这一回最精彩的一场戏，莫过于孙悟空变老道士，和精细鬼、伶俐虫换宝贝：

> 伶俐虫道："哥阿，装天的宝贝，与他换了罢。"精细鬼道："他装天的，怎肯与我装人的相换？"伶俐虫道："若不肯阿，贴他这个净瓶也罢。"行者心中暗喜道："葫芦换葫芦，余外贴净瓶：一件换两件，其实甚相应！"即上前扯住那伶俐虫道："装天可换么？"那怪道："但装天就换；不换，我是你的儿子！"

莲花洞故事里有各种借用的痕迹，唯独这一段没有，极有可能是作者原创的。净瓶的出现本来就是为情节发展设计的，一个装天的葫芦来换装人的葫芦，连精细鬼都觉得划不来，必须两件换一件。如果没有净瓶，葫芦换葫芦，于常理不合，也更不利于

剧情推动了。

当然，净瓶最后还用了一次，就是把金角吸了进来，但并不是说整场戏净瓶就是为了吸最后一下出现的，这也未免太浪费了。所以，通观整个故事，净瓶就是用来当作添头，换了一次假葫芦而已。也就是说，净瓶的出现是为了装天故事服务的。所以，孙悟空把银角大王装进葫芦，又上门来挑战，作者自己就借着金角大王的嘴把净瓶开除了：

> （金角）叫："小的们……查一查还有几件宝贝。"……管家的道："还有七星剑、芭蕉扇与净瓶。"老魔道："那瓶子不中用。原是叫人，人应了就装得，转把个口诀儿教了那孙行者，倒把自家兄弟装去了。不用他，放在家里。快将剑与扇子拿来。"

"先天宝"和"后天宝"

首先要说明，这两个名词是我自己定义着玩的，意思是说：编故事的人的脑子，和我们的脑子也没什么不一样，同一个时间内只能想一件事情，所以，必然会出现有时候是根据不错的宝物编一个情节，有时候是根据不错的情节编一个宝物。

根据宝物编情节的，比如《封神演义》里陆压的飞刀葫芦。葫芦里冒出一件东西，长七寸，有眉有目，目射白光，使人陷入昏迷，陆压打一躬，"请宝贝转身"，那宝物便将人斩首了。此前各种神魔故事中似乎从来没有出现过这种法宝，所以《封神演义》根据这个宝物设计了很多情节，比如破烈焰阵、斩余元、斩袁

洪、斩妲己。其实这些情节也属平常，换一个人，换一个斩法，也未尝不可，但我们只记得飞刀葫芦，却往往忘记了斩的谁。

又如混元金斗，也是一件厉害法宝，可它其实就是净桶。它有自己的逻辑：在古代，婴儿初生是要先落在净桶里的。所以任何金仙，因为本质都是人类，都抗不过混元金斗以及三霄娘娘这三位管茅坑的神。所谓“罗汉有住胎之昏，菩萨有隔阴之谜”。当然，混元金斗又成了后面阐教、截教为敌的一个契机，这就是宝物和情节都照应到了。然而我想，后来碰上袁洪、常昊这几个梅山七怪，费了大劲，因为他们不是人类，而是白猿、蛇等畜生修炼而成的。混元金斗最后是被老子收了，是不是姜子牙他们借来就管用了？

根据情节编宝物的，比如前文提到的广成子大战火灵圣母。火灵圣母的看家本事是用金霞冠放出金光，使人看不见她，谁知广成子穿了一件扫霞衣，把金光扫空，用番天印打死了火灵圣母，这就太硬了。扫霞衣好像就是为了战胜火灵圣母专门赶制的。前面没出来过，后面也没有出现过。有人说广成子破十绝阵金光圣母的时候，穿过一件“八卦紫绶衣”，然而这件衣服是赤精子的，怎么又到广成子身上了？难道是临时借的？而且它的作用是金光不能透身，并非扫除金光。

《封神演义》里还有位龙吉公主，她可谓法宝众多，比如罗宣烧西岐时，龙吉公主来了，将雾露乾坤网撒开，往西岐火内一罩。雾露乃是真水，这一撒开，立刻就将万只火鸦尽行收去。罗宣大怒，拿着五龙轮劈面打来。公主忙将四海瓶拿在手中，对着五龙轮，只见一轮竟然被打入瓶里去了。罗宣大叫一声，把万里起云烟射来，公主又收入四海瓶中去了，将二龙剑往空中一丢，

将敌手斩于火内。

除了四海瓶、雾露乾坤网、二龙剑，这位公主又有什么鸾飞宝剑、白光剑、捆龙索、神鲸……算是《封神演义》里的法宝大户。鸾飞宝剑砍过孔宣，白光剑砍过万仙阵的许多人。然而这四海瓶、拥有"真水"的雾露乾坤网，碰上火元素的火灵圣母竟然不知为何忘记了用？难道这些法宝都是一次性纸杯？所以毋宁说，这些宝物就是随着故事发展，作者或说书人临时捏出来的，有时连作者都忘了龙吉公主还有这么多宝物！就像我每次去医院都想不起带病历本，就得花五毛钱买一个，久而久之，家里堆了一堆病历本。龙吉公主的这些宝物，一会儿冒出来一个，就像是义乌小商品城花五毛钱买来的，就显得贱了。

龙吉公主的神鲸，和洪锦的鲸龙一样，是类似充气大黄鸭的一个东西：

> 洪锦被龙吉公主打败，逃到北海自思曰："幸吾有此宝在身，不然怎了？"忙取一物往海里一丢，那东西见水重生，搅海翻波而来。此物名曰鲸龙。洪锦只跨鲸龙，奔入海内而去。龙吉公主赶至北海……笑曰："幸吾离瑶池，带得此宝而来。"忙向锦囊中取出一物，也往海里一丢，见水复现原身，滑喇喇分开水势，如泰山一般。此宝名为神鲸，原是浮于海面，公主站立于上，仗剑赶来。

不得不说，这一段的情节还是值得称道的，这就是传统的女降男的情节。如扈三娘降王矮虎、樊梨花降薛丁山。但是《封神演义》作者水平实在不够，他为了这个传统情节，不得不编出好

多法宝来搞相克。洪锦擅长的法术是“旗门遁”，和海洋并无关系，何以忽然冒出来一个鲸龙？先是鲸龙，后是神鲸，颠来倒去，估计情节实在推不下去，只好现编个法宝。这已经是很不高明的写法。更何况编出这么多宝物，总得有个收场啊！龙吉公主是死在万仙阵里了，但她死后这十来件法宝呢？包括她把洪锦擒回来，那两只义乌生产的“大黄鸭”呢，还在海里漂着？难道真成了一次性泳裤了吗？

所以莲花洞故事恐怕也是这样：作者头脑里先有了一个装天的葫芦换装人葫芦的好玩情节，然后根据这个情节去配宝物；而不是反过来，先配好一堆宝物，再根据宝物去编情节。我们看书的时候是顺着看的，但编书的时候有时是反着编的。

金角、银角这几件法宝，总的来说编得还是相当高明的。因为宝物贵在自然，能牵扯上越多的东西越好，忌讳孤立和忽然冒出来。像《封神演义》里硬编什么鲸龙，就是坏例子。最好是从自家现找，而不是上小商品城去买。这五样宝贝，太上老君道出了来源：葫芦盛丹的，净瓶盛水的，扇子是扇火的，宝剑是炼魔的，幌金绳是腰带。一方面，这几个法宝是从平时常用的东西化来的，都不生硬。另一方面，也正好透露了各种小说戏曲中法宝的真实背景：无论多神奇，大都是根据葫芦、瓶子、雨伞、珠子、锤子、带子这些居家日用的东西编出来的而已。

孙悟空变的小妖是不穿衣服的?

精细鬼、伶俐虫（李云中　绘）

在平顶山莲花洞，师徒四人遇到了金角大王、银角大王。这个故事，可以说是全书最欢乐的故事。不过，里面有一段很可

疑，就是孙悟空去请两位大王的干娘——也就是那个狐狸精的那段。孙悟空站在狐狸精的洞门口，竟然哭了起来：

> 孙大圣见了，不敢进去，只在二门外仵着脸，脱脱的哭起来。你道他哭怎的，莫成是怕他？就怕也便不哭，况先哄了他的宝贝，又打杀他的小妖，却为何而哭？他当时曾下九鼎油锅，就煠了七八日也不曾有一点泪儿。只为想起唐僧取经的苦恼，他就泪出痛肠，放眼便哭，心却想道："老孙既显手段，变做小妖，来请这老怪，没有个直直的站了说话之理，一定见他磕头才是。我为人做了一场好汉，止拜了三个人：西天拜佛祖；南海拜观音；两界山师父救了我，我拜了他四拜。为他使碎六叶连肝肺，用尽三毛七孔心。一卷经能值几何？今日却教我去拜此怪。若不跪拜，必定走了风讯。苦阿！算来只为师父受困，故使我受辱于人！"

这里面有两个细节值得注意。

第一，作者旁白说："他（孙悟空）当时曾下九鼎油锅，就煠了七八日也不曾有一点泪儿。"这个情节，书中前文并没有提起过。类似的，只有被太上老君的八卦炉炼过。但是也不对啊：八卦炉是焖炉，九鼎油锅是炸锅，"煠"其实就是炸。苏轼《十二时中偈》："百滚油铛里，恣把心肝煠。"孙悟空只下过一次油锅，是在车迟国和羊力大仙斗法之时，但也只是一会儿就出来了，并没有一炸七八日，那这里何以说"曾下九鼎油锅呢"？

"九鼎油锅"，两个不搭的词放在一起，恐怕也只有民间曲艺

干得出来。果然，在明代佚名的杂剧《古城记》里有这个词，是张飞骂关羽：

> 【张】听说其言，怒气冲冲直上天。忘却桃园愿，反受曹公荐。好教我恨绵绵，意留连。有日相逢，必定餐刀剑，贼！有日相逢我也不杀你，烧起九鼎油锅慢慢煎，九鼎油锅慢慢煎。

所以九鼎油锅很可能是民间俗语，更可能是戏曲里的常用词。“九鼎油锅”也写作“九鼎油镬”，后一种用法更多，几乎都是出自戏曲。比如：

> ……支起九鼎油镬，老的来没颠倒，便死也死得着。(《赵氏孤儿》)
>
> 【阎王】因为你在阳间做六案都孔目，瞒心昧己，扭曲作直，造业极多，亵渎大罗神仙。牛头马面，烧起九鼎油镬，放上一文金钱，教岳寿自取。(《吕洞宾度铁拐李岳》)
>
> 斩了韩信，又要将蒯彻烹入九鼎油镬。(《随何赚风魔蒯通》)

所以我们有理由猜想，孙悟空下九鼎油锅的梗，很可能是从西游戏里带来的。

第二，就是孙悟空的自白，“我为人做了一场好汉，止拜了三个人：西天拜佛祖；南海拜观音；两界山师父救了我，我拜了他

四拜”。按照书中前文的情节，孙悟空还拜过须菩提祖师，所以应该是拜过四个人，但为什么孙悟空的这段内心独白不提起呢？

的确，孙悟空的师父须菩提祖师，曾警告过他：

> 祖师道：“你这去，定生不良。凭你怎么惹祸行凶，却不许说是我的徒弟。你说出半个字来，我就知之，把你这猢狲剥皮剉骨，将神魂贬在九幽之处，教你万劫不得翻身！”

但奇怪的是，孙悟空对这个警告，执行得并不严格，比如在黑风山、驼罗庄他都说：

> 一点诚心曾访道，灵台山上采药苗。那山有个老仙长，寿年十万八千高。老孙拜他为师父，指我长生路一条。（第十七回）
>
> 祖居东胜大神洲，花果山前自幼修。身拜灵台方寸祖，学成武艺甚全周。（第六十七回）

这就差点说出须菩提祖师的名字了！无论如何，“老孙拜他为师父”“身拜灵台方寸祖”，是他在西天路上说过的，怎么这时候却忘记了？

另外，《西游记》里的故事，有些是有寓意或者肩负某种作用的。比如白骨精故事，其实是一个寓言；镇元大仙，其实是道教人士在宣扬教义。而金角银角的故事翻过来倒过去地看，什么深刻意义都没有！什么装天啦、者行孙啦、猪八戒的耳朵啦，就

是猴子和妖怪在玩的藏猫猫游戏！而且最后被化为脓水的两个妖怪又恢复原形，被主人带回，皆大欢喜！甚至这两个妖怪的名字，给人的感觉，也是很草根的。整个故事也经常带出恶趣味来，比如孙悟空变了一个小妖，吊在房梁上的猪八戒就提醒他：

> 八戒道："你虽变了头脸，还不曾变得屁股。那屁股上两块红不是？我因此认得是你。"行者随往后面，演到厨中，锅底上摸了一把，将两臀擦黑，行至前边。八戒看见又笑道："那个猴子去那里混了这一会，弄做个黑屁股来了。"

猴子屁股是红的，擦成黑的当然合理。只是难道孙悟空变的小妖不穿衣服？是裸体在洞里活动的？莲花洞虽然是一窝男妖怪，也不是没有狐狸精老奶奶带着女妖怪来啊！

如果说孙悟空变的男妖怪，赤身裸体还情有可原；他变的狐狸精老奶奶居然也走光：

> 却说猪八戒吊在梁上，哈哈的笑了一声。沙僧道："二哥好阿！吊出笑来也！"八戒道："兄弟，我笑中有故。"沙僧道："甚故？"八戒道："我们只怕是奶奶来了，就要蒸吃。原来不是奶奶，是旧话来了。"沙僧道："甚么旧话？"八戒笑道："弼马温来了。"沙僧道："你怎么认得是他？"八戒道："弯倒腰叫'我儿起来'，那后面就掬起猴尾巴子。我比你吊得高，所以看得明也。"

难道孙悟空变的老奶奶也不穿衣服的？或者就算穿衣服，尾巴也是可以露出来的？1986版电视剧《西游记》演这一回故事，基本是按原著演的，唯独这个情节，没法表现，所以只好演孙悟空撩起一点衣服，露出个猴腿来。

《西游记》里别的故事虽然也很有趣，但像这种恶趣味毕竟不多，所以，这些都指向一点，写莲花洞故事的这位作者，他心里应该另有一套孙悟空的出身故事，他并不知道今天《西游记》的前七回内容！这个故事加入到今天的《西游记》之后，统稿人又没有把这些细节清除干净！

故事很有水平

诸位不觉得，这一回的作者最擅长的就是搞笑吗？而且还很高明！

有些搞笑的情节，因为时代太遥远了，我们接不住，但是细看是能看出来的。比如孙悟空把银角大王装在葫芦里，立即化为脓水。孙悟空摇摇葫芦，哗啦乱响。

> 他道："这个像发课的筒子响，倒好发课。等老孙发一课，看师父甚么时才得出门。"你看他手里不住地摇，口里不住地念道："周易文王、孔子圣人、桃花女先生、鬼谷子先生。"那洞里小妖看见道："大王，祸事了！行者孙把二大王爷爷装在葫芦里发课哩！"

发课就是算卦，把写有各种命运的竹签装进竹筒，占卜时摇

动竹筒，竹筒就哗啦哗啦地响，和晃动装着液体的葫芦发出来的声音很像。

又比如一些极小的细节，也能看出这位作者的趣味：

> 不多时，到了莲花洞口，那毫毛变的小妖，俱在前道："开门！开门！"内有把门的小妖，开了门道："巴山虎、倚海龙来了？"毫毛道："来了。""你们请的奶奶呢？"毫毛用手指道："那轿内的不是？"小怪道："你且住，等我进去先报。"报道："大王，奶奶来耶。"

不说"小妖道""小妖用手指"，而说"毫毛道""毫毛用手指"，这就是很高明的搞笑的写法，而且逗得别人笑了，作者还在那绷着。

相比之下，写三打白骨精的作者就不擅长搞笑，搞笑起来也生硬得很。比如猪八戒听说白骨精变的村姑说是来斋僧的："八戒闻言，满心欢喜，急抽身，就跑了个猪颠风。"

这种文字，能看出作者是想搞笑，但是很硬。至少我是笑不出的，只觉得冷。当然，写三打白骨精的作者，高明之处在于他思想的深邃，以至于这个故事一演再演。而金角银角这个故事的作者，明显是擅长写热闹剧的。

真武皂雕旗是什么

这一回最好玩的描写，就是孙悟空变作一个老道士，用毫毛变了一个大葫芦，说能装天，骗精细鬼、伶俐虫两个小妖用紫金

红葫芦和羊脂玉净瓶来换。天当然是装不了的，哪吒为了帮孙悟空，就到真武大帝那里借来了“皂雕旗”，在南天门一展，遮蔽了日月星辰。孙悟空就骗两个小妖说天被装了，最后成功换宝。

这段故事，可以说是《西游记》里极精彩的一段。孙悟空机灵古怪，两个小妖傻憨傻憨。皂雕旗展开后，对面看不见人，孙悟空就骗小妖说：“这是东海岸上，若掉下去，七八日还不见底。”小妖果然当真，说：“要是不换啊，诚然不是养家的儿子！”就用俩真宝贝换了一根猴毛走了。

我们容易被情节吸引，其实前后看一下，孙悟空得以成功的真正原因以及他用的核心技术，就是这面“皂雕旗”。没有这面旗，什么都是白扯，哪吒太子总不能拿乾坤圈把日月星辰砸下来吧。

这虽然只是小小的一个喜剧段子，但这面“皂雕旗”是有显赫来历的。

真武大帝信仰，从宋代就开始兴盛。到了明代，燕王朱棣造反成功，据说是真武大帝在帮他，所以真武大帝的地位一下子又拔高了一大截。在明朝的观众堆里讲真武大帝，是很能引起共鸣的。

而这位真武大帝，正有一面“皂雕旗”，更多的时候叫“皂纛”，纛和雕音近，恐怕是民间弄混了。只要翻一翻有关真武大帝的道教经书，这面“皂纛”比比皆是：

> 志心皈命礼：位居壬癸，将任甲庚，有雷公电母以先驱，有风伯雨师而为御。八煞前遮而后拥，六丁左从而右随。神锋指处雪霜寒，皂纛开时云雾卷。（《北极真武佑圣真君礼文》，下同）
>
> 皂纛执威权之柄，魁罡当激指之方。

> 拥之者皂纛玄雾，蹑之者苍龟巨蛇。(《太上说玄天大圣真武本传神咒妙经》)

这面旗和真武剑一样，是一件标志性的法器。也就是说，见旗如见大帝。

宋代大将狄青，在民间也被与真武扯上关系。他出战的时候就是带两面皂旗，旗到处所向无敌，人称真武神下界。

这面皂纛，又叫玄旗，比如：

> 奉上帝命往镇北方，被发跣足，蹑离坎真精，建皂纛玄旗，统摄玄武之位，神威赫然，历代显著。(《大明一统志》)

所以，如果想遮蔽日月星辰，最先想到、最有名的，就是这面真武大帝的大黑旗。

乌鸡国王子复仇记

文殊菩萨（李云中　绘）

乌鸡国的故事，大致是这样的：

唐僧师徒四人来到乌鸡国，在宝林禅寺借宿。忽然晚上一阵

阴风，一个鬼魂出现在唐僧面前，对唐僧说："我是乌鸡国王的鬼魂，五年前大旱，一个道士呼风唤雨，解了旱情。我就和他结为兄弟。不料在御花园，他趁我不注意，将我推入井中淹死。他变作我的模样，占了江山。求你们师徒为我报仇。"次日国王的太子出猎，孙悟空将他引到寺中，自己变成了一个名叫"立帝货"的小人，告诉他真相。太子就回城面见母后，询问三年来夫妻恩爱何如。皇后也说夜来得了国王托梦，加上太子一问，母子才恍然大悟。孙悟空和猪八戒趁夜潜入御花园，打捞出国王的尸体，并从太上老君处求来仙丹，救活了他。次日师徒带真国王来到金殿，双方对质。原来假国王是文殊菩萨的狮子精。文殊菩萨现身，将它收走。

这段故事，和一般的西游故事完全不同。

我们知道西游故事中最多的是这种情况：经过一座山或一条河，山上或河里住着妖怪，妖怪想吃唐僧（女妖想和唐僧成亲），把唐僧抓去。孙悟空想法消灭妖怪，把唐僧救出来。

还有一种情况，就是经过一个国家，例如宝象国、朱紫国、祭赛国、天竺国等，国王遇到了麻烦，师徒想办法解决了问题。但这些国家，起码国王是真的。连国王都是假的，《西游记》里只此一例！

这个故事的核心人物是乌鸡国太子，可以叫作"乌鸡国王子复仇记"！

然而，莎士比亚还真有一部"王子复仇记"，就是大家熟悉的《哈姆雷特》。这个悲剧讲述了哈姆雷特的叔叔克劳狄斯谋害了他的父亲，篡取了王位，并娶了国王的遗孀，哈姆雷特王子因此向叔叔复仇。《哈姆雷特》是莎士比亚所有戏剧中篇幅最长的

一部。

《哈姆雷特》和“乌鸡国王子复仇记”有关系吗？还真不好说，因为这两个故事有太多的相似之处。比如首师大的侯会先生就专文写过这个问题。

翻拍的哈姆雷特？

首先声明一下，以下观点来自侯会先生的《乌鸡国：西游记中的王子复仇记》，我只是做了一些补充。我们来看一看这两个故事的相似之处：

一、都是王子的复仇。

二、乌鸡国国王是被他的道士结拜兄弟害死的；《哈姆雷特》里的老国王也是被他兄弟克劳狄斯害死的。

三、乌鸡国故事是从乌鸡国国王的鬼魂向唐僧诉冤开始的；《哈姆雷特》是从老国王的鬼魂向王子诉冤开始的。

四、乌鸡国国王是在御花园被害死的；《哈姆雷特》的老国王也是在御花园被害死的，他在花园休息的时候，克劳狄斯溜进来，用一瓶毒汁灌进了他的耳朵。

有个细节很有趣，这倒是我发现的。《哈姆雷特》第一幕里还有这么一句：“上帝啊！上帝啊！人世间的一切在我看来是多么可厌、陈腐、乏味而无聊！哼！哼！那是一个荒芜不治的花园，长满了恶毒的莠草。”这句话虽然指的是人世间，但似乎也是后来花园中发生凶杀案的一个暗示。而乌鸡国里那个道士，将国王推到井里后，就把御花园锁了。以至于孙悟空和猪八戒去找的时候，里面荒芜不堪。正是一个“荒芜不治的花园”。

五、乌鸡国的道士杀了义兄之后，就占了皇宫内院，还和皇后同居了三年;《哈姆雷特》里克劳狄斯杀了兄长后，也是霸占了皇嫂。

六、王子和母后都有一次重要的私下交谈。乌鸡国的母子交谈发生在后宫,《哈姆雷特》的母子交谈也发生在后宫。

七、《哈姆雷特》里揭露克劳狄斯罪行的，是一群外来的演员，原文是“伶人四五人上”。哈姆雷特说:“我要叫这班伶人在我的叔父面前表演一本跟我的父亲的惨死情节相仿的戏剧，我就在一旁窥察他的神色；我要探视到他的灵魂的深处，要是他稍露惊骇不安之态，我就知道我应该怎么办。”这些演员就演了一出再现克劳狄斯罪行的剧，念了一大段韵文。果然，克劳狄斯看了剧后立即站起来说:“不要演了！”

揭露乌鸡国假国王罪行的，也是一群外来人，只不过是和尚，唐僧师徒是四人，算上真国王正好五个！在宝殿上孙悟空也对假国王念了一段韵文，也再现了假国王的罪行。假国王听后“心头撞小鹿，面上起红云”，同样站起身来，就要逃跑。

另外再补充第八条：假国王其实是个骟了的狮子，所以没有那个能力的。而哈姆雷特说:“晚安！可是不要上我叔父的床；即使您已经失节，也得勉力学做一个贞节妇人的样子。”虽然情况不一样，但在意皇后贞节这件事是一样的。

“哈姆雷特”并非莎翁原创

《哈姆雷特》创作于1599年至1602年，这个时候世德堂本《西游记》早已问世了。难道是莎士比亚抄《西游记》吗？也不是。

因为哈姆雷特的故事，并不是莎士比亚原创的。在莎翁之

前，英国剧作家基德就创作了舞台剧本《哈姆雷特》，据考证，在这个已佚的剧本中，“鬼魂诉冤”和“戏中戏”等情节已经出现。有学者认为，莎剧的创作，正是以基德此剧为蓝本的，不需从《西游记》获得灵感。然而，事情还没有完。在基德的《哈姆雷特》之前，1570年出版于巴黎的《悲剧故事集》（*Histoires Tragiques*），就记述了一个王子复仇的完整故事，作者是贝尔弗莱（Francois de Belleforest）。这个故事和基德的虽然不太一样，但弟弟杀哥哥、王子见母后、王子复仇等一系列情节基本都有了。《悲剧故事集》虽然出版于1570年，但这个取材于十二世纪丹麦历史家萨克索《丹麦史》中王子复仇的故事，起码在欧洲已经流传了二三百年。

东西方共有一个故事来源，这种事并不罕见。最著名的就是“灰姑娘”的故事。最经典的版本当然是出自十九世纪的《格林童话》，但这个故事在此之前，不知怎么就流传得全世界都知道了。

话说有一个叶限姑娘，从小聪明能干，但继母对她百般虐待。叶限有一条心爱的鱼，继母就把鱼杀了。叶限得到神人指点，将鱼骨藏在屋中，想要什么，向鱼骨祈求，眼前就会出现什么。在一次地方的节日活动中，叶限穿着一双金鞋去参加，被继母和继母生的女儿发现了，仓促逃离，丢下一只金鞋。国王得到了金鞋，就下令让所有的女子试穿，终于找到了叶限，坏继母和那个坏妹妹，被飞石击死。

这段故事出自唐代段成式所撰笔记小说《酉阳杂俎》续集《支诺皋》，这个故事比《格林童话》早了将近一千年。实际上这还不是最早的“灰姑娘”故事，这个故事的祖先，以及祖先的祖先，可以追溯到两千多年前！

因为时代久远，很多文化交流的痕迹并没有留下来。所以我们不用管莎翁写这个故事时，《西游记》已经面世了，也不用管是谁抄谁的，只能说在当时，在全世界范围内，一直就流传着王子复仇的故事。要知道我们和西方的交流，其实从来就没有断过。宋代的泉州商人、元代的蒙古西征、明代的郑和下西洋和传教士来华，都带来了文化的大交流。这种故事传来传去，就不是个稀罕事。特别是明代，有许多天主教传教士来中国传道。在传播过程中，把西方的传说故事带到中国，是完全可能的。

而且这种王子复仇的故事，本来就是一个民间故事中常见的母题，现在还是一演再演。所以，东西方这两部作品，很可能有共同的来源。

另外多扯一句，不用一说《哈姆雷特》就以为又是一部多么高大上的经典。其实什么《西游记》啦、《哈姆雷特》啦，首先都是本民族接地气的好听故事，磨了好久好久，才逐渐被捧成了高大上的文学。我们习惯了教科书的宣传，反倒容易和这些作品产生隔阂，而不能平等地和它们对视。用句俗话说就是只看见贼吃肉，没看见贼挨打。不用和人一说“呀，我今晚看《哈姆雷特》去啦”，就觉得自己瞬间高大上了许多。

我觉得，如果我们真正想拥有欣赏伟大著作的能力，应该像交朋友一样，首先学会和它平视，而不是仰视的膜拜或俯视的批判。

立帝货

乌鸡国这一回，孙悟空变了一个奇怪的东西：立帝货。他引太子到宝林禅寺之后，变了一个“红金漆匣”，自己变成一个二

寸长的小和尚，钻进里面。太子来的时候，将他放出来，告知太子真相。

这个立帝货奇怪之处在于，我国的传统文化中，从来没有一个神仙、法宝，起过这样的名字。特别是这个“货”字，既不像人名，也不像宝物名。

基督教耶稣的专称之一“救赎主”，正是源于希伯来语中的“救赎”redeem、redeemer，拉丁语写成Redemptor，英语里写成Redeemer，法语是Rédempteur，西班牙语是Redimir。可以大致翻译为“立帝莫”或“立帝贸”。《西游记》写成“立帝货”，也许是翻译得不准，也许因为“贸”“货”形近，搞混了。

另外，传教士带来的耶稣像，正是放在带槽涂金的木制盒状神龛里的（《利玛窦中国札记》）。这和孙悟空变的红金漆匣也正相似。所以，这个莫名其妙的“立帝货”，很可能就是比着传教士们带到中国来的耶稣像写的，只不过由二寸长的耶稣像改成了“二寸长的小和尚”。这也不奇怪，因为早期传教士就是被当作和尚看待的，教主自然也是和尚了。

金厢白玉圭

乌鸡国国王的鬼魂临走的时候，留给唐僧一柄“金厢白玉圭”，作为见到太子的一件信物。假如立帝货和红金漆匣是比着耶稣和装神像盒子写的，那么这个金厢白玉圭，毋宁看作是比着十字架写的。传教士们当年带来中国的十字架，往往有珠宝镶嵌（《中国天主教传教史概论》）。而中国传统的玉圭，也正好带个尖头！

利玛窦手里的十字架和明代的玉圭

清朝有个张德彝，曾经满世界地跑，写了一本《八述奇》，里面记录了他在英国的时候，去看了一场“埃达倭第七”和王后“阿来三德亚”的加冕。不熟悉的朋友一定有点蒙圈，这俩人就是爱德华七世和王后亚历山德拉。好玩的倒不是登基大典，而是这位张先生看到英国洋玩意，就用中国原有的名词来解释它。比如他看见大典上有大主教，披着教袍，他就管那玩意儿叫袈裟。看到的英国皇家礼器，凡是差不多的他都叫“圭”。伯爵库斯弗执一“象牙圭”，公爵哈里斯执“懿圭，上带十字架”，阿盖公执“御圭，上带十字架”。我虽然没见过爱德华七世的登基大典，想来也不会拿着中国的“圭”上去。这一堆“圭”恐怕就是基督教的十字架了！张德彝已经是晚清人，尚且喜欢这样硬套，更不要说明代人了。

最后多扯几句

一、“乌鸡国”这个名字，看上去实在太不像国名了。“乌鸡”

除了“乌鸡煲”（我怎么尽想吃的）那个“乌鸡”之外，也没有别的什么含义。有位先生说“乌鸡国”很可能是“无稽国”，也就是暗示这个故事是子虚乌有的。我觉得这样解释貌似也通。因为“乌有”本来就是“无有”，而南唐的文字学大家徐锴《说文系传》就说：“鸡，稽也，能考时也。”在一些古人眼里，鸡会打鸣，没有钟表的时候，被用来稽考确定时辰，所以才叫鸡。

二、唐僧介绍立帝货的时候，是这样讲的：“但只这红匣内，有一件宝贝，叫作‘立帝货’，他上知五百年，中知五百年，下知五百年，共知一千五百年过去未来之事，便知无父母养育之恩。”这两句话也很奇怪，因为我检索了一下，《西游记》之前的古籍里，似乎没有人用这种上知五百年、下知五百年的形式讲话，况且还有个“中知五百年”。但假如从世德堂本《西游记》成书的时间看，正是十六世纪，取整数正是西元1500年，而西元纪年正是从耶稣诞生那一年开始算的。这恐怕是吸收了传教士们带来的耶诞纪年法了！

三、唐僧见到太子，有这样一段对话：

> 三藏进前一步，合掌问道：“殿下，为人生在天地之间，能有几恩？”太子回答：“有四恩。天地盖载之恩，日月照临之恩，国王水土之恩，父母养育之恩。”三藏笑曰：“……那得个父母养育之恩？”太子怒道：“……人不得父母养育，身从何来？”三藏道：“殿下，贫僧不知。但只这红匣内，有一件宝贝，叫作‘立帝货’，他上知五百年，中知五百年，下知五百年，共知一千五百年过去未来之事，便知无父母养育之恩。”

这一段也很有意思。这段激怒太子，完全是唐僧的现场发挥（看来御弟哥哥的智商不可轻视呀）。但是太子虽然父死，却还有母。为啥把无母恩也捎带进来？假如立帝货是有传教士背景的，这就好理解了。因为传教士的“以天主为父母，以世人为兄弟”(《天主实义》)，“父母给的只是肉身，天主给的是高贵的灵魂”等言论，激起了当时士人的反感，比如徐昌治、陈侯光等人，骂基督教教义是“无孝悌人伦”的禽兽学说(《破邪集》)。所以这个“无父母养育之恩”，一方面是激怒太子，另一方面恐怕也是对基督教教义的调侃。

红孩儿的亲妈到底是谁

从乌鸡国出来，就到了红孩儿的地界了。

网上流传着这样一个说法，按原著来看，牛魔王是红孩儿的爸爸，可是红孩儿却长得不是牛的样子——他不长角。而且，他会三昧真火，牛魔王反而不会，三昧真火是道家的绝密功夫，所以他根本就不是牛魔王的亲儿子，而是太上老君的私生子。

这个说法当然很好玩，但是我发现许多朋友竟然把这种解读当成真的，这就不好了。

所以，这一讲就来扒一扒红孩儿的亲爹亲妈到底是谁。

我们解读《西游记》起码应该看看原著。三昧真火并不是道家的绝密功夫！所谓的“太上老君会三昧真火”，原著里一个字都没写！我们普遍认为太上老君会三昧真火，其实都是因为1986版电视剧《西游记》太上老君的那句台词：“大胆妖猴！看我用三昧真火来炼他。”

孙悟空才是红孩儿的亲爹？

《西游记》里除了红孩儿，难道就再没有人会三昧火了吗？请看下面这段：

> 太上老君即奏道："那猴吃了蟠桃，饮了御酒，又盗了仙丹。我那五壶丹，有生有熟，被他都吃在肚里。运用三昧火，煅成一块，所以浑做金钢之躯，急不能伤。不若与老道领去，放在八卦炉中，以文武火煅炼。炼出我的丹来，他身自为灰烬矣。"

这句话说得很清楚，如果说会的话，孙悟空才会三昧火，太上老君会的是文武火。这何尝是道家绝密的功夫了？我们看，原著中除了红孩儿，会三昧火的只有孙悟空一位，假如真按"私生子理论"的逻辑来分析，那我就敢说红孩儿是孙悟空的私生子！这当然好理解啊。

第一，原著除红孩儿之外，只有孙悟空会三昧火。这个可以任意检索验证。

第二，原著只说红孩儿"他曾在火焰山修行了三百年"，何尝说他年龄就是三百岁？难道他一出生就会修炼吗？孙悟空被抓前和铁扇公主有一腿难道没有可能？他被二郎神抓了之后，铁扇公主生了红孩儿。红孩儿出生二百年后，有了修炼能力，才能到火焰山修炼三百年嘛。

第三，红孩儿为啥不像猴？这也可以理解啊，长相可以随爸爸，也可以随妈妈嘛。黄袍怪和百花羞生的儿子也没说长得像黄袍怪嘛。白娘子的儿子许仕林难道就一定是一条卵生的蛇吗？一句话，孩子只要像夫妻其中一方就可以！

第四，孙悟空和铁扇公主欢好之后就被二郎神抓了，他也不知道铁扇公主有没有怀上。所以孙悟空先变牛魔王，要当红孩儿

爸爸；在芭蕉洞又变牛魔王，要当铁扇公主老公。孙悟空七十二变，变什么不行，非得两次都变牛魔王，这难道不是一种试探？红孩儿问孙悟空，自己生辰八字是什么，难道不可以理解为对身世的求证？

我觉得这套逻辑，比那个漏洞百出的“太上老君是红孩儿的亲爹”更缜密吧。

有人会抠字眼，说“三昧火”和“三昧真火”毕竟不一样。其实在原著中，三昧火、三昧真火、真三昧火，是画等号的。

这火不是燧人钻木，又不是老子炮丹，非天火，非野火，乃是妖魔修炼成真三昧火。（这都告诉你了：不是老子炮丹！不是老子炮丹！）

> 菩萨道：“既他是三昧火神通广大，怎么去请龙王，不来请我？”
>
> 众神道：“说起他来，或者大圣也知道。他是牛魔王的儿子，罗刹女养的。他曾在火焰山修行了三百年，炼成三昧真火，却也神通广大。”

这些都指红孩儿的火。那么，文武火等于三昧真火吗？当然不一样。文武火是纯正的道家功夫。三昧火是佛家功夫，是被道家偷来的。这个问题，我们后面再讲。

按这种逻辑来分析，只能越分析越乱！可见有些朋友连原著都没前后看看就轻信了，还觉得是什么了不起的神分析。

当然，我不会认为孙悟空真是红孩儿他爹。只想说明，这种把电视剧、原著搅在一起，连蒙带猜的逻辑，是很混乱的。我们

要分析一下，红孩儿这个人物，到底是怎么来的。他有没有亲爹妈？如果有，是谁？

红孩儿的亲妈到底是谁？

红孩儿的故事，几乎是和西游故事相伴而生的。元朝的《西游记》里，就已经有“红孩儿怪”了。《西游记杂剧》里也有个红孩儿，原文是这样的：

唐僧看见一个小孩子，叫孙悟空背。孙悟空背不动，就发现他是个妖怪，然后砍了他一戒刀，把他砍下涧去。不料红孩儿弄起一阵风来，把唐僧摄走了。

然后接下来，就没有红孩儿什么事了。孙悟空一见师父被摄去，竟然一场都没打，直接就请菩萨去了（好省事啊）。菩萨居然也没有出手，直接去找如来。如来派了四位揭谛带了钵盂去，把红孩儿罩了来，扣放在座下，等人来。如果这个人不来，七天之后，红孩儿就化为黄水。

等谁呢？原来这个红孩儿名字叫“爱奴儿”，是鬼子母的儿子。鬼子母果然大怒，带鬼兵前来。鬼子母用铁胎弓射狼牙箭，如来用莲花遮挡。鬼子母不能取胜，便想直接把钵盂揭开，救走红孩儿。谁知那钵盂被如来施了法力，用尽力气也揭不开，鬼子母无奈皈依。

稍微了解一点的朋友都知道，这是“鬼子母”的故事。这个故事，和齐天大圣故事一样，一直是单独讲，本来和西游记故事没有半点关系。《西游记》逐渐扩充了之后，就把这个故事吸收进来了。

今天的《西游记》里，还有这个故事的痕迹吗？有！大家记不记得孙悟空为了降伏红孩儿去请菩萨，是谁给他通报的。

> 只见二十四路诸天迎着道："大圣，那里去？"行者作礼毕，道："要见菩萨。"诸天道："少停，容通报。"时有鬼子母诸天来潮音洞外报道："菩萨得知，孙悟空特来参见。"

红孩儿的亲妈在这里！

诸天，就是护法神。鬼子母被降伏后，正是在菩萨座前做了二十四护法神之一。作者随便编个什么诸天不行，哪怕黑熊怪也行啊。为什么非得让"鬼子母诸天"去通报？用意何在？

不要以为菩萨把红孩儿弄去当善财童子就怎么样了，这正是和他原来的亲妈团聚去了！

鬼子母和红孩儿的故事怎么和《西游记》故事扯上关系的？恐怕还得追到玄奘法师那里，据《大唐西域记》记载，玄奘法师确实去过印度的佛度鬼子母的遗迹。这个地方，唐代叫"布色羯逻伐底"，是古代北印度犍陀罗国之旧都城，故址在今天巴基斯坦的白沙瓦市东北的却尔沙达。假如真给红孩儿找个老家的话，这里可以算是（当然，王舍城也算）。原文是：

> 梵、释窣堵波（塔）西北行五十余里，有窣堵波，是释迦如来于此化鬼子母，令不害人，故此国俗祭以求嗣。

红孩儿亲爹到底是谁?

红孩儿的亲妈是鬼子母，他亲爹是谁?

原来，根据《根本说一切有部毗奈耶杂事》，鬼子母的父亲是个夜叉，叫娑多。娑多和老哥们夜叉半遮罗订好了娃娃亲，于是鬼子母就嫁给了半遮罗的儿子半支迦，鬼子母和半支迦生了五百个儿子，最小的就是红孩儿(佛经里叫“爱儿”，杂剧里叫“爱奴儿”)。可是鬼子母还喜欢吃别人家的孩子，有一天佛陀趁鬼子母不在，跑到她家里去，用钵盂把爱儿盖在下面。鬼子母回来寻找爱儿不得，放声大哭，只好去求佛。佛说你有五百个儿子，丢了一个就这样伤心。别人家的孩子被你吃了，又该如何?鬼子母幡然醒悟，从此皈依佛法，做了护法神。

所以说，红孩儿的亲爹是半支迦，这个名字大家不熟，但是他还有一个名字，叫散脂大将(也有别的说法，这里仅取一种)。散脂大将和鬼子母一样，也被佛祖感化，做了护法神。而且，也在观音菩萨座前做诸天!解决配偶问题这种事，自古就有。

北京大慧寺明代彩塑二十四诸天，红孩儿的亲爹散脂大将、亲妈鬼子母都在，鬼子母身旁的小孩并不是红孩儿，而是冰揭罗，也是鬼子母的儿子，算是红孩儿的哥哥吧(有《冰揭罗天童子经》，似乎并没有说他就是“爱儿”，姑且认为是两个人)。成了善财童子的红孩儿在菩萨身边站着呢!

所以，红孩儿被收作善财童子，那才真真正正是全家团聚!亲爹亲妈亲哥，都在那里，他为啥不能去!

这也就解答了为啥红孩儿不长角的问题：他本来就不是个犊

子！所以当然不长角！

红孩儿和牛渊源很深

我在前文聊了红孩儿的家世，他并不是牛魔王的儿子。但是，还真不能说他和牛没有一点关系，不仅有，而且渊源还很深！

根据《根本说一切有部毗奈耶杂事》，鬼子母的前世是一位牧牛人的妻子，因流产发下毒誓：来生要吃尽小孩。后来就投胎到夜叉娑多家里去，当了他的女儿。

也就是说，这位鬼子母，是一位“夜叉女”。夜叉和罗刹虽然不太一样，但同是恶鬼，所以《西游记》中“夜叉女”和“罗刹女”相混了。而鬼子母前世的丈夫，正是一位牧牛人。明白了牧牛人妻是鬼子母的前世、鬼子母最后的去向这一系列问题，我们似乎就可以理解，为何《西游记》把红孩儿编成了牛魔王的儿子，又为何让菩萨把他收去当善财童子了——这是把两辈子的事合到一辈子写了！

红孩儿的家世

做营销，你未必做得过四海龙王

四海龙王，虽然本事不大，但在《西游记》里出镜率极高，所以值得说一说这几位的来龙去脉。

印度龙和中国的四海神

很多朋友想当然地以为龙王是道教神，因为归玉皇大帝管，其实并不是。龙王是正经八百的佛教神。中国以前没有龙王，龙王传入中国后，就开始本土化。宋代以后，彻底融入了本土的神仙体系。这也是民间信仰的产物，就像之前说过的观音道教化和民间化一样。

为什么龙王成了公认的四海神，本土的四海神哪里去了？这正是因为千年以来龙王们凭高超的“营销手段”，抢夺了市场，把原来的四海神挤走了。

龙王本来是印度的概念，这个在佛典里比比皆是，比如《大方广佛华严经》就有“譬如阿耨达，自在大龙王。……譬如大龙王，名曰摩那斯。……譬如大龙王，名曰大庄严。……譬如海龙王，名曰娑伽罗”等等。印度的这些龙王，随着佛教的东传，就逐渐进入中国了。

我国的四海，原来是有神的。例如《山海经》里的四海神分别是："东海禺虢、西海弇兹、南海不廷胡余、北海禺强。"这四位神都是人面兽身，珥蛇践蛇的形象，和龙王扯不上关系。

此外，道教也有自己的四海神，比如《云笈七签》：东海神名阿明，西海神名祝良，南海神名巨乘，北海神名禺强。

《山海经》里的四海神（明万历刊本）

又如《太平御览》里记的四海神及其妻子的名字：

> 东海君姓冯名脩青，夫人姓朱名隐娥；南海君姓视名

> 赤，夫人姓翳名逸寥；西海君姓勾大名丘百，夫人姓灵名素简；北海君姓是名禹帐里，夫人姓结名连翘。

这些四海神，有的直接叫神，有的叫君。虽然不知道长什么样，但肯定不是龙王。把这些神封为王，是在唐代。

> 天宝十载正月，四海并封为王。太子中允李随祭东海广德王，义王府长史张九章祭南海广利王，太子中允柳奕祭西海广润王，太子洗马李齐荣祭北海广泽王。

这就是说，此时官方的四海神仍然不是龙王，而是一些由朝廷封的莫名其妙的人物。

然而，这时民间的龙王，已经看准了这个编制，一场反客为主的争夺战，悄悄开始了！几百年竞争的结果，是民间的龙王取代了官方的海神，占领了四海。

从基层做起的龙王

不得不说，龙王在我国，并没有一步到位直接就占了四海，而是踏踏实实地从基层做起的，龙王的提干史，可以说是我们公务员的榜样，也可以为我们今天创业提供思路。

比如《太平广记》里说：汴州八角井多有龙神，时有异手出于井面。

这是唐代的事情，这里的龙神，其实就和乌鸡国的那个井龙王一个级别。所以猪八戒进了井龙王的水晶宫还诧异：井里还有

龙王？这不新鲜，龙王就是从井里这种小号做大的。

小号没有大号推，也不行的。但是随着民间龙王信仰的兴盛，总会获得官方推的机会。宋代开始建“五龙庙”，这可以说是龙王第一次等到了官方推的机会。但这次官方推，幅度很小，只是承认了龙神的地位而已，和海神还不能扯上关系。这个时候，各位龙神还在一起办公，还没有分家——他们的影响还不够大。除了五龙庙，还有“九龙庙”。陕西的澄城县就有一座，供奉九位龙神，可不知为什么只供奉一位龙妃。一打听，原来这位龙妃是五代名臣冯道的女儿。

冯道，也是个有争议的人物，他历仕后唐、后晋、后汉、后周四朝，先后效力于后唐庄宗、后唐明宗、后周世宗等十位皇帝，其间还向辽太宗称过臣，所以名声并不是很好。有人写诗说他“身既事十主，女亦妃九龙”。这可算讽刺到家了！

抛开冯道不说。我们起码可以看出来，九个龙王穷到只能共享一个妃子，一星期侍寝一轮还有两个轮空的，惨啊！可见这个时候的龙王，地位并不像后来那么高，还处于合租一个单元房的艰难创业期。

做垂直内容的高手

为什么龙王获得了最终的胜利呢？这是因为龙王善于经营垂直市场。

现在有一个说法，叫垂直内容。内容越精准越好，越明确越好。龙王在中国发达就是依靠这样的策略。假如龙王也有供人反馈意见的政务平台的话，去搜一下关键字，百分之九十都

是“求雨”。

我国是一个农业大国，在没有现代科技的古代，只能靠天吃饭。这个时候，风调雨顺是老百姓最盼望的。所以，求雨这个活动，从古到今都是民间的一个重点话题。

龙王在印度的时候，一部分职能就是管降雨。到了中国之后，这个职能继续放大。以至于凡是有井水、潭水、池水、湖水、河水、江水、海水的地方，都可以成为向龙王求雨的场所。

古代这些水体确实有对应的神，海有海神，北方有河伯，南方有湘君，但是这些神灵，只管当地一个地域。当然，也可以向他们求雨，比如齐景公就想向河伯求雨。

但这些大神除了管下雨之外，还管别的内容。比如黄河之神，他还担负着代表国家领土这样的职能。所以五岳四渎是被一起祭祀的，但这样一来就把服务内容分散了。另外，一些小潭、小湖未必有公认的神，大神也未必愿意代管这些小号。没有大江大河大海的地方，老百姓该向谁求雨呢？现给这些小潭、小湖编神，是来不及的，也不会得到公认的！

龙王正是看准了这个需求，迅速打开了中国市场。一开始只是提供一些单项服务，比如降雨，为打开市场做准备，但这已经让普通百姓尝到了甜头。例如《搜神后记》“龙穴祈雨”：武昌虬山有龙穴，居人每见神虬飞翔出入。岁旱祷之，即雨。

武昌就在长江中游，可不是没有大江大河的地方。当地的人宁可向一个小龙穴的“神虬”求雨，也不向近在咫尺的长江江神求雨，这正说明服务精准化的效果。在老百姓心目中，江神太忙了，朝他求雨，还不知道等到何时呢！这就像有些人病了，宁可去小诊所，也不去大医院，因为小诊所能提供更为便捷的服务。

龙王的连锁经营

龙王还有一项擅长的本领，就是连锁经营。

水里有龙王这件事，是最顺理成章的：井里可以有龙王，潭里可以有龙王，湖里可以有龙王……不管它们管哪一块，它们共同的名字都叫龙王。共用龙王这一个商标，就是品牌的集中化，或者说是开了一家加盟连锁店。就像无论走到哪里，那个以卖汉堡的老头图像做商标的店子都叫 KFC。龙王，简单的两个字，谁都认识。假如河北叫水君，江浙叫龙伯，湖北叫泽神，山东叫鳞长……意思虽然还是那个意思，但一下子就把品牌分散了！

当然，国家为了方便管理，还是给不同的龙王封了不同等级的封号，或者说这也算一种政治策略。比如一个小村的龙王，可以封“灵显侯”；一个大湖的龙王，可以封“灵泽公”……这是在官方文件里的称呼，但老百姓从不管那些，在他们眼里，都是龙王。所以刚才提到的武昌的那种小龙穴的“神虬”，最终都会改叫龙王。如果不改名，那就废了。

当全国各地的水体，遍布了各种龙王之后，四海龙王就呼之欲出了！这个时候，什么河伯、江神、湘君……都傻了眼。至少在元代，民间就已经认为，四海都是由龙王在管理了！小池、小塘、小井都有龙王，凭什么海里不能有！这就叫“农村包围城市”，在民间获得了合法性。

但是，河伯、江神、湖神能统一成一个“中国水神”的商标和龙王抗衡吗？不能！它们之间不打架就不错了！因为它们本来就来自不同的派系。所谓“祭不越望”，出了地域和越级就是

不合法的。况且，就算朝廷强行统一，老百姓也不认账。我觉得我国最麻烦的事，就是特别喜欢讲派系。不信，走进任何一家单位、一家公司，里面都有无数的派系。派系之间的斗争，其实是制约一个公司发展的最大内耗。

然而，尽管民间早就开始祭拜海龙王了，官方还是不肯承认四海龙王的地位，相当于不开认证通道，国家祀典祭祀的还是四海的海神。这种民间认同和官方认证对象不同并存的局面，一直到清代才结束。

直到雍正二年，鉴于四海龙王已经获得了不可动摇的民间地位，才由雍正皇帝敕封四海龙王之神：东曰显仁、南曰昭明、西曰正恒、北曰崇礼。俱遣官赍送香帛祭文，交该地方官致祭。九个龙王共用一个妃子的苦日子，终于过去了！四海龙王取得了彻底的胜利！

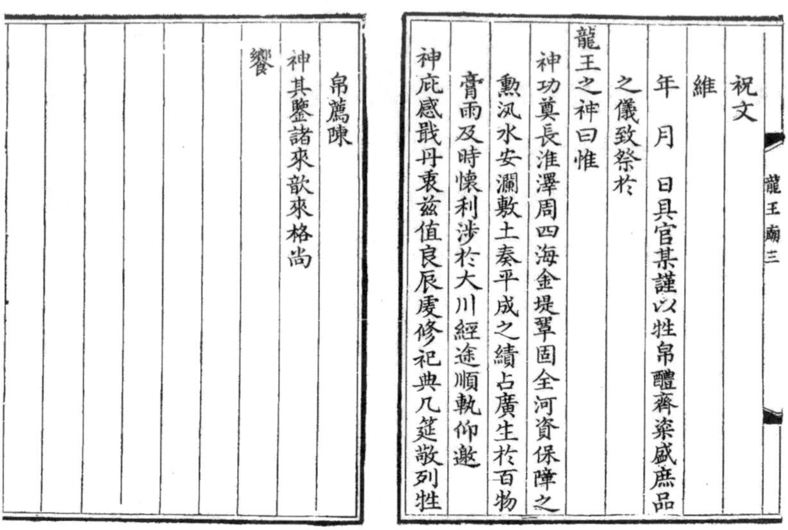
龍王廟 三
祝文
維
年 月 日具官某謹以牲帛醴齊粢盛庶品
之儀致祭於
龍王之神曰惟
神功奠長淮澤周四海金堤鞏固全河資保障之
勳沨水安瀾敷土奏平成之績占廣生於百物
膏雨及時懷利涉於大川經途順軌仰邀
神庥感戩丹衷兹值良辰虔修祀典几筵敬列牲
帛薦陳
神其鑒諸來歆來格尚
饗

《南工庙祠祀典》里官员祭祀龙王的祝文（清乾隆四十四年序刊本）

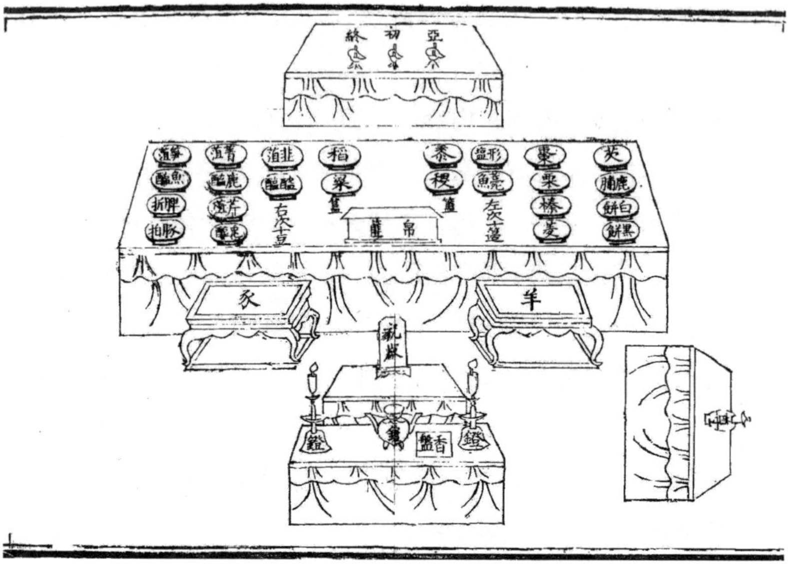

《南工庙祠祀典》“龙王庙祭祀陈设图”（清乾隆四十四年序刊本）

有朋友会问，为什么《西游记》里的龙王归玉帝管呢？这很简单，这就是龙王信仰中国化之后的变化。龙王有佛教背景，毕竟是水土不服的。这就等于说，KFC 的股东可以更换，对老百姓而言，他们只关注卖的汉堡还是不是那个味道，股东换了之后，老百姓顶多说一句：“哦，知道了。”

但是龙王也很识相啊。归佛祖管就归佛祖管，归玉帝管就归玉帝管，大股东是谁并不重要！我们只要做好客户服务就行了！

所以，天下龙王庙之多，简直到了惊人的程度。我姥姥家是一个小山村，都有个火柴盒大小的龙王庙。

总结一下本土的四海神失败的原因：

第一，品牌不突出。什么祝良、巨乘、禺帐里、视赤……听起来就不像海神的名字，光顾了自己玩、自己高冷，忽视了品牌

形象建设。再比如，东海神叫阿明，这名字和东海有什么关系，卖萌也卖得不是地方啊。

第二，服务不周到，内容不垂直。老百姓根本不知道你管的是什么，也不知你这海神是侧重管渔业的，还是管气象的，还是管国家安全的，或者什么都管。什么都管，等于什么都不管！

第三，不善于设计、经营品牌的形象。试问，这些神长得什么样？谁画过？谁塑过？谁推过？这就叫没有辨识度。我们今天看到的龙王形象，是他充分中国化的结果，和印度的龙王很不一样。

要知道，信仰这件事，可以说是一件供大众消费的文化产品，打的是知名度，最终变现的是香火钱。

龙王有钱

佛经里经常说海龙王有很多宝藏，这也是龙王受到民众欢迎的一个原因。事实上，人们出海航行，有时确实能发横财。人们当然愿意把这些奇遇归结为龙王的恩赐。

有朋友说，这不都是神话传说吗？哪里真的有宝、有钱。不是的！不管是神话，是传说，只要大家相信，那就是真的！佛经天天说，龙宫有宝藏，龙王有钱。传来传去，这就是共识。连孙悟空都知道“愁海龙王没宝哩”，跑到龙宫去要宝。果然金箍棒这种神兵也藏在海里。其实我们把自己的钱存入虚拟的 APP 也好，现实的银行也好，你亲自调查它有钱了？还不是身边的人都去存，相信它而已。从这个意义上来说，相信身边的人和相信佛经，又有什么本质区别？所以天下有些事情，有时不在于真相如

何，在于说的人多不多。

四海龙王的名字

虽然四海龙王都叫龙王，在这个层面上有辨识度，但他们具体的名字，其实乱得一塌糊涂。

就是《西游记》本身，描写过程中也常出现混乱，这正说明四海龙王的名字，本来就没有一个确定的答案。例如第三回孙悟空去东海龙宫借兵器，又要披挂。东海龙王召集三个兄弟商议，说是"南海龙王敖钦，北海龙王敖顺，西海龙王敖闰"，谁知没隔几行字，三海龙王要捉拿孙悟空，敖广阻拦，这几个龙王的名字忽然变成了西海龙王敖顺、北海龙王敖闰。后面也是"顺""闰"常常混淆。

其实我们只要看多了古代小说就知道，四海龙王从来就是不确定的。除了《西游记》里这几个名字外，还有敖润，其实就是敖闰；敖光，其实就是敖广；此外还有敖吉、敖明、敖英、敖祥、敖贵……甚至有时候东海龙王就叫敖东。这和给自己奴才起名叫什么张财、李贵也差不多。

另外，龙王为什么姓敖呢？这个在佛教、道教的经典上都没有先例，国家祀典似乎也没有先例，纯是老百姓编出来的。

既然是老百姓编出来的，就未必有那么严密的逻辑了。《西游记》《封神演义》里的龙王都姓敖，其实这个地方有一个异文，明杂剧《争玉板八仙过海》里，提到的东海龙王并不姓敖，而是姓鳌，是"鳌广"而不是"敖广"。这个可能更原始，因为鳌是海中巨龟。佛教中的龙王还没有传入中国的时候，在神话传说

中，巨鳌似乎是海中最大的动物，因为蓬莱山就是它们背负的。但“鳌”实在不像一个姓，去掉鱼而为“敖”，这就像一个姓了，宋代就有敖颖士、敖知言。

其实元杂剧《沙门岛张生煮海》里，张羽问龙女姓什么，答曰姓龙。张羽便说：“小娘子姓龙氏。我记得何承天《姓苑》上，有这个姓来。”由此可见龙王也未必姓敖的，反倒是姓龙靠谱些。

其实喝孙悟空“圣水”的人，从来就不缺

车迟国这个故事是《西游记》中最好玩的，一不打斗，二不请神，轻轻松松地降伏了三个妖道，就像看喜剧片一样。其实这里面藏着无限的人情世故。

来两碗圣水

先回顾一下剧情：唐僧师徒来到车迟国，正赶上虎力、鹿力、羊力大仙在三清观举行斋醮。孙猪沙兄弟三人趁夜把三清圣像推倒，丢到“五谷轮回之所”里，自己变作三清的模样，坐在殿上。三个大仙还以为是真仙下凡，赶紧拜求圣水。孙悟空他们就尿了几缸子，三个大仙就都喝了！喝了几口发现味道不对（1986版电视剧《西游记》在这里修改了一下，让三位大仙喝得痛快了些），孙悟空就自曝身份，立即离开了三清观。

求仙人赐圣水的故事，在古代简直太多了！不妨聊几个。

三国时魏国寿春的一个农妇自称天神附体，开始卖“圣水”，据说内服外敷都有效。魏明帝就把她召到宫里，好好招待。谁知魏明帝得了病，喝她的“圣水”，一点用都没有，就把农妇杀了。

唐宝历年间，亳州有和尚卖“圣水”，据说能治病。一时间

轰动了好几十个城，大家纷纷去买水。这时李德裕镇守浙西，叫人用锅装满“圣水”，放了猪肉煮，说：“如果真是圣水，猪肉应该不烂。”当然，火到猪头烂，李德裕就把妖僧治了罪。

但这些“圣水”，起码都是能喝的水。有很多朋友问我，拿喝的液体当“圣水”以及“五谷轮回之所”，这两个梗是怎么来的，我觉得这两个分开看，看不出什么来，合起来看才有点意思。只是说起来有点恶心，诸位要做好心理准备。

喝的液体当“圣水”，这个天才创意，似乎来自中医的“轮回酒”。

轮回酒是什么东西呢？其实就是人尿。比如：

> 其小便必长，取以饮病者，名曰轮回酒，与一二碗，非惟可以止渴，抑亦可以涤荡余垢。(《仁斋直指》)

> 轮回酒，即人尿也。人有病者，时饮一瓯，以酒涤口，久之有效。(《双桥随笔》)

一喝就得一小盆，专治跌扑伤损，胸口胀闷。妇女分娩后喝，不得产后病。讲究的，要喝自己的尿，才叫真正的轮回酒。如果大家看过明史，就知道章纶上奏章请立朱见深为储君，结果激怒了景泰帝，被抓进了大狱，一待就是六七年，没医没药，身子不舒服了就喝尿，自己的尿，别人的尿，雪碧加啤酒，红酒加可乐，换着花样喝，居然挺过来了！

轮回酒到底有没有用？按这些案例是有效的。但我怀疑毛病

就出在“久之有效”上，就像《红楼梦》里的“疗妒汤”，一顿不行吃十顿，一年不行吃十年，人总有一死的，死了还妒什么？总之这章纶老先生酸酸爽爽地喝了几年的尿就是了。

壮士，干了这碗轮回酒！

轮回酒又叫“还元酒”，其实这不是最恶心的，中医里还有一味药叫“还元水”。这东西是什么呢？就是粪清。据《菽园杂记》记载，制法是这样的：

腊月用一个空瓶，用细布蒙上瓶口，系上绳子，浸在茅厕里。时间一长，粪汁就渗满瓶子。满后拎出来，埋在土里，过二三年，就化为黑亮亮、黄澄澄的一瓶水。发毒疮的时候，满饮一碗（味道有些发苦），毒性就会散去。归有光的朋友沈通理，喝过这东西治好了病。

好吧，至于这些东西到底有没有药效（比如《本草纲目》说得瘟病垂死的人喝一碗还元水就立即好起来），我不是大夫，没研究过，态度中立。

为什么屎尿要起“轮回酒”和“还元水”这样的名字呢？意思自然是从后门出去，又从前门进来，就像轮回一样。其实“五谷轮回”岂不也差不多，只是多了一道回到田里施肥的程序而已。比如《笑林广记》这个故事：

> （塾）师在田间散步，见乡人挑粪浇菜。师讶曰：“菜是人吃的，如何泼此秽物在上？”乡人曰：“相公只会看书，不晓我农家的事。菜若不用粪浇，便成苦菜矣。”一

> 日，东家以苦菜膳师，师问："今日为何菜味甚苦？"馆僮曰："因相公嫌龌龊，故将不浇粪的菜请相公。"师曰："既如此，粪味可盐，拿些来待我濽濽吃罢。"

其实这位教书先生的想法，倒蛮直截了当，只不过正常人的五谷轮回都是三个环节，到他这变成两个了。

喝圣水的一直就不缺

但我觉得好玩的是，从三位大仙喝圣水的反应来看，就知道他们成不了大气候了！就算是真的三清下凡，也不会留圣水。孙悟空能留泡尿，就算客气了。如果真的三清下凡，留给大仙的恐怕是更严厉的惩罚！

要知道，这件事从一开始，孙、猪、沙三人就是以三清的面目出现的！

试问三位大仙，你们的身份是什么？信的是什么？

拜托，你们三位是道士啊！你们信的就是三清啊，你们天天拜，不就是希望三清下凡吗？不就是希望得点圣水吗？你们的教义，不就是长生不老吗？好了，现在"圣水"在眼前了，居然还敢怀疑，居然还敢挑三拣四，觉得"圣水"不好喝？！

三位大仙在孙猪沙没来的时候，干什么来着？修醮啊。你们自己也说："罗天大醮，彻夜看经。幸天尊之不弃，降圣驾而临庭。"按照你们的逻辑，如果确实至诚祈请了，这时候是应该有天尊降临的啊。

这三位大仙如果是合格道士，应该知道祖师爷魏伯阳的故事

吧？就是汉代写《周易参同契》的那位。这是《神仙传》里的故事，即便不算入道第一课，也算学道的课外读物吧。故事是这样的：

魏伯阳带着三个徒弟，在山中炼丹。炼了一炉丹后。魏伯阳说：“不知药效怎么样，你们先喂喂狗，看狗吃了什么反应？”结果狗吃了就死了。三个徒弟说：“炼出的是毒丹，吃不得！”魏伯阳说：“我看破红尘，出家修炼，炼的就是这个，为什么不吃？”说着把丹吃了，扑通一声，倒地断了气。大徒弟说：“师父不会骗我，师父不是凡人！”说着也把丹吃了，也死了。二徒弟三徒弟一合计，说：“完了，本来跟着师父炼丹是要长生不老的，现在师父师兄都死了，还不如回家，落得剩下几十年快活。”就出去给两人买棺材。两个徒弟前脚一走，魏伯阳就从地上爬起来了，带着大徒弟和那条狗升天而去。

我们不从史实、化学的角度看，只从道教教义的本身看，这其实就是师父对徒弟的试探。大徒弟过关了，二徒弟三徒弟心不诚，不相信师父。入道的时候不是说了吗？拜师要用黄金玉帛，截发对天盟誓，誓死不渝（见《云笈七签》）。怎么一到紧要关头就掉链子了？所以大徒弟考试合格，二、三徒弟“渝”了。

所以三位大仙，你们在这件事上并没有及格啊，因为不管是不是“圣水”，首先你们怀疑了三清的真实性！

你们说，我冤枉啊，谁知道他们是和尚变的啊。没错，孙、猪、沙确实是把三清圣像丢在厕所里，自己变作了三清，但这也没什么啊！按你们的教义，三清不是凡人，而是先天道炁所化啊，所以一切形象，都可以看作他们的化身，既然能用三座塑像代表，为什么不能用三个和尚代表？道在屎溺，就是用三坨屎代表三清，又有什么不可？既然选择了信仰，就别乱怀疑。

所以这三位大仙，真是丑到不堪，又傻得实在！

他们居然说“我等可拜告天尊，恳求些圣水金丹，进与陛下，却不是长生永寿”，你们真是傻得可爱啊！道教求长生，先是求自己长生啊。就像孙悟空拜师一样，口口声声咬死，只学长生的法术！你们当着天尊，居然说求来圣水金丹是献给皇上，以博取功名富贵？哪个天尊会给？为什么不先求到手再献给皇上呢？这就如同对一个女孩说，我求得你的真爱，是为了给我老娘找个好媳妇！

最后尝到“圣水”，就说“不大好吃”。听到对方暴露身份，连问都不问，直接动手就打，也太沉不住气了吧。万一是试探你们呢？这是对待祖师爷应该有的行径吗？

如果三位大仙至诚皈依，心心念念长生不老，不慕荣华富贵，不怀疑，不挑拣，闻到“圣水”骚味不嫌弃。就算是孙悟空等人自曝身份，声称不是三清，三位大仙还是俯首谢恩，毫无怨言。那么，我敬你们是三条汉子！是真修道之人！你们喝的虽然是猴尿猪尿，效果就等于是“圣水”！因为虽然你们眼前的三个人不是三清，但你们心里真的有三清！如果挑三拣四，疑疑惑惑，觉得吃亏了还“一齐动叉钯扫帚、瓦块石头，没头没脸往里面乱打”，这和我们凡人去市场上买东西有什么区别？这鱼是新鲜的吗？那黄瓜分量够吗？回去一称不够分量，就转回身打上门。那就是和三清爷爷做交易了！真的三清，允许你这样交易吗？

其实《西游记》真的很伟大，这一段写世道人心，简直写得绝了。很多人口口声声信这个信那个，表面上，五体投地，叩拜神佛，心里想的却是求这个、求那个；许愿发心也要衡量一下，

和所求的东西比是不是够本，这就是做交易来了！

我想说，你要是真的虔诚皈依，请不要把市侩思维带进庙宇。要是来做交易，买卖双方应该是平等的。那也请你自重，请你站起来，在大殿里站着讲话就好。不用五体投地，不用叩拜。神佛不需要你虚假的虔诚！

比如今天，有人被假和尚、假道士骗，骗钱骗色，这不就等于是喝了“圣水”了吗？你想想，没人逼迫你信，既然宣称信了，如果对待神佛是这样的态度，可不就配喝点这样的“圣水”吗？这就叫：人不知自重，必自取其辱。

有一次，我去草原上旅游。黄昏时分，一大群羊朝我们跑过来，跑近后，忽然停住，齐刷刷地朝我们不停叩头。我一开始还以为这些羊在向我们致敬，后来才发现，它们只是在吃面前的草。之所以感觉到自己被羊群叩拜了，只是因为恰巧站在了一片有草的地方！

三个大仙凭什么当上车迟国的国师？

车迟国的妖怪，是虎力、鹿力、羊力三位大仙。这三位和西天路上的妖魔很不一样。他们不打打杀杀，没有法宝，也并不吃人，是打入高层的政治型妖怪。

他们有本事吗？有。他们会干什么呢？从车迟国的几场比赛来看，他们会隔板猜物，会砍头挖心下油锅，会坐禅。但凭这些本领就能被封为国师吗？三位大仙又不是马戏团魔术师，难道国王天天隔板猜东西玩、看砍头玩？他又不是三岁小孩子！

三位大仙获得车迟国国师地位的本领，是求雨！书里写道：

> 僧人在一边拜佛，道士在一边告斗，都请朝廷的粮偿。谁知那和尚不中用，空念空经，不能济事。后来我师父一到，唤雨呼风，拔济了万民涂炭。

这是道士说的，与和尚、国王说的，大体一样。事实就是如此，和尚求雨求不来，三位大仙来了，一求就下雨。你能说三位大仙没有功劳吗？当然不能。

书中明言，三位大仙求雨，靠的是“五雷法”，而且，他们虽然是妖怪，这五雷法却是真的！书中明言：“那道士五雷法

是个真的。”“却只是五雷法真受。”这是他们安身立命的真正本事。

五雷法是什么？

简言之，五雷法相当于天庭颁发的证书，持此可以享受到天庭官方的免费服务。持证的人只要驱使天神，玉帝就得答应，就像连锁店要求总店配货一样。

我们知道道教有一套“授箓”程序，必须经过认证，才能成为正式的道教徒。所谓的“箓”，就是代表天庭旨意，颁发给入道者的身份证。身份的获得是这样，法术的获得也是这样。

道教中有一套重要的法术，就是“五雷正法”，或称“雷法”。雷法信仰雷霆之神，认为可以通过作法来呼召，达到求雨、驱鬼、辟邪的目的。所谓五雷，不同的派别指的不一样。最负盛名的“神霄派”的说法，是天雷、水雷、龙雷、神雷、妖雷（社令雷）五种。有点像五个不同的职能部门或科室，需要办什么事，就找相应科室。比如说，动龙雷，是召唤守卫龙宫的神将，职能是救一方水旱。求雨当然可以动龙雷，但先得写申请，向玉帝打报告（当然是在法台上焚化写好的奏章），然后玉帝同意，命令由总机转分机，转达到龙宫（当然是道士自己说的，《西游记》里叫“玉帝掷下旨意”），龙雷神将们就来了。这和打 110 的程序好像差不多，一定是先到总台，然后转到各地分局，然后警察叔叔来了。

当然，碰上重要法事，五雷一起呼召也可以，这就像各局联合现场办公。不过，这就得看行法道士的法（miàn）力（zǐ）了。

像羊力大仙炼冷龙的勾当，等于是私下里养小混混，看场子。

雷法是怎么玩的？

雷法有许多套，一套相当于一个项目组，或者是一个工程队。

首先要指明谁是主法。一套法术有一个主法，可以是真武大帝、元始天尊、长生大帝等。有点像一个局机关，凡事汇报，可以向局长汇报，也可以向分管副局长汇报。这个主法又像家里搞装修时，装修公司的总经理。比如"先天一炁雷法"的主法是"雷霆教主白洞灵安河魁汪真君"，"雷霆三要一炁火雷使者法"的主法是玉皇大帝。

其次是主将，这就具体到负责你家施工的包工头了。"先天一炁雷法"的主将是"先天一炁火雷飞捷使者旸谷神君"张珏。

最后是副将，这些都是包工头手下的工人。不同的包工头，喜欢用的工人不一样。比如东方魔朋使者、南方烈煞使者、西方黑猛使者、北方恶轰使者、中央焜电使者，或者东方风雷使者蒋刚轮、南方火雷使者璧机、西方山雷使者华文通、北方水雷使者雷压、中央土雷使者陈硕，雷公江赫冲、电母秀文瑛、风伯方道彰、雨师陈华夫。

主法和将班，都是可以换的，可见天庭还是很讲配套服务的。这一套不喜欢可以换一套，就像一个装修队在你家干活，如果不满意，也可以辞退另换一个。例如"贯斗忠孝五雷武侯秘法"，主将是诸葛亮，副将是关羽、张飞、赵云、马超、黄忠。所以假如《西游记》的人物请《三国演义》的人物来作法，也不稀奇！

这些名字要放在坛上，就是《西游记》里说的“左右有五个大桩，桩上写着五方蛮雷使者的名录”。然后法师登坛，不是说比画两下就完了，需要动用自身的修炼功夫，想象心中有一座北斗、一座南斗，金光灿烂，身体中雷电激荡，南斗北斗哗啦一下颠倒，两手握雷诀（有许多握法，一般都像握拳一样），引导天神降在坛前（以上这些，都是法师在头脑中想象的）。

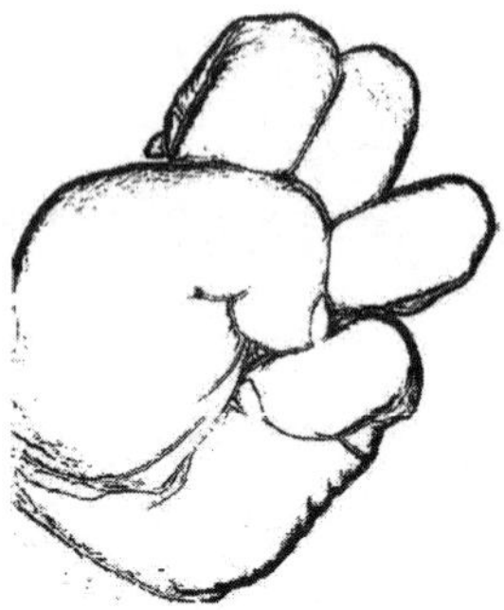

握雷诀的手势

雷　诀

然后就着这个劲儿，念各种咒，烧各种符，比如起风咒、起风符，起云咒、起云符，起雷咒、起雷符，起雨咒、起雨符。当然还有祈晴咒、祈晴符，基本就像虎力大仙那样一个符一个符地烧下去，一次一次地拍令牌。

《西游记》里有些神，和正规的道教法术中的神还是不太一样，体现了民间信仰的特征，例如推云童子，这个应该是民间俗神。我在道教神谱里查过，好像没有。

降雨并不一定都归龙王管，也可以请雨师来降。如果要动龙王，得有起龙符、檄龙文。并不是每次都要召请四海龙王，这得多大面子！我在上一讲说了，宋元的四海龙王还没有得到官方完全认可。降雨一般就是召请本地龙神，比如：

> 速命某处某潭洞龙君，限今月某日某时到某处，兴云致雨，大轰霹雳，救民焦枯，沾足田畴，利济万物。有功之日，名录上清。恭准元阳札命，火速奉行！

语气是非常强硬的！有功当然就奏请行赏，无功呢？“坛中心大书飞剑斩龙符于旗上，以胁龙神”，因为这是“承诰奉行”，代表了上天的意志。所以《西游记》里龙王看似是四海的首领，但犯了错误又可以被斩，这正是龙王信仰从民间向官方过渡的时代特征。

也有请大龙王的，例如：

> 五帝五龙，降光行风。广布润泽，辅佐雷公。五湖四海，水最朝宗。神符命汝，常川听从。敢有违者，雷斧不容。急急如神霄真王降雨律令！……前去某处，关借龙潭之水，卷水上云。定限某日某时速赴行坛，以应祈祷。疾！

这里请的五龙，就算是大龙神了。

求雨的雷法里面，还有好多好玩的地方，比方说令牌，虎力大仙在坛上，一下一下地，就是打令牌。但这令牌不是随便造的，要用枣木，至少也得用石榴木或柏木，甲乙日采，庚辛日造，壬癸日写黑字，丙丁日写红字。造完后还得祭。先按五方插五根竹子，把一条黑蛇撕五段（没有黑蛇的话，用黑纸剪一条）放在竹竿下面。找一只大公鸡，用剑把鸡冠的血刺出来，滴在五个碗里，祭过雷神，把牌收在口袋里，不许一切人见。

以上大概就是雷法的框架，好玩的是这么几件事：

一、五大龙神（貌似是空手来的），他们自己并不带水来，而是去借当地潭的水！这就有点像今天的消防车，有外接水龙头。用水量大的时候，是要在火场附近现取水的。有些小型消防车，只带泵，不带水。

二、古人好像模糊地知道大气层内水循环的原理！天上下的雨，其实是从地面上蒸发的水。所以雷法里经常说“卷水上云”，当然，这也可能和“龙吸水”现象有关。

三、求雨的时候，一定要用令牌，把令牌往桌上一拍，这样比较有声势。光速比声速快，先有闪电后有雷声，这个古人也认识到了。因为《道法会元》里说了这样的大实话：

> 凡击令，不可乱下。如发遣，只击一下。如欲雷声随令震响，直见闪电一动，却下令，则雷声立应。

也就是说，为了追求酷炫的效果，要等闪电亮过之后，再敲令牌。坛下的观众看见一道闪电划过天空，法师高举令牌，叭！一声响，马上雷声轰隆隆炸响，那感觉好酷！其实是法师摸到打雷的规律，故意这么拍令牌的，这就是一些小伎俩。

雷法的符咒，有起风符、起云符、起雷符、起雨符，一般是下图这个样子的（这是我亲笔画的，“五雷法”三个字也是我亲笔写的）。

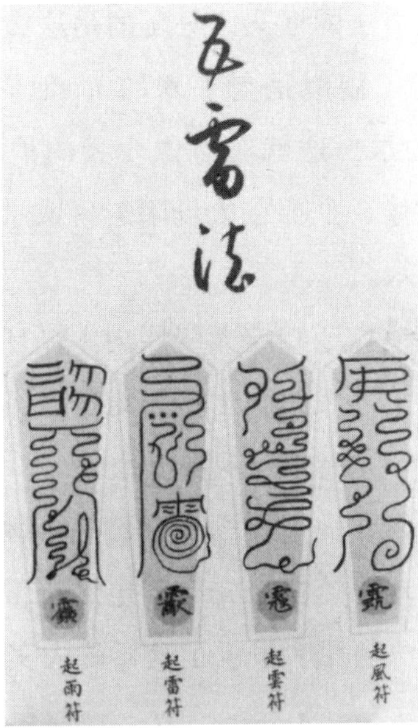

雷法符咒图

雷法的符咒，有些也很好玩，甚至很萌很酷，例如下面这几个：

我的嘴是朝左的哦　一人一根闪闪仙女棒好像我们之间有星光　好大一坨……棉花糖　啊！翼手龙！　瞅你了咋地　好桑心的小眼神，乖乖不打你 此符名“铁帽符”

雷法符咒图 2

诸神的权力

有朋友问，风雨雷电诸神没听虎力大仙的，听了孙悟空的，

岂不违背玉帝的旨意了吗？其实玉帝只管降旨：到车迟国降雨。至于早几分钟迟几分钟，这就是诸神手中的权力！

雷法里面经常有这样的话：

> 限今月某日某时为始，务要阴云四合，骤雨滂沱。
>
> 限某日某时各布风云雷雨电。
>
> 限今月某日某时下赴行坛，听候呼召。大施雩霈，普济旱伤。

也就是说，用雷法召请众神下雨，只是限到日和时，并不限到刻（至少《道法会元》里所有的雷法都这样）。早一点迟一点，在玉帝看来是无所谓的。在下界草民们看来，早一刻晚一刻也无所谓。可是对于中间层的这两家竞标的人来说，却和切身利益息息相关。孙悟空正是利用诸神的这点权力，达到了他盗取虎力大仙成果的目的。诸神卖给谁人情不是卖？孙悟空来，当然卖给他了！下雨？按时完成了呀！孙悟空？满意了呀。程序？走完了呀。虎力大仙？惨了呀！

所以这场求雨，孙悟空就算捣乱，也不是必操胜券，这是他时候赶得早。假如玉帝的旨意是辰时下雨，孙悟空辰时最后五分钟才找到几位神仙，那估计这几位打死也不敢违旨。因为稍微耽误一会儿就是巳时了，改了时辰，那就是犯天条。除非孙悟空武力胁迫，或再大闹一次天宫。比如凤仙郡那次，孙悟空把龙王拘来了，龙王说什么也不肯下雨，因为这是老大亲自关照的，下了就死定了！——孙悟空绝不是万能的！他也只能在可以寻租的权力空间里做做文章而已。

所以一个实权部门手中的权力，是可以玩得既有里子，又有面子的！因为来自更高层的监管，永远不可能事无巨细。前提是，不要太出格给人家落口实。这种规则，在天庭，在人间官府，都是适用的。所以，没事常翻翻《西游记》吧，表面上写的神仙鬼怪，实际写的都是真实的人间！

一张图告诉你什么叫“犯天条”

我们常常在《西游记》里看到“犯天条”这个词，犯过天条的神仙还不少。那么犯了什么天条，具体该怎么处理？好像这些小说都没有细说。其实天条是有的，这就是道教中适用于鬼神的法律。人间有法律，神仙也有法律。

制定这些法律的前提是：神仙鬼怪也会犯罪。犯了罪，就得用相应的法条惩治它们。因为道教历史太长，不同的教派、时期都有不同的法律。比如《太上混洞赤文女青诏书天律》（下文简称《女青天律》）、《太上老君金口科玉条正律》、《玄都律文》等。《太上老君金口科玉条正律》里面，就有“金科三百六十科，玉律三十卷一万五千条”。这“金科”“玉律”也就是所谓的“天条”。今天我们说的“金科玉律”这个词就是从道教来的。

这里只举《女青天律》一例，犯了法的神仙妖鬼，会受到不同的刑罚惩处。对犯罪的神仙施行的常规刑罚，一共有六种，按下图顺时针方向从轻到重依次是：

杖：和凡人一样，用棍子打神仙屁屁。

徒：就是让神仙做苦力。这个徒，和今天徒刑的徒是一个意思。

流：也就是流放，把神仙流放到远处去。

针决：今天的针决，指的是用麻醉针给死刑犯扎一针。这里

的针决，是用一种特殊的“雷针”（不是避雷针啊），扎（或用雷劈）犯了罪的神。当然不一定扎死。因为针决之后，往往伴随的是“流”。道经里经常这样说：“律令大神，手执针锤，游行三界。”（雷神）左手雷针，右手执斧。这针或雷针，就是专门给犯罪神仙准备的刑具。

处斩：就是斩首，砍神仙脑袋。其实处斩还是好的，神仙最怕的是分形。分形具体是什么，我没查到明确的解释，但从天律里经常出现的“裂魄分形”“恶魅分形”来看，当是指连魂魄都打个灰飞烟灭，永世不得超生的意思。

此外，后面四种是不常出现的刑罚，依次是万死万生、贬下界、灌铁丸、法外苦楚。

前三个，顾名思义，都可理解。最后一个“法外苦楚”，就是可以施以私刑的意思。武则天时期的酷吏周兴，就喜欢“法外苦楚”。这个词也自然是从凡间借用过来的。

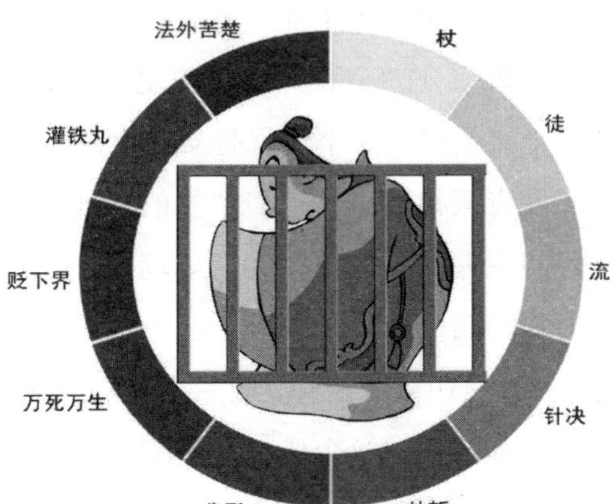

犯天条刑罚示意图

面对鬼神，要善于用法律武器保卫自己

有些朋友比较迷信，平时有好多忌讳，比如搬家要怎么讲究，上坟要怎么讲究，怕触犯什么鬼神，其实很多想法都是大可不必的。

首先，从无神论的角度说，世界上没有鬼神，当然不用害怕。其次，从有神论的角度说，这些鬼神，都是有天律、天条管着的。他们如果无故触犯好人，天庭制裁起来，比凡间法律还重！所以，面对鬼神，我们既然没有孙悟空的本事，最好的办法是知法懂法，要善于用神界的法律武器保卫自己。

我举个例子。比方说，天条里有一条规定：不管谁家的灶王爷，只要碰上本家翻修房子，这个时候灶王爷必须带着部下，先搬出去住。当然不走也可以，但肯定有噪音呀、甲醛呀、扬尘呀，灶王爷就得受着。假如灶王爷嫌装修吵到他了，一生气，给这家降灾降祸，那么灶王爷就犯了罪！要打一雷针，然后流放到八千里以外的地方。这一条出自《女青天律》，原文是：

> 诸灶神，遇人民修造屋宇，即收部下七十二候神将，暂归他方。候工毕事，方还本位。若人误犯而妄加祸患者，针决，流八千里。

所以，即使是相信鬼神的凡人，了解一点天律，实在是件大好事。我们平时只是对神仙充满畏惧，觉得这也不能得罪，那也不能得罪，其实只要学法懂法就会知道，这些神仙也是有天条

天律管着的！比如住楼房的要装修，住平房的要翻修，信灶王爷的，大可不必诚惶诚恐，以为会惹到它。你放心，你一装修，灶王爷就会自动搬出去，等你装修好了再回来。绝不敢找你麻烦！

再举一个例子，鬼神吓唬小孩子，把小孩吓哭，也是斩罪。如果吓唬的是还不会说话的小孩，罪加一等（那就是分形了）。法条原文是：

> 诸邪精，以生小孩为戏，以致惊恐啼叫者，处斩。未话语小孩者，加一等。

那么，鬼神犯了法，我们常人如何起诉他们呢？道士在这里充当了法官的角色，可以告诉道士。道士会执行“考召”，就是施行一种拘传鬼神的法术，执行审判，并且行刑。该斩的斩，该关的关，该打屁股的打屁股。

所以，即使是不会任何法力的一介凡人，面对神鬼，上到玉皇大帝，下到游魂野鬼，都应该用平等的态度对待他们！我们对任何一个神都不必无条件服从。有些人对鬼神们五体投地，其实只是出于自己的恐惧与无知！这种无知，可不仅仅是科学上的文盲，就是在鬼神世界里，他也是个法盲。

知法懂法，我们才能判一判《西游记》里的几个神仙犯的案子。

泾河龙王怎么判？

天条的条目太多，比如《女青天律》分正神、仙官、土地、灶神、邪神等律条，大概太烦琐的法条一般也用不到，很多道书

都是节录，常用的有这十条（一些文言词汇我做了改动）：

一、诸雷神被法官呼召而不至的，杖一百；

二、诸雷神被法官差于某年某月某日某时打雷，到时雷声不响，法官差神吏重行遣役；

三、诸雨师承受文牒而不来，故意违抗的，分形；

四、诸雨师降雨不下在干旱的地方，杖一百；

五、诸水司官遇法官曰道士沉铁符，欲兴云致雨或缚龙击恶兽的，必须实时奉行，违者处斩；

六、诸龙王承受指挥，兴云行雨，而违时候者，处斩；

七、诸神吏符使遇法官差使故意滞留的，处斩；

八、诸神吏符使不将法官申奏的罪犯擒拿送至天狱的，处斩；

九、诸正神受行司法官文牒或指挥故意违抗者，处斩；

十、诸正神所管地方，有水旱必须到东岳申报，不报者，杖一百。

判一个神仙鬼怪，首先看他是什么身份，适用什么类别的律条。泾河龙王是“司雨大龙神”，适用“正神律”，犯的是哪一条呢？就是第六条：“诸龙王承受指挥，兴云行雨，而违时候者，处斩。”

泾河龙王接到的玉帝圣旨是：“明日辰时布云，巳时发雷，午时下雨，未时雨足，共得水三尺三寸零四十八点。”一个时辰分初和正，至于是辰初还是辰正，这就由龙王自己掌握了，只要是在这两个小时之内完成了布云，就不算抗旨。泾河龙王为了让袁天罡的卦不准，擅自改成了“巳时布云，午时发雷，未时落雨，申时雨止，下了三尺零四十点”，这就是玩大了，自己作死，任谁也救不了。

奎木狼怎么判？

奎木狼私自下界找情人去了。奎木狼是天上仙官，适用“仙官律”。找情人当然是文学故事，律条里不会有。但在《女青天律》里，真有一条相近的，就是“仙官律”的一条：“诸仙官未奉敕旨妄行世间巡察者，徒三年。”

反正巡察不巡察，都是未奉敕旨，私自下界。所以玉帝判的是：玉帝闻言，收了金牌，贬他去兜率宫与太上老君烧火，带俸差操。

带俸差操，是明代对军官的一种处分，免除其职事，带俸禄编入军队服役。《明史·职官志五》：“不任事入队，曰带俸差操。”这其实就是服劳役。

所以玉帝判得很公正啊，不是杖，也不是流，更不是斩，而是“徒”，去给太上老君做苦力。

当然，可以戏说一下：天上一日，地上一年，到了黄眉老怪那回，不过三年，奎木狼就出来了！其实他只在太上老君那干了三天活。

另外，有很多人都问：奎木狼既然和百花羞在天上有约，为什么在人间奎木狼不告诉她？其实我们用人间的思路想一想就明白了，假如一个男生告诉一个女生：咱俩前世有约。女生能信吗？假如我们知法懂法的话，这事就更好理解了！因为“仙官律”有一条规定：“诸仙官巡察下方，妄有漏泄天机一分者，处斩。”也就是说，奎木狼私自下界，只判个“徒”；而告诉百花羞我是你前世的情人，可就是处斩！天上的逻辑就是这样。

沙和尚怎么判？

沙和尚是卷帘大将，也属于仙官，适用“仙官律”。他“只因在蟠桃会上，失手打碎了琉璃盏，玉帝把我打了八百，贬下界来，变得这般模样；又叫七日一次，将飞剑来穿我胸胁百余下方回……”在天条里当然没有关于打碎琉璃盏该怎么判的法条，却有这么一条：“诸仙官朝现班次差错者除名，责受阴鬼官，永不朝见上帝。”

也就是说，在班次中出了差错，比如站错了位置，或弄掉了东西，这些如果发生在人间帝王上朝的时候，叫“失仪”。所以沙和尚被贬下界，变的是个恶鬼。这个我讲沙和尚的时候聊过，他的原型深沙神，就是一位恶鬼。而且，整部《西游记》里，他确实没有上过天宫。

猪八戒怎么判？

猪八戒酒醉戏嫦娥，没有神仙调戏神仙的法条，仙官律里也没发现，只能参照正神调戏民女的法条：“诸正神妄变形影，淫乱生民男女者，分形。”

刚才说的泾河龙王死了之后，还是有鬼魂的，到阴间去告状，然后又被送入轮回，转生去了，相当于重新做人。可分形，似乎是把魂魄直接打散。比如“邪神律”里，邪神如果朝老百姓放毒气，那就判处斩，如果毒气进一步伤了人，那就判分形。

猪八戒调戏的是嫦娥，我不知道调戏天仙比调戏民女是减罪

还是加罪，反正结果好不了。所以猪八戒自己说：

> 却赴灵霄见玉皇，依律问成该处决。多亏太白李金星，出班俯囟亲言说。改刑重责二千锤，肉绽皮开骨将折，放生遭贬出天关，福陵山下图家业。

所以如果真判了分形，我们就不会看到猪八戒了。太白金星亲自求情，只打了二千锤，这已经是法外开恩了！我刚才说过，执法的律令大神，手里拿的就是针和锤。锤自然也是刑具，可以用针，当然也可以用锤。

孙悟空怎么判?

最后我们来看看《西游记》里最大的罪犯，反天宫的孙悟空该怎么判。孙悟空是妖猴，不能参照仙官律、正神律、灶神律，他应该适用“邪神律”，一翻就知道，嚯！犯的死罪就多了去了：“诸邪神妄置衙仪出入者，处斩。”（擅立齐天大圣）“诸邪神抗拒正法者，分形。”“诸邪神以邪法相抗正法者，分形。”（犯以上两条的都是因抵抗十万天兵）“诸邪神偷盗人家财物，将在他人家，或藏留者，并各分形。”（偷仙桃，偷御酒，偷仙丹）

最有趣的是如下这条：

> 诸邪神高声应对者，分形。

连高声应对都要分形！孙悟空第一次上天宫：

> 金星奏道:"臣领圣旨,已宣妖仙到了。"玉帝垂帘问曰:"那个是妖仙?"悟空却才躬身答应道:"老孙便是!"仙卿们都大惊失色道:"这个野猴!怎么不拜伏参见,辄敢这等答应道:'老孙便是!'却该死了!该死了!"玉帝传旨道:"那孙悟空乃下界妖仙,初得人身,不知朝礼,且姑恕罪。"

"老孙便是"这一句话就是分形的罪过!难怪众仙官吓得大惊失色了。所以玉帝要单传一道圣旨:妖猴不知朝礼,且恕罪。然后才开始下面的问话。

孙悟空犯的罪,除了有一条是处斩外,剩下的全是分形。所以,孙悟空被押到天庭,当然是要推上斩妖台,碎剐其尸了。这个分形,今天的《西游记》看不出了,但这个痕迹,在早期西游故事《西游记杂剧》里还保留着。比如托塔天王说:

> 兀那哪吒,那胡孙又走了,你与眉山七圣大搜此山,必要拿此胡孙,灭其形象者。

观世音把孙悟空从山下放出来时也说:

> 通天大圣(在此剧中孙悟空叫通天大圣),你本是毁形灭性的。老僧救了你。今次休起凡心。

这里两次出现对孙悟空的惩罚,大家不觉得有些奇怪吗?

都是“灭其形象”“毁形灭性”，而不是凡间所说的千刀万剐、砍头剁脑。这正是对神鬼的惩罚，比凡间的断头台、绞刑架厉害多了！

我们通看一下这些法律就可以知道，这些法条，比凡间的严格多了！神仙并不是逍遥自在的，随随便便犯点错误，就可能被斩被分形。斩了之后怎么办？是不是灵魂投胎转世，重新修炼？这就不是本篇解决的问题了。

所以身为凡人，对于大多数人来说，实在是一件快乐的事。想当神仙，又守不了神仙的法律，还不如当个普通的凡人呢！

抄袭论文的同学，来通天河学学吧

从车迟国出来，就来到了通天河。

通天河故事，后半段无非是打怪、请菩萨，前半段简直可以当一部社会风俗史来读。最有意思的是，通天河故事，竟然是《西游记》里抄袭门频出的一段故事。

《西游记》被抄袭了？

讲整个故事之前，不妨发一段文字，诸位看看有什么蹊跷：

> 问："老丈有几位令郎？"
>
> 高老捶胸道："可怜，可怜。说甚么令郎，羞杀我也。老拙今年六十三岁，舍弟今年五十九岁，儿女上都艰难。我五十岁上纳了一妾，生得一女，今年才交八岁，取名唤作'一秤金'。"
>
> 问："怎么叫作'一秤金'？"
>
> 老者道："我因儿女艰难，修桥补路，建寺立塔，布施斋僧，有一本账目，到生女之年，却好有过三十斤黄金，三十斤为一秤，所以唤作'一秤金'。舍弟有个儿子

也是偏出，今年七岁，取名唤作‘高关保’。”

问：“这样取名有何意义？”

老者道：“舍下供养个关王爷爷，因在关爷位下求得这个儿子，故名‘关保’。”

这……怎么陈家庄的陈澄、陈清忽然姓高了呢？这难道是《西游记》的另一个版本？不是的，这是另一本书——明邓志谟的《萨真人得道咒枣记》（下文简称《咒枣记》）！问话的人，是有名的萨真人萨守坚。这个故事里也有一个要吃童男女的妖怪，

《三教源流搜神大全》里的萨真人

就是后来被萨守坚收服了的王灵官，这时他叫“王恶”，是当地的一个恶神。萨守坚烧了他的庙后，王恶一直暗暗跟随在萨守坚身旁，只要萨守坚一有过错，就要举鞭打死他。谁知萨守坚十二年内，一毫过错不犯。王恶终于感动，被萨真人收作护法，改名“王善”，这就是道教第一护法神王灵官！

如果论文查重的话，这段故事和《西游记》通天河故事的相似度恐怕要超过百分之八十！

这段故事怎么从《西游记》里跑到《咒枣记》里了呢？很可能是《咒枣记》抄的《西游记》。学界认为，邓志谟活动时间是明朝万历中晚期到崇祯时，这时候，百回本《西游记》已经印出来了。

所以我们可以判《咒枣记》抄《西游记》了，可以判邓志谟要向《西游记》及出版商道歉了？

然而，事情并没有这么简单！

通天河鲤鱼精的创意是抄来的？

这段故事，从文字和时间上看，也许是《咒枣记》抄《西游记》。可是创意上，恐怕恰好得反过来——是通天河故事抄的萨守坚故事了！

因为这个故事本来就是萨守坚的，可以上溯到元代，《三教源流搜神大全》以及后来的《搜神广记》《增补搜神记》里都有，当然各家记载不太一样，甚至还有矛盾之处，综合一下大概是这样的：

有个古庙为江中怪物占了，冒充神灵，要吃童男童女，逼得民不聊生。正赶上萨守坚来，大怒道："这样的邪神，我一定要烧他的庙！"于是把庙烧了。

这个故事的梗概，基本上就是这样。有时说是江中怪物，有时不说怪物是谁，有时还和王灵官扯上关系。到了明代朱国祯的《涌幢小品》，这个故事基本情节还是这样，只是从湖南搬到了福建，地名、妖怪、被占的庙都换了：

宋绍兴年间，福建的建阳横山王庙很灵验，当地人每年祭祀，一定要用童男女，否则就要降灾。萨守坚真人听说了，就来到了建阳。这时大儒朱熹在福建。横山王听说萨真人要来，很害怕，就托梦给朱熹，说："现在庙里那个神不是我啊！那是一条大蟒蛇，把我赶走，占了庙。这些年的祭品，其实都是它吃了，我也是受害者。萨真人不能治我的罪啊。求求你帮我个忙，和萨真人说个情吧。"朱熹问："萨真人在哪里？"横山王说："你去城里的关王庙找一找。"朱熹第二天去了，果然见到关王庙里有一个道士，正是萨守坚。朱熹赶紧告知此事，萨守坚说："既如此，横山王也没什么罪过，只是庙肯定是留不得了！"只听一声雷响，远处横山王庙大火腾空，瞬间烧作灰烬！

当然，地方恶神吃童男童女的故事，还有很多。但是萨守坚这个故事，产生得早，影响也较广，变种也较多，又和明代火爆的王灵官信仰有关联。如果要编这类故事，第一个材料源头就应该是它。

萨守坚的故事早，通天河故事晚。而且萨守坚故事通看下来，是一套流传有序的故事，而鲤鱼精故事是孤立的。所以，只能是鲤鱼精故事抄的萨守坚故事的创意，而不是反过来。要么是

江里的妖怪占了古庙，要么就是大蟒蛇赶走了横山王，反正都是妖怪冒充神灵，要吃童男女。《西游记》通天河里住的原本是大白鼋，鲤鱼精来了之后，将白鼋赶走，占了“水鼋之第”，然后在附近装神弄鬼，要人们用童男童女祭它，否则降灾。甚至连陈家的男孩叫“陈关保”，也不能说和萨守坚住的这个关帝庙一点关系没有！那个通天河，恐怕就是比着湘江写的。那个鲤鱼精，恐怕就是比着萨守坚灭的那个江怪或大蟒蛇写的。

连环抄袭门

所以似乎可以这么讲，萨守坚同学读硕士的时候，写了一篇优秀的硕士论文，鲤鱼精同学写博士论文时，抄了萨守坚同学的这篇论文，但抄得很巧妙，只抄了观点，文字是自己组织的。谁知萨守坚同学硕士毕业后，没有继续读，工作了几年才回来读博士，在网上把鲤鱼精同学的博士论文搜出来了。下载之后一看，靠，这不就是我的观点吗？许你抄不许我抄？就把鲤鱼精的博士论文文字都没动地抄了一遍。

哪知道论文查相似度，是不能查观点只能查文本的！萨守坚同学太实诚了，《咒枣记》这一段，几乎是把《西游记》全文照抄，就是把老陈家换成了老高家，这手法也太拙劣了。你就不能把你的硕士论文好好改改吗？何苦抄人家的！

所以，《咒枣记》冤大发了！《西游记》显然比《咒枣记》抄得高明呀！抄萨守坚的创意，化用得天衣无缝。所以，《西游记》成了经典，《咒枣记》成了末流！

好吧，我们不用“抄袭”这个词。翻多了就知道，明代通俗

小说，创意上、文字上，总是相互借鉴的。古代的小说，本来就是互相交织的。

这里多扯一句，占了庙宇的这个妖怪，在湘阴就是江中妖怪；在福建，就变成了蟒蛇精！一个故事流传到不同的地区，就会根据本地区的特色修改内容。因为福建那边蟒蛇作怪，吃童男童女是自古就有的。比如《李寄斩蛇》的故事，也是发生在福建，这里概括一下：闽中有庸岭，高数千丈，山洞里住着一条大蛇，长七八丈，大十余围。每年要吃一个十二三岁的童女，一连吃了九年。有个叫李寄的小女孩，主动要求去杀蛇。她带了一把宝剑、一条大狗，跑到祭蛇的庙里，把一个甜饭团放在洞口，蛇闻到味道伸头来吃，李寄就放狗去咬，又用剑连连砍蛇，蛇从洞中窜了出来，到了院子里就死了。

这个故事里面有些细节，是值得注意的。第一是李寄杀蛇的位置，她是“诣庙中坐”，把饭团放在蛇穴口。第二是蛇受伤后，从洞里窜到庭院里死的。蛇洞中当然不会有庭，这个庭只能是指庙的院子。第三，故事另外还提到村里还有为蛇代言的巫师，说明这庙本来就是为这条大蛇盖的。这个故事还保留了祭祀妖怪原始的特征，到了宋代以后，就逐渐改为妖怪来了把正神赶走了。

所以这些民间故事，就像开放源代码一样，改一下接口，就可以用在自己的书里，抄来抄去。抄习惯了，也不忌讳了。被抄的也没办法追究，大不了再抄回来。谁想到今天有论文查重系统，能一个一个地扒出来晒？所以，建议今天喜欢抄论文，甚至抄别人著作的学术界人士，不如穿越到明朝写小说去，你们是属于那个时代的。

童男童女：神界的口味变迁史

《西游记》通天河的鲤鱼精，最大的劣迹是吃童男童女。其实从这个口味上来看，他还是一个很低级的神。记住这个原则：神也是有层次的，其中一条标准就是看他吃什么。宋代以后，只要是吃童男童女的，一定是神界最底层的神。

这有点像我们前些年，有钱人天天吃肉，肥头大耳，没钱的天天饿肚子。现在大家都有钱了，更有钱的那些人反倒开始饿肚子辟谷去了。像我这样蹲在马路牙子上撸串的，不用看，肯定是没钱的人！

其实吧，谁没底层过？天上的大神并不是不吃童男女，他们当年，也有蹲马路牙子的时候。

大神们早就吃腻了童男童女

早些年，童男童女这种食品，天上那些大神也是吃的。只是时代久远，我们不觉得罢了。三千年前，大神们不但吃童男女，而且男人女人、老人小孩，有什么吃什么，口味杂得很。

这就是原始信仰中的人祭！

翻翻甲骨文就知道，里面有好多杀人祭神的记录，祭品里，

有“㜽”（相当于后世的“仔”“崽”），就是童男童女，另外，“仆”“小妾”“小女”“小臣”，恐怕也以未成年的男女居多。事实上，河南安阳殷墟挖出来的人牲中，就有许多儿童的骨架。商朝人祭祀一次，就可以杀掉几十个“小女”。

杀人祭神，花样也很多，换句话说，就是神吃童男女的烹调方法很多。

假如人类为神献上一本菜谱的话，上面会有这样的做法：戠、汎、膷、烄、伐、卯、豉……翻译成现代汉语就是：风干、做血豆腐（刺人出血）、炖煲、烧烤、砍头、对剖（把人一剖两半祭物，《圣经》里也有）、豉（这个不是把人做成豆豉，而是把人砸死）。

一次祭祀如果杀多个人，还可以让神吃自助餐，这个后来写作“俎”，就是把人牲一个个摆在案子上，供神随便吃。当然，剩了也不罚款。

来吃童男女的神，有天神（帝）、河神、四方神、土神。以“帝”或“上帝”为代表的神界，三千多年前的饮食，就是以人、牛、羊等富含蛋白质的肉类为主要食材。

神界的饮食结构，东西方似乎是相同的，西方人在远古时代，也用活人乃至童男女献祭。但社会发达之后，人的生命逐渐变得宝贵，人祭就慢慢消失了，其实毋宁说这是因为人类的价格一路飙升，神吃不起了。这个转变，大约在公元元年前几百年（相当于中国的战国到汉代）。

体现这种变化的一个著名例子，就是《圣经·旧约》中的上帝耶和华，这位上帝的原型也可以追溯到蒙昧社会，但现在似乎对童男的肉不感兴趣了，所以当亚伯拉罕用他的儿子以撒献祭的时候，耶和华送来了一头羊作为替换品，并派遣天使来说：“你

不可在这童子身上下手。”

然而，他似乎对埃及童男的口味仍然保持了旧有的习惯。《圣经》记载他曾给埃及人降下“十灾”，其中之一，就是击杀埃及人的头生子。杀头生子祭神的行为，在全世界的原始部落里都有。文字学上，汉字的“孟”字，就是把头生子溺死在水盆里。所以上面是“子”，下是“皿”。“孟”用在人名上，也是家庭中长子的标志，如汉代的马超字孟起、班固字孟坚。这不得不让我们想起那句普适性的名言：“东海西海，口味攸同；天神地神，嗜好未裂。”

童男女饮食结构的下移

天神、地神这样的大神，高屋建瓴，掌控大局，知道全人类一盘棋，再这样吃下去，一定会导致人类价格飙升，自己权威受损。再说，吃了几千年甚至几万年，也都腻了。所以以身作则，下狠心戒掉了这一口。上面狠刹吃喝风，下面不再提供肉源，可是，中层的这些神灵吃惯了，积重难返，仍然不顾上级的三令五申，顶风犯案。比如我们最熟悉的西门豹治邺的故事。

西门豹所在的邺，一直兴盛“河伯娶妇”的习俗，每年把一个漂亮女孩子沉到河里，作为河神的祭品。西门豹一来，立即把这个习俗破除了。

其实这个习俗，是从商朝留下来的，甲骨文写成“沈”，就是沉。甲骨文记载的“沈小妾”“沈小女”，就是把小姑娘扔到河里淹死。所以就河伯而言，他并没有觉得有什么不妥，这是他吃了一千多年的老口味。

但是他也聪明，不敢明说想吃，所以这件事，大家都叫“河伯娶妇”，用一种浪漫的色彩来掩盖血腥。在商朝的时候，每次被“沈”的“小女”通常有好几十个，与她们同时被扔到河里的，还有“十牛”“十羊”等等。河伯就算身体再好，也不能频繁地娶这么多老婆。所以在商朝，这些小女孩和牛羊一样，就是给河伯吃的！到了战国，形势变了，河伯不好意思再明着说吃人，于是改个理由，“娶妇”，形式上当然要做足：女孩子被打扮得漂漂亮亮的，穿嫁衣，戴首饰，坐豪车，“开”到河边去，让人们相信这是“娶妇”。其实还是吃人！有的傻姑娘自己也心花怒放，以为终于嫁入了“豪门”，其实是心甘情愿地给“豪门”当了鱼肉！这和今天官员们搞个“考察”“开会”的名目——其实是公费旅游——是一个道理。

但即便是变通的说法，也被人类的好干部西门豹揭发出来了！所以这真是神界饮食史上的一件里程碑事件，标志着童男女正式退出众神的餐桌，“西门豹治邺”也被作为神界法系可援引的判例！所以，我们看后来的官员上奏朝廷，要求禁绝民间“淫祀”的时候（这个“淫”是多、滥的意思，不是淫荡的淫），无不拿着西门豹这个判例说事！到唐宋时期，类似的事件终于销声匿迹。

童男女成为神界底层的违禁食品

经过几轮整治，到了宋代，天上的大神、地方性神灵普遍不再食用童男童女，童男女就开始成为违禁食品。

这段时期，天上的大神还是非常自律的，自律到什么程

度？《天皇至道太清玉册》里记载的祭祀用的龙脯、白鹤脯、鹿脯……看上去是这些动物的肉，实际上都是代称。龙脯是麦麸，白鹤脯是蘑菇，鹿脯是牛蒡子。

所以这里戏说一下：有人说《西游记》里玉帝还吃“龙肝凤髓”，不用大惊小怪，也许人家是自律呢？只是用个好听的名字而已。名字叫“龙肝”，其实玉帝吃的是一嘴麦麸！

然而，人类对违禁食品有一种特殊的好奇，比如东北的飞龙鸟、熊掌，即便冒着犯法的风险，也要设法吃一吃。其实神也一样，越是禁，越要吃。所以，唐宋以后，童男女再没出现在官方祭祀的菜谱中，可民间私自祭祀的小神却在偷偷地吃。

这些小神，往往都是恶神、鬼怪。比如《西游记》里的灵感大王，“三言”里的皂角林大王，《咒枣记》里的王恶，《北游记》里的刘后，萨守坚灭的蛇精等。以上都是传说中的，历史上那就更多了，比如宋代湖北松滋的恶鬼神、湖北的棱睁神（瞧这名字）、池州的大王神……“湖南北两路风俗，每遇闰月之年，前期盗杀小儿，以祭淫祠，谓之采生”（《宋会要辑稿》）。有时候是老百姓自愿奉献子女，有时候是当地人去外地抓。

为什么会这样？因为它们都相当于黑恶势力，在老百姓心目中，如果不拿点新鲜玩意儿伺候着，它们就会降灾（其实多半是巫师搞的鬼）！比如通天河的那位灵感大王，“若不祭赛，就来降祸生灾”。国家承认的正神，因为有编制，有国家的一份香火钱，反倒不需要这种待遇。也不是他们天生自律，而是原始信仰的那些年头都吃腻了！

有趣的是，信奉这些恶神的，往往也是底层或偏远山区的民众。这些恶神就像小混混一样，生活在神界的底层，借着社会上

多神崇拜的风气，在偏远山区或底层民众中混口饭吃。因为需要搏生存，所以小混混往往反倒凶，需要吃新鲜玩意儿，这其实是没出息的表现，然而当地老百姓反倒惹不起。但恶神们的处境，也是最不安稳的，一旦出现了西门豹这样的官员，或者萨守坚这样的法师，尤其是惹恼了当地正神（当然是惹恼了信奉正神的老百姓），就是砸像烧庙连窝端了。

童男童女的价格

最后一个问题，就是童男女的价格。也就是说，这些“大王”吃一顿童男女，折合多少钱。

在通天河的陈家庄里，孙悟空问老陈兄弟，你们既然这么有钱，为什么不买两个童男女替你家孩子祭祀呢？原文是：

> 行者道：“既有这家私，怎么舍得亲生儿女祭赛？拼了五十两银子，可买一个童男；拼了一百两银子，可买一个童女，……可就留下自己儿女后代，却不是好？”

合计一百五十两银子。按一两银约合今天三百元人民币来算，灵感大王这一顿吃了四万五千元！

有朋友问我，咦，古代男权社会，不是重男轻女的吗？为什么五十两买一个童男，反倒得一百两买一个童女？我回答道：正是因为古人有重男轻女的现象，女孩才比男孩贵！因为这重男轻女，是从自己的家族说的，不是从买卖的角度说的。战乱、饥荒时还看不出来，在太平年代，女孩的用处，比男孩大多了！

第一是可以做丫鬟侍女。

第二是可以做妾。假如一家富户，老爷能生育，夫人不能生育，老爷大可买一个女孩来做妾，为他生孩子。

第三是可以卖作娼妓、歌女。

第四是可以卖到边远山区做穷光棍的老婆，如果还小的话，可以做童养媳。

反过来，男孩有这些用途吗？除了买去给人做小厮、做苦力外，这几样用途一个都没有！比如老爷不能生育，夫人能生育，夫人能买一个小帅哥来给她生孩子吗？同理，老爷少爷房里，可以有一堆侍女照顾，但夫人小姐房里，有一堆小厮照顾，老爷能干吗？谁听说把小伙子卖到边远山区做老寡妇的老公了？有童养夫一说吗？

所以说，正因为是男权社会，所以对女性的需求才比男性高！在允许人口买卖、进入市场的男女人口均等的情况下，肯定是女性人口市场供不应求。

所以宋朝太平盛世的时候，人都说“京师中下之户不重生男”，生了女儿，就像掌上明珠一样宠着，稍长大，就随其资质，教一些吹拉弹唱的本领，卖给士大夫家做歌女侍妾。这其实不是宠孩子，而是做投资！

另外一个旁证，是清末民国初年的邓之诚《骨董续记》卷二：“今旗下贵家（八旗的贵族），必买臊鞑子（蒙古人）小口，以多为胜，竞相夸耀。男口至五十金，女口倍之。”这个价格，和《西游记》里的童男童女价格正好一致。所以，《西游记》里的这个价格，很能反映当时的社会现实。

图书在版编目（CIP）数据

《西游记》的八十一问 . 2 / 李天飞著 .—北京：作家出版社，2023.5
ISBN 978-7-5212-2172-5

Ⅰ. ①西…　Ⅱ. ①李…　Ⅲ. ①《西游记》研究　Ⅳ. ① I207.414

中国国家版本馆 CIP 数据核字（2023）第 039221 号

《西游记》的八十一问 2

作　　者：李天飞
统筹策划：刘潇潇
责任编辑：张　平　单文怡
插画支持：李云中
装帧设计：孙惟静
出版发行：作家出版社有限公司
社　　址：北京农展馆南里 10 号　　　**邮　　编：**100125
电话传真：86-10-65067186（发行中心及邮购部）
86-10-65004079（总编室）
E-mail:zuojia @ zuojia.net.cn
http://www.zuojiachubanshe.com
印　　刷：河北鹏润印刷有限公司
成品尺寸：147 × 210
字　　数：175 千
印　　张：8.25
版　　次：2023 年 5 月第 1 版
印　　次：2023 年 5 月第 1 次印刷
ISBN　978-7-5212-2172-5
定　　价：39.00 元

图书在版编目（CIP）数据

《西游记》的八十一问 . 3 / 李天飞著 .—北京：作家出版社，2023.5
ISBN 978-7-5212-2171-8

Ⅰ. ①西…　Ⅱ. ①李…　Ⅲ. ①《西游记》研究　Ⅳ. ① I207.414

中国国家版本馆 CIP 数据核字（2023）第 039223 号

《西游记》的八十一问 3

作　　者：李天飞
统筹策划：刘潇潇
责任编辑：张　平　单文怡
插画支持：李云中
装帧设计：孙惟静
出版发行：作家出版社有限公司
社　　址：北京农展馆南里 10 号　　　**邮　　编**：100125
电话传真：86-10-65067186（发行中心及邮购部）
86-10-65004079（总编室）
E-mail:zuojia @ zuojia.net.cn
http://www.zuojiachubanshe.com
印　　刷：河北鹏润印刷有限公司
成品尺寸：147 × 210
字　　数：173 千
印　　张：8.125
版　　次：2023 年 5 月第 1 版
印　　次：2023 年 5 月第 1 次印刷
ISBN 978-7-5212-2171-8
定　　价：39.00 元
